中国古代文体学史

吴承学 主编

第二卷

胡大雷 著

魏晋南北朝文体学史

北京大学出版社
PEKING UNIVERSITY PRESS

图书在版编目(CIP)数据

中国古代文体学史. 第二卷, 魏晋南北朝文体学史 / 胡大雷著. —— 北京: 北京大学出版社, 2024.10. —— ISBN 978-7-301-35497-1

Ⅰ. I209.2

中国国家版本馆 CIP 数据核字第 2024421PK2 号

书　　　名	中国古代文体学史：第二卷·魏晋南北朝文体学史 ZHONGGUO GUDAI WENTIXUESHI：DI-ER JUAN · WEIJIN NANBEICHAO WENTIXUESHI
著作责任者	胡大雷　著
责任编辑	郑子欣
标准书号	ISBN 978-7-301-35497-1
出版发行	北京大学出版社
地　　　址	北京市海淀区成府路 205 号　100871
网　　　址	http://www.pup.cn　新浪微博：@ 北京大学出版社
电子邮箱	编辑部 wsz@ pup.cn　总编室 zpup@ pup.cn
电　　　话	邮购部 010-62752015　发行部 010-62750672 编辑部 010-62752022
印　刷　者	大厂回族自治县彩虹印刷有限公司
经　销　者	新华书店
	650 毫米×980 毫米　16 开本　28.25 印张　419 千字 2024 年 10 月第 1 版　2024 年 10 月第 1 次印刷
定　　　价	148.00 元

未经许可，不得以任何方式复制或抄袭本书之部分或全部内容。
版权所有，侵权必究
举报电话：010-62752024　电子邮箱：fd@pup.cn
图书如有印装质量问题，请与出版部联系，电话：010-62756370

目 录

绪论　魏晋南北朝文体学概述 …………………………………… 1
　第一节　魏晋南北朝文体学文献概述及文体形式 ………… 2
　第二节　魏晋南北朝时风与文体学 ………………………… 7
　第三节　魏晋南北朝文体学发展线索 ……………………… 18

第一章　人物批评与文体学 ……………………………………… 29
　第一节　曹丕《典论·论文》的作家批评与文体学 ……… 30
　第二节　人物批评、世风与文体批评 ……………………… 44

第二章　写作与文体学 …………………………………………… 60
　第一节　陆机《文赋》与指导写作 ………………………… 60
　第二节　陆机《文赋》与文体学 …………………………… 71
　第三节　晋时赋文体学 ……………………………………… 78
　第四节　晋时文体论的专门化 ……………………………… 87
　第五节　葛洪的文体比较观 ………………………………… 91

第三章　总集编纂与文体分类 …………………………………… 101
　第一节　《汲冢书》的"篇体"观 ………………………… 102
　第二节　挚虞《文章流别》的文体论 ……………………… 106
　第三节　"文章志"与《翰林论》论经典 ………………… 118
　第四节　总集的文体分类 …………………………………… 125

第四章　文体谱系与诗歌谱系 ………………………………… 135
第一节　颜延之论文体谱系 …………………………………… 136
第二节　江淹《杂体诗》与诗歌风格谱系 …………………… 142
第三节　钟嵘《诗品》与诗歌源流谱系 ……………………… 152
第四节　任昉《文章缘起》与簿录式文体谱系 ……………… 167
第五节　颜之推"原出五经"的文体谱系 …………………… 174

第五章　萧统《文选》的文体分类与文体谱系 ……………… 183
第一节　《文选》的文体分类 ………………………………… 185
第二节　萧统《文选》诗、赋的事类相分 …………………… 189
第三节　萧统《文选》的文体谱系 …………………………… 195

第六章　刘勰《文心雕龙》：文体学的集大成者 …………… 201
第一节　《文心雕龙》的文体谱系与文章谱系 ……………… 204
第二节　"释名以章义"：文体命名与文体释名 …………… 220
第三节　"原始以表末"：追溯文体发展历程 ……………… 229
第四节　"选文以定篇"：文体的经典作品 ………………… 236
第五节　"敷理以举统"：文体的体制规格 ………………… 245
第六节　《文心雕龙》的作品风格论 ………………………… 253
第七节　《文心雕龙》的作家风格论 ………………………… 262

第七章　玄学与文体学 ………………………………………… 283
第一节　玄学与文体 …………………………………………… 284
第二节　玄学对诗体的影响 …………………………………… 295
第三节　玄学对赋体的影响：玄言赋 ………………………… 304

第八章　小说文体学 …………………………………………… 315
第一节　"说"体的各种形态 ………………………………… 315

第二节　小说文体是什么 …………………………… 324
　　第三节　小说的文体特点 …………………………… 330

第九章　佛教、道教文体论 …………………………… 340
　　第一节　僧祐与佛教文体论 ………………………… 340
　　第二节　佛教翻译文体论 …………………………… 358
　　第三节　葛洪《抱朴子内篇》与道教文体论 ……… 372

第十章　"文笔之辨""文无常体"与文体学 ………… 379
　　第一节　"文笔之辨"与文体学 …………………… 380
　　第二节　南北文风、文体不同论 …………………… 395
　　第三节　"文无常体"与文体学 …………………… 403
　　第四节　古体与今体：文体的时代风格之争 ……… 416
　　第五节　风格论与文体论的互动 …………………… 426

结语　魏晋南北朝文体学的几个问题 ………………… 439

绪论　魏晋南北朝文体学概述

魏晋南北朝时期的文体学,比秦汉时期有了重大发展。简单说来,其标志有三:一是建立起完整的、成系统的文体谱系、文章谱系,且形式多样,既有以总集如《文章流别》《文选》等形式呈现的文体谱系,又有如任昉《文章缘起》之类追溯文体源头的簿录式文体谱系,而刘勰则建立起文章谱系,文体谱系在其统领之下;二是文体学体系的建立,如《文心雕龙》的文体学体系;三是文体学之两翼——风格论与体裁论二者互动的发生,或由文章体裁引领时代风格的变化与发展,或由时代风格发展出文章体裁的变化与新生。

魏晋南北朝时期的文体学,可分为两个发展阶段:一是魏晋时期,文体学的发展以文学批评的发展本依附或包容在文学批评之中,本是应文学批评的需求而发生并发展的,如曹丕因作家批评的需要而提出文体论,陆机为指导写作而提出文体论,文体学的观念在文学批评的发展中逐渐明确起来;二是南北朝时期,随着文体谱系的构建以及各种文体论述的完备,以刘勰《文心雕龙》为标志,独立的文体学观念已经形成,成系统的文体学体系已经完善。在第二阶段,尽管文体学与文学批评还有着密不可分的关系,二者合则为一,都是文学批评;但已可看出此二者分属两大系统,或者说,文体学从文学批评中独立出来,成为具有自我体系的、独立的学科。

虽然从学科相分上可以说,文体学从文学批评中独立出来,但从实际的发展中看,魏晋南北朝时期的文体学是在文学批评的基础上发展起来的,二者是密不可分的。比如曹丕"四科八体"的文体论述,从文本上讲就是涵括在"论文"这一文学批评的整体之中的,而其文体论述又为分文体评论建安七子提供了理论依据与可操作性。

从总体上看,除了任昉《文章缘起》之类外,魏晋南北朝时期独立文本的文体学论述并不多,即使是《文心雕龙》这样的具有体系的文体学专著,其写作宗旨也是为了指导写作或文章作法。

此处先述魏晋南北朝文体学的文献、文体形式和发展线索,以及魏晋南北朝时期时风与文体学,再述文学批评的两大形态与文体学。

第一节 魏晋南北朝文体学文献概述及文体形式

自曹魏时代拉开文体批评模式的帷幕,至挚虞《文章流别》、李充《翰林论》整体性地论述诸种文体,文体学论述日渐成熟、完善,从文体上来看,有些是文体学专著,有些则是在文学批评著述中保存有魏晋南北朝文体学的内容,大致而言,有以下几种形式。

一、文体批评的专门论述

其一,作为子书组成部分的整体性论述,即曹丕《典论·论文》、桓范《世要论》的《赞象》《铭诔》《序作》、《金楼子·立言》、《颜氏家训·文章》等。

这一类作为某种论著的组成部分,整体性论述诸种文体,简明扼要指出各种文体的特点,如曹丕《典论·论文》称"诗赋欲丽",并提出文体特点要强调文体各有不同、作家各有擅场,"能之者偏也"。陆机认为,虽然文体各有不同,但都要"禁邪而制放",都要"辞达而理举,故无取乎冗长"。曹丕与桓范的文体论都在整体上符合其论文专著的主旨,这一类文体论表面上看纯粹是一种理论表述,如曹丕即是以论述文体为基础来论述建安七子的。

其二,文章总集及其"论""志",整体性地论述各种文体,如挚虞《文章流别》。《晋书·挚虞传》称:

（挚虞）又撰古文章，类聚区分为三十卷，名曰《流别集》，各为之论，辞理惬当，为世所重。①

《隋书·经籍志》著录挚虞有《文章流别集》四十一卷，《文章流别志论》二卷。《文章流别集》是文章选本，各类文章前均有论述该类文章的论文，后摘出别行，即《文章流别论》，就成为文体专论。今天所见佚文，所论文体有诗、颂、赋、七、箴、铭、诔、哀辞、哀策、对问、碑、图谶等。又有李充《翰林论》，《隋书·经籍志》著录为三卷，今仅存十数则，《中兴书目》称《翰林论》"凡二十八篇，论为文体要"②。南朝梁萧统有诗赋文总集《文选》，分文体三十七（或称三十八、三十九）类撰录作品，其中赋分类型十五、诗分类型二十三。钟嵘《诗品》则专论五言诗。

其三，单篇文章。如晋时陆机的《文赋》，主要论文学创作，但也提出"体有万殊，物无一量"的文体问题，《文选》李善注曰：

文章之体，有万变之殊，中众物之形，无一定之量也。③

程千帆《文论要诠》称："此言文体之殊途，由于物象之有别；风格之屡迁，由于情志之无方。"④进而，陆机《文赋》详细分析文体的"殊途"情况，其云：

诗缘情而绮靡，赋体物而浏亮，碑披文以相质，诔缠绵而凄怆，铭博约而温润，箴顿挫而清壮，颂优游以彬蔚，论精微而朗畅，奏平彻以闲雅，说炜晔而谲诳。虽区分之在兹，亦禁邪而制放。⑤

陆机在曹丕提出"四科八体"后提出"十体"，他们都对文体做出

---

① 房玄龄等《晋书》，中华书局，1974年，第1427页。
② 王应麟《玉海》卷六十二引，广陵书社，2003年，第2册，第1178页。
③ 萧统编，李善注《文选》，中华书局，1977年，第241页。
④ 张少康《文赋集释》引，上海古籍出版社，1984年，第72页。
⑤ 萧统编，李善注《文选》，中华书局，1977年，第241页。

规范。陆机是为创作而论述文体的,也应该是一种参与了批评实践的理论表述。

其四,文体学专著,如刘勰《文心雕龙》、任昉《文章缘起》等。作为整体论著的文体论述,述文体则覆盖面广,力求笼括全部文体,是文体论的集大成之作。其对某一文体的论述,与前述作为文学作品序言的文体论相似,力求完善、全面,但不曾突出某点,因为不是为某篇具体作品而发。这类文体论述更多地是一种理论表述,说它参与了批评实践,是指它对历史上的各种文体的作品有所解释与评判,但其目的在于对文体加以理论表述以规范创作。

其五,零星片段佚文,作为某种论著的组成部分的零星的论述,或零星地论述单一文体,如《文心雕龙》引曹操的一些论述:

魏武称:作敕戒,当指事而语,勿得依违。(《诏策》)①
曹公称:为表不必三让,又勿得浮华。(《章表》)②
魏武论赋,嫌于积韵,而善于贸代。(《章句》)③

曹丕《答卞兰教》"赋者,言事类之所附也,颂者,美盛德之形容也"④,在论述卞兰的赋时提出文体规范。零星地论述评价某人某文体,如曹丕《典论·论文》中称"王粲长于辞赋",把王粲与徐幹的诸篇赋作放在一起评价,称他俩的其他文体"未能称是","(陈)琳、(阮)瑀之章、表、书、记,今之隽也",孔融"不能持论",⑤这些都是以具体文体或作品来评判作家。又如其《与吴质书》对作家的评判,是分文体进行的,如称扬陈琳章表、刘桢五言诗、阮瑀书记、王粲辞赋等。又如曹植《答诏示平原公主诔表》论诔的哀伤性,《与杨德祖

---

① 刘勰撰,詹锳义证《文心雕龙义证》,上海古籍出版社,1989年,第749页。
② 同上书,第832页。
③ 同上书,第1276页。
④ 陈寿撰,裴松之注《三国志·魏书·卞后传》注引《魏略》,中华书局,1982年,第158页。
⑤ 萧统编,李善注《文选》,中华书局,1977年,第720页。

书》对于自比司马相如的陈琳,称"以孔璋之才,不闲于词赋"①。

零星地论述文体或评价某人某文体,有些是理论表述,但应该也进入了批评实践,或许其批评对象与批评环境在历史长河中散佚了;有些是直接进入批评实践的,并非单纯的理论表述。

二、与文学作品相辅相成的文体论述

序,依附在文学作品之前,单一论某种文体,与文学作品相辅相成。傅玄所作最为突出。如其《叙连珠》:

> 所谓连珠者,兴于汉章帝之世,班固、贾逵、傅毅三子受诏作之,而蔡邕、张华之徒又广焉。其文体辞丽而言约,不指说事情,必假喻以达其旨,而贤者微悟,合于古诗劝兴之义。欲使历历如贯珠,易睹而可悦,故谓之连珠也。班固喻美辞壮,文章弘丽,最得其体。蔡邕似论,言质而辞碎,然旨笃矣。贾逵儒而不艳。傅毅有文而不典。②

傅玄又有《七谟序》论"七"体。此前有曹植《七启序》论"七"体"辞各美丽"③,《上卞太后诔表》称"铭以述德,诔尚及哀"④;其后有陆机《鞠歌行序》指出《鞠歌行》"三言七言"的特点,潘岳《马汧督诔序》称述前人在哪些情况下作诔,潘尼《乘舆箴序》称述"箴规"的文体意味,还有左思《三都赋序》、陆机《遂志赋序》、曹摅《围棋赋序》、陶渊明《闲情赋序》,不过这些序述说的是文体中的某一类,都是为说明自己作品的文体式样而作。还有一些序为说明他人作品的文体式样而作,如皇甫谧、刘逵、卫权为《三都赋》或《三都赋注》做的评价。又有江淹《杂体诗序》,专论诗体的风格。

作为文学作品序言的论述文体,有的写得非常丰富精彩,如前引

---

① 赵幼文校注《曹植集校注》,人民文学出版社,1984年,第153页。
② 欧阳询《艺文类聚》,上海古籍出版社,1982年,第1035—1036页。
③ 赵幼文校注《曹植集校注》,人民文学出版社,1984年,第6页。
④ 同上书,第417页。

《叙连珠》,述说文体起源于汉章帝时;述说文体的开创者与继作者及特点,如"班固喻美辞壮","贾逵儒而不艳。傅毅有文而不典","蔡邕似论,言质而辞碎,然旨笃";述说文体的特点,如"辞丽而言约,不指说事情,必假喻以达其旨……合于古诗劝兴之义";述说文体的命名,如"历历如贯珠,易睹而可悦"故称"连珠";又述说对某人的推崇,如称班固"最得其体";等等。这类论述文体并非为述文体而述文体,而是进入批评实践的,其表现有二:一是目的性很强,或以述说文体特点表明自己的创作合乎规范,或为了表明所序的赋的创作重心所在,最明显的例子就是诸篇《三都赋序》。当年左思作《三都赋》,其序强调作赋辞必征实,又有皇甫谧《三都赋序》、卫权《左思三都赋略解序》、刘逵《注左思蜀都吴都赋序》,都是主张赋必征实。二是在历数文体的开创者与继作者时,评述了这些作品的特点。此类论述文体中,为自己的赋所作者,既是一种理论预设并指导了创作,也是对自己赋作的评价;为他人的赋所作者,是一种实践了的批评行为。

三、在文学批评中的文体批评

魏晋南北朝时期,文体批评是在文学批评整体之中展开的,是与各种文学问题结合在一起的综合讨论。如曹丕《典论·论文》,先提出作家评论"文人相轻"的根本,在于"文非一体,鲜能备善"而"各以所长,相轻所短",由此提出文体学问题。进而曹丕分文体、分作品评价建安七子。在上述基础上,曹丕提出其文体论:"夫文本同而末异。盖奏议宜雅,书论宜理,铭诔尚实,诗赋欲丽。"回应前文"文非一体"是怎样的情况。接着曹丕明确提出作家掌握、运用文体与"才"有关系,"此四科不同,故能之者偏也,唯通才能备其体";从"才"到"文以气为主"的论述,其隐约之意在于:根据自己的"才""气"掌握好自己所擅长的文体特性,才能撰作出好文章来。最后,曹丕提出文章价值论:如何落实文章价值与文体的关系。又如陆机《文赋》，阐述的文体有"诗缘情而绮靡，赋体物而浏亮"等十种，就是以写作为宗旨。即便是称得上文体学的皇皇大作的《文心雕龙》，原来的宗旨是指导写作，也包含创作论、风格学、修辞学、文学史与批评论。曹丕、陆机所论，并非纯粹意义的文体学之论，曹丕是把作家论与文体学结合在一起论证，把"文体"之体裁、风格二意结合起来论述作家；陆机是把写作论与文体学结合在一起论证。魏晋南北朝时的文学批评往往如此，结合着文学批评的各种问题，在对文学整体的论证中，显现出对文体学问题的论证，这是魏晋南北朝文体学的常态。

第二节　魏晋南北朝时风与文体学

一、曹魏时风与文体学

汉末逐名，尤其是东汉末年承袭先秦的游学风气，儒生时常奔走于各地，结交名士，抬高自己的名声，以博得做官的资格，"冠族子弟，结党权门，交援求售，竞相尚爵号"[①]。东汉后期又有品评人物的清议，这种对人物的评论可左右乡间舆论，影响士大夫的仕途；而其弊病就是士大夫以此沽名钓誉，司马光称之为"饰伪以邀誉，钓奇以惊俗"[②]，所谓"激扬名声，互相题拂，品核公卿，裁量执政，婞直之风，于斯行矣"[③]，即有互相标榜之意。但这些风气随着汉末大动乱的到来遭到沉重的打击，各方统治者为了现实政权运行的需求，贬斥浮华、崇尚实际，重在任用各种具有实际才能者，此以曹操为著。葛洪称：

[①] 阙名《中论序》，郁沅、张明高编选《魏晋南北朝文论选》，人民文学出版社，1996年，第56页。
[②] 司马光《资治通鉴》卷五十一，中州古籍出版社，2003年，第481页。
[③] 范晔《后汉书·党锢列传》，中华书局，1965年，第2185页。

>汉末俗弊，朋党分部。许子将之徒，以口舌取戒，争讼论议，门宗成仇。故汝南人士无复定价，而有月旦之评。魏武帝深亦疾之，欲取其首，尔乃奔波亡走，殆至屠灭。①

到曹操掌握政权，其政权运行具"尚实"之风，不专宗某家而崇尚实用理性精神，只要为自己所用，无论什么思想都可以采取并实行，无论什么样的人物都可以选拔任命。曹操强调任用人才以实际情况不以虚名，这从当时的许多政令可以看出，其《求贤令》曰：

>若必廉士而后可用，则齐桓其何以霸世！今天下得无有被褐怀玉而钓于渭滨者乎？又得无有盗嫂受金而未遇无知者乎？二三子其佐我明扬仄陋，唯才是举，吾得而用之。②

其《敕有司取士毋废偏短令》则称"夫有行之士，未必能进取；进取之士，未必能有行也"，得出"士有偏短，庸可废乎"的结论。③《举贤勿拘品行令》称，要任用"负污辱之名，见笑之行，或不仁不孝而有治国用兵之术"的人才④；《论吏士行能令》称"未闻无能之人、不斗之士，并受禄赏，而可以立功兴国者也。故明君不官无功之臣，不赏不战之士"⑤。还有许多严厉扫除浮华之风、崇尚实用的政令，如《整齐风俗令》《禁复仇厚葬令》等。到曹操的孙子明帝曹叡掌权，"尚实"风气尚存，如太和四年(230)就曾下诏称"其浮华不务道本者，皆罢退之"⑥，对当日"咸有声名，进趣于时"的何晏、邓飏、李胜、丁谧、毕轨诸人，"以其浮华，皆抑黜之"⑦。

从政权的运行来说，曹操也是以"尚实"为行动标准，如曹操处死孔融，其《宣示孔融罪状令》：

---

① 葛洪《抱朴子》，"诸子百家丛书"本，上海古籍出版社，1990年，第333页。
② 曹操《曹操集》，中华书局，1959年，第41页。
③ 同上书，第46页。
④ 同上书，第49页。
⑤ 同上书，第32页。
⑥ 陈寿撰，裴松之注《三国志·魏书·明帝纪》，中华书局，1982年，第97页。
⑦ 同上书《魏书·曹爽传》，第283页。

> 太中大夫孔融既伏其罪矣,然世人多采其虚名,少于核实,见融浮艳,好作变异,眩其诞诈,不复察其乱俗也。①

"虚名""浮艳"成为治罪的口实。又,当时孔融与祢衡更相赞扬,祢衡谓孔融曰:"仲尼不死。"孔融答曰:"颜回复生。"②曹操对孔融的忘年交祢衡,也以同样的罪名实施打压,最终祢衡也被赶走。曹操对自己的儿子也有同样的心态,《世语》曰:

> 魏王尝出征,世子及临菑侯植并送路侧。植称述功德,发言有章,左右属目,王亦悦焉。世子怅然自失,吴质耳曰:"王当行,流涕可也。"及辞,世子泣而拜,王及左右咸歔欷,于是皆以植辞多华,而诚心不及也。③

从这一小小的例子,也可以看到"尚实"之风的影子,这对当时的魏王太子之争是有影响的。到了曹丕的儿子曹叡时期,曹植仍受到压制,不能不说是因为自身的习气与时代所尚不合,如文学史研究者就称曹植的表文作品"在文学欣赏方面却价值极高",但"在政治实用上甚为拙劣"。④

"尚实"时风又影响着创作的"尚实",后世称曹操诗歌为"诗史",就是实证。当时人也是这样说的,如曹丕《令》曰:

> 吾间作诗曰:"丧乱悠悠过纪,白骨纵横万里,哀哀下民靡恃,吾将佐时整理,复子明辟致仕。"庶欲守此辞以自终,卒不虚言也。宜宣示远近,使昭赤心。⑤

把自己的诗作为行动的指南,诗不仅仅表达内心愿望,还期望着现实的实行。

---

① 曹操《曹操集》,中华书局,1959年,第39页。
② 范晔《后汉书·孔融传》,中华书局,1965年,第2278页。
③ 陈寿撰,裴松之注《三国志·魏书·吴质传》注引《世语》,中华书局,1982年,第609页。
④ 徐公持《魏晋文学史》,人民文学出版社,1999年,第87页。
⑤ 陈寿撰,裴松之注《三国志·魏书·文帝纪》注引,中华书局,1982年,第65页。

曹魏时风深切影响着文体学。如当时有专门的"文质之辨",正方、反方都"尚实","尚实"上升到"道"的层次。在如此时风的笼罩下,曹丕提出"铭诔尚实",如果说"铭诔尚实"只是针对具有"尚实"特征的文体而言的,那么桓范《世要论》中三篇文体论都提倡"尚实",这就更值得我们注意。如《赞象》篇称"实有勋绩"方可配得上画像有赞,《铭诔》篇批评"势重者称美,财富者文丽"之类铭诔,《序作》篇批评"浮辞谈说""泛溢之言"之类的著作书论。从更大的方面说,曹丕的"四科八体"文体论,就是为了现实的作家评论服务的,就是要让文体论落到实处,并非就文体而论文体。朝代时风对文体学的影响由此可见一斑,此即刘勰所说的"文变染乎世情,兴废系乎时序",文体学亦是如此。

二、西晋时风与文体学

公元265年,司马炎建立晋朝,分封宗室郡国并都督诸州,实行占田制、课田制和荫客制,招募流亡,恢复户口,在统一全国后的太康年间(280—289),太平繁荣,史称"太康之治",出现国泰民安的繁荣景象。《晋书·食货志》称:"是时,天下无事,赋税平均,人咸安其业而乐其事。"①《晋纪·总论》中是这样描述河洛地区当时经济和社会发展状况的:"牛马被野,余粮栖亩,行旅草舍,外闾不闭,民相遇者如亲。其匮乏者,取资于道路。故于时有'天下无穷人'之谚。"②

开国君王司马炎弘厚、宽裕,唐人房玄龄等评价说:

> 帝宇量弘厚,造次必于仁恕;容纳谠正,未尝失色于人;明达善谋,能断大事,故得抚宁万国,绥静四方。承魏氏奢侈刻弊之后,百姓思古之遗风,乃厉以恭俭,敦以寡欲。有司尝奏御牛青

---

① 房玄龄等《晋书》,中华书局,1974年,第791页。
② 萧统编,李善注《文选》,中华书局,1977年,第689页。

丝纼断,诏以青麻代之。临朝宽裕,法度有恒。高阳许允既为文帝所杀,允子奇为太常丞。帝将有事于太庙,朝议以奇受害之门,不欲接近左右,请出为长史。帝乃追述允凤望,称奇之才,擢为祠部郎,时论称其夷旷。①

自汉武帝以来崇尚儒术,官僚多以经术起家,至东汉时逐渐形成了累世公卿的状况。曹魏实行九品中正制,使得世族地主能够凭借家世出身参与政权。高门士族控制政权,晋王朝的开国重臣多出自儒学世家,如荀顗、荀勖、贾充、王肃、卫瓘诸人。左思《咏史》其二:"郁郁涧底松,离离山上苗。以彼径寸茎,荫此百尺条。"形象表现了晋时"上品无寒门,下品无世族"的社会状况。世族在政治上高官厚禄,垄断政权,经济上封锢山泽,占有大片土地和劳动力,文化上崇尚典雅、平和。晋时掌握政权者多为儒学世家,所以他们提倡名教,重视礼乐文化建设,所谓"世祖武皇帝圣德钦明,应运登禅,受终于魏。崇儒兴学,治致升平。经始明堂,营建辟雍,告朔班政,乡饮大射,西阁东序,图书禁籍,台省有宗庙太府金墉故事,太学有《石经》《古文》。先儒典训,贾、马、郑、杜、服、孔、王、何、颜、尹之徒,章句传注众家之学,置博士十九人。九州之中,师徒相传,学士如林,犹是选张华、刘寔居太常之官,以重儒教"②。朝廷参照前代,制定新的礼乐制度,如"晋氏受命,武帝更定元会仪,《咸宁注》是也。傅玄《元会赋》曰:'考夏后之遗训,综殷周之典艺,采秦汉之旧仪,定元正之嘉会。'此则兼采众代可知矣"③。

在如此的氛围之下,西晋文学有着典雅的风尚。如文学创作上提倡雅化,如挚虞《文章流别》论文体,则称"后世之为诗者多矣,其功德者谓之颂,其余则总谓之诗;颂,诗之美者也",称"颂"为文体最高者;论诗体,则称"雅音之韵,四言为言(正),其余虽备曲折之

---

① 房玄龄等《晋书·武帝纪》,中华书局,1974年,第80页。
② 荀崧《上疏请置博士》,沈约《宋书·礼志》,中华书局,1974年,第360—361页。
③ 房玄龄等《晋书·礼下》,中华书局,1974年,第649页。

体,而非音之正也"。① 荀勖说魏乐辞长短不齐,不合于古,应该将雅乐一律改为四言。拟古之风盛行,如陆机就有《拟古诗》十四首,他在《文赋》中称说创作动机的触发,其中就有"颐情志于典坟""咏世德之骏烈,诵先人之清芬"。《文心雕龙·明诗》称说西晋的诗风崇尚典雅,注重文采,"晋世群才,稍入轻绮。张、潘、左、陆,比肩诗衢,采缛于正始,力柔于建安。或析文以为妙,或流靡以自妍"②。

门阀制度与崇尚礼教,对文体学也有影响。郭沫若说:"士族为了显示其高贵的出身和防止庶族假冒,非常重视家谱,讲究郡望。适应这种政治需要,谱学成为一门新兴的学问。"③为维护这种制度,东晋南朝时,士族非常重视编撰家谱,讲究士族世系源流,谱学专著成为吏部选官、维持士族特权地位的工具,成为世族享有特权的凭证,于是谱学勃兴;谱学盛行,对文体谱系的建立也有所影响。又如晋初各种规则的开创与制定,"晋初,甲令已下,至九百余卷,晋武帝命车骑将军贾充,博引群儒,删采其要,增律十篇"④,律法有如此的合集删定,那么其他学科的文章需不需要合集删定?这样来考虑问题,那么文学总集的诞生也应该具有时风影响的因素。虽然西晋社会由于内乱外患,很快就灭亡了,但这个时代诞生的"总集之祖"《文章流别集》,开启了文体学上文体分类、文体谱系诸多问题的讨论。

三、东晋时风与文体学

门阀制度下高门士族掌控文化,玄学盛行,延伸扩展到文化的各个门类,"永嘉时,贵黄、老,稍尚虚谈。于时篇什,理过其辞,淡乎寡味。爰及江表,微波尚传,孙绰、许询、桓、庾诸公诗,皆平典似《道德

---

① 欧阳询《艺文类聚》卷五十六,上海古籍出版社,1982年,第1018—1019页。
② 刘勰撰,詹锳义证《文心雕龙义证》,上海古籍出版社,1989年,第202—203页。
③ 郭沫若主编《中国史稿》第3册,人民出版社,1979年,第140页。
④ 魏徵、令狐德棻《隋书·经籍志》论"旧事"的合集,中华书局,1973年,第967页。

论》,建安风力尽矣"①,《诗品序》的这段话道出东晋玄风盛行与文学创作之间的关系。

东晋盛行对理论的热情。玄学盛行的年代,人们对玄理本身有极大的兴趣和执着的追求,《世说新语·文学》载:

> 卫玠总角时,问乐令"梦"。乐云:"是想。"卫曰:"形神所不接而梦,岂是想邪?"乐云:"因也。未尝梦乘车入鼠穴、捣齑啖铁杵,皆无想无因故也。"卫思"因",经日不得,遂成病。乐闻,故命驾为剖析之。卫既小差。②

卫玠探索有关梦的玄理,执着不倦,孜孜以求,以致成病。又如,谢安问殷浩:"眼往属万形,万形来入眼不?"③问到底是眼睛看到了万物,还是万物进入了人的眼睛?僧意与王苟子探讨圣人有情否,王苟子曰无,僧意曰:"圣人如柱邪?"王苟子曰:"如筹算,虽无情,运之者有情。"僧意云:"谁运圣人邪?"王苟子回答不出来。④ 又,支道林谈《庄子·逍遥》篇,能拔理于郭象、向秀之外,"标新理于二家之表,立异义于众贤之外,皆是诸名贤寻味之所不得",以后"遂用支理"。⑤ 对玄理的执着探索追求,深化了对玄理的认识与理解,时出新意。

玄学人士对理论的探讨往往从景物入手。清人叶燮《原诗》称说王羲之《兰亭集序》的一段文字对理解这一问题深有启发作用,其云:

> 兰亭之集,时贵名流毕会,使时手为序,必极力铺写,谀美万端,决无一语稍涉荒凉者。而羲之此序,寥寥数语,托意于仰观

---

① 钟嵘撰,曹旭集注《诗品集注》,上海古籍出版社,1994年,第24页。
② 刘义庆撰,刘孝标注,余嘉锡笺疏《世说新语笺疏》,上海古籍出版社,1993年,第203页。
③ 同上书,第232页。
④ 同上书,第238—239页。
⑤ 同上书,第220页。

俯察,宇宙万汇,系之感忆,而极于死生之痛。①

《兰亭集序》如此写来,固然是作为玄学家的王羲之对宇宙、人生思考的结果,但这也是玄学家以文学作品的形式对宇宙、人生进行思考的方式,这就是由景物一下子跳跃进入"仰观俯察,宇宙万汇",而脱略于"极力铺写,谀美万端"的具体生活内容。王羲之《兰亭诗》也正是如此写法:

> 代谢鳞次,忽焉以周。欣此暮春,和气载柔。咏彼舞雩,异世同流。乃携齐契,散怀一丘。②

玄言诗的写景是以自己所体悟的玄理来组织自然景物,甚而有时诗中的自然景物本身就能让人从中概括出哲理来,虽说是促发了山水诗的诞生,但却将理论阐述削弱为经验体悟。

高门士族的第一个文化标志为崇尚清谈,在如此风气之下,文学批评重清谈式、体悟式鉴赏,如郭景纯诗"林无静树,川无停流",阮孚做出"泓峥萧瑟,实不可言。每读此文,辄觉神超形越"的鉴赏。③

高门士族的第二个文化标志为重诗赋之才而轻其他文章写作。玄学时代的这些文化风气都是不利于文体学的理论建树的,但这样的时代偏偏有学者反对这样的风气,如葛洪,他是个特立独行的人,出身官僚家庭却偏要去求仙学道,唯以子书著述为念;于是,其文体理论中,子书重于诗赋,当代重于古代,这不能不说是与时代风气反向而行。

但在玄学的风气之下,促发了一些新文体产生或兴盛,于是这些新文体的文体论也有所发展。如:

玄学崇尚清谈、论辩的风气,由此崇尚热烈而又旷达、平淡的心

---

① 叶燮《原诗》,人民文学出版社,1979年,第17页。
② 逯钦立辑校《先秦汉魏晋南北朝诗》,中华书局,1983年,第895页。
③ 刘义庆撰,刘孝标注,余嘉锡笺疏《世说新语笺疏》,上海古籍出版社,1993年,第256—257页。

态;而清谈、论辩对人物的关注,又与小说文体的兴起紧密相关。清谈有一大项内容即人物品评,人物品评免不了涉及人物的逸闻轶事,这就发展为志人小说、轶事小说。《世说新语·文学》载,谢安曾说:"我尝与诸人道江北事,特作狡狯耳! 彦伯遂以箸书。"①此即袁彦伯所作《名士传》。所以志人小说就名曰《语林》,"晋隆和中,河东裴启撰汉魏以来迄于今时言语应对之可称者,谓之《语林》"②。小说受到社会欢迎,《世说新语·文学》载:

> 裴郎作《语林》,始出,大为远近所传。时流年少,无不传写,各有一通。载王东亭作《经王公酒垆下赋》,甚有才情。③

志怪小说的诞生也由清谈所致,因为人物或有与鬼神牵扯的传闻,如《异林》记载钟繇遇女鬼一事,末称"叔父清河太守说如此"云云④,就是由陆云谈起来的。葛洪《抱朴子·疾谬》称,有才之士所谈者,有"鬼神之情状,万物之变化,殊方之奇怪"等⑤,即是。

东晋至南北朝时期,佛教文体经过历代译人的努力,已经创建了一种融冶华、梵的风格,追求文笔的空灵、辞藻的美妙,翻译理论也已经成熟,佛教渐次渗入一般文学的领域,以佛理、风格、词句及故实入诗文的情况渐多。

东晋十六国时,门阀士族信奉道教的家族更多,出现了所谓道教世家,如南方的琅邪王氏、兰陵萧氏、高平郗氏,北方的清河崔氏、京兆韦氏,道教进一步深入上层社会的门庭,成为统治阶层精神生活的重要组成部分。

上述情况中,小说、翻译、佛经、道教文体论也建立起来,传统的

---

① 刘义庆撰,刘孝标注,余嘉锡笺疏《世说新语笺疏》,上海古籍出版社,1993年,第272页。
② 《世说新语·轻诋》注引《续晋阳秋》,同上书,第844页。
③ 同上书,第269页。
④ 陈寿撰,裴松之注《三国志·魏书·钟繇传》注引,中华书局,1982年,第396页。
⑤ 葛洪《抱朴子》,"诸子百家丛书"本,上海古籍出版社,1990年,第245页。

文体论扩大了视野,涉及的文体越来越多样化。

四、南北朝时风与文体学

北府兵将领刘裕以赫赫功业代晋建宋,门阀士族与皇帝"共天下"的局面结束,至"孝建、泰始,主威独运,官置百司,权不外假"[①];皇权政治不可能信任有权有势的士族,皇权重振的自我强化措施之一即是让自己信任的人掌机要、掌"笔",如此情况下,寒族凭借撰作公文之类的"笔"登上权力高位的情况逐渐多起来。皇族、世家、寒门之间关系的协调,各方面的利益都要照顾到,"文""笔"共重,成为时风之下文体学的显著特点。

皇族、世家、寒门之间关系的协调,使文化、文学日趋普及,走向世俗。如诗歌创作的热门与普及,《诗品序》说:"使穷贱易安,幽居靡闷,莫尚于诗矣。故词人作者,罔不爱好。今之士俗,斯风炽矣。才能胜衣,甫就小学,必甘心而驰骛焉。"[②]武人在诗歌创作上也有争胜之举,《南史·曹景宗传》载:

> 景宗振旅凯入,帝于华光殿宴饮连句,令左仆射沈约赋韵。景宗不得韵,意色不平,启求赋诗。帝曰:"卿伎能甚多,人才英拔,何必止在一诗?"景宗已醉,求作不已,诏令约赋韵。时韵已尽,唯余竞、病二字。景宗便操笔,斯须而成,其辞曰:"去时儿女悲,归来笳鼓竞。借问行路人,何如霍去病?"帝叹不已。约及朝贤惊嗟竟日,诏令上左史。[③]

再就诗歌的内容而言,诗歌不再奢谈玄言,不再是东晋式的理论说明辞,而是更多抒发人之常情,叙写日常生活,如《文选》诗分二十三类,其中就有公宴、祖饯、游览、哀伤、赠答、杂诗诸类,涉及文人

---

① 沈约《宋书·恩倖传》,中华书局,1974年,第2302页。
② 钟嵘撰,曹旭集注《诗品集注》,上海古籍出版社,1994年,第47、54页。
③ 李延寿《南史》,中华书局,1975年,第1356页。

生活的各个方面。

南北朝文学创作上一个突出的风气就是创新,所谓"习玩为理,事久则渎,在乎文章,弥患凡旧。若无新变,不能代雄"①,而且,某一文体的创新会很快地蔓延到其他文体,产生所谓文体扩张的现象,即越界去做其他文体应该做的事,造成了某些文体的非常态化形式,即文体由此学科向彼学科的移植性扩张,如文学文体进入哲学,形成玄言赋、玄言诗之类;又如文学文体进入史学,构成史述赞之类。文体扩张,或者是文体的某些特质向诸文体的扩张,如宫体的体裁由诗蔓衍到众文体之类;又如"经国文符""撰德驳奏"这类文体的用典向诗歌的扩张,而诗歌音律运用向其他文体的扩张。文体扩张,又有文体某部分扩张导致新文体产生的情况,如"对问"中"臣闻"格式的扩张膨胀构成了"连珠"体。各文体扩张而互不相让并各有所得,这就成为文体互动,即某一文体运用其他文体的写作方法,如中古时期"以诗为赋""以赋为诗"以及骚、赋不分等情况。这些情况的文学史意义在于:文体扩张的原动力展示了"文"脱离实用性的愿望,展示了"以能文为本"的力量,体现了中古文风对"新变"的追求。但文体的过度扩张也会有弊病,如诗"缘情"的膨胀妨害诗歌文体的叙事、说理功能,泯灭文体界限而产生的奇异作品,或"体兼众制,文备多方",又使文体各自的特点更加突出。

但从另一方面讲,文体格式渐呈规律化状态展现在世人面前。当刘勰《文心雕龙》对"赋"的特点进行再发掘,诸如四言句、对偶、用典等,给世人留下深刻的印象,即是指向"今文""今体"的创立,这种"今文""今体"以赋的特点如四言及声律音韵、对偶、用典等为媒介,最终形成以魏收、徐陵、庾信为代表的骈文创作。而同时,由于"今文""今体"的出现,古体、散体也有所强调,渐渐形成规则。至此,从语言形态上讲,诗、骈、散文体三分的格局已经构成。

---

① 萧子显《南齐书·文学传论》,中华书局,1972年,第908页。

在文体三分格局中,赋或与诗为一体,或入骈,或为散,赋在文体三分的格局中居无定所,正反映出赋的媒介、中间状态,反映出中国古代文体学无所谓文学文体、非文学文体,而是相互之间有所沟通、互动与流动的特质。

第三节　魏晋南北朝文体学发展线索

一、主题批评的衰落

汉代文学盛行主题批评,其理论原则是文学服从于政治、教化,批评对象是作品的主题内容,通过批评方法的运用弄清作品说了些什么。以政治生活印证作品或以作品印证政治生活,其目的就是对作品做出政治教化的评判,并期望通过批评活动来确定今后文学创作的方向,即文学服从于政治生活的理论。汉代末年时,主题批评渐渐衰微,其原因有三。其一,讲礼义、讲教化的社会思潮与社会崇尚已经有所转换,此诚如《晋书·傅玄传》所载傅玄之论:

> 亡秦荡灭先王之制,以法术相御,而义心亡矣。近者魏武好法术,而天下贵刑名;魏文慕通达,而天下贱守节。其后纲维不摄,而虚无放诞之论盈于朝野,使天下无复清议,而亡秦之病复发于今。①

汉末儒学已呈颓败之势,魏时更无一统思想,也就是说,以政治、教化为理论核心的主题批评已无社会根基。

其二,与主题批评紧密相关的烦琐章句的汉代学术风气已不盛行。汉时,五经章句极为烦琐,章句烦琐的学术风气、学术方法是十分有利于主题批评的。一来,汉时有些作品如《诗经》的批评本来

---

① 房玄龄等《晋书》,中华书局,1974 年,第 1317—1318 页。

就兼具学术批评与文学批评性质;二来,主题批评的基本要求之一就是对具体作品的内容加以详尽的注释解说,可以说,烦琐复杂的注释解说是对作品内容的一种强化。但是,自西汉末以来,烦琐章句的学术风气引起人们的厌烦,如扬雄、班固、桓谭、王充诸人都是"不为章句"而博学通大义而已,刘勰《文心雕龙·论说》即称之为"所以通人恶烦,羞学章句"①。因此,烦琐注释解说不再流行,也动摇了主题批评大厦的根基。

其三,汉时批评家们逐渐认识到,仅对文学作品的题材内容做价值判断是不够的,他们或被作品的艺术魅力所感染而情不自禁地对文学作品做出艺术价值的判断,如班固《离骚序》一方面指出屈原作品中"非法度之政、经义所载"者,一方面又称:

> 然其文弘博丽雅,为辞赋宗,后世莫不斟酌其英华,则象其从容。②

或者某些文学作品具有某些艺术特点,已成为全社会的共识,如赋,褒赞则称之"丽以则",贬抑则称之"丽以淫",③总之有"丽"的特点。即便是《毛诗序》,也有"诗者,志之所之也"的诗的特性分析与"诗有六义"的分类及表现手法方面的分析④。

二、魏时文体批评兴起的文学生态

旧的主题批评已不适应文学发展的需要,于是,批评家们一边因旧的主题批评不适用而慨叹批评之难,一边摸索着前进。魏时,曹丕《典论·论文》⑤专门论文,批评对象是作家,文中论建安七子说:

> 斯七子者,于学无所遗,于辞无所假,咸以自骋骥骤于千

---

① 刘勰撰,詹锳义证《文心雕龙义证》,上海古籍出版社,1989年,第701页。
② 洪兴祖《楚辞补注》,中华书局,1983年,第50页。
③ 扬雄《扬子法言》卷二,《诸子集成》第7册,中华书局,1954年,第4页。
④ 萧统编,李善注《文选》,中华书局,1977年,第637页。
⑤ 同上书,第720页。下同。

里,仰齐足而并驰,以此相服,亦良难矣。

曹丕又认为"文人相轻,自古而然"的原因,在于"夫人善于自见,而文非一体,鲜能备善,是以各以所长,相轻所短",既然诸人是依自己"所长"的文体来"相轻所短",那么自然应该是分文体来进行文学批评。于是,曹丕提出了初步的文体批评理论:

> 夫文本同而末异。盖奏议宜雅,书论宜理,铭诔尚实,诗赋欲丽。此四科不同,故能之者偏也,唯通才能备其体。

诸人所擅长的文体不同,而诸种文体又各有规范,因此,不能因为"文本同",就笼统地不分文体进行文学批评,而应该充分注意文体之"异"的因素。

两汉时期,人们越来越热心于撰作,撰作的文体名目也越来越多。《后汉书》传记就在篇末载录后汉文士所撰文体,如《桓谭传》称桓谭"所著赋、诔、书、奏,凡二十六篇"①,《冯衍传》称冯衍"所著赋、诔、铭、说、《问交》、《德诰》、《慎情》、书记说、自序、官录说、策五十篇"②,《班固传》称班固"所著《典引》、《宾戏》、《应讥》、诗、赋、铭、诔、颂、书、文、记、论、议、六言,在者凡四十一篇"③。但其所录,有的是文体,有的不是文体而是文章篇名,实际上就给世人提出了问题:如何规范地、统一地对这些文章有个称呼。仅从这一点看,文体批评的提出合乎时代的需要与时代的必然。

为了适应各体文章写作的需要,在曹丕之前已有一些论文体的言论,如汉武帝时公孙弘提出诏书律令的特点是"文章尔雅,训辞深厚"④,东汉安帝时陈忠提出帝王号令"言必弘雅,辞必温丽"⑤,所以王运熙、杨明认为《典论·论文》的综合性论文体"与长时期内尤其

---

① 范晔《后汉书》,中华书局,1965年,第961页。
② 同上书,第1003页。
③ 同上书,第1386页。
④ 司马迁《史记·儒林列传》,中华书局,1982年,第3119页。
⑤ 范晔《后汉书·周荣传》,中华书局,1965年,第1537页。

是东汉以来各种文体的蓬勃发展、各体文章的大量积累是分不开的"①。社会需要文体论以满足人们撰写各体文章的需要和文学批评的需要。《四库全书总目提要》"诗文评类"就这样评价在文体渐备的情况下出现的《典论·论文》：

> 文章莫盛于两汉，浑浑灏灏，文成法立，无格律之可拘。建安、黄初，体裁渐备。故论文之说出焉，《典论》其首也。②

文体批评也可在某种程度上使文学批评仍能保持原有的行进方向，如与曹丕同时代的桓范作《世要论》，其中有三篇论文体，其《赞象》《铭诔》篇强调本类文章对前人的赞扬与评价必须名副其实，且赞扬的对象应该是有惠有爱于民、有利于国的人，这样对内容的具体要求，就是对汉文学批评模式合理、合用成分的继承。其《序作》称：

> 夫著作书论者，乃欲阐弘大道，述明圣教，推演事义，尽极情类，记是贬非，以为法式，当时可行，后世可修……岂徒转相放效，名作书论，浮辞谈说，而无损益哉！而世俗之人，不解作体，而务泛溢之言，不存有益之义，非也。故作者不尚其辞丽，而贵其存道也；不好其巧慧，而恶其伤义也。故夫小辩破道，狂简之徒斐然成文，皆圣人之所疾矣。③

其中就有对内容的规范，所谓"阐弘大道"云云即是如此。这种规范既是对传统文学批评模式的继承，当然也是现实政治对该文体的要求。但我们又注意到，上段中还有对艺术形式的规范，要"不尚其辞丽""不好其巧慧"。尽管这是以否定艺术形式的面目出现的，但毕竟注意到如何对待"辞丽"与"巧慧"这些艺术形式的问题，而不是

---

① 王运熙、杨明《魏晋南北朝文学批评史》，上海古籍出版社，1989 年，第 39 页。
② 永瑢等《四库全书总目》，中华书局，1965 年，第 1779 页。
③ 严可均校辑《全上古三代秦汉三国六朝文·全三国文》卷三十七，中华书局，1958 年，第 1263 页。

像以往的文学批评那样"一言以蔽之"地述说内容。从另一方面讲,《世要论》本身论述社会政治、教化问题,人们已认识到,论文学的政治功能、教化功能也要讲文体"解作体",要通过文体论来解决,这无疑表明文体论在世人心目中地位的提高。

三、魏晋南北朝文体学的形态及其理论性

文学批评,本分为文学理论与文学评论二者,或以文学理论为指导进行文学评论,或从实践的文学评论总结出文学理论。就形态而言,魏晋南北朝的文学批评可分为口头与著述两大形态。一是口头的、大众的、舆论的文学批评,多为口耳相传或书信往来的、私人化的,对他人的或关涉作家自我的评论,其传播方式或是个别的、私下的,或是有固定场合的,其指向是全社会的。其中,有些是大众化、私人化、情感化、随意主观的,是大众参与的;有些伴有"意有所随"的情景故事;有些是有强大力量的,或捧红某些作品,或打杀某些作品;有些是注重当前的,有时甚至是对刚刚创作出来征求意见的作品发表言论。其涉及的作家面很广。二是立言的、著述的文学批评,由专业批评家承担,强调的是"可以不朽"的立言。实施过程中有时很重视文学史批评,而对当代文学创作则非直面关注,所谓详远略近。其最初的传播比较困难,对读者群有较高的文学素质的要求。舆论的文学批评多追求交流与回应,著述的文学批评则注重认知与判断。上述二者的相融有现实基础,舆论的文学批评的很多意见、论点,经时代的历练成为定论而被立言派所汲取,著述的文学理论则会成为口实派发表评论的基础;《世说新语·文学》《诗品》是舆论的文学批评的结集,表现了人们期望口实派文学批评也能够"不朽"传世,而就著述文学批评而言,也应时时注意当前,如史书文学传论谈当代文学。

罗根泽《中国文学批评史》或认为西洋文论偏于文学裁判及批评理论,而传统文论不偏于文学裁判及批评理论,而是偏于文学理

论,"对于文学理论则比较热烈"。① 但很多人又认为情况不是如此,他们认为传统文论确是五光十色,但却不那么纯粹或专门。所谓不纯粹,是说传统文论提出文学问题时,理性色彩并不浓厚,不怎么像理论。他们认为,西方美学偏于理论形态,具有分析性和系统性,而中国美学则偏于经验形态,大多是随感式、印象式、即兴式的,带有直观性和经验性。朱立元说:"中国古代文论偏重于直觉、顿悟和对感性体验的描述,这是学界比较一致的看法。"②西方人更是如此看待中国传统文论,鲍桑葵(Bernard Bosanquet)就是如此。

魏晋南北朝关于文体学的论述,也与此时代的文学批评一样,有口头的与著述的两大形态;而就魏晋南北朝文体学的具体论述而言,虽然在《世说新语》《诗品》中多有世人口头表达的文体学论述,但仍以立言的、著述的形态为主,具有严谨的理论色彩,即便是《诗品》,其"九品论人,《七略》裁士"已经构成了严密的体系。

四、魏晋南北朝文体学的发展线索

文体,是指独立成篇的文本体裁(或样式、体制),是文本构成的规格和模式,它反映了文本从内容到形式的整体特点,属于形式范畴。文体,又指文章的风格,一个时代、一个流派或一个人的文学作品在思想内容和艺术形式方面显示出的格调和气派。魏晋南北朝文体学发展的重要特点之一,即文本体裁的研究往往与文章风格的研究联系在一起;或者说,当批评家讨论文体时,文本体裁往往是研究的起点,而文章风格则往往是研究的终点。

魏晋南北朝文体学发展的另一重要特点,即文体学研究并非独立存在,它是与广义的文学批评紧密联系在一起的,如果从这一特点来看,那么,魏晋南北朝文体学的发展,是从文学批评的诸方面来

---

① 罗根泽《中国文学批评史(一)》,古典文学出版社,1957年,第14—15页。
② 朱立元《走自己的路——对于迈向21世纪的中国文论建设问题的思考》,《文学评论》2000年第3期,第11页。

切入的。以下便由此视角来简述魏晋南北朝文体学的发展线索。

曹魏时期,曹丕《典论·论文》是中国古代文论最早的单篇独立论述,其文体学讨论"四科八体",是通过讨论作家、批评种种问题来实现的。西晋陆机《文赋》,论述写作过程以及写作的种种要求,是在揭示写作奥妙、指导写作中进行文体学讨论的;且以十种文体举例,显示出文体分类的观念。西晋挚虞《文章流别集》为"总集之祖",东晋李充亦编有文章总集《翰林》,都是以文体分类编排的。于是,文体须分类的观念,无论在理论还是实践上,都得以确立。这些总集都有"论",主要是文体论,论述文体的写作要求与风格特点;文体论的方法在实践中得以显示。东晋葛洪《抱朴子》的文体比较观力主今胜于古,除了今诗与古诗的比较,还提出子书胜于诗赋的文体优先论。南朝时,任昉《文章缘起》追溯文体源头以建立文体谱系。刘勰《文心雕龙》为文体学的集大成者,论各种文体,论各文体风格。钟嵘《诗品》是单一文体的文体论,重在诗歌风格谱系的论证。萧统《文选》分出各文体内部的谱系,如赋分十五类,诗分二十三类,以类型而分。

以上简述的魏晋南北朝文体学的发展线索,是依文体学的主要文本的产生时间先后而述;魏晋南北朝文体学的发展线索的阐述方式,也可以在兼顾时代先后的同时,以主要问题贯穿,本书的结构方式为:曹魏时期,以曹丕《典论·论文》为代表,文体学多与作家批评相结合;西晋时期,以陆机《文赋》为代表,文体学多与指导写作结合在一起;西晋时出现文学总集,至南朝梁时有《文选》,文学总集讨论的文体学问题是文体分类;东晋时葛洪《抱朴子外篇》重文体比较,引出文章出于五经说,成为文体比较的核心问题;齐梁时,有文体学集大成者《文心雕龙》问世,文体谱系是文体学的一个热点,有任昉《文章缘起》的簿录式文体谱系,有《文心雕龙》的文章谱系,还有诗歌的风格谱系、源流谱系;本书最后综论小说、翻译、佛经、道教文体论,综论南北朝各种著述中的风格与文体非常态等文体学问题,并论述"文笔之辨"在魏晋南北朝文体学中的归宿。

五、为文学批评提供新的批评对象

汉代的主题批评模式表明,其时的文学批评还处于萌芽期的状态,汉时文学批评家只是在注意作品说了些什么,以及作品所述说的内容合不合乎社会政治思想规范,探讨作品内容与社会政治思想有怎样的对应,这还未脱离鉴赏进入真正的文学批评。魏晋时以文体批评模式为主流,这种文学批评模式相比前代提供了一些新东西:

其一,促进文学史观念的建立。主题批评注重作品与当代社会政治思想观念的对应,一般不注重其历史发展渊源。文体批评则不同,其重要内容之一就是讲述文体的源头及其形式,然后依次讲述各个时段范围内各个作家的此种文体创作有什么特点。批评家的目的或许是探讨此种文体的创作奥秘,以确定自己的创作或此种文体的创作究竟应定位在什么地方。批评家在为文体作史的阐述中增强了自己的自信心,因为其文体论在材料上、基础上有必然性,那么,其所论述的文体的最终规范也应该有必然性。

其二,促进对作品的艺术形式的批评。文体批评模式的展开,首先要区分的就是文体;区分文体,先是在表现形式上区分,诗与赋之所以分别为两种名称,就是因为其形式不同。因此,文体批评模式推动或强化了人们对形式的注重。其次,对诸文体进行论述时,批评家一方面要告诉人们这种文体的内容规范是什么,一方面也要告诉人们这种文体是怎样创作出来的,以及创作出来的是一个什么样的东西,这就是艺术形式。主题批评只注重作品表现出来的题材因素、内容含义,艺术形式被有意无意忽略了,而论文体则必须面对艺术形式的问题。这就是葛洪《抱朴子·钧世》所称"今诗与古诗,俱有义理,而盈于差美"①的意思。

从方法论上讲,主题批评常常异中求同,各种各样文体的各种各样作品无不归之于合不合乎礼义教化一旨;而文体批评则讲求同中求异,同一种文体的作品呈现出不同面貌,如傅玄《七谟序》论"七"体之文,称其内容"或以恢大道而导幽滞,或以点瑰参而托调咏",不外乎此二者而已,其艺术表现则多样化,如:

> 《七依》之卓轹一技,《七辩》之缠绵精巧,《七启》之奔逸壮丽,《七释》之情密闲理,亦近代之所希也。②

又如傅玄《叙连珠》中称"连珠"文"辞丽而言约","辞丽"为一,但如何"丽",班固、蔡邕、贾逵诸人之作各不一样,这就是葛洪《抱朴子·辞义》所说的"众色乖而皆丽"③。

其三,对主题批评亦有所促进,即改变主题批评模式仅仅对作品内容进行伦理、教化评判的做法,而是把述说作品内容的具体情况放在首要地位。文体批评的重要组成部分,就是阐述文体的规定性,什么样的文体应该有什么内容,如《文章流别传》称哀辞是"率以施于童殇夭折、不以寿终者",又称"今所哀策者,古诔之义";④那么,哀辞、哀策、诔都是述写哀悼内容的,而具体来说又有所不同。又如《文章流别论》叙说各种各样文体的"文章"在内容上的不一样:

> 王泽流而诗作,成功臻而颂兴,德勋立而铭著,嘉美终而诔集。祝史陈辞,官箴王阙。

但又总叙"文章者,所以宣上下之象,明人伦之叙,穷理尽性,以究万物之宜者也",⑤称各种各样文体的"文章"总体上其内容是共通的,表现着统一的目的,但各自的主题与题材又有不同。

---

① 葛洪《抱朴子》,"诸子百家丛书"本,上海古籍出版社,1990年,第255页。
② 欧阳询《艺文类聚》,上海古籍出版社,1982年,第1020页。
③ 葛洪《抱朴子》,"诸子百家丛书"本,上海古籍出版社,1990年,第299页。
④ 李昉等《太平御览》卷五百九十六,中华书局,1960年,第2687页。
⑤ 欧阳询《艺文类聚》,上海古籍出版社,1982年,第1018页。

其四,促进"类分"观念的形成。现存最早的文章总集《文选》,其序中论文章的文体分类说:

> 凡次文之体,各以汇聚。诗赋体既不一,又以类分。①

文章分体之后,又按次文体分类,《文章流别论》也是如此,其述诗有三言、四言、五言、六言、七言、九言之分,这是文体之分中又析出次文体。但还有另外一种分类,如《文选》录《幽通赋》《思玄赋》两篇入"志"类,认为这两篇赋在内容上有共同点,这就是按题材内容归类。《文章流别论》更多表现出对如此分类的思索,如对"颂"的辨析,称"颂,诗之美者也"为"古颂之意";称班固《安丰戴侯颂》诸颂"与《鲁颂》体意相类,而文辞之异,古今之变也";称扬雄《赵充国颂》"似雅";称傅毅《显宗颂》"与《周颂》相似,而杂以风雅之意";称马融《广成》《上林》之属,"纯为今赋之体,而谓之颂,失之远矣"。② 这些思索从文体形式的辨析又深入到按题材、内容的辨析。

对诗赋按题材、内容分类的探索,以文体论中采用序的面目单一论某一文体为著,如陆机《遂志赋序》:

> 昔崔篆作诗,以明道述志。而冯衍又作《显志赋》,班固作《幽通赋》,皆相依仿焉。张衡《思玄》,蔡邕《玄表》,张叔《哀系》,此前世之可得言者也……余备托作者之末,聊复用心焉。③

陆机认识到,这些内容的赋是该为一类的,这就是赋的"志"类,继而又述各赋的不同。又如陶渊明《闲情赋序》称自己的《闲情赋》与张衡《定情赋》、蔡邕《静情赋》为一类,此该是赋的"情"类。

刘师培《魏晋文学之变迁》称挚虞的文体论说:

> 于诗、赋、箴、铭、哀、词、颂、七、杂文之属,溯其起源,考其正变,以明古今各体之异同,于诸家撰作之得失,亦多评品,集

---

① 萧统编,李善注《文选》,中华书局,1977 年,第 2 页。
② 李昉等《太平御览》卷五百八十八,中华书局,1960 年,第 2647 页。
③ 陆机《陆机集》,中华书局,1982 年,第 15 页。

古今论文之大成。①

文体批评模式涉及文学创作的诸多方面,尽管其涉及面广使其诸多论述失之浅近,但因其论述全面,使以前被忽略的问题不至于再被忽略。天下文学批评之势,由个别出发而走向全面,这是文学批评发展的表现,这就是由主题批评模式走向文体批评模式。

其五,文体学研究模式的建立。一是文体论的规范。南朝齐时,刘勰《文心雕龙》诞生,比起前代来,其文体论更为完善,其书《序志》篇提出了文体论自身的理论规范:

> 若乃论文叙笔,则囿别区分。原始以表末,释名以章义,选文以定篇,敷理以举统。②

这套文体论理论规范的提出,自然有继承并发展魏晋文体的批评模式的意义。二是文体下的"类分"观念以及具体实践。三是以《诗品》为标志,建立文体内部"九品"划分与论述。四是以"文笔之辨"标示着文体相分又走向文体相合。五是以任昉《文章缘起》、刘勰《文心雕龙》标示文体谱系的建立。

---

① 刘师培《中国中古文学史 论文杂记》,人民文学出版社,1959年,第69页。
② 刘勰撰,詹锳义证《文心雕龙义证》,上海古籍出版社,1989年,第1924页。

第一章　人物批评与文体学

建安元年,曹操迎献帝都许,从此"挟天子以令诸侯",平定北方,他"外定武功,内兴文学",在用人唯才的政策导引下,文士聚集邺下,文学大盛。《文心雕龙·时序》有很好的总结,其云:

> 自献帝播迁,文学蓬转,建安之末,区宇方辑。魏武以相王之尊,雅爱诗章;文帝以副君之重,妙善辞赋;陈思以公子之豪,下笔琳琅;并体貌英逸,故俊才云蒸。仲宣委质于汉南,孔璋归命于河北,伟长从宦于青土,公幹徇质于海隅;德琏综其斐然之思;元瑜展其翩翩之乐。文蔚、休伯之俦,于叔、德祖之侣,傲雅觞豆之前,雍容衽席之上,洒笔以成酣歌,和墨以藉谈笑。观其时文,雅好慷慨,良由世积乱离,风衰俗怨,并志深而笔长,故梗概而多气也。①

当时作家众多,据钟嵘称:"降及建安,曹公父子,笃好斯文;平原兄弟,郁为文栋;刘桢、王粲为其羽翼。次有攀龙托凤,自致于属车者,盖将百计。彬彬之盛,大备于时矣。"②曹操"以相王之尊",忙于军务政事,仍从事文学创作,"御军三十余年……登高必赋,及造新诗,被之管弦,皆成乐章"③。而邺下具体的"洒笔以成酣歌,和墨以藉谈笑"的文学活动,则多由曹丕、曹植兄弟组织、安排。作为文坛领袖的曹丕,从理论与实践两方面担当起重任,论述文章"经国之

---

① 刘勰撰,詹锳义证《文心雕龙义证》,上海古籍出版社,1989年,第1687—1694页。
② 钟嵘撰,曹旭集注《诗品集注》,上海古籍出版社,1994年,第17页。
③ 陈寿撰,裴松之注《三国志·魏书·武帝纪》注引《魏书》,中华书局,1982年,第54页。

大业,不朽之盛事"的作用以弘扬文学事业,"审己以度人"地"论文"以评论作家,批评"文人相轻,自古而然"的旧习以建立良好的文学风气,等等。这一切,都在其《典论·论文》中有精彩的表述,而用文体学的理论来进行作家批评,既是文体学与现实文学批评紧密相关的一个实例,也由此促进了文体学的发展,这就是曹魏时期文体学的突出特点。

第一节 曹丕《典论·论文》的作家批评与文体学

一、曹丕与《典论》

曹丕(187—226),字子桓,沛国谯(今安徽亳州)人。曹操次子。汉献帝建安十六年(211),为五官中郎将、副丞相,建安二十二年(217)被立为魏太子。建安二十五年(220),曹操死,曹丕嗣位为魏王、丞相;同年,代汉称帝,建立魏王朝,在位七年,谥文帝。曹丕《典论·自叙》自称"少诵诗、论,及长而备历五经、四部,《史》《汉》诸子百家之言,靡不毕览"①,爱好撰作,史称其"好文学,以著述为务,自所勒成垂百篇"②,其《燕歌行》在七言诗发展史上有重要地位。

子书的著述、立言为士人"三不朽"之举,曹丕对同时代文人、建安七子之一的徐幹所作《中论》多有盛赞,其《与吴质书》曰:

> 伟长独怀文抱质,恬淡寡欲,有箕山之志,可谓彬彬君子矣。著《中论》二十余篇,成一家之业,辞义典雅,足传于后,此子为

---

① 陈寿撰,裴松之注《三国志·魏书·文帝纪》注引《典论·自叙》,中华书局,1982年,第90页。
② 同上书,第88页。

不朽矣。①

曹丕对著述立言有很多向往,其《与王朗书》自称:

> 生有七尺之形,死唯一棺之土,唯立德扬名,可以不朽,其次莫如著篇籍。疫疠数起,士人凋落,余独何人,能全其寿?②

曹丕精心撰作的《典论》就是其"成一家之言"的子书著作,他非常看重与珍爱这部书,曾"以素书所著《典论》及诗、赋饷孙权,又以纸写一通与张昭"③。

卞兰《赞述太子表》有"窃见所作《典论》"云云④,可知此书作于曹丕为太子时;且《典论》中提及孔融等已逝,孔融逝于建安十三年(208),知道此书作于建安中后期。

《典论》一书一开始就流传很广,魏明帝太和四年(230)二月戊子,"诏太傅三公:以文帝《典论》刻石,立于庙门之外"⑤,《水经注》载:"魏文帝又刊《典论》六碑,附于其次。"⑥此在太学。《洛阳伽蓝记》卷三载:"魏文帝作《典论》六碑,至太和十七年,犹有四存。"⑦此为北魏孝文帝太和十七年(493)。《隋书·经籍志》著录为五卷,《宋史》以后不复著录,全书大概在宋代亡佚了。清严可均辑其佚文入《全三国文》卷八。《典论》有《论文》一篇,《文选》有录,应该是完整的篇章,此文专门"论文",涉及"文"的许多文体,此处以文体论的观点来审视之。

---

① 陈寿撰,裴松之注《三国志·魏书·吴质传》注引《魏略》,中华书局,1982年,第608页。
② 同上书《魏书·文帝纪》注引《魏书》,第88页。
③ 同上书《魏书·文帝纪》注引胡冲《吴历》,第89页。
④ 欧阳询《艺文类聚》,上海古籍出版社,1982年,第299页。
⑤ 陈寿撰,裴松之注《三国志·魏书·明帝纪》,中华书局,1982年,第97页。
⑥ 郦道元著,王国维校《水经注校》,上海人民出版社,1984年,第550页。
⑦ 杨衒之撰,范祥雍校注《洛阳伽蓝记校注》,上海古籍出版社,1978年,第146页。

二、以文体进行作家评论的起始

建安十三年(208)的赤壁之战奠定了天下三分的局面,社会基本安定下来。北方的文人聚集在曹操手下,而其文学活动实际上是在曹丕、曹植领导下展开的。当时邺下文人集聚,文学创作兴盛,以建官属而形成的诸王文学集团,主要是五官中郎将曹丕文学集团和曹植文学集团,但曹丕的太子身份又决定了他是邺下文学活动的实际领导者,是曹魏文学集团的实际领袖。曹丕自称与文人"游处,行则同舆,止则接席,何尝须臾相失! 每至觞酌流行,丝竹并奏,酒酣耳热,仰而赋诗";又在徐幹、陈琳、应玚、刘桢诸人离世后收集他们的文章,"撰其遗文,都为一集";①孔融被曹操所杀,而曹丕亦收集其遗文,"魏文帝深好融文辞,每叹曰:'杨、班俦也。'募天下有上融文章者,辄赏以金帛"②。曹丕作为文学集团的领袖,除组织文学活动外,其重要的职责之一就是协调文学集团中各位成员的关系,而评价文学集团中各位成员的文学成就,又是其协调文学集团中各种关系的基础。曹魏文学集团中著名文学家很多,建安七子就是佼佼者,曹丕对他们的才华有所评品,是作为文学集团的领袖的职责。

曹丕《典论·论文》,题名"论文",却以论文人起首,一开始讲"文人相轻,自古而然":

> 文人相轻,自古而然。傅毅之于班固,伯仲之间耳,而固小之,与弟超书曰:武仲以能属文,为兰台令史,下笔不能自休。③

赵翼《陔余丛考》"文人相轻"条:

> 班固论扬雄曰:"凡人贵远贱近,亲见扬子云,禄位容貌,不

---

① 曹丕《与吴质书》,陈寿撰,裴松之注《三国志·魏书·吴质传》注引《魏略》,中华书局,1982年,第608页。
② 范晔《后汉书·孔融传》,中华书局,1965年,第2279页。
③ 本章所录《典论·论文》文字,全见于萧统编,李善注《文选》,中华书局,1977年,第720—721页,以下不再出注。

足动人,故轻其书。"王充《论衡》亦云:"画工好画古人,不肯图近世之士者,尊古而卑今也。贵鹄贱鸡,鹄远而鸡近也。扬子云作《法言》,张伯松不肯观,以同时也。使子云在伯松前,伯松必以为金匮矣。"刘勰《文心雕龙》云:"韩非《储说》始出,相如《子虚赋》初成,秦皇、汉武恨不同时。既同时矣,则韩囚而马轻,岂非同时则贱哉!"此皆以同时见轻,固世情之所不免,然犹非彼此相忌而相轧也。刘勰又云:"班固、傅毅文在伯仲,而固嗤毅,谓下笔不能自休。及陈思论才,亦深排孔璋,故魏文称'文人相轻',非虚谈也。"则此习自古已然。①

自古以来,"文人相轻"已成陋习,而且,"文人相轻"不仅仅是文学史上的问题,《典论·论文》称当时文坛亦难免"文人相轻":

> 今之文人,鲁国孔融文举,广陵陈琳孔璋,山阳王粲仲宣,北海徐幹伟长,陈留阮瑀元瑜,汝南应玚德琏,东平刘桢公幹,斯七子者,于学无所遗,于辞无所假,咸以自骋骥䮷于千里,仰齐足而并驰,以此相服,亦良难矣。

曹植《与杨德祖书》也这样说过:

> 昔仲宣独步于汉南,孔璋鹰扬于河朔,伟长擅名于青土,公幹振藻于海隅,德琏发迹于大魏,足下高视于上京。当此之时,人人自谓握灵蛇之珠,家家自谓抱荆山之玉。②

《典论·论文》认为"文人相轻"是出于以下的原因:

> 夫人善于自见,而文非一体,鲜能备善,是以各以所长,相轻所短。里语曰:家有弊帚,享之千金。斯不自见之患也。

曹丕抓住这个各时代共同关心的问题进行批判性的分析,提出这是因为"文非一体,鲜能备善,是以各以所长,相轻所短"。作家们各有擅长的

---

① 赵翼《陔余丛考》卷四十,河北人民出版社,2007年,第828—829页。
② 赵幼文校注《曹植集校注》,人民文学出版社,1984年,第153页。

文体,但"文非一体",当"各以所长,相轻所短"地进行文学批评时,文学批评就走入了误区。因此,解决问题的关键在于分文体进行作家评论。于是可知,文体在世人观念中已经有相当的地位。

于是,曹丕以文体评论作家,他所谓"文非一体,鲜能备善"的意味,即每个作家各有擅长的文体。《典论·论文》曰:

> 王粲长于辞赋,徐幹时有齐气,然粲之匹也。如粲之《初征》《登楼》《槐赋》《征思》,幹之《玄猿》《漏卮》《圆扇》《橘赋》,虽张蔡不过也。然于他文,未能称是。琳、瑀之章、表、书、记,今之隽也。应玚和而不壮,刘桢壮而不密,孔融体气高妙,有过人者,然不能持论,理不胜词,以至乎杂以嘲戏,及其所善,杨、班俦也。

我们抽出其中分文章体裁评价作者的言论来进行分析:其一,王粲与徐幹在辞赋创作上可以一比,然由"徐幹时有齐气,然粲之匹也"的语气,可知徐幹稍逊于王粲。王粲与徐幹在辞赋上的成就可以与张衡、蔡邕并列。但此二人除了辞赋,"他文,未能称是"。其二,陈琳、阮瑀的"章、表、书、记,今之隽也"。其三,孔融"不能持论,理不胜词,以至乎杂以嘲戏,及其所善,杨、班俦也"。这样的言论又见《与吴质书》,曹丕除了夸赞徐幹(伟长)的子书撰作外,还指出建安文人各自在文章体裁上的成就与不足,诸如:"孔璋章表殊健,微为繁富。公幹有逸气,但未遒耳,至其五言诗,妙绝当时。元瑜书记翩翩,致足乐也。仲宣独自善于辞赋,惜其体弱,不足起其文,至于所善,古人无以远过也。"①当其先说长处再指出不足时,我们注意到这些评论都是指向具体文体的。

人物品评本来就讲求分类,如《论语·先进》载:

> 德行:颜渊、闵子骞、冉伯牛、仲弓。言语:宰我、子贡。政

---

① 陈寿撰,裴松之注《三国志·魏书·吴质传》注引《魏略》,中华书局,1982年,第608页。

事:冉有、季路。文学:子游、子夏。①

孔学四门,即孔子门生的四大类。东汉人物品评甚盛,《后汉书·许劭传》载:

初,劭与靖俱有高名,好共核论乡党人物,每月辄更其品题,故汝南俗有"月旦评"焉。②

当"月旦评"遇到"不能定先后"的问题时,那怎么办?《世说新语·品藻》载:

汝南陈仲举、颍川李元礼二人,共论其功德,不能定先后。蔡伯喈评之曰:"陈仲举强于犯上,李元礼严于摄下,犯上难,摄下易。"仲举遂在"三君"之下,元礼居"八俊"之上。③

当"论其功德,不能定先后"时,就分"犯上""摄下"两大类来品评,于是得出结论。与曹丕同时代的刘劭《人物志》,其《流业第三》分"人流之业十有二焉。有清节家,有法家,有术家,有国体,有器能,有臧否,有伎俩,有智意,有文章,有儒学,有口辨,有雄杰"④,也是强调人物各有专长。

而就文章方面的品评,本也多关注前代作家擅长何种文体,如"平原君谓公孙龙曰:公无复与孔子高辩事也。其理胜于辞,公辞胜于理"⑤,这是就"辩事"这一文体而言。《汉书》载,人皆称东方朔"不能持论"⑥,称东方朔、枚皋"不根持论"⑦,这是就"论"这一文体

---

① 《论语注疏》,《十三经注疏》,上海古籍出版社,1997年,第2498页。
② 范晔《后汉书》,中华书局,1965年,第2235页。
③ 刘义庆撰,刘孝标注,余嘉锡笺疏《世说新语笺疏》,上海古籍出版社,1993年,第498页。
④ 刘邵撰,梁满仓译注《人物志》,中华书局,2014年,第46—47页。
⑤ 李善注《典论·论文》引《孔丛子》,萧统编,李善注《文选》,中华书局,1977年,第720页。一说《孔丛子》为魏晋人所作,但其论前人应有所本。
⑥ 班固《汉书·东方朔传》,中华书局,1962年,第2873页。
⑦ 同上书《严助传》,第2775页。

而言。

曹丕《典论》佚文：

> 或问：屈原、相如之赋孰愈。曰：优游按衍，屈原之尚也；浮沉漂淫，穷侈极妙，相如之长也。然原据托譬喻，其意周旋，绰有余度矣。长卿、子云，意未能及也。①

屈原与司马相如、扬雄的比较，也是在同文体"赋"中相比，由此得出结论。

三、"文本同而末异"与文体特性、文章价值

就文章体裁而言，各文体又有各自的风格，此即文体之"体"与风格之"体"的结合，《典论·论文》提出：

> 盖文章经国之大业，不朽之盛事。
>
> 夫文本同而末异。盖奏议宜雅，书论宜理，铭诔尚实，诗赋欲丽。此四科不同，故能之者偏也，唯通才能备其体。

首先，这段话具有文体分类学上的意义，这就是人们经常所说的曹丕把文章分为"四科八体"。当然，这是曹丕举例而言，并不是说曹丕认为天下文章就只有这"四科八体"。而所谓"雅""理""实""丽"就应该是各种文体特定的风格；前人多是个别地论述各种文体特定的风格，曹丕的论证也是继承了前人的观点。但曹丕这种做法的创始意义在于，如此综合性论证各种文体的特定风格，是前人不曾有过的。曹丕《典论·论文》把文体学的问题综合在一起论证，说明文体是可以综合在一起论证的，这就是文体学的研究，曹丕开始有了这样的意识。

虽然曹丕说"盖奏议宜雅，书论宜理，铭诔尚实，诗赋欲丽"，指出各种文体各有风格，但有一个前提，即这是"文本同"下的"末

---

① 虞世南《北堂书钞》卷一百，中国书店，1989年，第380页。

异"。因此,"雅""理""实""丽"在一定的情况下,也应该适合其他文体。如"实",曹丕《典论·论文》提出"铭诔尚实",又如卞兰献赋赞述太子德美,曹丕回复说:

> 赋者,言事类之所附也。颂者,美盛德之形容也。故作者不虚其辞,受者必当其实,(卞)兰此赋,岂吾实哉?昔吾丘寿王一陈宝鼎,何武等徒以歌颂,犹受金帛之赐。(卞)兰事虽不谅,义足嘉也。今赐牛一头。①

曹丕称文体写作的"尚实"有作者、读者两方面,所谓"作者不虚其辞,受者必当其实";又称确有"徒以歌颂"的情况,因此这里是有的放矢。又如"丽",本是扬雄"诗人之赋丽以则,辞人之赋丽以淫"之"丽"②,曹丕既用于"诗赋欲丽",又用于其他文体,尝云:

> 上西征,余守谯,繁钦从。时薛访车子能喉啭,与笳同音,钦《笺》还与余而盛叹之。虽过其实,而其文甚丽。③

对笺之"丽"甚为夸赞。

当曹丕提出"盖文章经国之大业,不朽之盛事"时,他接着又说"夫文本同而末异","文本同"的意义是就文章的整体的价值而言,即"经国之大业,不朽之盛事"。这就是曹丕对文章价值的看法,此中又可看出他以何种文体为重,以及他是如何把文体与文章价值结合起来。

其一,曹丕"论文"是先"笔"后"文"。隋人《文笔式》称"制作之道,唯笔与文","文"有诗、赋、铭、颂、箴、赞、吊、诔,"笔"有诏、策、

---

① 陈寿撰,裴松之注《三国志·魏书·卞后传》注引《魏略》,中华书局,1982年,第158页。
② 扬雄著,李轨注《扬子法言》,上海古籍出版社,1989年,第6页。
③ 繁钦《与魏文帝笺》李善注引文帝《集序》,萧统编,李善注《文选》,中华书局,1977年,第564页。

移、檄、章、奏、书、启,"即而言之,韵者为文,非韵者为笔"。①曹丕以"笔"之"奏议""书论"居前,以"文"之"铭诔""诗赋"居后。联系到曹操"唯才是举,吾得而用之"②的政策,他甚至说:"若文俗之吏,高才异质,或堪为将守;负污辱之名,见笑之行,或不仁不孝而有治国用兵之术。其各举所知,勿有所遗。"③曹操真正要用的是文士的"政事"才能,如王粲入魏,"时旧仪废弛,兴造制度,(王)粲恒典之","太祖并以琳、瑀为司空军谋祭酒,管记室,军国书檄,多琳、瑀所作也"。④那么,以"经国之大业,不朽之盛事"来衡量"文章",曹丕所论先"政事"之"笔"而后"文",是自然而然的,故郭英德说"曹丕尤重前者,因此先'笔'后'文',体现了传统的文体观",在汉末魏初,人们"持'笔'重于'文'的观念"。⑤

其二,曹丕盛赞子书,论述文体时以子书为先,"文章"在后。当曹丕讲"盖文章经国之大业,不朽之盛事。年寿有时而尽,荣乐止乎其身,二者必至之常期,未若文章之无穷"时,后面接着说孔融等已逝世,"唯(徐)幹著论,成一家言"。那么,"文章之无穷"中,"著论"是排在第一位的。

曹植也有相同的说法,其《与杨德祖书》:

> 辞赋小道,固未足以揄扬大义,彰示来世也。昔杨子云先朝执戟之臣耳,犹称"壮夫不为"也。吾虽德薄,位为蕃侯,犹庶几勠力上国,流惠下民,建永世之业,留金石之功,岂徒以翰墨为勋绩,辞赋为君子哉!若吾志未果,吾道不行,则将采庶官之实

---

① 〔日〕弘法大师撰,王利器校注《文镜秘府论校注》西卷引,中国社会科学出版社,第474页。据王利器考证,《文笔式》出于隋人,见该书第475页。
② 曹操《曹操集·求贤令》,中华书局,1959年,第41页。
③ 同上书《举贤勿拘品行令》,第49页。
④ 陈寿撰,裴松之注《三国志·魏书·王粲传》《阮瑀传》,中华书局,1982年,第598、600页。
⑤ 郭英德《中国古代文体学论稿》,北京大学出版社,2005年,第80—81页。

录,辩时俗之得失,定仁义之衷,成一家之言。①

当其所称"勠力上国,流惠下民"的理想不能实现时,也不是就满足于从事"辞赋小道",而是要"采庶官之实录,辩时俗之得失,定仁义之衷,成一家之言"地撰作史书、子书。这也是以子书为先的想法。

因此,曹丕"书论宜理"是在崇尚子书的背景下做出的论断,且建安作家也多有"书论"的实践,如曹植就称"高谈虚论,问彼道原"②。

其三,曹丕认为"文""笔"或有缺陷,子书是没有缺陷的。曹丕《与吴质书》对"诸子之文"虽然多有夸赞,但也指出其不足,唯独对徐幹(伟长)所著子书《中论》赞赏不绝,既称"可谓彬彬君子矣",又称"此子为不朽矣";还为应场未能实现子书撰作的"美志"而"痛惜"不已。③当然,曹丕的时代对子书也是有要求的,如桓范《世要论》就有《序作》一篇,专论"著作书论",详见下文所论。

四、曹丕以"气"论作家

以下我们抽绎曹丕以"气"论作家的言论,其《典论·论文》有云:

> 徐幹时有齐气。(李善注:"言齐俗文体舒缓,而徐幹亦有斯累。")
>
> 孔融体气高妙,有过人者。

徐幹为北海人,北海属齐故地,汉代时人们普遍认为齐地风气舒缓,如《汉书·地理志》称:"初,太公治齐,修道术,尊贤智,赏有功,故至今其土多好经术,矜功名,舒缓阔达而足智。"④又引《齐诗》

---

① 萧统编,李善注《文选》,中华书局,1977年,第594页。
② 赵幼文校注《曹植集校注》,人民文学出版社,1984年,第544页。
③ 陈寿撰,裴松之注《三国志·魏书·吴质传》注引《魏略》,中华书局,1982年,第608页。
④ 班固《汉书》,中华书局,1962年,第1661页。

相证:"故《齐诗》曰:'子之营兮,遭我乎峱之间兮。'又曰:'俟我于著乎而。'此亦其舒缓之体也。"①王充《论衡·率性》总结各地风气曰:"齐舒缓,秦慢易,楚促急,燕戆投。"②可见曹丕是以"齐俗文体舒缓"说明徐幹"亦有斯累"。"孔融体气高妙","体气"也是"气"的意思。《论衡·无形》"体气与形骸相抱"③,"形骸"为外,则"体气"更强调内在性。《文心雕龙·风骨》引刘桢语"孔氏卓卓,信含异气;笔墨之性,殆不可胜"④,就是指孔融文章之气势强劲。曹丕《与吴质书》载:

> 公幹有逸气,但未遒耳。
> (王粲)体弱,不足起其文。(李善注:"弱,谓之体弱也。")⑤

"逸气",指奔放流利,但容易平滑,故曹丕称刘桢的文章虽奔放流利但不够遒劲有力。"体弱"之"体"也是指"气",曹丕称王粲文章气弱,所以不能壮大有力。

曹丕评赏诸人文章风格的关键词是"气","气"是各人不同的。我们知道,曹丕是分文体来进行文章评价、作家评价的,因此,曹丕称说诸人文章风格的不同之"气",以及称"应玚和而不壮,刘桢壮而不密"时,也是在称说文体风格的不同,即文体风格当然也与"气"有关。曹丕又说:

> 文以气为主,气之清浊有体,不可力强而致。譬诸音乐,曲度虽均,节奏同检,至于引气不齐,巧拙有素,虽在父兄,不能以移子弟。

---

① 班固《汉书》,中华书局,1962年,第1659页。
② 王充《论衡》,上海人民出版社,1974年,第27页。
③ 同上书,第21页。
④ 刘勰撰,詹锳义证《文心雕龙义证》,上海古籍出版社,1989年,第1059—1060页。
⑤ 萧统编,李善注《文选》,中华书局,1977年,第591页。

他把文章风格的不同、文体风格的不同与"气"联系起来,此处的"气",综合而言就是所谓"文气"。

曹丕的最大功绩是用"气"论文,提出"文以气为主",用"气"评述作家。"气"有"乐气",《礼记·乐记》称:

> 诗,言其志也;歌,咏其声也;舞,动其容也。三者本于心,然后乐器(按,当作"气")从之。是故情深而文明,气盛而化神。和顺积中,而英华发外,唯乐不可以为伪。①

此即曹丕用以打比方来论"文气"的依据。曹丕之前,"气"的学说源远流长。

"气"有哲学之"气",《孟子·公孙丑上》载,有人问孟子的长处是什么,孟子回答说:"我知言,我善养吾浩然之气。"人又问什么是"浩然之气",孟子回答说:"难言也。其为气也,至大至刚,以直养而无害,则塞于天地之间。其为气也,配义与道。"②所谓"我善养吾浩然之气",各人有各人之"气"。

"气"有人之"气",指人的元气、生命力。《管子·心术下》:"气者身之充也。"③《墨子·辞过》:"古之民未知为饮食时,素食而分处。故圣人作,诲男耕稼树艺,以为民食。其为食也,足以增气充虚,强体适腹而已矣。"④

"气"有宇宙之"气",形成宇宙万物的最根本的物质实体。《易·系辞上》:"精气为物,游魂为变。"孔颖达疏:"精气为物者,谓阴阳精灵之气。"⑤《左传·昭公二十五年》:"民有好恶喜怒哀乐,生于六气(按,阴阳风雨晦明)。"⑥汉王充《论衡·自然》:"天地合

---

① 《礼记正义》,《十三经注疏》,上海古籍出版社,1997年,第1536页。
② 《孟子注疏》,《十三经注疏》,上海古籍出版社,1997年,第2685页。
③ 管仲撰,吴文涛、张善良编著《管子》,北京燕山出版社,1995年,第286页。
④ 孙诒让《墨子间诂》,《诸子集成》第4册,中华书局,1954年,第20页。
⑤ 《周易正义》,《十三经注疏》,上海古籍出版社,1997年,第77页。
⑥ 《春秋左传正义》,《十三经注疏》,上海古籍出版社,1997年,第2108页。

气,万物自生。犹夫妇合气,子自生矣。"①汉王符《潜夫论·本训》:"和气生人。""麟龙鸾凤,蛰蟹蟓蝗,莫不气之所为也。"②

"气"有地理之"气",《汉书·地理志》所谓"凡民函五常之性,而其刚柔缓急,音声不同,系水土之风气"③。又前引徐幹例,把土地之"气"与诗歌之体联系在一起。

汉末三国时期多以"气"来称述人的气质、才干,如蔡邕称"申屠蟠禀气玄妙,性敏心通"④,蔡邕《童幼胡根碑铭》称胡根"应气淑灵,实有令仪,而气如莹"⑤。曹丕也有"周成王体上圣之休气"之论⑥。

又有语气之"气",这是"言"的外在态度表达,《晏子春秋·外篇上十一》:"寡人夜者闻西方有男子哭者,声甚哀,气甚悲,是奚为者也?寡人哀之。"⑦

又如《荀子·非相》称:

> 谈说之术,矜庄以莅之,端诚以处之,坚强以持之,分别以喻之,譬称以明之,欣欢芬芗以送之,宝之珍之,贵之神之,如是则说常无不受。虽不说人,人莫不贵。⑧

此中讲"谈说之术","譬称""分别"是讲"言"的内容逻辑,而"矜庄""端诚""坚强""欣欢""芬芗"以及"送之""宝之""珍之""贵之""神之"都是讲"言"在运用时的表达状况,即语气之"气"。《孟子·公孙丑上》载孟子自称"诐辞知其所蔽,淫辞知其所陷,邪辞知

---

① 王充《论衡》,上海人民出版社,1974年,第277页。
② 王符著,王继培笺,彭铎校正《潜夫论笺》,中华书局,1979年,第365、368页。
③ 班固《汉书·地理志》,中华书局,1962年,第1640页。
④ 范晔《后汉书·申屠蟠传》,中华书局,1965年,第1751页。
⑤ 蔡邕著,邓安生编《蔡邕集编年校注》,河北教育出版社,2002年,第132页。
⑥ 曹丕《周成汉昭论》,欧阳询《艺文类聚》卷十二,上海古籍出版社,1982年,第233页。
⑦ 陈涛译注《晏子春秋译注》,天津古籍出版社,1996年,第337页。
⑧ 王先谦《荀子集解》,中华书局,1988年,第101—102页。

其所离,遁辞知其所穷"①。《易·系辞下》载:

> 将叛者其辞惭,中心疑者其辞枝,吉人之辞寡,躁人之辞多,诬善之人其辞游,失其守者其辞屈。②

此则强调"言"的表达状况,这就是人的内在"气"对语言表达的内在逻辑的影响。王运熙、杨明指出"还有以'气'形容言辞的",其举例如:《论语·泰伯》"出辞气,斯远鄙倍矣";《三国志·吴书·张顾诸葛步传》载周昭称张承"每升朝堂,循礼而动,辞气謇謇,罔不惟忠",载张昭"每朝见,辞气壮厉,义形于色";《三国志·魏书·臧洪传》载臧洪盟誓"辞气慷慨,涕泣横下,闻其言者,虽卒伍厮养,莫不激扬,人思致节";崔瑗《河间相张平子碑》称张衡"声气芬芳",孔融《荐祢衡表》称祢衡"飞辩骋辞,溢气坌涌"。王运熙、杨明由此得出结论云:"用'气'形容言辞,与用'气'形容文章,可以说是相当接近的。"③这对本书溯源"文气"说有所启发。又如司马彪《九州春秋》称孔融:"高谈教令,盈溢官曹,辞气温雅,可玩而诵。"④《吴历》曰:"晃入,口谏曰:'太子仁明,显闻四海。今三方鼎跱,实不宜摇动太子,以生众心。愿陛下少垂圣虑,老臣虽死,犹生之年。'叩头流血,辞气不挠。"⑤"辞气"成为人们"口出以为言"时必定要十分注意的问题。这与文章的"气"最为接近。

《礼记·乐记》:"子赣见师乙而问焉,曰:'赐闻声歌各有宜也,如赐者,宜何歌也?'师乙曰:'乙贱工也,何足以问所宜?请诵其所闻,而吾子自执焉。爱者宜歌《商》。温良而能断者宜歌《齐》。夫歌者,直己而陈德也。动己而天地应焉,四时和焉,星辰理焉,万

---

① 杨伯峻译注《孟子译注》,中华书局,1960年,第62页。
② 《周易正义》,《十三经注疏》,上海古籍出版社,1997年,第91页。
③ 王运熙、杨明《魏晋南北朝文学批评史》,上海古籍出版社,1989年,第29—30页。
④ 陈寿撰,裴松之注《三国志·魏书·崔琰传》注引,中华书局,1982年,第371页。
⑤ 同上书《吴书·孙和传》注引,第1370页。

物育焉。故《商》者,五帝之遗声也。宽而静,柔而正者宜歌《颂》。广大而静,疏达而信者宜歌《大雅》。恭俭而好礼者,宜歌《小雅》,正直而静,廉而谦者宜歌《风》。'"郑玄注:"声歌各有宜,气顺性也。"①《商》《齐》《颂》《大雅》《小雅》《风》各为歌体,如果进一步视其为诗体的话,那么,这就是最早的文体与"气"关系的论述。

曹丕同时代及稍后,以"气"论人者甚多,如韦仲将云:

> 仲宣伤于肥戆,休伯都无格检,元瑜病于体弱,孔璋实自粗疏,文蔚性颇忿鸷。②

这些都是曹丕以"气"论人产生的影响。

第二节 人物批评、世风与文体批评

在曹丕或稍后的时代,继汉代余风,仍注重人物品评。在诸多的人物批评中,时有涉及文体论述者,如《文质论》讨论人才的"文质"时涉及文章的文华与质朴问题;又如《人物志》讨论才性问题,往往涉及人物的"内藏之器",这继承了曹丕以"气"论作家的思路;又如《世要论》讨论时代的紧要问题,其论述人物的时代风气时,讨论到一些文体的撰作问题。以下对这些著作中涉及文体的内容简要述之。

一、《文质论》论人物"文质"与语言表达

魏时,阮瑀、应玚曾以客主、正反方式讨论"文质"问题。阮瑀(165?—212),字元瑜,陈留尉氏(今河南开封)人,建安七子之一。年轻时曾拜蔡邕为师,因得名师指点,文章闻名于时,当时军国书檄

---

① 《礼记正义》,《十三经注疏》,上海古籍出版社,1997年,第1545页。
② 陈寿撰,裴松之注《三国志·魏书·王卫二刘傅传》,中华书局,1982年,第604页。

文字多为阮瑀与陈琳所拟。应玚(？—217)，字德琏，汝南南顿(今河南项城)人，建安七子之一。应玚初被曹操任命为丞相掾属，转为平原侯庶子，后为曹丕五官中郎将文学，掌校典籍、侍奉文章。客主，指辩论中问难与答辩的双方，或称辩论中的正方、反方。魏晋时论辩的规则是就某一论辩题目的客主、正反双方都获胜，才能算作胜利；且客主、正反要进行数番的论辩。如《世说新语·文学》：

> 何晏为吏部尚书，有位望，时谈客盈坐，王弼未弱冠往见之。晏闻弼名，因条向者胜理语弼曰："此理仆以为极，可得复难不？"弼便作难，一坐人便以为屈，于是弼自为客主数番，皆一坐所不及。①

晋皇甫谧《三都赋序》称：

> 二国之士，各沐浴所闻，家自以为我土乐，人自以为我民良，皆非通方之论也。作者又因客主之辞，正之以魏都，折之以王道，其物土所出，可得披图而校。②

这是说设"客主之辞"以展开赋的情节，如果从文体发展来追溯，可见客主的用法、风气产生于设论。

阮瑀、应玚以客主、正反方式讨论"文质"问题的论述，即其各自的《文质论》③。两人所论"文质"，与孔子所说"文质彬彬，然后君子"一样，都是指人的修养，"质"是指人的内在品性、本色，"文"是指人的外在文采、修饰。双方都用能否言辞来打比方，阮瑀《文质论》既称"言多方者，中难处也"，又称"少言辞者，政不烦也"，"安刘氏者周勃，正嫡位者周勃，大臣木强，不至华言"，以此论证"质"重于"文"。但其中"孝文上林苑欲拜啬夫，释之前谏，意崇敦朴"，说到

---

① 刘义庆撰，刘孝标注，余嘉锡笺疏《世说新语笺疏》，上海古籍出版社，1993年，第195—196页。
② 萧统编，李善注《文选》，中华书局，1977年，第642页。
③ 欧阳询《艺文类聚》，上海古籍出版社，1982年，第411—412页。

汉代抑压能说会道者的一件史事,见《史记·张释之传》载:

> （张）释之从行,登虎圈。上问上林尉诸禽兽簿,十余问,尉左右视,尽不能对。虎圈啬夫从旁代尉对上所问禽兽簿甚悉,欲以观其能口对响应无穷者。文帝曰:"吏不当若是邪? 尉无赖!"乃诏释之拜啬夫为上林令。释之久之前曰:"陛下以绛侯周勃何如人也?"上曰:"长者也。"又复问:"东阳侯张相如何如人也?"上复曰:"长者。"释之曰:"夫绛侯、东阳侯称为长者,此两人言事曾不能出口,岂敩此啬夫谍谍利口捷给哉! 且秦以任刀笔之吏,吏争以亟疾苛察相高,然其敝徒文具耳,无恻隐之实。以故不闻其过,陵迟而至于二世,天下土崩。今陛下以啬夫口辩而超迁之,臣恐天下随风靡靡,争为口辩而无其实。且下之化上疾于景响,举错不可不审也。"文帝曰:"善。"乃止不拜啬夫。①

这是对"谍谍利口捷给"的批判,所谓"徒文具耳,无恻隐之实",其论点是崇尚"质"。

应场《文质论》则称"否泰易趍,道无攸一,二政代序,有文有质",强调"文质"不可偏废。其称"质者端一玄静,俭啬潜化利用",虽然在"承清泰,御平业,循轨量,守成法"过程中有着重要作用,但是"至乎应天顺民,拨乱夷世,摛藻奋权,赫弈丕烈,纪禅协律,礼仪焕别,览坟丘于皇代,建不刊之洪制,显宣尼之典教,探微言之所弊","文"则更不可或缺。他还因"且少言辞者,孟僖所以不能答郊劳也"与"夫谏则无义以陈,问则服汗沾濡,岂若陈平敏对,叔孙据书,言辨国典,辞定皇居",于是称"然后知质者之不足,文者之有余",其论点是崇尚"文"。

无论何种文体,其运用都会涉及"文质"问题,因此,阮瑀、应场《文质论》的意义,就在于文体最终要在实际运用中发挥作用,以及

---

① 司马迁《史记》,中华书局,1982年,第2752页。

"文""质"二者的相呼相应。此后讨论文章的"文质"问题者源源不绝,如晋杜预《春秋左氏传序》曰:"史有文质,辞有详略。"孔颖达疏:"史文则辞华,史质则辞直,华则多详,直则多略。"①也是在讨论文章"文质"的各自特长。

二、《人物志》论人物才性与"内藏之器"

稍晚于曹丕的刘劭(180? —242?),字孔才,邯郸人。建安年间就开始为宦,早期曾为管理地方户赋的计吏,后因学识渊博而升任秘书郎,并得到荀彧的赏识。入魏后任尚书郎、散骑侍郎、陈留太守,赐爵关内侯。他做官很有成绩,史载其多次提出中肯的建议,文才也很出色,史称"该览学籍,文质周洽"②。曹叡曾叫他写《许都赋》与《洛都赋》,又有《赵都赋》,史称"三都赋",受世人推崇。刘劭参与编撰《皇览》《新律》,著《律略论》。曾受诏作都官考课,有七十二条。所著《人物志》是一部辨析、评论人物的专著,约成书于曹魏明帝统治时期(227—239)。

《人物志》系统品鉴人物的才性,一是分辨人物才性的类型,其《流业》曰:

> 盖人流之业十有二焉。有清节家,有法家,有术家,有国体,有器能,有臧否,有伎俩,有智意,有文章,有儒学,有口辨,有雄杰。③

其中的"文章""儒学""口辨"等就是与文学才性有关的。《流业》又论述了各类人物才性是从何种职务发展而来的,这显然是继承了《汉书·艺文志》辨章学术、考镜源流的作法,用在人物品鉴上,如其云:

---

① 《春秋左传正义》,《十三经注疏》,上海古籍出版社,1997年,第1705页。
② 陈寿撰,裴松之注《三国志·魏书·傅嘏传》,中华书局,1982年,第629页。
③ 刘邵撰,梁满仓译注《人物志》,中华书局,2014年,第46—47页。

> 清节之德,师氏之任也。法家之材,司寇之任也。术家之材,三孤之任也。三材纯备,三公之任也。三材而微,冢宰之任也。臧否之材,师氏之佐也。智意之材,冢宰之佐也。伎俩之材,司空之任也。儒学之材,安民之任也。文章之材,国史之任也。辩给之材,行人之任也。骁雄之材,将帅之任也。①

《四库全书总目》称此书"论辨人才"的方法是"以外见之符,验内藏之器",②如"清节之德"之类即"内藏之器",而"师氏之任"之类即"外见之符"。古代称各授其职、各司其职为"分职"。《尚书·周官》:"六卿分职,各率其属,以倡九牧,阜成兆民。"③称各授其职才能实施对人民的管理。《管子·明法解》:"明主者,有术数而不可欺也,审于法禁而不可犯也;察于分职而不可乱也,故群臣不敢行其私。"④称各司其职才能实施对官员的管理。《人物志》把人物才性的类型与官职联系起来,更体现了各司其职的观念。

进一步讲,所谓"验内藏之器",实际上就是以"气"论人。值得一说的是,《人物志》以辩证的方法指出人物"内藏之器"的两面效应,所谓有正必有反、有利必有弊、有得必有失,其《体别》云:

> 是故厉直刚毅,材在矫正,失在激讦。柔顺安恕,每在宽容,失在少决。雄悍杰健,任在胆烈,失在多忌。精良畏慎,善在恭谨,失在多疑。强楷坚劲,用在桢干,失在专固。论辨理绎,能在释结,失在流宕。普博周给,弘在覆裕,失在溷浊。清介廉洁,节在俭固,失在拘局。休动磊落,业在攀跻,失在疏越。沉静机密,精在玄微,失在迟缓。朴露径尽,质在中诚,失在不微。多智韬情,权在谲略,失在依违。⑤

---

① 刘邵撰,梁满仓译注《人物志》,中华书局,2014年,第56—57页。
② 永瑢等《四库全书总目》,中华书局,1965年,第1009页。
③ 《尚书正义》,《十三经注疏》,上海古籍出版社,1997年,第235页。
④ 《管子》卷二十一,浙江人民出版社,1987年,第12页。
⑤ 刘邵撰,梁满仓译注《人物志》,中华书局,2014年,第34页。

这些说法的文体学的意义,就是把曹丕所说的作家擅长的文体以及运用文体时的利弊、长短,诸如"应玚和而不壮,刘桢壮而不密,孔融体气高妙,有过人者,然不能持论,理不胜词"之类,从才性理论上给予支持。

三、《世要论》论文体与世风

曹魏时的文体论,除曹丕《典论》外,以桓范《世要论》为著。桓范(？—249),字元则,沛国(治今安徽濉溪)人,有文才,善丹青。建安末入丞相府,延康元年(220)为羽林左监。明帝时曾任中领军、尚书、征虏将军、东中郎将、兖州刺史等。正始年间(240—249)任大司农,为曹爽谋划,号称"智囊"。司马懿起兵讨伐曹爽时,桓范劝曹爽挟魏帝到许昌,曹爽不听。曹爽被司马懿所杀,桓范亦被诛。"以有文学,与王象等典集《皇览》","尝抄撮《汉书》中诸杂事,自以意斟酌之,名曰《世要论》"。① 《隋志》著录《世要论》十二卷,梁有二十卷,后来丢失。《世要论》有各种名称,严可均说:

> 谨案:《隋志·法家》,《世要论》十二卷,魏大司农桓范撰,梁有二十卷,亡。《新唐志》与《隋》同,《旧唐志》作《代要论》十卷,各书征引,或称《政要论》,或称《桓范新书》,或称《桓范世论》,或称《桓公世论》,或称《桓子》,或称《魏桓范》,或称《桓范论》,或称《桓范要集》。互证之,知是一书,宋时不著录。《群书治要》载有《政要论》十四篇,据各书征引,补改阙讹,定为一卷。②

---

① 陈寿撰,裴松之注《三国志·魏书·曹爽传》注引《魏略》,中华书局,1982年,第290页。
② 严可均校辑《全上古三代秦汉三国六朝文·全三国文》卷三十七,中华书局,1958年,第1258页。

《世要论》中的文体论有《赞象》《铭诔》《序作》三篇①,世人多称扬其文体论对曹丕《典论·论文》的继承,但更值得注意的是,桓范在论文体时更强调文体撰作的"尚实"。

《赞象》是对"赞象"文体的论述。"赞",助。"赞象",即对人物画像的赞辞,人物画像的说明辞,帮助人们理解人物画像。汉宫廷中盛行画像,如"甘露三年,单于始入朝。上思股肱之美,乃图画其人于麒麟阁,法其形貌,署其官爵、姓名","皆有功德,知名当世,是以表而扬之"。②东汉还有制度规定在办公厅壁上图画主管官员的画像,附以赞语,并注明其任职期间的功过得失,汉末应劭《汉官》即载:

> 郡府听事壁诸尹画赞,肇自建武(按,光武帝),迄于阳嘉(按,顺帝),注其清浊进退,所谓不隐过,不虚誉,甚得述事之实。③

灵帝时阳球"奏罢鸿都文学",曰:

> 臣闻图象之设,以昭劝戒,欲令人君动鉴得失。未闻竖子小人,诈作文颂,而可妄窃天官,垂象图素者也。④

从那时就要求画赞"得述事之实",而到"尚实"时代,自然更加崇尚。

在《赞象》篇中,桓范先述其功能作用,所谓"夫赞象之所作,所以昭述勋德,思咏政惠,此盖《诗·颂》之末流矣";古时能够图像者,必定是做出了一些事情的人,在《赞象》篇中,桓范既取"赞"的"助"义,又突出"赞"的赞美、赞扬之义。而称其"宜由上而兴,非专

---

① 此三文文字录自郁沅、张明高编选《魏晋南北朝文论选》,人民文学出版社,1996年,第60—62页。以下此三文文字皆出于此,不再出注。
② 班固《汉书·苏武传》,中华书局,1962年,第2468、2469页。
③ 范晔《后汉书·郡国志》"河南尹"注引,中华书局,1965年,第3389页。
④ 同上书《酷吏列传》,第2499页。

下而作也",这是"尚实"的基础,如果是"专下而作","尚实"就没有什么保障了。又云:"实有勋绩,惠利加于百姓,遗爱留于民庶,宜请于国,当录于史官,载于竹帛,上章君将之德,下宣臣吏之忠。若言不足纪,事不足述,虚而为盈,亡而为有,此圣人之所疾,庶几之所耻也。"这就真正说到"尚实"了。这里是从正反两方面讲的:正面讲,如果赞象所述为实,那么就把这篇赞象载入史册;反面讲,如果赞象所述为不实,那么就是耻之所在。

铭,古代常刻于碑版或器物,或以称功德,或用以自警;诔,古代列述死者德行、表示哀悼并以之定谥之文,多用于上对下。"铭诔"连用,即纪念死者之文。在《铭诔》篇中,桓范主要是批判"铭诔"文体中不实的现象:

> 夫渝世富贵,乘时要世,爵以赂至,官以贿成。视常侍黄门宾客,假其气势,以致公卿牧守,所在宰莅,无清惠之政,而有饕餮之害,为臣无忠诚之行,而有奸欺之罪,背正向邪,附下罔下,此乃绳墨之所加,流放之所弃。而门生故吏,合集财货,刊石纪功,称述勋德,高邈伊、周,下陵管、晏,远追豹、产,近逾黄、邵,势重者称美,财富者文丽。后人相踵,称以为义,外若赞善,内为己发,上下相效,竞以为荣,其流之弊,乃至于此,欺曜当时,疑误后世,罪莫大焉!

桓范称铭诔文体中的不实,或因为权势,或因为财富,所谓"势重者称美,财富者文丽",造成的后果就是"欺曜当时,疑误后世";并总结其原因,称"赏生以爵禄,荣死以诔谥"本是"人主权柄",但"汉世不禁"私人造作,以至于此。桓范还是主张由朝廷来规定某些文体是否可以私人制作;否则,"私称与王命争流,臣子与君上俱用",造成"善恶无章,得失无效"的情况,"岂不误哉"!汉代确实有所谓"势重者称美,财富者文丽"的情况,汉末蔡邕就这样说过:

> 吾为人作铭,未尝不有惭容,唯为郭有道碑颂无愧耳。①

显然,桓范作《铭诔》篇就是要配合曹魏时的"尚实"时风,史载:

> 汉以后,天下送死奢靡,多作石室石兽碑铭等物。建安十年,魏武帝以天下雕弊,下令不得厚葬,又禁立碑。魏高贵乡公甘露二年,大将军参军太原王伦卒,伦兄俊作《表德论》,以述伦遗美,云"祗畏王典,不得为铭,乃撰录行事,就刊于墓之阴云尔"。②

曹魏"下令不得厚葬,又禁立碑",就是"汉世不禁"而本朝禁。曹氏禁碑,学界多有研究,其中多为政治原因,但也有鉴于铭诔类作品的失实。

序作,指著作书论,即一般所说的子书。《序作》云:

> 夫著作书论者,乃欲阐弘大道,述明圣教,推演事义,尽极情类,记是贬非,以为法式。

这是讲著作书论的实用性,旨在为政治服务,当时人称徐幹《中论》也是"阐弘大义,敷散道教"③,语出一辙。《序作》又云:

> 当时可行,后世可修。且古者富贵而名贱废灭,不可胜记,唯篇论俶傥之人为不朽耳。夫奋名于百代之前,而流誉于千载之后,以其览之者益,闻之者有觉故也。

这里强调"不朽"既在于"览之者益,闻之者有觉",更在于"当时可行,后世可修",把实用性从今天扩大至将来。下文接着对某些著作书论做批评:

---

① 《世说新语·德行》"郭林宗"条引《续汉书》,刘义庆撰,刘孝标注,余嘉锡笺疏《世说新语笺疏》,上海古籍出版社,1993年,第4页。
② 沈约《宋书·礼志》,中华书局,1974年,第407页。
③ 阙名《中论序》,郁沅、张明高编选《魏晋南北朝文论选》,人民文学出版社,1996年,第57页。

> 岂徒转相放效,名作书论,浮辞谈说,而无损益哉?而世俗之人,不解作体,而务泛溢之言,不存有益之义,非也。故作者不尚其辞丽,而贵其存道也;不好其巧慧,而恶其伤义也。故夫小辩破道,狂简之徒斐然成文,皆圣人之所疾矣。

轻一点是"浮辞谈说""泛溢之言",重一点则是"伤义""破道";桓范还具体提出要求,所谓"不尚其辞丽"与"不好其巧慧"。

桓范《世要论》与"尚实"世风有紧密关系,这从书名"世要"就可看出,"世要"即世上的要事。《群书治要》所录《世要论》共十三篇:《为君难》《臣不易》《政务》《节欲》《详刑》《兵要》《辨能》《尊嫡》《谏争》《决壅》,以及《赞象》《铭诔》《序作》。可见《世要论》并非专论文体。但把序作、赞象、铭诔这些文体作为世上的要事,一可见人们认识到某些文体在社会上的作用,二可见桓范论文体从实用出发的本意。今存桓范《世要论》有三篇文体论,追求文体的共性。

四、文体批评成为时代风气

三国时期,以文体评论作家是一种风气;倒过来说,评论、比较作家一般是在同一文体内进行的。如曹植多批评人物,其《与杨德祖书》云:

> 以孔璋之才,不闲于词赋,而多自谓能与司马长卿同风。譬画虎不成,反为狗也。前有书嘲之,反作论盛道仆赞其文。夫钟期不失听,于今称之。吾亦不能妄叹者,畏后世之嗤余也。[①]

陈琳之才,即曹丕所谓"章、表、书、记,今之隽也";然其赋,虽陈琳"自谓能与司马长卿同风",但赋只能与赋比较,不能以"章、表、书、记,今之隽也"而论。又,吴质《答魏太子笺》:

> 陈、徐、刘、应,才学所著,诚如来命。惜其不遂,可为痛切。

[①] 赵幼文校注《曹植集校注》,人民文学出版社,1984年,第153页。

> 凡此数子,于雍容侍从,实其人也。若乃边境有虞,群下鼎沸,军书辐至,羽檄交驰,于彼诸贤,非其任也。往者孝武之世,文章为盛,若东方朔、枚皋之徒,不能持论,即阮、陈之俦也。其唯严助、寿王,与闻政事。然皆不慎其身,善谋于国,卒以败亡,臣窃耻之。至于司马长卿称疾避事,以著书为务,则徐生庶几焉。①

吴质认为,"雍容侍从"的文学之才与"边境有虞,群下鼎沸,军书辐至,羽檄交驰"的政事之才是有区别的;而文学之才与政事之才的区别又表现在"文章"之才与"不能持论"的区别,只有"持论"才能"与闻政事"。于是,作家评论就具体落实到擅长何种文体上。

《三国志》载薛莹评同时代的东吴作家:

> 王蕃器量绰异,弘博多通;楼玄清白节操,才理条畅;贺邵厉志高洁,机理清要;韦曜笃学好古,博见群籍,有记述之才。胡冲以为玄、邵、蕃一时清妙,略无优劣。必不得已,玄宜在先,邵当次之。华核文赋之才,有过于曜,而典诰不及也。予观核数献良规,期于自尽,庶几忠臣矣。然此数子,处无妄之世而有名位,强死其理,得免为幸耳。②

其评论作家,一论其体质品性,所谓"器量绰异""清白节操""厉志高洁""笃学好古"等;二论其才华与文章特点,所谓"弘博多通""才理条畅""机理清要""博见群籍"等,而称"记述之才""文赋之才"、"典诰"之才等,是在以擅长何种文体的比较中进行作家评论的。

曹魏时多有论赋的文体特点者,如曹植《前录自序》先称:

> 故君子之作也,俨乎若高山,勃乎若浮云。质素也如秋

---

① 萧统编,李善注《文选》,中华书局,1977年,第566页。
② 陈寿撰,裴松之注《三国志·吴书·王楼贺韦华传》,中华书局,1982年,第1470页。

蓬,摛藻也如春葩。泛乎洋洋,光乎皓皓,与《雅》《颂》争流可也。①

这些都是讲文采,以自然界景物做比,夸赞文学作品应该如此壮丽艳美,方可比肩经典。以下又称:

> 余少而好赋,其所尚也,雅好慷慨,所著繁多,虽触类而作,然芜秽者众,故删定别撰,为前录七十八篇。

所"删定"的"芜秽者",即文采较差者;这是把讲究文采落实到自己的作品上。《魏志》记载这样一件事:

> 明帝诏曹植曰:"吾既薄才,至于赋诔,特不闲。从儿陵上还,哀怀未散,作儿诔,为田家公语耳。"答曰:"奉诏,并见圣思所作故平原公主诔,文义相扶,章章殊兴,句句感切,哀动圣明,痛贯天地。楚王臣彪等闻臣为读,莫不挥涕。"②

明帝自谦,用"田家公语"称自己的作品,而曹植则用"文义相扶"称赏其作品。

除了从整体上称说作品的文采外,魏时对诸文体也有所叙说,以下先述赋。曹植在《与杨德祖书》所说"辞赋小道",是在与"勠力上国,流惠下民,建永世之业,留金石之功"③比较下得出的结论,就此不能说曹植轻视辞赋、轻视文学,因为他这样说是有前提条件的。杨修的答书《答临淄侯笺》云:

> 今之赋颂,古诗之流,不更孔公,《风》《雅》无别耳。修家子云,老不晓事,强著一书,悔其少作。若此,仲山、周旦之俦,为皆有怨邪!④

---

① 赵幼文校注《曹植集校注》,人民文学出版社,1984年,第434页。下同。
② 李昉等《太平御览》卷五百九十六,中华书局,1960年,第2684页。
③ 萧统编,李善注《文选》,中华书局,1977年,第594页。
④ 同上书,第564页。

将"赋颂"称为"古诗之流",方之于《风》《雅》,这是以文体自身的特点来确定该文体的价值。

嵇康《琴赋序》首先论述音乐的作用:

> 余少好音声,长而玩之。以为物有盛衰,而此无变;滋味有厌,而此不倦。可以导养神气,宣和情志。处穷独而不闷者,莫近于音声也。是故复之而不足,则吟咏以肆志;吟咏之不足,则寄言以广意。①

音乐具有持久不衰的生命力,既能够修身养性,又能够令人"肆志""广意";于是,序文既突出自己对音声的喜爱,又为音乐赋的地位张本,为前人及自己创作音乐赋寻找出充分的理由。又云:

> 然八音之器,歌舞之象,历世才士,并为之赋颂。其体制风流,莫不相袭。称其材干,则以危苦为上;赋其声音,则以悲哀为主;美其感化,则以垂涕为贵。丽则丽矣,然未尽其理也。……众器之中,琴德最优。故缀叙所怀,以为之赋。

这里叙说音乐赋的"体制风流",一是历来"相袭"者,二是不足者即"未尽其理",言下之意就是自己要在音乐赋"理"的阐述上有所发展。这是魏时对特定类型的赋作的说明,表明对赋的文体学研究已经从其本体论的"古诗之流"等,发展到对其类型的探讨。

三国时,人们对赋这一文体的认识,涉及面还比较广,如强调赋的实用,《三国志》载:

> 黄武八年夏,黄龙见夏口,于是(孙)权称尊号,因瑞改元。又作黄龙大牙,常在中军,诸军进退,视其所向,命(胡)综作赋曰……②

"黄龙大牙"指旗杆上饰以黄龙、象牙的大旗,多为主帅标识旗,亦为

---

① 萧统编,李善注《文选》,中华书局,1977年,第255页。下同。
② 陈寿撰,裴松之注《三国志·吴书·胡综传》,中华书局,1982年,第1414页。

仪仗用旗。孙权命胡综作《黄龙大牙赋》,就是要树立自己以及朝廷的权威。

三国时也有把赋作为娱乐、调笑工具的例子,如《(诸葛)恪别传》载:

> 权尝飨蜀使费祎,先逆敕群臣:"使至,伏食勿起。"祎至,权为辍食,而群下不起。祎嘲之曰:"凤皇来翔,骐𬴊吐哺,驴骡无知,伏食如故。"恪答曰:"爰植梧桐,以待凤皇,有何燕雀,自称来翔?何不弹射,使还故乡!"祎停食饼,索笔作《麦赋》,恪亦请笔作《磨赋》,咸称善焉。①

人们觉得,赋的写作可以成为外交争胜的工具。从以上所述可见,时人对赋的多方面作用、功能都有认识。

魏时,诗、赋的地位是很高的,《晋书·羊祜传》载,"时高贵乡公好属文,在位者多献诗、赋"②。诗、赋是"属文"的代表,以下再述时人对诗的论述。

《三国志》裴松之注称,曹操征张鲁,"是行也,侍中王粲作五言诗以美其事曰:'从军有苦乐,但问所从谁。所从神且武,安得久劳师?相公征关右,赫怒振天威,一举灭獯虏,再举服羌夷,西收边地贼,忽若俯拾遗。陈赏越山岳,酒肉逾川坻,军中多饶饫,人马皆溢肥,徒行兼乘还,空出有余资。拓土三千里,往反速如飞,歌舞入邺城,所愿获无违'"③。以诗褒美当代人物、当代事迹,可见人们对诗的地位的重视。

《三国志·魏书·三少帝纪》:

> 五月辛未,帝(按,高贵乡公)幸辟雍,会命群臣赋诗。侍中和逌、尚书陈骞等作诗稽留,有司奏免官,诏曰:"吾以暗昧,爱

---

① 陈寿撰,裴松之注《三国志·吴书·诸葛恪传》注引,中华书局,1982年,第1430页。
② 房玄龄等《晋书》,中华书局,1974年,第1014页。
③ 陈寿撰,裴松之注《三国志·魏书·武帝纪》,中华书局,1982年,第47页。

好文雅,广延诗赋,以知得失,而乃尔纷纭,良用反反。其原丕等。主者宜敕自今以后,群臣皆当玩习古义,修明经典,称朕意焉。"①

作诗"以知得失",不过也就是"玩习古义,修明经典"而已。

《汉晋春秋》载,甘露四年(259)春正月,有黄龙二,见宁陵县界井中,"咸以为吉祥。帝(按,高贵乡公)曰:'龙者,君德也。上不在天,下不在田,而数屈于井,非嘉兆也。'仍作《潜龙》之诗以自讽,司马文王见而恶之"②。这是以诗"自讽"。

《文章叙录》载,"曹爽秉政,多违法度,(应)璩为诗以讽焉。其言虽颇谐合,多切时要,世共传之";又载,应璩之子应贞,"正始中,夏侯玄盛有名势,贞尝在玄坐作五言诗,玄嘉玩之"③。又载,杜挚"字德鲁。初上《笳赋》,署司徒军谋吏。后举孝廉,除郎中,转补校书。挚与毌丘俭乡里相亲,故为诗与俭,求仙人药一丸,欲以感切俭求助也"④。《世语》载,文帝崩,吴质"思慕作诗"⑤。《魏氏春秋》载,嵇康"遭吕安事,为诗自责"⑥。可以"讽",可以"嘉玩",可以"求",可以"自责",可以"思慕",这种文体在世人眼中可说是无所不能。

曹魏时对其他文体的论述,有曹植《七启序》:"昔枚乘作《七发》,傅毅作《七激》,张衡作《七辩》,崔骃作《七依》,辞各美丽。余有慕之焉,遂作《七启》。并命王粲作焉。"⑦称"七"体为"辞各美丽"。

邯郸淳《受命述》论及多种文体:

---

① 陈寿撰,裴松之注《三国志》,中华书局,1982年,第139页。
② 同上书《魏书·三少帝纪》注引,第143页。
③ 同上书《魏书·王粲传》注引,第604页。
④ 同上书,第622页。
⑤ 同上书,第610页。
⑥ 同上书《魏书·嵇康传》注引,第606页。
⑦ 赵幼文校注《曹植集校注》,人民文学出版社,1984年,第6页。

> 臣闻雅、颂作于盛德,典、谟兴于茂功,德盛功茂,传、序弗忘,是故竹帛以载之,金石以声之,垂诸来世,万载弥光。陛下以圣德应期,龙飞在位,其有天下也,恭己以受天子之籍,无为而四海顺风。若乃天地显应,休征祥瑞,以表圣德者,不可胜载,铄乎焕显,真神明之所以祚,命世之令主也。凡自能言之类,莫不讴叹于野,执笔之徒,咸竭文思,献诗上颂。臣抱疾伏蓐,作书一篇,欲谓之颂,则不能雍容盛懿,列伸玄妙;欲谓之赋,又不能敷演洪烈,光扬缉熙,故思竭愚,称《受命述》。①

首言"雅、颂作于盛德,典、谟兴于茂功",就把所要重点阐述的雅、颂与典、谟并列在一起,都是"垂诸来世,万载弥光"的文体。接着讲自己所作,虽然撰作目的等同于颂、赋,但在颂的"雍容盛懿,列伸玄妙"、赋的"敷演洪烈,光扬缉熙"诸方面还差一点。这样就说出颂、赋的特点及规定性;也说出了"述"这一文体的特点,即遵循、继承的,如《尚书·五子之歌》:"五子咸怨,述大禹之戒以作歌。"孔传:"述,循也。"②或者为阐述前人成说,《论语·述而》:"述而不作。"皇侃疏:"述者,传于旧章也。"③而《受命述》之"述",遵循、继承的前人之成说,则应该是颂、赋之类。

当时还讨论各种文体的价值,所谓"何者为美"的问题。《三国志·吴书·阚泽传》载:

> (孙)权尝问:"书、传、篇、赋,何者为美?"(阚)泽欲讽喻以明治乱,因对贾谊《过秦论》最善,权览读焉。④

问文体"何者为美",对之以"《过秦论》最善",可见在文体上,"美""善"为一。

---

① 欧阳询《艺文类聚》卷十,上海古籍出版社,1982年,第196—197页。
② 《尚书正义》,《十三经注疏》,上海古籍出版社,1997年,第156页。
③ 皇侃《论语义疏》,广西师范大学出版社,2018年,第223页。
④ 陈寿撰,裴松之注《三国志》,中华书局,1982年,第1249页。

第二章　写作与文体学

文学发展到西晋时期有了明显变化。三国归晋，社会安定繁荣，作家在文坛上争奇斗艳，刘勰《文心雕龙·时序》称此时期"人才实盛：茂先摇笔而散珠，太冲动墨而横锦，岳、湛曜联璧之华，机、云标二俊之采。应、傅、三张之徒，孙、挚、成公之属，并结藻清英，流韵绮靡"①。《文心雕龙·明诗》则称：

> 晋世群才，稍入轻绮。张、潘、左、陆，比肩诗衢，采缛于正始，力柔于建安。或析文以为妙，或流靡以自妍。②

各种文体都有了发展的机会，所谓"体情之制日疏，逐文之篇愈盛"③。

这个时期的文学创作，少了一点对社会问题的关注，而多了一点对其自身创作规律的探寻，陆机《文赋》的出现，应该说是合乎文学社会发展潮流的。陆机《文赋》以文体特点为写作之鹄的；而西晋时期对赋、诗等文体特点的探讨，无不与文学创作联系在一起，也证明了这一点。

第一节　陆机《文赋》与指导写作

陆机（261—303），字士衡，吴郡吴县（治今江苏苏州）人，年二十时东吴灭，与其弟陆云退居华亭（今上海松江西），闭门读书。晋

---

① 刘勰撰，詹锳义证《文心雕龙义证》，上海古籍出版社，1989年，第1701—1702页。
② 同上书，第202—203页。
③ 《文心雕龙·情采》，同上书，第1162页。

太康末,与陆云同赴洛阳,以文才被著名文人张华所赏识,张华称"伐吴之役,利获二俊"。曾为太傅祭酒等职,后为平原内史,奉成都王司马颖之命与长沙王司马乂作战,大败,被谗遇害。陆机具有多方面的文学才华,《晋书》本传载,陆机"欲述其祖父功业,遂作《辩亡论》二篇","(司马)冏既矜功自伐,受爵不让,机恶之,作《豪士赋》以刺焉",陆机"又以圣王经国,义在封建,因采其远指,著《五等论》","所著文章凡三百余篇,并行于世"。① 陆机的诗文在晋南北朝时代享有盛誉,臧荣绪《晋书》称之为"天才绮练,当时独绝"②,《诗品》称其诗作为"才高辞赡,举体华美"③。陆机在史学方面也有建树,著有《晋纪》四卷、《吴书》(未成)、《洛阳记》一卷等。陆机本还有写作子书的愿望与计划,葛洪曾说:"陆平原作子书未成,吾门生有在陆君军中,尝在左右,说陆君临亡曰:'穷通,时也;遭遇,命也。古人贵立言,以为不朽。吾所作子书未成,以此为恨耳。'"④撰作《文赋》所显露的文学批评才华,即是陆机诸多才华之一,又是在其诸多创作才华的基础上产生的。陆机的文体学理论,集中表现在《文赋》一文中。

一、《文赋》的撰作时间

陆机《文赋》的写作时间,历来有两种说法。一是杜甫《醉歌行》有"陆机二十作文赋,汝更少年能缀文"之句⑤,于是有研究者认为其中的"文赋"即《文赋》。但后人对此多有怀疑,近人逯钦立根据陆云《与兄平原书》第八书中提到《文赋》,考定此书作于陆机四十一

---

① 房玄龄等《晋书·陆机传》,中华书局,1974年,第1467—1481页。
② 萧统编,李善注《文选》,中华书局,1977年,第239页。
③ 钟嵘撰,曹旭集注《诗品集注》,上海古籍出版社,1994年,第132页。
④ 李昉等《太平御览》卷六百二,中华书局,1960年,第2709页。
⑤ 杜甫撰,仇兆鳌注《杜诗详注》,中华书局,2015年,第296页。

岁时,是公元301年,那么,《文赋》也作于这一年①。一般都取陆机入洛阳作《文赋》之说,此处就此说再补充一些材料。

陆机《文赋》"诗缘情"之说比"诗言志"更符合诗歌的本质特征,因而在某些方面获得后人更高的评价,如朱自清在《诗言志辨》中就说:

> 陆机《文赋》第一次铸成"诗缘情而绮靡"这个新语。②

固然,"诗缘情"的口号本身是陆机提出来的,但陆机是在受了张华的影响后才提出来的,这由陆云的《与兄平原书》中可以看出端倪,书云:

> 往日论文,先辞而后情,尚洁而不取悦泽。尝忆兄道张公父子论文,实自欲得。今日便欲宗其言。③

这段话很重要,刘勰《文心雕龙·定势》在论"因情立体,即体成势"时也录了这段话,为了使其意义更加明确,还加以评述:

> 陆云自称:"往日论文,先辞而后情,尚势而不取悦泽,及张公论文,则欲宗其言。"夫情固先辞,势实须泽,可谓先迷后能从善矣。④

"张公父子",就是张华父子;陆云所说"先辞",即孤立地遵从曹丕《典论·论文》"诗赋欲丽"的意见,认为诗歌的显著特征是"丽",那么"论文"就先论"辞",崇尚对语言的要求——"洁",因而"不取悦泽",忽视了诗歌语言的悦泽胸怀、滋润心灵的情感性,此即"后情"。陆云如此"论文",所以刘勰称之为"先迷";以后宗"张公父子论文"的意见,这才改变了以往"先辞而后情,尚洁而不取悦泽"的观点,重

---

① 逯钦立《〈文赋〉撰出年代考》,《逯钦立文存》,中华书局,2010年,第445—456页。
② 朱自清《诗言志辨》,华东师范大学出版社,1996年,第35页。
③ 陆云《陆云集》,中华书局,1988年,第138页。
④ 刘勰撰,詹锳义证《文心雕龙义证》,上海古籍出版社,1989年,第1133页。

视诗歌的情感抒发问题,这就应该是先情而后辞了。因此,"张公父子论文"应该就是当日比陆机"诗缘情"更早的强调诗歌抒情性的言论,从陆云所说"尝忆兄道",又可知道陆云是从其兄陆机处听到"张公父子论文"重视诗歌情感抒发问题的言论,是陆机向陆云转达了"张公父子论文"的意见。陆机特意强调"张公父子论文"反对"先辞而后情",可见他在《文赋》中提出"诗缘情",实在是汲取了"张公父子论文"的意见,这才有如此的说法。

由此,写作《文赋》该是陆机入洛会见张华以后的事了。太康十年(289),陆机二十九岁,与其弟陆云一块由吴入洛,《晋书·陆机传》载:

> 至太康末,与弟云俱入洛,造太常张华。华素重其名,如旧相识,曰:"伐吴之役,利获二俊。"①

张华是当日的文坛领袖,他的赞誉是非同小可的,二陆对张华也是十分地钦佩与尊敬,《晋书·张华传》载,二陆"见(张)华一面如旧,钦华德范,如师资之礼焉"②;二陆并在各方面请教张华,《世说新语·简傲》载,"陆士衡初入洛,咨张公所宜诣"③,就是问张华应该去拜访哪些名人,张华也在许多方面提出指导性意见。由此,"张公父子论文"的意见被陆机所汲取,并被写进《文赋》,也是自然而然的事。因此,陆机入洛阳作《文赋》之说,是比较可信的。

二、陆机撰作《文赋》的背景

陆机撰作《文赋》,自有其背景。

背景之一,陆机自诩文章为天下第一。《晋书·陆机传》载:

> (陆)机天才秀逸,辞藻宏丽,张华尝谓之曰:"人之为文,常

---

① 房玄龄等《晋书》,中华书局,1974年,第1472页。
② 同上书,第1077页。
③ 刘义庆撰,刘孝标注,余嘉锡笺疏《世说新语笺疏》,上海古籍出版社,1993年,第769页。

恨才少,而子更患其多。"弟云尝与书曰:"君苗见兄文,辄欲烧其笔砚。"后葛洪著书,称"机文犹玄圃之积玉,无非夜光焉,五河之吐流,泉源如一焉。其弘丽妍赡,英锐漂逸,亦一代之绝乎!"其为人所推服如此。①

陆机对自己的"天才秀逸,辞藻宏丽"也很得意,《文赋序》云:

> 余每观才士之所作,窃有以得其用心。夫放言遣辞,良多变矣。妍蚩好恶,可得而言;每自属文,尤见其情。恒患意不称物,文不逮意。盖非知之难,能之难也。……至于操斧伐柯,虽取则不远,若夫随手之变,良难以辞逮。②

他特别强调"每自属文,尤见其情",强调"非知之难,能之难也";称"随手之变,良难以辞逮",而现在他自己讲可以做到"辞逮",那当然是自夸了。

背景之二,陆机自南入北后与北人争胜。《晋书·陆机传》载:

> 陆机,字士衡,吴郡人也。祖逊,吴丞相。父抗,吴大司马。机身长七尺,其声如钟。少有异才,文章冠世,伏膺儒术,非礼不动。抗卒,领父兵为牙门将。年二十而吴灭,退居旧里,闭门勤学,积有十年。③

他身出名门,有相当的文学储备。太康末年,与其弟陆云一起来到洛阳,就去拜访张华,张华"素重其名,如旧相识,曰:'伐吴之役,利获二俊'"。陆机陆云又去拜访侍中王济,王济指羊酪对陆机曰:"卿吴中何以敌此?"陆机答云:"千里莼羹,未下盐豉。"当时人称为名对。张华把陆机兄弟推荐给洛阳诸公,但其中有一些人是很不服气的,故意在交谈中有所挑衅,如范阳卢志曾当众问陆机曰:"陆逊、陆

---

① 房玄龄等《晋书》,中华书局,1974年,第1480—1481页。
② 本章所录《文赋》,全见萧统编、李善注《文选》,中华书局,1977年,第239—244页。以下不再出注。
③ 房玄龄等《晋书》,中华书局,1974年,第1467页。

抗于君近远?"陆机反唇相讥曰:"如君于卢毓、卢珽。"卢志默然。① 北人往往看不起南人,但作为南人的陆机也看不起北人,往往在言语交锋争辩中透露出来。陆机看不起北人的一个著名的例子,是《晋书》所载:

> 初,陆机入洛,欲为此赋,闻(左)思作之,抚掌而笑,与弟云书曰:"此间有伧父,欲作《三都赋》,须其成,当以覆酒瓮耳。"②

因此,与北人争胜成为当时陆机写作的一个不可忽视的背景。

北方是政治中心,是功名利禄所在,陆机虽然看到北方即将入乱的苗头,但就是不愿意回南方,他要在北方发展事业:

> 初机有骏犬,名曰黄耳,甚爱之。既而羁寓京师,久无家问,笑语犬曰:"我家绝无书信,汝能赍书取消息不?"犬摇尾作声。机乃为书以竹筒盛之而系其颈,犬寻路南走,遂至其家,得报还洛。其后因以为常。时中国多难,顾荣、戴若思等咸劝机还吴,机负其才望,而志匡世难,故不从。冏既矜功自伐,受爵不让,机恶之,作《豪士赋》以刺焉。③

他"作《豪士赋》以刺"司马冏的"矜功自伐,受爵不让",能看清别人,却看不清自己处事处世的危险,最后被谗遇害:

> (司马)颖大怒,使(牵)秀密收机。其夕,机梦黑幰绕车,手决不开,天明而秀兵至。机释戎服,着白帢,与秀相见,神色自若,谓秀曰:"自吴朝倾覆,吾兄弟宗族蒙国重恩,入侍帷幄,出剖符竹。成都命吾以重任,辞不获已。今日受诛,岂非命也!"因与颖笺,词甚凄恻。既而叹曰:"华亭鹤唳,岂可复闻乎!"遂遇害于军中,时年四十三。④

---

① 房玄龄等《晋书》,中华书局,1974年,第1472—1473页。
② 同上书《文苑·左思传》,第2377页。
③ 同上书,第1473页。
④ 同上书,第1480页。

背景之三,作赋为大才的表现:在魏晋南北朝那样一个门阀士族控制的社会,要想让世人认同自己有文化,就必定要写赋、写诗。如左思,其《咏史》有"世胄蹑高位,英俊沉下僚,地势使之然,由来非一朝"①之句,批评门阀制度,想必其门第并不高,被陆机称为"伧父";但他执意要创作《三都赋》,史载:"复欲赋《三都》,会妹芬入宫,移家京师,乃诣著作郎张载,访岷邛之事。遂构思十年,门庭藩溷,皆著笔纸,遇得一句,即便疏之。自以所见不博,求为秘书郎。"②他是要以赋证明自己,似乎只有赋成才能摆脱"伧父"身份,有真正成为文化高门的可能。陆云《与兄平原书》称赏其兄:

> 兄作大赋,必好意精时。故愿兄作数大文。近日视子安赋,亦对之叹息绝工矣。兄诲又尔,故自是高手。谨启。③

刘勰称"赋者,铺也,铺采摛文,体物写志也"④,陆机以"赋"论"文",有充分的展示才华的天地。

上述三大背景,是陆机入洛后所有作品包括《文赋》的写作背景。

三、《文赋》与陆机创作的文体规范意识

《文赋》是一部强调写作规范的著作,《文赋》撰作与陆机创作的文体规范意识有着相当的关系,《文赋》称创作前的准备是"诵先人之清芬。游文章之林府,嘉丽藻之彬彬",向前人学习。陆机有大量的拟古诗作,显然,他期望以前人创作为文体规范。

其一,与《文赋》提出写作规范相呼应的是陆机的《拟古诗》,他是当时的拟古大家,有《拟古诗》十二首,载《文选》诗"杂拟"类。钟嵘《诗品》称陆机所拟有十四首,那么有两首《文选》未录。《文选》

---

① 萧统编,李善注《文选》,中华书局,1977年,第296页。
② 房玄龄等《晋书·文苑·左思传》,中华书局,1974年,第2376页。
③ 陆云《陆云集》,中华书局,1988年,第141页。
④ 刘勰撰,詹锳义证《文心雕龙义证》,上海古籍出版社,1989年,第270页。

所录十二首中有十一首是拟"杂诗"类中的《古诗十九首》,其标志之一即在题目中标明是拟《古诗十九首》中某诗的首句[①];另一首《拟兰若生春阳》,原作《兰若生春阳》,又见于《玉台新咏》卷一,题为枚乘所作。

把陆机拟作诸首与原作相比,可见其异同。陆机《拟行行重行行》如下:

> 悠悠行迈远,戚戚忧思深。此思亦何思,思君徽与音。音徽日夜离,缅邈若飞沉。王鲔怀河岫,晨风思北林。游子眇天末,还期不可寻。惊飙褰反信,归云难寄音。伫立想万里,沉忧萃我心。揽衣有余带,循形不盈衿。去去遗情累,安处抚清琴。[②]

原作《行行重行行》如下:

> 行行重行行,与君生别离。相去万余里,各在天一涯。道路阻且长,会面安可知?胡马依北风,越鸟巢南枝。相去日已远,衣带日已缓。浮云蔽白日,游子不顾返。思君令人老,岁月忽已晚。弃捐勿复道,努力加餐饭。[③]

拟作基本句句对应原作,比喻对应比喻,抒情对应抒情,"揽衣"两句可视为多出的两句。原作以叙述事实来抒发情感,拟作则直接抒情,此即拟作"戚戚"以下五句与原作的差异。其他拟作基本如此,抒情结构基本对应,抒情的指向基本相同。

其二,陆机所作的乐府诗也是拟古之作。这或是由乐府诗创作的特性所决定的。乐府诗的创作本要遵循因袭曲调的原则,即依曲调而作词;另外,魏世创作乐府,大抵是借古题而叙时事,而晋人用古题则咏古事或咏与原事相类似之事,这成为一个传统,所谓"古乐

---

① 此中一首,陆机题为《拟东城一何高》,而《古诗十九首》中首句为"东城高且长"。
② 陆机《陆机集》,中华书局,1982年,第56页。
③ 萧统编,李善注《文选》,中华书局,1977年,第409页。

府命题皆有主意,后之人用乐府为题者,直当代其人而措词,如《公无渡河》,须作妻止其夫之词"①。

以下简述陆机乐府诗的模拟情况。《猛虎行》,陆机拟古辞"游子为谁骄"而扩展阐发,而魏文帝曹丕之作或咏雨中双桐,或咏"与君媾新欢",与古辞无关系。《君子行》,古辞咏"君子防未然",陆机之作篇末亦落实至"君子防未然"。《从军行》,陆机之作亦为"军旅苦辛之辞"②。《豫章行》,陆机之作亦如古辞伤离别。《苦寒行》,陆机之作言冰雪溪谷之苦。《饮马长城窟行》,陆机之作则切题。《门有车马客行》,陆机之作"问讯其客,或得故旧乡里,或驾自京师,备叙市朝迁谢、亲友凋丧之意也"③。《日出东南隅行》,陆机模拟古辞,全写美女。《长安有狭邪行》,首数句模拟古辞。《长歌行》,陆机之作拟古辞前者,述时光短促。《塘上行》,有古辞,《乐府解题》称陆机之作"言妇人衰老失宠,行于塘上而为此歌,与古辞同意"④。《短歌行》,曹操首作,陆机之作切"对酒当歌,人生几何"之意。凡有模拟对象的,陆机必模拟之;且必模拟时代较早者,此即凡有古辞的,陆机必模拟古辞;陆机的主要目的就是确立乐府之作的体式规范,他认为这种体式规范即在古辞或早期作品之中。

其三,陆机所模拟撰作的作品,有的有序,序中曾讨论该文体的规范。如其《遂志赋序》:

> 昔崔篆作诗,以明道述志,而冯衍又作《显志赋》,班固作《幽通赋》,皆相依仿焉。张衡《思玄》,蔡邕《玄表》,张叔《哀系》,此前世之可得言者也。崔氏简而有情,《显志》壮而泛滥,《哀系》俗而时靡,《玄表》雅而微素,《思玄》精练而和惠,欲丽前人,而优游清典,漏《幽通》矣。班生彬彬,切而不绞,哀而

---

① 《唐子西语录》载强幼安语,何文焕辑《历代诗话》,中华书局,1981年,第443页。
② 郭茂倩编《乐府诗集》,中华书局,1979年,第475页。
③ 同上书,第585页。
④ 同上书,第522页。

不怨矣。崔、蔡冲虚温敏,雅人之属也。衍抑扬顿挫,怨之徒也。岂亦穷达异事,而声为情变乎! 余备托作者之末,聊复用心焉。①

陆机讲述了"明道述志"的赋作的历史,指出不同作品各自的特点,又指出此类赋作"穷达异事,而声为情变"的发展变化,整体阐述了该文体规范的范围及可以自由发挥的范围,最后称自己所作"托作者之末,聊复用心",以作品显示该文体规范。

陆机的模拟也得到其弟陆云的鼓励与支持,陆云《与兄平原书》曰:

> 云再拜:尝闻汤仲叹《九歌》。昔读《楚辞》,意不大爱之。顷日视之,实自清绝滔滔。故自是识者,古今来为如此种文,此为宗矣。视《九章》时有善语,大类是秽文,不难举意。视《九歌》便自归谢绝。思兄常欲其作诗文,独未作此曹语。若消息小佳,愿兄可试作之。兄复不作者,恐此文独单行千载。间尝谓此曹语不好,视《九歌》,正自可叹息。王褒作《九怀》,亦极佳,恐犹自继。真玄盛称《九辩》,意甚不爱。②

陆云此处专论"九"体,并希望陆机也"可试作之",也在"九"体下功夫以求与古人争胜。

陆机以拟古体现作品规范意识,是有先例的,《汉书·扬雄传》载:

> 先是时,蜀有司马相如,作赋甚弘丽温雅,雄心壮之,每作赋,常拟之以为式。又怪屈原文过相如,至不容,作《离骚》,自投江而死,悲其文,读之未尝不流涕也。以为君子得时则大行,不得时则龙蛇,遇不遇命也,何必湛身哉! 乃作书,往往摭《离骚》文而反之,自岷山投诸江流以吊屈原,名曰《反离骚》;又

---

① 陆机《陆机集》,中华书局,1982年,第15页。
② 陆云《陆云集》,中华书局,1988年,第139页。

旁《离骚》作重一篇,名曰《广骚》;又旁《惜诵》以下至《怀沙》一卷,名曰《畔牢愁》。①

班固评价扬雄以拟古体现作品规范的做法曰:

> 实好古而乐道,其意欲求文章成名于后世,以为经莫大于《易》,故作《太玄》;传莫大于《论语》,作《法言》;史篇莫善于《仓颉》,作《训纂》;箴莫善于《虞箴》,作《州箴》;赋莫深于《离骚》,反而广之;辞莫丽于相如,作四赋;皆斟酌其本,相与放依而驰骋云。②

所谓"实好古而乐道,其意欲求文章成名于后世",陆机应该也具有这样的心理。

四、《文赋》:所有文体的创作论、风格论

与曹丕《典论·论文》分文体评述作家不同,陆机《文赋》提出总体上的创作规范,即不分文体的创作论;全文笼括论述写作的创作论,即所有文体可以遵循的同一个创作论。其赋前的《序》曰:

> 余每观才士之所作……恒患意不称物,文不逮意。……故作《文赋》,以述先士之盛藻,因论作文之利害所由。佗日殆可谓曲尽其妙。至于操斧伐柯,虽取则不远,若夫随手之变,良难以辞逮。盖所能言者,具于此云。

一是说"因论作文之利害所由",这是讲作文的规范性;但又说"随手之变",这是说随机性、多样性。二是说《文赋》解决问题的目标是克服写作中"恒患意不称物,文不逮意"的毛病,期望能够自如地写作。

《文赋》正文的主要内容有以下几个部分,一是论创作的发生:

---

① 班固《汉书》,中华书局,1962年,第3515页。
② 同上书《扬雄传》赞语,第3583页。

伫中区以玄览,颐情志于典坟。遵四时以叹逝,瞻万物而思纷。悲落叶于劲秋,喜柔条于芳春。心懔懔以怀霜,志眇眇而临云。咏世德之骏烈,诵先人之清芬。游文章之林府,嘉丽藻之彬彬。慨投篇而援笔,聊宣之乎斯文。

作者的写作缘起,既因自然景物、四时推移而受到触发,又因阅读前人或当代人的作品有所感慨。二是论写作时的思维活动,所谓"其始也,皆收视反听,耽思傍讯。精骛八极,心游万仞"以及"其致也"云云。三是论文体风貌的规定性与作品体性风格的多样性。四是论"作文之利害所由",即"选义按部,考辞就班",或称为文章的审美标准。五是论文章的作用,所谓"伊兹事之可乐,固圣贤之所钦"云云,以及"伊兹文之为用,固众理之所因,恢万里而无阂,通亿载而为津",超越空间、时间而无所不在、永久留存。① 这是《文赋》的文体学内容之所在。

第二节　陆机《文赋》与文体学

一、文体分类与"诗缘情而绮靡"

《文赋序》称"夫放言遣辞,良多变矣",李善注曰:"夫作文者,放其言,遣其理,多变,故非一体。"②"作文"的"非一体",有时就是因为文体非一,故写作上"放言遣辞,良多变矣"。

陆机《文赋》阐述的文体有十,其云:

　　诗缘情而绮靡,赋体物而浏亮。碑披文以相质,诔缠绵而凄

----

① 此五部分,详见王运熙、杨明《魏晋南北朝文学批评史》论"陆机和《文赋》",上海古籍出版社,1989年,第90—110页。
② 此节所录《文赋》,均见萧统编、李善注《文选》,中华书局,1977年,第239—244页。

怆。铭博约而温润,箴顿挫而清壮。颂优游以彬蔚,论精微而朗畅。奏平彻以闲雅,说炜晔而谲诳。虽区分之在兹,亦禁邪而制放。要辞达而理举,故无取乎冗长。

比起曹丕《典论·论文》,《文赋》论述文体,不仅仅是数量多了、内容丰富了,而且自有特点。一是陆机论述文体,对重点文体的本质特征与外在形式两方面都很重视,而不是像曹丕那样只注重文体的"雅""理""实""丽"等外在形式,如陆机论"诗缘情而绮靡,赋体物而浏亮",突出诗、赋的本质特征分别是"缘情"与"体物",又阐述了诗、赋的形式特征为"绮靡"与"浏亮"。二是曹丕《典论·论文》以"文章者,经国之大业,不朽之盛事"为总括,提出文体的"四科八体",其论可谓由总而分;陆机则是由分而总,在进行了文体区分后,接着的一句话就是"虽区分之在兹,亦禁邪而制放。要辞达而理举,故无取乎冗长",对文体提出了统一要求。陆机如此论述,更具有文体论本体的意味。

《文赋》文体论最令人瞩目的论述即"诗缘情而绮靡",朱自清称"陆机《文赋》第一次铸成'诗缘情而绮靡'这个新语",而这样的"新语"只有在陆机的时代提出才合乎逻辑。

首先我们来看"缘情"。先秦时崇尚"诗言志",当时《诗》的作用主要在于献诗以讽谏或颂美,在于外交场合的断章取义,在于以现成的诗句表达自己的思想,在教学活动中被赋以"思无邪"的规定性。因此,本是个人抒发情感的产物的诗歌,尤其是《国风》,被赋予了公共化的特性,即所谓"是以一国之事,系一人之本,谓之风;言天下之事,形四方之风,谓之雅。雅者,正也,言王政之所由废兴也"[1],称这些诗歌并非个人抒发情感,而是言全社会的政治教化。如《周南·关雎》"关关雎鸠,在河之洲。窈窕淑女,君子好逑。参差荇菜,左右流之。窈窕淑女,寤寐求之"云云,是一首男女恋爱

---

[1] 《毛诗序》,《毛诗正义》,《十三经注疏》,上海古籍出版社,1997年,第272页。

的诗,但《诗序》认为是"《关雎》,后妃之德也,风之始也,所以风天下而正夫妇也";"乐得淑女以配君子,忧在进贤,不淫其色。哀窈窕,思贤才,而无伤善之心焉,是《关雎》之义也"。① 于是,诗只有"言志"而无"缘情"了。但先秦儒家音乐理论是重视情感抒发的,《毛诗序》中虽然讲"诗者,志之所之也""止乎礼义",但也讲"情动于中,而形于言",讲诗的"吟咏情性",②这就是汉魏以来"志""情"混用的情况。而"诗缘情而绮靡"的重要意义,并不在于用"缘情"替代了"言志",而在于没有提"止乎礼义",且强调了诗"绮靡"的形式特征③。

《文赋》强调诗的"绮靡"的形式特征,也有所自来,此处仅就诗歌语言来谈。汉代兴起五言诗,乐府多采自民间,自然多为民间的俗语、口语,谈不上"绮靡"。汉末文人《古诗十九首》,明代谢榛称为"平平道出,且无用工字面,若秀才对朋友说家常话,略不作意"④。建安时代诗歌,沈约称其"咸蓄盛藻"⑤,是可以想见的;到曹植,诗歌显示出文人化倾向,《诗品》称其"词彩华茂"⑥;西晋诗歌,李善称陆机"新声妙句"⑦,李充《翰林论》称"潘安仁之为文也,犹翔禽之羽毛,衣被之绡縠"⑧;等等。刘勰《文心雕龙·明诗》称:"晋世群才,稍入轻绮。张、潘、左、陆,比肩诗衢,采缛于正始,力柔于建安。或析文以为妙,或流靡以自妍,此其大略也。"⑨《周书·苏绰传》称:"自有晋之季,文章竞为浮华,遂成风俗。"⑩因此,《文

---

① 《毛诗正义》,《十三经注疏》,上海古籍出版社,1997年,第269、273页。
② 《毛诗序》,同上书,第269—272页。
③ 王运熙、杨明《魏晋南北朝文学批评史》论"陆机和《文赋》"部分对"诗缘情而绮靡"有详尽论述,可参看(上海古籍出版社,1989年,第101—104页)。
④ 谢榛《四溟诗话》,丁福保辑《历代诗话续编》,中华书局,1983年,第1178页。
⑤ 沈约《宋书·谢灵运传论》,中华书局,1974年,第1778页。
⑥ 钟嵘撰,曹旭集注《诗品集注》,上海古籍出版社,1994年,第97页。
⑦ 《文赋》李善注语,萧统编,李善注《文选》,中华书局,1977年,第239页。
⑧ 徐坚等《初学记》卷二十一,中华书局,1962年,第512页。
⑨ 刘勰撰,詹锳义证《文心雕龙义证》,上海古籍出版社,1989年,第202—203页。
⑩ 令狐德棻等《周书》,中华书局,1971年,第391页。

赋》提出诗的"绮靡",是与其时代文学发展的趋势合拍的。

《文赋》提出"诗缘情而绮靡",就有"缘情"与"绮靡"二者相互配合、相得益彰而不能相互妨害的问题。作为陆机的知音、引荐人的张华,在这方面有很好的表述。且不说张华曾有题名为《情诗》的作品,此中的"情"指夫妇之情,不具有普遍意义;张华《太康六年三月三日后园会诗》诗末总结全诗云"于以表情,爰著斯诗"①,强调诗歌的抒情性。张华《答何劭诗》其三总结全诗云:"援翰属新诗,永叹有余怀。"②也是说创作新诗的目的就是为了抒情。"绮靡"是诗歌的外部特征,抒情性是诗歌的内部特征,此二者的关系主次如何,张华《答何劭诗》其二说道:"是用感嘉贶,写心出中诚。发篇虽温丽,无乃违其情。"一是诗歌"写心",所抒之情应该是"出中诚"的;二是诗歌不能单方面追求"温丽"而"违其情";《文赋》把"缘情"与"绮靡"并列起来,而张华则论述了"温丽"与情的辩证关系。

二、陆机文体论的特点

陆机文体论的特点,总的来说是从文体功能论文体风格。以下结合《文选》李善注所言来论述。

"诗缘情而绮靡",李善曰:"绮靡,精妙之言。"诗的文体功能是"缘情"抒情,抒情应该"精妙",应该用"精妙之言"。

"赋体物而浏亮",李善曰:"赋以陈事,故曰体物。""浏亮,清明之称。"赋的文体功能是"陈事""体物",故应该说得清楚,此为"清明"。

"碑披文以相质",李善曰:"碑以叙德,故文质相半。"碑的文体功能是"叙德",故须"文质彬彬,然后君子"。碑主应该"文质彬彬",叙写碑主的文字也应该"披文以相质"。

"诔缠绵而凄怆",李善曰:"诔以陈哀,故缠绵凄惨。""陈哀"之

---

① 逯钦立辑校《先秦汉魏晋南北朝诗》,中华书局,1983年,第617页。
② 同上书,第618页。下同。

文,"缠绵而凄怆"理所当然。

"铭博约而温润",李善曰:"博约,谓事博文约也。铭以题勒示后,故博约温润。"早期的铭是在器物上面记述事实、功德等的文字,这些文字大多为铸成或刻成,故要"博约";因以鞭策、勉励自己,故要"温润"。

"箴顿挫而清壮",李善曰:"箴以讥刺得失,故顿挫清壮。""讥刺得失"的文字,应该写得抑扬顿挫、明白有力。

"颂优游以彬蔚",李善曰:"颂以褒述功美,以辞为主,故优游彬蔚。""褒述功美"的文字,应该写得游雅从容("优游")与华美采盛("彬蔚")。

"论精微而朗畅",李善曰:"论以评议臧否,以当为宗,故精微朗畅。""论"的要求是"评议臧否"得当,所以"精微朗畅"是必需的。

"奏平彻以闲雅",李善曰:"奏以陈情叙事,故平彻闲雅。""奏"是写给最高统治者看的,故"陈情叙事"应该冷静、平实而又典雅。

"说炜晔而谲诳",李善曰:"说以感动为先,故炜晔谲诳。""说"的文体功能是"以感动为先",所以要尽可能地夸张肆扬笔力。

文体功能是表达的目的,文体风格是表达的手段,后者服从前者,文体的表达手段为文体的目的服务,陆机的文体论要言不烦,确实是"要辞达而理举,故无取乎冗长"。

《文赋》的文体论将诗、赋排列在前。《汉书·艺文志》为"辞赋"单独立类,就命名为"诗赋略",但曹丕的文体分类先"笔"后"文",《文赋》的文体分类将赋、诗排列在前,影响深远,日后的文集、别集即以诗、赋为标志。荀勖《中经新簿》,《隋书·经籍志》就称其丁部有"诗赋、图赞、《汲冢书》",这是说文集、别集要归入"诗赋"类。刘宋时王俭编撰《七志》,有《文翰志》,《隋书·经籍志》说,《七志》"三曰《文翰志》,纪诗赋",称《文翰志》就是"纪诗赋",即认为文集、别集主要是"纪诗赋"。甚至到了唐代,人们仍直述文集、别集主要是以"纪诗赋"为主的。

文体分类的发展使赋、诗的特殊性得以凸显。汉代人就认定辞赋艺术风格为"丽",班固《离骚序》称屈原"其文弘博丽雅,为辞赋宗"①,《汉书·扬雄传》称司马相如"作赋甚弘丽温雅",载扬雄称作赋"极丽靡之辞,闳侈巨衍,竞于使人不能加也";②魏时曹丕提出"诗赋欲丽",卞兰《赞述太子表》中誉美曹丕"所作《典论》及诸赋、颂,逸句烂然,沉思泉涌,华藻云浮"③,《文赋》提出"诗缘情而绮靡",各体文章都应该有辞采的要求。这里所说的是,从"诗赋"代表"文翰""文集",表明"丽""绮靡"由诗、赋的特征扩大泛化至各体文章。尽管别集所归之类的名称变了,不能以"诗赋"来"概之",但不可否认的是,"诗赋"曾经是其大旗,是其标志,是其表率,之所以如此,其中最重要的原因,应该就是诗、赋所表现出来的审美特征。

三、《文赋》论风格即人

《文赋》对风格也有论述,其云:

> 体有万殊,物无一量,纷纭挥霍,形难为状。

这是总的叙说风格具有多样化的特点。先从事物的普遍性说起,事物之"体"千千万万,不能用一个标准去衡量,因此,文章之"体"也是多种多样的。这里的"体"大致指的是文章的风格,文章的多种多样的风格是说不完的。

> 辞程才以效伎,意司契而为匠,在有无而僶俛,当浅深而不让。虽离方而遁员,期穷形而尽相。

这是说,作品无论何种风格,都是作家才华的表现;作家无论运用何种风格,总的目的是"穷形而尽相",也就是要做到"意"之"称物","文"之"逮意"。

---

① 洪兴祖《楚辞补注》,中华书局,1983年,第50页。
② 班固《汉书》,中华书局,1962年,第3515、3575页。
③ 欧阳询《艺文类聚》卷十六,上海古籍出版社,1982年,第299页。

> 故夫夸目者尚奢,惬心者贵当。言穷者无隘,论达者唯旷。

曹丕讲"文以气为主,气之清浊有体,不可力强而致",又讲"引气不齐,巧拙有素,虽在父兄,不能以移子弟",都是说每个作家之"气"有其独特性,互不能"移"。而"夸目者""惬心者""言穷者""论达者",把作家之"气"性格化了,并把性格化与"尚奢""贵当""无隘""唯旷"对应起来。此所谓"风格即人",这是从主体的角度来考察,把风格看作是作家的创作个性在作品中的自然流露,从风格形成的内在根据上来理解风格。如此的风格观,从作家的气质禀赋、人格个性和志趣才情等方面来把握作品的风格特征,是从作家本体角度对曹丕"文以气为主"的理解与发挥。

《文赋》又称:

> 若夫丰约之裁,俯仰之形,因宜适变,曲有微情。或言拙而喻巧,或理朴而辞轻,或袭故而弥新,或沿浊而更清。或览之而必察,或研之而后精。譬犹舞者赴节以投袂,歌者应弦而遣声。是盖轮扁所不得言,故亦非华说之所能精。

这是说写作过程"因宜适变"而形成风格的多样化,陆机列举了各种各样的情况,其中"或言拙而喻巧,或理朴而辞轻,或袭故而弥新,或沿浊而更清"的例子,都说明了相反而相成的情况,然后引出须"览之而必察""研之而后精"的论断,要根据实际情况做出选择。最后虽然说"曲有微情",是有规律的,但却是"轮扁所不得言"者,这是强调具体实践中的"随手之变"。

四、规范化与多样化的结合

文体风格是有规定的,写出来的文章又是多种风格的。人的个性是一定的,但写出来的文章又是多种风格的。《文赋》是在规定性与随机性二者之间讨论文体学的。

《文赋》所论,是创作论统率下的文体论,"文"的体制分类,是为了提出选择文体的问题,而之所以要选择文体,则是现实的需要。

但无论何种文体,其写作规律总的来说是一致的。首先在构思的作用之下,所谓"收视反听,耽思傍讯,精骛八极,心游万仞"的过程后,才能有"情曈昽而弥鲜,物昭晰而互进,倾群言之沥液,漱六艺之芳润,浮天渊以安流,濯下泉而潜浸";其中就有文体选择,于是才期待有"沉辞怫悦,若游鱼衔钩,而出重渊之深;浮藻联翩,若翰鸟缨缴,而坠曾云之峻"的写作。这些都是讲作品写作有一个统一的规律。

写作规律虽然一致,但《文赋》曾说:"至于操斧伐柯,虽取则不远,若夫随手之变,良难以辞逮。"又说整个写作是出于"随手之变"的过程。

这样,我们就知道,《文赋》反复强调的是规律性的"选义按部,考辞就班"与"因宜适变"性的"随手之变"之间的相互融合。

第三节　晋时赋文体学

一、围绕《三都赋》的赋文体学讨论

《三都赋》的诞生,是西晋文学的一件大事。先是,左思"貌寝,口讷,而辞藻壮丽。不好交游,惟以闲居为事。造《齐都赋》,一年乃成。复欲赋《三都》,会妹芬入宫,移家京师,乃诣著作郎张载,访岷邛之事。遂构思十年,门庭藩溷,皆著笔纸,遇得一句,即便疏之。自以所见不博,求为秘书郎"。而"初,陆机入洛,欲为此赋,闻思作之,抚掌而笑,与弟云书曰:'此间有伧父,欲作《三都赋》,须其成,当以覆酒瓮耳'"。及左思《三都赋》出,陆机"绝叹伏,以为不能加也",于是停止了自己的《三都赋》撰作。但左思《三都赋》成,还是遭遇"时人未之重"的景况。左思自以为其作与班固、张衡相比也不差什么,恐怕世人因自己门第、名辈低下,而以

人废言,于是就去拜访时有"高誉"的安定皇甫谧,皇甫谧大加赞赏,为其赋作序,又有张载注《魏都》,刘逵注《吴》《蜀》,左思《三都赋》一下子声满天下,"自是之后,盛重于时","司空张华见而叹曰:'班、张之流也,使读之者尽而有余,久而更新。'于是豪贵之家竞相传写,洛阳为之纸贵"。

西晋的赋文体学讨论,是围绕《三都赋》、以赋序的形式展开的。左思作《三都赋》即有序①,强调赋的重实。其赋首云:

> 盖《诗》有六义焉,其二曰赋。杨雄曰:"诗人之赋丽以则。"班固曰:"赋者,古诗之流也。"先王采焉,以观土风。见"绿竹猗猗",则知卫地淇澳之产;见"在其版屋",则知秦野西戎之宅。故能居然而辨八方。

其称赋从诗来,由"先王采焉,以观土风"以及"居然而辨八方",可知《诗经》的诗是"尚实"的。这是从赋的源头讲赋的崇实。

> 然相如赋《上林》,而引"卢橘夏熟"。杨雄赋《甘泉》,而陈"玉树青葱"。班固赋《西都》,而叹以出比目。张衡赋《西京》,而述以游海若。假称珍怪,以为润色。若斯之类,匪啻于兹。考之果木,则生非其壤,校之神物,则出非其所。于辞则易为藻饰,于义则虚而无征。且夫玉卮无当,虽宝非用,侈言无验,虽丽非经。而论者莫不诋讦其研精,作者大氐举为宪章。积习生常,有自来矣。

这是讲赋的不"尚实"的风气有所自来,从司马相如、班固、张衡等人说起,称其赋作都有载事失实的现象,虽然历来"论者"都对其有所批评,但写作者都把如此写法奉为圭臬。

> 余既思摹《二京》而赋《三都》。其山川城邑,则稽之地图;其鸟兽草木,则验之方志。风谣歌舞,各附其俗,魁梧长者,莫

---

① 萧统编,李善注《文选》,中华书局,1977年,第74页。下同。

> 非其旧。何则？发言为诗者，咏其所志也；升高能赋者，颂其所见也。美物者贵依其本，赞事者宜本其实。匪本匪实，览者奚信？且夫任土作贡，《虞书》所著；辨物居方，《周易》所慎。聊举其一隅，摄其体统，归诸诂训焉。

最后点出本人《三都赋》崇实的作法，所谓"稽之地图""验之方志""各附其俗""莫非其旧"等；并落实到"升高能赋者，颂其所见也"的赋的本质特点。

皇甫谧《三都赋序》，先讲赋体本是"不歌而颂谓之赋"的"古诗之流"，由此确立其语辞表达与政教大义的关系：

> 然则赋也者，所以因物造端，敷弘体理，欲人不能加也。引而申之，故文必极美；触类而长之，故辞必尽丽。然则美丽之文，赋之作也。昔之为文者，非苟尚辞而已，将以纽之王教，本乎劝戒也。①

这实际上是重申赋所应该具有的文体规范。然后说战国时赋的情况：

> 至于战国，王道陵迟，风雅浸顿，于是贤人失志，辞赋作焉。是以孙卿屈原之属，遗文炳然，辞义可观。存其所感，咸有古诗之意，皆因文以寄其心，托理以全其制，赋之首也。及宋玉之徒，淫文放发，言过于实，夸竞之兴，体失之渐，风雅之则，于是乎乖。

称宋玉"淫文放发"，这是《汉书·艺文志》述赋的老调，但归结其原因为"言过于实，夸竞之兴，体失之渐"，这是西晋时代的新声。以下抨击司马相如诸人赋作的弊病在于"虚"：

> 若夫土有常产，俗有旧风；方以类聚，物以群分。而长卿之俦，过以非方之物，寄以中域，虚张异类，托有于无，祖构之

---

① 萧统编，李善注《文选》，中华书局，1977年，第641—642页。下同。

士,雷同影附,流宕忘反,非一时也。

最后落实到《三都赋》的撰写,称:

> 盖蜀包梁岷之资,吴割荆南之富,魏跨中区之衍,考分次之多少,计殖物之众寡,比风俗之清浊,课士人之优劣,亦不可同年而语矣。

称其记述三国之事,历历皆实。最后说:

> 作者又因客主之辞,正之以魏都,折之以王道,其物土所出,可得披图而校。体国经制,可得按记而验,岂诬也哉!

以夸赞《三都赋》"可得披图而校""可得按记而验"的记实性结束全序。

刘逵《〈吴都赋〉〈蜀都赋〉注序》曰:

> 观中古以来为赋者多矣,相如《子虚》擅名于前,班固《两都》理胜其辞,张衡《二京》文过其意。至若此赋,拟议数家,傅辞会义,抑多精致,非夫研核者不能练其旨,非夫博物者不能统其异。世咸贵远而贱近,莫肯用心于明物。斯文吾有异焉,故聊以余思为其引诂,亦犹胡广之于《官箴》,蔡邕之于《典引》也。[①]

此文出自史书,史书录文,例有删节。序中一称左思因"拟议数家",故"傅辞会义,抑多精致";二称此赋"研核"以"练其旨","博物"而"统其异",还是论其"尚实"。

卫权《三都赋略解序》曰:

> 余观《三都》之赋,言不苟华,必经典要,品物殊类,禀之图籍;辞义瑰玮,良可贵也。有晋征士故太子中庶子安定皇甫谧,西州之逸士,耽籍乐道,高尚其事,览斯文而慷慨,为之都序。中书著作郎安平张载、中书郎济南刘逵,并以经学洽博,才

[①] 房玄龄等《晋书·文苑·左思传》,中华书局,1974年,第2376页。

> 章美茂,咸皆悦玩,为之训诂;其山川土域,草木鸟兽,奇怪珍异,佥皆研精所由,纷散其义矣。余嘉其文,不能默已,聊借二子之遗忘,又为之《略解》,只增烦重,览者阙焉。①

此首称"言不苟华,必经典要,品物殊类,禀之图籍",以下"山川土域,草木鸟兽,奇怪珍异,佥皆研精所由",都是推崇《三都赋》的"尚实"。

从《三都赋》诸序来看,这是西晋人士组织力量为赋重新制定文体规范的一种努力。

二、其他赋序的赋文体学讨论

《三都赋》诸序已经体现了晋人喜用赋序来表明对赋的文体功能的认识,这样的做法还有一些,如前述陆机《遂志赋序》,一是突出对此类型赋的历史的叙说,二是突出重情,所谓"穷达异事,而声为情变"②。

曹摅《围棋赋序》:

> 昔班固造弈旨之论,马融有围棋之赋,拟军政以为本,引兵家以为喻,盖宣尼之所以称美,而君子之所以游虑也。既好其事,而壮其辞,聊因翰墨,述而赋焉。③

围棋,游艺也,小道;此序对为什么要以围棋为对象作赋进行说明,称围棋为"军政""兵家"为"拟"的游戏,以围棋为对象作赋,也是同样的意义。这是对类型赋的文体说明,也是对自己"既好其事,而壮其辞"的性格爱好做出的说明。

晋时,多有赋序突出对赋的内容的重点概括,这些应该是重申某些类型赋的文体规范,如陶渊明《闲情赋序》:

---

① 房玄龄等《晋书·文苑·左思传》,中华书局,1974年,第2376—2377页。
② 陆机《陆机集》,中华书局,1982年,第15页。
③ 欧阳询《艺文类聚》卷七十四,上海古籍出版社,1982年,第1271页。

> 初张衡作《定情赋》，蔡邕作《静情赋》，检逸辞而宗澹泊，始则荡以思虑，而终归闲正。将以抑流宕之邪心，谅有助于讽谏。缀文之士，奕代继作，并因触类，广其辞义。余园闾多暇，复染翰为之。虽文妙不足，庶不谬作者之意乎？①

提到此类赋的传统以及对传统的延续，所谓"缀文之士，奕代继作，并因触类，广其辞义"，认为自我之作"庶不谬作者之意乎"，都是此意。但晋人有时又会表现出在延续传统的基础上有所创新的愿望，如陶渊明《感士不遇赋序》：

> 昔董仲舒作《士不遇赋》，司马子长又为之。余尝以三余之日，讲习之暇，读其文，慨然惆怅。夫履信思顺，生人之善行；抱朴守静，君子之笃素。自真风告逝，大伪斯兴，闾阎懈廉退之节，市朝驱易进之心。怀正志道之士，或潜玉于当年；洁己清操之人，或没世以徒勤。故夷、皓有"安归"之叹，三闾发"已矣"之哀。悲夫！寓形百年，而瞬息已尽；立行之难，而一城莫赏。此古人所以染翰慷慨，屡伸而不能已者也。夫导达意气，其惟文乎！抚卷踌躇，遂感而赋之。②

叙说董仲舒、司马子长作《士不遇赋》，这是讲继承此类赋的文体规范，而以下讲"夷、皓有'安归'之叹，三闾发'已矣'之哀"，则表达了此类赋作叙写隐居的意向。

三、辞赋本事关于赋文体学的讨论

《晋书》多载辞赋本事，即晋及五胡十六国时期的赋是在什么情况下撰作的，这是赋作产生的背景；以及世人对赋的某些文体功能的认识等，此处择要列于下。

《晋书·张华传》载，张华"初未知名，著《鹪鹩赋》以自寄。其

---

① 陶渊明撰，逯钦立校注《陶渊明集》，中华书局，1979年，第153页。
② 同上书，第145页。

词曰……陈留阮籍见之,叹曰:'王佐之才也!'由是声名始著"①。这是说赋可有所寄托。又载,"陆机兄弟志气高爽,自以吴之名家,初入洛,不推中国人士,见华一面如旧,钦华德范,如师资之礼焉。华诛后,作诔,又为《咏德赋》以悼之"②。可知赋可用于悼念。《晋书·后妃传》载,左贵嫔,名芬,"受诏作愁思之文,因为《离思赋》"③,所载一说此赋是非纪实的,实际并无"愁思"之事,只是"受诏"而作,为作而作,纯粹是为观赏而作的,对比"及帝女万年公主薨,帝痛悼不已,诏芬为诔,其文甚丽"④,诔这一文体还是"尚实"、抒情的;二言及对赋的体物功能、歌颂功能的认识,"帝重芬词藻,每有方物异宝,必诏为赋颂,以是屡获恩赐焉"⑤。

《晋书·司马纮传》载,司马纮"杜门让还章印貂蝉,著《杜门赋》以显其志"⑥,以赋表达志向。

《晋书·庾敳传》载,庾敳"见王室多难,终知婴祸,乃著《意赋》以豁情,犹贾谊之《服鸟》也",庾敳作赋"以豁情"。"从子(庾)亮见赋,问曰:'若有意也,非赋所尽;若无意也,复何所赋?'答曰:'在有无之间耳!'"⑦这又说出玄言赋的特性。

《晋书·陆机传》载,司马冏"既矜功自伐,受爵不让,(陆)机恶之,作《豪士赋》以刺焉"⑧,赋有讥刺作用。

《晋书·潘岳传》载,"泰始中,武帝躬耕藉田,(潘)岳作赋以美其事";"选为长安令,作《西征赋》,述所经人物山水";"既仕宦不达,乃作《闲居赋》""以歌事遂情焉"⑨。赋可"美""述""歌事遂情"。

---

① 房玄龄等《晋书》,中华书局,1974年,第1069页。
② 同上书,第1077页。
③ 同上书,第957页。
④ 同上书,第962页。
⑤ 同上。
⑥ 同上书,第1093页。
⑦ 同上书,第1395页。
⑧ 同上书,第1473页。
⑨ 同上书,第1500、1504、1505页。

《晋书·王廙传》载,王廙奏《中兴赋》,其疏曰:"恐先朝露,填沟壑,令微情不得上达,谨竭其顽,献《中兴赋》一篇。虽未足以宣扬盛美,亦是诗人嗟叹咏歌之义也。"①这是对赋的"宣扬盛美""嗟叹咏歌"性质的认识。

《晋书·蔡谟传》载:

> 彭城王纮上言,乐贤堂有先帝手画佛象,经历寇难,而此堂犹存,宜敕作颂。帝下其议。谟曰:"佛者,夷狄之俗,非经典之制。先帝量同天地,多才多艺,聊因临时而画此象,至于雅好佛道,所未承闻也。盗贼奔突,王都隳败,而此堂岿然独存,斯诚神灵保祚之征,然未是大晋盛德之形容,歌颂之所先也。人臣睹物兴义,私作赋、颂可也。今欲发王命,敕史官,上称先帝好佛之志,下为夷狄作一象之颂,于义有疑焉。"于是遂寝。②

值得注意的是"私作赋、颂可也",讲到赋、颂撰作的私人性。

《晋书·李玄盛传》载:

> 先是,河右不生楸、槐、柏、漆,张骏之世,取于秦陇而植之,终于皆死,而酒泉宫之西北隅有槐树生焉,玄盛又著《槐树赋》以寄情,盖叹僻陋遐方,立功非所也。③

这也是"寄情"。又载,"感兵难繁兴,时俗喧竞,乃著《大酒容赋》以表恬豁之怀"④,这是"表情"。

《晋书·文苑·成公绥传》载,成公绥认为"赋者贵能分赋物理,敷演无方,天地之盛,可以致思矣。历观古人未之有赋,岂独以至丽无文,难以辞赞;不然,何其阙哉"⑤,遂为《天地赋》,称赋应该涉及各大事物。又载,成公绥"雅好音律,尝当暑承风而啸,泠然成

---

① 房玄龄等《晋书》,中华书局,1974年,第2004页。
② 同上书,第2035页。
③ 同上书,第2267页。
④ 同上。
⑤ 同上书,第2371页。

曲,因为《啸赋》"①,"啸"是玄学人士独特的技艺,这是赋写本人所擅长者以表达情怀。

《晋书·文苑·袁宏传》载:

> (袁宏)后为《东征赋》,赋末列称过江诸名德,而独不载桓彝。时伏滔先在温府,又与宏善,苦谏之。宏笑而不答。温知之甚忿,而惮宏一时文宗,不欲令人显问。后游青山饮归,命宏同载,众为之惧。行数里,问宏云:"闻君作《东征赋》,多称先贤,何故不及家君?"宏答曰:"尊公称谓非下官敢专,既未遑启,不敢显之耳。"温疑不实,乃曰:"君欲为何辞?"宏即答云:"风鉴散朗,或搜或引,身虽可亡,道不可陨,宣城之节,信义为允也。"温泫然而止。宏赋又不及陶侃,侃子胡奴尝于曲室抽刃问宏曰:"家君勋迹如此,君赋云何相忽?"宏窘急,答曰:"我已盛述尊公,何乃言无?"因曰:"精金百汰,在割能断,功以济时,职思静乱,长沙之勋,为史所赞。"胡奴乃止。②

这是由赋之是否"尚实"引发的事件。

《晋书·姚兴传》载,姚兴"性俭约,车马无金玉之饰,自下化之,莫不敢尚清素。然好游田,颇损农要",于是,"京兆杜挺以仆射齐难无匡辅之益,著《丰草诗》以箴之,冯翊相云作《德猎赋》以讽焉"。③ 作诗以箴,作赋以讽。

又《三国志·吴书·陆抗传》注引机、云别传:

> (成都王颖)无几而与长沙王构隙,遂举兵攻洛,以(陆)机行后将军,督王粹、牵秀等诸军二十万,士龙著《南征赋》以美其事。④

这是弟弟陆云称美哥哥陆机督军南征之事而作赋。

---

① 房玄龄等《晋书》,中华书局,1974年,第2373页。
② 同上书,第2391—2392页。
③ 同上书,第2983页。
④ 陈寿撰,裴松之注《三国志》,中华书局,1982年,第1360—1361页。

第四节　晋时文体论的专门化

一、诗论

陆机《鞠歌行序》：

> 案汉宫阁有含章鞠室、灵芝鞠室。后汉马防第宅卜临道，连阁、通池、鞠城，弥于街路，《鞠歌》将谓此也。又东阿王诗"连骑击壤"，或谓蹵鞠乎？三言七言，虽奇宝名器，不遇知己，终不见重。愿逢知己，以托意焉。①

这是探讨乐府《鞠歌行》起源的原生态，到底是"含章鞠室、灵芝鞠室""鞠城"呢，还是"蹵鞠"？陆机拿不准，故一并提出。又阐述此题乐府的语言格式为"三言七言"，最后陈述自己所作的主题。

晋时，诗歌在社会生活的各个方面都起着某些作用，如"晋惠帝元康六年，氐贼齐万年与杨茂于关中反乱，人多疲敝，既定，帝命诸臣作《关中诗》"②，潘岳有作，《文选》李善注曰：

> 《汉记》孝明时，护羌校尉窦林上降羌颠岸，以为羌豪，岸兄颠吾复降，问事状，林对前后两屈，坐诬调，下狱死。齐万年编户隶属，为日久矣。而死生异辞，必有诡谬，故引证喻，以惩不恪。③

当时或称氐族叛军首领齐万年枭首，或称齐万年降，朝廷上议论不休，晋惠帝诏诸臣作诗。何义门评价潘诗说：

> 寻绎此诗，当日廷议，于(孟)观太苛，于(夏侯)骏太徇，故

---

① 陆机《陆机集》，中华书局，1982年，第77页。
② 萧统编，李善、吕延济、刘良等注《六臣注文选》李周翰注，中华书局，1987年，第366页。
③ 萧统编，李善注《文选》，中华书局，1977年，第280页。

作者特为平两人之功罪也。①

这是以诗为议论。

《晋书·司马道子传》载品评朝廷人物的诗作：

> 时有人为《云中诗》以指斥朝廷曰："相王沉醉,轻出教命。捕贼千秋,干豫朝政。王恺守常,国宝驰竞。荆州大度,散诞难名；盛德之流,法护、王宁；仲堪、仙民,特有言咏,东山安道,执操高抗,何不征之,以为朝匠？"荆州,谓王忱也；法护,即王珣；宁,即王恭；仙民,即徐邈字；安道,戴逵字也。②

这是以诗为政治斗争的工具。

《晋书·庾羲传》载,庾羲"少有时誉,初为吴国内史。时穆帝颇爱文义,羲至郡献诗,颇存讽谏"③,献诗以讽谏。

《晋书·隐逸·董京传》载：

> 董京,字威辇,不知何郡人也。初与陇西计吏俱至洛阳,被发而行,逍遥吟咏,常宿白社中。时乞于市,得残碎缯絮,结以自覆,全帛佳绵则不肯受。或见推排骂辱,曾无怒色。孙楚时为著作郎,数就社中与语,遂载与俱归,京不肯坐。楚乃贻之书,劝以今尧舜之世,胡为怀道迷邦。京答之以诗曰……④

以诗为书相答。

《晋书·苻坚载记》：

> 大宛献天马千里驹,皆汗血、朱鬣、五色、凤膺、麟身,及诸珍异五百余种。坚曰："吾思汉文之返千里马,咨嗟美咏。今所献马,其悉反之,庶克念前王,仿佛古人矣。"乃命群臣作《止马诗》

---

① 何焯《义门读书记》,中华书局,1987 年,第 889 页。
② 房玄龄等《晋书》,中华书局,1974 年,第 1735 页。
③ 同上书,第 1925 页。
④ 同上书,第 2427 页。

而遣之,示无欲也。其下以为盛德之事,远同汉文,于是献诗者四百余人。①

以诗向邻邦表达意见,并歌功颂德。

《晋书·李寿载记》载,龚壮作诗七篇,托言应璩以讽李寿,李寿报曰:"省诗知意,若今人所作,贤哲之话言也。古人所作,死鬼之常辞耳!"②诗作为讽谏,就当前讲,可以是"贤哲之话言",假托前人就是"死鬼之常辞";而诗作为文学作品,则是跨时代的审美对象。

二、对特殊文体的论述

晋时多有对某些特殊文体的论述,如傅玄《七谟序》,除列举了许多前人作品外,还提到这些作品"或以恢大道而导幽滞,或以点瑰尜而托调咏"③,点出"七"体的某些规范。但作为序,该文表明傅玄的论述只满足了其创作中取作规范的愿望。

又如傅玄《叙连珠》:

> 所谓连珠者,兴于汉章帝之世,班固、贾逵、傅毅三子受诏作之,而蔡邕、张华之徒又广焉。其文体辞丽而言约,不指说事情,必假喻以达其旨,而贤者微悟,合于古诗劝兴之义。欲使历历如贯珠,易睹而可悦,故谓之连珠也。班固喻美辞壮,文章弘丽,最得其体。蔡邕似论,言质而辞碎,然旨笃矣。贾逵儒而不艳,傅毅有文而不典。④

傅玄对"连珠"体的起源、发展、文体特点、命名缘由、诸人作品特点都有所分析与总结。除了傅玄所论,晋南北朝关于"连珠"这一文体

---

① 房玄龄等《晋书》,中华书局,1974 年,第 2900 页。
② 同上书,第 3046 页。
③ 李昉等《太平御览》卷五百九十,中华书局,1960 年,第 2657 页。
④ 欧阳询《艺文类聚》卷五十七,上海古籍出版社,1982 年,第 1035—1036 页。

的讨论还有刘勰《文心雕龙·杂文》①、沈约《注制旨连珠表》②等。他们论述到的有关"连珠"体的问题,综合阐述如下。

其一,"连珠"体源于何时及其渊源问题:傅玄《叙连珠》所说的"兴于汉章帝之世,班固、贾逵、傅毅三子受诏作之"。但以后又有扬雄首创之说,刘勰称:"扬雄覃思文阁,业深综述,碎文琐语,肇为《连珠》,其辞虽小,而明润矣。"沈约称:"窃寻连珠之作,始自子云。"并称"班固谓之'命世',桓谭以为'绝伦'"。再进一步追溯渊源的话,沈约所谓"放《易》象《论》,动模经诰",称"连珠"自"经"而来;《魏书·李先传》所谓"读《韩子连珠》二十二篇"③,"韩子"指《韩非子》,今传《韩非子》中并无以"连珠"为篇名者,学者多以为这是指《韩非子》中《内储说》及《外储说》两篇中类似"连珠"体的文字。

其二,论"连珠"体的基本格式:一是每个单篇都以"某闻"起首,现存"连珠"作品,从扬雄、班固到南朝作家,基本上都是以"臣闻"起首;只有魏文帝曹丕、梁武帝萧衍等所作《连珠》不能称"臣闻",于是称"盖闻",梁宣帝作《连珠》称"尝闻";而后来梁刘孝仪作《探物作艳体连珠》,是女子口吻,故称"妾闻"。二是每个单篇都做逻辑推理,做理论、事实之间的推理,有喻体、主体,有前提、结论;即傅玄所谓"不指说事情,必假喻以达其旨"。

其三,逻辑推理体现在作品的语言上就是"连珠",即傅玄所谓"历历如贯珠,易睹而可悦,故谓之连珠也";刘勰所谓"夫文小易周,思闲可赡。足使义明而词净,事圆而音泽,磊磊自转,可称珠耳";沈约所谓"连珠者,盖谓辞句连续,互相发明,若珠之结排也"。"连珠"体作品大都是以多篇连章的形式出现,那么,多篇连章之间的串联也是"连珠"。

其四,"连珠"体史及诸人作品的特点:傅玄称班固、贾逵、傅毅、

---

① 刘勰撰,詹锳义证《文心雕龙义证》,上海古籍出版社,1989年,第496—518页。
② 沈约撰,陈庆元校笺《沈约集校笺》,浙江古籍出版社,1995年,第89页。
③ 魏收《魏书》,中华书局,1974年,第790页。

蔡邕、张华诸人都有"连珠"作品,刘勰称"自《连珠》以下,拟者间出,杜笃、贾逵之曹,刘珍、潘勖之辈","惟士衡运思,理新文敏,而裁章置句,广于旧篇",点出"连珠"体的优秀作家。沈约曰:"虽复金镳互骋,玉轪并驰,妍蚩优劣,参差相间,翔禽伏兽,易以心威,守株胶瑟,难与适变,水镜芝兰,随其所遇,明珠燕石,贵贱相悬。"指出"连珠"体的特点。

"连珠"体是刘勰所论文体之一。沈约对"连珠"体的论述,是注释梁武帝的"连珠"作品后上表所论之语。而傅玄对"连珠"体的论述,则是专门化的、独立的文体论述。傅玄的论述中,有对"连珠"体发展历史的回顾,有对"连珠"体文体名的诠释,有对"连珠"体名家名篇的列举,有对"连珠"体写作规范的总结,其后辈刘勰所云"原始以表末,释名以章义,选文以定篇,敷理以举统"的文体论的论述模式,在此已完全具备;而刘勰对各种文体的论述模式,我们从傅玄的论述可见其雏形。

也有不涉文体学内容的作品序。如潘岳《马汧督诔序》,叙马汧督事而无文体论意义;潘尼《乘舆箴序》,述理而无文体论意义;而石崇《金谷诗叙》《思归引序》,叙写的是情感抒发之由。

第五节　葛洪的文体比较观

葛洪(283—363),字稚川,自号抱朴子,东晋丹阳郡句容(今江苏句容)人。少好学,家贫,自伐薪木以贸纸笔,夜辄写书诵习,遂以儒学知名。葛洪究览典籍,尤好神仙导养之法,凡所著撰,皆精核是非,而才章富赡。其《抱朴子》分内外篇,《内篇》主要讲述神仙方药、鬼怪变化、养生延年,属于道家的范畴,《外篇》则主要谈论社会上的各种事情,属于儒家的范畴。《抱朴子》中多有文学思想。

一、同文体的古今作品比较

古今之比的历史渊源在王充《论衡》。在评价作者问题上,王充批评贵古贱今,其《论衡·超奇》批评说:"俗好高古而称所闻,前人之业,菜果甘甜;后人新造,蜜酪辛苦。"①《论衡·齐世》称,"述事者好高古而下今,贵所闻而贱所见","世俗之性,好褒古而毁今";②《论衡·须颂》称,"俗儒好长古而短今"③;《论衡·案书》称,"夫俗好珍古不贵今,谓今之文不如古书"④,认为这些都是不妥当的。所以,《论衡·案书》称:"夫古今一也。"⑤《论衡·超奇》提出,不能以时代古今为区分,只能"优者为高,明者为上",事物的发展规律,就如"庐宅始成,桑麻才有,居之历岁,子孙相续,桃李梅杏,庵(奄)丘蔽野。根茎众多,则华叶繁茂"⑥一样,经过积累,文章也应该是今胜于古。王充批评贵古贱今,曹丕《典论·论文》也提出"常人贵远贱近",还只是文学批评的一个观念问题,葛洪《抱朴子》是用文体论来解决贵古贱今的问题的。

其一,葛洪论人才使用的"贵远而贱近"。《抱朴子·广譬》云:

> 抱朴子曰:贵远而贱近者,常人之用情也。信耳而疑目者,古今之所患也。是以秦王叹息于韩非之书,而想其为人;汉武慷慨于相如之文,而恨不同世。乃既得之,终不能拔。或纳谗而诛之,或放之乎冗散。此盖叶公之好伪形,见真龙而失色也。⑦

这是以历史上秦始皇与韩非、汉武帝与司马相如的事例来说明"贵

---

① 王充《论衡》,上海人民出版社,1974年,第215页。
② 同上书,第292、293页。
③ 同上书,第310页。
④ 同上书,第440页。
⑤ 同上。
⑥ 同上书,第215页。
⑦ 杨明照《抱朴子外篇校笺(下)》,中华书局,1997年,第348—349页。

远而贱近"是一个认识上的误区。《抱朴子·尚博》又举出现实的例子来批评"虽有益世之书,犹谓之不及前代之遗文也。是以仲尼不见重于当时,《大(太)玄》见蚩薄于比肩也",指出其原因在于"重所闻,轻所见"。①《抱朴子·文行》也批评"世俗率贵古昔而贱当今,敬所闻而黩所见",并以比喻落实到"虽有冠群独行之士,犹谓不及于古人也"的人才观。②

其二,葛洪论"著书者"语言浅深与古今之辨。《抱朴子·钧世》载:

> 或曰:古之著书者,才大思深,故其文隐而难晓;今人意浅力近,故露而易见。以此易见,比彼难晓,犹沟浍之方江河,蚁垤之并嵩、岱矣。故水不发昆山,则不能扬洪流以东渐,书不出英俊,则不能备致远之弘韵焉。

以古书"文隐而难晓"为"才大思深",以今人著述"露而易见"为"意浅力近"。葛洪先称古人"匪鬼匪神",其书是可以读懂的,所谓"精神布在乎方策,情见乎辞,指归可得",进而又说:

> 且古书之多隐,未必昔人故欲难晓,或世异语变,或方言不同,经荒历乱,埋藏积久,简编朽绝,亡失者多。或杂续残缺,或脱去章句,是以难知,似若至深耳。③

认为古书难读只是语言的问题,或语言变化,或方言不同,或有所亡失等,因此,语言浅深不能成为贵古贱今的理由。

其三,葛洪以同文体的作品相比较,得出文采今胜于古的结论。《抱朴子·钧世》又云:

> 且夫《尚书》者,政事之集也,然未若近代之优文、诏、策、军书、奏、议之清富赡丽也。《毛诗》者,华彩之辞也,然不及《上

---

① 杨明照《抱朴子外篇校笺(下)》,中华书局,1997年,第118、120页。
② 同上书,第447页。
③ 同上书,第65—67页。

林》《羽猎》《二京》《三都》之汪濊博富也。①

称《尚书》中的政事文字,不如当今诸种文体的政事文字"清富赡丽";虽然赋是由《诗经》"六义"发展而来,但《诗经》作品的"华彩之辞"不如辞赋"汪濊博富"。他又以同是"国色"的美女而"一人独闲百伎"、同有"德行"的士人而"一人偏长艺文"为比,说明"今诗与古诗俱有义理,而盈于差美",当然是今诗为美。进而,葛洪比较古今相同文体的作品以说明今胜于古:

> 若夫俱论宫室,而奚斯"路寝"之颂,何如王生之赋《灵光》乎?同说游猎,而《叔畋》《卢铃》之诗,何如相如之言《上林》乎?并美祭祀,而《清庙》《云汉》之辞,何如郭氏《南郊》之艳乎?等称征伐,而《出军(按,当作"车")》《六月》之作,何如陈琳《武军》之壮乎?则举条可以觉焉。②

但是,"守株之徒"就是要说"古人所作为神,今世所著为浅","俗儒"就是认为"古书虽质朴",而"谓之堕于天也"。葛洪又以世上的其他事物做比以示"贵远贱近,有自来矣":"故新剑以诈刻加价,弊方以伪题见宝也",所谓"今文虽金玉,而常人同之于瓦砾也"。

葛洪是从事物发展的自然规律来说明今日作品胜于古时作品的,其云:

> 且夫古者事事醇素,今则莫不雕饰,时移世改,理自然也。至于属锦丽而且坚,未可谓之减于蓑衣;韬辀妍而又牢,未可谓之不及椎车也。

> 书犹言也,若入谈语,故为知有(按,疑作"音");胡、越之接,终不相解,以此教戒,人岂知之哉?若言以易晓为辨,则书何故以难知为好哉!若舟车之代步涉,文墨之改结绳,诸后作而

---

① 杨明照《抱朴子外篇校笺(下)》,中华书局,1997年,第69—70页。
② 同上书,第75页。

善于前事,其功业相次千万者,不可复缕举也。世人皆知之快于曩矣,何以独文章不及古邪?①

但这只限于文采方面,若推广开来,或可能陷入荒谬,如其云:

> 近者夏侯湛、潘安仁并作《补亡诗》:《白华》《由庚》《南陔》《华黍》之属,诸硕儒高才之赏文者,咸以古诗三百,未有足以偶二贤之所作也。②

夏侯湛、潘安仁并作《补亡诗》,可能在文采上高于"诗三百","诸硕儒高才"也是之在"赏文"的基点上说"诗三百""未有足以偶二贤之所作也";如果从作品的整体上说,更是俗儒之见。于是,葛洪并不否认要向古代作品学习,其云:

> 然古书者虽多,未必尽美,要当以为学者之山渊,使属笔者得采伐渔猎其中。然而譬如东瓯之木,长洲之林,梓豫虽多,而未可谓之为大厦之壮观、华屋之弘丽也。云梦之泽,孟诸之薮,鱼肉之虽饶,而未可谓之为煎熬之盛膳,渝、狄之嘉味也。③

其四,葛洪并不以古今为限来判定作品,而是实事求是,如《抱朴子·辞义》云:

> 古诗刺过失,故有益而贵;今诗纯虚誉,故有损而贱也。④

"刺过失"而"有益"于世,故"贵",追求"虚誉"而浮华,于世"有损",故"贱"。

葛洪是为了得出今胜于古的结论才进行作品比较的,值得注意的是,这类作品比较是在相同文体中进行的。

---

① 杨明照《抱朴子外篇校笺(下)》,中华书局,1997年,第77—78页。
② 同上书,第75页。
③ 同上书,第73页。
④ 同上书,第398—399页。

二、文体比较的子书优先观

葛洪在各文体之间的比较,不仅仅在集部文字间进行,他最重子书,把子书与经书相提并论,并把子书与诗赋进行比较,得出子书文体优先的结论。

其一,子书与经书相比,《抱朴子·尚博》载:

> 抱朴子曰:正经为道义之渊海,子书为增深之川流。仰而比之,则景星之佐三辰也;俯而方之,则林薄之裨嵩岳也。虽津涂殊辟,而进德同归;虽离于举趾,而合于兴化。故通人总原本以括流末,操纲领而得一致焉。①

首先视子书与经书具有同等地位,这是从"进德同归""合于兴化"两方面来说的。其又云:

> 汉魏以来,群言弥繁,虽义深于玄渊,辞赡于波涛,施之可以臻征祥于天上,发嘉瑞于后土,召环、雉于大荒之外,安圉堵于函夏之内,近弭祸乱之阶,远垂长世之祉。然时无圣人,目其品藻,故不得骋骅、骝之迹于千里之途,编近世之道于《三坟》之末也。②

称汉魏以来的子书具有"义深于玄渊,辞赡于波涛"等等长处,但由于"时无圣人,目其品藻",所以不得骋迹于千里之途,而与经典并列于世。

其二,子书与诗赋相比,《抱朴子·尚博》:

> 或贵爱诗赋浅近之细文,忽薄深美富博之子书,以磋切之至言为骏拙,以虚华之小辩为妍巧,真伪颠倒,玉石混淆,同广乐于桑间,钧龙章于卉服,悠悠皆然,可叹可慨者也。③

---

① 杨明照《抱朴子外篇校笺(下)》,中华书局,1997年,第98页。
② 同上书,第101页。
③ 同上书,第105页。

此称诗赋为"浅近之细文",为"虚华之小辩";而称子书"深美富博",为"磋切之至言"。子书与诗赋之比,为真与伪、玉与石、广厦之乐与桑间濮上、龙章之披与草卉之服,于此可见葛洪的态度。

在《抱朴子·自叙》中,葛洪自述:

> 洪年十五六时,所作诗赋杂文,当时自谓可行于代。
>
> 洪年二十余,乃计作细碎小文,妨弃功日,未若立一家之言,乃草创子书。①

葛洪自称摒弃诗赋杂文之作而"草创子书",是把子书撰作当作"立一家之言"来看待的,他以自己的创作来表明诗赋难以与子书比肩。葛洪的子书优先论有所自来,当年曹丕盛赞子书,论"文章"则"书论宜理"的子书在"诗赋欲丽"之前。当曹丕讲"年寿有时而尽,荣乐止乎其身,二者必至之常期,未若文章之无穷"时,后面接着说孔融等已逝世,"唯(徐)幹著论,成一家言"。那么,"文章之无穷"中,"著论"是排在首位的。其《与吴质书》也称徐幹"著《中论》二十余篇,成一家之业","此子为不朽矣"。② 而与《中论》同时代者称徐幹本人的观念是"废诗、赋、颂、铭、赞之文,著《中论》之书二十篇",是"阐弘大义,敷散道教,上求圣人之中,下救流俗之昏者"。③ 当年曹植也说,若不能"建永世之业,留金石之功","勠力上国,流惠下民",那么就"采庶官之实录,辩时俗之得失,定仁义之衷,成一家之言",即作史书、子书。

---

① 杨明照《抱朴子外篇校笺(下)》,中华书局,1997年,第695、697页。
② 陈寿撰,裴松之注《三国志·魏书·吴质传》注引《魏略》,中华书局,1982年,第608页。
③ 阙名《中论序》,郁沅、张明高编选《魏晋南北朝文论选》,人民文学出版社,1996年,第57页。

三、各种文体都有益于世

葛洪是重文章的。《抱朴子·文行》载,有人提出:"德行者,本也;文章者,末也,故四科之序,文不居上。然则著纸者,糟粕之余事;可传者,祭毕之刍狗。卑高之格,是可讥矣。"葛洪回答曰:"筌可弃,而鱼未获,则不得无筌;文可废,而道未行,则不得无文。"①葛洪基本是在强调"文"不可废的基础上批评"贵远而贱近"。

葛洪称文章与德行并重,《抱朴子·尚博》:

> 且文章之与德行,犹十尺之与一丈。谓之余事,未之前闻。夫上天之所以垂象,唐、虞之所以为称,大人虎炳,君子豹蔚,昌、旦定圣谥于一字,仲尼从周之郁,莫非文也。八卦生鹰隼之所被,六甲出灵龟之所负,文之所在,虽贱犹贵。犬羊之鞟,未得比焉。且夫本不必皆珍,末不必悉薄。譬若锦绣之因素地,珠玉之居蚌、石,云雨生于肤寸,江河始于咫尺。尔则文章虽为德行之弟,未可呼为余事也。②

当称说"有德者必有言"时,强调的是"有德者"的社会责任;当称文章与德行并重时,那么认为各种文体都是有价值的,就是自然而然的了,故《抱朴子·尚博》可以这样说:

> 不以璞非昆山,而弃耀夜之宝;不以书不出圣,而废助教之言。是以闾陌之拙诗,军旅之鞫誓,或词鄙喻陋,简不盈十,犹见撰录,亚次典诰。百家之言,与善一揆。譬操水者,器虽异而救火同焉;犹针、灸者,术虽殊而攻疾均焉。③

"闾陌之拙诗""军旅之鞫誓"等文体,虽然其"词鄙喻陋,简不盈十",但仍被《诗经》《尚书》所撰录,因为这些文体为"助教之言"

---

① 杨明照《抱朴子外篇校笺(下)》,中华书局,1997年,第445页。
② 同上书,第113页。
③ 同上书,第99页。

"与善一揆",都有所用。

葛洪认为各种文体都应该有补于世。《抱朴子·辞义》:

> 不能拯风俗之流遁,世途之凌夷,通疑者之路,赈贫者之乏,何异春华不为肴粮之用,苣蒻不救冰寒之急。古诗刺过失,故有益而贵;今诗纯虚誉,故有损而贱也。①

葛洪用各种比方说明,文章写得再好,无益于世则"贱"。

在《抱朴子·应嘲》②中,有人批评葛洪的著述"弹断风俗,言苦辞直",只会"取憎在位,招摈于时"而达不到"扬声发誉"的效果。他回答道,文章要"贵于助教"。他以"制器者"为了实用而非为了"采饰外形"制造器物的道理,来说明"立言者贵于助教"而非为了"偶俗集誉"而撰作文章的问题;并称,如果只是为了"偶俗集誉",那么所撰作的文章只会"阿顺谄谀,虚美隐恶",起不到"匡失弼违,醒迷补过"的作用。其又云:

> 虑寡和而废《白雪》之音,嫌难售而贱连城之价,余无取焉。非不能属华艳以取悦,非不知抗直言之多忤,然不忍违情曲笔,错滥真伪。欲令心口相契,顾不愧景,冀知音之在后也。

他称,自己是不会为了社会上有人响应、为了"荣及当年"而降低自己的撰作标准的,他相信是会有知音理解自己的作品意义的。他又称自己坚决反对的就是"著书者徒饰弄华藻,张砾迂阔,属难验无益之辞,治靡丽虚言之美",接着批评名家之类的诡辩言论,称其为"适足示巧表奇以证俗"而已。称那些"证俗"之言只是"画敖仓以救饥,仰天汉以解渴",是"说昆山之多玉,不能赈原宪之贫;观药藏之簿领,不能治危急之疾"。因此,言语著述应该实用,"墨子刻木鸡以厉天,不如三寸之车辖;管青铸骐骥于金象,不如驽马之周用",无论话说得多么好听,能实用才好。

---

① 杨明照《抱朴子外篇校笺(下)》,中华书局,1997年,第398—399页。
② 同上书,第414—419页。

文体本无所谓高下，葛洪的文体比较观是以"用"为标准展现给世人的。但有用无用似乎纯粹是文章内容的问题，葛洪既比较文体，又提出文章的有用无用，这就又给世人提出这样的问题：文体以形式来进行比较，应该是怎样的？这就意味着文体谱系将应乎时代文体学的呼唤而出世。

第三章　总集编纂与文体分类

《汉书·艺文志》录有单一文体的集合体,如《书》类、《礼》类、《春秋》类、《论语》类等都有"《议奏》某某篇",儒家类有"刘向所序六十七篇""扬雄所序三十八篇",道家类有《黄帝铭》六篇,杂家类有《荆轲论》五篇以及歌诗类有《吴楚汝南歌诗》十五篇。

自魏代起,就有了单一文体的总集,如《隋书·经籍志》载"应璩《书林》八卷"①,《三国志》"初,任城栈潜,太祖世历县令"裴松之注:"潜字彦皇,见应璩《书林》。"②传中的确载录了栈潜多篇上书。应璩《书林》,即辑录诸家书记之文为一编,《文章叙录》称应璩"博学好属文,善为书记"③,"书记"即其所擅长者,此当与其编撰有关;《文心雕龙·书记》说"休琏好事,留意词翰"④,可能兼指其编撰《书林》而言⑤。至西晋时,出现了不少此类专门汇集单一文体的总集,如傅玄《七林》⑥、荀绰《古今五言诗美文》、荀勖《晋歌诗》《晋燕乐歌辞》、张湛《古今箴铭集》、陈勰《杂碑》《碑文》,⑦以及陈寿《汉

---

① 魏徵、令狐德棻《隋书·经籍志》,中华书局,1973年,第1089页。下有"夏赤松撰"数字,夏赤松为南朝宋、齐间人,姚振宗《三国艺文志》《隋书经籍志考证》认为该书是应璩编集,夏赤松重编。

② 陈寿撰,裴松之注《三国志·魏书·辛毗杨阜高堂隆传》,中华书局,1982年,第719页。

③ 同上书《魏书·王卫二刘傅传》注引,第604页。

④ 刘勰撰,詹锳义证《文心雕龙义证》,上海古籍出版社,1989年,第929页。

⑤ 王运熙、杨明《魏晋南北朝文学批评史》,上海古籍出版社,1989年,第118—119页。以下所述,亦多有参考此书而成者,特此致谢!

⑥ 挚虞《文章流别论》曰:"傅子集古今七而论品之,署曰《七林》。"(欧阳询《艺文类聚》卷五十七,上海古籍出版社,1982年,第1020—1021页)

⑦ 魏徵、令狐德棻《隋书·经籍志》,中华书局,1973年,第1084、1085、1086页。

名臣奏》《魏名臣奏》①等。

关于诸种文体汇聚的总集的编撰,或称是在别集繁盛的基础上产生的。萧绎《金楼子·立言》称"诸子兴于战国,文集盛于二汉,至家家有制,人人有集"②,《隋书·经籍志》称总集的出现及繁盛的原因是"建安之后,辞赋转繁,众家之集,日以滋广",是辞赋的大量创作使得别集的产生成为必须;或者说,别集是适应辞赋单独成类的需要而产生的:"别集之名,盖汉东京之所创也。自灵均已降,属文之士众矣,然其志尚不同,风流殊别。后之君子,欲观其体势,而见其心灵,故别聚焉,名之为集。"③而总集兴起是因为别集众多:"晋代挚虞,苦览者之劳倦,于是采摘孔翠,芟剪繁芜,自诗赋下,各为条贯,合而编之。"④别集、总集的撰录,都有如何编排的问题,这里就涉及文体学上的重要问题之一——文体分类。总集的编撰文体,或与单一文体的总集编撰有关。

第一节 《汲冢书》的"篇体"观

一、《汲冢书》的总集性质

西晋武帝时,在汲郡(今河南卫辉市)的一座战国古墓中发现并出土的一批竹简古书,全由科斗文书写。竹简出土的具体时间,据传世文献,有《晋书·武帝纪》称咸宁五年(279),《春秋左传集解·后序》称太康元年(280),《晋书·束皙传》称太康二年(281),《尚书·咸有一德》孔颖达正义称太康八年(287)这四种说法。其事

---

① 魏徵、令狐德棻《隋书·经籍志》,中华书局,1973年,第1088页。原题为"陈长寿撰",姚振宗《隋书经籍志考证》认为应是陈寿,"长"字为误增。
② 萧绎撰,许逸民校笺《金楼子校笺》,中华书局,2011年,第852页。
③ 魏徵、令狐德棻《隋书》,中华书局,1973年,第1081页。
④ 同上书,第1089页。

《晋书·束晳传》所载较为详细：

> 太康二年，汲郡人不准盗发魏襄王墓，或言安釐王冢，得竹书数十车。其《纪年》十三篇，记夏以来至周幽王为犬戎所灭。以事接之，三家分，仍述魏事至安釐王之二十年。盖魏国之史书，大略与《春秋》皆多相应。其中经传大异，则言夏年多殷；益干启位，启杀之；太甲杀伊尹；文丁杀季历；自周受命，至穆王百年，非穆王寿百岁也；幽王既亡，有共伯和者摄行天子事，非二相共和也。其《易经》二篇，与《周易》上下经同。《易繇阴阳卦》二篇，与《周易》略同，《繇辞》则异。《卦下易经》一篇，似《说卦》而异。《公孙段》二篇，公孙段与邵陟论《易》。《国语》三篇，言楚晋事。《名》三篇，似《礼记》，又似《尔雅》《论语》。《师春》一篇，书《左传》诸卜筮，"师春"似是造书者姓名也。《琐语》十一篇，诸国卜梦妖怪相书也。《梁丘藏》一篇，先叙魏之世数，次言丘藏金玉事。《缴书》二篇，论弋射法。《生封》一篇，帝王所封。《大历》二篇，邹子谈天类也。《穆天子传》五篇，言周穆王游行四海，见帝台、西王母。《图诗》一篇，画赞之属也。又杂书十九篇：《周食田法》，《周书》，《论楚事》，《周穆王美人盛姬死事》。大凡七十五篇，七篇简书折坏，不识名题。①

这是《汲冢书》的一份目录。

《汲冢书》出土后经过整理，对其进行研究的人也很多，《晋书·荀勖传》：

> （荀勖）领秘书监，与中书令张华依刘向《别录》，整理记籍……及得汲郡冢中古文竹书，诏（荀）勖撰次之，以为《中经》，列在秘书。②

---

① 房玄龄等《晋书》，中华书局，1974年，第1432—1433页。
② 同上书，第1154页。

《隋书·经籍志》称"帝命中书监荀勖、令和峤,撰次为十五部,八十七卷"①。所谓"撰次"就是编辑,最终写定的先秦古书约十种,共七十五篇。先后参与《汲冢书》的整理、研究者众多,如《晋书·束晳传》称:

> 初发冢者烧策照取宝物,及官收之,多烬简断札,文既残缺,不复诠次。武帝以其书付秘书校缀次第,寻考指归,而以今文写之。(束)晳在著作,得观竹书,随疑分释,皆有义证。②

《晋书·王接传》载:

> 时秘书丞卫恒考正汲冢书,未讫而遭难。佐著作郎束晳述而成之,事多证异义。时东莱太守陈留王庭坚难之,亦有证据。晳又释难,而庭坚已亡。散骑侍郎潘滔谓接曰:"卿才学理议,足解二子之纷,可试论之。"(王)接遂详其得失。挚虞、谢衡皆博物多闻,咸以为允当。③

这些古书被人统称为《汲冢书》,或名《竹书》《汲冢古文》等。《汲冢书》先是被列为总集,荀勖《中经新簿》丁部有"诗赋、图赞、《汲冢书》"④,其中诸书后依各自性质被分在各个部类。

较早的目录书中记载的《汲冢书》,可视作一种特殊的总集,如它不是人为编撰而成,本是作为先秦君王的陪葬品,由于特殊的机遇而被集中在一起。正因为如此,不存在后世编撰总集时录什么不录什么的考虑,如《文选》不录经、子、史、语而只录集部文字,所谓"略其芜秽,集其清英"。之所以称其特殊,是因为它有不同于一般总集之处,正是这些不同之处给后世考察总集提供了一些不同的视角。

---

① 魏徵、令狐德棻《隋书》,中华书局,1973年,第959页。
② 房玄龄等《晋书》,中华书局,1974年,第1433页。
③ 同上书,第1436页。
④ 魏徵、令狐德棻《隋书·经籍志》,中华书局,1973年,第906页。

二、《汲冢书》以"篇体"载录

因《汲冢书》是陪葬品,出土时似乎已经弄乱了应有的排列次序,又或许它本来就是没有次序的;出土后由荀勖撰次。从《晋书·束晳传》所载荀勖的撰次看,先是《竹书纪年》,记载古来君王之事;其次是《易》书系列,包括《易经》二篇、《易繇阴阳卦》二篇、《卦下易经》一篇、《公孙段》二篇("公孙段与邵陟论《易》");三是诸国语系列,含《国语》三篇("言楚、晋事")、《名》三篇("似《礼记》,又似《尔雅》《论语》")、《师春》一篇("书《左传》诸卜筮")、《琐语》十一篇("诸国卜梦妖怪相书也")、《梁丘藏》一篇("先叙魏之世数,次言丘藏金玉事");四是诸杂法技艺,含《缴书》二篇("论弋射法")、《生封》一篇("帝王所封")、《大历》二篇("邹子谈天类也")、《穆天子传》五篇("周穆王游行四海,见帝台、西王母")、《图诗》一篇("画赞之属");五是"杂书十九篇:《周食田法》,《周书》,《论楚事》,《周穆王美人盛姬死事》"。这里拟测荀勖的撰次原则,由实到虚,由正而杂。当然,仁者见仁,智者见智,各有理解。

《汲冢书》的文体学意义,在于明确了总集录文的格式为收录单篇文章,而文体恰恰是单篇文章的承载者,是以"篇"为单位的。从《汲冢书》的具体内容看,有《纪年》十三篇,所谓"盖魏国之史书,大略与《春秋》皆多相应";有《易经》二篇、《易繇阴阳卦》二篇,或"与《周易》上下经同",或"与《周易》略同"。这些说明,经、史的内容,就因为这些文章被整理者标明是以"篇"为单位的,而不是某经的整体、某史的整体。联想《文选》所录,萧统所称为"篇翰""篇章""篇什",其根由或出于此。而《文选》所划分的文体,也是一一以"篇翰""篇章""篇什"为单位的。于是可知,文体划分以"篇"为单位,在《汲冢书》中也有所确定。但后来《汲冢书》不被作为总集,其中的文章被拆分入经、史、子、集诸部,如在《隋书·经籍志》中,《汲冢书》的《纪年》被拆分出来放入史部,就是一例。因此,《汲冢书》所实行的总集录文以"篇"为单位的原则,不被人们所注意,而录文以"篇"为单位的原则恰恰是划分文体的基础。

《汲冢书》原简早已不传,古本《竹书纪年》至宋代亦佚失,清代学者有辑校本,为研究古代史的重要资料。《汲冢书》中的各种书籍各有其价值,但以《竹书纪年》的史料价值为最高,唐代刘知几《史通·申左》称:

> 至晋太康年中,汲冢获书,全同《左氏》。故束晳云:"若使此书出于汉世,刘歆不作五原太守矣。"于是挚虞、束晳引其义以相明,王接、荀勗取其文以相证,杜预申以注释,干宝借为师范。①

刘知几所谓"干宝借为师范",指出了《竹书纪年》对晋代学术影响的一个表征,这就是在《竹书纪年》整理研究的影响下,大量史学著作尤其是编年史出现。

第二节 挚虞《文章流别》的文体论

一、挚虞与《文章流别》

挚虞(?—311),字仲洽(一说仲治),京兆长安人。晋泰始年间(265—274)举贤良,拜中郎,官至太常卿,遭乱饿死。挚虞"少事皇甫谧",皇甫谧在当时以爱读书出名,《晋书·皇甫谧传》称其"耽玩典籍,忘寝与食,时人谓之'书淫'";朝廷屡次征召,不起,曾"自表就帝借书,帝送一车书与之"。②《晋书·挚虞传》称,挚虞"才学通

---

① 刘知几著,浦起龙通释《史通通释》,上海古籍出版社,2009年,第395页。
② 房玄龄等《晋书》,中华书局,1974年,第1410、1415页。

博,著述不倦"①;《晋书·张华传》载,"(张华)雅爱书籍,身死之日,家无余财,惟有文史溢于机箧。尝徙居,载书三十乘","天下奇秘,世所希有者,悉在华所"。所以,秘书监挚虞做"撰定官书"这项工作,"皆资(张)华之本以取正焉"。②

秘书监在魏晋专掌艺文图籍之事,魏晋秘书监之官名即其机构之名,晋代之秘书监所领有著作局。在秘书监任职的主要工作之一就是典校图籍,典校图籍的成果就是编撰目录,即《南史·殷钧传》所载,殷钧"历秘书丞,在职启校定秘阁四部书,更为目录"③。管理图书,为图书作目录是秘书监分内之事。

挚虞撰有《文章流别》,《晋书·挚虞传》云:

> 虞撰《文章志》四卷……又撰古文章,类聚区分为三十卷,名曰《流别集》,各为之论,辞理惬当,为世所重。④

《隋书·经籍志》集部总集类著录挚虞《文章流别集》四十一卷,注云"梁六十卷,志二卷,论二卷"⑤,又著录挚虞《文章流别志论》二卷。合起来看,《文章流别》应该含有三部分的内容,即志、论、集。刘师培《搜集文章志材料方法》:

> 文学史者,所以考历代文学之变迁也。古代之书,莫备于晋之挚虞。虞之所作,一曰《文章志》,一曰《文章流别》。志者,以人为纲者也。流别者,以文体为纲者也。⑥

《隋书·经籍志》称挚虞《文章流别》为总集之祖,其云:

> 总集者,以建安之后,辞赋转繁,众家之集,日以滋广,晋代

---

① 房玄龄等《晋书》,中华书局,1974年,第1419页。
② 同上书,第1074页。
③ 李延寿《南史》,中华书局,1975年,第1489页。
④ 房玄龄等《晋书》,中华书局,1974年,第1427页。
⑤ 魏徵、令狐德棻《隋书》,中华书局,1973年,第1081页。
⑥ 刘师培《中国中古文学史讲义》,江苏文艺出版社,2008年,第122页。

挚虞,苦览者之劳倦,于是采摛孔翠,芟剪繁芜,自诗赋下,各为条贯,合而编之,谓为《流别》。是后文集总钞,作者继轨,属辞之士,以为覃奥,而取则焉。①

所谓"自诗赋下,各为条贯,合而编之"的体例,就是分文体著录文章,挚虞的文体观就是通过总集编纂表现出来的,而其"论",直接就是文体论。

二、《文章流别》的文体分类

所谓"文章流别",即文章源流,《文章流别》编撰作品入集的目的就是示源流,即展示各种文体的流别。《文章流别》已亡佚,今所见只是《志论》的辑本,但《隋书·经籍志》谈到《文章流别》作为总集的编撰时说:"自诗赋下,各为条贯,合而编之,谓为《流别》。"可知它应该是按文体分类编辑的,其总目为"文章",其曰:

文章者,所以宣上下之象,明人伦之叙,穷理尽性,以究万物之宜者也,王泽流而诗作,成功臻而颂兴,德勋立而铭著,嘉美终而诔集。祝史陈辞,官箴王阙。《周礼》太师,掌教六诗:曰风,曰赋,曰比,曰兴,曰雅,曰颂。言一国之事,系一人之本,谓之风。言天下之事,形四方之风,谓之雅。颂者,美盛德之形容。赋者,敷陈之称也。比者,喻类之言也。兴者,有感之辞也。后世之为诗者多矣,其功德者谓之颂,其余则总谓之诗。②

其中叙及的文体类别有:诗、颂、铭、诔、祝、箴。诗又分为"六诗"。

其他可见的分类类目又有:七、碑、诔、哀辞、哀策、图谶。这些文体后世都有著录,只是"图谶"者,因是古代方士或儒者编造的关于帝王受命征验一类的文字,多为隐语、预言,始于秦,盛于东汉;南北朝时人们都知其荒诞不经,便多不录。

---

① 魏徵、令狐德棻《隋书》,中华书局,1973年,第1089—1090页。
② 欧阳询《艺文类聚》卷五十六,上海古籍出版社,1982年,第1018页。

又有:

> 若《解嘲》之弘缓优大,《应宾》之渊懿温雅,《达旨》之壮厉慷忾,《应间》之绸缪契阔,郁郁彬彬,靡有不长焉矣。①

这应该如"傅子集古今'七'而论品之,署曰《七林》"②,是《解嘲》之类作品的集合体,《文章流别》并没有给它们一个确切的文体名,恐怕是将其内容拢在一起评论的。这些作品至《文心雕龙》时仍以"杂文"冠名而没有确切的命名,刘勰《文心雕龙·杂文》称这些作品:

> 斯类甚众,无所取才矣。原夫兹文之设,乃发愤以表志,身挫凭乎道胜,时屯寄于情泰;莫不渊岳其心,麟凤其采,此立体之大要也。③

《文章流别》应该是以题材内容为这些作品归类的。

《文心雕龙·颂赞》曾这样批评挚虞《文章流别》的文体命名:

> 及迁《史》固《书》,托赞褒贬。约文以总录,颂体以论辞;又纪传后评,亦同其名。而仲治《流别》,谬称为述,失之远矣。④

《文选》文有"史述赞"类,内收班孟坚《史述赞三首》,《文选》中这三首的题名分别是《述高纪第一》《述成纪第十》《述韩英彭卢吴传第四》,如此说来,这三首的文体又该是"述"。《文选》如此给这些作品命名,即如黄侃《文选平点》所指出的:"然则昭明承仲洽之误者也。"⑤

三、《文章流别》文体类别中的类型

《文章流别》在诗下又有以"体"相分或以类型相分,如称"诗之

---

① 虞世南《北堂书钞》卷一百,中国书店,1989年,第382页。
② 欧阳询《艺文类聚》卷五十七,上海古籍出版社,1982年,第1020—1021页。
③ 刘勰撰,詹锳义证《文心雕龙义证》,上海古籍出版社,1989年,第505—506页。
④ 同上书,第342页。
⑤ 黄侃《文选平点》,中华书局,2006年,第572页。

流也,有三言、四言、五言、六言、七言、九言"①,这是以诗的句式分类,是以"体"相分。又:

> 王粲所与蔡子笃及文叔良、士孙文始、杨德祖诗,及所为潘文则作《思亲诗》,其文当而整,皆近乎雅矣。②

这是集中论述王粲与诸人诗,为诗的赠答类型;《思亲为潘文则作》亦为赠答,其中有"诗之作矣,情以告哀","告"即赠矣。

《文章流别》在赋下没有体分,但它论述到赋的类型,如:

> 挚虞论蔡邕《玄表赋》曰:《幽通》精以整,《思玄》博而赡,《玄表》拟之而不及。③

这是集中论述赋的一类。"幽通",《汉书·叙传上》:"有子曰固,弱冠而孤,作《幽通之赋》,以致命遂志。"④《后汉书·张衡传》:"(张)衡常思图身之事,以为吉凶倚伏,幽微难明,乃作《思玄赋》,以宣寄情志。"⑤从"以致命遂志""以宣寄情志"可知,《文选》归之于赋的"志"类,是不错的。蔡邕《玄表赋》拟《幽通》《思玄》,同为一类,是不错的。《文选》赋有"志"类,此即其前身。又:

> 建安中,魏文帝从武帝出猎,命陈琳、王粲、应玚、刘桢并作。陈琳为《武猎》,粲为《羽猎》,玚为《西狩》,桢为《大阅》。凡此各有所长,粲其最。⑥

这些赋作的题目都是打猎之义,"武猎"自不待言;"羽猎",帝王出猎,士卒负羽箭随从,故称"羽猎";"狩",狩猎;"阅",检阅,以狩猎为检阅军队,故"阅"亦为猎。《文选》赋有"田猎"类,此即其前身。

---

① 欧阳询《艺文类聚》卷五十六,上海古籍出版社,1982年,第1018页。
② 《古文苑》卷八王粲《思亲为潘文则作》章樵注引,"万有文库"本,第197页。
③ 萧绎撰,许逸民校笺《金楼子校笺》,中华书局,2011年,第925页。
④ 班固《汉书》,中华书局,1962年,第4213页。
⑤ 范晔《后汉书》,中华书局,1965年,第1914页。
⑥ 《古文苑》卷七王粲《羽猎赋》章樵注引,"万有文库"本,第169—170页。

四、《文章流别》的文体论述

其一,《文章流别》追溯文体的源头、起始形态的特点,倡文章缘起于五经说。

> 古诗率以四言为体,而时有一句两句,杂在四言之间,后世演之遂以为篇。①

挚虞认为四言以外的诗体,都是由四言诗中非四言句式发展而来的,这样论述,就保证了四言的《诗经》作品作为诗歌源头的说法。以下举例曰:

> 诗之流也,有三言、四言、五言、六言、七言、九言。古诗率以四言为体,而时有一句两句杂在四言之间,后世演之,遂以为篇。古诗之三言者,"振振鹭,鹭于飞"之属是也。五言者,"谁谓雀无角,何以穿我屋"之属是也。六言者,"我姑酌彼金罍"之属是也。七言者,"交交黄鸟止于桑"之属是也。九言者,"泂酌彼行潦挹彼注兹"之属是也。夫诗虽以情志为本,而以成声为节。然则雅音之韵,四言为言[正],其余虽备曲折之体,而非音之正也。②

"振振鹭,鹭于飞"是《诗经·鲁颂·有駜》的诗句,"谁谓雀无角,何以穿我屋"是《诗经·召南·行露》的诗句,"我姑酌彼金罍"是《诗经·周南·卷耳》的诗句,"交交黄鸟止于桑"是《诗经·秦风·黄鸟》的诗句,"泂酌彼行潦挹彼注兹",是《诗经·大雅·泂酌》的诗句。这样说来,挚虞称三言、五言、六言、八言、九言诗歌形式全都源自《诗经》。这是讲诗歌诸体的起源形成,包括五言、六言、七言、九言。其中一个重要观点,就是认为诗歌的句式是由诗歌"以成声为节"的特性所决定的,所以,挚虞称各种句式都是有其音乐性

---

① 欧阳询《艺文类聚》卷五十六,上海古籍出版社,1982年,第1018页。
② 同上书,第1018—1019页。

的,如"郊庙歌多用之""乐府亦用之""于俳谐倡乐世用之";反过来讲,只有九言,因为"不入歌谣之章",所以"世希为之",但也说明一个现象,诗歌还是有"不入歌谣之章"者。

> 诗、颂、箴、铭之篇,皆有往古成文,可放依而作,惟诔无定制,故作者多异焉。见于典籍者,《左传》有鲁哀公为孔子诔。[①]

这里对文体规范是如何形成的问题做出了回答,即"放(仿)依""往古成文"而作。而"诔无定制,故作者多异焉"的情况,自古就是这样。诔,叙述死者生前事迹,表示哀悼,亦为谥法所本,本仅用于上对下。《礼记·曾子问》载:"贱不诔贵,幼不诔长,礼也。唯天子称天以诔之。"[②]《周礼·大史》:"遣之日读诔。"[③]《左传》亦有鲁哀公为孔子诔。但诔的这些制度并不一定得以遵行,如《列女传》述鲁展禽妻诔夫事,章太炎谓:"古者诸侯相诔,犹谓之失,况以燕昵自诔其夫?似后生所托也。"《诗经·鄘风·定之方中》"卜云其吉"毛传载"君子九能",其中有"丧纪能诔""可以为大夫"。[④] 大夫不应当有诔人之事,应该是称君命而为之辞。到王莽时,扬雄不在史官而诔元后,东汉大司马吴汉薨,杜笃以狱囚上诔,由是贱有诔贵的情况。[⑤]

> 今所哀策者,古诔之义。[⑥]

"哀策",亦作"哀册",颂扬帝王、后妃功德的韵文,多书于玉石木竹之上;行葬礼时,由太史令读后,埋于陵中。古代的诔,亦是叙述死者生平以示哀悼,在这个意义上,哀策与其同义。

> 扬雄依《虞箴》,作《十二州》《十二(按,当作"二十五")官箴》,而传于世,不具九官。崔氏累世弥缝其阙。胡公又以次其

---

① 李昉等《太平御览》卷五百九十六,中华书局,1960年,第2684页。
② 《礼记正义》,《十三经注疏》,上海古籍出版社,1997年,第1398页。
③ 《周礼注疏》,《十三经注疏》,上海古籍出版社,1997年,第818页。
④ 《毛诗正义》,《十三经注疏》,上海古籍出版社,1997年,第316页。
⑤ 以上见章太炎《国故论衡·文学七篇》,上海古籍出版社,2003年,第94—95页。
⑥ 李昉等《太平御览》卷五百九十六,中华书局,1960年,第2687页。

首目而为之解,署曰《百官箴》。①

《虞箴》,即《虞人之箴》,见《左传·襄公四年》,崔瑗《叙箴》云:"昔扬子云读《春秋传》《虞人箴》而善之,于是作为《九州》及《二十五管(按,当作'官')》箴规匡救,言君德之所宜,斯乃体国之宗也。"②挚虞称扬雄依《虞箴》而创作,即指"箴"体源自《春秋》。

其二,《文章流别》中多有文体的古今对比。

挚虞论古今之"颂":

> 颂,诗之美者也。古者圣帝明王,成功治定而颂声兴。于是史录其篇,工歌其章,以奏于宗庙,告于鬼神。故颂之所美者,圣王之德也,则以为律吕。或以颂形,或以颂声,其细已甚,非古颂之意。③

此称古颂是"圣帝明王,成功治定而颂声兴",而所谓"或以颂形,或以颂声"则不同于古颂。"细"者,即微小、琐碎,不能与"圣帝明王,成功治定"相提并论。

> 昔班固为《安丰戴侯颂》,史岑为《出师颂》《和熹邓后颂》,与《鲁颂》体意相类,而文辞之异,古今之变也。扬雄《赵充国颂》,颂而似雅,傅毅《显宗颂》,文与《周颂》相似,而杂以风雅之意;若马融《广成》《上林》之属,纯为今赋之体,而谓之颂,失之远矣。④

挚虞论"颂",认为班固、扬雄、傅毅诸作出自《鲁颂》《周颂》,这是指颂源自《诗经》。又批评今颂或"似雅",或"杂以风雅",或"纯为今赋之体",就不应该称作"颂"了。刘勰《文心雕龙·颂赞》称:

---

① 虞世南《北堂书钞》卷一百二,中国书店,1989年,第389页。
② 李昉等《太平御览》卷五百八十八,中华书局,1960年,第2650页。
③ 郭绍虞主编《中国历代文论选》第1册,上海古籍出版社,2001年,第190页。
④ 李昉等《太平御览》卷五百八十八,中华书局,1960年,第2647页。

挚虞品藻,颇为精核。至云"杂以风雅",而不变旨趣,徒张虚论,有似黄白之伪说矣。①

黄侃称:"案仲治论颂,多为彦和所取,然于颂之原流变体有所未尽。"②这是说挚虞没有说清楚"颂"与"风雅"究竟有何不同,黄侃于是有所补述。

挚虞论古今之"七"体,先说"七"体的开创之作《七发》,"虽有甚泰之辞,而不没其讽谕之义也",又说:

> (七体)其流遂广,其义遂变,率有辞人淫丽之尤矣。崔骃既作《七依》,而假非有先生之言曰:"呜呼,杨雄有言:童子雕虫篆刻,俄而曰壮夫不为也。孔子疾小言破道。斯文之族,岂不谓义不足而辩有余者乎!赋者将以讽,吾恐其不免于劝也。"③

这里突出"七"体的"淫丽之尤"在于讽一劝百。

挚虞论古今之"赋":

> 赋者,敷陈之称,古诗之流也。前世为赋者,有孙卿、屈原,尚颇有古之诗义,至宋玉则多淫浮之病矣。楚词之赋,赋之善者也。故杨子称赋莫深于《离骚》,贾谊之作则屈原俦也。④

称赋的变化自宋玉始,但还有"颇有古之诗义"的赋,这些是延续《汉书·艺文志》论赋的说法。又曰:

> 古之作诗者,发乎情,止乎礼义。情之发,因辞以形之;礼义之指,须事以明之。故有赋焉,所以假象尽辞,敷陈其志。古诗之赋,以情义为主,以事类为佐。今之赋,以事形为本,以义正为助。情义为主,则言省而文有例矣;事形为本,则言富而辞无常。文之烦省,辞之险易,盖由于此。夫假象过大,则与类相

---

① 刘勰撰,詹锳义证《文心雕龙义证》,上海古籍出版社,1989年,第331页。
② 黄侃《文心雕龙札记》,华东师范大学出版社,1996年,第93页。
③ 欧阳询《艺文类聚》卷五十七,上海古籍出版社,1982年,第1020页。
④ 李昉等《太平御览》卷五百八十七,中华书局,1960年,第2644页。

远;逸辞过壮,则与事相违;辩言过理,则与义相失;丽靡过美,则与情相悖。此四过者,所以背大体而害政教。是以司马迁割相如之浮说,杨雄疾"辞人之赋丽以淫"。①

这是讲"古诗之赋"与"今之赋"的区别。如果把赋定位为"古诗之流",那么,"发乎情,止乎礼义"是必然的要求。但"今之赋"的实际情况是"以事形为本,以义正为助",那么"假象""逸辞""辩言""丽靡"则也是必然的结果。所以挚虞只能强调上述逐项是"过大""过壮""过理""过美"等,"所以背大体而害政教"。

挚虞论古今之"铭":

> 古铭于宗庙之碑,后世立碑于墓,显之衢路,其设之所载者铭也。②

这是称碑在古今所立之处不一样,以及碑与铭的关系。碑,古时宫、庙门前用来观测日影及拴牲畜的竖石,后来立碑于墓,并移置于衢路。刻以显示功绩的文字,就是铭。《释名·释典艺》:"碑,被也。此本王莽时所设也,施其辘轳,以绳被其上,以引棺也。臣、子追述君、父之功美,以书其上。后人因焉,无故建于道陌之头、显见之处,名其文,就谓之'碑'也。"③

> 夫古之铭至约,今之铭至烦,亦有由也。质文时异,则既论之矣,且上古之铭,铭于宗庙之碑。蔡邕为杨公作碑,其文典正,末世之美者也。后世以来,器铭之佳者,有王莽《鼎铭》、崔瑗《机铭》、朱公叔《鼎铭》、王粲《砚铭》,咸以表显功德;天子铭嘉量,诸侯大夫铭太常勒钟鼎之义,所言虽殊,而令德一也。李尤为铭,自山河都邑,至于刀笔符契,无不有铭,而文多秽病,讨

---

① 欧阳询《艺文类聚》卷五十六,上海古籍出版社,1982年,第1018页。
② 虞世南《北堂书钞》卷一百二,中国书店,1989年,第390页。
③ 任继昉纂《释名汇校》,齐鲁书社,2006年,第348页。

而润色,言可采录。①

这里讨论古今铭体的"约"、"烦"(繁)问题,一是称"质文时异";二是称上古的铭是刻于"宗庙之碑",刻于石上,故文字简约。又列举"铭"体的优秀作品,标准有二:"其文典正"与"表显功德";又称天子之铭与诸侯大夫之铭之义,都是彰显"令德"。据《汉书·律历志》,"嘉量"为古代标准量器,有龠、豆、升三量。汉王莽改制,始建国元年颁新嘉量,合斛、斗、升、合、龠为一器。器上部为斛,下部为斗,左耳为升,右耳为合、龠。最后称李尤之铭虽"文多秽病",但"润色"之下,"言可采录"。从李尤"自山河都邑,至于刀笔符契,无不有铭",又可知铭体的施展之处很广。

其三,文体特点。《文章流别》论文体,有总论,如"文章者,所以宣上下之象,明人伦之叙,穷理尽性,以究万物之宜者也"云云,就是《易·系辞》所说伏羲氏取象天地始作八卦之义,这是讲文章总的性质;又有分论,论各种文体的特点,如"《书》云:诗言志,歌永言,言其志谓之诗,古有采诗之官,王者以知得失"②,强调诗的政教功能。以及四言为"雅音之韵","其余虽备曲折之体,而非音之正也",③《诗经》以四言为主,后来就形成以四言为雅音、正音的观点,影响深远,至唐代李白还说:"兴寄深微,五言不如四言,七言又其靡也。"④近人已视此种说法为保守,章太炎曾谈及魏晋时"四言之势尽矣"的问题⑤,文长不录。

挚虞论"图谶":

> 图谶之属,虽非正文之制。然以取其纵横有义,反覆

---

① 李昉等《太平御览》卷五百九十,中华书局,1960年,第2657页。
② 欧阳询《艺文类聚》卷五十六,上海古籍出版社,1982年,第1002页。
③ 同上书,第1018、1019页。
④ 孟棨《本事诗·高逸第三》,丁福保辑《历代诗话续编》,中华书局,1983年,第14页。
⑤ 章太炎《国故论衡·辨诗》,上海古籍出版社,2003年,第88—89页。

成章。①

这是从形式的意义上讲"图谶之属"。图谶,古代方士或儒生编造的关于帝王受命征验一类的书,多为隐语、预言。始于秦,盛于东汉。

挚虞论"哀辞":

> 哀辞者,诔之流也。崔瑗、苏顺、马融等为之,率以施于童殇夭折不以寿终者。建安中,文帝、临菑侯各失稚子,命徐幹、刘桢等为之哀辞。哀辞之体,以哀痛为主,缘以叹息之辞。②

辨析哀辞与诔的区别。哀辞是诔辞的旁支,诔辞的对象主要是王公、贵族、士大夫,内容以颂赞死者功德为主;而哀辞的对象主要是"童殇夭折不以寿终者",内容是抒发生者的哀悼之情。

挚虞论《七发》:

> 《七发》造于枚乘,借吴、楚以为客主。先言"出舆入辇,蹶痿之损,深宫洞房,寒暑之疾,靡漫美色,宴安之毒,厚味暖服,淫跃之害,宜听世之君子,要言妙道,以疏神导体,蠲淹滞之累"。既设此辞以显明去就之路,而后说以声色逸游之乐,其说不入,乃陈圣人辩士讲论之娱,而霍然疾瘳。此固膏粱之常疾,以为匡劝,虽有甚泰之辞,而不没其讽谕之义也。③

分析《七发》,说得很细致,这是从作品结构上论述的。先说其客主问答与设论体制,再称"声色逸游之乐"不入,"乃陈圣人辩士讲论之娱"。扬雄称赋的写作手法:"将以风也,必推类而言,极丽靡之辞,闳侈巨衍,竞于使人不能加也,既乃归之于正,然览者已过矣。"挚虞乃继续扬雄对赋的讽谏方法的归纳,即先"极丽靡之辞",最后"乃归之于正";但扬雄称"然览者已过矣",是否定的态度;而挚虞

---

① 虞世南《北堂书钞》卷一百,中国书店,1989年,第380页。
② 李昉等《太平御览》卷五百九十六,中华书局,1960年,第2687页。
③ 欧阳询《艺文类聚》卷五十七,上海古籍出版社,1982年,第1020页。

称"不没其讽谕之义也",是肯定的态度。

从上述所论可见挚虞论述文体特点时的注重之处,或有总有分地论述文体特点,或在文体比较中显示文体特点,或以论述文体结构来显示文体特点,等等。

屈守元依据如今可见《文章流别》的这些文字辨正云:

> 论诗已及《诗经》的三言至九言,论诔又涉及见于儒家经典的鲁哀公为孔子诔,还论及图谶之属,显然可以看出《流别集》不限于集部。①

这是说《文章流别》的"文章",其范围还是很宽泛的,如图谶,《文选》就不录。

第三节 "文章志"与《翰林论》论经典

一、"文章志"为作家的作品目录

或称"文章志"一类书为作家传记,史书的文苑列传即由之而来,如章学诚在《文史通义·和州志前志列传序例中》中说:

> 晋挚虞创为《文章志》,叙文士之生平,论辞章之端委,范史《文苑列传》所由仿也。自是文士记传,代有缀笔,而文苑入史,亦遂奉为成规。②

挚虞《文章流别》有"志",或称为挚虞《文章志》。刘师培《搜集文章志材料方法》称,可由史书注所引挚虞《文章志》的佚文来考论其体例,刘师培所述,即《三国志》注所引:

> 挚虞《文章志》曰:刘季绪名修,刘表子。官至东安太守。

---

① 屈守元《文选导读》,巴蜀书社,1993年,第9页。
② 章学诚著,叶瑛校注《文史通义校注》,中华书局,1985年,第685页。

著诗、赋、颂六篇。①

又即《后汉书·桓彬传》李贤等注引：

> 案挚虞《文章志》，(桓)麟文见在者十八篇，有碑九首，诔七首，《七说》一首，《沛相郭府君书》一首。②

"文章志"只是作者生平与作品目录。

"文章志"一类书的体例③，我们先从历代人们的探讨来看。《隋书·经籍志》批评刘向《别录》、刘歆《七略》以后的同类著作"不能辨其流别，但记书名而已"④，那么，"文章志"一类的著作，"记书名"的目录是必不可少的，做得好一些就要"辨其流别"，或者说要有所评论，这是变通。"文章志"一类书著录在《隋书·经籍志》的"簿录篇"。《隋书·经籍志》"簿录篇"所著录的书大都标明为"某某目录"，此处以省略号代之，专录未标明为"目录"者：

《七略别录》二十卷（刘向撰）

《七略》七卷（刘歆撰）

《晋中经》十四卷（荀勖撰）

……（标明为"某某目录"书两种）

《今书七志》七十卷（王俭撰）

……（标明为"某某目录"书三种）

《七录》十二卷（阮孝绪撰）

……（标明为"某某目录"书十一种）

《杂撰文章家集叙》十卷（荀勖撰）

---

① 陈寿撰，裴松之注《三国志·魏书·陈思王传》，中华书局，1982年，第560页。
② 范晔《后汉书》，中华书局，1965年，第1260页。
③ 关于"文章志"一类书的体例，吴光兴《荀勖〈文章叙录〉、诸家"文章志"考》（见莫砺锋编《周勋初先生八十寿辰纪念文集》，中华书局，2008年）、俞士玲《挚虞〈文章志〉考》（载南京大学古典文献研究所编《古典文献研究》第9辑，凤凰出版社，2006年），有很好的论述，可以参看。
④ 魏徵、令狐德棻《隋书》，中华书局，1973年，第992页。

>《文章志》四卷(挚虞撰)
>《续文章志》二卷(傅亮撰)
>《晋江左文章志》三卷(宋明帝撰)
>《宋世文章志》二卷(沈约撰)
>《书品》二卷
>《名手画录》一卷
>《正流论》一卷①

除后三种性质不详外,"文章志"一类书与标明为"某某目录"的书性质一样,都是目录书,可以看得清清楚楚。

挚虞《文章志》以后的"文章志"一类书,多有对作品实施评价者,如《世说新语·文学》注所引者:

>顾恺之《晋文章记》曰:阮籍《劝进》,落落有宏致,至转说徐而摄之也。②

>《续文章志》曰:(潘)岳为文选言简章,清绮绝伦。③

>《文章传》曰:(陆)机善属文,司空张华见其文章,篇篇称善,犹讥其作文太冶。谓曰:"人之作文,患于不才;至子为文,乃患太多也。"④

《文选》卷十二《海赋》"木玄虚"下李善注引傅亮《文章志》曰:

>广川木玄虚为《海赋》,文甚俊丽,足继前良。⑤

又多有对作者文学事迹的整体关注,如《世说新语》注引宋明帝《文章志》曰:

---

① 魏徵、令狐德棻《隋书》,中华书局,1973年,第991页。
② 刘义庆撰,刘孝标注,余嘉锡笺疏《世说新语笺疏》,上海古籍出版社,1993年,第245页。
③ 同上书,第261页。
④ 同上。
⑤ 萧统编,李善注《文选》,中华书局,1977年,第179页。

桓温云:"顾长康体中痴黠各半,合而论之,正平平耳。"世云有三绝:画绝、文绝、痴绝。(《文学》篇)①

(谢)安能作洛下书生咏,而少有鼻疾,语音浊。后名流多效其咏,弗能及,手掩鼻而吟焉。桓温止新亭,大陈兵卫,呼(谢)安及(王)坦之,欲于坐害之……(《雅量》篇)②

于是可以下结论说,"文章志"一类著作,即诸位作家的著作、篇章的目录,这样的目录有几个特点:一是目录是依文体分类进行的,如前述都是称某某文体为某某"篇";但有些作品在当时还未被命名为文体,那就只好以篇名出之。二是对作品有所评价,或是对具体作品的评价,或是对作家作品的总体评价。三是有对作家生平以及逸闻轶事的记载。

二、李充与《翰林论》

李充,约生于西晋末年,卒年大约在365年,江夏(今湖北安陆)人,官至五品中书侍郎。其思想集中体现于《论语注》《学箴》等著作之中,表现为以儒为本、兼综道玄、刑名之学的特征。曾编撰总集《翰林》,并有论,为《翰林论》,共五十四卷,至唐初仅存三卷,留存至今的只有佚文十余则。从这些佚文看来,他只是较简略地论说各种文体的不同要求,并举出某些作家为典范。李充《翰林论》是文体论在东晋发展的重要表现,对后世文学批评和总集编撰有重大影响。

《晋书·文苑传》载,李充"为大著作郎。于时典籍混乱,充删除烦重,以类相从,分作四部,甚有条贯,秘阁以为永制"③。《晋书·职官志》:"著作郎,周左史之任也。……魏明帝太和中,诏置著作

---

① 刘义庆撰,刘孝标注,余嘉锡笺疏《世说新语笺疏》,上海古籍出版社,1993年,第275页。
② 同上书,第369页。
③ 房玄龄等《晋书》,中华书局,1974年,第2390—2391页。

郎,于此始有其官,隶中书省。……元康二年,诏曰:'著作旧属中书,而秘书既典文籍,今改中书著作为秘书著作。'于是改隶秘书省。后别自置省而犹隶秘书。著作郎一人,谓之大著作郎,专掌史任,又置佐著作郎八人。著作郎始到职,必撰名臣传一人。"①

荀勖根据三国魏郑默所编的《中经》更撰《中经新簿》时,把图书分成了四个部类:甲部六艺、小学;乙部诸子、兵书、兵家、数术;丙部史书、杂事;丁部诗赋、图赞、《汲冢书》。这就基本构成了后世的"四分法"。李充修《晋元帝四部书目》,对荀勖的乙、丙两部位置进行了对调,将荀勖创立的"甲、乙、丙、丁"四部分类正式命名为"经、子、史、集",唐代后确定的四部次序为"经、史、子、集",为后代所沿用,直至清代《四库全书》仍是如此。

《隋书·经籍志》总集类载:"《翰林论》三卷,李充撰。"注云:"梁五十四卷。""梁五十四卷"应该是指《翰林》一书,为文章总集,而《翰林论》应该是其中的论述部分,单行而成书;《翰林》与《翰林论》的关系则如《文章流别集》与《文章流别论》。《翰林论》大概自宋世亡佚,今仅存十数则,严可均《全晋文》有辑本。

三、《翰林论》与文体经典

《翰林论》列出了文体经典:

> 或问曰:"如何斯可谓之文?"答曰:"孔文举之书,陆士衡之议,斯可谓成文矣。"

> 潘安仁之为文也,犹翔禽之羽毛,衣被之绡縠。②

前一则以具体人的某些文体的作品说明什么是"文"。孔融之"书"以《文选》所录《论盛孝章书》为代表,文章叙述盛孝章所处的艰难处境,引用历史上重用贤才的故事,从交友与得贤两方面来打动对

---

① 房玄龄等《晋书》,中华书局,1974年,第735页。
② 徐坚等《初学记》卷二十一,中华书局,1962年,第512页。

方,辞采飞扬,中气充盈;曹丕早就说过孔融的"过人者"在于"体气高妙"。陆机之"议",今存《大田议》《集志议》《〈晋书〉限断议》,均为断篇。《翰林论》又有"陆机议晋断,亦各其美矣"之语①,那么,陆机之"议"即以《〈晋书〉限断议》为代表。关于《晋书》的起始,有武帝时、惠帝时两次讨论,或谓"以魏正始起年",或谓"嘉平起年",或谓"从泰始为断"。② 陆机以著作郎身份参与《晋书》限断的讨论,是晋惠帝元康八年(298)那次。《〈晋书〉限断议》曰:

> 三祖实终为臣,故书为臣之事,不可如传,此实录之谓也。而名同帝王,故自帝王之籍,不可以不称纪,则追王之义。③

意思是说司马懿、司马师、司马昭为晋之"三祖",因为"实终为臣",所以要按纪传体来记其时的事,这样是"实录";但"三祖"在其时又"名同帝王",故按纪传体来记其时的事,应该称"纪"。后来陆机又撰作史书《晋纪》,即《三祖纪》,不以编年体而以纪传体形式撰写,就实践了其《〈晋书〉限断议》的论断。因此,《〈晋书〉限断议》可谓说理明确且有所践行。那么,李充所认为的"文",或在于"体气高妙",或在于说理有力。"潘安仁之为文也",则称辞采飞扬为"文"之特征;东晋人孙绰(字兴公)称:"潘文烂若披锦,无处不善。"④通过以上两则叙说"文"的特性的文献,可见李充所谓的"成文",既讲辞采华茂,又讲说理论证的内涵浑厚。

《翰林论》特别之处就在于列出诸体文章最主要的特点,以及何者可称之为最优秀的榜样性作品:

> 容象图而赞立,宜使辞简而义正,孔融之赞杨公,亦其

---

① 李昉等《太平御览》卷五百九十五,中华书局,1960年,第2679页。
② 房玄龄等《晋书·贾谧传》,中华书局,1974年,第1174页。
③ 徐坚等《初学记》卷二十一,中华书局,1962年,第503页。
④ 刘义庆撰,刘孝标注,余嘉锡笺疏《世说新语笺疏》,上海古籍出版社,1993年,第261页。

美也。①

此称"赞"为"图"之助,所以应"辞简";而古来画图本有褒贬之意,所以"赞"应"义正"。孔融赞杨公之文,今已不存。

> 表宜以远大为本,不以华藻为先。若曹子建之表,可谓成文矣;诸葛亮之表刘主,裴公之辞侍中,羊公之让开府,可谓德音矣。②

表,向帝王上书陈情、言事建议的文体。李充称,"表"以"远大"宽广的眼光为根本,不能以追求华丽的辞藻为先。其所举例者,"曹子建之表"为《求自试表》《求通亲亲表》,称其为"成文",应是指其合乎礼仪并有文采;"文",指礼节仪式,如《荀子·礼论》"故至备,情文俱尽;其次,情文代胜"之"文",王先谦注"文,谓礼物、威仪也"。③"诸葛亮之表刘主"为《出师表》,对后主刘禅治国寄予期望,言辞恳切,显现忠诚;"裴公之辞侍中",为裴頠《让吏部尚书表》等;"羊公之让开府"为羊祜《让开府表》:此三种表被称为合乎仁德的言语"德音"。因此,李充所说"表"以"远大"为文体规范,包含以忠诚、谦让为主的讲求礼仪与合乎仁德二者。

> 驳不以华藻为先,世以傅长虞美奏驳事,为邦之司直矣。④

驳,驳议,奏议之一种。傅咸,字长虞,今存《重表驳成粲议太社》,李充称其为"邦之司直",即"驳"往往是纠正他人的过失,这是"驳"的文体价值所在。

> 研核名理,而论难生焉,论贵于允理,不求支离,若嵇康之论,成文美矣。⑤

---

① 李昉等《太平御览》卷五百八十八,中华书局,1960年,第2649页。
② 同上书卷五百九十四,第2674页。
③ 王先谦《荀子集解》,中华书局,1988年,第355、420页。
④ 李昉等《太平御览》卷五百九十四,中华书局,1960年,第2677页。
⑤ 同上书卷五百九十五,第2678页。

论难,即辩论诘难,关键在于说理明确而公允,如此可称为"成文",此以"嵇康之论"为例。

> 在朝辩政而议奏出,宜以远大为本,陆机议晋断,亦各其美矣。①

议奏,其性质为"在朝辩政",所以应该有广阔的视野,此以陆机《〈晋书〉限断议》为例说明。

> 盟、檄发于师旅。相如喻蜀老,可谓德音矣。②

盟,结盟时所立的文书;檄,用以征召、晓谕、声讨的文书,二者都是上战场前使用的。司马相如《难蜀父老》以驳诘蜀父老的形式,为朝廷打通西南夷的政策辩护,这是用文不用武,所以李充说,此为合乎仁德的"德音"。

从上述所论,可知李充对文体的要求,最重视"成文"与"德音"二者,其相关的词语还有"义正""远大""司直""允理"等,即合乎礼仪、合乎仁德,而"不以华藻为先"。

李充《翰林论》文体辨析的特点,是结合着该文体优秀作品的评述来进行的,这就是刘勰文体论"选文以定篇"的来历。

第四节　总集的文体分类

一、集成为各类文章的集合体

集部文字,与经、史、子区分开来了。集在实际进程中又是适应"文章流派渐广"而产生的。直接以"诗赋"称文集、别集只是观念上的,实际情况是文集、别集中多是诗、赋之外的其他文体的作

---

① 李昉等《太平御览》卷五百九十五,中华书局,1960年,第2679页。
② 同上书卷五百九十七,第2688页。

品,这从《汉书》《后汉书》对文士文章的记述完全可以看出。

如《汉书》所载:

> 凡所著述五十八篇,掇其切于世事者著于传云。(《贾谊传》)①

其传中录《吊屈原赋》《鵩鸟赋》。

> 凡可读者百二十篇,其尤嫚戏不可读者尚数十篇。(《枚皋传》)②

其传中称其"为文疾,受诏辄成,故所赋者多"。

> 仲舒所著,皆明经术之意,及上疏条教,凡百二十三篇。而说《春秋》事得失,《闻举》《玉杯》《蕃露》《清明》《竹林》之属,复数十篇,十余万言,皆传于后世。掇其切当世施朝廷者著于篇。(《董仲舒传》)③

> 相如它所著,若《遗平陵侯书》《与五公子相难》《中木书篇》,不采,采其尤著公卿者云。(《司马相如传》)④

其传中录《天子游猎赋》《大人赋》。

> 朔之文辞,此二篇(按,指《答客难》《非有先生论》,其传中录)最善,其余有《封泰山》《责和氏璧》及《皇太子生禖》《屏风》《殿上柏柱》《平乐观赋猎》,八言、七言上下,《从公孙弘借车》,凡(刘)向所录朔书具是矣。(《东方朔传》)

> 有奇异,辄使为文,及作赋颂数十篇。(《严助传》)

> 实好古而乐道,其意欲求文章成名于后世,以为经莫大于《易》,故作《太玄》;传莫大于《论语》,作《法言》;史篇莫善于《仓颉》,作《训纂》;箴莫善于《虞箴》,作《州箴》;赋莫深于《离

---

① 班固《汉书》,中华书局,1962 年,第 2265 页。
② 同上书,第 2367 页。
③ 同上书,第 2525—2526 页。
④ 同上书,第 2609 页。

骚》,反而广之;辞莫丽于相如,作四赋:皆斟酌其本,相与放依而驰骋云。(《扬雄传》)①

传中录《甘泉赋》《河东赋》《校猎赋》《长杨赋》四赋。

《后汉书·蔡邕传》载:

> (蔡邕)所著诗、赋、碑、诔、铭、赞、连珠、箴、吊、论议、《独断》、《劝学》、《释诲》、《叙乐》、《女训》、《篆艺》、祝文、章表、书记,凡四百篇,传于世。②

还有《后汉书·文苑传》对文士著述的著录:

> (杜笃)所著赋、诔、吊、书、赞、《七言》、《女诫》及杂文,凡十八篇。又著《明世论》十五篇。
>
> (王隆)能文章,所著诗、赋、铭、书凡二十六篇。
>
> (史岑)著颂、诔、《复神》、《说疾》凡四篇。
>
> (夏恭)善为文,著赋、颂、诗、《励学》凡二十篇。
>
> (夏牙)著赋、颂、赞、诔凡四十篇。
>
> (傅毅)著诗、赋、诔、颂、祝文、《七激》、连珠凡二十八篇。
>
> (黄香)所著赋、笺、奏、书、令凡五篇。③

刘师培《搜集文章志材料方法》说:

> 自《汉志》本刘氏《七略》列诗赋为四类(按,当为五类),诸家所作,均以篇计,《后汉书》各传亦云凡著文若干篇,是两汉并无集名也。集名始于魏、晋。④

这种说法是对的。

我们再来看《晋书》记载作品的情况。《晋书·束晳传》载:

---

① 班固《汉书》,中华书局,1962年,第2873、2790、3583页。
② 范晔《后汉书》,中华书局,1965年,第2007页。
③ 同上书,第2609—2615页。
④ 刘师培《中国中古文学史讲义》,江苏文艺出版社,2008年,第124页。

晳才学博通，所著《三魏人士传》、《七代通记》、《晋书纪》《志》，遇乱亡失。其《五经通论》《发蒙记》《补亡诗》、文集数十篇，行于世云。①

以下再以《晋书·文苑传》为例，看对文士著述的著录。

（应贞）文集行于世。

（成公绥）所著诗、赋、杂笔十余卷行于世。

（邹湛）所著诗及论事、议二十五首，为时所重。

（枣据）所著诗、赋、论四十五首，遇乱多亡失。

（张翰）其文笔数十篇行于世。

（庾阐）所著诗、赋、铭、颂十卷行于世。

（曹毗）凡所著文笔十五卷，传于世。

（李充）注《尚书》及《周易旨》六篇，《释庄论》上下二篇，诗、赋、表、颂等杂文二百四十首，行于世。

（袁宏）撰《后汉纪》三十卷及《竹林名士传》三卷，诗、赋、诔、表等杂文凡三百首，传于世。

（罗含）所著文章行于世。

（顾恺之）所著文集及《启矇记》行于世。

（郭澄之）所著文集行于世。②

《汉书》中只有《严助传》称其"有奇异，辄使为文，及作赋颂数十篇"，而记载其他作家的创作多非诗、赋作品；而《后汉书》中则一例记录都没有。从《汉书》《后汉书》的记载来看，诗、赋在文士的著述中比例毕竟较小。《晋书》记载中已有文集。曹丕《典论·论文》讲"文章"，也是"奏议宜雅，书论宜理，铭诔尚实，诗赋欲丽"的"四科八体"。甚或有的文集中就没有诗、赋，如晋时陈寿编《诸葛亮集》，今存目录，其中就没有诗、赋；又如《南齐书·刘瓛传》称刘瓛的

---

① 房玄龄等《晋书》，中华书局，1974年，第1434页。
② 同上书，第2371—2406页。

著述：

> 所著文集，皆是《礼》义，行于世。①

明胡应麟解释说：

> 西汉前无集名，文人或为史，或为子，或为经（经解如董、毛类），或诗赋，各专所业终身。至东汉而铭、颂、疏、记之类，文章流派渐广，四者不足概之，故集之名始著。②

他的意思也是说，"文章流派渐广"，"诗赋"之名已"不足概"除经、史、子以外的作品，所以要以"集"之名来笼括这些作品。

刘宋时王俭编撰《七志》，既称《文翰志》为"纪诗赋"，但又要把"诗赋"改为"文翰"，阮孝绪《七录序》解释说：

> 王（俭）以诗赋之名，不兼余制，故改为《文翰》。③

这些记载的意思是，既然《文翰志》号称"纪诗赋"，那么著录的书就应该是以诗、赋为主的。但"诗赋之名"不能兼括其他文体的作品，正因为该志是以诗、赋为主，又兼及其他文体的作品，所以改称《文翰志》。还有些文章之士就没有诗、赋创作，如前述《诸葛亮集》，其作品集当然不能以"诗赋之名"统括之。阮孝绪编撰《七录》，又改"文翰"为"文集"，其《七录序》解释说：

> 窃以顷世文词，总谓之集。变"翰"为"集"，于名尤显。故序《文集录》为内篇第四。④

阮孝绪认为"翰"还有称"诗赋"的意味，而且文集、别集都称"集"，于是改称《文集录》。这就是别集的归类从"诗赋"到"文翰"到"文集"的历程，这个历程表明"诗赋"单独立类后，文体越分越细

---

① 萧子显《南齐书》，中华书局，1972年，第680页。
② 胡应麟《诗薮》杂编卷二，上海古籍出版社，1979年，第261页。
③ 释道宣《广弘明集》，上海古籍出版社，1991年，第112页。
④ 同上。

而又要求相合的趋向。

另外,除经、史、子外,其他文章作品也自成一大类,撰写此类文章也可自成一家、扬名天下。刘勰《文心雕龙·序志》所言很有代表性:

> 自生人以来,未有如夫子者也。敷赞圣旨,莫若注经,而马、郑诸儒,弘之已精,就有深解,未足立家。唯文章之用,实经典枝条,五礼资之以成,六典因之致用,君臣所以炳焕,军国所以昭明,详其本源,莫非经典。①

刘勰认为各体文章的本源是经典,依凭经典也可以立身扬名。章学诚《文史通义·文集》云:

> 集之兴也,其当文章升降之交乎?……两汉文章渐富,为著作之始衰。然贾生奏议,编入《新书》,相如词赋,但记篇目;皆成一家之言,与诸子未甚相远,初未尝有汇次诸体,裒焉而为文集者也。自东京以降,迄乎建安、黄初之间,文章繁矣。②

章学诚《和州志艺文书序例》:

> 魏晋之间,专门之学渐亡,文章之士以著作为荣华,诗赋、章表、铭箴、颂诔,因事结构,命意各殊。其旨非儒非墨,其言时离时合,裒而次之,谓之"文集"。③

他的意思是说,"文章之士以著作为荣华",所以有"文集"采录"文章之士"的各类文章。

"诗赋"别为一略,确实是因其特征不同于经学、史学、诸子之学,且汉代的文学家即当日辞赋家有优厚的政治待遇与生活待遇,"辞赋""诗赋"也有了独立地位。此后,人们又把这种地位推广

---

① 刘勰撰,詹锳义证《文心雕龙义证》,上海古籍出版社,1989年,第1907—1909页。
② 章学诚著,叶瑛校注《文史通义校注》,中华书局,1985年,第296页。
③ 同上书,第650页。

到"文章",曹魏时,"文章"作者的地位被确立,曹丕《典论·论文》有崇尚"文章"之说,其云"文章之无穷","是以古之作者,寄身于翰墨,见意于篇籍,不假良史之辞,不托飞驰之势,而声名自传于后",①提高了文章家的地位;所以当曹植说不甘"徒以翰墨为勋绩,辞赋为君子",实际上表明时代已形成了"以翰墨为勋绩,辞赋为君子"的观念;而曹植又称"骋我径寸翰,流藻垂华芬"②,肯定文章家的地位。这种观念表现在作品的物质形态上,就是从"诗赋"扩大到其他文体,成为"文翰""文集"。为他人编撰文集,除了为其扬名,还有"欲观其体势,而见其心灵""志尚""风流"之意;那么,为自己编撰文集,除了让他人"观其体势,而见其心灵""志尚""风流"外,更重要的就是为自己扬名。

二、"诗赋"文体成为集部的标志

集部的出现,在目录学上的历程之一是"诗赋"单独立类,即《文赋》以"诗赋"排名前列,影响深远。《隋书·经籍志》说,作家别集的出现及繁盛的原因是"建安之后,辞赋转繁,众家之集,日以滋广"③,是辞赋的大量创作使得别集的产生成为必须,或者说,别集是适应辞赋单独成类的需要而产生的。

别集最早为"诗赋"类,《汉书·艺文志》为辞赋单独立类,就命名为"诗赋略",其中著录的大部分书就是个人的辞赋集,如"屈原赋二十五篇""陆贾赋三篇""孙卿赋十篇"等。故有人称别集始于汉。阮孝绪《七录序》称"《七略》'诗赋'不从'六艺'诗部,盖由其书既多,所以别为一略"④。其实,是因为"诗赋"的性质与"六艺"不同,这从晋以来的目录书中可以看出。如荀勖《中经新簿》,《隋书·

---

① 萧统编,李善注《文选》,中华书局,1977年,第720页。
② 《薤露行》,赵幼文校注《曹植集校注》,人民文学出版社,1984年,第433页。
③ 魏徵、令狐德棻《隋书》,中华书局,1973年,第1089页。
④ 释道宣《广弘明集》,上海古籍出版社,1991年,第112页。

经籍志》就称其丁部有"诗赋、图赞、《汲冢书》",这是说文集、别集要归入"诗赋"类。以后人们认为文集、别集应该是以"诗赋"为主的。刘宋时王俭编撰《七志》,"诗赋略"的名称改为《文翰志》,《隋书·经籍志》说,《七志》"三曰《文翰志》,纪诗赋",即认为文集、别集主要是"纪诗赋"。甚至到了唐代,人们仍述文集、别集主要是以"纪诗赋"为主,如李林甫等撰《唐六典》,卷十叙秘书郎之职为"掌四部之图籍,分库以藏之,以甲、乙、景、丁为之部目"①,其叙丁部:

> 二曰别集,以纪词赋杂论。②

南北朝时有一种观念,即认为文集所录作品都应该是"诗、赋、铭、诔"之类有韵之文,如《颜氏家训·勉学》载:

> 吾初入邺,与博陵崔文彦交游,尝说《王粲集》中难郑玄《尚书》事。崔转为诸儒道之,始将发口,悬见排蹙,云:"文集只有诗、赋、铭、诔,岂当论经书事乎?且先儒之中,未闻有王粲也。"③

这固然是嘲笑北朝诸儒的孤陋寡闻而不知变通,但也说明"文集只有诗、赋、铭、诔"的说法影响广大。甚或还有人认为别集就是收录诗、赋,如《北史·李概传》载:

> (李概)又自简诗赋二十四首,谓之《达生丈人集》。④

个人诗、赋直接以"诗集""赋集"命名,如《梁武帝诗赋集》二十卷、《梁武帝净业赋》三卷之类;有的别集的内容就只是诗、赋,如《梁书·太祖五王传》载安成康王萧秀之子"所著诗赋数千言,世祖集而序之";又,从总集的冠名"诗集""赋集"也可证辞赋单独成类的必然趋势。《隋书·经籍志》总集类有许多"赋集",如谢灵运撰《赋

---

① 李林甫等《唐六典》,中华书局,1992年,第298—299页。
② 同上书,第300页。
③ 颜之推撰,王利器集解《颜氏家训集解》,上海古籍出版社,1980年,第176页。
④ 李延寿《北史》,中华书局,1974年,第1212页。

集》九十二卷、宋新渝惠侯撰《赋集》五十卷、宋明帝撰《赋集》四十卷、后魏秘书丞崔浩撰《赋集》八十六卷、佚名《续赋集》十九卷(残缺)、梁武帝撰《历代赋》十卷等;还有各类专题《赋集》,如《杂都赋》十一卷、《献赋》十八卷等。又有"诗集",谢灵运撰《诗集》五十一卷,宋侍中张敷、袁淑补谢灵运《诗集》一百卷,颜峻撰《诗集》百卷,宋明帝撰《诗集》四十卷,江邃撰《杂诗》七十九卷,宋太子洗马刘和注《杂诗》二十卷,《二晋杂诗》二十卷等。

因此,《隋书·经籍志》说,作家别集的出现及繁盛的原因是"建安之后,辞赋转繁,众家之集,日以滋广",是辞赋的大量创作使得别集的产生成为必须,或者说,别集是适应辞赋单独成类的需要产生的。

文体分类的发展使"诗赋"的特殊性得以凸显,而文集、别集所录作品是以"诗赋"为标志的。班固《两都赋序》把辞赋视为"或以抒下情而通讽谕,或以宣上德而尽忠孝"①,人们或对汉代赋在政治上的实际作用有所怀疑,如《汉书·艺文志》即称之为"没其风谕之义"②。汉代人认定辞赋艺术风格为"丽",班固《离骚序》称屈原"其文弘博丽雅,为辞赋宗"③,《汉书·扬雄传》称司马相如"作赋甚弘丽温雅",称扬雄作赋"极丽靡之辞,闳侈巨衍,竞于使人不能加也";④魏时曹丕提出"诗赋欲丽",曹植《七启序》称诸人"七"体文字"辞各美丽"⑤,傅玄《叙连珠》称班固之制"喻美辞壮"⑥;卞兰《赞述太子表》中誉美曹丕"所作《典论》及诸赋、颂,逸句烂然,沉思泉涌,华藻云浮"⑦,陈伯海称,"各体文章似乎皆应该有辞采斐然的要

---

① 萧统编,李善注《文选》,中华书局,1977年,第21页。
② 班固《汉书》,中华书局,1962年,第1756页。
③ 洪兴祖《楚辞补注》,中华书局,1983年,第50页。
④ 班固《汉书》,中华书局,1962年,第3515、3575页。
⑤ 赵幼文校注《曹植集校注》,人民文学出版社,1984年,第6页。
⑥ 欧阳询《艺文类聚》卷五十七,上海古籍出版社,1982年,第1035页。
⑦ 同上书卷十六,第299页。

求"①。从"诗赋"到"文翰""文集",表明"丽"由"诗赋"的特征扩大泛化至各体文章。尽管别集所归之类的名称变了,不能以"诗赋"来"概之",但不可否认的是,"诗赋"曾经是其大旗,是其标志,是其表率,之所以如此,其中最重要的原因,应该就是"诗赋"所表现出来的艺术性,即《文选序》所说的"以能文为本""事出于沉思,义归乎翰藻"之类。

---

① 陈伯海《中国诗学之现代观》,上海古籍出版社,2006年,第60页。

第四章　文体谱系与诗歌谱系

谱系,即历代系统。先秦时,经、子、史已建立起自己的学统、谱系。如经学,《庄子·天运》载:"孔子谓老聃曰:'丘治《诗》《书》《礼》《乐》《易》《春秋》六经,自以为久矣。"①《礼记·经解》具体记载六经在"为人"方面之"教":"温柔敦厚,诗教也。疏通知远,书教也。广博易良,乐教也。洁静精微,易教也。恭俭庄敬,礼教也。属辞比事,春秋教也。"②以著述的不同功能为宗旨建立谱系。史学谱系具有更悠久的传统,《礼记·玉藻》所谓君王"动则左史书之,言则右史书之"③,以所记的不同对象为宗旨建立谱系。子学谱系,从《庄子·天下》论五派十子、《荀子·非十二子》论十二子、《吕氏春秋·不二》论诸子十家,到司马谈《论六家要指》、《汉书·艺文志·诸子略》叙说"诸子十家",以著述的不同内容建立谱系。经、史、子各自的谱系都不以述文体为宗旨,文体谱系的建立,是魏晋南北朝文体学的一件大事。

文体建立有独立意味的谱系,首先有《汉书·艺文志》的"诗赋"单独立类,其标志即以文体名来命名类别,最重要的原因是,由于"诗赋"的性质与"六艺"不同,于是刘歆、班固把"诗赋"从"六艺"中分了出来。《诗赋略》的建立是从《六艺略》中切割出来的,此可视为文体谱系的雏形。

其次是刘熙《释名》把文体与其他事物分别开来叙说。《释名序》称撰写此书的目的是使百姓知晓日常名物事礼,包括文体得名的缘由或含

---

① 郭庆藩《庄子集释》,中华书局,1961年,第531页。
② 《礼记正义》,《十三经注疏》,上海古籍出版社,1997年,第1609页。
③ 同上书,第1473—1474页。

义,其中独立的释文体名者为"释言语""释书契""释典艺"三类。他先是把文体分为"口出"(言语)、"笔书"(书契)两大类,又列出具有典范意义者("典艺")统领此二者。刘勰《文心雕龙》的"论文叙笔",从《明诗》到《书记》共二十篇,以"原始以表末,释名以章义,选文以定篇,敷理以举统"的方式,论述了三十多种文体,构成其文体谱系。

文体建立独立的谱系,再次是集部的建立,使文体谱系具有完整的、独立的形态。先是,《汉书·艺文志》的"诗赋"从"六艺"中分出来,以后的"集部"就是以"诗赋"为核心延展构成的:一是别集,《诗赋略》著录的大部分就可称为个人赋集,如《屈原赋二十五篇》《陆贾赋三篇》《孙卿赋十篇》等;二是总集,《诗赋略》中著录的某一类型的赋集或诗集,如《客主赋十八篇》《诸神歌诗三篇》。到西晋荀勖《中经新簿》,其丁部即"诗赋、图赞、《汲冢书》"①,是以"诗赋"为主体的。挚虞《文章流别》为总集之祖,构成文体谱系。所谓"自诗赋下,各为条贯,合而编之",即说在总集中诸文体的排列是平行的、各自单列的。总集类不录经、子、史,故文体有独立的谱系。

至此,我们看到了文体谱系的形态,或称文体谱系的载体,大致有三:或为史部目录、簿录,如《汉书·艺文志》之类;或为文论表述,如《释名》以及《文心雕龙》之类;或为总集,如《文章流别》以及《文选》。

第一节 颜延之论文体谱系

一、颜延之与《庭诰》

颜延之(384—456),字延年,祖籍琅邪临沂(今山东临沂)。少孤贫,居陋室,好读书,无所不览,文章之美,冠绝当时,与谢灵运并

---

① 魏徵、令狐德棻《隋书·经籍志》,中华书局,1973年,第906页。

称"颜谢"。东晋末,官江州刺史刘柳后军功曹,转主簿,历豫章公刘裕世子参军。刘裕代晋建宋,官太子舍人。宋少帝时,以正员郎兼中书郎,出为始安太守。宋文帝时,征为中书侍郎,转太子中庶子,领步兵校尉。后为秘书监、光禄勋、太常。刘劭弑立,以之为光禄大夫。宋孝武帝即位,为金紫光禄大夫,领湘东王师,后世称其"颜光禄"。颜延之多有论文的言论,《南齐书·文学传论》称:"若子桓之品藻人才,仲治之区判文体,陆机辨于《文赋》,李充论于《翰林》,张视摘句褒贬,颜延图写情兴,各任怀抱,共为权衡。"①钟嵘《诗品序》亦云:"颜延论义,精而难晓。"②但今日存世很少。

颜延之著有《庭诰》,史称颜延之"闲居无事,为《庭诰》之文以训子弟",颜延之自称:"庭诰者,施于闺庭之内,谓不远也。"③《庭诰》,即家训文字,《论语·季氏》记孔子在庭,其子伯鱼趋而过之,孔子教以学《诗》《礼》,所谓"不学《诗》,无以言""不学《礼》,无以立",④"庭诰"即取其义。其中有文体学的内容,以教育子弟"观书贵要,观要贵博,博而知要,万流可一"⑤为目的。与颜延之同时,有范晔《狱中与诸甥侄书》,此后又有张融《门律自序》、王筠《与诸儿书》、萧纲《诫当阳公大心书》、颜之推《颜氏家训》等,都谈到写文章之事,足见文章在南朝时受人重视;而能写文章,则为家族繁盛发达的荣耀,如王筠《与诸儿书》所说:"史传称安平崔氏及汝南应氏,并累世有文才,所以范蔚宗云崔氏'世擅雕龙'。然不过父子两三世耳;非有七叶之中,名德重光,爵位相继,人人有集,如吾门世者也。""汝等仰观堂构,思各努力。"⑥又如南齐时萧晔"与诸王共作短句,诗学谢灵运体,以呈上",太祖萧道成曰:"见汝二十字,诸儿作中

---

① 萧子显《南齐书》,中华书局,1972年,第907页。
② 钟嵘撰,曹旭集注《诗品集注》,上海古籍出版社,1994年,第186页。
③ 沈约《宋书·颜延之传》,中华书局,1974年,第1893页。
④ 《论语注疏》,《十三经注疏》,上海古籍出版社,1997年,第2522页。
⑤ 李昉等《太平御览》卷六百八,中华书局,1960年,第2736页。
⑥ 姚思廉《梁书》,中华书局,1973年,第486—487页。

最为优者。"①他对自家诸儿的诗歌写作也是非常上心的。而写文章的第一要务,则是识文体,"观书贵要,观要贵博"的目的中有识文体一项,故《庭诰》中多谈到各类文字的特点或区别。

二、"咏歌之书"与"褒贬之书"

颜延之《庭诰》把作品分为"咏歌之书"与"褒贬之书"两类,实际也就是把文体分为两大类,认为二者性质不同,起源不同,而且功能亦不同。

其先论"咏歌之书":

> 咏歌之书,取其连类合章,比物集句,采风谣以达民志,《诗》为之祖。②

以《诗经》作为"咏歌之书"之祖。颜延之认为"咏歌之书"的作用是"采风谣以达民志",这实际上也讲到诗歌的起源为"风谣",即沈约《宋书·谢灵运传论》所言:

> 民禀天地之灵,含五常之德,刚柔迭用,喜愠分情。夫志动于中,则歌咏外发。六义所因,四始攸系,升降讴谣,纷披风什。虽虞夏以前,遗文不睹,禀气怀灵,理无或异。然则歌咏所兴,宜自生民始也。③

而"采风谣以达民志"是传统的说法,即朝廷"采风谣"以"观风俗,知薄厚",论诗歌的作用。而其特点是"连类合章,比物集句",运用同类事物来做譬喻,即是传统的诗歌创作的赋、比、兴手法的延展说法。诗中的"赋",所谓铺陈,也是"连类"而言,而打比方与引起所咏之辞,即"比""兴"。其同时代的王微也说过:"文好古,贵能连

---

① 萧子显《南齐书》,中华书局,1972年,第624—625页。
② 李昉等《太平御览》卷六六八,中华书局,1960年,第2736页。
③ 沈约《宋书》,中华书局,1974年,第1778页。

类可悲,一往视之,如似多意。"①古来文章撰作都注重所谓"连类""比物",《荀子·非十二子》曰"多言而类,圣人也"②。《诗品》称颜延之诗作"喜用古事"③,即多用典故,与古人古事"连类",也是与其诗歌主张相吻合的。

颜延之论"褒贬之书":

> 褒贬之书,取其正言晦义,转制衰王,微辞丰旨,贻意盛圣,《春秋》为上。④

其称"褒贬之书",实为叙事之书,以与"咏歌之书"对举。此即指《春秋》叙说的是时代衰旺("衰王"),在行文上隐寓褒贬的五种体例,即晋杜预《春秋左氏传序》所言"微而显""志而晦""婉而成章""尽而不污""惩恶而劝善"之意,⑤作为叙事之法,《文心雕龙·征圣》称赏"圣人之文章,亦可见也",曰:"虽精义曲隐,无伤其正言;微辞婉晦,不害其体要。体要与微辞偕通,正言共精义并用。"⑥就是敷衍颜延之《庭诰》之语。

颜延之《庭诰》的意思,是天下文体分为"咏歌"与"褒贬"叙事两大类,这是他所分的文体谱系,颜延之还着重论证了其撰作特点,是从大处着眼的分法。朱自清说,其实春秋战国时代就有"诗""辞"的分论:

> 我们的文学批评似乎始于论诗,其次论"辞",是在春秋及战国时代。论诗是论外交"赋诗","赋诗"是歌唱入乐的诗。论"辞"是论外交辞命或行政法令。⑦

---

① 沈约《宋书·王微传》,中华书局,1974年,第1667页。
② 王先谦《荀子集解》,中华书局,1988年,第97页。
③ 钟嵘撰,曹旭集注《诗品集注》,上海古籍出版社,1994年,第270页。
④ 李昉等《太平御览》卷六百八,中华书局,1960年,第2736页。
⑤ 萧统编,李善注《文选》,中华书局,1977年,第639页。
⑥ 刘勰撰,詹锳义证《文心雕龙义证》,上海古籍出版社,1989年,第48—49页。
⑦ 朱自清《诗言志辨序》,《朱自清全集》第6册,江苏教育出版社,1996年,第129页。

颜延之的这些说法，即是后世"诗笔"的说法，颜氏后人颜之推的《颜氏家训·慕贤》："君王比赐书翰，及写诗笔，殊为佳手。"王利器集解："六朝人以诗、笔对言，笔指无韵之文。"①

三、论诗歌各体与"言""笔"文体

颜延之《庭诰》又有一段专论诗歌，既讲"变"，又讲各自的特点，有汉魏诗歌史的意味。其曰：

> 荀爽云：《诗》者，古之歌章，然则雅诵之乐篇全矣。是以后之诗者，率以歌为名。及秦勒望岳，汉祀郊宫，辞著前史者，文变之高制也。虽雅声未至，弘丽难追矣。逮李陵众作，总杂不类，是假托，非尽陵制，至其善篇，有足悲者。挚虞《文论》，足称优洽。《柏梁》以来，继作非一，篡所至七言而已。九言不见者，将由声度阐诞，不协金石。至于五言流靡，则刘桢、张华；四言侧密，则张衡、王粲；若夫陈思王，可谓兼之矣。②

其称古时的诗是入乐的，所以以后的诗多有以"歌"为名者。而秦始皇泰山刻文，后人并不视作诗；汉代的"郊庙歌辞"，汉时就有人称其不合旧典。颜延之则把"秦勒望岳，汉祀郊宫"二者称为《雅》《颂》之"文变"，称之为"雅声未至"，但又肯定其"弘丽"。颜延之称其之所以"辞著前史"，是因为其"文变"，并在此处提出了"文变"的意义。然后论五、七、九言，论到苏李诗，指出其"是假托"，这是论述苏李诗为代苏李而作的起始。又称其"有足悲者"，则充分肯定了苏李诗的艺术特点。又称柏梁体从"继作"而言，意义在于七言。又称九言不流行，是因为"不协金石"，强调音乐性对诗歌的作用。最后说到汉代时四言、五言的代表作家、优秀作家，以"侧密""流靡"来区分四言、五言的风格特征。

---

① 颜之推撰，王利器集解《颜氏家训集解》，中华书局，1980年，第133、135页。
② 李昉等《太平御览》卷五百八十六，中华书局，1960年，第2639—2640页。

颜延之分文体为"言""笔"两大类。刘勰《文心雕龙·总术》记载了颜延之对"言""笔"两大类文体的看法：

> 颜延年以为："笔之为体，言之文也；经典则言而非笔，传记则笔而非言。"①

王充称"口出以为言，笔书以为文"②，"言"指口头表达，"笔"指书面表达。"言""笔"两大类也是文体的分类，这是从"言"与"笔"的体制上的区分。王运熙、杨明评价说：

> 颜延之认为"笔"并非径情直遂地记录口语，而是对口语义饰加工的成果。这种说法是符合实际的；特别是刘宋时期，即使是实用性文章，也更加讲究用典和对偶，用语造句往往避熟就新。此种情况自然容易促使颜延之产生"笔之为体，言之文也"的结论。③

颜延之之意，是经典文辞质朴，基本上是记录口语；而后来的著述都是"笔书以为文"，与口语有距离，修饰文采比较多，这是从"言"与"笔"的语言表达上的区分。这些都是合乎实际情况的。

颜延之在文体比较中进行的文体论述，都是与"经"联系在一起的，其以《诗经》作为"咏歌之书"之祖，以《春秋》《易》为"褒贬之书"之祖，以及"《诗》者，古之歌章"和"文变"与"经典则言而非笔"的论述，都已经有了以"经"为文章之祖的意味，只是未曾展开系统的论述。

---

① 刘勰撰，詹锳义证《文心雕龙义证》，上海古籍出版社，1989年，第1627页。
② 王充《论衡·定贤》，上海人民出版社，1974年，第420页。
③ 王运熙、杨明《魏晋南北朝文学批评史》上海古籍出版社，1989年，第201页。

第二节　江淹《杂体诗》与诗歌风格谱系

江淹(444—505),字文通,济阳考城(今河南商丘)人,历仕南朝宋、齐、梁三朝,少时好学,六岁能诗,十三岁丧父。二十岁左右在新安王刘子鸾幕下任职,泰始二年(466),江淹转入建平王刘景素幕,受广陵令郭彦文案牵连,被诬受贿入狱,在狱中上书陈情获释。刘景素密谋叛乱,江淹曾多次谏劝,刘景素不纳,江淹被贬为吴兴令。宋顺帝昇明元年(477),萧道成执政,江淹任尚书驾部郎、骠骑参军事,受萧重用。入梁,江淹官至金紫光禄大夫,封醴陵侯。

钟嵘《诗品》"梁光禄江淹诗"载:

> 文通诗体总杂,善于摹拟。筋力于王微,成就于谢朓。初,淹罢宣城郡,遂宿冶亭,梦一美丈夫,自称郭璞,谓淹曰:"吾有笔在卿处多年矣,可以见还。"淹探怀中,得一五色笔以授之。尔后为诗,不复成语,故世传江淹才尽。[①]

虽然以梦说事纯属荒唐,却印证了江淹以拟古出名的事实。对于"江郎才尽",文学史的解释或称他入齐以后官居高位,精力多用于官场,不能专心创作;或称其被人传诵的作品多写失意的牢骚,得志以后时过境迁,很难再写出类似作品;或称江淹诗风与永明时期文风变化不相协调;等等。

一、风格模拟的创作学意义

江淹《杂体诗序》:

> 夫楚谣汉风,既非一骨,魏制晋造,固亦二体,譬犹蓝朱成

[①] 钟嵘撰,曹旭集注《诗品集注》,上海古籍出版社,1994年,第306页。

采,杂错之变无穷,宫商为音,靡曼之态不极。故蛾眉讵同貌,而俱动于魄,芳草宁共气,而皆悦于魂,不其然欤?至于世之诸贤,各滞所迷,莫不论甘而忌辛,好丹而非素,岂所谓通方广恕,好远兼爱者哉?及公幹、仲宣之论,家有曲直,安仁、士衡之评,人立矫抗,况复殊于此者乎?又贵远贱近,人之常情,重耳轻目,俗之恒蔽;是以邯郸托曲于李奇,士季假论于嗣宗,此其效也。然五言之兴,谅非夐古,但关西邺下,既已罕同,河外江南,颇为异法;故玄黄经纬之辨,金碧沉浮之殊,仆以为亦合其美并善而已。今作三十首诗,敩其文体,虽不足品藻渊流,庶亦无乖商榷云尔。①

这篇诗序的中心意思是说,五言诗的面貌是各种各样的,即所谓"既已罕同""颇为异法",但又都可以"动于魄""悦于魂";因此,对这些不同面貌的五言诗应采取"通方广恕,好远兼爱"的态度。诗人明言,自己创作这三十首诗的目的即"敩其文体",要把前辈诗人诗作的面貌再现出来。诗人期望自己如此再现前辈诗作的风采与辉煌"庶亦无乖商榷",即这种再现能基本符合前辈诗作的风格而得到世人的认同。那么,再现前辈诗作的风采与辉煌,就是诗人期望诗作应该达到的美学效果和现实意义之所在。这些模拟之作中的情感抒发,只能视作模拟者代前辈诗人立言,一般来说,不具有诗人的自主性。如果说这些模拟之作中可以看到模拟者自我情感的影子,那也只能是个别而已,因为模拟者自身经历与这三十名著名诗人都相同或相似基本上不可能实现,因此,他也基本上做不到自我情感完整或完全投射到所模拟的三十名前辈诗人身上。

严羽《沧浪诗话·诗评》谓江淹最善于拟古,"拟古惟江文通最长,拟渊明似渊明,拟康乐似康乐,拟左思似左思,拟郭璞似郭

---

① 江淹《杂体诗三十首》及序,全见于萧统编,李善、吕延济、刘良等注《六臣注文选》,中华书局,1987年,第588—603页。

璞"①,元陈绎曾《诗谱》称之为"善观古作,曲尽心手之妙"②。江淹的《陶征君田居》曾被误收入《陶渊明集》,当作《归园田居》的第六首;江淹《鲍参军戎行》中的"竖儒守一经,未足识行藏"曾被误认为鲍照的作品③,充分说明了江淹的拟古诗达到了足以乱真的地步。

江淹是如何做到这一点的呢？江淹的做法是:以不同的语辞重现前辈诗人在抒发情感时运用的独特造型、意象与典型场景,使之得以凸现与强调,令读者一看就知道这本是某位诗人在造型、意象描画与场景铺叙上的独特之处,进而引起人们对其更强烈的注意。诸如:《班婕妤咏扇》中的"扇"与"凉风"及其相互关系,经凸现与强调,已成为一种传统意象与场景而被人们所熟悉;《刘文学感遇》中的"苍苍山中桂,团团霜露色。霜露一何紧,桂枝生自直"与刘桢《赠从弟》中的"松"具有同样意义的造型;《阮步兵咏怀》中的"青鸟""鸴斯""精卫"与阮籍《咏怀八十二首》中诸鸟的意味是有关联的;《潘黄门述哀》中的"抚衿悼寂寞,恍然若有失。明月入绮窗,仿佛想蕙质",与潘岳《悼亡诗》其一中的"帏屏无仿佛,翰墨有余迹。流芳未及歇,遗挂犹在壁。怅恍如或存,周遑忡惊惕"④同样典型;《陆平原羁宦》中的"明发眷桑梓,永叹怀密亲。流念辞南澨,衔怨别西津。驰马遵淮泗,旦夕见梁陈",是陆机《赴洛道中作》其一"总辔登长路"首数句情景的再现;《张黄门苦雨》中的"丹霞蔽阳景,绿泉涌阴渚。水鹳巢层甍,山云润柱础"与张协《杂诗》"朝霞迎白日,丹气临汤谷。翳翳结繁云,森森散雨足"⑤,同是雨的意象,异曲同工;《郭弘农游仙》中的"道人读丹经,方士炼玉液。朱霞入窗牖,曜灵照空隙",再现了郭璞《游仙诗》中的"青溪千余仞,中有一道士。云生梁

---

① 严羽著,郭绍虞校释《沧浪诗话校释》,人民文学出版社,1961年,第191页。
② 丁福保辑《历代诗话续编》,人民文学出版社,1983年,第631页。
③ 李延寿《南史·吉士瞻传》,中华书局,1975年,第1363页。
④ 萧统编,李善注《文选》,中华书局,1977年,第330页。
⑤ 同上书,第421页。

栋间,风出窗户里"的场景①;《孙廷尉杂述》中的"太素""吹万""寂动""道丧""一致""变化""传火""玄思""机巧""物我"诸词语,一看就知道是玄言诗所独有的;《陶征君田居》中那静谧的农村田园场景及主人公"荷锄"与"浊酒聊自适"的造型,再现了陶渊明诗作的独特风格,难怪苏轼也把它误认为陶渊明的作品;《鲍参军戎行》的"杀气""严霜""戎马""碛砾""羊肠""寒阴"都令人想起鲍照《代出自蓟北门行》中的边塞意象,而"豪士枉尺璧,宵人重恩光"云云又让人想起鲍照《代东武吟》中的那位老军人。

二、风格模拟的风格学意义

江淹在凸现前辈诗人诗作的主导题材与再现其独特造型、意象、场景的同时,表现了前辈诗人的个性特征。诗歌最根本的要素是抒发情感,而所抒发的情感是与诗人各自的生活经历、所生活的时代社会紧密相关的。江淹模拟前辈诗人之作,在完成总结与概括主导题材,凸现其独特造型、意象、场景的同时,其更高的要求就是代该诗人表现其心灵,这一点他也做得很出色。

诸如:《李都尉从军》通篇写离别,而题目冠以"从军"及首句"樽酒送征人"则揭示出离别的缘由;我们也知道,李陵个人悲剧的起由就在于"从军"。《魏文帝游宴》,以"游宴"写出了作为邺下文人集团领袖人物的曹丕招揽人才、组织创作活动的方式和思想感情。《刘文学感遇》与《王侍中怀德》,前者以"微臣固受赐,鸿恩良未测"写出"感遇"之情;后者以"君子笃惠义,柯叶终不倾",既怀德感恩,又有报答之情,这些都真实地表现了建安诸子的心态。《陆平原羁宦》,写出仕与还乡之间的矛盾心情,这也正是陆机本人彼时彼地的心情。陈祚明《采菽堂古诗选》称陆机对出仕与还家二者的"哀

---

① 萧统编,李善注《文选》,中华书局,1977年,第306页。

乐两柄"可"淋漓"地写出一端;①其实,正是写出两者的矛盾,才显出其深刻之处。《鲍参军戎行》末尾写"竖儒守一经,未足识行藏",在一片边塞戎气中写出一个寒士对世俗的蔑视与对门阀制度的不满,这正是鲍照的个性特征。

当然,江淹的拟作也有不尽如人意之处,如《左记室咏史》就不能很好看出原诗人的性情。左思的《咏史八首》基本上是用历史上"贵者""贱者"两类人的对比以抒发内心的抑郁不平之气,此即沈德潜《古诗源》所称左思"咏古人而己之性情俱见"②。而江淹拟作仅凸现历史上贵、贱二者的对比,但愤慨之气却不怎么能看出来。

《杂体诗三十首》是以人为纲的风格模拟,其风格学意义有二:一是凸现与强调前辈诗作的造型、意象与场景,为诗歌创作者提供一个学习的榜样与标本;二是为诗歌创作者提供一个在学习与模拟中如何创新的榜样与标本。读《杂体诗三十首》,模拟之作的佼佼者可以做到让读者在重温前辈诗作的风采与辉煌的同时还感受到某种新奇感,模拟者在凸现与强调前辈诗作独特的造型、意象、场景的同时,还提供了某些新的造型、意象、场景,这些新东西既是被笼罩在前辈诗作独特的造型、意象、场景范围之内的,相比于原诗的造型、意象、场景来说,它又有某种独特性,不是原诗作造型、意象、场景的简单对应。所谓简单对应,即如陆机拟作《拟行行重行行》,原诗为"胡马依北风,越鸟巢南枝",拟作为"王鲔怀河岫,晨风思北林"③。这新的造型、意象、场景是原诗意中所有,言中所无的。如《杂体诗三十首》中的《陶征君田居》"归人望烟火,稚子候檐隙",既与陶诗《归园田居》"暧暧远人村,依依墟里烟"④及陶文《归去来兮辞》"僮仆欢迎,稚子候门"⑤一脉相承,虽是陶诗中不曾出现过的造

---

① 陈祚明《采菽堂古诗选》卷十,上海古籍出版社,2008年,第294页。
② 沈德潜《古诗源》卷七,中华书局,1963年,第166页。
③ 萧统编,李善注《文选》,中华书局,1977年,第435页。
④ 陶渊明撰,逯钦立校注《陶渊明集》,中华书局,1979年,第40页。
⑤ 同上书,第161页。

型、意象与场景,但读来不觉颔首会意。又如《鲍参军戎行》中"息徒税征驾,倚剑临八荒"的造型、意象与场景,分明显示鲍照倔强不屈的个性。《朱子语类》称:

> 鲍明远才健,其诗乃《选》之变体,李太白专学之。如"腰镰刈葵藿,倚杖牧鸡豚",分明说出个倔强不肯甘心之意;如"疾风冲塞起,沙砾自飘扬;马尾缩如猬,角弓不可张",分明说出边塞之状,语又俊健。①

江淹"息徒"两句即是朱熹上述两个例子的总括,而不是哪几句诗的简单对应,读到此,人们会觉得这就是鲍照的作品,但却是一篇以前未曾读到的鲍照的作品。

《杂体诗三十首》中此类给读者提供了新奇感的诗句还有一些。如《魏文帝游宴》中"高文一何绮,小儒安足为",游宴中建安文士豪迈慷慨、踌躇满志的气概毕显。《陈思王赠友》中"延陵轻宝剑,季布重然诺。处富不忘贫,有道在葵藿",把特殊环境下曹植与建安文士的关系揭示出来。《张黄门苦雨》中"高谈玩四时,索居慕俦侣",生动地刻画出一位"弃绝人事,屏居草泽,守道不竞,以属咏自娱"的才士②。《殷东阳兴瞩》中的"云天亦辽亮,时与赏心遇",与殷仲文《南州桓公九井作》中"独有清秋日,能使高兴尽"③异曲同工,创造出一种赏析山水的氛围。

如此在凸现与强调前辈诗作独特的造型、意象、场景的同时创造出某种新奇感,使被模拟者诗作的主导性题材更得以确认,使前辈诗人的个性更得以突出,这是毫无疑问的。模拟者在凸现与强调前辈诗作的造型、意象与场景时的创造性努力,是可以贯穿其整个模拟活动的,也可以统率其整个模拟活动,这是诗人模拟之作中最为

---

① 黎靖德编《朱子语类》卷一百四十,中华书局,1986年,第3324页。
② 房玄龄等《晋书·张协传》,中华书局,1974年,第1519页。
③ 萧统编,李善注《文选》,中华书局,1977年,第311页。

出色之处。

三、风格模拟的实用性

江淹有《效阮公诗十五首》,《南史·江淹传》记载其写作缘起:

> (刘)景素为荆州,淹从之镇。少帝即位,多失德,景素专据上流,咸劝因此举事。淹每从容进谏,景素不纳。及镇京口,淹为镇军参,领南东海郡丞。景素与腹心日夜谋议,淹知祸机将发,乃赠诗十五首以讽焉。①

江淹《自序传》谈到写这组诗的经过:

> 而宋末多阻,宗室有忧生之难,王(刘景素)初欲羽檄征天下兵,以求一旦之幸;淹尝从容晓谏,言人事之成败。每曰:"殿下不求宗庙之安,如信左右之计,则复见麋鹿霜栖露宿于姑苏之台矣。"终不以纳,而更疑焉。及王移镇朱方也,又为镇军参事,领东海郡丞。于是王与不逞之徒,日夜构议,淹知祸机之将发,又赋诗十五首,略明性命之理,因以为讽。②

江淹作诗的目的是讽谏刘景素,但因为刘景素的密谋尚未公开,又不能直说,所以江淹学习阮籍《咏怀诗》的写法。这种写法就是钟嵘《诗品》所称阮籍《咏怀》"言在耳目之内,情寄八荒之表","厥旨渊放,归趣难求"。

《杂体诗三十首》与《效阮公诗十五首》都重现前辈诗作的风采与辉煌,又有许多不同。《杂体诗三十首》模拟与突出前辈诗作的个性与特殊性,其着重点在于凸现与强调前辈诗作在造型、意象、场景的独特性的同时,又给人以新奇感。《效阮公诗十五首》刻意在模拟中表现出模拟者自身情感抒发的现实性与自我性,着重点在于不违背前辈诗人情感抒发的独特性的同时又给人以新奇感。江淹模拟

---

① 李延寿《南史》,中华书局,1975 年,第 1449 页。
② 胡之骥《江文通集汇注》,中华书局,1984 年,第 379 页。

诗作的意义也在于此:使已经凝固化的形态表现出具有新奇感的实用性。

《杂体诗三十首》要总结与概括诸位诗人在题材运用上的特点,要凸现与强调其诗作独特的造型、意象与场景,要表现前辈诗人的个体化情感。总之,模拟突出的是诸位诗人诗作的个性与特殊性,只有如此才能再现前辈诗作的辉煌,因此,模拟者就一个诗人仅模拟一首便可实现目的。模拟者成功程度的高低在于能否在模拟中给予读者新奇感。而《效阮公诗十五首》所选择的模拟对象,其个体化的情感与题材的运用早已有定论并得到世人公认,其诗作独特的造型、意象、场景也是人所皆知的,不必去刻意凸现与强调。被模拟者诗作的个性与特殊性在此处已成为一种普遍性的原则,模拟者向读者宣布他要以之来表现自我,模拟本身不成为目的而表现自我才是目的,因此,模拟者也就一首连一首地模拟同一诗人的作品。模拟者成功程度的高低在于能否在模拟时还能突出自我表现,表现自我是更高的目标。

就情感抒发来说,《杂体诗三十首》不管怎么样也只能说是代他人立言,模拟别人的口吻抒发他人之情。一般来说,模拟者未能在这样的模拟中抒发个人情感,即便我们说诗中有些情感抒发确实像江淹的,也只是以江淹身世与某个被他所模拟的诗人身世有所相似来推测的。这也就是刘熙载《艺概·诗概》所说,江淹"虽长于杂拟,于古人苍壮之作,亦能肖吻,究非其本色耳"①。但是,我们可以把《效阮公诗十五首》的情感抒发完全视为江淹个人的,是他对当时局势的忧虑,是他对他人的劝谏与讽喻,是他对自我处境的忧虑,是他对人生社会的思考。

当前辈诗作一旦被确定为模拟对象,那么,前辈诗作的方方面面实际上即处于一种凝固化的状态。《杂体诗三十首》要在此凝固

---

① 郭绍虞编选《清诗话续编》,上海古籍出版社,1983年,第2423页。

的基础上,刻意于诗歌的造型、意象、场景的摹写,要在凸现与强调前辈诗在造型、意象、场景的独特性的同时又给人以新奇性的感受;也就是说,既再现凝固化的前辈诗作的风采与辉煌,又给予凝固化的前辈诗作以形式上的新奇感。而《效阮公诗十五首》要在此凝固化的基础上,刻意于情感抒发的现实性与自我性,要在不违背前辈诗作情感抒发的独特性的同时又给人以新奇感;也就是说,既保留凝固化的前辈诗作的风采与辉煌,又给予凝固化的前辈诗作以内容上的新奇性。

四、风格模拟与风格谱系的建立

就文体学而言,《杂体诗三十首》风格模拟的意义,主要表现在风格谱系的建立。

江淹将风格依附于诗歌题材的做法,总结概括出诸位诗人的作品"合其美并善"之处。模拟者要总结与概括出某一诗人在情感抒发上所经常采用的具有主导地位的题材,也就是使这位诗人喜欢写的东西凸现出来;当后世人们提到某种题材便认定是某位诗人最为擅长的文体,这就是江淹《杂体诗三十首》建立风格谱系的文体学意义。这种对题材的总结与概括一般从《杂体诗三十首》的各篇诗题便可见出,尽管其中有的直接用前辈诗作的题目,但较少,仅《阮步兵咏怀》《左记室咏史》《郭弘农游仙》三例,其余大都是依据前辈诗作的内容重新概括而成的。这样,从诗题上即可看出江淹所模拟的对象是某诗人的创作整体,起码是某一部分的整体。即便是直接用前辈诗作之题的模拟之作亦是如此,因"咏怀""咏史""游仙"本来就经常是多首诗组成的整体,因此可以说,江淹以题目的拟定对前辈诗作具有代表意义的题材做出总结与概括,这个总结与概括基本上是符合实际的,以下为当时人们所论证的,诸如:

江淹《魏文帝游宴》,谢灵运《拟魏太子邺中集诗八首》亦拟其游宴,刘勰《文心雕龙》之《明诗》称曹丕诸人之诗"叙酣宴"①,《时序》称他们"傲雅觞豆之前,雍容衽席之上"②。《阮步兵咏怀》,钟嵘《诗品》称阮籍之诗"可以陶性灵,发幽思"者即是《咏怀》。《张司空离情》,《诗品》称张华"儿女情多",亦指此。《潘黄门述哀》,《文心雕龙·才略》则称潘岳"钟美于《西征》,贾余于哀诔,非自外也"③,其长于哀诔之诗是世所公认的。《左记室咏史》,《文心雕龙·才略》即称左思"尽锐于《三都》,拔萃于《咏史》"④。《刘太尉伤乱》,《诗品》称刘琨"既体良才,又罹厄运,故善叙丧乱,多感恨之词"⑤。《郭弘农游仙》,《诗品》称郭璞"《游仙》之作,辞多慷慨,乖远玄宗……乃是坎壈咏怀,非列仙之趣也"⑥。《殷东阳兴瞩》与《谢仆射游览》,均与摹写山水景物有关,沈约《宋书·谢灵运传论》称殷仲文、谢混"始革孙、许之风""大变太元之气",⑦即是指其摹写山水景物的作品。《陶征君田居》,《诗品》称陶为"隐逸诗人之宗",萧统《陶渊明集序》称其作品"不以躬耕为耻"⑧,赞其"田居"诗作。《谢临川游山》,《宋书·谢灵运传》称其游览山水,"所至辄为诗咏,以致其意焉",其叙写山水的作品"名动京师"⑨。《休上人怨别》叙男女之别,这是民歌中的传统题材,《南史·颜延之传》载颜延之称其作"委巷中歌谣耳"⑩。

当然,有的总结与概括看起来不那么能说明问题,如《陈思王赠友》,虽也可说是曹植诗作某一具有主导性的题材,但如此总结与概

---

① 刘勰撰,詹锳义证《文心雕龙义证》,上海古籍出版社,1989年,第196页。
② 同上书,第1692页。
③ 同上书,第1810页。
④ 同上。
⑤ 钟嵘撰,曹旭集注《诗品集注》,上海古籍出版社,1994年,第241页。
⑥ 同上书,第247页。
⑦ 沈约《宋书》,中华书局,1974年,第1778页。
⑧ 萧统撰,俞绍初校注《昭明太子集校注》,中州古籍出版社,2001年,第200页。
⑨ 沈约《宋书》,中华书局,1974年,第1754页。
⑩ 李延寿《南史》,中华书局,1975年,第881页。

括并不能在世人心目中留下什么深刻印象,因此,要使前辈诗作的主导性内容凸现以留给人们深刻的印象,还要靠诗中的描摹与叙写真正使题材本身具有感人的力量。

江淹《杂体诗序》谈到诗歌风格,反复强调的就是多样化,从大的地域、时代方面讲,所谓"楚谣汉风,既非一骨,魏制晋造,固亦二体",所谓"关西邺下,既已罕同,河外江南,颇为异法";从具体诗人的作品讲,"杂错之变无穷""靡曼之态不极",各种作品"讵同貌""宁共气"。江淹讲诗歌风格的多样化,集中体现在诗歌题材的多样化上。江淹《杂体诗三十首》称"今作三十首诗",也就是说,他把汉魏以来的五言诗人风格"品藻渊流"为三十种诗歌题材:离别、从军、咏扇、游宴、赠友、感遇、怀德、言志、咏怀、离情、述哀、羁宦、咏史、苦雨、伤乱、感交、游仙、杂述、自序、兴瞩、游览、田居、游山、侍宴、赠别、养疾、从驾、郊游、戎行、怨别。那么,江淹认为的汉魏以来五言诗的风格谱系就是由这些诗歌题材"渊流"组成的。

总括而言,江淹《杂体诗三十首》以不同的语辞重现汉魏以来前辈诗人在抒发情感时运用的独特造型、意象与典型场景,使之得以凸现与强调,表现出前辈诗人的个性特征,把五言诗风格的多样化体现在不同的诗歌题材上,诗歌题材成为诗歌风格的载体,江淹《杂体诗三十首》以三十种诗歌题材的排列,构成了汉魏以来五言诗的风格谱系。

第三节　钟嵘《诗品》与诗歌源流谱系

一、钟嵘与《诗品》

钟嵘(468?—518?),字仲伟,祖籍颍川长社(今河南许昌长葛市)。在齐代官至司徒行参军。入梁,历任中军临川王行参军、西中郎将、晋安王记室。其诗歌评论专著,或称《诗品》,或称《诗评》,以五言诗为主,将自汉至梁有成就的诗歌作家区别等第,分为上中下三品进行评论。

《南史·钟嵘传》载:

> (钟)嵘尝求誉于沈约,约拒之。及约卒,嵘品古今诗为评,言其优劣云:"观休文众制,五言最优。齐永明中,相王爱文,王元长等皆宗附约,于时谢朓未逢,江淹才尽,范云名级又微,故称独步。故当辞密于范,意浅于江。"盖追宿憾,以此报约也。①

假如此说可信的话,即可看出钟嵘对批评家所具有的地位还是十分自信的,认为批评家确实具有这样的权威;假如此说只是当时人们的一种传言的话,那也表明当时人们对钟嵘作为批评家所具有的地位还是十分崇尚的,即认为批评家确实具有这样的能力。

《诗品》,《隋书·经籍志》著录为:"《诗评》三卷,钟嵘撰,或曰《诗品》。"②《梁书·钟嵘传》称:"嵘尝品古今五言诗,论其优劣,名为《诗评》。"③《南史·钟嵘传》称:"嵘品古今诗为评。"④称《诗品》,则该书具有目录学的性质。章学诚曰,《诗品》"深从六艺溯流别也",论诗有"其源出于某某"之类的推源溯流,章学诚认为这"出于刘向父子",⑤即认为《诗品》有目录书渊源。钟嵘《诗品序》也自称要以目录学著作《七略》为榜样做文学批评,所谓"昔九品论人,《七略》裁士,校以宾实,诚多未值。至若诗之为技,较尔可知,以类推之,殆均博弈"⑥。怎样克服或防止"随其嗜欲,商榷不同"之类问

---

① 李延寿《南史》,中华书局,1975年,第1779页。
② 魏徵、令狐德棻《隋书》,中华书局,1973年,第1084页。
③ 姚思廉《梁书》,中华书局,1973年,第694页。
④ 李延寿《南史》,中华书局,1975年,第1779页。
⑤ 章学诚著,叶瑛校注《文史通义校注》,中华书局,1985年,第559页。
⑥ 钟嵘撰,曹旭集注《诗品集注》,上海古籍出版社,1994年,第66页。

题?钟嵘的办法就是文学批评学术化,以目录学的方法来做文学批评。传统目录学认为,之所以要对书籍讲究编排组织,条别其异同,主要是为了辨明不同的学术流派,理清它们的源流发展。所以郑樵《通志·校雠略》说:

> 学之不专者,为书之不明也。书之不明者,为类例之不分也。有专门之书,则有专门之学。①

钟嵘把诗人分成流派,理清其源流发展,分品评论,期望以此实现自己的文学批评。

"文章志"一类书的体例,除作为"文章目录"外,还有"叙文士之生平"以及"辨其流别",即"论辞章之端委"的作用,此外还有对作品加以整体关注的评价②。因此,钟嵘《诗品》的作法受到"文章志"的影响。

二、"诗之为技"的提出

钟嵘《诗品序》③称前代文论,或"皆就谈文体,而不显优劣",或"曾无品第",那么,对于钟嵘来说,怎样品诗评诗,才能更好地实现自己所说的显"优劣"、定"品第"呢?《诗品序》所谓"昔九品论人,《七略》裁士,校以宾实,诚多未值。至若诗之为技,较尔可知",这就是说,只要把诗看作"技",以"技"论之,诗的"优劣""品第"就"较尔可知"。《毛诗序》称"在心为志,发言为诗",诗之"正得失,动天地,感鬼神","先王以是经夫妇,成孝敬,厚人伦,美教化,移风俗",④是要靠"诗之为技"来实现的。诗,从"经国之大

---

① 郑樵《通志二十略》,中华书局,1995年,第1804页。
② 章学诚《和州志前志列传序例中》称"晋挚虞创为《文章志》,叙文士之生平,论辞章之端委",见章学诚著,叶瑛校注《文史通义校注》,中华书局,1985年,第685页。
③ 钟嵘撰,曹旭集注《诗品集注》,上海古籍出版社,1994年,第1—69、173—192、329—347页。此节所引《诗品序》全见于此。
④ 《毛诗正义》,《十三经注疏》,上海古籍出版社,1997年,第269—270页。

业,不朽之盛事"到"诗之为技",观念有了多么大的转变。

"诗之为技"观念的确立,意味着另一种诗歌评论标准的建立,沈约《答陆厥书》云:

> 十字之文,颠倒相配;字不过十,巧历已不能尽,何况复过于此者乎?灵均以来,未经用之于怀抱,固无从得其仿佛矣。若斯之妙,而圣人不尚,何邪?此盖曲折声韵之巧,无当于训义,非圣哲立言之所急也。是以子云譬之"雕虫篆刻",云"壮夫不为"。①

"巧""妙"都是"诗之为技"的评价用语,而"无当于训义"云云,就是说要跳出诗教的评价体系。汉儒言诗强调诗教,强调美刺,曹丕《典论·论文》称"诗赋欲丽"②,陆机《文赋》称"诗缘情而绮靡"③,现在钟嵘又提出"诗之为技",这是《诗品序》自称其"欲辨彰清浊,掎摭病利"的品诗、评诗标准,这是诗歌评论走向另一种标准化的表现。钟嵘所认为的"诗之为技"包括以下几个方面:

或是诗的情感抒发,《诗品序》称自然现象、社会现象等"凡斯种种,感荡心灵,非陈诗何以展其义,非长歌何以骋其情?故曰:'《诗》可以群,可以怨。'使穷贱易安,幽居靡闷,莫尚于诗矣",强调诗抒发怎样的情以及达到怎样的效果。许多论者都注意到钟嵘具体评诗时十分赞赏诗人诗作的"怨",道理就在于"怨"的感动人心的力量,出于诗人,感动读者。那么,"摇荡性情""吟咏情性"是否能达到"怨",就成为诗歌品评的一个标准。《诗品》所论诗的情感抒发的另一问题就是抒情与景物的关系,钟嵘提倡的是情感抒发与景物的多方面联系,感受着"春风春鸟,秋月秋蝉,夏云暑雨,冬月祁寒"而进行诗歌创作。

---

① 萧子显《南齐书》,中华书局,1972年,第899—900页。
② 萧统编,李善注《文选》,中华书局,1977年,第720页。
③ 同上书,第241页。

钟嵘《诗品序》又称兴、比、赋传统手法的运用："文已尽而意有余，兴也；因物喻志，比也；直书其事，寓言写物，赋也。弘斯三义，酌而用之，干之以风力，润之以丹彩，使咏之者无极，闻之者动心，是诗之至也。"能否"弘斯三义，酌而用之"也是"诗之为技"的标准之一。

《诗品》倡导诗歌创作要溯源流，钟嵘又称有无源流是"诗之为技"的标准之一，《诗品》的上品都有"其源出于某某"之述，如《古诗》、曹植，其体源出于《国风》；李陵，其源出于《楚辞》；班婕妤，其源出于李陵；刘桢，其源出于《古诗》；王粲，其源出于李陵；阮籍，其源出于《小雅》；陆机、谢灵运，其源出于曹植；潘岳、张协，其源出于王粲；左思，其源出于刘桢。

有无警句也是"诗之为技"的标准，《诗品序》提出"观古今胜语"，如："'思君如流水'，既是即目，'高台多悲风'，亦唯所见，'清晨登陇首'，羌无故实；'明月照积雪'，讵出经史？"又如："若'置酒高殿上''明月照高楼'，为韵之首"，其上品称"'客从远方来''橘柚垂华实'，亦为惊绝矣。"《文赋》就称"立片言而居要，乃一篇之警策"①，警句批评是时代风气。

钟嵘品评诗歌注重风格，以"体"称诗在创作各方面的特点。对风格的崇尚，一为尚"雅"，如批评嵇康"过为峻切，讦直露才，伤渊雅之致"，批评鲍照"颇伤清雅之调"，称赏应璩"指事殷勤，雅意深笃，得诗人激刺之旨"，称赏任昉"善铨事理，拓体渊雅，得国士之风"等；二是《诗品序》称好诗需"干之以风力，润之以丹彩"，批评"孙绰、许询、桓、庾诸公诗，皆平典似《道德论》，建安风力尽矣"。

钟嵘的诗歌品评崇尚才，"诗之为技"是才的体现。但对当日社会盛行的"诗之为技"者如用事与声律不以为然。

---

① 萧统编，李善注《文选》，中华书局，1977年，第241页。

"诗之为技"的影响,从《毛诗序》所说"在心为志,发言为诗"看,似乎诗的产生是不需要技巧而人人可为的,经过钟嵘"诗之为技"的论证,到了唐代,孔颖达疏解《毛诗序》时告诉我们,诗还是有技的,其中最重要的话是"直言者非诗,故更序诗必长歌之意"①,孔颖达讲的是"诗之为技"在音乐方面的表现,那么,诗脱离了音乐,还应该不应该有技巧?齐梁时代名正言顺地提出了这一问题,钟嵘只不过是明确点出而已。但哪些东西可以成为"诗之为技"者,每个诗人与诗论家各有看法。以上所述,既有钟嵘认可的"诗之为技",也有钟嵘不认可的"诗之为技",当然,这也说明"诗之为技"虽然成为社会共识,但"诗之为技"具有哪些方面却不是整齐划一的,这就为"诗之为技"之新技的产生留出了很大的空间,促进了作为艺术的诗歌在艺术手法方面的发展。有意思的是,恰恰是钟嵘认为诗歌的"自然英旨"不需要"诗之为技"之处,即音律应用方面,唐代人制定了确切的规则,这既是钟嵘提出"诗之为技"的继续,却又正是钟嵘当初所反对的。

三、《诗品》的诗歌风格谱系

风格批评著述往往兼具两大功能,一是评论,另一则是叙说源流。前者称为"评",为集部的总集;后者称为"品",则是史部的目录文体。此二者集中体现在钟嵘的著作上,或称《诗品》,或称《诗评》,"评"与"品"义本两通,但对于钟嵘论风格、溯源流而言,命名为《诗品》,自然意味更强烈一些。章学诚《文史通义》卷五《诗话》论《诗品》曰:

《文心》体大而虑周,《诗品》思深而意远;盖《文心》笼罩群言,而《诗品》深从六艺溯流别也。(如云某人之诗,其源出于某家之类,最为有本之学。其法出于刘向父子。)论诗论文,而知

---

① 《毛诗正义》,《十三经注疏》,上海古籍出版社,1997年,第270页。

溯流别,则可以探源经籍,而进窥天地之纯,古人之大体矣。此意非后世诗话家流所能喻也。①

《诗品》论诗有"其源出于某某"之类的推源溯流,故章学诚称"《诗品》深从六艺溯流别也",认为是"出于刘向父子",即《诗品》有目录学的渊源。"溯流别",正是钟嵘《诗品》的特点之一②。钟嵘自称要以目录学的《七略》为榜样做文学批评,《诗品序》云:

昔九品论人,《七略》裁士,校以宾实,诚多未值。至若诗之为技,较尔可知。以类推之,殆均博弈。

意思是说,"九品论人,《七略》裁士"以论人,"校以宾实,诚多未值",但以其论诗,则"较尔可知";《诗品序》亦称自己的工作即为"辨彰清浊,掎摭病利",这是学习刘向父子的辨章学术,考镜源流;《诗品序》曾批评"观王公搢绅之士,每博论之余,何尝不以诗为口实。随其嗜欲,商榷不同,淄渑并泛,朱紫相夺,喧议竞起,准的无依"。怎样克服或防止"随其嗜欲,商榷不同"之类问题,钟嵘的办法就是文学批评学术化,以目录学的方法来做文学批评③。

《诗品》品评了一百二十多家五言诗作品,并归纳出三大源流、流派,即《国风》派、《楚辞》派、《小雅》派,诗歌的风格表现有所依据,审美价值有所取向。虽然归入流派的只三十多家,但钟嵘排列诗歌风格谱系的努力昭然可见。

其一,《诗品》标明"其体源出于《国风》"者有两家:一为《古诗》(上品),其下又有"其源出于《古诗》"的刘桢(上品)、"其源出于公幹"的左思(上品);二为曹植(上品),"其源出于陈思"者有二,一是

---

① 章学诚著,叶瑛校注《文史通义校注》,中华书局,1994年,第559页。
② 关于《诗品》品评诗歌时"溯流别"的目录学作法,详见拙作《论钟嵘〈诗品〉的目录学渊源》,载《文艺研究》2011年第9期。
③ 《隋书·经籍志》总集类在著录"《诗评》三卷"时的小注:"或曰《诗品》。"称钟嵘撰作为《诗品》,那就应该著录在史部"簿录篇"。《隋书·经籍志》的"簿录篇"载各种"文章志",又载《书品》二卷、《名手画录》一卷,此二书正是"书法""绘画"的目录。

陆机(上品),"其源出于陆机"者有颜延之(中品),其下又有"檀、谢七君,并祖袭颜延"——谢超宗、丘灵鞠、刘祥、檀超、钟宪、颜则、顾则心(下品),"其源出于陈思"者又有谢灵运(上品),但"杂有景阳之体"。

其二,"其源出于《楚辞》"者,只李陵一家(上品)。"其源出于李陵"的有三家:一为班婕妤(上品);二为王粲(上品);三为曹丕(中品),他又"颇有仲宣之体则"。"其源出于王粲"者有五家:一是潘岳(上品),"宪章潘岳"者有郭璞(中品);二是张华(中品),"其源出于张华"者有谢瞻、谢混、袁淑、王微、王僧达(中品),"其源出于谢混"的又有谢朓(中品);三是张协(上品),下有"其源出于二张,善制形状写物之词,得景阳之俶诡,含茂先之靡嫚"的鲍照(中品),再下有"宪章鲍明远"的沈约(中品);四、五是刘琨、卢谌(中品)。曹丕下有"祖袭魏文"者应璩(中品),"其源出于应璩"者有陶潜(中品),但"又协左思风力"。曹丕下又有"颇似魏文"的嵇康(中品)。

其三,"其源出于《小雅》"者有阮籍。

《诗品》的风格谱系最多可达六级,如《楚辞》—李陵—王粲—张华—谢混—谢朓。

《诗品》的上品都有"其源出于某某"之述,如《古诗》、曹植,其体源出于《国风》;李陵,其源出于《楚辞》;班婕妤,其源出于李陵;刘桢,其源出于《古诗》;王粲,其源出于李陵;阮籍,其源出于《小雅》;陆机、谢灵运,其源出于曹植;潘岳、张协,其源出于王粲;左思,其源出于刘桢。根据《诗品》所述,上品的源流有另外一种排列法:《国风》—《古诗》—刘桢—左思;《国风》—曹植—陆机、谢灵运;《楚辞》—李陵—王粲—潘岳、张协;《楚辞》—李陵—班婕妤;《小雅》—阮籍。这样可以看出其一脉相承之义。

中品亦多有源流可溯,如魏文帝源出于李陵,嵇康"颇似魏文",张华源出于王粲,应璩"祖袭魏文",刘琨、卢谌源出于王粲,郭璞"宪章潘岳",陶潜源出于应璩,颜延之源出于陆机,谢瞻、谢混、袁淑、王微、王僧达源出于张华,鲍照源出于二张(张协、张华),谢朓源出于谢混,沈约"宪章鲍明远"。

下品则少源流可溯,只有"檀、谢七君,并祖袭颜延"而已。

倒过来讲,正因为其有源流可述,这才成为上品;那么,中品、下品的诗人与作品正因为"其源出于某某"若无若有,他们才处于此品。《诗品》还有一种述源流的方法,如《诗品序》云:"而师鲍昭,终不及'日中市朝满',学谢朓,劣得'黄鸟度青枝'。"①这是从学习角度讲源流,但是否实现则未可知。

四、诗歌风格谱系与"滋味说"

所谓"滋味",指美味。《吕氏春秋·适音》称"口之情欲滋味",高诱注云:"欲美味也。"②"滋味"也泛指味道,还可以单称为"味"。当其用在诗歌批评上时,指诗歌的艺术感染力,一种能引起读者产生相同思想感情的力量。就读者而言,艺术感染力体现在读者对作品的感受与接受上,因此,艺术感染力又是艺术效果。当"滋味"作为动词且指向为艺术作品时,其意义也是读者对作品的感受与接受。《诗品》中"味"作为动词讲的时候,也都是指对作品的感受与接受。钟嵘《诗品》就是从读者感受与接受的角度进行诗歌批评的,③其"滋味说"也就是从艺术感染力、艺术效果的角度来体现的。《诗品》上、中、下三品多有从艺术感染力、艺术效果的角度评诗

---

① 钟嵘撰,曹旭集注《诗品集注》,上海古籍出版社,1994年,第58页。
② 吕不韦著,陈奇猷校释《吕氏春秋新校释》,上海古籍出版社,2002年,第275、277页。
③ 王小刚《从接受美学理论看钟嵘的"滋味"说》,载《河池师专学报》1987年第4期。清水先生提及此文"几乎不根据《诗品》的表述具体分析钟嵘主张的'滋味'的内容。因此使人深感一番崭新的方法也毫无效果",有褒有贬。但此二氏的提法对拙文深有启发。

者,以"滋味说"评诗有三种形式。①

第一种形式,直述包括钟嵘在内的读者所感受到的作品艺术感染力、艺术效果,有的冠以"味"字,表示其感受与接受,有的还冠以"玩"字,表示其感受与接受的过程。如:

(《古诗》)惊心动魄……"客从远方来""橘柚垂华实",亦为惊绝矣。

(刘桢诗)动多振绝。

(阮籍诗)可以陶性灵,发幽思。……使人忘其鄙近,自致远大。

(张协诗)使人味之,亹亹不倦。②

以上材料出自上品。所录诸条多是讲优秀诗作对人心的感荡作用与影响,有的还具体指出了在哪个方面有所影响,这就是优秀诗作的艺术感染力,这就是优秀诗作的艺术效果。

(魏文帝诗)唯"西北有浮云"十余首,殊美赡可玩。

(应璩诗)至于"济济今日所",华靡可讽味焉。

---

① 日本学者清水凯夫《〈诗品〉是否以"滋味说"为中心》一文,对中国、日本、韩国的《诗品》研究做了这样的陈述:"在中国,《诗品》研究论文中最多论题是所谓'滋味说',所以'滋味说'一定是中国《诗品》研究者最感兴趣的一个题目。然而这个'滋味说',在中国以外的地方,漫说欧美国家,就连钟嵘《诗品》研究有相当进展的日本和韩国也全然没有议论过,可以说'滋味说'是中国独自感兴趣的论题,是中国《诗品》研究的一个特点。"这确实是事实。但是,清水先生又说:"现在只要坦率地读一下《诗品》,绝对看不出是企图建立以'滋味'为中心的创作原理或批评理论。"他在研讨了十六篇涉笔"滋味说"的论文后说,这些论文"忽视考证'滋味说'的存在就去分析说明'滋味'",因此,他认为阐述"滋味说"就"必须首先明确分析《诗品》中的'滋味说'是用什么形式表述的,并以确凿的证据证实其存在。即,分析《诗品》上、中、下三品的各条诗评,从中归纳'滋味说'的存在"。总之,清水先生认为《诗品》不存在"以'滋味'为中心的创作原理或批评理论",这是中国学者所不能接受的。此处拟依照清水先生提供的路径,具体论证上、中、下三品的有些条目中存在着"滋味说",然后论证钟嵘《诗品》是怎样阐述其"滋味说"的理论基础及现实基础的。

② 钟嵘撰,曹旭集注《诗品集注》,上海古籍出版社,1994年,第75、110、123、149页。

>（郭璞诗）彪炳可玩。
>（陶潜诗）每观其文，想其人德。
>（谢朓诗）足使叔源失步，明远变色。①

以上材料出自中品。前三条称诗作有动人处值得感受与接受，下面的陶潜条指陶诗有感发人心作用，谢朓条指诗作的杰出使他人被震荡，这些当是指艺术效果。

>（区惠恭诗）末作《双枕诗》以示谢……（大将军）见之赏叹，以锦二端赐谢。谢辞曰："此诗，公作长所制，请以锦赐之。"
>余从祖正员常云："大明、泰始中，鲍、休美文，殊已动俗。"②

以上材料出自下品。写的是众人对优秀诗作的反应，当然是指艺术效果。每个批评家对诗歌的评述，都是建立在自己对诗歌的感受与接受的基础上，但在具体评述时可以不谈自己的感觉而分析与指出其各方面的特点。而钟嵘则是比较注重直述包括自己在内的读者阅读作品后心灵震荡的感觉，即作品作用于心灵而心灵产生的具体活动，这就是钟嵘对诗歌艺术感染力、艺术效果的重视。

第二种形式，以自然景物在某种情况下的状态比拟诗作的艺术效果，实际上是把人们在自然景物中获得的审美反应、审美愉悦，等同于或比拟为诗歌作品给予人们的审美反应、审美愉悦。本来，自然景物在某种情况下的状态就给人一种感觉或感染力，这第二种形式即以感觉表述感觉，以感染力表述感染力。《诗品》还有许多情况是以形容词来表达读者对作品的感觉的，如称《古诗》"文温以丽，意悲而远"之类，形容词所表述的是经过概括与抽象后的印象，它不能给人以具体物的感觉与感染力。对我们来说，形容词感觉及感染力的获得，还要靠把它还原成为具体事物后才能实现。因此，我们在

---

① 钟嵘撰，曹旭集注《诗品集注》，上海古籍出版社，1994年，第202、231、247、260、298页。

② 同上书，第415—416、432页。

此处仅把《诗品》中用自然景物在某种情况下的状态来比拟作品,视为钟嵘从艺术感染力、艺术效果的角度来评价诗歌。

  (刘祯诗)贞骨凌霜,高风跨俗。
  (潘岳诗)《翰林》叹其翩翩奕奕,如翔禽之有羽毛,衣被之有绡縠,犹浅于陆机。谢混云:"潘诗烂若舒锦,无处不佳;陆文如披沙简金,往往见宝。"
  (谢灵运诗)然名章迥句,处处间起;丽曲新声,络绎奔发。譬犹青松之拔灌木,白玉之映尘沙。①

以上材料出自上品。以下为中品二条、下品一条:

  汤惠休曰:"谢诗如芙蓉出水,颜诗如错彩镂金。"
  范(云)诗清便宛转,如流风回雪。丘(迟)诗点缀映媚,似落花依草。
  (袁)嘏诗平平耳,多自谓能。常语徐太保尉云:"我诗有生气,须人捉着。不尔,便飞去。"②

《诗品》中以自然景物在某种情况下的状态所可能产生的感染力来比拟作品的感染力,有些出自钟嵘本人,有些出自他人对一些作品的评价,有些则是诗人对自己作品的评价。
  钟嵘为什么要以自然景物在某种情况下的状态来比拟诗作的艺术效果、艺术感染力呢?在《诗品序》中,钟嵘曾说四季、自然景物也是可以"摇荡性情""感荡心灵"的,那么,诗作对人心的感荡效果也可以通过自然景物表现出来。
  第三种形式,《诗品》上、中、下三品对诗人诗作的评价多用感叹词,这是钟嵘以读者、鉴赏者的身份而被诗作的艺术感染力所折服的表现,是心灵被打动后的感叹。通读《诗品》的评诗,很容易体会

---

  ① 钟嵘撰,曹旭集注《诗品集注》,上海古籍出版社,1994年,第110、140—141、160—161页。
  ② 同上书,第270、312、462页。

到这一点。这种类型可作为旁证。

钟嵘从艺术感染力、艺术效果的角度进行诗歌评论时,主要集中在上品与中品的诗人诗作中,尤以上品为多。究其原因,可能是《诗品》在序中虽抨击齐梁诗风,但在具体评诗时,还是以褒为主的,如其序中曾称"预此宗流者,便称才子",凡是被录入、被评价者,那就可称为才子。进而,上、中二品诗作的艺术感染力、艺术效果当然要强于下品的诗作,对此二品尤其是上品诗作多从艺术感染力、艺术效果方面来评价,也是可以理解的。上品十二条,涉及艺术感染力、艺术效果的有六条,占百分之五十,比率较高;中品二十一条,涉及艺术感染力、艺术效果的有七条,占百分之三十三,比率也不低。下品中有三条。

综上所述,《诗品》上、中、下三品评诗的主要特点,即是叙说优秀诗作"摇荡性情""感荡心灵"的情况,这应该是强调艺术效果、艺术感染力的钟嵘"滋味说"的立足点。

钟嵘提出着眼于艺术效果、艺术感染力的"滋味说",其理论基础是对前人诗歌理论实施了新的阐释。首先是对"兴"的新阐释,其曰:

> 故诗有六义焉:一曰兴,二曰比,三曰赋。文已尽而意有余,兴也;因物喻志,比也;直书其事,寓言写物,赋也。[1]

对"兴"的解释,显然是指某种表现方法所能体现出来的艺术效果。张伯伟说,《诗品》论"兴","这是指陈一种艺术效果和审美境界"[2]。这为其着眼于艺术效果、艺术感染力的诗歌评论找到了一个出发点,此即从艺术手法出发来探讨艺术效果,是钟嵘发抉出的艺术手法中所蕴含的对艺术效果的要求。为了加固这个出发点,钟嵘在述说了运用"兴"所能产生的理想的艺术效果、艺术感染力后,又专从

---

[1] 钟嵘撰,曹旭集注《诗品集注》,上海古籍出版社,1994年,第39页。
[2] 张伯伟《钟嵘诗品研究》,南京大学出版社,1999年,第110页。

反面谈到兴、比、赋运用不当将会产生不良的艺术效果：

> 若专用比兴，则患在意深，意深则词踬。若但用赋体，则患在意浮，意浮则文散，嬉成流移，文无止泊，有芜漫之累矣。①

有了这样的出发点，什么是好诗就容易判断了。钟嵘认为好诗的标准完全是由艺术效果、艺术感染力的充分与否决定的。他提出五言诗有"滋味"：

> 五言居文词之要，是众作之有滋味者也，故云会于流俗。②

所谓"会于流俗"即是指五言诗在人们心目中的地位，指当时人们对五言诗的喜爱，这种地位、喜爱当然是由五言诗的艺术感染力所决定的。反过来说，他又批评玄言诗的"淡乎寡味"。然后，他谈到什么是"诗之至"：

> 弘斯三义（按，指兴、比、赋），酌而用之，干之以风力，润之以丹彩，使味之者无极，闻之者动心，是诗之至也。③

关键就在于"味之者无极，闻之者动心"的艺术效果、艺术感染力，这又与"文已尽而意有余"的意义完全合拍。

其次是对"诗可以怨"的新阐释。《论语·阳货》载"诗可以兴，可以观，可以群，可以怨"④，显然是讲诗歌的社会作用。《诗品》继承了司马迁关于《离骚》"盖自怨生也"的说法，又结合汉魏晋宋齐以来的诗歌创作，对"诗可以怨"做出自己的阐释，《诗品序》中说：

> 若乃春风春鸟，秋月秋蝉，夏云暑雨，冬月祁寒，斯四候之感诸诗者也。嘉会寄诗以亲，离群托诗以怨。至于楚臣去境，汉妾

---

① 钟嵘撰，曹旭集注《诗品集注》，上海古籍出版社，1994年，第45页。
② 同上书，第36页。
③ 同上书，第39页。
④ 《论语注疏》，《十三经注疏》，上海古籍出版社，1997年，第2525页。

> 辞宫;或骨横朔野,或魂逐飞蓬;或负戈外戍,杀气雄边;塞客衣单,孀闺泪尽;又士有解佩出朝,一去忘返;女有扬蛾入宠,再盼倾国:凡斯种种,感荡心灵,非陈诗何以展其义,非长歌何以骋其情?①

钟嵘不说诗是行为的实践,而说诗是情感的抒发,进而,钟嵘又把"怨"的社会作用也情感化与艺术效果化了,这就是他接下来所说的:

> 故曰:"《诗》可以群,可以怨。"使穷贱易安,幽居靡闷,莫尚于诗矣。②

但是,这是指诗人呢,还是指读者?该是两者都指。就诗人来说,钟嵘既然说了"非陈诗何以展其义,非长歌何以骋其情",那么,"诗可以怨"就是指诗人的个人情感通过诗歌创作的情感抒发得到某种程度上的宣泄,因此,诗人"穷贱易安,幽居靡闷"。就读者而言,"诗可以怨"本来就是从读者角度谈的,孔子是以"小子何莫学夫诗"笼括整段话的,他强调的是诗歌的社会作用;那么,"诗可以怨"即指读者可以通过对诗中"怨"之品赏,使自己的情感也有一种宣泄,他们也"穷贱易安,幽居靡闷"。这就是钟嵘对"怨"的新阐释,他要从艺术感染力的角度谈"怨",把孔子所说的诗歌政教方面的社会作用改造成为艺术魅力及艺术感染力方面的社会作用。

当钟嵘讲诗歌是"摇荡性情""感荡心灵"的产物时,他是在讲诗人的情感抒发;当钟嵘强调"味之者无极,闻之者动心"这一艺术效果、艺术感染力时,他是在讲读者对诗歌情感抒发的欣赏。这是一个完整的过程,而"怨"可以是贯穿始终的,汪春泓说,钟嵘"发抉出'怨'在诗歌中具有感动人心的不可替代的功效","而'怨'在钟嵘看来,诗'怨'才能最大限度地沟通作者和读者的心理

---

① 钟嵘撰,曹旭集注《诗品集注》,上海古籍出版社,1994年,第47页。
② 同上。

交流"。① 这种沟通的关键就是钟嵘对"怨"的新阐释,我们可以这样理解,钟嵘是以"怨"的新阐释为例,完成了对"滋味说"理论支撑点的寻求,这个支撑点就是诗歌最本质的东西——情感抒发。

许多论者也都注意到钟嵘具体评诗时十分赞赏诗人诗作的"怨",道理就在于"怨"的感动人心的力量和功效,出于诗人,感动读者,而"滋味说"的感动人心的力量和功效即出自钟嵘所说的"摇荡性情""吟咏情性"。

总的来说,钟嵘以诗歌的特征决定了其文体风格的根本价值观——艺术效果;为实现这一根本价值观,钟嵘提出"诗之为技",将文体规范演变为"技"。

第四节 任昉《文章缘起》与簿录式文体谱系

一、任昉与《文章缘起》

任昉(460—508),字彦昇,小字阿堆,乐安博昌(今山东寿光,一说山东广饶)人。任昉"幼而聪敏,早称神悟",四岁能诵诗,八岁能文,南朝宋时举兖州秀才,拜太常博士。入齐为王俭所重,任丹阳尹主簿、竟陵王记室参军,官至中书侍郎、司徒右长史,梁时历任义兴、新安太守。任昉一生仕宋、齐、梁三代,写文章擅长表、奏、书、启等文体,以"笔"而身处"贵要"之地,并以"笔"而受到社会尊尚:

> 昉雅善属文,尤长载笔,才思无穷,当世王公表奏,莫不请焉。昉起草即成,不加点窜。沈约一代词宗,深所推挹。②

---

① 汪春泓《钟嵘〈诗品〉关于郭璞条疏证——兼论钟嵘诗歌审美理想之形成》,载《文学遗产》1998年第6期。
② 姚思廉《梁书》,中华书局,1973年,第253页。

任昉之"笔",连"一代词宗"的"文"的代表沈约也"深所推挹"。但若依传统观念,"文""笔"还是有高下的,于是任昉以"笔"著称却转而"著诗":

> 既以文才见知,时人云"任笔沈诗",昉闻甚以为病。晚节转好著诗,欲以倾沈。①

> 彦昇少年为诗不工,故世称"沈诗任笔",昉深恨之。晚节爱好既笃,文亦遒变。善铨事理,拓体渊雅,得国士之风,故摚居中品。②

任昉作诗喜欢用典,妨碍了诗的"秀逸""奇",从中也可以看出其时代更欣赏的是诗。

《南史·到溉传》载:

> 昉还为御史中丞,后进皆宗之。时有彭城刘孝绰、刘苞、刘孺,吴郡陆倕、张率,陈郡殷芸,沛国刘显及(到)溉、(到)洽,车轨日至,号曰兰台聚。③

《南史·陆倕传》:

> 及昉为中丞,簪裾辐凑,预其宴者,殷芸、到溉、刘苞、刘孺、刘显、刘孝绰及倕而已,号曰"龙门之游"。④

兰台,汉代中央档案典籍库,位于宫中,隶属于御史府,由御史中丞主管。置兰台令史,掌图书秘书。兰台典藏十分丰富,包括皇帝诏令、臣僚章奏、国家重要率律令、地图和郡县计簿等。任昉统领下的这些学者,他们在兰台管理档案,典教秘书、撰写各种文字,任昉擅长"笔"的撰作,也是有根由的;任昉又曾撰作《文章缘起》,对各种文体及其起源予以关注,这也应该是得自御史中丞这个职务的

---

① 李延寿《南史》,中华书局,1975年,第1455页。
② 钟嵘撰,曹旭集注《诗品集注》,上海古籍出版社,1994年,第316页。
③ 李延寿《南史》,中华书局,1975年,第678页。
④ 同上书,第1193页。

便利。

自晋以来,有一种追溯事物原始情况的著述风气,如晋崔豹《古今注》、南朝梁谢昊《物始》及晚于任昉的刘孝孙《事始》等,文体学在这样的风气下,也有类似的追求,于是就有了任昉《文章缘起》追溯文体源头的簿录式文体谱系。

二、脱离六经而独立的文体谱系

集部文章建立谱系,最为关键之处在脱离六经而独立,《汉书·艺文志》的"诗赋"单独立类走出第一步,《释名》以"言语""书契"与"典艺"分列,而总集类不录经、史、子的文字,萧统编《文选》曾有专门论证,于是形成惯例。任昉《文章缘起》则明述文体谱系要与六经切割开来,其云:

> 六经素有歌、诗、诔、箴、铭之类,《尚书》帝庸作歌,《毛诗》三百篇,《左传》叔向诒子产书,鲁哀公《孔子诔》,孔悝《鼎铭》《虞人箴》,此等自秦汉以来,圣君贤士沿著为文章名之始。故因暇录之,凡八十四题①,聊以新好事者之目云尔。②

先说"六经素有歌、诗、诔、箴、铭之类",他视"经"为整体,那么"歌、诗、诔、箴、铭"各文体包含在内,就是不可分割的;接着他又说,其所探讨的是"自秦汉以来,圣君贤士沿著为文章名之始",也就是说,他要建立自秦汉开始的、独立文体的文体谱系,即吴承学所说:"任昉的关注重点是脱离经学束缚之后个体的文章创作。"③

对《文章缘起》,《四库全书总目》该书提要有一段比较详细的论证:

---

① 或有作"八十五题"者。
② 《文章缘起》,郁沅、张明高编选《魏晋南北朝文论选》,人民文学出版社,1996年,第311—317页。本节所录《文章缘起》的文字均见于此,不再出注。
③ 吴承学《任昉〈文章缘起〉考论》,《中国古代文体学研究》(增订本),中华书局,2022年,第523页。

《文章缘起》一卷,旧本题梁任昉撰。考《隋书·经籍志》载任昉《文章始》一卷,称有录无书。是其书在隋已亡。《唐书·艺文志》载任昉《文章始》一卷,注曰张绩补。绩不知何许人。然在唐已补其亡,则唐无是书可知矣。宋人修《太平御览》,所引书一千六百九十种,挚虞《文章流别》、李充《翰林论》之类,无不备收,亦无此名。今检其所列,引据颇疏。如以"表"与"让表"分为二类,"骚"与"反骚"别立两体;"挽歌"云起缪袭,不知《薤露》之在前;《玉篇》云起《凡将》,不知《苍颉》之更古。崔骃《达旨》,即扬雄《解嘲》之类,而别立"旨"之一名;崔瑗《草书势》,乃论草书之笔势,而强标"势"之一目。皆不足据为典要。至于谢恩曰"章",《文心雕龙》载有明释,乃直以"谢恩"两字为文章之名,尤属未协。疑为依托,并书末洪适一跋亦疑从《盘洲集》中钞入。然王得臣为嘉祐中人,而所作《麈史》有曰:"梁任昉集秦汉以来文章名之始,目曰《文章缘起》。自诗、赋、离骚至于势、约,凡八十五题,可谓博矣。既载相如《喻蜀》,不录扬雄《剧秦美新》;录《解嘲》而不收韩非《说难》;取刘向《列女传》而遗陈寿《三国志评》。又曰"任昉以三言诗起晋夏侯湛,唐刘存以为始'鹭于飞,醉言归';任以颂起汉之王褒,刘以始于周公《时迈》;任以檄起汉陈琳檄曹操,刘以始于张仪檄楚;任以碑起于汉惠帝作《四皓碑》,刘以管子谓无怀氏封太山刻石纪功为碑;任以铭起于秦始皇登会稽山,刘以为蔡邕《铭论》'黄帝有巾几之铭'"云云。所说一一与此本合,知北宋已有此本,其殆张绩所补,后人误以为昉本书欤?①

四库馆臣认为任昉原著《文章始》在隋代已亡佚了,现存的《文章缘起》为"依托"之本。但经过今人考证,认为在"疑为依托"说没有其他充分的文献与理论依据作为支持时,还是尊重以现存《文章缘起》

---

① 永瑢等《四库全书总目》,中华书局,1965年,第1780页。

为任昉所著的传统说法为妥。又,经过今人考证,此书原名《文章始》,在唐宋流传过程中,又有《文始》《文章缘始》《文章缘起》数名,以《文章缘起》之名流传最广。①

三、作为文体谱系的《文章缘起》的体例

其一,《文章缘起》所探讨的是秦汉以来的文章情况。《文章缘起》乃任昉撰,张绩补,但今本《文章缘起》卷首载《文章始序》是任昉所作。任昉表面上说"六经素有歌、诗、诔、箴、铭之类",似乎认为文章出于五经,但其《文章缘起》所探讨的是秦汉以来的文章原始,其列举八十四题最早的代表作品,无一为出自五经者,其所说每种文体所始自者,最早为屈原、宋玉、李斯及汉魏晋人。这也就是说,任昉认为六经以后文章自有起始,实际上其论文体谱系,自然排除了先秦时盛行的经、子、史。

人们对《文章缘起》多有批评,四库馆臣称"检其所列,引据颇疏",即其代表了一些人的观点。其实,这往往是忽略了作者的"秦汉以来文章名之始"的体例。如人们所指出《文章缘起》所说"四言诗,前汉楚王傅韦孟谏楚夷王戊诗",则称《诗经》是更早的四言;又,《文章缘起》谓"诰"始于汉司隶冯衍,人称《尚书》就有《仲虺之诰》《洛诰》《大诰》《酒诰》等篇。他们所指责的,都是任昉明确划定的框架之外的。任昉是这样论述的:

> 三言诗,晋散骑常侍夏侯湛所作。
> 四言诗,前汉楚王傅韦孟谏楚夷王戊诗。
> 五言诗,汉骑都尉李陵与苏武诗。
> 六言诗,汉大司农谷永作。
> 七言诗,汉武帝柏梁殿连句。

---

① 参考吴承学《任昉〈文章缘起〉考论》,见吴承学《中国古代文体学研究》(增订本),中华书局,2022年。以下所论,多有参考此文的观点。

> 九言诗,魏高贵乡公所作。

《文章流别》论三、四、五、六、七、九言全出自《诗经》,就可知任昉探讨的是秦汉以来的文章原始。

其二,《文章缘起》所探讨的是秦汉以来的文章原始的情况。王得臣《麈史》卷中"论文":

> 任昉以三言诗起晋夏侯湛,唐刘存以为始于"鹭于飞,醉言归";任以颂起汉之王褒,刘以始于周公《时迈》;任以檄起汉陈琳檄曹操,刘以始于张仪檄楚;任以碑起于汉惠帝作《四皓碑》,刘以《管子》谓无怀氏封太山刻石纪功为碑;任以铭起于始皇登会稽山,刘以蔡邕《铭论》"皇帝有金几之铭"其始也。若此者尚十余条,或讨其事名之因,或具成篇而论,虽有不同,然不害其多闻之益。①

他以唐代所列文体起始与《文章缘起》做比较,指出其间的不同说法,这说明人们追求文章缘起,但时间段是不一样的。

其三,任昉叙说"文章缘起"的体例:文体名—创立的时代名—官爵+作者名—作品名。如:

> 策文,汉武帝《封三王策文》。
> 表,淮南王安《谏伐闽表》。
> 让表,汉东平王苍《上表让骠骑将军》。
> 上书,秦丞相李斯《上始皇书》。
> 书,汉太史令司马迁《报任少卿书》。

有些没有作品名,如:

> 对贤良策,汉太子家令晁错。
> 上疏,汉中大夫东方朔。

---

① 王得臣《麈史》,上海古籍出版社,1986年,第51页。

这是因为这些作品当时就没有题目的。

其四,以有主名的文人作品为文章之始,《文章缘起》所录八十五题中,八十四题都是如此,除"引,《琴操》有《箜篌引》"一例,而《琴操》中的作品也是有主名的。四库馆臣曾批评《文章缘起》说"'挽歌'云起缪袭,不知《薤露》之在前",《薤露》确是在《挽歌》前,但《薤露》本是民歌,是缪袭为《挽歌》定名,并开创文人挽歌的传统与规范,以后傅玄、陆机、陶渊明等都创作了挽歌,都是依缪袭而来。

任昉《文章缘起》作为一种簿录式的文体谱系,他特别强调所记录的是"圣君贤士"的文章,每列一体,也就只列举一篇作品,如此具有排他性,就意味着这是文章典型与规范;因此,所谓"始"者,既具时间意义,又具典范意义。

其五,《文章缘起》的文体分类。《文章缘起》所录文体名如下:

> 三言诗、四言诗、五言诗、六言诗、七言诗、九言诗、赋、歌、离骚、诏、策文、表、让表、上书、书、对贤良策、上疏、启、奏记、笺、谢恩、令、奏、驳、论、议、反骚、弹文、荐、教、封事、白事、移书、铭、箴、封禅书、赞、颂、序、引、志录、记、碑、碣、诰、誓、露布、檄、明文、乐府、对问、传、上章、解嘲、训、辞、旨、劝进、喻难、诫、吊文、告、传赞、谒文、祈文、祝文、行状、哀册、哀颂、墓志、诔、悲文、祭文、哀词、挽词、七发、离合诗、连珠、篇、歌诗、遗令、图、势、约。

也正因为任昉及"兰台聚"的这些人见到的档案材料多,于是才有如此文体繁多的文章谱系。《文章缘起》所列文体繁多,凡曹丕《典论·论文》的"四科八体"、陆机《文赋》的"十体",以及今所见挚虞《文章流别》、李充《翰林论》所论文体,大致都在其笼括之内。任昉的文体分类,比起前代来,特点是多有拆分。如蔡邕《独断》所列策、制、诏、戒、章、奏、表、驳议中的"制",是仅有的前人所列而任昉《文章缘起》未立体者,但从《独断》所说:"制书,帝者制度之命也。其文曰制诰,三公赦令、赎令之属是也。刺史太守相劾奏,申下土,迁书文,亦如之。其征为九卿,若迁京师近官,则言官,具言姓名,其免若得罪,无姓。凡制书,有印使符,下远近,皆玺封。尚书令印重封。唯赦令、赎令、召三公诣朝堂受制书,司徒印封,露布下州郡。"①据此可以知道《文章缘起》中的玺书、诏等,都应该在"制"的范围之内,《文章缘起》把"制"做了拆分。又如"表"与"让表",《文章缘起》也明显做了拆分。

虽说《文章始序》称此为"秦汉以来文章名之始",但《文章缘起》并非只录"秦汉以来"的"文章名之始",还录有魏晋的"文章名之始",除了几例"文章名"的作者是魏代作家,如首列就是"三言诗,晋散骑常侍夏侯湛所作",又有"启,晋吏部郎山涛作《选启》","遗令,晋散骑常侍江统作","墓志,晋东阳太守殷仲文作从弟墓志","弹文,晋冀州刺史王深集《杂弹文》","碣,晋潘尼作《潘黄门碣》"。就此可以看到,《文章缘起》文体谱系所称"秦汉以来"是其上限,当然是包括作者之前的时代,这样就保持了所要论述的文体谱系的完整性。

第五节 颜之推"原出五经"的文体谱系

颜之推(531—595?),琅邪临沂(山东省临沂市)人,仕宦于南

---

① "制诰三公",或有点断为"制诰,三公",不确。据吴承学曰:秦汉时以丞相掌政务,太尉掌军事,御史大夫掌监察,合称"三公"。皇帝的制先通知三公,由三公去具体执行。"制诰三公"的"诰"是动词。其义本是制书下达到三公,由三公办理。汉代皇帝文书的例子,如《汉书·文帝纪》,文帝即位后大赦天下,其文曰:"制诰丞相、太尉、御史大夫……"这就是"制诰三公"的具体文本。制书当然也不一定由三公同时执行,有些也可以由三公之中的一位来执行。如《汉书·萧何传》景帝二年:"制诰御史……"《汉书·刑法志》:"天子怜悲其意,遂下令曰:'制诰御史……'"可见"制诰三公"是一种当时的公文格式,四字相连,似不宜中断。

朝梁至隋朝。颜之推早传家业,十二岁时听讲老庄之学,因"虚谈非其所好,还习《礼》《传》","好饮酒,多任纵,不修边幅"。① 颜之推博览群书,为文辞情并茂,得梁湘东王赏识,十九岁就被任为国左常侍。梁灭入北齐,官至黄门侍郎、平原太守,北齐灭,入北周,为御史上士。公元581年,隋代北周,于隋文帝开皇年间,被召为学士。其文学思想多见于《颜氏家训》。

一、颜之推文章"原出五经"说

颜之推继承前哲的观点,单独提出了文章"原出五经"的命题。《颜氏家训·文章》篇云:

> 夫文章者,原出五经:诏、命、策、檄,生于《书》者也;序、述、论、议,生于《易》者也;歌、咏、赋、颂,生于《诗》者也;祭、祀、哀、诔,生于《礼》者也;书、奏、箴、铭,生于《春秋》者也。②

提出二十种文体,分别"生于"五经的某一经。刘勰、颜之推等明确、具体地提出各体文章源出五经,影响甚大,"至此,顺流而下的古代学术的源流,与文学逐渐自觉之后逆流而上的文体溯源交汇在一起,五经为文体之源的说法遂成为普遍的观念"③。

从文体学的角度看,前代及魏晋南北朝的"文本于经"观念,主要有以下几种表现形态:

其一,直接从五经的篇目中获得文体名称,如伪孔安国《尚书序》称《尚书》的文体:"芟夷烦乱,翦截浮辞,举其宏纲,撮其机要,足以垂世立教,典、谟、训、诰、誓、命之文,凡百篇。"④其中的训、诰、誓、命,后世的同名文体就从其而来。文体名从"经"而来,自然显示出文体的源头,以及对这些文体的崇尚。

---

① 李百药《北齐书·文学·颜之推传》,中华书局,1972年,第617页。
② 颜之推撰,王利器集解《颜氏家训集解》,上海古籍出版社,1980年,第221页。
③ 吴承学《中国古代文体学研究》(增订本),中华书局,2022年,第140页。
④ 《尚书正义》,《十三经注疏》,上海古籍出版社,1997年,第114页。

其二，对文体渊源在于五经的论述，如挚虞《文章流别》称"古诗率以四言为体，而时有一句两句，杂在四言之间，后世演之，遂以为篇"①。所谓"古诗"就是指《诗经》。挚虞找到《诗经》中的三言句、五言句、六言句、七言句、九言句，以证后世诗歌都来源于对《诗经》的模仿或继承。

其三，以"经"为源，以文体为流，把文体分配列于各经之下，所建立的是以五经为纲的文体谱系。如前述《文心雕龙·宗经》把二十种文体分别归于五经之下，《颜氏家训·文章》亦是如此说法。明代黄佐《六艺流别》，把古代文体分别系于《诗》《书》《礼》《乐》《春秋》《易》六经之下，四库馆臣称"是书大旨以六艺之源皆出于经，因采摭汉魏以下诗文，悉以六经统之"②，"首次以选本的形式建构了一个'文本于经'的庞大的文体谱系"③。但其不恰当之处也是显见的，其中之一是多有牵强附会，这是不合乎各体文体形成与发展的实际情况的，馆臣评明代黄佐《六艺流别》时就这样说："刘勰作《文心雕龙》，始以各体分配诸经，指为源流所自，其说已涉于臆创。"④这也可以说是世人对文体出于"原出五经"说的一个普遍看法，既期望诸种文体在某些方面能够"宗经"，又期望能够更贴切地追溯诸种文体的源流。

二、"原出五经"下的文章地位

颜之推强调"文章"为社会、为朝廷的实用性观点，而说到"文章"与文人个人的关系，则强调政事第一、文学第二，他在上述话后又说：

> 朝廷宪章，军旅誓诰，敷显仁义，发明功德，牧民建国，施用

---

① 欧阳询《艺文类聚》卷五十六，上海古籍出版社，1982年，第1018页。
② 永瑢等《四库全书总目》，中华书局，1965年，第1746页。
③ 吴承学《中国古代文体学研究》（增订本），中华书局，2022年，第638—639页。
④ 永瑢等《四库全书总目》，中华书局，1965年，第1746页。

多途。至于陶冶性灵,从容讽谏,入其滋味,亦乐事也,行有余力,则可习之。①

从中我们可看到称文章"原出五经"的弊病,除了其"臆创"而不切合实际外,貌似抬高了文学的地位,实则贬低了文学的地位。这就是把文学列为"经"的附庸,"经"的作用在于为政事服务,那么,文学的作用也在于为政事服务,于是文学"陶冶性灵,从容讽谏,入其滋味,亦乐事也"的功能,则是"行有余力,则可习之"。清代人对此看得很清楚,馆臣评黄佐《六艺流别》时就说,"文本于经之论,千古不易,特为明理致用而言"②,就是这个意思。而萧统《文选序》不称文章"原出五经",实则提高了"文"本身所应具有的独立地位与创作各体文章的文人主体的自信。因此,萧统《文选序》不称文章"原出五经"而强调"文"的"随时变改",是从文体上论证了"文"的自觉与"文"的独立。

颜之推推崇文章"原出五经",虽然说在实际上是贬低文学的地位,但他又不是特意贬低文学的地位,只是突出政事第一、文学第二而已,比如《文章》篇就对扬雄轻视文学提出批评:

> 或问扬雄曰:"吾子少而好赋?"雄曰:"然。童子雕虫篆刻,壮夫不为也。"余窃非之曰:虞舜歌《南风》之诗,周公作《鸱鸮》之咏,吉甫、史克《雅》《颂》之美者,未闻皆在幼年累德也。孔子曰:"不学《诗》,无以言。""自卫返鲁,乐正,《雅》《颂》各得其所。"大明孝道,引《诗》证之。扬雄安敢忽之也?若论"诗人之赋丽以则,辞人之赋丽以淫",但知变之而已,又未知雄自为壮夫何如也?③

批评扬雄称赋为"童子雕虫篆刻,壮夫不为"的说法,称其与孔子的

---

① 颜之推撰,王利器集解《颜氏家训集解》,上海古籍出版社,1980年,第221页。
② 永瑢等《四库全书总目》,中华书局,1965年,第1746页。
③ 颜之推撰,王利器集解《颜氏家训集解》,上海古籍出版社,1980年,第241—242页。

说法不同。《文章》篇又载:

> 齐世有席毗者,清干之士,官至行台尚书,嗤鄙文学,嘲刘逖云:"君辈辞藻,譬若荣华,须臾之玩,非宏才也;岂比吾徒千丈松树,常有风霜,不可凋悴矣!"刘应之曰:"既有寒木,又发春华,何如也?"席笑曰:"可哉!"①

此以"既有寒木,又发春华"来称政事与文学可以并存,不必偏废。

有时,颜之推从家训的角度、从政治危险的角度讲,称奏疏之类的政事文字应该少写或不写,如《省事》篇载:

> 上书陈事,起自战国,逮于两汉,风流弥广。原其体度:攻人主之长短,谏诤之徒也;讦群臣之得失,讼诉之类也;陈国家之利害,对策之伍也;带私情之与夺,游说之俦也。总此四涂,贾诚以求位,鬻言以干禄。或无丝毫之益,而有不省之困……非士君子守法度者所为也。②

讲撰作"上书陈事"之类文字常常会有"不省之困",即有考虑不清楚之处,于是会有意外之祸。

三、学问与文章的文体不同

颜之推的时代,经学除了道统的意义外,已经被当作学问来看,在颜之推重学问的态度下,他常常把文章之事与学问研究联系起来,虽然说在文学创作问题上显出厚重的学究气,但也显示出他对文章创作与学术研究这两大不同文体的思考,这些思考集中在《颜氏家训·文章》中。

颜之推讲学术研究与文学创作的功力不同:

> 学问有利钝,文章有巧拙。钝学累功,不妨精熟;拙文研

---

① 颜之推撰,王利器集解《颜氏家训集解》,上海古籍出版社,1980年,第247页。
② 同上书,第303—304页。

思,终归蚩鄙。但成学士,自足为人。必乏天才,勿强操笔。①

讲研究学问与创作文章是两种性质不同的才华,前者依靠功夫,后者需要天赋;从文体学上讲,这也是研究"论文"的文体与文学创作的文体的不同,不同的文体需要不同的才华。颜之推又举出其亲眼所见的实例:

> 吾见世人,至无才思,自谓清华,流布丑拙,亦以众矣,江南号为"诊痴符"。近在并州,有一士族,好为可笑诗赋,誂撆邢、魏诸公,众共嘲弄,虚相赞说,便击牛酾酒,招延声誉。其妻,明鉴妇人也,泣而谏之。此人叹曰:"才华不为妻子所容,何况行路!"至死不觉。自见之谓明,此诚难也。②

这是说没有创作文学文体的才思,却"自谓清华"要从事文学创作。试想他如果把功夫下在学问研究上,按颜之推所说"钝学累功,不妨精熟","但成学士,自足为人";但他执迷不悟,"拙文研思,终归蚩鄙"。

颜之推讲某些文体规范时,也是从学问的角度讲的,又如:

> 凡诗人之作,刺箴美颂,各有源流,未尝混杂,善恶同篇也。陆机为《齐讴篇》,前叙山川物产风教之盛,后章忽鄙山川之情,殊失厥体。③

称《齐讴篇》之类的土风,本来的传统是备言该地之美,而陆机《齐讴篇》则前"盛"而后"鄙",违反了"刺箴美颂"的"源流"。于是反问道:如果不歌其"美"的话,那么"其为《吴趋行》,何不陈子光、夫差乎?《京洛行》,胡不述赧王、灵帝乎?"④即这几首拟作的土风为什么又不称说反面的人物呢?

颜之推曾指出不明学术则诗歌创作就会误用典故的情况,如

---

① 颜之推撰,王利器集解《颜氏家训集解》,上海古籍出版社,1980年,第237页。
② 同上。
③ 同上书,第265页。
④ 同上。

《勉学》篇载,"鹊起"的原典之义在"庄生有乘时鹊起之说",谢朓诗"鹊起登吴台",有人未读《庄子》之书,又不知谢朓用典的缘由,贸然把它用在七夕的乌鹊天河搭桥上,称"今夜吴台鹊,亦共往填河",就不对了。又载,《罗浮山记》云:"望平地树如荠。"故戴暠诗云:"长安树如荠。"而有人不知其来历,作《咏树诗》云:"遥望长安荠。"所谓"寻问莫知原由,施安时复失所"。①

颜之推又常常把学问与文学创作联系在一起,以治学的态度要求文学,指出前人文学创作时因欠缺学术而导致用典之误的情况:

> 自古宏才博学,用事误者有矣;百家杂说,或有不同,书傥湮灭,后人不见,故未敢轻议之。今指知决纰缪者,略举一两端以为诫。《诗》云:"有鹭雉鸣。"又曰:"雉鸣求其牡。"毛传亦曰:"鹭,雌雉声。"又云:"雉之朝雊,尚求其雌。"郑玄注《月令》亦云:"雊,雄雉鸣。"潘岳赋曰:"雊鹭鹭以朝雊。"是则混杂其雄雌矣。《诗》云:"孔怀兄弟。"孔,甚也;怀,思也,言甚可思也。陆机《与长沙顾母书》,述从祖弟士璜死,乃言:"痛心拔脑,有如孔怀。"心既痛矣,即为甚思,何故方言有如也?观其此意,当谓亲兄弟为孔怀。《诗》云:"父母孔迩。"而呼二亲为孔迩,于义通乎?《异物志》云:"拥剑状如蟹,但一螯偏大尔。"何逊诗云:"跃鱼如拥剑。"是不分鱼蟹也。《汉书》:"御史府中列柏树,常有野鸟数千,栖宿其上,晨去暮来,号朝夕鸟。"而文士往往误作乌鸢用之。《抱朴子》说项曼都诈称得仙,自云:"仙人以流霞一杯与我饮之,辄不饥渴。"而简文诗云:"霞流抱朴碗。"亦犹郭象以惠施之辨为庄周言也。《后汉书》:"囚司徒崔烈以银铛镊。"银铛,大镊也;世间多误作金银字。武烈太子亦是数千卷学士,尝作诗云:"银镊三公脚,刀撞仆射头。"为俗所误。②

---

① 颜之推撰,王利器集解《颜氏家训集解》,上海古籍出版社,1980年,第202页。
② 同上书,第266—267页。

他指出了一些可称为大文豪的"用事"之误。又如,指出文人创作地理方面的失误:

> 文章地理,必须惬当。梁简文《雁门太守行》乃云:"鹅军攻日逐,燕骑荡康居,大宛归善马,小月送降书。"萧子晖《陇头水》云:"天寒陇水急,散漫俱分泻,北注徂黄龙,东流会白马。"此亦明珠之颣,美玉之瑕,宜慎之。①

其实,诗人兴致所到,诗歌文体是不必拘泥这样的问题的;但学术研究文体则必须注意这样的问题。

颜之推又从学问的角度讲文学创作的典实运用,如:

> 《吴均集》有《破镜赋》。昔者,邑号朝歌,颜渊不舍;里名胜母,曾子敛襟:盖忌夫恶名之伤实也。破镜乃凶逆之兽,事见《汉书》,为文幸避此名也。②

此指"破镜乃凶逆之兽",为文不可轻易咏之。

> 比世往往见有和人诗者,题云敬同,《孝经》云:"资于事父以事君而敬同。"不可轻言也。③

"敬同"用于"事父""事君",不可用于诗人之间。

> 梁世费旭诗云:"不知是耶非。"殷沄诗云:"飘扬云母舟。"简文曰:"旭既不识其父,沄又飘扬其母。"此虽悉古事,不可用也。④

这些是读音相同而应有所避讳的例子。

> 世人或有文章引《诗》"伐鼓渊渊"者,《宋书》已有屡游之诮;如此流比,幸须避之。北面事亲,别舅摛《渭阳》之咏;堂上

---

① 颜之推撰,王利器集解《颜氏家训集解》,上海古籍出版社,1980年,第271页。
② 同上书,第255页。
③ 同上。
④ 同上书,第255—256页。

养老,送兄赋桓山之悲,皆大失也。举此一隅,触涂宜慎。①

反过来讲,如果对古代典实能够理解得更准确一些,当然不会有这样的失误。

颜之推或从学问的角度辨析文体,其云:

> 挽歌辞者,或云古者《虞殡》之歌,或云出自田横之客,皆为生者悼往告哀之意。陆平原多为死人自叹之言,诗格既无此例,又乖制作本意。②

他从历史起源探讨出挽歌辞"皆为生者悼往告哀之意",于是称陆机的创作"多为死人自叹之言"一乖"诗格",二乖"制作本意"。从文体史的探讨来说,颜之推以学术研究增强了论述的说服力;但从文体的创新角度来说,陆机的作法则亦有意味,值得肯定。

颜之推《颜氏家训·文章》,以学术文体来探讨文章文体,讨论了学术文体与文章文体的差异,讨论了学术文体撰作者与文章文体创作者在才华、努力方面的差异,以学术文体讨论文章文体应该避免的失误,这些都是其前辈较少关注的文体。颜之推的论述,是针对经学研究、学术研究与文学创作的差异而言,从文体学上讲,则是讨论"文""笔"的不同,这是魏晋南北朝"文笔之辨"的内容,以下将有详论。

---

① 颜之推撰,王利器集解《颜氏家训集解》,上海古籍出版社,1980年,第256页。
② 同上书,第264页。

第五章 萧统《文选》的文体分类与文体谱系

萧统(501—531),字德施,小字维摩,其父萧衍建立梁朝,萧统于天监元年(502)十一月被立为皇太子。生而聪慧,天性孝敬恭谨,多引纳才学之士,常爱无倦,一起讨论典籍,或商榷古今,继而著述文章。谥昭明,世称昭明太子。萧统著有文集二十卷,又编撰古今典诰文言为《正序》十卷,《南史》称其编撰五言诗之善者为《英华集》二十卷,《梁书》称其编撰五言诗之善者为《文章英华》二十卷。《隋书·经籍志》著录萧统有《古今诗苑英华》十九卷、《文章英华》三十卷,则《英华集》为两种。《正序》与《英华集》唐代已亡,其所编撰《文选》三十卷,流传至今。

萧统具有很高的文学才华。刘孝绰《昭明太子集序》称扬萧统的文学创作:

> 至于宴游西园,祖道清洛,三百载赋,该极连篇。七言致拟,见诸文学,博弈兴咏,并命从游。书令视草,铭非润色,七穷炜烨之说,表极远大之才。皆喻不备体,词不掩义,因宜适变,曲尽文情。①

萧统具有很高的文学理论水平。刘孝绰《昭明太子集序》称萧统当日与诸学士讨论理论的情况:

> 去圣滋远,愈生穿凿,枝分叶散,殊路偕驰。灵台辟雍之疑,禋宗祭社之缪,明章申老之议,通颜理王之说。量核然否,剖析同异;察言抗论,穷理尽微。于时淹中、稷下之生,金

---

① 萧统撰,俞绍初校注《昭明太子集校注》,中州古籍出版社,2001年,第245页。

华、石渠之士,莫不过衢樽而抱多少,见斗极而晓西东。与夫尽春卿之道,赞仲尼之宅,非贾谊于苏林,问萧何于枣据。区区前史,不亦恧欤。①

这是讲当时讨论诸如"灵台辟雍之疑,禘宗祭社之缪"之类的问题,萧统能够"明章申老之议,通颜理王之说";总而言之,就是"量核然否,剖析同异;察言抗论,穷理尽微"。于是刘孝绰盛赞其超越前朝,所谓"区区前史,不亦恧欤"。萧统对文风、文体问题也有较多的关注。刘孝绰《昭明太子集序》称:

窃以属文之体,鲜能周备。长卿徒善,既累为迟。少孺虽疾,俳优而已。子渊淫靡,若女工之蠹。子云侈靡,异诗人之则。孔璋词赋,曹祖劝其修今。伯喈答赠,挚虞知其颇古。孟坚之颂,尚有似赞之讥。士衡之碑,犹闻类赋之贬。②

历代文士的文学创作有各自的特点,或长处,或短处,这些都是萧统关注的问题。萧统具有校勘古书的经历与经验。萧纲《昭明太子集序》称萧统之德:

借书治本,远记齐攽,一见自书,闻之阙泽。事唯列国,义止通人,未有降贵纡尊,躬刊手掇。高明斯辩,己亥无违,有识□风,长正鱼鲁。③

校勘古书之类本是秘书监的事,而萧统则"降贵纡尊,躬刊手掇"。"高明斯辩"四句,是说萧统校勘古书能发现错处。萧统亲自做的这些工作为其编撰大型书籍奠定良好的基础。萧统又"泛览词林",阅读浏览过许多古籍。这些都说明萧统具备编纂大型总集的素质。

《文选》,又称《昭明文选》,是中国现存的最早一部诗文总集,上

---

① 萧统撰,俞绍初校注《昭明太子集校注》,中州古籍出版社,2001年,第244—245页。
② 同上书,第245页。
③ 同上书,第250页。

起先秦,下至梁初,收录丰富。《文选序》①称其选录标准为"略其芜秽,集其清英",称不录经、子、史、语,称其或"不以能文为本",或"事异篇章""方之篇翰,亦已不同",而只录"篇章""篇翰""篇什"的集部文字。其又称史书"赞论之综缉辞采,序述之错比文华,事出于沉思,义归乎翰藻",亦有所录;于是有研究者把"事出于沉思,义归乎翰藻"作为《文选》的选录标准,虽不确切,但也事出有因,有相当的依据。

第一节 《文选》的文体分类

一、文分三十七类

《文选》的文体分类,根据现在常见的版本,一般认为是三十七类,即赋、诗、骚、七、诏、册、令、教、策文、表、上书、启、弹事、笺、奏记、书、檄、对问、设问、辞、序、颂、赞、符命、史论、史述赞、论、连珠、箴、铭、诔、哀、碑文、墓志、行状、吊文、祭文。骆鸿凯《文选学·义例第二》认为三十八类者,即在"书"体后多"移"体。又有认定三十九类者,在"移"体后多"难"体。

《文选序》论各类文体:

> 古诗之体,今则全取赋名。荀、宋表之于前,贾、马继之于末。自兹以降,源流实繁。述邑居,则有"凭虚""亡是"之作。戒畋游,则有《长杨》《羽猎》之制。若其纪一事,咏一物,风云草木之兴,鱼虫禽兽之流,推而广之,不可胜载矣。

《文选》中赋为首列。这里说赋从《诗经》"六义"之一而来,起始于

---

① 本章所录《文选序》,全见萧统编,李善注《文选》,中华书局,1977年,第1—2页。

荀子、宋玉,兴盛于贾谊、司马相如。"源流实繁"云云,则是赋的类型分类,但《文选》赋分为十五类,并不与此相同。

  又楚人屈原,含忠履洁,君匪从流,臣进逆耳,深思远虑,遂放湘南。耿介之意既伤,壹郁之怀靡诉。临渊有"怀沙"之志,吟泽有"憔悴"之容。骚人之文,自兹而作。

此处一是以《离骚》代称《楚辞》作品,并称"骚人之文,自兹而作",二是在诗前叙"骚",三是以崇敬的语气称说屈原及其创作,都表现出对《离骚》的崇尚。

  诗者,盖志之所之也。情动于中,而形于言。《关雎》《麟趾》,正始之道著。桑间濮上,亡国之音表。故风雅之道,粲然可观。自炎汉中叶,厥涂渐异:退傅有"在邹"之作,降将著"河梁"之篇。四言五言,区以别矣。又少则三字,多则九言,各体互兴,分镳并驱。

把诗与"正始""亡国"联系起来,所谓"风雅之道,粲然可观",可见对诗的政教作用的注重。又给诗以三、四、五、九言分体类。

  颂者,所以游扬德业,褒赞成功。吉甫有"穆若"之谈,季子有"至矣"之叹,舒布为诗,既言如彼。总成为颂,又亦若此。

此处尊《诗经》之《颂》与《大雅·烝民》"吉甫作诵,穆如清风"为"颂"的体制起源。

  次则箴兴于补阙,戒出于弼匡,论则析理精微,铭则序事清润,美终则诔发,图像则赞兴。

论"箴""戒""诔""赞"则示以文体产生的目的,论"论""铭"则叙其文体特点。

  又:诏、诰、教、令之流,表、奏、笺、记之列,书、誓、符、檄之品,吊、祭、悲、哀之作,答客、指事之制,三言、八字之文,篇、辞、引、序、碑、碣、志、状，众制锋起，源流间出。

萧统的文体论述，赋、骚、诗详论，"箴""戒""诔""赞""论""铭"简论，其他则只列出了文体名目。以下萧统叙说这些文体的总特点：

譬陶匏异器，并为入耳之娱。黼黻不同，俱为悦目之玩。作者之致，盖云备矣！

他是从读者鉴赏的角度谈。

上述所论文体，多与《文选》的类别相同，也有《文选》未录者，如诰、誓、篇、碣等，也有《文选》所录而此处未述者，如启、弹事、史论、史述赞等。

从《文选序》叙诗的"各体互兴"，有"四言五言，区以别矣""少则三字，多则九言"，虽然在《文选》的具体分类中并未实行，但可以看出，从观念上讲，萧统已经认为文体的诗之下，还有"四言""五言""三字""九言""各体"，也就是说，文体分类是二级制的。

我们从《文选》的文体分类得知时代的文体观念，但后世对《文选》的文体分类多少有点看法或意见。如章学诚称，《封禅》《美新》《典引》皆为颂，不该"别类其体为'符命'"；不赞成"史论之外，别出一体"为"史述赞"体；不赞成有"策问"体而"别名曰诏"体；不赞成"设问"体外又设"七""难"体；①等等。但文体分类也自有传统，比如"七"体，自《文章流别》就自成一体，从《文章流别》有独立论述《七发》的文字可见，《文选》录《七发》不入"设问"而独立成体，当自《文章流别》而来。后世的文体分类有更细化者，如明代吴讷《文章辨体》、徐师曾《文体明辨》所录文体，都在百余种以上；清代姚鼐《古文辞类纂》，文体分为论辨、序跋、奏议、书说、赠序、诏令、传状、碑志、杂记、箴铭、颂赞、辞赋、哀祭十三类。

---

① 章学诚著，叶瑛校注《文史通义校注》，中华书局，1985年，第81页。

二、《文选》对《文章流别》的承袭

文体辨析、文体命名有一个历时性的进程,如《后汉书·冯衍传》载:

> (衍)居贫年老,卒于家。所著赋、诔、铭、说、《问交》、《德诰》、《慎情》、书记说、自序、官录说、策五十篇,肃宗甚重其文。①

冯衍所著既有"篇章"《问交》《德诰》《慎情》之类,又有其他文体。而随着历史进程,各种篇章也渐渐都应该有自己的类别,也就是说,文体辨析越来越清晰的标志,应该是每一种文体都有确切的命名;文体辨析进步的标志,就是文体命名的确切化。

《文选》有"史述赞"类,内收班孟坚《史述赞三首》,《文选》中这三首的题名分别是《述高纪第一》《述成纪第十》《述韩英彭卢吴传第四》,如此,这三首的文体又该是"述"。《文选》如此命名,当来自挚虞的《文章流别》,《文心雕龙·颂赞》曾这样说:

> 及迁《史》固《书》,托赞褒贬,约文以总录,颂体以论辞;又纪传后评,亦同其名。而仲洽《流别》,谬称为述,失之远矣。②

黄侃《文选平点》指出:"然则昭明承仲洽之误者也。"③

《文选》有"七"体,录枚乘《七发》、曹子建《七启》、张景阳《七命》。钱锺书《管锥编》云:

> 章学诚《文史通义》内篇一《诗教》下痛诋昭明《文选》体例之谬,有曰:"《七林》之文,皆设问也;今以枚生发问有七而遂标为《七》,则《九歌》《九章》《九辩》,亦可标为《九》乎?"其言是也,然归咎昭明则过矣。昭明承前人旧称耳,名之不正,非自彼

---

① 范晔《后汉书》,中华书局,1965年,第1003页。
② 刘勰撰,詹锳义证《文心雕龙义证》,上海古籍出版社,1989年,第342页。
③ 黄侃《文选平点》,中华书局,2006年,第572页。

始。《隋书·经籍志》四有谢灵运所集《〈七〉集》一〇卷、又卞景所集《〈七〉林》一三卷,书亡今不可稽,然顾名思义,足见昭明乃从众而非杜撰。①

其实,所谓"昭明承前人旧称"者,"七"体乃自《文章流别》就自成一体,从《文章流别》有独立论述《七发》的文字可见,《文选》录《七发》不入"设问"而独立成体当自《文章流别》而来。

《文选》有"骚"体,《文章流别》入"骚"为赋,所谓"楚词之赋,赋之善者也。故扬子称赋莫深于《离骚》"云云。

第二节 萧统《文选》诗、赋的事类相分

前已述《文章流别》在诗、赋下的分体或类型相分,如诗分三言、四言、五言、六言、七言、九言,又单述赠答之作与代作诗;赋有《幽通》《思玄》《玄表》之类和"纪行""田猎"诸类。而《文选》的"类分"则显示出系统性。

一、《文选》的"类分"

"集",即集合;"集",又有辑睦、安定的意思。上面两个意思相合,就引出作品在"集"中是否辑睦、安定的问题;落实到编次问题,就是作品依照什么原则栖止、安顿在总集中,其编排原则与编排次序如何。当《文选》以文体分类来编排所录作品时,关于文体内部的顺序,《文选序》这样说:

> 凡次文之体,各以汇聚。诗赋体既不一,又以类分。类分之

---

① 钱锺书《管锥编》,中华书局,1986年,第904页。

中,各以时代相次。①

明言所录之赋、诗是要"类分"的,这种"类分"基本上是以题材类型分类。

萧统《文选》诗分二十三类,从其类别的名称可知其分类的依据有如下三种:

其一,以作诗的外在目的为主,此类有补亡、献诗、赠答、杂拟。它们的共同特点,在于都有一个为何人而作或因何事而作的问题,献诗、赠答为前者,补亡、杂拟为后者。

其二,以诗作的内容为主,此类有述德、劝励、公宴、祖饯、咏史、百一、游仙、招隐、反招隐、游览、咏怀、哀伤、行旅、军戎、郊庙、挽歌、杂诗。它们的共同特点,在于类别名称中已含有诗作的内容意味。

其三,以作诗的体式分类,有乐府、杂歌。其实,自汉以来人们就视它们为与诗不同之体。

除去本与诗不同体的乐府、杂歌,萧统确实以"事"来给诗分类,或为作诗目的之"事",或为诗作内容之"事"。那么,具有"事"(题材)要素的类别名称的得来,又有两种情况:一是直接取自诗题或诗题中的一部分,如补亡、述德、公宴、咏史、百一、游仙、招隐、反招隐、咏怀、郊庙、挽歌、杂诗、杂拟。二是概括诗题之义而成,有时兼顾诗作内容,如劝励,即概括诗题"讽谏""励志"之义而成;献诗,概括"上责躬""应诏"的诗题之义与《关中诗》的产生背景、具体内容而成;祖饯,是诗题中"送"或"别"的另一种说法;游览,概括诗题中的"游"之类字眼与诗作的游览内容而成;哀伤,既有诗题中的"哀",又有诗作内容的哀伤;赠答,合诗题中的"赠"或"答"而成;行旅,概括诗题与诗作内容的行旅意味而成;军戎,是诗题"从军"的另一说法。当然,诗题本身情况更为复杂,往往兼有二"事",或标出作

---

① 萧统编,李善注《文选》,中华书局,1977年,第1—2页。此节所录《文选序》均见于此。

诗的外在目的与诗作内容二者，如公宴类范晔《乐游应诏》，从"应诏"二字看可入献诗类，游览类谢灵运《从游京口北固应诏》亦可入献诗类；或诗作兼有两类内容，如谢朓《暂使下都夜发新林至京邑赠西府同僚》，兼合赠答与行旅；或诗题上标出了两类作诗目的，如赠答类范云《古意赠王中书》，从"古意"看可入杂拟类。最值得注意的是诗题上标出作诗的外在目的与作诗体式二者，如袁淑《效白马篇》、鲍照《代君子有所思》，萧统以其诗题中有"效""代"入杂拟类，但此二者实为乐府之作，乐府之作无论诗题中有无"效""代""拟"等字眼，都是乐府之作，萧统过分地强调其内容要素而已。总之，上述例子是要说明萧统分类时对内容要素的看重。

汉末蔡邕《礼乐志》称"汉乐四品"为：

> 一曰《大予乐》，典郊庙、上陵、殿诸食举之乐。……二曰《周颂雅乐》，典辟雍、飨射、六宗、社稷之乐。……三曰《黄门鼓吹》，天子所以宴乐群臣。①

> 汉乐四品，其四曰短箫铙歌，军乐也。②

乐府本多以音乐曲调的不同分类，但蔡邕此处又强调其作用及内容的不同并以之分类。

萧统《文选》赋为十五类，计为：京都、郊祀、耕籍、畋猎、纪行、游览、宫殿、江海、物色、鸟兽、志、哀伤、论文、音乐、情。其中，郊祀、耕籍、论文诸类各仅一篇。萧统在《文选序》中讲赋的分类：

> 古诗之体，今则全取赋名。荀、宋表之于前，贾、马继之于末。自兹以降，源流实繁。述邑居，则有"凭虚""亡是"之作；戒畋游，则有《长杨》《羽猎》之制。若其纪一事，咏一物，风云草木之兴，鱼虫禽兽之流，推而广之，不可胜载矣。

---

① 司马彪《后汉书志·礼仪中》引，范晔《后汉书》，中华书局，1965年，第3131—3132页。
② 郭茂倩编《乐府诗集·鼓吹曲辞》题解，中华书局，1979年，第223页。

所谓"纪一事,咏一物",是从宏观上对赋的文体功能的阐述,尚不能称为完全的赋的分类,那么,《文选序》中讲的赋的分类只有"述邑居"与"戒畋游"二者。"述邑居"之"'凭虚''亡是'之作","凭虚"是张衡《西京赋》中的人物,"亡是(公)"是《子虚》《上林》中的人物,二赋皆属"苑囿"。于是,"'凭虚''亡是'之作"与"《长杨》《羽猎》之制"均在《文选》"畋猎"类。

赋的以类型分,班固《汉书·艺文志·诗赋略》共五类,第五类是诗,此处不述;赋分为四类,屈原赋之属、陆贾赋之属、荀卿赋之属、杂赋,刘师培《论文杂记》对《汉书·艺文志》的分类有详细的解释,其云:"客主赋以下十二家,皆汉代之总集类也",其他为"分集之赋,复分三类",有写怀之赋,即所谓言深思远,以达一己之中情者也,屈原以下二十家是也;有骋辞之赋,即所谓纵笔所如,以才藻擅长者也,陆贾以下二十一家是也;有阐理之赋,即所谓分析事物,以形容其精微者也,荀卿以下二十五家是也。① 写怀之赋、阐理之赋以内容题材分,骋辞之赋以形式辞采分。

二、《文选》的"类分"与佛典、别集的以事类相分

佛典总集多用"随类相从""以事类相附"的编次方法。沈约《内典序》称编次体例为"事以例分,义随理合":

> 是故曲辨情灵,栖心妙典,服膺空有之说,博综兼忘之书,该括群流,集成兹典。事以例分,义随理合。功约悟广,莫尚于斯。可以理求,证为妙果。②

沈约《佛记序》称其编次:

> 博寻经藏,搜采注说,条别流分,各以类附。日少功多,可用

---

① 刘师培《中国中古文学史 论文杂记》,人民文学出版社,1959 年,第 115—116 页。
② 沈约撰,陈庆元校笺《沈约集校笺》,浙江古籍出版社,1995 年,第 177 页。

譬此，名曰《佛记》，凡三十篇。①

又如《弘明集》，虽不像唐人所编《广弘明集》明确标类，却也围绕几个道俗论争的问题来编辑，僧祐《弘明集序》云：

> 山栖余暇，撰古今之明篇，总道俗之雅论，其有刻意剪邪，建言卫法，制无大小，莫不毕采。又前代胜士，书记文述，有益三宝，亦皆编录，类聚区分，列为十四卷。②

又有梁时高僧慧皎《高僧传》以佛教十科分类记叙了自汉明帝永平十年（67）至梁天监十八年（519）之间五百零一位高僧的生平事迹。这十科是：一曰译经，二曰义解，三曰神异，四曰习禅，五曰明律，六曰亡身，七曰诵经，八曰兴福，九曰经师，十曰唱导。佛教总集的目的就是叙说佛典具体内容，为了更好地实现目的，于是分类详述。此处所述的佛典与《文选》产生的时间相仿，但佛典肯定是早于《文选》的，因此，佛典的以事类相分，对《文选》的"类分"应该是有所影响的。

又，别集有以事类分篇分卷者，陈寿《进诸葛亮集表》说：

> （诸葛）亮毗佐危国，负阻不宾，然犹存录其言，耻善有遗，诚是大晋光明至德，泽被无疆，自古以来，未之有伦也。辄删除复重，随类相从，凡为二十四篇，篇名如右。③

《诸葛亮集》目录为：

开府作牧第一	权制第二	南征第三
北出第四	计算第五	训厉第六
综核上第七	综核下第八	杂言上第九
杂言下第十	贵和第十一	兵要第十二
传运第十三	与孙权书第十四	与诸葛瑾书第十五

---

① 沈约撰，陈庆元校笺《沈约集校笺》，浙江古籍出版社，1995年，第180—181页。
② 僧祐撰，李小荣校笺《弘明集校笺》，上海古籍出版社，2013年，第4页。
③ 诸葛亮《诸葛亮集》，中华书局，1960年，第21页。

与孟达书第十六　　废李平第十七　　法检上第十八
　　法检下第十九　　科令上第二十　　科令下第二十一
　　军令上第二十二　军令中第二十三　军令下第二十四
　　右二十四篇，凡十万四千一百一十二字。①

清人张澍编《诸葛忠武侯文集》，对陈寿的话下案语曰：

> 陈寿《进集表》有云："删除复重，以类相从。"知二十四篇乃是总目，其诏、表、疏、议、书、教、戒、令、论、记、碑、笺，各以事类相附，不以文体次比也。②

于是我们知道，别集的编次方法之一是"以类相从""以事类相附"；这应该也对《文选》的"类分"有所影响。

沈约《(梁)武帝集序》云编次体例：

> 窃唯左史记言，右史记事，君举必书，无论大小。况乎感而后思，思而后积，积而后满，满而后言，若斯而已哉！谨因事之名，随源编次。③

所谓"因事之名"，即根据事类确立篇名卷名；"随源编次"，即根据文章撰作的源出来编次，也是一种"以事类相附"。

别集如此编次也是可以理解的。编撰别集的目的，不仅仅是保存某人的作品，更重要的是了解某人到底写了些什么、有怎样的思想，那么，按照作品的内容来分类，更容易实现这个目标。

三、文体内部的依题材事类而分

文体，是指独立成篇的文本体裁(或样式、体制)，是文本构成的规格和模式，一种独特的文化现象，虽反映的是文本从内容到形式的整体特点，但属于形式范畴。文体的另一含义就是风格，如南齐

---

① 诸葛亮《诸葛亮集》卷首，中华书局，1960年，第22—23页。
② 同上书，第23页。
③ 沈约撰，陈庆元校笺《沈约集校笺》，浙江古籍出版社，1995年，第173页。

张融《戒子》所说"吾文体英绝,变而屡奇"①。梁钟嵘《诗品》所谓"宋征士陶潜诗,其源出于应璩,又协左思风力,文体省静,殆无长语"之文体②,陶潜的诗还是五言,其"文体"的"省静,殆无长语",原因之一为其题材事类与他人不同,是叙写田园生活的。而沈约《宋书·谢灵运传论》:

> 自汉至魏,四百余年,辞人才子,文体三变。相如巧为形似之言,班固长于情理之说,子建、仲宣,以气质为体,并标能擅美,独映当时。是以一世之士,各相慕习,原其飚流所始,莫不同祖《风》《骚》,徒以赏好异情,故意制相诡。③

其所称"文体三变"是指时代风格的不同。

上述文体的两种意味,题材或事类在其中起着沟通、桥梁的作用。而《文选》所录赋、诗以题材、事类相分,从文体学上来说,也是一种谱系。

第三节 萧统《文选》的文体谱系

一、《文选》不录经、子、史、语

前述《文章流别》录文不限于集部,那么《文选》又如何呢?《文选序》称不录经部文字,其云:

> 若夫姬公之籍,孔父之书,与日月俱悬,鬼神争奥,孝敬之准式,人伦之师友;岂可重以芟夷,加之剪截。④

---

① 萧子显《南齐书》,中华书局,1972年,第729页。
② 钟嵘撰,曹旭集注《诗品集注》,上海古籍出版社,1994年,第260页。
③ 沈约《宋书》,中华书局,1974年,第1778页。
④ 萧统编,李善注《文选》,中华书局,1977年,第1—2页。此节所录《文选序》,均见于此。

这是认为,一是经部文字与《文选》所录作品性质不同,二是经部文字不能"重以芟夷,加之剪截"成为单篇文章。《文选序》又称不录子部文字,其云:

> 老、庄之作,管、孟之流,盖以立意为宗,不以能文为本,今之所撰,又以略诸。

本已称不录诸子之作,却又收录《典论·论文》、贾谊《过秦论》等;因为这些文章本已独立单行,可视为属于某种文体。《文选序》又称不录"语流千载"之"语"的文字,原因即在于其已"概见坟籍,旁出子史",其云:

> 若贤人之美辞,忠臣之抗直,谋夫之话,辨士之端,冰释泉涌,金相玉振,所谓坐狙丘,议稷下,仲连之却秦军,食其之下齐国,留侯之发八难,曲逆之吐六奇,盖乃事美一时,语流千载,概见坟籍,旁出子史,若斯之流,又亦繁博。虽传之简牍,而事异篇章,今之所集,亦所不取。

《文选序》又称不录史部文字:

> 至于记事之史,系年之书,所以褒贬是非,纪别异同,方之篇翰,亦已不同。

但史部某些独立单行的文章还是可以录的,如:

> 若其赞论之综缉辞采,序述之错比文华,事出于沉思,义归乎翰藻,故与夫篇什,杂而集之。

因为"赞论""序述"具有"综缉辞采""错比文华"以及"事出于沉思,义归乎翰藻"的特点,且又可以像"篇章""篇翰",那就可以"集之"。

从萧统《文选》对不录经、子、史、语的文字的阐述,以及对所录者为"篇章""篇翰""篇什"的论述,可知依文体谱系,以文体为中心,而不是依附于别的什么的宗旨,已经得到了确立。

二、萧统论文体的"随时变改"

《文选序》在谈文体的形成与变化时,力主"随时变改",其云:

> 若夫椎轮为大辂之始,大辂宁有椎轮之质;增冰为积水所成,积水曾微增冰之凛。何哉?盖踵其事而增华,变其本而加厉。物既有之,文亦宜然,随时变改,难可详悉。

这是在说"文"的"随时变改"的理论依据,即"文"与自然界的万事万物一样,都处于"随时变改"之中,但这些"随时变改"是"难可详悉"的,所以要"尝试论之"。

首先,萧统论证赋这一文体是怎样"变改"而来的:

> 《诗序》云,《诗》有六义焉:一曰风;二曰赋;三曰比;四曰兴;五曰雅;六曰颂。至于今之作者,异乎古昔。古诗之体,今则全取赋名。荀宋表之于前,贾马继之于末。自兹以降,源流实繁。

萧统认为赋是由"古诗之体""变改"而来;相比挚虞认为古今差异是不正常的,萧统则肯定"今之作者,异乎古昔",认为这是正常的现象,进而论述其"自兹以降,源流实繁"的具体情况。

其次,萧统论证"骚"这一文体是怎样"随时变改"而来的:

> 又楚人屈原,含忠履洁,君匪从流,臣进逆耳,深思远虑,遂放湘南。耿介之意既伤,壹郁之怀靡诉,临渊有怀沙之志,吟泽有憔悴之容。骚人之文,自兹而作。

这段文字在述说文体"随时变改"时更强调其创造性,"骚人之文"是与《诗经》没有牵连的全新文体,是屈原自创的,即所谓"骚人之文,自兹而作"。

其三,萧统论证诗这一文体是怎样"随时变改"的:

> 自炎汉中叶,厥涂渐异。退傅有在邹之作,降将著河梁之

篇。四言五言，区以别矣。又少则三字，多则九言，各体互兴，分镳并驱。

"退傅有在邹之作"，萧统以韦孟《讽谏》《在邹》二诗为继承《诗经》之作；而"降将著河梁之篇"，萧统以苏李诗为"自炎汉中叶，厥涂渐异"的五言开创之作，并不以《诗经》的五言句为五言诗的开创。人们多指出苏李诗并非苏武、李陵所作，这是萧统举例的失误；但萧统认为五言诗创自汉代，是与《诗经》作品"厥涂渐异"而来，这是正确的。

其四，萧统论证"颂"这一文体是怎样"随时变改"而来的：

> 《颂》者，所以游扬德业，褒赞成功；吉甫有"穆若"之谈，季子有"至矣"之叹。舒布为诗，既言如彼，总成为颂，又亦若此。

萧统先说《诗三百》的"颂"，一是《诗经·大雅·烝民》"吉甫作诵，穆如清风"①，所谓"诵"，就是歌颂；二是《左传》所载吴公子季札观周乐之《颂》，"颂"是诗的文体之一。萧统认为上述二者都是诗，而他所论述的是由上述二者"随时变改"而来的"颂"，是独立文体。

其五，萧统简单述说其他各种文体由"随时变改"而来，所谓"众制锋起，源流间出"，即随着时代的发展而形成。

因此，萧统《文选序》不称文体"原出五经"而强调"文"的"随时变改"，是从"文"的角度论证了文体的自觉与文体的独立。其强调"文"的"随时变改"的文体谱系意义，在于他所建立的文体谱系的源头是文体自身，而不是其他，如文体"原出五经"之类。

三、《文选》的文体谱系

虽然说上述文体谱系的三种形态相辅相成并相互支持，但此

---

① 《毛诗正义》，《十三经注疏》，上海古籍出版社，1997年，第569页。

三者中,尤以总集形态的文体谱系最令人瞩目,因为其是由具体作品支撑着的,这就是《文选》。《文选》确定了文体的分类模式,这为文体谱系建立了基础。分类与谱系是反方向的。分类强调"分",把文章按照种类、等级或性质分成各种类别;谱系强调"统",把各种类别构成一个系统。《文选》作品分为三十七类(或称三十八、三十九类),这些类别是文学史不同时期生成并被作家经常使用的;因此,萧统所作,只是在总集中把这些类别构成一个系统,这就是谱系。从《文选序》及其《文选》文体在目录、总集中的排列角度,我们来考察《文选》文体谱系的构成原则。

第一,《文选》的文体谱系是排除经、子、史、语的文章的,此见前述。

第二,《文选序》称:"凡次文之体,各以汇聚。诗赋体既不一,又以类分。"那么,《文选》的文体谱系分为两级,一是文体,为三十七类(或称三十八、三十九类),二是文体内的"类分",即赋分十五,诗分二十三。

第三,《文选》文体谱系的文体次序是先赋后诗,《文选序》与实际排列是一致的;之所以赋、诗如前述排列,据《文选序》所云,应该是赋、诗都出自《诗经》,所谓"古诗之体,今则全取赋名","诗者,盖志之所之也。情动于中,而形于言。《关雎》《麟趾》,正始之道著。桑间濮上,亡国之音表。故风雅之道,粲然可观"。赋、诗既作为集部的代表,又出自《诗经》,其所出时代最早。或谓汉代以来最早兴盛起来的文人作品,一是赋,二是诗,故其排列在前是情有可原的。

《文选序》述赋、诗后,接着述"颂","颂者,所以游扬德业,褒赞成功。吉甫有'穆若'之谈,季子有'至矣'之叹,舒布为诗,既言如彼。总成为颂,又亦若此",也是出自《诗经》;但"颂"在《文选》目录中排列在较后的位置。说明所出时代早者,在文体谱系中并不见得一定排列在前。《文选序》又云"箴兴于补阙,戒出于弼匡,论则析理精微,铭则序事清润,美终则诔发,图像则赞兴"等,虽然这些文体重政教、实用性强,但在《文选》中并不排列在前。于是可知,赋、诗排列在前,是依据这两种文体在现实中运用最为广泛,在世人心中最受重视而已。

第四,"类分之中,各以时代相次",文体内的"类分"以时代先后为次。

以上是《文选序》所论的文体谱系的构成。

第六章　刘勰《文心雕龙》：
　　　　文体学的集大成者

　　刘勰(465？—521？)，字彦和，东莞莒(今山东莒县)人，世居京口(今江苏镇江)。祖父刘灵真，宋司空刘秀之弟。父刘尚，曾任越骑校尉。刘勰早年丧父，家贫，笃志好学，不婚娶，依沙门僧祐十余年，遂博通佛教经论，整理佛教经论，区别部类，录而序之，梁时定林寺经藏就是刘勰协助整理所定。天监初入仕，为奉朝请、中军临川王宏引兼记室，迁车骑仓曹参军。出为太末令，有政绩。后任职仁威南康王记室，兼东宫通事舍人。对朝廷礼仪建设有其建议，如当时七庙飨荐已用蔬果，而二郊农社犹有牺牲，刘勰上表言："二郊宜与七庙同改。"诏付尚书讨论，于是依刘勰所陈。后迁步兵校尉，兼舍人如故。昭明太子萧统喜好文学，刘勰深得其喜爱、交接。晚年，刘勰奉梁武帝诏，与慧震和尚于定林寺修纂佛经。事毕，启求出家为僧，先燔鬓发以自誓，朝廷就允许了，改名慧地；出家不到一年，就逝世了。刘勰长于佛理，当时京师寺塔及名僧碑志，必请刘勰制文，其文集行于世。但如今除《文心雕龙》，刘勰的著述仅存《梁建安王造剡山石城寺石像碑》《灭惑论》二篇。

　　《文心雕龙》大约完成在南齐末年，史载，刘勰"撰《文心雕龙》五十篇，论古今文体，引而次之"；"既成，未为时流所称。勰自重其文，欲取定于沈约。约时贵盛，无由自达，乃负其书，候约出，干之于车前，状若货鬻者。约便命取读，大重之，谓为深得文理，常陈诸几案"。对《文心雕龙》的撰作，刘勰自称是继承孔子的事业，其云："予齿在逾立，尝夜梦执丹漆之礼器，随仲尼而南行，旦而寤，乃怡然而喜。大哉圣人之难见也！乃小子之垂梦欤！自生人以来，未有如夫子者也。"①于是下定决心撰述。

对为什么要撰写文章学的著作,刘勰《文心雕龙·序志》也有说明,其云:

> 敷赞圣旨,莫若注经,而马、郑诸儒,弘之已精,就有深解,未足立家。唯文章之用,实经典枝条,五礼资之以成,六典因之致用。君臣所以炳焕,军国所以昭明,详其本源,莫非经典。而去圣久远,文体解散,辞人爱奇,言贵浮诡,饰羽尚画,文绣鞶帨,离本弥甚,将遂讹滥。盖《周书》论辞,贵乎体要;尼父陈训,恶乎异端。辞训之异,宜体于要。于是搦笔和墨,乃始论文。②

其称文章撰作的社会作用极大,但当今文章撰作离其"经典"的"本源"甚远,于是写作此书,指出文章撰作的正确道路。《文心雕龙·序志》称《文心雕龙》的写作是因"岁月飘忽,性灵不居,腾声飞实,制作而已","形同草木之脆,名逾金石之坚,是以君子处世,树德建言,岂好辩哉",强调自己的立言是为了追求不朽,其撰作重视以文学史来叙说自己的观点。

《序志》又称《文心雕龙》有着自己精严的结构,有"本乎道,师乎圣,体乎经,酌乎纬,变乎骚"的"文之枢纽",有"论文叙笔"的文体论,其结构为"原始以表末,释名以章义,选文以定篇,敷理以举统",此为上篇。下篇则"割情析采,笼圈条贯,摘《神》《性》,图《风》《势》,苞《会》《通》,阅《声》《字》,崇替于《时序》,褒贬于《才略》,怊怅于《知音》,耿介于《程器》,长怀《序志》,以驭群篇","下篇以下,毛目显矣",为关于文章撰作、文章批评的论述,最后是《序志》。全书五十篇,减去一篇《序志》,于是"位理定名,彰乎大易之

---

① 以上见姚思廉《梁书·文学传》,中华书局,1973年,第710—712页。
② 刘勰撰,詹锳义证《文心雕龙义证》,上海古籍出版社,1989年,第1909—1913页。

数,其为文用,四十九篇而已"。①

在中国文学批评史上,刘勰《文心雕龙》就是一部集大成的著作,它总结了先秦两汉魏晋到南朝宋齐时代的文学创作与文学批评,"笼罩群言","体大而虑周"。刘勰本对前代的文学批评多有不尽满意之处,其《文心雕龙·序志》曰:

> 详观近代之论文者多矣:至于魏文述典,陈思序书,应玚文论,陆机《文赋》,仲洽《流别》,弘范《翰林》,各照隅隙,鲜观衢路,或臧否当时之才,或铨品前修之文,或泛举雅俗之旨,或撮题篇章之意。魏典密而不周,陈书辩而无当,应论华而疏略,陆赋巧而碎乱,《流别》精而少功,《翰林》浅而寡要。又君山、公幹之徒,吉甫、士龙之辈,泛议文意,往往间出,并未能振叶以寻根,观澜而索源。不述先哲之诰,无益后生之虑。②

《序志》又载,刘勰要创作自己体系的著作,这就是所谓"弥纶群言",他希望所论述者都能够"虽复轻采毛发,深极骨髓,或有曲意密源,似近而远";他对自己所论述者"品列成文,有同乎旧谈者,非雷同也,势自不可异也;有异乎前论者,非苟异也,理自不可同也。同之与异,不屑古今,擘肌分理,唯务折衷"。③

这是一部指导写作的书,《序志》曾称该书的体系:

> 盖《文心》之作也,本乎道,师乎圣,体乎经,酌乎纬,变乎骚:文之枢纽,亦云极矣。若乃论文叙笔,则囿别区分,原始以表末,释名以章义,选文以定篇,敷理以举统:上篇以上,纲领明矣。……下篇以下,毛目显矣。④

---

① 刘勰撰,詹锳义证《文心雕龙义证》,上海古籍出版社,1989年,第1924—1930页。
② 同上书,第1915—1923页。
③ 同上书,第1931—1933页。
④ 同上书,第1924—1927页。

从综合性方面来说,该书有"文之枢纽""论文叙笔""割情析采,笼圈条贯"等几大系统,而分开来,该书的几大系统又各可独立,其"论文叙笔"部分就可以看作是具备文体学体系的独立著述。其"论文叙笔"的"纲领",刘勰说是"原始以表末,释名以章义,选文以定篇,敷理以举统",以下依此来论说。

第一节 《文心雕龙》的文体谱系与文章谱系

文体谱系,一般来说,即以文体为中心、以述文体为宗旨,是《文选》特加说明的不含经、史、子的文体谱系,是不依附于他物的。《文心雕龙》以"论文叙笔"建立其文体谱系,但是,这样建立起来文体谱系,是有条件的。其一,《文心雕龙》的文体谱系是系于"宗经"之下的,刘勰是把文体分别系于"《易》统其首""《书》发其源""《诗》立其本""《礼》总其端""《春秋》为根"之下的;其二,《文心雕龙》有《宗经》篇,其中论述到"经"的谱系,《文心雕龙》有《史传》《诸子》篇,其中论述到"史传""诸子"的谱系。刘勰认为,经、史、子、集构成天下文章的整体,因此,刘勰以"论文叙笔"论述了文体谱系,但《文心雕龙》还分类论述了经、史、子、集的所有文章,把经、史、子、集的所有文章又统合在一起,这样说来,刘勰又建立起了经、史、子、集所有文章的文章谱系。

一、"论文叙笔"的文体谱系

《文心雕龙》本是一部文章学的书,文体谱系是其主要组成部分。从《文心雕龙》的目录篇名中,我们可知其"论文叙笔"的诸文体分别为:诗、乐府、赋、颂、赞、祝、盟、铭、箴、诔、碑、哀、吊、杂文、谐、䜩、史传、诸子、论、说、诏、策、檄、移、封禅、章、表、奏、启、议、对、书、记,共三十三类。在这笼括一切、包揽所有文字撰作的谱系

中,刘勰主要论述的是集部文字,这从《文心雕龙·宗经》的一段文字可以看出,其云:

> 故论、说、辞、序,则《易》统其首;诏、策、章、奏,则《书》发其源;赋、颂、歌、赞,则《诗》立其本;铭、诔、箴、祝,则《礼》总其端;纪、传、盟、檄,则《春秋》为根。①

从上述这段话可知,作为"文之枢纽"的"经",与集部的各种文体是怎样发生联系的。刘勰说"若乃论文叙笔,则囿别区分",其所称的文体是由"文""笔"二者统领的。按刘勰所说"今之常言,有文有笔;以为无韵者笔也,有韵者文也"的意见②,这些文体,从第六篇到第十三篇的诗、乐府、赋、颂、赞、祝、盟、铭、箴、诔、碑、哀、吊,是属于"文"的;第十四、十五篇的杂文、谐、讔,兼有"文"和"笔"两方面的性质;第十六篇到第二十五篇的史传、诸子、论、说、诏、策、檄、移、封禅、章、表、奏、启、议、对、书、记,是属于"笔"的。③

刘勰论证所有的文体都出自"经",从"首""源""本""端""根"诸字及"终入环内者也",可知刘勰的论证指向。刘勰之前就多有文体出自五经的说法,如挚虞《文章流别》认为文体源头尽在古,称汉魏晋出现的诗歌形式都可以从《诗经》找到先例,这已奠定了文体出自五经的根本。挚虞追溯文体的源头为先秦,肯定"扬雄依《虞箴》"的行为,所以又说:"诗、颂、箴、铭之篇,皆有往古成文,可放依而作。"这是把五经推广到当时的文学创作,"可放依而作"。南朝宋时颜延之论"咏歌之书""褒贬之书"及"言笔"之辨,都以经书作为论证对象。任昉说"六经素有歌、诗、诔、箴、铭之类",从文体构成上贯彻出自五经之论。

《文心雕龙》所建立的文体谱系中,"论文叙笔"的文体下又有细

---

① 刘勰撰,詹锳义证《文心雕龙义证》,上海古籍出版社,1989年,第78—79页。
② 同上书,第1622页。
③ 参见黄侃《文心雕龙札记》,华东师范大学出版社,1996年,第266页;詹锳《刘勰与〈文心雕龙〉》,中华书局,1980年,第21页。

目。如《文心雕龙·明诗》称诗有四言、五言、七言、三六杂言等;《文心雕龙·杂文》云:

> 智术之子,博雅之人,藻溢于辞,辞盈乎气。苑囿文情,故日新殊致。宋玉含才,颇亦负俗,始造"对问",以申其志,放怀寥廓,气实使之。及枚乘摛艳,首制《七发》,腴辞云构,夸丽风骇。盖七窍所发,发乎嗜欲,始邪末正,所以戒膏粱之子也。扬雄覃思文阁,业深综述,碎文琐语,肇为《连珠》,其辞虽小,而明润矣。凡此三者,文章之枝派,暇豫之末造也。①

"杂文"统领下有"对问"、"七"体、"连珠"诸文体。"杂文"又有众多的下属文体:

> 详夫汉来杂文,名号多品:或典、诰、誓、问,或览、略、篇、章,或曲、操、弄、引,或吟、讽、谣、咏。总括其名,并归杂文之区;甄别其义,各入讨论之域。②

黄叔琳《文心雕龙辑注》、范文澜《文心雕龙注》、黄侃《文心雕龙札记》、张立斋《文心雕龙注订》、李曰刚《文心雕龙斠诠》、詹锳《文心雕龙义证》等对上述"杂文"的下属文体各有所辨正。

又,《文心雕龙·论说》:

> 详观论体,条流多品;陈政,则与议说合契;释经,则与传注参体;辨史,则与赞评齐行;铨文,则与叙引共纪。故议者,宜言;说者,说语;传者,转师;注者,主解;赞者,明意;评者,平理;序者,次事;引者,胤辞:八名区分,一揆宗论。论也者,弥纶群言,而研精一理者也。③

"八名"者,即大文体下的小文体。

---

① 刘勰撰,詹锳义证《文心雕龙义证》,上海古籍出版社,1989年,第489—496页。
② 同上书,第519页。
③ 同上书,第669—674页。

又,《文心雕龙·诏策》:

> 诰命动民,若天下之有风矣。降及七国,并称曰命。命者,使也。秦并天下,改命曰制。汉初定仪则,则命有四品:一曰策书,二曰制书,三曰诏书,四曰戒敕。敕戒州部,诏诰百官,制施赦命,策封王侯。策者,简也。制者,裁也。诏者,告也。敕者,正也。①

"诰"改称曰"命","命"有"策书""制书""诏书""戒敕"四品,即大文体下的小文体。

又,《文心雕龙·章表》:

> 秦初定制,改书曰奏。汉定礼仪,则有四品:一曰章,二曰奏,三曰表,四曰议。②

"奏"有"章""奏""表""议"四品,即大文体下的小文体。

又,《文心雕龙·书记》:

> 夫书记广大,衣被事体,笔札杂名,古今多品。是以总领黎庶,则有谱、籍、簿、录;医历星筮,则有方、术、占、式;申宪述兵,则有律、令、法、制;朝市征信,则有符、契、券、疏;百官询事,则有关、刺、解、牒;万民达志,则有状、列、辞、谚。并述理于心,著言于翰,虽艺文之末品,而政事之先务也。③

"书记"统领下有谱、籍、簿、录、方、术、占、式、律、令、法、制、符、契、券、疏、关、刺、解、牒、状、列、辞、谚这些大文体下的小文体。

上述这"论文叙笔"的文体谱系中,共有三十三类文体,除"史传""诸子"二者外,全为集部的文体;又,《文心雕龙·宗经》称"《易》统其首""《书》发其源""《诗》立其本""《礼》总其端""《春

---

① 刘勰撰,詹锳义证《文心雕龙义证》,上海古籍出版社,1989年,第726—730页。
② 同上书,第826页。
③ 同上书,第942页。

秋》为根"者,全为集部的文体,于是可知刘勰的注意力是在阐述集部的文体谱系上。但是,《文心雕龙》并非仅论述集部的文体谱系,还论述了经、史、子的文体谱系,以下述之。

二、"经"的谱系

刘勰认为"经"自身也有谱系,《文心雕龙》中就有"五经"的称谓,如《宗经》称"扬子比雕玉以作器,谓五经之含文也"①,《诸子》称诸子的"述道言治,枝条五经"②。称"五经",就是说"经"由五大部分组成的,这就是"经"的谱系。

《文心雕龙·宗经》对"经"的谱系有详细、完整的论述,其曰:

> 三极彝训,其书言经。经也者,恒久之至道,不刊之鸿教也。故象天地,效鬼神,参物序,制人纪,洞性灵之奥区,极文章之骨髓者也。③

这是讲"经"的意味,也就是"经"的性质。

> 皇世《三坟》,帝代《五典》,重以《八索》,申以《九丘》。岁历绵暧,条流纷糅。④

《三坟》《五典》《八索》《九丘》是已经失传或传说中的"经"。

> 自夫子删述,而大宝咸耀。于是《易》张《十翼》,《书》标七观,《诗》列四始,《礼》正五经,《春秋》五例。⑤

这是五经以分列的形式在《文心雕龙》中首次出现,同时分别论述五经各自的某些特殊的体例;这里强调了孔子整理"删述",才使"大

---

① 刘勰撰,詹锳义证《文心雕龙义证》,上海古籍出版社,1989 年,第 84 页。但《宗经》中称"《礼》正五经",此"五经"为"五礼"。
② 同上书,第 637 页。
③ 同上书,第 56 页。
④ 同上书,第 57 页。
⑤ 同上书,第 58 页。

宝咸耀"。

> 夫《易》惟谈天,入神致用。故《系》称:旨远辞文,言中事隐。韦编三绝,固哲人之骊渊也。《书》实记言,而训诂茫昧;通乎《尔雅》,则文意晓然。故子夏叹《书》,"昭昭若日月之明,离离如星辰之行",言昭灼也。《诗》主言志,诂训同《书》;摛《风》裁兴,藻辞谲喻,温柔在诵,故最附深衷矣。《礼》以立体,据事制范,章条纤曲,执而后显;采掇片言,莫非宝也。《春秋》辨理,一字见义;"五石""六鹢",以详略成文;"雉门""两观",以先后显旨;其婉章志晦,谅以邃矣。①

这是分别论述五经各自的表达特点;而后又论证五经中的语言表达的两大极端,即"《尚书》则览文如诡,而寻理即畅",而"《春秋》则观辞立晓,而访义方隐",称之为"此圣文之殊致,表里之异体者也"。②

在《文心雕龙·征圣》中,刘勰总结"经"的体制规范,其云:

> 夫鉴周日月,妙极机神;文成规矩,思合符契。或简言以达旨,或博文以该情,或明理以立体,或隐义以藏用。故《春秋》一字以褒贬,"丧服"举轻以包重,此简言以达旨也。《邠诗》联章以积句,《儒行》缛说以繁辞,此博文以该情也。书契断决以象《夬》,文章昭晰以效《离》,此明理以立体也。"四象"精义以曲隐,"五例"微辞以婉晦,此隐义以藏用也。故知繁略殊形,隐显异术,抑引随时,变通适会,征之周孔,则文有师矣。是以论文必征于圣,窥圣必宗于经。③

"经"的体制规范集中在"或简言以达旨,或博文以该情,或明理以立体,或隐义以藏用",其中"丧服"为《礼记·曾子问》之论,《邠诗》属《诗经》,《儒行》属《礼记》,《夬》《离》为《易》之卦,"四象"属

---

① 刘勰撰,詹锳义证《文心雕龙义证》,上海古籍出版社,1989年,第63—71页。
② 同上书,第74页。
③ 同上书,第38—46页。

《易》,"五例"属《春秋》。"先王声教,布在方册,夫子风采,溢于格言"①,"方册""格言"就是"经",故"论文必征于圣"者,也一定是"宗经"。向"经"学习规范,才能"文成规矩,思合符契"。

三、"史传"的谱系

《文心雕龙》有《史传》篇,其中叙说"史传"的谱系曰:

> 史者,使也;执笔左右,使之记也。古者左史记言,右史书事。言经则《尚书》,事经则《春秋》也。②

这是讲史体本分"记言"与"书事"二者,以《尚书》与《春秋》为代表。

> 唐虞流于典谟,商夏被于诰誓。洎周命维新,姬公定法,紬三正以班历,贯四时以联事。诸侯建邦,各有国史,彰善瘅恶,树之风声。自平王微弱,政不及雅,宪章散紊,彝伦攸斁。③

这是说周平王之前的史体:唐、虞的历史依"典""谟"而流传,商、夏的历史包括在"诰""誓"之中;此依"记言"史体。周公则创制贯串春夏秋冬四季来记事的编年体。孔子"因鲁史以修《春秋》",其特点是"举得失以表黜陟,征存亡以标劝戒;褒见一字,贵逾轩冕;贬在片言,诛深斧钺",④此即所谓"微言大义"的褒贬精神;这是"书事"史体。

> 丘明同时,实得微言;乃原始要终,创为传体。传者,转也;转受经旨,以授于后,实圣文之羽翮,记籍之冠冕也。⑤

这是史的"传"体,所谓"转受经旨,以授于后",为《春秋》的辅助。

> 及至纵横之世,史职犹存。秦并七王,而战国有《策》。盖

---

① 刘勰撰,詹锳义证《文心雕龙义证》,上海古籍出版社,1989年,第34页。
② 同上书,第560页。
③ 同上书,第562页。
④ 同上书,第566—567页。
⑤ 同上书,第569页。

录而弗叙,故即简而为名也。①

《策》作为史体,其特点是"录而弗叙"。

刘勰论汉代的史体,着重论《史记》的特点:

> 爰及太史谈,世惟执简;子长继志,甄序帝绩。比尧称典,则位杂中贤;法孔题经,则文非玄圣。故取式《吕览》,通号曰纪。纪纲之号,亦宏称也。故本纪以述皇王,列传以总侯伯②,八书以铺政体,十表以谱年爵,虽殊古式,而得事序焉。③

其先说为何要改变"记言"与"书事"两种史体,原因在于:如果比照"记言"的《尚书》,那么这些帝王"位杂中贤",比不上尧可以称其言论为"典";如果比照孔子《春秋》的"书事"为"经",那么司马迁自称不敢相比。于是就以《吕览》为"式",以"纪"为"纪纲",意思是说"纪"为此史体的大纲,也是包举一切的大称呼,这就是后世专称为《史记》"者。其次称《史记》的体制:本纪、世家、列传、书、表,自称"虽殊古式",但能够得到叙述历史的条例。此为纪传体,其后史书的纪传体盛行。

> 及班固述汉,因循前业,观司马迁之辞,思实过半。其十志该富,赞、序弘丽,儒雅彬彬,信有遗味。④

与《史记》相比,班固《汉书》改"书"为"志",取消"世家",增加"赞""序",周振甫曰:

> 赞序:《汉书》的《本纪》《志》《列传》末有赞,《八表》的开头有序,又全书末有《叙传》。⑤

这些是《汉书》对纪传体体制的贡献。

---

① 刘勰撰,詹锳义证《文心雕龙义证》,上海古籍出版社,1989年,第571页。
② 此处未言"世家",人称或有脱落。
③ 刘勰撰,詹锳义证《文心雕龙义证》,上海古籍出版社,1989年,第573—576页。
④ 同上书,第579—580页。
⑤ 刘勰著,周振甫注《文心雕龙注释》,人民文学出版社,1981年,第175—176页。

刘勰曾比较编年体与纪传体：

> 观夫左氏缀事,附经间出,于文为约,而氏族难明。及史迁各传,人始区详而易览,述者宗焉。①

称纪传体解决了"氏族难明"的问题。刘勰又称：

> 按《春秋》经传,举例发凡;自《史》《汉》以下,莫有准的。②

范文澜评论刘勰的观点说：

> 班彪论《史记》,谓其细意委曲,条例不经。范晔谓班氏最有高名,既任情无例,不可甲乙辨(《狱中与诸甥侄书》)。彦和之说本此。然《史》《汉》一为通史,一为断代,皆正史不祧之祖。后之撰史者,无能逾其轨范。所谓"莫有准的",特以比《春秋》经传为不足耳。③

称《史记》《汉书》定下史书的体制规范,延续了两千年,这只是说在"准的"方面,纪传体比《春秋经传》有所不足。刘勰又指出纪传体的不足之处：

> 然纪传为式,编年缀事,文非泛论,按实而书。岁远则同异难密,事积则起讫易疏,斯固总会之为难也。或有同归一事,而数人分功,两记则失于复重,偏举则病于不周,此又铨配之未易也。故张衡摘史、班之舛滥,傅玄讥《后汉》之尤烦,皆此类也。④

这些就记事而言,纪传体不如编年体那样明晰。

对魏晋的史书,刘勰只述其名,指出其一些特点,不再对其体制有所论述,也就是说,刘勰认为到《史记》《汉书》,正史已经确定了体制,也已经确定了规范。

---

① 刘勰撰,詹锳义证《文心雕龙义证》,上海古籍出版社,1989年,第583页。
② 同上书,第598页。
③ 刘勰著,范文澜注《文心雕龙注》,人民文学出版社,1958年,第301页。
④ 刘勰撰,詹锳义证《文心雕龙义证》,上海古籍出版社,1989年,第604页。

总览刘勰所论史的谱系,先秦是"记言"与"书事"二者,"书事"又为"编年"之体,《左传》为"书事"中的创体之作。汉代以后"纪传"创体,与"编年"之体鼎立,各有长短。刘勰论史的谱系,是以时间先后来叙述的,可以说是以发展史为纲的谱系论述。

四、"诸子"的谱系

刘勰对"诸子"的谱系的论述,主要在其《诸子》篇中。他先述说"诸子"的性质,即所谓"诸子者,入道见志之书"①;这是就其主题而言。刘勰又有"诸子"的体制性质的讨论,主要是阐述其与集部"论"的区分:

> 若夫陆贾《新语》,贾谊《新书》,扬雄《法言》,刘向《说苑》,王符《潜夫》,崔寔《政论》,仲长《昌言》,杜夷《幽求》,咸叙经典,或明政术,虽标论名,归乎诸子。何者?博明万事为子,适辨一理为论,彼皆蔓延杂说,故入诸子之流。②

刘勰论"诸子"的起源:

> 太上立德,其次立言。百姓之群居,苦纷杂而莫显;君子之处世,疾名德之不章。唯英才特达,则炳曜垂文,腾其姓氏,悬诸日月焉。③

称诸子之书的性质为"入道见志之书"。称诸子撰作的心理动因,是期望通过"炳曜垂文"而达到"腾其姓氏,悬诸日月",使其名德彰显。

刘勰接着论证最早的子书,其曰:

> 昔《风后》《力牧》《伊尹》,咸其流也。篇述者,盖上古遗

---

① 刘勰撰,詹锳义证《文心雕龙义证》,上海古籍出版社,1989年,第622页。
② 同上书,第656页。
③ 同上书,第622页。

语,而战代所记者也。①

这些听起来是早期的子书,则是"战代所记",有所依托;尽管如此,还是有"上古遗语"的,即不可偏废。其又曰:

> 至鬻熊知道,而文王谘询,余文遗事,录为《鬻子》。子自肇始,莫先于兹。及伯阳识礼,而仲尼访问,爰序《道德》,以冠百氏。②

《鬻子》为"子自肇始",而当年孔子向老子问礼,老子的著作为诸子百家之冠冕;这些才是最早的子书。其又曰:

> 然则鬻惟文友,李实孔师,圣贤并世,而经子异流矣。③

这样看起来,老子是孔子之师,鬻熊是文王之友,但作为圣人的文王、孔子之文为"经",作为贤人的鬻熊、老子之文则为"诸子","经"与"诸子"就是这样分流的。但下文刘勰又论"诸子"与"经"的关系:

> 然繁辞虽积,而本体易总,述道言治,枝条五经。其纯粹者入矩,踳驳者出规。④

提出"述道言治"的"诸子"为"枝条五经",这是承袭《汉书·艺文志·诸子略》的说法,其称:

> 《易》曰:"天下同归而殊途,一致而百虑。"今异家者各推所长,穷知究虑,以明其指,虽有蔽短,合其要归,亦六经之支与流裔。⑤

因此,"诸子"也是以"经"为"枢纽"的属下。

---

① 刘勰撰,詹锳义证《文心雕龙义证》,上海古籍出版社,1989年,第623页。
② 同上书,第624—626页。
③ 同上书,第626页。
④ 同上书,第637页。
⑤ 班固《汉书》,中华书局,1962年,第1746页。

刘勰又提出"诸子"中"其纯粹者入矩,踳驳者出规",曰:

> 至如商、韩,六虱五蠹,弃孝废仁,轘药之祸,非虚至也。①
> 公孙之白马、孤犊,辞巧理拙,魏牟比之鸮鸟,非妄贬也。②

对商子、韩子、公孙子,刘勰显然是贬低的。其又提出"诸子"的"邪""正":

> 昔东平求诸子、《史记》,而汉朝不与。盖以《史记》多兵谋,而诸子杂诡术也。然洽闻之士,宜撮纲要,览华而食实,弃邪而采正,极睇参差,亦学家之壮观也。③

汉代的正统认为"诸子杂诡术",刘勰认为"洽闻之士,宜撮纲要",应抓住其主要的观点,"弃邪而采正"。

不同于论"史"以发展史为纲的谱系论述,刘勰是以诸子学说的特点论"诸子"的谱系的。他说:

> 逮及七国力政,俊乂蜂起。孟轲膺儒以磬折,庄周述道以翱翔,墨翟执俭确之教,尹文课名实之符,野老治国于地利,驺子养政于天文,申商刀锯以制理,鬼谷唇吻以策勋,尸佼兼总于杂述,青史曲缀以街谈。承流而枝附者,不可胜算,并飞辩以驰术,餍禄而余荣矣。④

这里提出的亦是"诸子十家",承袭《汉书·艺文志·诸子略》而来:

> 诸子十家,其可观者九家而已。皆起于王道既微,诸侯力政,时君世主,好恶殊方,是以九家之术蜂出并作,各引一端,崇其所善,以此驰说,取合诸侯。⑤

---

① 刘勰撰,詹锳义证《文心雕龙义证》,上海古籍出版社,1989年,第643页。
② 同上书,第645页。
③ 同上书,第646—647页。
④ 同上书,第627页。
⑤ 班固《汉书》,中华书局,1962年,第1746页。

刘勰又以诸子学说的"华采""辞气"论"诸子"的谱系：

> 研夫孟、荀所述,理懿而辞雅;管、晏属篇,事核而言练;列御寇之书,气伟而采奇;邹子之说,心奢而辞壮;墨翟、随巢,意显而语质;尸佼、尉缭,术通而文钝。鹖冠绵绵,亟发深言;鬼谷眇眇,每环奥义;情辨以泽,文子擅其能;辞约而精,尹文得其要。慎到析密理之巧,韩非著博喻之富;吕氏鉴远而体周,淮南泛采而文丽。斯则得百氏之华采,而辞气之大略也。①

这些子书,都是以其"华采""辞气"而在"诸子"的谱系中找到自己的位置。

五、文章谱系的建立

刘勰论经、史、子、集各自的谱系,各有其重点所在。其论"经"的谱系,重在以"经"的风格特点为文章的写作规范,以实现"宗经"的要求;因"经"本就已分为五经,不必再详述。其论"史"的谱系,重在历史发展线索:从先秦到汉代,史体已经过了几番变化,从"记言""书事"到"经",到"转受经旨,以授于后"的"传",再到纪传体,至是与编年体鼎立。其论"子"的谱系,重在诸子的学术思想及论述特点,以平面展开的方式一一论述。《文心雕龙》论文体谱系,重在文体的级别,如此可做到要而不乱,对繁多文体的谱系阐述得清清楚楚。

从刘勰论经、史、子、集各自的谱系,可知刘勰所论的指向是整体上的"文"的谱系,可称之为"文章谱系"。《原道》是《文心雕龙》的首篇,起首就提出整体性的"文":"文之为德也大矣,与天地并生者。"②这个"文"即"心生而言立,言立而文明,自然之道也"之"文"③,指人类

---

① 刘勰撰,詹锳义证《文心雕龙义证》,上海古籍出版社,1989年,第648—653页。
② 同上书,第2页。
③ 同上书,第4页。

所有的言说及文字撰作。其《序志》解释书名"文心雕龙"：

> 夫文心者，言为文之用心也。昔涓子《琴心》，王孙《巧心》，心哉美矣，故用之焉。古来文章，以雕缛成体，岂取驺奭之群言"雕龙"也。①

刘勰称"文心"就是要讨论"为文之用心"，他要讨论的是整体的"文"。

这是一个"宗经"的文章谱系。刘勰谈论"经"的时候，有这样一句话："并穷高以树表，极远以启疆，所以百家腾跃，终入环内者也。"②刘勰建立的文章谱系即如此宗旨。《文心雕龙·序志》曰：

> 盖《文心》之作也，本乎道，师乎圣，体乎经，酌乎纬，变乎骚，文之枢纽，亦云极矣。若乃论文叙笔，则囿别区分，原始以表末，释名以章义，选文以定篇，敷理以举统，上篇以上，纲领明矣。③

从上述这段话可知《文心雕龙》的文章谱系："经"属于最高层次、第一级别，辅助"经"而与"经"并行的是"纬""骚"，都在"文之枢纽"，是同一层次的，故有"按经验纬"的同层次的比较，也有"骚"被的"四家举以方经，而孟坚谓不合传"的同层次比较。"文之枢纽"为《文心雕龙》全书的前五篇。由"经"统领"论文叙笔"的各种文体，为《文心雕龙》全书的第六篇到第二十五篇，包括"史传""诸子"在内，属第二级别，所谓"百家腾跃，终入环内"，他要建立的是笼括一切、包揽所有文字撰作的文章谱系。

自汉代起就出现文章要向五经学习的说法④，王逸《离骚章句

---

① 刘勰撰，詹锳义证《文心雕龙义证》，上海古籍出版社，1989 年，第 1898—1899 页。
② 同上书，第 79 页。
③ 同上书，第 1924 页。
④ 班固《汉书》，中华书局，1962 年，第 1746 页。

序》称《楚辞》"宗经":"《离骚》之文,依托五经以立义。"①晋代傅玄称"文章""宗经":"《诗》之雅、诵,《书》之典、谟,文质足以相副。玩之若近,寻之益远,陈之若肆,研之若隐,浩浩乎其文章之渊府也。"②陆机《文赋》提出写作要"漱六艺之芳润"③。

刘勰的"宗经",则强调各体文章向"经"学习是理所当然的。《文心雕龙·宗经》先述诸经的特点④,《易》的"入神致用"、《书》的"记言"、《诗》"主言志"、《礼》的"据事制范"、《春秋》的"一字见义",刘勰都举出实例来证明。刘勰又以语言表达的两大极端论《尚书》与《春秋》:

> 《尚书》则览文如诡,而寻理即畅;《春秋》则观辞立晓,而访义方隐。此圣文之殊致,表里之异体者也。⑤

《尚书》是由"诡"而"畅","诡"与"畅"的矛盾统一;《春秋》是由"晓"而"隐","晓"与"隐"的矛盾统一。

刘勰在《序志》篇中称"文章""详其本源,莫非经典",并称当时"去圣久远,文体解散,辞人爱奇,言贵浮诡,饰羽尚画,文绣鞶帨",此即所谓"离本弥甚"。⑥ 于是又有《宗经》篇"文能宗经,体有六义"提出从六个方面向"经"学习,也就是向源头学习,其云:

> 若禀经以制式,酌《雅》以富言,是即山而铸铜,煮海而为盐也。故文能宗经,体有六义:一则情深而不诡,二则风清而不杂,三则事信而不诞,四则义贞而不回,五则体约而不芜,六则文丽而不淫。扬子比雕玉以作器,谓五经之含文也。夫文以行立,行以文传,四教所先,符采相济。励德树声,莫不师圣,而建言修辞,鲜克宗经。是以

---

① 洪兴祖《楚辞补注》,中华书局,1983年,第49页。
② 李昉等《太平御览》卷五百九十九,中华书局,1960年,第2697页。
③ 萧统编,李善注《文选》,中华书局,1977年,第240页。
④ 刘勰撰,詹锳义证《文心雕龙义证》,上海古籍出版社,1989年,第63—71页。
⑤ 同上书,第74页。
⑥ 同上书,第1909—1911页。

> 楚艳汉侈，流弊不还，正末归本，不其懿欤！①

刘勰关注向"经"的学习，主要是学习其"含文"，而不在于具体体式。

刘勰以"经"来论述各体文章的起源，也符合其探索文学史的目的，其《时序》即称，把源头弄清楚了，后世的问题也就会清楚，所谓"原始以要终，虽百世可知也"②。刘勰这样做，也符合我国古代以前代为"原始"而知后代"百世"的文化传统，《论语·为政》载孔子曰：

> 子张问："十世可知也？"子曰："殷因于夏礼，所损益，可知也；周因于殷礼，所损益，可知也。其或继周者，虽百世，可知也。"③

《易·系辞下》：

> 《易》之为书也，原始要终，以为质也。④

刘勰倡文章缘起于五经，其长处在于给各体文体总结出一个概括化的源头，以实现其文章谱系"宗经"的原则。

时代已有建立文章谱系的需求，刘勰建立起"文章谱系"的意义在于，把世上所有的文章都纳入考察的范围之中。刘勰建立"文章谱系"的路径，是在建立经、史、子、集各自谱系的基础之上，再统而合之。但是，依萧统《文选》的思路，因为经、史、子不作为"篇章""篇翰""篇什"的文体，因此排除经、史、子的文章进入谱系，那么，萧统所建立的只能是文体体系，这个体系如果能够扩大到容纳经、史、子等所有的文章，那它就是文章谱系。这就为日后建立文章谱系提供了两条路径：一是经、史、子、集的文章各有体制，刘勰建立起来的文章谱系以"宗经"的名义把它们统合在一起；一是把各有体

---

① 刘勰撰，詹锳义证《文心雕龙义证》，上海古籍出版社，1989年，第82—85页。
② 同上书，第1713页。
③ 《论语注疏》，《十三经注疏》，上海古籍出版社，1997年，第2463页。
④ 《周易正义》，《十三经注疏》，上海古籍出版社，1997年，第90页。

制的经、史、子、集的文章,都设置、改造为文体,建立起以文体为单位的文章谱系。

第二节 "释名以章义":
文体命名与文体释名

汉魏晋文论家蔡邕、曹丕、陆机的文章释体只讨论文体特征,一般不涉及文体命名;而名物、训诂学家刘熙《释名》中有文体释名,涉及文体的"怎么作""为什么作"之类,却不刻意讨论文体特征。待刘勰《文心雕龙》的文体论,以训诂文体命名的方法阐述文体"怎么作""为什么作",以文体释名进入文章释体,"释名以章义"与文体特征的讨论二者有机结合,显示出从文体内在逻辑出发以文章释体的,这是古代文体论成熟的标志。

一、早期文体命名的一般性方法

《文心雕龙》一个与众不同之处,就是从考察文体命名来进行文体阐述。古代文体的命名起于《尚书》,《尚书》"六体"中的谟、训、诰、誓、命,本来都指向行为动作的"做什么",由"做什么"产生了文辞,于是以"做什么"的行为动作本身来命名这些文体,这是早期文体命名的一般性方法。

文辞组合构成文章,文章以文体作为其生存方式;人们给予文章的各种生存方式以命名;再后就是人们以命名了的文体来写作。这里要讨论的是,古代命名文体的一般性方法是什么;古代对有所命名的文体又是怎样释名的;这样的方法体现了古代文论家怎样的观念;进而,我们怎样应用古代文体命名与文体释名的一般性原则来研究古代文体。我们讨论的基础,是把目光放在各种文体的原生态生存状态上,即关注文体本身,又关注文体是怎样产生的,即文体产生的环境。

《尚书》即上古之书,本是记言的古史,《尚书》所载录之言,有的就指明了这是某某文体。其标志就是某些文辞被称为"某某之言",这某某就是文体名。如"歌",《尚书·皋陶谟》有"作歌""载歌",①"歌"是歌这一行为动作所产生的文体。如"誓",《尚书·汤誓》为商汤动员部属征伐夏桀的誓师词,从"尔不从誓言,予则孥戮汝,罔有攸赦"②,可知当时就称此文体为"誓"。如"诗",《尚书·金縢》"公乃为诗以贻王,名之曰《鸱鸮》"③,直称"诗"为文体。又如"命",《尚书·费誓》载公曰:"嗟!人无哗,听命。"④所"听"者为"命","命"自然就应该是纯粹意义的文体了。又如"训",《尚书·吕刑》载"若古有训"云云⑤,"古有训"者,这已是纯粹的文体之"训"的文辞。

我们从《尚书》来分析其所录文体是怎么命名的。伪孔安国《尚书序》给《尚书》列出了具体的文体:"芟夷烦乱,剪截浮辞,举其宏纲,撮其机要,足以垂世立教,典、谟、训、诰、誓、命之文,凡百篇。"⑥以下我们来具体论证这"六体"。

"典",《尚书·尧典》,伪孔传:"言尧可为百代常行之道。"⑦这是以重要性程度为文体命名,这是特殊情况。"谟",谋。《尚书·皋陶谟》:"曰若稽古皋陶曰:'允迪厥德,谟明弼谐。'"⑧规定了以下是

---

① 顾颉刚、刘起釪《尚书校释译论》,中华书局,2005年,第477页。《尚书》有古今文之分,东晋枚赜(一作颐)曾向朝廷献一部古文《尚书》,清代学者力证其伪,称之为"伪古文《尚书》"。为了保证研究对象较为纯粹、原始,本文探讨《尚书》文体,即依今文《尚书》。顾颉刚、刘起釪《尚书校释译论》承元学者吴澄、清学者段玉裁等,专释今文二十八篇,确然有据,本书录《尚书》文字即依此书。
② 《尚书正义》,《十三经注疏》,上海古籍出版社,1997年,第160页。
③ 顾颉刚、刘起釪《尚书校释译论》,中华书局,2005年,第1235页。
④ 同上书,第2138页。
⑤ 同上书,第1901页。
⑥ 《尚书正义》,《十三经注疏》,上海古籍出版社,1997年,第114页。
⑦ 同上书,第118页。
⑧ 顾颉刚、刘起釪《尚书校释译论》,中华书局,2005年,第393页。

帝舜、禹、皋陶君臣之间的讨论、谋划所产生的文辞,这些文辞是由"谟"这一行为动作所产生的,那么,这些文辞即应该是"谟"体。"训",教诲、训导。《尚书·高宗肜日》:"乃训于王曰……"①伪孔传:"祖已既言,遂以道训谏王。"②"训"体就是训导这个行为动作所产生之词。"诰",告诉。《尚书·大诰》,伪孔传:"周公称成王命,顺大道以诰天下众国,及于御治事者,尽及之。"③"诰"即告诉、告诫、劝勉等行为动作所产生的文辞,就是"诰"体。"誓",告诫、约束。《尚书·甘誓》"予誓告汝"④,"誓"即发出号令的讲话。"命",最高统治者所言、所命令。《尚书·尧典》"乃命羲、和"⑤,后虽无"曰"字,但其后的文辞是由"命"的行为动作产生的,这就是"命"体。

从《尚书》的谟、训、诰、誓、命诸文体的原生态生存方式,可见这些文体的命名原则。一般来说,最初是以人们所作所为来确定文体命名的,即以"做什么"来确定文体最初的命名,直接用产生文辞的行为动作的动词来命名文体。分开来说,作为文体命名的就是行为动作本身,而文本就是行为动作所发出的言辞。以文体产生的行为动作即"做什么"来命名文体,给人印象最深的地方,即是从文体发生的外在动机来实施文体命名,而并不涉及文体"怎么作"。刘勰的"释名以章义"也有采用这种方法之处。

二、对刘熙《释名》的借鉴

汉魏晋的文论家释文体只关注文体特征,对文体命名不怎么关注,即没有文体释名。如蔡邕《独断》多有对文体的阐释,其所论文体为天子所用者与群臣上书于天子者,都是就事实而言的论述,不

---

① 顾颉刚、刘起釪《尚书校释译论》,中华书局,2005年,第998页。
② 《尚书正义》,《十三经注疏》,上海古籍出版社,1997年,第176页。
③ 同上书,第198页。
④ 顾颉刚、刘起釪《尚书校释译论》,中华书局,2005年,第854页。
⑤ 同上书,第32页。

涉及文体释名。此后有曹丕《典论·论文》的"四科八体"、陆机《文赋》的"十体",强调的是文体应该"怎么作",强调的是文体特征,都没有提及文体起源的文体命名,不做文体释名。其后挚虞《文章流别》、李充《翰林论》释文体亦是如此,对文体起源、文体命名的阐释还没有进入文论家的视野。

倒是训诂学家或名物学家对文体命名有所关注。东汉末年有刘熙《释名》,专门探求事物名源,其中有对文体命名的阐释,如《释名·释书契》:"策,书教令于上,所以驱策诸下也。"①以"驱策"之"策"训"策书"之"策",表明文体最终要达到"驱策"的功能,这是以"为什么作"来阐释文体名。刘熙巧妙地把"策"的两个义项联系在一起实施自己的阐释。《释名·释书契》:"汉制:约敕封侯曰册。册,赜也。敕使整赜,不犯之也。"②亦是如此。作为文论家的蔡邕,其释文体一般不做文体释名,单讲文体的形制、性质等。作为训诂家的刘熙,多有文体释名,但少有对文体的形制、性质等的叙说。二者如何结合,则成为文体学发展新的课题,这就是刘勰文体论的创造。

三、《文心雕龙》的"释名以章义"

《文心雕龙》的"释名以章义",从文体释名展开讨论,成为文章释体一般性方法。

文体命名在古代文体论中应该具有什么样的地位?《论语·子路》载,孔子曰:"必也正名乎!"又曰:"名不正,则言不顺;言不顺,则事不成;事不成,则礼乐不兴;礼乐不兴,则刑罚不中;刑罚不中,则民无所错手足。故君子名之必可言也,言之必可行也。君子于其言,无所苟而已矣。"③也就是说,君子之言要做到"无所苟而已矣",必须考察事物之"名",即"必也正名乎"。因此,要讨论文

---

① 任继昉纂《释名汇校》,齐鲁书社,2006年,第331页。
② 同上。
③ 《论语注疏》,《十三经注疏》,上海古籍出版社,1997年,第2506页。

体,必须关注文体之"名"。古代文体论之集大成者刘勰可能就是这样想的,其《文心雕龙》的《序志》篇所称"释名以章义",即从文体命名出发来考察文体,以文体命名来阐释文体内涵;倒过来,刘勰要以文体功能、文体实施的过程或文体的效果等文体特征来解释文体命名,确立文体的"名正言顺"。确定文体名与文体性质、功能、效果等的关系,即在文体的名实关系中讨论文体,体现出考察文体命名与其性质、功能、效果等的内在逻辑。以下只录刘勰所云"释名以章义"即文体释名部分,以展示其文体释名的特点。

《明诗》:"诗者,持也,持人情性;三百之蔽,义归无邪,持之为训,有符焉尔。"①诗"为什么作"?即"持人情性",就是保持端正人的思想情感。这是以文体功能阐述诗的命名,但这种阐述是可逆的,即可以说是以诗的命名阐述诗的文体功能。以下所举之例皆如是。

《诠赋》:"赋者,铺也,铺采摛文,体物写志也。"②以"铺采摛文"来"体物写志"是赋的"怎么作"。这是以文体作法阐述赋的命名。

《颂赞》:"颂者,容也,所以美盛德而述形容也。"③"容",德行包容一切,因而颂之。郑玄《周颂谱》:"颂之言容。天子之德,光被四表,格于上下,无不覆焘,无不持载,此之谓容。"正义:"颂之言容,歌成功之容状也。"④或曰歌舞之容状,《释名·释言语》:"颂,容也,序说其成功之形容也。"⑤前者是以文体"为什么作"阐述"颂"的命名,即"美盛德"也;后者是以"怎么作"阐述"颂"的命名,即"述形容"也。"赞者,明也,助也。"⑥"赞"是说明,是辅助。所谓"明也",即辅助以便使读者能够明白。以后史传之赞也只是辅助之

---

① 刘勰撰,詹锳义证《文心雕龙义证》,上海古籍出版社,1989年,第171页。
② 同上书,第270页。
③ 同上书,第313页。
④ 《毛诗正义》,《十三经注疏》,上海古籍出版社,1997年,第581页。
⑤ 任继昉纂《释名汇校》,齐鲁书社,2006年,第177页。
⑥ 刘勰撰,詹锳义证《文心雕龙义证》,上海古籍出版社,1989年,第338页。

文,辅助传记正文。"助也",依行为动作的"做什么"阐述文体命名;"明也",是以文体"为什么作"阐述文体命名。

《祝盟》:"天地定位,祀遍群神……祝史陈信,资乎文辞。"①"祝"为"祀遍群神"所咏文辞,这是以"祝"体的"做什么"阐述"祝"体命名。"祝史陈信,资乎文辞",这是以"为什么作"阐述"祝"体的命名。"盟者,明也。骍毛白马,珠盘玉敦,陈辞乎方明之下,祝告于神明者也。"②"明也",向神表明心迹,那么,向人表明心迹就是顺理成章的。这是以"为什么作"阐述"盟"体命名。

《铭箴》:"先圣鉴戒,其来久矣。故铭者,名也,观器必也正名,审用贵乎盛德。"③前面讲"铭"的"为什么作",即"鉴戒"。而"名也",《释名·释典艺》:"铭,名也,述其功美,使可称名也。"④则讲"铭"的"怎么作",器物要与其名对应,即"正名"。分别以"为什么作"及"怎么作"阐述文体命名。"箴者,针也,所以攻疾防患,喻针石也。"⑤以"为什么作"阐述文体命名。

《诔碑》:"诔者,累也,累其德行,旌之不朽也。"⑥"累也",累积,就是以"怎么作"阐述文体命名。"碑者,埤也。"⑦"埤",增益;无论在山上立碑还是在地面立碑,都是有所增益。这是以"做什么"阐述文体命名,文体命名与文体释名重合了。

《哀吊》:"哀者,依也。悲实依心,故曰哀也。"⑧"哀",即哀悼时讲的话,而这里讲哀从心出,是说哀的行为动作过程。虽然"哀""依"同声为训,《说文》:哀,"闵也。从口,衣声"⑨。但这又是形

---

① 刘勰撰,詹锳义证《文心雕龙义证》,上海古籍出版社,1989年,第355页。
② 同上书,第377页。
③ 同上书,第388—394页。
④ 任继昉纂《释名汇校》,齐鲁书社,2006年,第346页。
⑤ 刘勰撰,詹锳义证《文心雕龙义证》,上海古籍出版社,1989年,第409页。
⑥ 同上书,第427页。
⑦ 同上书,第443页。
⑧ 同上书,第464页。
⑨ 许慎撰,段玉裁注《说文解字注》,上海古籍出版社,1981年,第61页。

训,用字的形体释义。"吊者,至也。《诗》云:'神之吊矣。'言神至也。"①这是从"神至"讲吊须人至,以"做什么"阐释文体命名。

《杂文》:"七"体,"盖七窍所发,发乎嗜欲,始邪末正,所以戒膏粱之子也"②。"对问",顾名思义。"连珠"体,"业深综述,碎文琐语,肇为《连珠》,其辞虽小,而明润矣"③,亦如文体命名。此三者均切合"做什么"的文体命名来释名。

《谐讔》:"谐之言皆也,辞浅会俗,皆悦笑也。"④"皆也",诙谐嘲笑的文章就是要使大家听了都高兴。以"为什么作"阐述文体名。"讔者,隐也。遁辞以隐意,谲譬以指事也。"⑤讔即隐语,既是"做什么"又是"怎么作"。

《史传》:"史者,使也。执笔左右,使之记也。"⑥以"为什么作"释文体名。"传者,转也;转受经旨,以授于后。"⑦从"怎么作"释文体名。

《论说》:"述经叙理曰论。论者,伦也;伦理无爽,则圣意不坠。"⑧"伦也","论"要与圣意并列,以"怎么作"释文体名。"说者,悦也;兑为口舌,故言资悦怿;过悦必伪,故舜惊谗说。"⑨"悦也",以"为什么作"释文体名。

《诏策》:"诏者,告也。"⑩告知是"诏"作为行为动作的本义。以文体命名"做什么"释文体名,二者重合。"策者,简也。"⑪以书写工具释文体名,与文体意味无关。

---

① 刘勰撰,詹锳义证《文心雕龙义证》,上海古籍出版社,1989年,第474页。
② 同上书,第491页。
③ 同上书,第496页。
④ 同上书,第529页。
⑤ 同上书,第539页。
⑥ 同上书,第560页。
⑦ 同上书,第569页。
⑧ 同上书,第665页。
⑨ 同上书,第707页。
⑩ 同上书,第730页。
⑪ 同上。

《檄移》:"檄者,皦也。宣露于外,皦然明白也。"①"皦也",以"怎么作"释名。"移者,易也,移风易俗,令往而民随者也。"②"易也",以"为什么作"释名。

《章表》:"章者,明也。《诗》云'为章于天',谓文明也。其在文物,赤白曰章。"③"明也",以"怎么作"释名。"表者,标也。《礼》有《表记》,谓德见于仪。其在器式,揆景曰表。"④"标也",说臣下的进言,既要说得明白,又要有明白的功效,以"怎么作"释名。

《奏启》:"奏者,进也。"⑤"奏",进;进献。以文体"做什么"释文体名,二者重合。"启者,开也。高宗云'启乃心,沃朕心',取其义也。"⑥以"为什么作"释名。

《议对》:"'周爰咨谋',是谓为议。议之言宜,审事宜也。"⑦"议之言宜",以"为什么作"释名。"对",以文体命名"做什么"释名,二者重合。

《书记》:"大舜云:'书用识哉!'所以记时事也。……故书者,舒也。舒布其言,陈之简牍。"⑧"舒布其言"以记下文字,以"怎么作"释名。"书记"下附录二十四种文体,义多同上,不述。

除《诸子》《封禅》没有文体释名外,我们看到刘勰文体释名的三种方法:一是依文体的"做什么",二是依文体的"怎么作",三是依文体的"为什么作",或有其中二者结合而相论者。总之,是用训诂的方式来释名,或音训,或义训,或形训,或直寻,从对文体名的训诂中得出文体的某些意味。刘勰太执着于用训诂的方式来释名,有时不得不牵强附会,如称"吊者,至也。《诗》云:'神之吊矣。'言神

---

① 刘勰撰,詹锳义证《文心雕龙义证》,上海古籍出版社,1989年,第766页。
② 同上书,第785页。
③ 同上书,第826页。
④ 同上。
⑤ 同上书,第852页。
⑥ 同上书,第873页。
⑦ 同上书,第882页。
⑧ 同上书,第918页。

至也",《尔雅·释诂》:"吊……至也。"①周振甫称:"《诗·小雅·天保》:'神之吊矣,诒尔多福。'是神降赐福。这个吊与吊丧之吊音义均不同。刘勰没有弄清两者的分别,把它们混淆了。"②

因此,刘勰用训诂文体命名的方式来阐释文体名,其真正目的是阐述文体特征,无论他怎么释名,文体释名本身就是要把文体的各种功能、目的、作法等与文体命名联系在一起,显示出其是从文体命名出发研究文体的,是从文体内部出发研究文体的。于是,或有先入为主之嫌,即以先就掌握的文体各种功能、目的、作法等来推导文体名的意味。但是,文体因"做什么"而命名,与文体的"怎么作""为什么作"得到了统一,文体的"名"与"实"得到了统一;在这里也显示出文体的"怎么作""为什么作"是由文体的"做什么"规定的。这是在用文体本身"做什么"来阐释、推导文体应该"怎么作""为什么作",使文体应该"怎么作""为什么作"成为文体的必然,或者说使文体的或然成为文体的必然。使人们对文体的规定性更有信心。

以上论述了古代文体命名与文体释名的情况,显示了中古时代文体学对文体之名的关注,即以"做什么"命名的文体,与文体的"怎么作""为什么作""作得怎么样"是紧密联系在一起的。从文体命名出发讨论文体,可说是我们传统文体论的一个特点,这是我们民族文论的一个优秀传统,今天我们仍有运用,如钱锺书曾论经典一名多义的情况:

《论易之三名》:"《易纬乾凿度》云:'易一名而含三义,所谓易也,变易也,不易也。'郑玄依此义作《易赞》及《易论》云:'易一名而含三义:易简一也,变易二也,不易三也。'"按《毛诗正义·诗谱序》:"诗之道放于此乎。"《正义》:"然则诗有三训:

---

① 郭璞注,邢昺疏《尔雅注疏》,《十三经注疏》,上海古籍出版社,1997年,第2568页。
② 刘勰著,周振甫注《文心雕龙注释》,人民文学出版社,1981年,第141页。

承也,志也,持也。作者承君政之善恶,述己志而作诗,所以持人之行,使不失坠,故一名而三训也。"皇侃《论语义疏》自序:"舍字制音,呼之为'伦'。……一云:'伦'者次也,言此书事义相生,首末相次也。二云:'伦'者理也,言此书之中蕴含万理也。三云:'伦'者纶也,言此书经纶今古也。四云:'伦'者轮也,言此书义旨周备,圆转无穷,如车之轮也。"①

钱锺书又有"诗"之一名三训②、"风"之一名三训③之论,这就给我们提供了一个讨论文体的路径,即如何从文体命名多方面考察文体的性质、功能等。

第三节 "原始以表末":
追溯文体发展历程

一、文体的"口笔之辨"

刘勰是把文体发展的历程与时代的变化联系在一起论述,把文体的发展、变化与在上位者、统治阶级的推动联系在一起论述,这是《文心雕龙》追溯文体发展历程的总纲。如《时序》篇开宗明义就提出"时运交移,质文代变"④,以之论述文学的发生与发展。在概括先秦歌诗的情况后,归结为"故知歌谣文理,与世推移",但其接着说"风动于上,而波震于下者",⑤称统治阶级的政治教化像风那样在上吹动,于是就有歌诗像水波那样在下面震荡。《时序》篇最后又称

---

① 钱锺书《管锥编》,中华书局,1986年,第1页。
② 同上书,第57页。
③ 同上书,第58—59页。
④ 刘勰撰,詹锳义证《文心雕龙义证》,上海古籍出版社,1989年,第1653页。
⑤ 同上书,第1657页。

"故知文变染乎世情,兴废系乎时序"①,这种对文学发展的概括,从诗歌文体的发展看,同样是适用于文体发展的。

王充《论衡·定贤》称"口出以为言,笔书以为文"②,其《自纪》有"口辩者其言深,笔敏者其文沉",又称"口则务在明言,笔则务在露文",称"口无择言,笔无择文",③他只是提出了文体的"口出"与"笔书"。后世继而言之,如葛洪《抱朴子·喻蔽》称"发口为言,著纸为书"④,颜延之说"笔之为体,言之文也,经典则言而非笔,传记则笔而非言"⑤,则冠以写作方法的不同,并举例说明。刘勰《文心雕龙》继承了前人对"文笔之辨"的关注,其《总术》篇辨析颜延之所说,称"发口为言,属笔曰翰"⑥,此称文体有"发口"与"属笔"二分;其《章表》篇称尧舜的章表"并陈辞帝庭,匪假书翰",这是说章表文体先是"言",即"口出",又称周时的章表"言笔未分",⑦即"口出""笔书"并存。刘勰认为,文体的形成与发展,最早的情况必定是先"口出"后"笔书",以后或直接为"笔书",《文心雕龙》论文体时"原始以表末",这两种情况都说到了。

二、文体从"口出"到"笔书"

刘勰论文体发展时,往往论述该文体的"口出""笔书"两分的情况,以及如何从"口出"到"笔书",以下依刘勰《文心雕龙》各章的次序举例。

诗,《文心雕龙·明诗》称"在心为志,发言为诗"⑧,《时序》称"昔在陶唐,德盛化钧,野老吐'何力'之谈,郊童含'不识'之歌。有

---

① 刘勰撰,詹锳义证《文心雕龙义证》,上海古籍出版社,1989年,第1713页。
② 王充《论衡》,上海人民出版社,1974年,第420页。
③ 同上书,第450、452页。
④ 葛洪《抱朴子》,"诸子百家丛书"本,上海古籍出版社,1990年,第305页。
⑤ 刘勰撰,詹锳义证《文心雕龙义证》引,上海古籍出版社,1989年,第1627页。
⑥ 同上书,第1629页。
⑦ 同上书,第820—822页。
⑧ 同上书,第171页。

虞继作,政阜民暇,'薰风'诗于元后,'烂云'歌于列臣"①,这是述说诗作为最早的"文",最早是"口出以为言"的。

乐府,《文心雕龙·乐府》称其本来是"匹夫庶妇,讴吟土风",但到"诗官采言"之时,②就有了进入"笔书"的阶段的可能。刘师培《论文杂记》谓:

> 上古之时,先有语言,后有文字。有声音,然后有点画;有谣谚,然后有诗歌。谣谚二体,皆为韵语。"谣"训"徒歌",歌者永言之谓也。"谚"训"传言",言者直言之谓也。盖古人作诗,循天籁之自然,有音无字,故起源亦甚古。观《列子》所载,有尧时谣,孟子之告齐王,首引夏谚,而《韩非子·六反篇》或引古谚,或引先圣谚,足征谣谚之作先于诗歌。厥后诗歌继兴,始著文字于竹帛。③

诗是韵语中较早以文字著录者;就诗而言,又始终是"口出""笔书"共存的。

赋,《文心雕龙·诠赋》:

> 郑庄之赋"大隧",士蒍之赋"狐裘",结言短韵,词自己作,虽合赋体,明而未融。……繁积于宣时,校阅于成世,进御之赋,千有余首。④

"郑庄之赋'大隧'"云云是赋的"口出以为言"阶段,而到"进御之赋,千有余首",则是以"笔书以为文"为主的阶段。

"颂",《文心雕龙·颂赞》称"昔帝喾之世,咸墨为颂,以歌《九韶》",称"颂主告神"之"斯乃宗庙之正歌,非宴飨之常咏也",称

---

① 刘勰撰,詹锳义证《文心雕龙义证》,上海古籍出版社,1989年,第1653页。
② 同上书,第226页。
③ 刘师培《中国中古文学史 论文杂记》,人民文学出版社,1959年,第110—111页。
④ 刘勰撰,詹锳义证《文心雕龙义证》,上海古籍出版社,1989年,第274—280页。

"晋舆之称原田,鲁民之刺裘鞸,直言不咏,短辞以讽,丘明、子高,并谓为颂",这些"歌""咏""讽""颂"的"颂"都在"口出"阶段。《颂赞》又称"秦政刻文,爰颂其德;汉之惠景,亦有述容"之"颂",①则明言为"笔书"。

"赞",《文心雕龙·颂赞》:

> 赞者,明也,助也。昔虞舜之祀,乐正重赞,盖唱发之辞也。及益赞于禹,伊陟赞于巫咸,并扬言以明事,嗟叹以助辞也。故汉置鸿胪,以唱言为赞,即古之遗语也。②

以上为"口出"之"赞"。以下为"笔书"之"赞":

> 至相如属笔,始赞荆轲。及迁《史》固《书》,托赞褒贬,约文以总录,颂体以论辞;又纪传后评,亦同其名。③

从"口出"之"赞"到"笔书"之"赞",其演变关系体现在"助",画赞是对画的说明,史赞是对史的说明。

"箴""铭",《文心雕龙·铭箴》篇称"斯文之兴,盛于三代。夏商二箴,余句颇存";"铭辞代兴,箴文萎绝";"箴诵于官,铭题于器"。④ 那么,箴主要为"口出以为言",而铭则"笔书以为文",所以,刘勰把二者的关系归纳为"铭辞代兴,箴文萎绝","笔书"的警戒兴起,"口出"的警戒就衰弱了。箴文在汉代后再次兴起,则都是"笔书以为文"了。

"谐",《文心雕龙·谐讔》篇:

> 谐之言皆也,辞浅会俗,皆悦笑也。昔齐威酣乐,而淳于说甘酒;楚襄宴集,而宋玉赋《好色》。意在微讽,有足观者。及优

---

① 刘勰撰,詹锳义证《文心雕龙义证》,上海古籍出版社,1989年,第313—322页。
② 同上书,第338—340页。
③ 同上书,第342页。
④ 同上书,第409、413、420页。

> 旃之讽漆城,优孟之谏葬马,并谲辞饰说,抑止昏暴。①

"谐"在现实运用时皆为"口出",刘勰又称"子长编史,列传《滑稽》","魏文因俳说以著笑书",这是由"口出"而"笔书",至刘勰所称"潘岳丑妇之属,束皙卖饼之类,尤而效之,盖以百数",②则是纯粹的"笔书"。

"讔",《文心雕龙·谐讔》篇:

> 讔者,隐也。遁辞以隐意,谲譬以指事也。昔还社求拯于楚师,喻眢井而称麦曲;叔仪乞粮于鲁人,歌佩玉而呼庚癸;伍举刺荆王以大鸟,齐客讥薛公以海鱼;庄姬托辞于龙尾,臧文谬书于羊裘。③

"臧文谬书于羊裘"见《列女传》的记载,是臧文仲把隐语写在书信中,这自然是"笔书";其他都为"口出"。"谐""讔"从"口出"到"笔书"的路径有二:一是"谐""讔"的撰作主体为"笔书",即专门的"笔书"之"谐""讔";二是记载他人的"谐""讔"而从"口出"到"笔书"。

"说",《文心雕龙·论说》称"说者,悦也;兑为口舌,故言资悦怿",其所举"说之善者",都是论证"说"的"口出以为言"的性质;而称"暨战国争雄,辨士云涌;从横参谋,长短角势;转丸骋其巧辞,飞钳伏其精术。一人之辨,重于九鼎之宝;三寸之舌,强于百万之师",更是"口出以为言"。《论说》以下则专门说到"笔书"之"说",所谓"说贵抚会,弛张相随,不专缓颊,亦在刀笔",如"范雎之言事,李斯之止逐客,并烦情入机,动言中务,虽批逆鳞,而功成计合,此上书之善说也"以及"邹阳之说吴、梁",这是"上书"之"说"。④

---

① 刘勰撰,詹锳义证《文心雕龙义证》,上海古籍出版社,1989年,第529—530页。
② 同上书,第530—535页。
③ 同上书,第539—541页。
④ 同上书,第707—717页。

章表,《文心雕龙·章表》篇称:章表一开始是"敷奏以言",是"陈辞帝庭,匪假书翰",称"周监二代"的"言笔未分",①则周时已有"笔书以为文"的章表了。

三、刘勰论"笔书"的文体

《文心雕龙》所论的文体中,有些起始即为"笔书"的文体。
"铭",《文心雕龙·铭箴》篇:

> 昔帝轩刻舆几以弼违,大禹勒笋簴而招谏。成汤盘盂,著日新之规;武王户席,题必戒之训。周公慎言于金人,仲尼革容于欹器,则先圣鉴戒,其来久矣。……夏铸九牧之金鼎,周勒肃慎之楛矢,令德之事也;吕望铭功于昆吾,仲山镂绩于庸器,计功之义也;魏颗纪勋于景钟,孔悝表勤于卫鼎,称伐之类也。②

这些是说"铭"都要刻于器物之上的。
碑,《文心雕龙·诔碑》篇:

> 碑者,埤也。上古帝皇,纪号封禅,树石埤岳,故曰碑也。周穆纪迹于弇山之石,亦古碑之意也。又宗庙有碑,树之两楹,事止丽牲,未勒勋绩。而庸器渐缺,故后代用碑,以石代金,同乎不朽,自庙徂坟,犹封墓也。③

在山上树石或在宗庙树石,就是碑,本来都是不刻字的;刻了字,就是碑文。

"吊",《文心雕龙·哀吊》:

> 吊者,至也。《诗》云:"神之吊矣。"言神至也。君子令终定谥,事极理哀,故宾之慰主,以至到为言也。压溺乖道,所以不

---

① 刘勰撰,詹锳义证《文心雕龙义证》,上海古籍出版社,1989年,第820—822页。
② 同上书,第388—394页。
③ 同上书,第443—444页。

吊矣。又宋水郑火,行人奉辞,国灾民亡,故同吊也。①

"吊"一开始就是"笔书以为文",《文心雕龙·书记》篇所谓"又子叔敬叔进吊书于滕君,固知行人挈辞,多被翰墨矣"②。

檄,《文心雕龙·檄移》篇:

> 暨乎战国,始称为檄。檄者,皦也。宣露于外,皦然明白也。张仪檄楚,书以尺二,明白之文,或称露布。露布者,盖露板不封,播诸视听也。③

到战国时才正式有檄的名称,是"书以尺二"的"笔书"。

封禅文,《文心雕龙·封禅》篇:

> 昔黄帝神灵,克膺鸿瑞,勒功乔岳,铸鼎荆山。④

"勒功""铸鼎",自然是最早的"笔书"。颜延之《庭诰》云:

> 荀爽云:诗者古之歌章,然则雅诵之乐篇全矣,是以后之诗者,率以歌为名。及秦勒望岳,汉祀郊宫,辞著前史者,文变之高制也。虽雅声未至,弘丽难追矣。⑤

从"率以歌为名"到"秦勒望岳",即是从"口出"到"笔书",所以《庭诰》称"文变之高制也"。

"书",《文心雕龙·书记》篇:

> 三代政暇,文翰颇疏。《春秋》聘繁,书介弥盛。绕朝赠士会以策,子家与赵宣以书,巫臣之遗子反,子产之谏范宣,详观四书,辞若对面。⑥

---

① 刘勰撰,詹锳义证《文心雕龙义证》,上海古籍出版社,1989年,第474—476页。
② 同上书,第920页。
③ 同上书,第764—766页。
④ 同上书,第798页。
⑤ 李昉等《太平御览》,中华书局,1960年,第2639—2640页。
⑥ 刘勰撰,詹锳义证《文心雕龙义证》,上海古籍出版社,1989年,第920页。

被称为"文翰"的"书",一开始就是"笔书"。《书记》篇又称:

> 及七国献书,诡丽辐凑;汉来笔札,辞气纷纭。观史迁之《报任安》,东方朔之难公孙,杨恽之酬会宗,子云之答刘歆,志气盘桓,各含殊采;并杼轴乎尺素,抑扬乎寸心。①

称其为"笔札",称其"杼轴乎尺素",当然更是"笔书"了。

《文心雕龙》还有对文体自身历史的阐述,此处选后起的文体作为示例。如"启",《文心雕龙·奏启》:

> 启者,开也。高宗云"启乃心,沃朕心",取其义也。孝景讳启,故两汉无称。至魏国笺记,始云启闻。奏事之末,或云"谨启"。自晋来盛启,用兼表奏。陈政言事,既奏之异条;让爵谢恩,亦表之别干。②

《文章缘起》称"启,晋吏部郎山涛作《选启》",刘勰也认为"自晋来盛启",但对"启"的文体史做了更详尽的阐述,先是从《尚书》讲"启"这一文体的释名,又讲两汉为什么无"启",再述魏时只是在文中有"启闻""谨启"的字样,最后述"启"形成文体。

第四节 "选文以定篇":文体的经典作品

一、文体经典作品形成的历史选择

经典,指具有典范性、权威性的、经久不衰的万世之作,是经过历史选择出来的、最能表现本行业的精髓的、最具代表性的、最完美的作品。经典的核心是最具代表性、最完美的作品,经典的形成路径,最重要的是经过历史选择。经典形成的历史选择,好像是受到

---

① 刘勰撰,詹锳义证《文心雕龙义证》,上海古籍出版社,1989年,第924页。
② 同上书,第873页。

时代、社会的广泛欣赏最为重要,这有点似是而非,因为受到这个时代的广泛欣赏与欢迎,不见得就会受到另一个时代的广泛欣赏与欢迎,那么作品就很难说一定是经典;因此,经久不衰的广泛欣赏与欢迎也是非常重要的。

一般来说,经典形成的历史选择以总集的载录为主。《隋书·经籍志》称挚虞《文章流别》为"采摘孔翠,芟剪繁芜",后世"以为覃奥,而取则焉";①《文章流别》称"后世以来,器铭之佳者,有王莽鼎铭,崔瑗机铭,朱公叔鼎铭,王粲砚铭,咸以表显功德"②。萧统《文选》也称录取作品是"略其芜秽,集其清英",其所录作品可为经典。隋唐兴起的类书,其目的在于"俾夫览者易为功,作者资其用,可以折衷今古,宪章坟典云尔"③,故所录作品亦多为经典,其中一些又有摘句批评的意味。

在总集产生之前,经典形成的历史选择以史书的著录、论述为主。

文章最早的存世方式是以"成文"形式被史官作为史料保存,刘知几《史通·史官建置》论"为史之道,其流有二"云:

> 书事记言,出自当时之简;勒成删定,归于后来之笔。④

史书是依照"当时之简""删定"而"勒成"的,"当时之简"中有已成型的文章,这才是所谓"成文"。《国语·楚语上》载申叔时列举太子学习的九种教材,除《诗》《礼》《乐》外,有记事的史书《春秋》《世》,记言的史书《令》《语》《故志》《训典》,这些"言"就是"成文"。

文章最早的传播方式之一是被编纂入史书。史官把"成文"编纂入史书,即"载言""载文";司马迁作《史记》,也是掌握一批"成

---

① 魏徵、令狐德棻《隋书》,中华书局,1973年,第1089—1090页。
② 李昉等《太平御览》卷五百九十,中华书局,1960年,第2657页。
③ 欧阳询《艺文类聚》,上海古籍出版社,1982年,第27页。
④ 刘知几著,浦起龙通释《史通通释》,上海古籍出版社,2009年,第301页。

文"的,《史记·太史公自序》:"百年之间,天下遗文古事靡不毕集太史公。太史公仍父子相续纂其职。""成文"为《史记》的主要篇幅之一。《史记·屈原贾生列传》载录《怀沙之赋》《吊屈原赋》《鵩鸟赋》,其篇末云:

> 太史公曰:余读《离骚》《天问》《招魂》《哀郢》,悲其志。适长沙,观屈原所自沉渊,未尝不垂涕,想见其为人。及见贾生吊之,又怪屈原以彼其材,游诸侯,何国不容,而自令若是。读《服鸟赋》,同死生,轻去就,又爽然自失矣。①

司马迁录邹阳《狱中上书》全文,篇末太史公曰:

> 邹阳辞虽不逊,然其比物连类,有足悲者,亦可谓抗直不挠矣,吾是以附之列传焉。②

又,《司马相如列传》载录传主文章,原因是武帝"读《子虚赋》而善之",于是,司马相如"请为《天子游猎赋》,赋成奏之";载录赋作的原因就是作品是美文,"相如他所著,若《遗平陵侯书》《与五公子相难》《草木书》篇不采,采其尤著公卿者云"。③"著"者,著名的美文也。

章学诚《文史通义·诗教下》盛赞《史记》《汉书》的"载文",尤其是载录赋作,其云:"马、班二史,于相如、扬雄诸家之著赋,俱详著于列传。""盖为后世文苑之权舆,而文苑必致文采之实迹。""然而汉廷之赋,实非苟作,长篇录入于全传,足见其人之极思。"④这样说来,《史记》《汉书》的"载文",也是经过"选文以定篇"的,由于"载文",世人读史,也在读"文章"了。

史书纪传体记人,更注重论说经典作家,如沈约《宋书·谢灵运

---

① 司马迁《史记》,中华书局,1982年,第2503页。
② 同上书,第2479页。
③ 同上书,第3002、3073页。
④ 章学诚著,叶瑛校注《文史通义校注》,中华书局,1985年,第80页。

传论》曰:

> 屈平、宋玉,导清源于前,贾谊、相如,振芳尘于后,英辞润金石,高义薄云天。自兹以降,情志愈广。王褒、刘向、扬、班、崔、蔡之徒,异轨同奔,递相师祖。虽清辞丽曲,时发乎篇,而芜音累气,固亦多矣。若夫平子艳发,文以情变,绝唱高踪,久无嗣响。至于建安,曹氏基命,二祖陈王,咸蓄盛藻,甫乃以情纬文,以文被质。自汉至魏,四百余年,辞人才子,文体三变。相如巧为形似之言,班固长于情理之说,子建、仲宣以气质为体,并标能擅美,独映当时。是以一世之士,各相慕习,原其飚流所始,莫不同祖《风》《骚》。徒以赏好异情,故意制相诡。降及元康,潘、陆特秀,律异班、贾,体变曹、王,缛旨星稠,繁文绮合。缀平台之逸响,采南皮之高韵,遗风余烈,事极江右。

也有对经典作品的论述:

> 至于先士茂制,讽高历赏,子建函京之作,仲宣霸岸之篇,子荆零雨之章,正长朔风之句,并直举胸情,非傍诗史,正以音律调韵,取高前式。①

此四篇诗分别为曹植的《赠丁仪王粲诗》、王粲的《七哀诗》、王瓒的《杂诗》、孙楚的《征西官属送于陟阳侯作诗》。

二、以文体而论的"选文以定篇"

一般来说,作品是文学批评撰作的依据,尤其是指导写作的书,但是,以作品为依据来进行文学批评、指导写作,并不见得一定要"选文以定篇",如陆机撰作《文赋》。而刘勰是明确把"选文以定篇"作为其"论文叙笔"的文体论的一个组成部分,就是说要具体论述作品;"选文以定篇"是《文心雕龙》撰作的依据。

---

① 沈约《宋书》,中华书局,1974 年,第 1778—1779 页。

刘勰提出的"选文以定篇",也是经典形成的历史选择的一个路径,是以举出诸文体的经典作品来实现的。如《诠赋》述汉赋之经典作品:

> 观夫荀结隐语,事数自环,宋发巧谈,实始淫丽。枚乘《菟园》,举要以会新;相如《上林》,繁类以成艳;贾谊《鹏鸟》,致辨于情理;子渊《洞箫》,穷变于声貌;孟坚《两都》,明绚以雅赡;张衡《二京》,迅发以宏富;子云《甘泉》,构深伟之风;延寿《灵光》,含飞动之势。凡此十家,并辞赋之英杰也。①

此处论"辞赋之英杰"即辞赋作品的经典,作品是系于人下的,对作品有简短评语,是对其为什么优秀做出的说明。

又如《杂文》称"对问"的经典曰:

> 宋玉含才,颇亦负俗,始造"对问",以申其志,放怀寥廓,气实使之。②

> 自《对问》已后,东方朔效而广之,名为《客难》,托古慰志,疏而有辨。扬雄《解嘲》,杂以谐谑,回环自释,颇亦为工。班固《宾戏》,含懿采之华;崔骃《达旨》,吐典言之裁;张衡《应间》,密而兼雅;崔寔《客讥》,整而微质;蔡邕《释诲》,体奥而文炳;景纯《客傲》,情见而采蔚;虽迭相祖述,然属篇之高者也。③

如果说刘勰把"对问"的作品都列举了,其实不然。因为以下接着说:"至于陈思《客问》,辞高而理疏;庾敳《客咨》,意荣而文悴。斯类甚众,无所取才矣。"④所谓"斯类甚众,无所取才矣",就是说不经典、不优秀的就"无所取才"。再看《杂文》称"七"的经典,既称"自

---

① 刘勰撰,詹锳义证《文心雕龙义证》,上海古籍出版社,1989年,第289页。
② 同上书,第489页。
③ 同上书,第499—501页。
④ 同上书,第505页。

《七发》以下,作者继踵,观枚氏首唱,信独拔而伟丽矣。及傅毅《七激》,会清要之工;崔骃《七依》,入博雅之巧;张衡《七辨》,结采绵靡;崔瑗《七厉》,植义纯正;陈思《七启》,取美于宏壮;仲宣《七释》,致辨于事理"①,这些是经典。又称"自桓麟《七说》以下,左思《七讽》以上,枝附影从,十有余家。或文丽而义暌,或理粹而辞驳。观其大抵所归,莫不高谈宫馆,壮语畋猎。穷瑰奇之服馔,极蛊媚之声色"云云②,这"十有余家"就不是经典。

又如《书记》称汉代"书"的经典曰:

> 汉来笔札,辞气纷纭。观史迁之《报任安》,东方朔之难公孙,杨恽之酬会宗,子云之答刘歆,志气盘桓,各含殊采;并杼轴乎尺素,抑扬乎寸心。③

这里称说的作品,是"各含殊采"的,所以是经典。

就述文体而论说经典,很多情况是整体述之,如《明诗》篇,对诗歌不以名篇、经典称之,而是以总体论,如:

> 暨建安之初,五言腾踊,文帝、陈思,纵辔以骋节;王、徐、应、刘,望路而争驱;并怜风月,狎池苑,述恩荣,叙酣宴,慷慨以任气,磊落以使才;造怀指事,不求纤密之巧,驱辞逐貌,唯取昭晰之能;此其所同也。④

或者可以说,建安诗歌在整体上就是经典。

三、以作家而论的"选文以定篇"

《文心雕龙》的"选文以定篇",有时是就某人的整体而论,如《诠赋》述魏晋时期的赋作:

---

① 刘勰撰,詹锳义证《文心雕龙义证》,上海古籍出版社,1989年,第507页。
② 同上书,第510—512页。
③ 同上书,第924页。
④ 同上书,第196页。

> 及仲宣靡密,发端必遒;伟长博通,时逢壮采;太冲、安仁,策勋于鸿规;士衡、子安,底绩于流制;景纯绮巧,缛理有余;彦伯梗概,情韵不匮,亦魏晋之赋首也。①

这是以人而论,以作品的整体风格特色而论,虽不见"选文以定篇"到底是哪些作品,但"选文以定篇"的作品一定是具有这样的特点的。

《才略》篇论述历代主要作家的才能、才华,其"赞曰":"才难然乎,性各异禀。一朝综文,千年凝锦。余采徘徊,遗风籍甚。无曰纷杂,皎然可品。"②意思是说:才华是很难得的,禀性不同,才华就不同;才华表现在写出好文章上,那是千古长存的锦绣,文采长久传播,影响十分显著。不要纷繁复杂,才华还是可以通过作品品评的。故《才略》或就作家的总体创作情况而言,或提及这些作家创作的某些作品,这些作品就是经典,如:"汉室陆贾,首发奇采,赋《孟春》而选典诰,其辩之富矣。"③"枚乘之《七发》,邹阳之上书,膏润于笔,气形于言矣。"④"(冯)敬通雅好辞说,而坎壈盛世,《显志》《自序》,亦蚌病成珠矣。"⑤"二班两刘,弈叶继采,旧说以为固文优彪,歆学精向,然《王命》清辩,《新序》该练,璿璧产于昆冈,亦难得而逾本矣。"⑥"刘劭《赵都》,能攀于前修;何晏《景福》,克光于后进;休琏风情,则《百壹》标其志;(应)吉甫文理,则《临丹》成其采。"⑦"张华短章,奕奕清畅,其《鹪鹩》寓意,即韩非之《说难》也。"⑧"左思奇才,业深覃思,尽锐于《三都》,拔萃于《咏史》,无遗力矣。潘岳敏给,辞自

---

① 刘勰撰,詹锳义证《文心雕龙义证》,上海古籍出版社,1989年,第300页。
② 同上书,第1833页。
③ 同上书,第1773页。
④ 同上书,第1776页。
⑤ 同上书,第1783页。
⑥ 同上书,第1785页。
⑦ 同上书,第1805页。
⑧ 同上书,第1809页。

和畅,钟美于《西征》,贾余于哀诔,非自外也。"①"(郭)景纯艳逸,足冠中兴,《郊赋》既穆穆以大观,《仙诗》亦飘飘而凌云矣。"②刘勰在这里提及的作品,可以说都是经典作品,他是以经典来称说作家的才华。

四、以写作方法而论的"选文以定篇"

《文心雕龙》或有以写作方法而论的"选文以定篇",此以经典作品证这些写作方法的运用,反过来说,又以这些写作方法的运用确定某些作品为经典,这是以作品的局部来确立的经典地位。

其《神思》先称"张衡研《京》以十年,左思练《都》以一纪。虽有巨文,亦思之缓也"③,又称"淮南(刘安)崇朝而赋《骚》","虽有短篇,亦思之速也",④这些是说无论写作时间长短,都产生了经典作品。

其《通变》曰:

> 枚乘《七发》云:"通望兮东海,虹洞兮苍天。"相如《上林》云:"视之无端,察之无涯,日出东沼,月生西陂。"马融《广成》云:"天地虹洞,固无端涯,大明出东,月生西陂。"扬雄《校猎》云:"出入日月,天与地沓。"张衡《西京》云:"日月于是乎出入,象扶桑于蒙汜。"此并广寓极状,而五家如一。诸如此类,莫不相循,参伍因革,通变之数也。⑤

列举五篇作品中"广寓极状"的"相循"情况,以此证明"参伍因革,通变之数",而这五篇作品则都是经典。

其《丽辞》曰:

---

① 刘勰撰,詹锳义证《文心雕龙义证》,上海古籍出版社,1989年,第1810页。
② 同上书,第1824页。
③ 同上书,第989页。
④ 同上书,第992页。
⑤ 同上书,第1097—1098页。

> 长卿《上林赋》云："修容乎礼园,翱翔乎书圃。"此言对之类也。宋玉《神女赋》云："毛嫱鄣袂,不足程式;西施掩面,比之无色。"此事对之类也。仲宣《登楼赋》云："钟仪幽而楚奏,庄舄显而越吟。"此反对之类也。孟阳《七哀》云："汉祖想枌榆,光武思白水。"此正对之类也。①

只有以经典作品中的"丽辞"为例,才有说服力,说明这些"言对""事对""反对""正对"是合乎作品创作事理的。

其《比兴》曰:

> 宋玉《高唐》云："纤条悲鸣,声似竽籁。"此比声之类也。枚乘《菟园》云："焱焱纷纷,若尘埃之间白云。"此则比貌之类也。贾生《鵩鸟》云："祸之与福,何异纠缠。"此以物比理者也。王褒《洞箫》云："优柔温润,如慈父之畜子也。"此以声比心者也。②

又曰:

> 马融《长笛》云："繁缛络绎,范蔡之说也。"此以响比辩者也。张衡《南都》云："起郑舞,茧曳绪。"此以容比物者也。③

同理,只有以经典作品中的"比辞"为例,才有说服力,但其下文又证"用乎比"而"忘乎兴"是"习小而弃大",故"文谢于周人也"。④

其《事类》曰:

> 唯贾谊《鵩赋》,始用鹖冠之说;相如《上林》,撮引李斯之书,此万分之一会也。及扬雄《百官箴》,颇酌于《诗》《书》;刘歆《遂初赋》,历叙于纪传;渐渐综采矣。⑤

---

① 刘勰撰,詹锳义证《文心雕龙义证》,上海古籍出版社,1989 年,第 1309—1310 页。
② 同上书,第 1362 页。
③ 同上书,第 1365 页。
④ 同上。
⑤ 同上书,第 1413—1415 页。

此举经典作品的用典情况,证文学创作中的典故运用。

以上可谓用"选文以定篇"来论述某些写作方法,或者倒过来,用某些写作方法来确立"选文以定篇"。

第五节 "敷理以举统":文体的体制规格

一、《文心雕龙》文体体制规格的体例

《文心雕龙》对每一文体体制规格的概括,即"敷理以举统";所谓"举统",就是提举出文体的"统"来,也就是该文体的标准。又,《文心雕龙》在下编的《定势》篇里,论述文体与风格的关系,也就是论述文体体制规格。其曰:

> 夫情致异区,文变殊术,莫不因情立体,即体成势也。势者,乘利而为制也。如机发矢直,涧曲湍回,自然之趣也。圆者规体,其势也自转;方者矩形,其势也自安:文章体势,如斯而已。①

"势",态势、姿势,就是指作品的体制规格,作品的风貌、风格。作品的"势",是依"体"、依文体而成的,刘勰在这里打比方,称机弩、曲涧、圆规、方矩所出者,自然就是直、回、圆、方,因此,何种文体所出者,自然与何种文体的"体"有关。以下刘勰举例说:

> 是以模经为式者,自入典雅之懿;效《骚》命篇者,必归艳逸之华;综意浅切者,类乏酝藉;断辞辨约者,率乖繁缛:譬激水不漪,槁木无阴,自然之势也。②

---

① 刘勰撰,詹锳义证《文心雕龙义证》,上海古籍出版社,1989年,第1113—1115页。

② 同上书,第1117页。

以何种文体为榜样或以何种风格为榜样,都能够心想事成,都能够达到目标,就看作家如何选择,这是作家的主观因素。以下又讲文体是各有"体势"的:

> 是以括囊杂体,功在铨别,宫商朱紫,随势各配。章表奏议,则准的乎典雅;赋颂歌诗,则羽仪乎清丽;符檄书移,则楷式于明断;史论序注,则师范于核要;箴铭碑诔,则体制于弘深;连珠七辞,则从事于巧艳:此循体而成势,随变而立功者也。①

詹锳先生说:"这一段话可以说是《文心雕龙》文体风格论的纲领。"②作家选择了文体,也就大致上决定了作品的风格,刘勰称,"虽复契会相参,节文互杂,譬五色之锦,各以本采为地矣"③,虽然时有通变,但"体势"的"本采"是不会改变的。在这里,刘勰把文体归纳为六个大类,对每个大类的文体做了"敷理以举统"的考察。

从以上所论,我们知道《文心雕龙》论文体的体制规格是分为两个层次的:一是每一文体都有"敷理以举统"的文体体制规格的概括;二是又有文体集合体的"敷理以举统",对某一类文体的体制规格的概括。而诸如"典雅""清丽""明断""核要""弘深""巧艳",各用两个字对六个大类的文体进行概括,这实际上是以风格化的词语订立文体的体制规格,称其为风格,是在陈述其写作理论的基础上概括出来的文体特征,风格只是其集中的、最终的体现而已。

以下依刘勰归纳的六个集合体来讨论其文体体制规格的阐述。

---

① 刘勰撰,詹锳义证《文心雕龙义证》,上海古籍出版社,1989年,第1124—1125页。
② 詹锳《〈文心雕龙〉的风格学》,人民文学出版社,1982年,第132页。我读博士时,导师詹锳先生给我们讲授《文心雕龙》文体风格论,即依这六大类,对《文心雕龙》文体风格论进行阐述。此处的论述,即依詹锳先生的论述而来,特此说明;并以此纪念先师詹锳先生。
③ 刘勰撰,詹锳义证《文心雕龙义证》,上海古籍出版社,1989年,第1129页。

二、章表奏议"准的乎典雅"

对"章表奏议"的论述,《文心雕龙》中有《章表》篇,所云有"章以谢恩,奏以按劾,表以陈请,议以执异"①,其论重在"章表";又有《奏启》《议对》二篇专论。

此举《奏启》中论"奏"之"体"为例:

> 夫奏之为笔,固以明允笃诚为本,辨析疏通为首。强志足以成务,博见足以穷理,酌古御今,治繁总要,此其体也。②

"奏"的体势,应当以明白公允、忠厚诚实为根本,以明辨分析疏达通畅为首要条件。对作者来说,强于记忆使其完成事务,见多识广使其穷究事理,参酌古例处理当今之事,治理繁杂政务抓住关键,这就是"奏"的体制规格。这是对"奏"的"敷理以举统"。

《定势》所称"章表奏议"的所谓"准的乎典雅",各篇皆有论述。《章表》:"章式炳贲,志在典谟";"表体多包,情伪屡迁。必雅义以扇其风,清文以驰其丽"。③ 此称"章"要表达明确,其榜样就是《尚书》的典谟;而"表"因为内容多样、情感多样,必须遵守雅正的文义与清新的文辞。《奏启》:"若乃按劾之奏,所以明宪清国"④,"必使理有典刑,辞有风轨,总法家之式,秉儒家之文"⑤。"奏"中的按察之类,因为是用来严明法制肃理国政的,必须说理有规范、语辞有标准,运用法家的裁断,使用儒家的文采。《议对》:"议贵节制,经典之体也。"⑥称"议"贵在有节度法制,经典就是如此的体制规格。

因此,诸篇对文体的"敷理以举统",合乎《定势》篇中对文体集

---

① 刘勰撰,詹锳义证《文心雕龙义证》,上海古籍出版社,1989年,第826页。
② 同上书,第862页。
③ 同上书,第844页。
④ 同上书,第863页。
⑤ 同上书,第871页。
⑥ 同上书,第882页。

合体"敷理以举统"的论述。综上所述,所谓"准的乎典雅"的体制规格,一是以典谟等经典为榜样,二是说理用辞有所"典刑""风轨",义雅而丽清。

三、赋颂歌诗"羽仪乎清丽"

《文心雕龙》对赋颂歌诗的论述,在《诠赋》《颂赞》《乐府》《明诗》四篇。此举《诠赋》"立赋之大体"为例:

> 情以物兴,故义必明雅;物以情观,故词必巧丽。丽词雅义,符采相胜,如组织之品朱紫,画绘之著玄黄。文虽杂而有质,色虽糅而有本,此立赋之大体也。①

"登高能赋",是因为看到景物引起了情思,由此而有赋的体制规格:情思是因为外物而兴起的,所以其内涵必须明白而雅正;外物是通过情思来观察的,所以文辞必须巧妙而艳丽。艳丽的文辞与雅正的内涵,就像玉的美质与纹理那样相得益彰,文采错杂而不失质素,色调丰富而仍有根本,如此的"立赋之大体"是合乎"羽仪乎清丽"的。

所谓"羽仪乎清丽",除了《诠赋》所述以外,《文心雕龙》又有其他叙述。《颂赞》:"颂惟典懿,辞必清铄。"②称"颂"的标准唯有典雅美好一途,所以文辞必须清明而光彩耀人。《乐府》:"夫乐本心术,故响浃肌髓,先王慎焉,务塞淫滥。"③称"乐"最要防止的就是邪僻而无节制。"故知诗为乐心,声为乐体;乐体在声,瞽师务调其器;乐心在诗,君子宜正其文。"④称"乐"不仅"声"要正,其"文"即歌辞也要正。其反面则是"艳歌""怨志""淫辞"横生,那么"正响焉生"?然而"俗听飞驰,职竞新异,雅咏温恭,必欠伸鱼睨;奇辞切

---

① 刘勰撰,詹锳义证《文心雕龙义证》,上海古籍出版社,1989年,第304页。
② 同上书,第334页。
③ 同上书,第229页。
④ 同上书,第251页。

至,则拊髀雀跃;诗声俱郑,自此阶矣"①,世上人们就是喜欢俗乐而不喜欢雅乐,这就是刘勰所认为的现实。对乐府的"羽仪乎清丽",刘勰是以批判现实为主的。《明诗》:"若夫四言正体,则雅润为本;五言流调,则清丽居宗。"②这是直称诗的文体要求。综上所述,所谓赋颂歌诗的"羽仪乎清丽",应该是"义必明雅"下的"词必巧丽","雅润"之下的"清丽"。

四、符檄书移"楷式于明断"

《文心雕龙》对符檄书移的论述,在《檄移》《书记》二篇。此举"书"为例,《书记》曰:

> 详总书体,本在尽言,言以散郁陶,托风采,故宜条畅以任气,优柔以怿怀。文明从容,亦心声之献酬也。若夫尊贵差序,则肃以节文。③

"书"体的总的要求,在于"尽言";"书"是用来排遣心中的郁闷幽结、表现个体的风度文采的,所以应该写得条贯畅达、随心任意,以达到优裕柔和、心情怿悦。因此,文辞明白、从容不迫,才能显示是真心的酬答;当然,如果地位有尊贵、身份有高低,"书"体还应该注意礼仪礼节。这是"楷式于明断"在"书"体上的表现。

"楷式于明断"在"符""檄""移"上也有具体要求。《书记》:"符者,孚也。征召防伪,事资中孚。三代玉瑞,汉世金竹,末代从省,易以书翰矣。"④称"符"就是讲信用,如征聘召集时要防止作伪,一定要信实可靠;所以夏、商、周三代用玉做信物,汉代用铜、竹,魏晋以来从简,才用文书。《檄移》:"凡檄之大体,或述此休明,或叙彼苛虐,指天时,审人事,算强弱,角权势,标蓍龟于前验,悬

---

① 刘勰撰,詹锳义证《文心雕龙义证》,上海古籍出版社,1989年,第255页。
② 同上书,第210页。
③ 同上书,第933页。
④ 同上书,第954页。

鉴于已然。"①"檄"的大体,一定要明白表达己方的"休明"或对方的"苛虐",方法则有指陈天意、审明人事、计算强弱、衡量权势,用经过征验的、过去的事来让大家看:"露板以宣众,不可使义隐,必事昭而理辨,气盛而辞断。"②"露板"是让大家看的,首先要意思明确,其次才是道理明辨、气势强盛、言语决断。又曰"移",或"文晓而喻博",或"辞刚而义辨",或"言约而事显"。③"书"体,《书记》:"陈之简牍,取象于夬,贵在明决而已。"④综上所述,所谓"楷式于明断",是"事昭""理辨"而"辞断"下的"条畅""任气"而"怿怀"。

五、史论序注"师范于核要"

《文心雕龙》对史论序注的论述,在《史传》《论说》二篇。此举"史"为例:

> 原夫载籍之作也,必贯乎百氏,被之千载,表征盛衰,殷鉴兴废,使一代之制,共日月而长存,王霸之迹,并天地而久大。⑤

此称史书之作,必定要总贯众多人物,跨越漫长岁月,揭示时代的盛衰,借鉴朝代的兴亡,使一代的典章制度、帝王的文功武绩与日月天地并存。所以,以下又强调"贵信史""顾实理",这就是"师范于核要"的意味。

所谓"师范于核要",就是司马迁的"实录"传统。《史传》称:"纪传为式,编年缀事,文非泛论,按实而书。"⑥突出"史"的"按实而书"。又称如何在"贵信史""顾实理"的统领下组织材料:"至于寻繁领杂之术,务信弃奇之要,明白头讫之序,品酌事例之条,晓其大

---

① 刘勰撰,詹锳义证《文心雕龙义证》,上海古籍出版社,1989年,第780页。
② 同上书,第782—783页。
③ 同上书,第785—786页。
④ 同上书,第918页。
⑤ 同上书,第602页。
⑥ 同上书,第604页。

纲,则众理可贯。"①《论说》称"论":"原夫论之为体,所以辨正然否;穷于有数,究于无形,迹坚求通,钩深取极;乃百虑之筌蹄,万事之权衡也。故其义贵圆通,辞忌枝碎,必使心与理合,弥缝莫见其隙;辞共心密,敌人不知所乘。斯其要也。"②这也是称说"论之为体"中"核要"的重要性,必须做到"心与理合""辞共心密",即心、理、辞三者的统一。《论说》称"序者,次事","序"为"论"的"八名"之一,③"次事"的要点,首先在于"核要",其次才是"言有序"。《论说》称"注"的"要约明畅,可为式矣"④,即说"注"应该精要简约而明白通畅,也是在"核要"这一总体要求下实现的。综上所述,所谓"师范于核要",应该是"非泛论"而"按实","晓其大纲"而"明白"。

六、箴铭碑诔"体制于弘深"

《文心雕龙》对箴铭碑诔的论述,在《铭箴》《诔碑》二篇。所谓"体制于弘深",在箴、铭、碑、诔诸文体的"敷理以举统"方面都有提及。《铭箴》:"箴全御过,故文资确切;铭兼褒赞,故体贵弘润。其取事也必核以辨,其摛文也必简而深,此其大要也。"⑤称"箴"的文体宗旨,是以警戒之辞来提醒接受方防止过失,所以其文辞一定要确切;称"铭"的文体宗旨,在出以警戒的同时,还兼有褒赞,所以其体制贵在宏大润泽;这些都是"弘深"的文中之义。具体来说"箴""铭"的要点,其说事都须"核要"而有说服力,其文辞皆应简捷而深入人心。

《诔碑》称"诔":"详夫诔之为制,盖选言录行,传体而颂文,荣始而哀终。论其人也,暧乎若可觌,道其哀也,凄然如可伤;此其旨

---

① 刘勰撰,詹锳义证《文心雕龙义证》,上海古籍出版社,1989年,第616页。
② 同上书,第696—697页。
③ 同上书,第673页。
④ 同上书,第705页。
⑤ 同上书,第420页。

也。"①称"诔"既是"传体"而又是"颂文",宗旨是"荣始而哀终",论死者的为人,要让人仿佛重睹其面;述生者的悲哀,要令人沉浸于凄怆感伤,因此,"体制于弘深"应该是必然的要求。《诔碑》称"碑"以蔡邕所作为例:"其叙事也该而要,其缀采也雅而泽;清词转而不穷,巧义出而卓立。""标序盛德,必见清风之华;昭纪鸿懿,必见峻伟之烈:此碑之制也。"②蔡邕所作,其叙事全面而精要,巧妙的立意突出特立;其措辞典雅而润泽,清丽的语句流转不绝。刘勰又称碑的体制,在突出死者盛德时,应表现出他的清华风范;在显示死者美质时,须体现出他的丰功伟绩。综上所述,箴铭碑诔所谓"体制于弘深",即其义确切而事迹可见,其文弘润而简深核辨。

七、连珠七辞"从事于巧艳"

"连珠"、"七"辞及"对问",《文心雕龙》的论述在《杂文》一篇。所谓"凡此三者,文章之枝派,暇豫之末造也"③,称其"从事于巧艳"的特点即根源于此。

《杂文》称"对问":"宋玉含才,颇亦负俗,始造'对问',以申其志,放怀寥廓,气实使之。"④"原夫兹文之设,乃发愤以表志,身挫凭乎道胜,时屯寄于情泰;莫不渊岳其心,麟凤其采,此立本之大要也。"⑤此称宋玉有才气,所以能创造文体,并且有麒麟凤凰般的文采;但又受世人讥诮,所以要畅抒胸怀,如高山深渊。这些都应该是切合"从事于巧艳"的。

《杂文》称"七"辞:"枚乘摛艳,首制《七发》,腴辞云构,夸丽风骇。盖七窍所发,发乎嗜欲,始邪末正,所以戒膏粱之子也。"⑥此称

---

① 刘勰撰,詹锳义证《文心雕龙义证》,上海古籍出版社,1989年,第442页。
② 同上书,第450、457页。
③ 同上书,第496页。
④ 同上书,第489页。
⑤ 同上书,第506页。
⑥ 同上书,第491页。

枚乘"从事于巧艳"而创制《七发》,其中的叙写无不为"巧艳",此即"观其大抵所归,莫不高谈宫馆,壮语畋猎。穷瑰奇之服馔,极蛊媚之声色。甘意摇骨髓,艳词动魂识,虽始之以淫侈,而终之以居正。然讽一劝百,势不自反;子云所谓'先骋郑卫之声,曲终而奏雅'者也"①。采用的也是"巧艳"的叙写方式,所谓"始之以淫侈,而终之以居正"。

《杂文》称"连珠":"扬雄覃思文阁,业深综述,碎文琐语,肇为《连珠》,其辞虽小而明润矣。"②扬雄这样"业深"的人,才能创制出"连珠",文辞虽小而意义明润,所谓"夫文小易周,思闲可赡。足使义明而词净,事圆而音泽,磊磊自转,可称珠耳"③。"连珠"的文体名,就体现出"从事于巧艳"的特点。

第六节 《文心雕龙》的作品风格论

《文心雕龙》论风格,一是论理想风格,二是论风格变化,三是论风格形成,四是论风格两极。如此而论,风格之说,尽入彀中。

一、风骨论

"风骨"用来品评人物,始于汉末,魏晋以后曾广泛流行;南朝齐谢赫《古画品录》用"风骨"来评绘画,梁时袁昂《书评》用"风"或"骨"来评书法,梁时钟嵘《诗品》用"风骨"来评诗歌。《文心雕龙·风骨》以"风骨"论述什么是理想风格。其首先云:

《诗》总六义,风冠其首,斯乃化感之本源,志气之符契也。④

---

① 刘勰撰,詹锳义证《文心雕龙义证》,上海古籍出版社,1989年,第512—513页。
② 同上书,第496页。
③ 同上书,第518页。
④ 同上书,第1047页。

以《诗经》文体的"风"的"化感""志气",为下文叙说"风骨"奠定基础并建立历史联系。

> 是以怊怅述情,必始乎风;沉吟铺辞,莫先于骨。故辞之待骨,如体之树骸;情之含风,犹形之包气。结言端直,则文骨成焉;意气骏爽,则文风清焉。若丰藻克赡,风骨不飞;则振采失鲜,负声无力。是以缀虑裁篇,务盈守气,刚健既实,辉光乃新。其为文用,譬征鸟之使翼也。故练于骨者,析辞必精;深乎风者,述情必显。①

文学作品之所以能够"立"于世,就是因为其有"风"有"骨";且二者之间是彼"待"此"含",既缺一不可,又要彼此相当。

> 捶字坚而难移,结响凝而不滞,此风骨之力也。若瘠义肥辞,繁杂失统,则无骨之征也。思不环周,索莫乏气,则无风之验也。②

刘勰又以"无骨之征""无风之验"与潘勖"骨髓峻"、司马相如"风力遒"来论证"风骨之力"。以下称曹丕、刘桢的"重气之旨"就应该是"风骨之力",又用比喻来叙说"风骨之力"就是"文章才力",其曰:

> 夫翚翟备色,而翾翥百步,肌丰而力沉也。鹰隼乏采,而翰飞戾天,骨劲而气猛也。文章才力,有似于此。若风骨乏采,则鸷集翰林;采乏风骨,则雉窜文囿。唯藻耀而高翔,固文章之鸣凤也。③

那么,怎样才能做到有"风骨"呢?一是"镕铸经典之范,翔集子史之术",向经传子史学习;二是"洞晓情变,曲昭文体",通晓各种情感的变化,深明各种文体的风格,所谓"昭体,故意新而不乱,晓

---

① 刘勰撰,詹锳义证《文心雕龙义证》,上海古籍出版社,1989年,第1048—1054页。
② 同上书,第1054—1055页。
③ 同上书,第1063—1064页。

变,故辞奇而不黩";这样才能"孳甲新意",孕育出崭新的内容;"雕画奇辞",运用奇妙的语言。①

然后,刘勰从反面论证如果达不到"风骨"又是怎么样的情况,这就是"若骨采未圆,风辞未练,而跨略旧规,驰骛新作,虽获巧意,危败亦多"②。称其虽然在追求新奇的创作方法,如果不以"风骨"为准则,则导致的失败更多。

最后,刘勰叙说理想境界:

> 若能确乎正式,使文明以健,则风清骨峻,篇体光华。能研诸虑,何远之有哉!③

称如果在写作时能够确定正规的法式,使文风鲜明刚健,这样就做到了"风清骨峻",整篇文章也就光彩耀人了。由此可见,《文心雕龙》的叙说风格,不仅仅是客观描述而已,且重在推崇某种理想风格,这是时代赋予文体学的重任。

以上是理想风格论。

二、通变论

《文心雕龙·通变》论风格变化及如何实施变化。其篇首曰:

> 夫设文之体有常,变文之数无方,何以明其然耶?凡诗、赋、书、记,名理相因,此有常之体也;文辞气力,通变则久,此无方之数也。名理有常,体必资于故实;通变无方,数必酌于新声;故能骋无穷之路,饮不竭之源。然绠短者衔渴,足疲者辍途,非文理之数尽,乃通变之术疏耳。故论文之方,譬诸草木,根干丽土而同性,臭味晞阳而异品矣。④

---

① 刘勰撰,詹锳义证《文心雕龙义证》,上海古籍出版社,1989年,第1066页。
② 同上书,第1069页。
③ 同上书,第1071页。
④ 同上书,第1079—1082页。

刘勰先提出文体为"有常之体",为"根干丽土而同性";提出"文辞气力"的风格为"无方之数",为"臭味晞阳而异品"。"通变之术"就在于"必酌于新声",风格的变化在于创新,创新则"无穷",则"不竭",就能满足风格的各种要求,不会出现"绠短者衔渴,足疲者辍途"的情况。篇首就先确定了风格具有变化的性质,虽然没有一定的方法,却有一定的指向,即"必酌于新声"。以下刘勰总结文学史来证"通变"的"必酌于新声",所谓"榷而论之,则黄、唐淳而质,虞、夏质而辨,商、周丽而雅,楚、汉侈而艳,魏、晋浅而绮,宋初讹而新";但刘勰对当前的文学状况是不满意的,称之为"从质及讹,弥近弥澹,何则?竞今疏古,风末气衰也"。①

刘勰又述说如何才能"矫讹翻浅",什么是"通变"的总的原则,此即"还宗经诰":"斟酌乎质文之间,而櫽括乎雅俗之际,可与言通变矣。"②刘勰下文又提出"夸张声貌"这一风格如何"通变",所谓"循环相因,虽轩翥出辙,而终入笼内",即用意相互沿袭,而辞句有所变化,所谓"莫不相循,参伍因革,通变之数也"。③

以下刘勰提出"通变"的具体方法,一是"通变"所应提倡者:

> 是以规略文统,宜宏大体。先博览以精阅,总纲纪而摄契;然后拓衢路,置关键,长辔远驭,从容按节,凭情以会通,负气以适变,采如宛虹之奋鬐,光若长离之振翼,乃颖脱之文矣。④

这是讲"通变"须有大局观,"规略文统",从文体出发,"先博览以精阅,总纲纪而摄契",从总体考虑,那么其他问题便会"长辔远驭,从容按节",就能实现以情驭气,掌控各种变化;总而言之是"宜宏大体"。二是"通变"所应规避者:

---

① 刘勰撰,詹锳义证《文心雕龙义证》,上海古籍出版社,1989年,第1089—1090页。
② 同上书,第1094页。
③ 同上书,第1096—1098页。
④ 同上书,第1102页。

> 若乃龌龊于偏解,矜激乎一致,此庭间之回骤,岂万里之逸步哉!①

且不可坚持偏见,如在庭院里跑马,哪里比得上在万里之途的奔跑啊!

此篇论风格,称风格是没有具体的办法来制定的,但风格这"无方之数"是可以由"通变"来掌控的。"通变之术"的指向是"必酌于新声","通变之术"的原则是"宗经","通变之术"的方法是"莫不相循"下的"参伍因革","通变之术"的要求是从"宜宏大体"出发。

三、定势论

《定势》篇是《文心雕龙》的风格形成论。

"势",指力量,气势。陈琳《为袁绍檄豫州》:"方今汉室陵迟,纲维弛绝,圣朝无一介之辅,股肱无折冲之势。"②"势",即"文"的力量、势头。所以,《文心雕龙·定势》一开始就讲"势"是什么:

> 夫情致异区,文变殊术,莫不因情立体,即体成势也。势者,乘利而为制也。③

"文"由情确立了文体,也就确立了风格指向,文体的运行即构成风格的"势","势"的原则就是如何驾驭文体,使其自然而然、乘风顺利地运行,"势"只有成为文体体制,才能使风格正常运行。所以刘勰接着说:

> 如机发矢直,涧曲湍回,自然之趣也。圆者规体,其势也自转;方者矩形,其势也自安。文章体势,如斯而已。④

因此,讲"定势",即指"文"的力量、气势应该怎样来确定,应该往哪

---

① 刘勰撰,詹锳义证《文心雕龙义证》,上海古籍出版社,1989年,第1105页。
② 萧统编,李善注《文选》,中华书局,1977年,第618页。
③ 刘勰撰,詹锳义证《文心雕龙义证》,上海古籍出版社,1989年,第1113页。
④ 同上书,第1115页。

个方向来引导。

《定势》又说:

> 是以模经为式者,自入典雅之懿;效《骚》命篇者,必归艳逸之华。①

"势"的确定,一是靠文章的文体选择,每种文体都有其特定的体制风格,如"经"的体制风格就是"典雅之懿",选择以"经"为榜样的文体,体制风格自然就为"典雅之懿":

> 是以绘事图色,文辞尽情;色糅而犬马殊形,情交而雅俗异势。镕范所拟,各有司匠;虽无严郛,难得逾越。②

虽然说"势"无定格,当各因其宜而顺其自然,但毕竟是"镕范所拟,各有司匠",从某种程度上讲,文体风格是各有界限,难以逾越的。

"势"的确定,二是靠作者自身的素质,其称"综意浅切者,类乏酝藉;断辞辨约者,率乖繁缛:譬激水不漪,槁木无阴,自然之势也"③,作者本身如果"综意浅切",其文章自然就是"类乏酝藉"。

《定势》又说,文体风格都有可以融会贯通之处,其云:

> 然渊乎文者,并总群势;奇正虽反,必兼解以俱通;刚柔虽殊,必随时而适用。④

"奇正"可以"兼解以俱通","刚柔"可以"随时而适用"。但文体风格也有不可调和、兼通之处,所谓:

> 若爱典而恶华,则兼通之理偏,似夏人争弓矢,执一不可以独射也。若雅郑而共篇,则总一之势离;是楚人鬻矛誉盾,两难

---

① 刘勰撰,詹锳义证《文心雕龙义证》,上海古籍出版社,1989年,第1117页。
② 同上书,第1119页。
③ 同上书,第1117页。
④ 同上书,第1120页。

得而俱售也。①

不能爱好典则却厌恶雅丽,二者贯通才能成文;而雅、郑不能共篇,共篇则没有统一的风格。

三是《定势》提出文体各有其"势":

> 是以括囊杂体,功在铨别,宫商朱紫,随势各配。②

作者要"诠别"各种文体的体制风格,其中以"章表奏议""赋颂歌诗""符檄书移""史论序注""箴铭碑诔""连珠七辞"为单位来举例说明,所谓"循体而成势,随变而立功"③。

四是"势"自身亦是有规律、有规则的,刘勰举出各家之言:

> 桓谭称:"文家各有所慕,或好浮华而不知实窍,或美众多而不见要约。"陈思亦云:"世之作者,或好烦文博采,深沉其旨者;或好离言辨句,分毫析厘者。所习不同,所务各异。"言势殊也。刘桢云:"文之体指,虚实强弱,使其辞已尽而势有余,天下一人耳,不可得也。"公幹所谈,颇亦兼气。然文之任势,势有刚柔,不必壮言慷慨,乃称势也。又陆云自称:"往日论文,先辞而后情,尚势而不取悦泽,及张公论文,则欲宗其言。"夫情固先辞,势实须泽,可谓先迷后能从善矣。④

其中有"势"之不同的"势殊"问题,有"势"兼气质、气势二者的问题,有"势"的多样性如刚柔的问题,有"势"在情后的问题。

五是论述近代辞人在"定势"方面的误区:

> 自近代辞人,率好诡巧,原其为体,讹势所变,厌黩旧式,故穿凿取新,察其讹意,似难而实无他术也,反正而已。故文反正

---

① 刘勰撰,詹锳义证《文心雕龙义证》,上海古籍出版社,1989年,第1120页。
② 同上书,第1124页。
③ 同上书,第1125页。
④ 同上书,第1130—1133页。

为乏,辞反正为奇。效奇之法,必颠倒文句,上字而抑下,中辞而出外,回互不常,则新色耳。①

批评其刻意追求"势"的"诡巧"。最后讲"定势"应该如何避免弊病:

> 夫通衢夷坦,而多行捷径者,趋近故也。正文明白,而常务反言者,适俗故也。然密会者以意新得巧,苟异者以失体成怪。旧练之才,则执正以驭奇;新学之锐,则逐奇而失正;势流不反,则文体遂弊。秉兹情术,可无思耶!②

所谓不可"趋近"而不走正道,不可"适俗"而常说反话,"执正"方可"驭奇","逐奇"只能"失正"。

四、隐秀论

《隐秀》篇中,从"始正而末奇"以下至"此闺房之悲极也"这四百多字,清纪昀称此段疑为明人伪托③,故现在通行本《文心雕龙》都单独标出来,或干脆就不收录,如范文澜注本。

《隐秀》篇首论文章有含蓄之"隐"与警策之"秀"两种表现技巧:

> 夫心术之动远矣,文情之变深矣。源奥而派生,根盛而颖峻。是以文之英蕤,有秀有隐。隐也者,文外之重旨者也;秀也者,篇中之独拔者也。隐以复意为工,秀以卓绝为巧,斯乃旧章之懿绩,才情之嘉会也。④

---

① 刘勰撰,詹锳义证《文心雕龙义证》,上海古籍出版社,1989年,第1134—1136页。
② 同上书,第1139—1140页。
③ 詹锳先生认为,从版本流传以及文字内容看,证明这四百多字是从宋本抄来的,并非明人伪造,见其《〈文心雕龙·隐秀〉篇补文的真伪问题》《再谈〈文心雕龙·隐秀〉篇补文的真伪问题》二文,载詹锳《语言文学与心理学论集》,齐鲁书社,1989年。此处依詹锳先生的判断,但论述《隐秀》篇时,一般认为是"补文"处,仍有标明。
④ 刘勰撰,詹锳义证《文心雕龙义证》,上海古籍出版社,1989年,第1483页。

"隐秀",即含蓄和警策。宋人张戒引刘勰曰:"情在词外曰隐,壮溢目前曰秀。"①范文澜注:"重旨者,辞约而义富,含味无穷。陆士衡云'文外曲致',此隐之谓也。独拔者,即士衡所云'一篇之警策也'。"②

> 夫隐之为体,义生文外,秘响傍通,伏采潜发。譬爻象之变互体,川渎之韫珠玉也。故互体变爻,而化成四象;珠玉潜水,而澜表方圆。③

这主要讲"隐"。以爻成"四象"、工表"波澜",喻"隐"的表现方法是"义生文外",达到"玩之者无穷,味之者不厌"的艺术效果。

> 彼波起辞间,是谓之秀。□乎□音④,宛乎逸态。若远山之浮烟霭,娈女之靓容华。然烟霭天成,不劳于妆点;容华格定,无待于镕裁;深浅而各奇,秾纤而俱妙,若挥之则有余,而揽之则不足矣。⑤

这主要讲"秀"。此处强调的是"天成",所谓"不劳于妆点""无待于镕裁";"挥之则有余"指听其自然便美好有余,"揽之则不足"指人为造作便显得不足。

文中又讲如何达到隐秀的境地,如"立意之士""务欲造奇","必欲臻美",故"呕心吐胆,不足语穷;煅岁炼年,奚能喻苦",最终达到"藏颖词间,昏迷乎庸目;露锋文外,惊绝乎妙心"的境界,"使酝藉者畜隐而意愉,英锐者抱秀而心悦"。⑥

文中又论"隐"之缺乏会怎么样,其云:

---

① 张戒《岁寒堂诗话》,丁福保辑《历代诗话续编》,中华书局,1983年,第456页。
② 刘勰著,范文澜注《文心雕龙注》,人民文学出版社,1958年,第633页。
③ 刘勰撰,詹锳义证《文心雕龙义证》,上海古籍出版社,1989年,第1487—1490页。
④ 原文有缺字。
⑤ 刘勰撰,詹锳义证《文心雕龙义证》,上海古籍出版社,1989年,第1492页。此段为明人的补文。
⑥ 同上书,第1495—1496页。此段为明人的补文。

> 故篇中乏隐,等宿儒之无学,或一叩而语穷;句间鲜秀,如巨室之少珍,若百诘而色沮:斯并不足于才思,而亦有愧于文词矣。①

这里以多种比喻说明,作者创作的作品若是"乏隐",必定会自感羞愧。

在以摘句的方式来说明隐篇秀句后,《隐秀》最后曰:

> 凡文集胜篇,不盈十一;篇章秀句,裁可百二。并思合而自逢,非研虑之所求也。或有晦塞为深,虽奥非隐;雕削取巧,虽美非秀矣。故自然会妙,譬卉木之耀英华;润色取美,譬缯帛之染朱绿。朱绿染缯,深而繁鲜;英华曜树,浅而炜烨。隐篇所以照文苑,秀句所以侈翰林,盖以此也。②

讲"隐"与"晦塞"、"秀"与"雕削"的区别,突出作品如欲达到或"隐"或"秀",必须是"自然会妙"而达到的"润色取美"才最重要。

本篇是风格两极论,"隐"与"秀"为风格的两极,对于写作者而言,则是控制"度"的问题。

第七节 《文心雕龙》的作家风格论

一、《体性》《才略》所论作家风格

此处先述《体性》。

其一,风格的产生。《文心雕龙·体性》讲风格与个性的基本关系,"体性"之"体",指的是风格,"体性"之"性",指的是作家个性。其云:

---

① 刘勰撰,詹锳义证《文心雕龙义证》,上海古籍出版社,1989年,第1497页。此段为明人的补文。
② 同上书,第1505—1508页。

> 夫情动而言形,理发而文见;盖沿隐以至显,因内而符外者也。①

文章是由"情动"而"文见"的,是由隐而显,有什么样的情——个性,就应该有什么样的"文",这样就确定了"文"的风格的决定性因素。

> 然才有庸俊,气有刚柔,学有浅深,习有雅郑;并情性所铄,陶染所凝,是以笔区云谲,文苑波诡者矣。故辞理庸俊,莫能翻其才;风趣刚柔,宁或改其气;事义浅深,未闻乖其学;体式雅郑,鲜有反其习。各师成心,其异如面。②

情——个性的构成有"才""气""学""习"四者,"才""气"偏于先天,"学""习"偏于后天。这样论述就与《典论·论文》"至于引气不齐,巧拙有素,虽在父兄,不能以移子弟"的风格绝对先天论不同,指出风格还有后天修养的成分。

其二,风格的类型。刘勰把文章的风格归纳为八种不同的类型:

> 若总其归途,则数穷八体:一曰典雅,二曰远奥,三曰精约,四曰显附,五曰繁缛,六曰壮丽,七曰新奇,八曰轻靡。③

并指出八种类型各自的特点及来源:

> 典雅者,镕式经诰,方轨儒门者也。远奥者,馥采典文,经理玄宗者也。精约者,核字省句,剖析毫厘者也。显附者,辞直义畅,切理厌心者也。繁缛者,博喻酿采,炜烨枝派者也。壮丽者,高论宏裁,卓烁异采者也。新奇者,摈古竞今,危侧趣诡者也。轻靡者,浮文弱植,缥缈附俗者也。④

---

① 刘勰撰,詹锳义证《文心雕龙义证》,上海古籍出版社,1989年,第1011页。
② 同上书,第1011—1013页。
③ 同上书,第1014页。
④ 同上书,第1014—1015页。

其所说的来源,一些是属于"才""气",如称"精约"风格者,其特点是"核字省句",原因就是性格中有"剖析毫厘"的成分;一些风格的形成,是属于"学""习"的原因,如称"典雅"风格者,其特点是"镕式经诰",其形成则是由于"方轨儒门",就是取法经书,以儒家为正宗。

刘勰又将其分为两两对应的四组:"故雅与奇反,奥与显殊,繁与约舛,壮与轻乖,文辞根叶,苑囿其中矣。"①刘勰又加以总结说,所谓"八体屡迁"的"吐纳英华",其根本就是"莫非情性",以下举贾生、司马长卿、扬子云、刘子政、班孟坚、张平子、王仲宣、刘公幹、阮嗣宗、嵇叔夜、潘安仁、陆士衡共十二位作家的例子以证实其论断,称之为"表里必符";但刘勰又说,如此"自然之恒资",只是"才气之大略",称风格与"才气"的关系是大体一致的。

其三,后天作用注重初始。刘勰又强调"学""习"在风格形成中的作用:

> 夫才有天资,学慎始习。斫梓染丝,功在初化;器成彩定,难可翻移。故童子雕琢,必先雅制。沿根讨叶,思转自圆。②

他尤其注重一开始"学""习"的重要,所谓"学慎始习""功在初化"的童子功阶段,要"必先雅制"。

最后,刘勰总结风格形成的两大要点,所谓"文之司南,用此道也":一是"八体虽殊,会通合数,得其环中,则辐辏相成",虽然有"八体",但不能套用"八体",每人的风格都是"会通合数"而形成的;二是风格的形成在于"摹体以定习,因性以练才",③即根据自己的先天情况而锻炼出独特的风格。

以下再述《才略》篇所论作家风格。

《文心雕龙·才略》篇首曰:

---

① 刘勰撰,詹锳义证《文心雕龙义证》,上海古籍出版社,1989年,第1020页。
② 同上书,第1034页。
③ 同上书,第1036页。

> 九代之文,富矣盛矣;其辞令华采,可略而详也。①

"才略""文""辞令华采"是刘勰的作家风格论的三大对象,就是论作家的个体风格。郭绍虞《关于〈文心雕龙〉的评价问题及其他》即称:"《才略篇》中一方面讲到才和时有关系,而另一方面更多地讲到才性和文章体制、风格的关系。"②应该说,《才略》篇的本来宗旨是以作家的才思识略与文章的体制风格之间的关系来论作家。所以詹锳说:"《才略》篇从才思方面对作家进行评论,往往偏重风格。"③

其一,全面评述某作家的"才略""文""辞令华采",但被如此全面评述的作家并不多:

> 荀况学宗,而象物名赋,文质相称……
> 贾谊才颖,陵轶飞兔,议惬而赋清,岂虚至哉!④

荀况之才为"学",其擅长文体为赋,其风格为"文质相称";贾谊之才为"颖",其文体与风格为"议惬"与"赋清"。

> 马融鸿儒,思洽识高,吐纳经范,华实相扶。
> 张衡通赡,蔡邕精雅,文史彬彬……
> 仲宣(王粲)溢才,捷而能密,文多兼善,辞少瑕累……
> 左思奇才,业深覃思,尽锐于《三都》,拔萃于《咏史》……
> 士龙(陆云)朗练,以识检乱,故能布采鲜净,敏于短篇。⑤

刘勰对曹丕、曹植、潘岳、陆机均是全面评述其"才略""文""辞令华采",其评述文字在本章他处有所引述,此处不再赘引。

其二,述文体又述体制风格,通过对"文""辞令华采"的阐述,可

---

① 刘勰撰,詹锳义证《文心雕龙义证》,上海古籍出版社,1989年,第1764页。
② 郭绍虞《照隅室古典文学论集(下编)》,上海古籍出版社,1983年,第4页。
③ 詹锳《刘勰与〈文心雕龙〉》,中华书局,1980年,第71页。
④ 刘勰撰,詹锳义证《文心雕龙义证》,上海古籍出版社,1989年,第1770、1773页。
⑤ 同上书,第1787、1791、1801、1810、1813页。

见其"才略",这种情况最多:

> 虞夏文章,则有皋陶六德,夔序八音,益则有赞,五子作歌。辞义温雅,万代之仪表也。
>
> 汉室陆贾,首发奇采,赋《孟春》而选典诰,其辩之富矣。
>
> 枚乘之《七发》,邹阳之上书,膏润于笔,气形于言矣。仲舒专儒,子长纯史,而丽缛成文,亦诗人之告哀焉。
>
> 桓谭……《集灵》诸赋,偏浅无才。
>
> (班彪)《王命》清辩,(刘向)《新序》该练。
>
> 潘勖凭经以骋才,故绝群于锡命;王朗发愤以托志,亦致美于序铭。
>
> 嵇康师心以遣论,阮籍使气以命诗。
>
> 张华短章,奕奕清畅,其《鹪鹩》寓意,即韩非之《说难》也。
>
> 挚虞……品藻流别,有条理焉。
>
> 曹摅清靡于长篇,季鹰辨切于短韵,各其善也。
>
> 景纯艳逸,足冠中兴,《郊赋》既穆穆以大观,《仙诗》亦飘飘而凌云矣。
>
> 庾元规之表奏,靡密以闲畅;温太真之笔记,循理而清通,亦笔端之良工也。①

此外还有对诸子、司马相如、李尤、刘向、赵壹、孔融、祢衡等人的评述,亦未直接涉及"才略"而仅述其"文""辞令华采",但作家之才我们已经可以看出来了。

其三,具体叙述作家的"辞令华采"。此处虽只注意作家的风格,但作家之才已蕴含其中,最典型的是对王褒、扬雄的批评论述:

> 王褒构采,以密巧为致,附声测貌,泠然可观。子云属意,辞义最深,观其涯度幽远,搜选诡丽,而竭才以钻思,故能理赡而

---

① 刘勰撰,詹锳义证《文心雕龙义证》,上海古籍出版社,1989年,第1764—1765、1773、1776、1781、1785、1794、1807、1809、1815、1819、1824、1826页。

辞坚矣。①

此中均以对创作方式的描摹来确立对其风格的判断。其他如：

> 春秋大夫,则修辞聘会,磊落如琅玕之圃,焜耀似缛锦之肆。
>
> 刘桢情高以会采。
>
> 孙楚缀思,每直置以疏通;挚虞述怀,必循规以温雅。
>
> 傅玄篇章,义多规镜。
>
> 刘琨雅壮而多风,卢谌情发而理昭。
>
> 袁宏发轸以高骧,故卓出而多偏;孙绰规旋以矩步,故伦序而寡状;殷仲文之孤兴,谢叔源之闲情,并解散辞体,缥渺浮音。虽滔滔风流,而大浇文意。②

还有对王褒、王逸、王延寿、夏侯孝若的评述,亦是如此。上述诸人,或兼善诸种文体,刘勰所述即概括其整体特点,单举某种或某几种文体不足以概全貌,故混称之,但这些作家还是有其所擅长的文体,从刘勰所述也可隐隐看出;或为单才,但从刘勰所述的字里行间亦可看出其擅长,只是未点明而已。此类只可作为上述第二类述文体又述体制风格的变类。

其四,对作家之"才略""文""辞令华采"未做具体描述,只做判断性的是否有文采的结论。

> 商周之世,则仲虺垂诰,伊尹敷训,吉甫之徒,并述诗颂。义固为经,文亦师矣。
>
> 蓬敖择楚国之令典,随会讲晋国之礼法,赵衰以文胜从飨,国侨以修辞捍郑,子太叔美秀而文,公孙挥善于辞令,皆文名之标者也。
>
> 傅毅、崔骃,光采比肩,瑗、寔踵武,能世厥风者矣。

---

① 刘勰撰,詹锳义证《文心雕龙义证》,上海古籍出版社,1989年,第1779页。
② 同上书,第1768、1802、1815、1817、1821、1828页。

（陈）琳、（阮）瑀以符檄擅声,徐幹以赋论标美……应场学优以得文,路粹、杨修,颇怀笔记之工,丁仪、邯郸,亦含论述之美,有足算焉。

刘劭《赵都》,能攀于前修,何晏《景福》,克光于后进;休琏风情,则《百壹》标其志,吉甫文理,则《临丹》成其采。

孟阳、景阳,才绮而相埒。

孙盛、干宝,文胜为史,准的所拟,志乎典训;户牖虽异,而笔彩略同。①

刘勰评论作家风格,多有对"旧谈""旧说"的反驳,或对社会公认之说不同意,如:对司马相如的评论,反驳社会公认"致名辞宗"的观点,同意扬雄"文丽用寡"的评论;对桓谭的评论,不同意"宋弘称荐,爰比相如"的评价,而以"偏浅无才"的"不及丽文"评论之;又如对二班两刘的评价,"旧说"以为班固、刘歆优于其父班彪、刘向,而刘勰以实例说明班固、刘歆"难得而逾本矣";对曹丕曹植的评价,刘勰不同意"旧谈"抑丕扬植,认为这样"未为笃论",又以实例证之;又称"杜笃、贾逵,亦有声于文,迹其为才也,崔、傅之末流也","李尤赋铭,志慕鸿裁,而才力沉膇,垂翼不飞",社会一般称其为"善",而刘勰则认为不然。

《才略》篇"赞"曰:

才难然乎,性各异禀。一朝综文,千年凝锦。余采徘徊,遗风籍甚。无曰纷杂,皎然可品。②

在《才略》篇的末尾,刘勰说了上面这段话,先是称诸作家"性各禀异"的才,转化成锦般的文章;而所谓的"余采""遗风"当然指各种文体的"辞令华采",这是"性各异禀"之才转化而产生的。刘勰认

---

① 刘勰撰,詹锳义证《文心雕龙义证》,上海古籍出版社,1989年,第1766、1768、1786、1802、1805、1821、1827页。

② 同上书,第1833页。

为,不要认为这些东西是"纷杂"的,他肯定这些东西是"皎然可品"的。刘勰就是要以"才略"来论作家创作诸种文章的"辞令华采",进而论述作家的个体风格,这就回应了此篇开头的"辞令华采,可略而详也"。刘永济说:"至篇中评骘之语……然细绎之,要不出性情学术、才能识略、辞令华采诸端。盖衡文者操术有四:一论其性情,二考其学术,三研其才略,四赏其辞采。本篇随文立言,盖亦互文见义之例也。"①此述数者,或是风格产生的原因与条件,或是风格的呈现状态,"互文见义"者,由篇中述"才略"语,可考其风格,而篇中述"辞令华采"语,本身就是述风格,因此,篇中评骘之语可统而视之为评骘风格之语。

二、《体性》与《才略》的异同

以下分析《体性》篇与《才略》篇批评作家风格的不同。

《才略》所论历代作家有九十八家,当为列举性质,而《体性》批评的作家只有十二家,汉代六家,魏晋六家,显然是举例而言。《才略》篇是从"才略""文体""辞令华采"三方面展开对作家风格的批评论述的,得出的结论针对作家某一文体的风格;而《体性》篇是讲作家整体风格,并未叙说其擅长何种文体;更为重要的是《才略》只批评作家的风格,而《体性》是在批评作家的个性与其风格的关系,其重心应该是个性的决定作用。

所谓《体性》与《才略》批评作家风格的区别:一是作家整体"性情"对风格的影响或二者的"相符";一是作家后天素质——"才略"对风格的影响,由"才略"而探求风格,"无曰纷杂,皎然可品"。

现在来看《体性》举例的十二位作家的风格,与《才略》列举历代作家风格时所述这十二位作家的风格,除了《才略》是分文体批评而《体性》是整体批评的不同外,其批评还有怎样的异同。

---

① 刘勰著,刘永济校释《文心雕龙校释》,中华书局上海编辑所,1962年,第183、184页。

> 贾生俊发,故文洁而体清。(《体性》)
>
> 贾谊才颖,陵轶飞兔,议惬而赋清。(《才略》)①

个性方面的"俊发"与"才颖"云云,《才略》运用了比喻,但其意义是一致的。风格方面运用了相同或相似的形容词,总的说来是内涵一致而语辞的具体运用及运用的方式有所不同。

> 长卿傲诞,故理侈而辞溢。(《体性》)
>
> 相如好书,师范屈宋,洞入夸艳,致名辞宗。然核取精意,理不胜辞,故扬子以为"文丽用寡者长卿",诚哉是言也!(《才略》)②

《才略》中的批评可视为详细地解释了《体性》中的结论,即阐述了"理侈而辞溢"的表现方式,而"致名辞宗"者的"傲诞"是可以想见的。

> 子云沉寂,故志隐而味深。(《体性》)
>
> 子云属意,辞义最深,观其涯度幽远,搜选诡丽,而竭才以钻思,故能理赡而辞坚矣。(《才略》)③

《才略》是解释《体性》的表现形式及形成原因,"理赡而辞坚"则是对"志隐而味深"的一种褒赞式补充说明。又如对刘向的批评,《才略》称其"《新序》该练",可视为对《体性》所称"趣昭而事博"的举例式具体说明;《才略》又具体称其"奏议,旨切而调缓",是对《才略》所称的补充或丰富。

《体性》对班固的批评有一个确切而概括的评语,而《才略》中只是一些赞赏语。《体性》称"平子淹通",而《才略》称"张衡通赡",都对其个性方面做出评价,但《才略》未对其风格有具体说明,只有一些赞赏语。

---

① 刘勰撰,詹锳义证《文心雕龙义证》,上海古籍出版社,1989年,第1024、1773页。
② 同上书,第1024、1777页。
③ 同上书,第1024—1025、1779页。

> 仲宣躁竞,故颖出而才果。(《体性》)
>
> 仲宣溢才,捷而能密,文多兼善,辞少瑕累,摘其诗赋,则七子之冠冕乎!(《才略》)①

《体性》从个性方面解释与赞扬了王粲的文学风格,《才略》虽也点出王粲的才华,但又全面地评说了王粲各方面的文学成就。

《体性》称刘桢"气褊,故言壮而情骇",以个性解释刘桢的文学风格,而《才略》说"刘桢情高以会采",其义与《体性》一致。

《体性》称阮籍"俶傥,故响逸而调远",《才略》称"阮籍使气以命诗",《体性》称嵇康"俊侠,故兴高而采烈",《才略》称"嵇康师心以遣论",都是一称个性与风格,一称作诗方式,也是指个性与风格。

> 安仁轻敏,故锋发而韵流。(《体性》)
>
> 潘岳敏给,辞自和畅,钟美于《西征》,贾余于哀诔,非自外也。(《才略》)②

《才略》在具体叙说了潘岳的文学成就后,情不自禁地把其文学成就与个性联系起来。

《体性》所称陆机作品"情繁而辞隐"与《才略》所称"陆机才欲窥深,辞务索广,故思能入巧,而不制繁"是概括与具体的区别,且后者也点出个性与风格的关系。

从以上叙述可见,《体性》所述较为齐整与规范,明确地以个性阐述风格,强调的是其间之关系;《才略》所述是突出特点,有赞赏,有举例,有扩展,总之是详细的解说,而二者的基本评价是相同的。

三、风格的"各其善也"与"偏美"

《才略》篇中论成公绥等几位晋代作家时有这样的判断:

---

① 刘勰撰,詹锳义证《文心雕龙义证》,上海古籍出版社,1989 年,第 1025、1801 页。
② 同上书,第 1025、1810 页。

> 成公子安选赋而时美;夏侯孝若具体而皆微;曹摅清靡于长篇,季鹰辨切于短韵,各其善也。①

此举几位作家的体制风格,皆表现在其擅长的文体上,这就是所谓"各其善也";这也就是《才略》篇论述作家风格的宗旨。

"各其善也",应该建立在社会公认的基础上,但对于某些作家来说,刘勰还常常举出可与"各其善也"并列的其他之"善",如荀子除了"学宗",刘勰更称道其"象物名赋,文质相称,固巨儒之情也"之"善";董仲舒之"专儒"与司马迁之"纯史",刘勰还称道其"丽缛成文,亦诗人之告哀焉"之"善";冯衍"雅好辞说",但又有"坎壈盛世,《显志》《自序》,亦蚌病成珠"之"善"。② 对这些人的社会公认之"善"和其他文体之"善",刘勰更看中后者,这恐怕是后者更具备艺术特点的缘故,从中也可见出刘勰的文学观念,当涉及艺术特点时,他便毫不犹豫地从艺术特点出发来肯定文学。

刘勰又有"偏美"的说法:

> 刘向之奏议,旨切而调缓;赵壹之辞赋,意繁而体疏;孔融气盛于为笔,祢衡思锐于为文,有偏美焉。③

这是指这些作家某一种文体的创作较为出色,可以赞赏其风格特点。又如论述桓谭,刘勰在称赏其"著论,富号猗顿"后又称"集灵诸赋,偏浅无才",于是得出"故知长于讽论,不及丽文"的结论,这就是"偏美",即只"长于讽论"。

刘勰称"各其善也"与"有偏美焉"还是有区别的,前者是称某些作家还擅长其他文体,但此处所论的文体最为出色,后者则是称某些作家仅此文体可以赞赏。

刘永济论《才略》篇说:"故篇中涉及文体,至为广泛。上至诗

---

① 刘勰撰,詹锳义证《文心雕龙义证》,上海古籍出版社,1989年,第1819页。
② 同上书,第1783页。
③ 同上书,第1794页。

赋,下及书记,皆在扬搉之列,与本书上篇所品论,旨趣无二。"①作家各有其擅长的文体,于是《才略》论作家而涉及的文体"至为广泛",这是可以想见的。但《才略》篇所述及的作家文体与《文心雕龙》文体论所述及的作家文体,却并非"旨趣无二"。《文心雕龙》文体论,所谓"选文以定篇",即选出各体文章的代表作品来加以评论,评论中强调的是文体规范,即所谓"敷理以举统"。文体规范包括的因素很多,其中虽有风格特点,但还有其他因素。

詹锳说:"他更多地从文章的内容、效用和题材出发,指出每一体的文章所应有的风格特点。"②文体规范的很多因素尽管都会落实到风格特点,但文体论强调的是共性的风格文体特点,而《才略》强调的是作家在创作中表现出来的文体风格特点。如《诠赋》中述说赋的文体规范,其中含有最明显意义的风格特点的语辞为"丽词雅义",而《才略》中述各作家赋作的风格特点,贾谊"清"、相如"夸艳"而"理不胜辞"、王褒"以密巧为致,附声测貌"、子云"涯度幽远,搜选诡丽"而"理赡而辞坚",仅西汉的情况就有如此多的特殊性。当然,这些特殊性又都与作为共性的文体风格有关。

四、作家风格论的批评方法

《文心雕龙》的作家风格论集中在《才略》篇③,具有多种批评方法。

第一是比较法。《才略》篇中刘勰常常比较两位作家的优劣。要比较就要有并列,但并列不一定是比较,篇中无比较的并列有两种。一是相同文体相同特点的并列,如"虞夏文章"的"辞义温雅","吉甫之徒,并述诗颂";枚乘、邹阳"膏润于笔,气形于言";董

---

① 刘勰著,刘永济校释《文心雕龙校释》,中华书局上海编辑所,1962年,第183页。
② 詹锳《刘勰与〈文心雕龙〉》,中华书局,1980年,第35页。
③ 刘勰撰,詹锳义证《文心雕龙义证》,上海古籍出版社,1989年,第1766—1831页。

仲舒、司马迁的"丽缛成文,亦诗人之告哀焉";王延寿"其善图物写貌,岂枚乘之遗术欤";"路粹、杨修,颇怀笔记之工";"丁仪、邯郸,亦含论述之美";刘琨、卢谌"亦遇之于时势也";殷仲文、谢叔源"并解散辞体,缥缈浮音,虽滔滔风流,而大浇文意"。二是相同水平的并列,如战国文士的"扬、班俦矣";"傅毅、崔骃,光采比肩";"(崔)瑗、(崔)寔踵武,能世厥风者矣";杜笃、贾逵"亦有声于文";张衡、蔡邕"竹柏异心而同贞,金玉殊质而皆宝也";嵇康、阮籍"殊声而合响,异翮而同飞";傅玄、傅咸"并桢干之实才,非群华之韡萼也";张载、张协"才绮而相埒,可谓鲁卫之政,兄弟之文也"。这种并列又有时代间的,如"后汉才林,可参西京","晋世文苑,足俪邺都"等。以上这些,是无比较意义的并列。

另一类并列即是以比较见风格、见高下。如班彪、班固与刘向、刘歆两父子的比较,旧说以为后辈的班固、刘歆超过前辈的班彪、刘向,刘勰经过比较,认为双美并善。又如王逸、王延寿父子的比较,认为王延寿继承父志,但在"绚采"上又高出其父。最为人称道的曹丕、曹植的比较,刘勰通过二人才略与各自擅长的文体及风格的比较,得出各有其优长的评价,反驳了"俗情抑扬"的论点。此外,又有杜笃、贾逵与崔骃、傅毅的比较,"迹其为才"的结果,杜、贾为"崔、傅之末流也"。

这类比较也有时代之间的,如:

> 然自卿、渊(司马相如、王褒)已前,多役才而不课学,雄、向(扬雄、刘向)已后,颇引书以助文:此取与之大际,其分不可乱者也。①

刘永济称《才略》篇论作家"有义例三焉,一曰单论,二曰合论,三曰附论"②,比较均是以合论形式出现。

---

① 刘勰撰,詹锳义证《文心雕龙义证》,上海古籍出版社,1989年,第1796页。
② 刘勰著,刘永济校释《文心雕龙校释》,中华书局上海编辑所,1962年,第182页。

第二是"迭用短长"法。刘勰在《才略》篇中这样论及曹丕《典论·论文》的批评方法：

《典论》辩要，迭用短长，亦无懵矣。①

《典论·论文》中批评建安七子，能从其短长两方面着眼，其论应场则曰"和而不壮"，论刘桢则曰"壮而不密"，论孔融则曰"体气高妙，有过人者，然不能持论，理不胜词"，论王粲则曰"长于辞赋……然于他文，未能称是"。② 如此"迭用短长"是很得后人称赞的，如萧子显《南齐书·文学传论》就夸赏说："建安一体，《典论》短长互出。"③刘勰所佩服的亦是他所遵循的，在《才略》篇中，他从短长两方面来评论作家，所谓"褒贬于《才略》"，其意义之一就是对作家有褒有贬。就体制风格而有所褒贬，本不足为怪，刘勰在讨论文体规范时已经确立了诸文体的文体风格，这就是标准。诸人的风格与之相较，当然会因带有个人特色而与之不尽相同；对这些不同之处有褒有贬，当是批评家的职责，如《才略》篇中称赞司马相如"洞入夸艳，致名辞宗"，但批评他"理不胜辞"，又引扬雄"文丽用寡者长卿"的话来证实自己的评论。其他如：称李尤赋铭，"才力沉膇，垂翼不飞"；王逸"博识有功，而绚采无力"；又如称晋末数家，袁宏"卓出而多偏"，孙绰"伦序而寡状"，殷仲文、谢叔源"解散辞体，缥渺浮音"等。如此评论最为突出的例子是对陆机的评论：

陆机才欲窥深，辞务索广，故思能入巧，而不制繁。④

《文章传》曰："机善属文，司空张华见其文章，篇篇称善。犹讥其作文大冶，谓曰：'人之作文，患于不才；至子作文，乃患太多也。'"⑤陆

---

① 刘勰撰，詹锳义证《文心雕龙义证》，上海古籍出版社，1989年，第1798页。
② 萧统编，李善注《文选》，中华书局，1977年，第720页。
③ 萧子显《南齐书》，中华书局，1972年，第908页。
④ 刘勰撰，詹锳义证《文心雕龙义证》，上海古籍出版社，1989年，第1813页。
⑤ 《世说新语·文学》注引，刘义庆撰，刘孝标注，余嘉锡笺疏《世说新语笺疏》，上海古籍出版社，1993年，第261页。

机才大,他又极力想在文中表现出自己的才华,故处处逞才,使得文章丰富而又显得繁杂,真可谓有一利便有一弊,刘勰的评论是准确的。

第三是刘勰作家风格论的语辞,讨论《才略》篇是以什么式样的语辞来评论作家风格的。

《才略》篇中,刘勰往往喜欢用隐喻性语辞来形容作家的才略与风格,这种隐喻性形容可分为三类:

其一,形容优劣高下,但其才略或风格究竟是如何表现出来的,则未曾述及。如:春秋大夫修辞聘会,"磊落如琅玕之圃,煜耀似缛锦之肆";班固、刘歆相对于班彪与刘向,"璠璧产于昆冈,亦难得而逾本矣";李尤"力沉膇,垂翼不飞";马融"华实相扶";张衡、蔡邕,"竹柏异心而同贞,金玉殊质而皆宝也";嵇康、阮籍,"殊声而合响,异翮而同飞";傅玄、傅咸,"并桢干之实才,非群华之韡萼也";宋代逸才,"辞翰鳞萃"。这些形容,除"煜耀似缛锦之肆",其他都是用自然界的纯天然的事物来比拟指喻的,从这些隐喻性形容,我们可理解其才略或风格的状态。

其二,以隐喻性形容描摹出才略或风格的具体表现,而不仅仅是一种状态。如"贾谊才颖,陵轶飞兔",这是指其才思敏捷,即《汉书·贾谊传》所言"每诏令议下,诸老先生未能言,谊尽为之对,人人各如其意所出。诸生于是以为能"。枚乘、邹阳之文,"膏润于笔",以膏形容其文采饱满。冯敬通《显志》《自序》,"坎壈盛世"下的"蚌病成珠",形容出冯敬通是因其个体生活不幸的激发而形成文章才华的。郭璞"《仙诗》亦飘飘而凌云矣",形容其高远出尘的风格。袁宏"发轸以高骧",形容其作品开篇就能驾轻就熟,昂首发展。

其三,典故式隐喻。"桓谭著论,富号猗顿",这是以鲁之富人猗顿财富之多形容桓谭著论之多;孟阳、景阳"可谓鲁卫之政,兄弟之文",这是以《论语·子路》"鲁卫之政,兄弟也"比拟二张的才略相近。

刘勰评论诸作家才略与风格,更多地用描述性语辞,这类描述性语辞多为单个形容词,可视为单纯性的描述。如描述战国文士风格的"辨而义""密而至""壮而中""丽而动",这是以单个形容词的组合来描述作家某种文体的风格;又如形容扬雄的"理赡而辞坚"、形容刘向的"旨切而调缓"、形容赵壹的"意繁而体疏",这是单个形容词前加上描述对象。此类表述的优点是言简意赅,但要建立在对这单个形容词所描述对象的公认理解上。有时这类描述性语辞为复合形容词,简单点如形容曹摅"清靡"、季鹰"辨切",复杂点如形容曹丕"洋洋清绮"、张华"奕奕清畅"等。

如果仅用形容词不足以讲清作家的才略或风格的特点,刘勰或以说明性文字评论诸作家的才略与风格,如称枚乘邹阳的"气形于言",称司马相如的"理不胜辞",称桓谭"长于讽论,不及丽文"。这类说明性文字一般内容较多,说明的问题也较多。

此描述性与说明性二类文字时有结合而用之,如称:

> (司马)相如好书,师范屈宋,洞入夸艳,致名辞宗。然核取精意,理不胜辞,故扬子以为"文丽用寡者长卿",诚哉是言也![①]

五、作家个性之"气"与文体

《体性》篇中总结概括了十二位作家的个性与风格:

> 是以贾生俊发,故文洁而体清;长卿傲诞,故理侈而辞溢;子云沉寂,故志隐而味深;子政简易,故趣昭而事博;孟坚雅懿,故裁密而思靡;平子淹通,故虑周而藻密;仲宣躁竞,故颖出而才果;公幹气褊,故言壮而情骇;嗣宗俶傥,故响逸而调远;叔夜俊侠,故兴高而采烈;安仁轻敏,故锋发而韵流;士衡矜重,故情繁

---

① 刘勰撰,詹锳义证《文心雕龙义证》,上海古籍出版社,1989年,第1777页。

而辞隐。①

此处批评这十二位作家的语言格式,先列作家个性,后列作家风格,中间以"故"相连,表达出一种因果关系,即所谓有什么样的个性就有什么样的风格,骆鸿凯《文选学》即称之为"上句斥其材性,下句证以其人之文体"②。这也就是"吐纳英华,莫非情性"之义,而从内在情性表现为外在文章的关系来说,即是"表里必符"。

刘勰论证阐述作家风格,是用两段式语言表达出来的,如"文洁而体清"之类,前两字与后两字相对,中间以"而"把两个意群贯联起来。这两个意群分开来看,是两个意思,但当以"而"字把它们贯联起来时,这两个意群沟通了,形成了一个统一体,从而描摹出一个作家完整的风格。但以"而"字贯联只是外在的贯联,其贯联的内在形式有二:

其一,相辅而相成式,前后两个意群的性质在某方面有同一性,彼此相互补充、相互说明以构成统一体,这就是作家风格,这个风格又与作家的情性相贯通。如贾谊"文洁而体清","洁"与"清"语义基本相同,文辞洁净利落促成了作品格调清新雅净;刘勰称贾谊情性为"俊发",英俊而意气风发,挥笔成文或发言为对毫不费力,作品的"洁""清"自然成为人们关注的要点。司马相如"理侈而辞溢","侈"与"溢"有同一性,都有过分之义,此称相如作品文理虚浮且文辞夸饰,又称相如为人"傲诞",有傲慢狂放之态,此二者是统一的。扬雄"志隐而味深","隐"与"深",一以动作表情状,一单表情状,隐则在深处,在深处则为隐,含意隐晦令人千寻万找,人们鉴赏时当然会品味到情味深长。扬雄为人"沉寂",好深湛之思,清静无为,故其作品的"志隐"与"味深"是可以想见的。班固"裁密而思靡",体裁绵密而思理细致,"密"与"靡"同有细的意思。班固为人

---

① 刘勰撰,詹锳义证《文心雕龙义证》,上海古籍出版社,1989年,第1024—1025页。

② 骆鸿凯《文选学》,中华书局,1989年,第306页。

"雅懿"，有循规蹈矩之美德，其作文"裁密"与"思靡"也是当然的。张衡"虑周而藻密"，考虑周到且辞藻严密，"周"则严密，精密则"周"；《后汉书·张衡传》载张衡"通五经，贯六艺"，"尤致思于天文、阴阳、历算"，①如此渊博当然称得上"淹通"，其作品的周到严密可说是不言而喻的。阮籍"响逸而调远"，音韵悠扬且格调高远，前者成全了后者，"逸"与"远"一表行动，一表此行动的结果，有同一性；阮籍为"傲倪"洒脱之人，其作品"响逸而调远"是人人可理解的。上述数例中两个意群内在贯联的特点，是以具有相同意味的词语形容描述同一风格中的两种要素构成。这些要素或为语辞，或为文理，或为格调，或为情感，或为体裁，或为音韵，等等。因这两种要素具有同一性质，能使风格具有统一性，刘勰以风格不同的要素都具有相同性质，完成了对作家整体风格的描述，而这种风格又与其情性是融和无间的。于是刘勰自然而然完成了情性与作家风格相一致的论证，实现了"吐纳英华，莫非情性"的举例证明。

其二，似离而相成式，前后两个意群的性质似不相干或相反，但由于作家情性的作用，使其构成风格统一体。如"趣昭而事博"，志趣明晰与事例广博是风格的两个不同层面，本不见得必然相连，但此二者都在刘向"简易"情性作用下产生，"简易"即不讲究修饰，作品不讲究修饰就明白易懂，于是，刘向文章事例广博且明白易懂。王粲"颖出而才果"，文意锋芒突出且文风果敢有力，锋芒突出或许易损易折，这是其情性"躁"的一面，其情性的"锐"又决定了其文风果敢有力，在情性"躁锐"的作用下，"颖出"与"才果"构成了一个统一体。刘桢"言壮而情骇"，其情性"气褊"，即情性急躁狭隘，所以他会追求作品言辞雄壮，而其作品的情意也会有惊世骇俗的倾向，一般来说"言壮"则情感抒发也会较正规。嵇康"兴高而采烈"，作品旨趣高远超迈，其文采恬淡飘逸而不会峻烈壮丽，但其情

---

① 范晔《后汉书》，中华书局，1965年，第1897页。

性"俊侠"则决定其作品既旨趣高远而又言辞峻烈。潘岳"锋发而韵流",辞锋显露则尖锐硬挺,但在其"轻敏"即轻浮敏捷的情性作用下,其作品则显出音调婉转流动的特点,"锋发"与"韵流"于是成为一个统一体了。陆机"情繁而辞隐",作品情意繁复,一般情况下文辞明白,不然何以承担述说繁复情意的重任,但陆机"矜重",他不愿意也不会直通通地把文辞明白通俗地说出,这就是其风格的统一体。

刘勰在《体性》篇中评述作家所用的语言,每个意群中第二个字是对风格因素的描述,都是形容词或动词充当形容词。如述说司马相如"理侈而辞溢","理"与"辞"是风格的因素,"侈"与"溢"是形容词,是对"理"与"辞"的描述;描述风格因素时用动词性的形容词较少,仅称扬雄"志隐而味深"与称陆机"情繁而辞隐"之"隐"字。

刘勰批评作家风格的用语是每人两个意群,每个意群都是两个字。每个意群都是对该作家风格某方面因素的描述。总括起来看,这些描述涉及风格的如下方面:语言修辞方面,如"文洁""辞溢""藻密""言壮""辞隐";说理抒情方面,如"理侈""志隐""趣昭""情骇""兴高""情繁";格调方面,如"体清""味深""才果""调远""采烈";结构方面,如"思靡""虑周";气势方面,如"颖出""响逸""锋发";其他有用事之"事博"、文体之"裁密"、音韵之"韵流"等。

确切述说风格某个方面因素的是意群的第一字,刘勰一般是较为确切地直述此因素,但时或用比喻说法,如称王粲"颖出"与称潘岳"锋发",都是指作品的气势而言。

六、规范与变化

《体性》在具体批评作家个性风格关系之前,有一个对风格的总体叙说,即所谓"四组八体",陈望道《修辞学发凡》称,此"四组八种"彼此相反,没有贬低任何一体①。刘勰又说"文辞根叶,苑囿其中",意即各种风格都在这"四组八种"的范围之中了。于是才列举十二位作家的个性与风格,称其为"八体屡迁"所形成的。其实刘勰所说的"八体"只是八种文章最基本的体貌、风格类型、基本型,我们看到刘勰所列的十二位作家的作品体貌与"八体"并不对应,从表面上看,描摹十二位作家风格的形容词与"八体"字眼无相同者,刘勰讲的是风格类型与具体表现的不同,他无意用"八体"来规范诸位作家的作品体貌,他知道这是不可能的。但是,他所讲的"八体"规范与诸作家风格各种表现的关系是什么呢?刘勰把总括的"八体"视为学习的格式,此即"八体屡迁,功以学成"之义,他认为学习"八体"是后天的功夫。而诸人风格是由个性决定的,所谓"吐纳英华,莫非情性"。刘勰是说,如果只有后天学习,那么就仅有"八体";而实际上是"笔区云谲,文苑波诡"的,这就是诸人个性各有不同的原因,他又一次强调了作家风格的千变万化,强调了作家个性作用下对规范的超越。

刘勰既认为"八体"无高下之分,也认为先天的情性,即所谓"才""气"只有大小之分,而从类型上讲也无高下之分,其所举例的十二位作家个性或有所谓赞、有所谓贬,而各人的风格却只见特出,无所谓赞,无所谓贬,一概作为一种特有的表现展示在人们面前。我们又可以从《神思》中"人之禀才"情况的分析中见出其对个性的无所谓褒贬,其云:

> 人之禀才,迟速异分。文之制体,大小殊功:相如含笔而腐毫,扬雄辍翰而惊梦,桓谭疾感于苦思,王充气竭于沈虑,张衡研《京》以十年,左思练《都》以一纪,虽有巨文,亦思之缓也。②

这些是"思之缓"而出作品慢的情况。

---

① 参见陈望道《修辞学发凡》第十一篇"文体或辞体",上海文艺出版社,1959年。
② 刘勰撰,詹锳义证《文心雕龙义证》,上海古籍出版社,1989年,第989页。

> 淮南崇朝而赋《骚》,枚皋应诏而成赋,子建援牍如口诵,仲宣举笔似宿构,阮璃据鞍而制书,祢衡当食而草奏,虽有短篇,亦思之速也。①

这些是"思之速"而出作品快的情况。但无论是"思之缓"还是"思之速",天分有所不同,而成功却是一致的。

---

① 刘勰撰,詹锳义证《文心雕龙义证》,上海古籍出版社,1989年,第992页。

第七章　玄学与文体学

东汉末年，儒教呈没落之势，至三国分立，曹魏主导中原文化，也不以儒教为然，傅玄称之为"近者魏武好法术，而天下贵刑名；魏文慕通达，而天下贱守节"①。正始年间，一种新的思潮形成了，这就是以老庄哲学为核心、融会儒家思想的玄学。汤用彤说："新学术之兴起，虽因于时风环境，然无新眼光新方法，则亦只有支离片段之言论，而不能有组织完备之新学。故学术，新时代之托始，恒依赖新方法之发现。"②新型学术、新型学术人物与其新的思想方法，令新时代的文体如诗、赋等也发生了巨大的变化，或者说，新型学术、新型学术人物及其新的思想方法，与新型文体、传统文体的新的表达方式，二者是相辅相成的。

玄学兴起，新学科、新学术方法、新型学术人物对于魏晋文体学有着深切的影响。第一，文体本分"口出以为言"与"笔书以为文"两大类，玄学的载体或为谈论，或为文字，人们对玄学的感知都要依靠谈论或文字，由是，在玄学的促进下，"口出以为言"体大兴。第二，新学科、新学术的建立需要有新型文体的支撑，而当时新诞生的"集解"体、"指略"体、"略例"体等，正是应玄学的兴起而兴起的。第三，新学科、新学术的建立恒赖新方法的发现，玄学思想方法使其论辩方法、论辩文体发生变化。第四，新型学术人物独特的体悟世界的方式，产生以自然景物体悟玄理或以"得意忘言"体物的玄言诗、玄言赋，为传统诗、赋开拓出说理一途。

---

① 房玄龄等《晋书·傅玄传》，中华书局，1974年，第1317—1318页。
② 汤用彤《汤用彤学术论文集》，中华书局，1983年，第214页。

魏晋南北朝文论家对上述四者的关注,表现出彼时文体学的宽广视野,也表现出中国古代文体谱系走向揽括所有文字作品的文章谱系的气魄。

第一节　玄学与文体

一、玄学与"口出以为言"体

古代对"口出"与"笔书"的辨别多有关注,《汉书·游侠·楼护传》载"谷子云笔札,楼君卿喉舌"之语①,"笔札"与"喉舌"即汉时人对两种人才的称呼,或称"笔舌",扬雄《法言·问道》:"孰有书不由笔,言不由舌?吾见天常为帝王之笔舌也。"②王充《论衡》对"口出"与"笔书"之分有多处叙说,其《定贤》称"口出以为言,笔书以为文"③,对"口出"与"笔书"的辨别最为简单明了。就文体学而言,"口出"与"笔书"这两大表达形式,也可说是两大文体,即便是最终都要落实到书写的文本上,"口出"与"笔书"二者的文体形态仍旧是不一样的,所谓"言语、文章,分为二途"。

玄学的兴起,极大地促进了"口出以为言"的表达。东汉末年有士人清议,士大夫聚集在一起议论朝政,后遭到迫害,即所谓"党锢之祸"。《后汉书·党锢列传》载,朝廷指责这些清议者"共造部党,自相褒举,评论朝廷,虚构无端"④,主要罪名在"口出以为言"地议论朝政,这就是所谓"清议"。清议以后是清谈,那就要讲究"口出"之"谈",在玄学时代,就是所谓"玄谈",《晋书·王衍传》记载玄学、玄谈的兴起:

---

① 班固《汉书》,中华书局,1962年,第3707页。
② 汪荣宝《法言义疏》卷六,中国书店,1991年。
③ 王充《论衡》,上海人民出版社,1974年,第420页。
④ 范晔《后汉书》,中华书局,1965年,第2205页。

> 魏正始中,何晏、王弼等祖述《老》《庄》,立论以为:"天地万物皆以无为本,无也者,开物成务,无往不存者也。阴阳恃以化生,万物恃以成形,贤者恃以成德,不肖者恃以免身。故无之为用,无爵而贵矣。"①

何晏、王弼两人都可谓能言谈又能著论。《世说新语·文学》载:

> 何晏为吏部尚书,有位望,时谈客盈座,王弼未弱冠往见之。晏闻弼名,因条向者胜理语弼曰:"此理仆以为极,可得复难不?"弼便作难,一坐人便以为屈,于是弼自为客主数番,皆一坐所不及。②

这是称其能言善辩。《世说新语·文学》引《文章叙录》也载,"(何)晏能清言,而当时权势,天下谈士,多宗尚之"③。何晏又有多种著作存世,有《景福殿赋》《瑞颂》《论语集解序》《难蒋济叔嫂无服论》《祀五郊六宗厉殃议》《白起论》《冀州论》等。《世说新语·文学》称:

> 何平叔注《老子》,始成,诣王辅嗣。见王《注》精奇,乃神伏曰:"若斯人,可与论天人之际矣!"因以所注为《道德二论》。④

《三国志·魏书·钟会传》注引何邵《王弼传》称,王弼"幼而察惠,年十余,好《老氏》,通辩能言"⑤。王弼文章传今者,有《周易注》《周易略例》《老子注》,均为完书。

魏代玄学家能谈又能写,而西晋玄学家多有能言谈而不能著论者,如王衍,《世说新语·言语》注引《晋诸公赞》称其"好尚谈称,为

---

① 房玄龄等《晋书》,中华书局,1974年,第1236页。
② 刘义庆撰,刘孝标注,余嘉锡笺疏《世说新语笺疏》,上海古籍出版社,1993年,第195—196页。
③ 同上书,第195页。
④ 同上书,第198页。
⑤ 陈寿撰,裴松之注《三国志》,中华书局,1982年,第795页。

时人物所宗"①,但他不能著文,其文传世很少。因此刘师培《中国中古文学史》云:"然王(弼)、何(晏)虽工谈论,及著为文章,亦为后世所取法;迄于西晋,则王衍、乐广之流,文藻鲜传于世,用是言语、文章,分为二途。"②徐公持说:"西晋玄学家,少有著作传世,此亦与魏末玄学家形成鲜明对照。查《隋书·经籍志》,西晋文士乃至一般官员多有本集,多则十余卷,少亦一、二卷,然而名声显赫的王戎、卫玠、王衍等玄学家,竟皆无集,可证当日玄学家确实专事口谈,不重手笔。他们已非真正意义上的思想家。"③

二、新型文体与玄学创建

玄学的兴起、传播,起点在于儒、道经典新释,尤其是道家经典新释。"玄",即取《老子》首章"玄之又玄,众妙之门"之意,以"玄"来统摄世界,当时就把《周易》《老子》《庄子》称为"三玄"。这些儒、道经典新释,整体上说就是注疏体。两汉经学注疏,有两大特点:一是严守师传、家法,师传、家学之言代代解释,越积累越烦琐;二是着重自我阐释,董仲舒提出"《诗》无达诂,《易》无达占,《春秋》无达辞"④,奠定今文学派的学术风气,强调以自己的思想来解说经典,如史称"汉兴,鲁申公为《诗》训故,而齐辕固、燕韩生皆为之传。或取《春秋》,采杂说,咸非其本义"⑤。何晏、王弼创建玄学,就是以儒、道新释起步,在对前代学术传统既有所反正又有所继承中创建了新型文体。

其一,"集解"体。何晏、王弼创建玄学,其寻求的学术资源之一,就是儒家典籍《论语》。《论语》本是有家法、师法的,虽然自秦

---

① 刘义庆撰,刘孝标注,余嘉锡笺疏《世说新语笺疏》,上海古籍出版社,1993年,第85页。
② 陈引驰编校《刘师培中古文学论集》,中国社会科学出版社,1997年,第46页。
③ 见徐公持《魏晋文学史》,人民文学出版社,1999年,第273页。
④ 董仲舒《春秋繁露·精华》,上海古籍出版社,1989年,第24页。
⑤ 班固《汉书·艺文志》,中华书局,1962年,第1708页。

火之后，基于师徒的口耳传诵，汉初《论语》之学已分《齐论》《鲁论》《古论》三者；西汉末，安昌侯张禹混合齐、鲁之说，又有郑玄就《鲁论》篇章，考《齐论》《古论》为之注，已开《论语》不遵家法、师法之先，怎样从《论语》中得到有效的玄学资源，需要有一种崭新的注疏。于是就有了何晏等创建"集解"体，史载，郑冲"与孙邕、曹羲、荀顗、何晏共集《论语》诸家训注之善者，记其姓名，因从其义，有不安者辄改易之，名曰《论语集解》"①；《隋书·经籍志》载录为何晏集《论语集解》十卷。其主要的意义在于以"集解"破师传、家学之蔽，所谓"集《论语》诸家训注之善者"，即把前人注释《论语》中有利于玄学建设的言论集中起来，做适合于玄学的解释；虽然说其较为集中地保存了《论语》的汉魏古注，这只是其文献学的意义，而更重要的是所谓"有不安者辄改易之"，即把前人注释《论语》中不利于玄学建设的言论做适当"改易"。《论语集解》其中关于"道""任道""自然""无为""一"有所阐述，多有玄学意味，就是这样来的。

何晏等《论语集解》，在于首创古籍注释中的"集解"一体。在何晏之前的"集解"有应劭"集解《汉书》"②，《隋书·经籍志》有著录③，唐人颜师古《汉书序例》曰："《汉书》旧无注解，唯服虔、应劭等各为音义，自别施行。"④《汉书集解》只是音义的集解，而非"训解"意义的集合。何晏等以"集解"的文体形式提倡一种新的学术风气，基于突破家法、师法在章句训诂上的歧异，鼓励自出新意。于是，儒家之作《论语》就通过这种方式成为玄学经典；这也为王弼《论语释疑》以玄学思想解释《论语》做了铺垫。

---

① 房玄龄等《晋书·郑冲传》，中华书局，1974年，第993页。这在《论语集解序》中亦有所述："前世传授，师说虽有异同，不为训解，中间为之训解，至于今多矣，所见不同，互有得失。今集诸家之善，记其姓名，有不安者，颇为改易，命曰《论语集解》。"(《论语注疏》，《十三经注疏》，上海古籍出版社，1997年，第2456页)
② 范晔《后汉书·应劭传》，中华书局，1965年，第1614页。
③ 魏徵、令狐德棻《隋书》，中华书局，1973年，第953页。
④ 班固《汉书》，中华书局，1962年，第1页。

其二,"指略"体、"略"体。何劭《王弼传》称,王弼"注《老子》,为之《指略》,致有理统"①。《旧唐书·经籍志》有《老子指例略》二卷,不著撰人,次何晏《道德论》之后;《新唐书·艺文志》载有王弼《老子指例略》二卷;如此而言,《老子指例略》二卷总归是何、王之类玄学家所撰,而且都以"略"称之,后人所辑即称为《老子指略》。今人楼宇烈称:"近人王维诚据《云笈七签》中《老君旨归略例》即《道藏》中《老子微旨例略》,辑成《老子指略》,认为即王弼《老子指例略》之佚文。"②"略",指简要的情况,"指略",犹要旨,所谓"明其指略,切磋究之"③;以"略"为文体名,即某某要旨,于是可知,《老子指略》就是对老子基本观点的概括总说。《老子指略》中有言:

> 《老子》之书,其几乎可一言而蔽之。噫!崇本息末而已矣。观其所由,寻其所归,言不远宗,事不失主。文虽五千,贯之者一;义虽广赡,众则同类。解其一言而蔽之,则无幽而不识;每事各为意,则虽辩而易惑。④

所以称"致有理统"。为《老子》作"指略",就是把《老子》言说以理统摄起来,突出其理论核心所在;这就是玄学的思想方法之一的"举本统末","守母以存其子,崇本以举其末"⑤,只有突出"本",突出"母",才能实现。

其三,"略例"体。《隋书·经籍志》有王弼《易略例》一卷。王弼有《周易注》,又有《周易略例》,今存。"例",准则、成例,汉公车

---

① 陈寿撰,裴松之注《三国志·魏书·钟会传》注引,中华书局,1982年,第796页。
② 王弼著,楼宇烈校释《王弼集校释》,中华书局,1980年,第11页。原文作《老子指略例》,此据新旧《唐书》所录径改。
③ 班固《汉书·董仲舒传》,中华书局,1962年,第2507页。
④ 王弼著,楼宇烈校释《王弼集校释》,中华书局,1980年,第198页。
⑤ 王弼《老子道德经注》三十八章语,同上书,第95页。

征士颖容撰《春秋释例》，大司农郑众撰《春秋左氏传条例》[①]，以后《春秋》三传之"例"犹多。"略例"作为文体，则重在对各组成部分的解释，此"略"应该是分类的名称，汉代图书目录分类即为"七略"。《周易略例》分为"明象""明爻通变""明卦适变通爻""明象""辩位""略例下""卦略"诸章，用以说明《周易》各组成部分的作用或某些相互关系。如"明象"章，其文首曰："夫象者，何也？统论一卦之体，明其所由之主者也。"楼宇烈称："此章为论述《象辞》之作用、意义等。"[②]如"明卦适变通爻"章，其文首曰："夫卦者，时也；爻者，适时之变者也。"楼宇烈称："此章为说明卦与爻之间相互变化的关系。"[③]王弼创建"略例"体，以对《周易》各组成部分做解释，很好地显示了玄学的理论体系。

上述三种新型文体，都可视作玄学的以"注"为"论"。刘勰《文心雕龙·论说》称："若夫注释为词，解散论体，杂文虽异，总会是同。"[④]意即把零散的注释文字汇总起来，也同于论文，"集解"体可作如是看。但玄学家更有直接把"注"的撰作转换成"论"的，《世说新语·文学》载：

> 何晏注《老子》未毕，见王弼自说注《老子》旨，何意多所短，不复得作声，但应诺诺，遂不复注，因作《道德论》。[⑤]

何晏把"注"改换为"论"，表面上看是某种迫不得已，实际上则是学术内在的需求，玄学更需要、更重视阐释大义的"论"，上述的"指略"体、"略例"体，都可视作在"注"的基础上的"论"，甚或就是以"论"代"注"。

[①] 魏徵、令狐德棻《隋书》，中华书局，1973年，第928页。
[②] 王弼著，楼宇烈校释《王弼集校释》，中华书局，1980年，第591、592页。
[③] 同上书，第604、605页。
[④] 刘勰撰，詹锳义证《文心雕龙义证》，上海古籍出版社，1989年，第701页。
[⑤] 刘义庆著，刘孝标注，余嘉锡笺疏《世说新语笺疏》，上海古籍出版社，1993年，第200页。

玄学更需要、更重视阐释大义的"论",从向秀、郭象的《庄子注》亦可见出,向、郭《庄子注》的基本格式就是以旨要题于首,叙明大义与随文释义相结合,"初,注《庄子》者数十家,莫能究其旨要",于是,"向秀于旧注外为解义","旧注"仅为"注",向秀更"外为解义","注""论"结合,收到了"妙析奇致,大畅玄风"的效果。① 今所见向、郭《庄子注》,其篇前有题解,总括一篇大义,如《逍遥游》题解:

> 夫小大虽殊,而放于自得之场,则物任其性,事称其能,各当其分,逍遥一也,岂容胜负于其间哉。②

以下才是随文释义,有所谓"举本统末"之效。

三、玄学与"论难"体

两汉就盛行"难"体,如《汉书·艺文志》载录的有"难"性质的著作:

> 《董子》一篇。名无心,难墨子。(儒家)
> 《虞丘说》一篇。难孙卿也。(儒家)
> 《秦零陵令信》一篇。难秦相李斯。(从横家)
> 《博士臣贤对》一篇。汉世,难韩子、商君。(杂家)③

又如《盐铁论》《白虎通义》,书中全以"难"展开。又有专门之学的"难"体,《后汉书·儒林列传下》载,李育"作《难左氏义》四十一事",何休"善历算,与其师博士羊弼,追述李育意以难二传,作《公羊墨守》《左氏膏肓》《穀梁废疾》",④等。

玄学多"有无""本末""体用"等意义对立的论辩命题,玄学"惟

---

① 刘义庆著,刘孝标注,余嘉锡笺疏《世说新语笺疏》,上海古籍出版社,1993年,第205页。
② 郭庆藩《庄子集释》,中华书局,1961年,第1页。
③ 班固《汉书》,中华书局,1962年,第1726、1727、1739、1741页。
④ 范晔《后汉书》,中华书局,1965年,第2582、2583页。

玄是务"的论述多持一端而发,玄学论述的特点之一是相互辩论的"难",李充《翰林论》即称"研核名理,而论难生矣"①,谢灵运《山居赋》中称"论难以核有无"②。学术上的"论难"促进了"论难"文体的发达,除了单篇的"论"或"难"外,还有文中的自设"论难",如嵇康《声无哀乐论》,以秦客的问难与东野主人的答难展开;阮籍《乐论》,以"刘子问曰"发起,以"阮先生曰"展开;阮籍《达庄论》以"缙绅好事之徒"作为"客"而与先生论难展开,欧阳建《言尽意论》,以雷同君子与违众先生对问展开;"客主以首引"本是前辈论难的惯用方式。玄学也有两人或数人间的论难,有问有答,有难有答。如王弼"注《易》,颍川人荀融难弼大衍义。(王)弼答其意"③。又,何劭《荀粲传》载,荀顗难钟会,荀俣难荀粲,傅嘏难荀粲等,如此往来"难""答"者,或有十分精彩而见称于世者。又,嵇康有《养生论》,向秀有《难养生论》,嵇康又有《答难养生论》,向秀称,挑起与嵇康的辩论是为了引发对方的高论,所谓"辞难往复,盖欲发康高致也"④。

玄学"论难"崇尚简易,刘勰在批评了汉代的烦琐经学后,特意提到"王弼之解《易》,要约明畅,可为式矣"⑤。玄学的语体论难多有"辞约而旨达"者,如《世说新语·文学》记载:

> 阮宣子有令闻。太尉王夷甫见而问曰:"老庄与圣教同异?"对曰:"将无同?"太尉善其言,辟之为掾。世谓"三语掾"。⑥

---

① 李昉等《太平御览》卷五百九十五,中华书局,1960年,第2678页。
② 沈约《宋书》,中华书局,1974年,第1770页。
③ 陈寿撰,裴松之注《三国志·魏书·钟会传》注引何劭《王弼传》,中华书局,1982年,第795页。
④ 房玄龄等《晋书·向秀传》,中华书局,1974年,第1374页。
⑤ 刘勰撰,詹锳义证《文心雕龙义证》,上海古籍出版社,1989年,第705页。
⑥ 刘义庆著,刘孝标注,余嘉锡笺疏《世说新语笺疏》,上海古籍出版社,1993年,第205、207页。

这是以"将无同"点出玄学视野下老庄与儒教同异,以及玄学脱略具体的思想方法。

玄学"论难"崇尚简易,却使玄学核心观点的表达更为突出,如《世说新语》载王辅嗣诣裴徽以有训无,后世常以此作为玄学家以老、庄训"无"的标准解释。①

玄学"论难"又有自己独创的形式,即"自为客主"体,史载:

> 何晏为吏部尚书,有位望,时谈客盈坐,王弼未弱冠往见之。晏闻弼名,因条向者胜理语弼曰:"此理仆以为极,可得复难不?"弼便作难,一坐人便以为屈,于是弼自为客主数番,皆一坐所不及。②

王弼能向别人认为已达极致的"胜理"挑战而获胜,但又可换位为对手而辩倒原先的论点,并如此可"自为客主数番"。于是可见,论辩"自为客主数番",并不在乎辩对错,而是在展示论辩技能,更重要的是把论辩引向深入。

"笔书以为文"亦有"自为客主"者,如裴頠"理具渊博,赡于论难,著《崇有》《贵无》二论,以矫虚诞之弊,文辞精富,为世名论"③。裴頠《崇有》《贵无》二论为自设客主的论难,《崇有论》现存,《贵无论》佚,不能因只见到《崇有论》就称其反对玄学,二论观点表面上看是截然相反,实则"宗致"相同。玄学论辩看似激烈而"宗致"相同的例子很多,如"傅嘏善言虚胜,荀粲谈尚玄远,每至共语,有争而不相喻。裴冀州释二家之义,通彼我之怀,常使两情皆得,彼此俱畅"④。当时就有人称:"(傅)嘏善名理而(荀)粲尚玄远,宗致虽

---

① 刘义庆著,刘孝标注,余嘉锡笺疏《世说新语笺疏》,上海古籍出版社,1993年,第199页。
② 同上书,第195—196页。
③ 陈寿撰,裴松之注《三国志·魏书·裴潜传》注引,中华书局,1982年,第673页。
④ 刘义庆著,刘孝标注,余嘉锡笺疏《世说新语笺疏》,上海古籍出版社,1993年,第199—200页。

同,仓卒时或有格而不相得意。裴徽通彼我之怀,为二家骑驿。"①"骑驿",驿站传递公文或信件的车马,此借指裴徽沟通双方。在论难中往往可以消解分歧而达到"折中",如"王坦之又尝著《公谦论》,袁宏作论以难之。伯览而美其辞旨,以为是非既辩,谁与正之,遂作《辩谦》以折中曰"②。

玄学有一种特殊的、固定格式的"论难"文体的集合——《四本论》。史载:

> (钟)会论才性同异,传于世。四本者,言才性同,才性异,才性合,才性离也。尚书傅嘏论同,中书令李丰论异,侍郎(钟)会论合,屯骑校尉王广论离。③

"四本"之论,论述"才性"二者的同、异、合、离,也就是把这个论题的方方面面都论述到了,不可不谓玄学时代的论难周密,可为古代中国思辨科学发展的高峰。或称钟会撰《四本论》,特别想让嵇康看看,又怕当面被提意见,就扔进嵇康家门。"四本"之论为魏晋显学,如《晋书·阮裕传》载:

> (阮)裕虽不博学,论难甚精。尝问谢万云:"未见《四本论》,君试为言之。"万叙说既毕,裕以傅嘏为长,于是构辞数百言,精义入微,闻者皆嗟味之。④

阮裕离钟会已有六七十年,仍以"四本"为论难之题。南齐顾欢"口不辩,善于著笔。著《三名论》,甚工,钟会《四本》之流也"⑤。"四本"论辩,使对立问题的各个方面——同、异、合、离——都得以

---

① 陈寿撰,裴松之注《三国志·魏书·荀彧传》注引何劭《荀粲传》,中华书局,1982年,第320页。
② 房玄龄等《晋书·韩伯传》,中华书局,1974年,第1993页。
③ 《世说新语·文学》注引《魏志》,刘义庆著,刘孝标注,余嘉锡笺疏《世说新语笺疏》,上海古籍出版社,1993年,第195页。
④ 房玄龄等《晋书》,中华书局,1974年,第1368页。
⑤ 萧子显《南齐书》,中华书局,1972年,第935页。

展现,如此以来,问题无所遁形,魏晋的思辨科学达到新的高度。

"自为客主",使论辩命题明确;"自为客主数番",使人们认识到理论无所谓一方压倒另一方,更要紧的是如何由论辩把理论引向深入,这些正是魏晋玄学思辨深化深入的方法之一。进而,新型的"自为客主数番"的"论难"体的文学史意义,在于把"论难"双方剑拔弩张的对立,演化为一种审美欣赏。如:

> 支道林、许掾诸人共在会稽王斋头。支为法师,许为都讲。支通一义,四坐莫不厌心。许送一难,众人莫不抃舞。但共嗟咏二家之美,不辩其理之所在。①

本来,玄学对于人生人心来说,讲究对玄远超迈的体悟与欣赏,于是,当人们从论难中体悟到玄远超迈,更赞赏"论难"本身的形式美。所以,人们把听辩论当作看演出那样来欣赏,如《世说新语·文学》载,支道林、许询、谢安共集王濛家,诸人言咏《庄子·渔父》,"支道林先通,作七百许语,叙致精丽,才藻奇拔,众咸称善";"四坐各言怀毕",谢安"后粗难,因自叙其意,作万余语,才峰秀逸,既自难干,加意气拟托,萧然自得,四坐莫不厌心",于是,支道林谓谢安曰:"君一往奔诣,故复自佳耳。"②而玄学家也把"论难"当作人生的某种赏心悦目的经历,一有机会就设置这样的聚会"论难",甚至相女婿的聚会也是如此:"羊孚弟娶王永言女",羊孚送其弟及王家,永言之父王临之、王临之女婿殷仲堪都在,羊孚"雅善理义,乃与仲堪道《齐物》,殷难之",羊孚与仲堪经过四番辩论,仲堪咨嗟曰:"仆便无以相异。"同意了羊孚的观点。③ 于是人们盼望实力相当者的对抗论辩:

> 时孙盛作《易象妙于见形论》,帝使殷浩难之,不能屈。帝

---

① 刘义庆著,刘孝标注,余嘉锡笺疏《世说新语笺疏》,上海古籍出版社,1993年,第227页。
② 同上书,第237页。
③ 同上书,第241页。

曰:"使真长来,故应有以制之。"乃命迎惔。盛素敬服惔,及至,便与抗答,辞甚简至,盛理遂屈。一坐抚掌大笑,咸称美之。①

论辩与审美享受等同了,就是为了获得"一坐抚掌大笑,咸称美之"的效果。

第二节 玄学对诗体的影响

传统诗体以"言志""缘情"为鹄的,但现在诗体要用来体悟玄理了,整体上说,这就是玄学对传统诗体的影响,这是由玄学人物迥然不同于传统的风度以及不同于传统的体悟世界的思维方式所决定的。

一、玄学思想方法入诗

汤用彤《言意之辨》称玄学思想方法说:

> 故学术,新时代之托始,恒依赖新方法之发现。夫玄学者,谓玄远之学。学贵玄远,则略于具体事物而究心抽象原理。论天道则不拘于构成质料,而进探本体存在。论人事则轻忽有形之粗迹,而专期神理之妙用。②

用"略于具体事物而究心抽象原理"的玄学思想方法来创作诗歌,有两点应该引起注意:其"直接从理性入手"时,则注重哲理的玄远而脱离当日现实生活;其"从感性形象入手"时,则注重感性形象的概括性。以下依次述之。

玄言诗中有不少是直接述说玄理的,玄言诗大家孙绰《赠温

---

① 房玄龄等《晋书·刘惔传》,中华书局,1974年,第1991页。
② 汤用彤《汤用彤学术论文集》,中华书局,1983年,第214页。

峤》：

> 大朴无像，钻之者鲜。玄风虽存，微言靡演。逸矣哲人，测深钩缅。谁谓道辽，得之无远。[1]

诗中论天道则称"无像"，论言语则称"靡演"，脱略具体事物，而哲人由之"测深钩缅"，从这"无像""靡演"之中得到了"道"的真谛。全诗正是以这种玄远脱略具体的方式阐述体悟玄理，因此，它是典型的、成熟的玄言诗。

玄言诗中又有多从感性形象入手的作品，这些诗作有山水景物这些具体物象，那又是怎么去实现"略于具体事物而究心抽象原理"呢？清人叶燮《原诗》中称说王羲之《兰亭集序》是"托意于仰观俯察宇宙万汇，系之感慨，而极于死生之痛"[2]。《兰亭集序》固然是作为玄学家的王羲之对宇宙、人生思考的结果，但这也是玄学家以文学作品的形式对宇宙、人生进行思考，是由景物一下子跳跃进入"仰观俯察宇宙万汇"，而脱略于"极力铺写，谀美万端"的具体生活内容。王羲之《兰亭诗》也正是如此写法：

> 三春启群品，寄畅在所因。仰望碧天际，俯磐绿水滨。寥朗无厓观，寓目理自陈。大矣造化功，万殊莫不均。群籁虽参差，适我无非新。[3]

"寄畅"指靠自然景物来寄托情思。"仰望"二句写景，但"碧天际"与"绿水滨"并非具体地点的特殊景物，也无具体生活内容。"寥朗"二句过渡，由景物给人的感受引入下文的叙写玄理，即"大矣"二句的内容。最后二句述说自然景物对自己来说，感受永远是新的，这既称赏了玄理在胸时对自然景物的看法，又脱略了"群籁"之

---

[1] 许敬宗编《日藏弘仁本文馆词林校证》卷一百五十七，中华书局，2001年，第56页。
[2] 叶燮《原诗》，丁福保辑《清诗话》下册，上海古籍出版社，1978年，第572—573页。
[3] 逯钦立辑校《先秦汉魏晋南北朝诗》，中华书局，1983年，第895页。

类自然景物的具体特征而使之成为一种理念性的东西。全诗是由山水景物一下子进入宇宙人生哲理的叙说,而脱略了社会生活内容。另外,诗中的自然景物并无太多的具体限定性,只是一般性的美景而已,诗虽然题名为"兰亭",但显示不出兰亭景物的特征,其他人的《兰亭诗》亦是如此。

又如孙绰《答许询》:

> 遗荣荣在,外身身全。卓哉先师,修德就闲。散以玄风,涤以清川。或步崇基,或恬蒙园。道足胸怀,神栖浩然。①

诗中的自然景物如"玄风""清川""崇基""蒙园",都是一般性的、象征性的,甚或是概括性的、概念化的。从中可以看出,玄言诗的写景是以自己所体悟的玄理来组织自然景物的,而景物自身是没有特殊性的,也不需要太多的具体性,只要能令人体悟玄理即可。甚而,有时诗中的自然景物本身就能让人从中概括出哲理来,而为了从中概括出哲理来,当然不能让自然景物有太多的特殊性、具体性。

二、玄言赋予诗作的魅力

在玄学盛行的年代,人们对玄理本身有极大的兴趣和执着的追求,对探讨玄理有极大的热情,《世说新语·文学》载:

> 《庄子·逍遥篇》,旧是难处,诸名贤所可钻味,而不能拔理于郭、向之外。支道林在白马寺中,将冯太常共语,因及《逍遥》。支卓然标新理于二家之表,立异义于众贤之外,皆是诸名贤寻味之所不得。后遂用支理。
>
> 殷(浩)、谢(安)诸人共集。谢因问殷:"眼往属万形,万形来入眼不?"
>
> 僧意在瓦官寺中,王苟子来,与共语,便使其唱理。意谓王

---

① 许敬宗编《日藏弘仁本文馆词林校证》卷一百五十七,中华书局,2001年,第58页。

曰:"圣人有情不?"王曰:"无。"重问曰:"圣人如柱邪?"王曰:
"如筹算,虽无情,运之者有情。"僧意云:"谁运圣人邪?"苟子
不得答而去。①

对玄理的执着探索追求,深化了对玄理的认识与理解,时出新意。

就玄理本身来说,确实也具有玄深悠远而让人遐思不尽的特点。玄学以《老》《庄》《易》为基础来阐说自己的哲理,此三者都有许多令人意趣盎然地深思遐想的东西。如《庄子》,其《齐物论》称"彼亦一是非,此亦一是非",其《养生主》称"吾生也有涯,而知也无涯",其《外物》所说"言者所以在意,得意而忘言",②等等。以玄学态度来对待玄理,自然会感到其意味不尽;以玄理来对待当前人生,自然令人产生超远脱俗的感觉。如王胡之《答谢安》:

> 利交甘绝,仰违玄指,君子淡亲,湛若澄水。余与吾生,相忘
> 隐机,泰不期显,在悴通否。③

诗中分别用《老》《庄》《易》中的词语或典故来述说玄理,这样的诗对玄学人物来说,自然会感发他们对玄学问题的遐思深想,会引起他们的兴趣。

在玄学盛行的年代,由于对谈论玄理的极大兴趣与执着追求,人们对谈论玄理的聚会更有极大的热情并积极地参与,从中获得美的享受与满足。如《世说新语·言语》载:

> 诸名士共至洛水戏,还,乐令问王夷甫曰:"今日戏,乐乎?"
> 王曰:"裴仆射善谈名理,混混有雅致;张茂先论《史》《汉》,靡
> 靡可听;我与王安丰说延陵、子房,亦超超玄箸。"④

---

① 刘义庆著,刘孝标注,余嘉锡笺疏《世说新语笺疏》,上海古籍出版社,1993年,第232、238—239、220页。
② 郭庆藩《庄子集释》,中华书局,1961年,第66、115、944页。
③ 逯钦立辑校《先秦汉魏晋南北朝诗》,中华书局,1983年,第887页。
④ 刘义庆著,刘孝标注,余嘉锡笺疏《世说新语笺疏》,上海古籍出版社,1993年,第85页。

这种谈论玄理的聚会,当时名士是十分乐意参加的,有时对参与谈论玄理的聚会的兴趣还要大于谈论玄理本身,在玄理论辩的聚会上,人们往往更注重论辩的艺术技巧,如谈锋健否、设譬妙否、音调朗否、思路清否、气势盛否等等。重视论辩的艺术技巧的突出表现就是互为主客,论辩的一方以正命题屈反命题,这只是赢了一半;如还能以反命题屈正命题,这才是胜场。《世说新语·文学》记载了这样一件事:

> 许掾年少时,人以比王苟子,许大不平。时诸人士及于法师并在会稽西寺讲,王亦在焉。许意甚忿,便往西寺与王论理,共决优劣。苦相折挫,王遂大屈。许复执王理,王执许理,更相覆疏,王复屈。①

支道林称此为"理中之谈",即在玄理中较量谈锋,这就有别于在谈辩中较量理的深刻、正确与否。这种对论辩艺术技巧方面的重视与追求,便使人们由对玄理的探索而进入一种审美层次。人们对玄理感兴趣,但人们更感兴趣的是论辩本身,是这种充满智慧技巧的艺术形式把人们带入那种玄远悠深的境界中去,这对理解玄言诗的魅力是有启发作用的。

玄言诗是论辩谈析玄理的另一种形式,是口头的论辩谈析转化为文字的论辩谈析,是以诗的语言与境界来论辩谈析玄理,这从以下两方面可以看出来。一是永和九年王羲之等四十一人在会稽山阴兰亭聚会行修禊之事,聚会中"一觞一咏,亦足以畅叙幽情";由此看来,这次聚会也是为了谈析论辩玄理,而聚会中的主要活动又是赋诗,赋诗的有"右将军司马太原孙丞公等二十六人"。② 这些诗人所作流传下来的不少,大多是谈玄论理的玄言诗。二是我们注意到

---

① 刘义庆著,刘孝标注,余嘉锡笺疏《世说新语笺疏》,上海古籍出版社,1993年,第225页。
② 《世说新语·企羡》注引王羲之《临河叙》,刘义庆著,刘孝标注,余嘉锡笺疏《世说新语笺疏》,上海古籍出版社,1993年,第630页。

现在玄言诗以赠答形式出现的较多,这种赠答当然可以视为诗人彼此之间的辨析谈论玄理。

名士们优游相聚,为辨析谈论玄理提供了机会,而美好的自然景物常常对玄学家们的精神起一种感发作用,《世说新语·言语》载:

> 简文入华林园,顾谓左右曰:"会心处不必在远,翳然林水,便自有濠、濮间想也。觉鸟兽禽鱼,自来亲人。"

> 王司州至吴兴印渚中看,叹曰:"非唯使人情开涤,亦觉日月清朗。"①

进而,由于自然景物的感发而引起谈析辩论玄理的兴致,玄学家刘尹曾云:"清风朗月,辄思玄度。"②玄度即许询,他因为能清谈玄理而得到当日名士的钦爱仰慕,所谓"思玄度"即是想与他进行一番玄谈。又如"秋夜气佳景清",才引得殷浩、王胡之诸贤"登南楼理咏",而后又有庾亮前来,他也是因"秋夜气佳景清"而"兴复不浅",于是与众人一起辨析谈论玄理。③ 又如许询因"尔夜风恬月朗",故玄谈之"辞寄清婉,有逾平日"。④ 当时人们认为,面对山水景物感发内心才能进行文学创作,于是有这样的疑问与赞赏:"此子神情都不关山水,而能作文!"⑤而前述王羲之诸人作《兰亭诗》,就是由兰亭美景感发而作。

这也是玄学家们对传统的继承,先秦时人们就认为能从登高眺望中体味到某种东西而吟咏作文,故那时即把"登高能赋"作为君子或大夫的才能之一。《庄子·知北游》中有这样一段话:

> 天地有大美而不言,四时有明法而不议,万物有成理而不

---

① 刘义庆著,刘孝标注,余嘉锡笺疏《世说新语笺疏》,上海古籍出版社,1993年,第120—121、138—139页。
② 同上书,第134页。
③ 同上书,第616页。
④ 同上书,第491页。
⑤ 同上书,第478页。

说。圣人者,原天地之美而达万物之理。①

因此也可以说,玄学家们往往因景物之美而辨析谈论玄理,也是为了"原天地之美而达万物之理"吧!

以上所述就是产生玄言诗的时代趣尚:论辩玄理时能够追求进入审美层次,面对美好景物会感发对玄理的探寻。玄学家本来就有论辩谈析玄理的内心要求,既对玄理的玄远超迈执着,又对引人进入玄远超迈的机辩智慧入迷,且面对美好景物引发了辨析谈论玄理的兴致。

三、玄言诗的魅力如何实现

玄远超迈的意趣与美妙的自然景物相融合而构成了玄言诗的魅力。但当诗歌以体悟玄理为宗旨时,于是景物远离特定的、具体的社会生活内容而具有某种超越;以突出景物的普遍性、概括性来叙说玄理,为玄理能笼罩时间空间、宇宙人生、社会自然而实现玄远超迈奠定基础。如果诗歌只能以普遍之景、概括之景来述普遍之理、概括之理,如此一来,玄远超迈之理倒可能完整地体现,但意趣则有可能消失,景物会因其概括化、普遍化就不再那么美妙,难以产生令人遐思冥想的那种清空境界。而具有魅力的那些玄言诗,恰恰是在尊重普遍性的同时而带有某些特殊性,如谢安《与王胡之》②,所谓"兰栖湛露,竹带素霜,蕊点朱的,薰流清芳",即是美妙而特殊的自然景物,虽然诗中接着又依玄学思想方法对之实施了普遍化,此即"触地俯零,遇流濠梁",有所会心则所到之处全具有美妙的景物,以及到处是"俯零""濠梁"的意味,但美妙而特殊的自然景物已经被客观地表现出来了。又如《世说新语·文学》载:

郭景纯诗云:"林无静树,川无停流。"阮孚云:"泓峥萧

---

① 郭庆藩《庄子集释》,中华书局,1961年,第735页。
② 逯钦立辑校《先秦汉魏晋南北朝诗》,中华书局,1983年,第905—906页。

瑟,实不可言,每读此文,辄觉神超形越。"①景物本身无特殊性,是对林、川某种状态的概括性描述;其特殊性在于以画面来表现动态,以否定来表现肯定,体悟玄理而不着理语,其叙述方法是特殊的。因此,如何在不违背普遍性的同时突出某方面的特殊性,就成为玄言诗实现魅力的关键。其出路或在于以概括之景述特殊之理,或以特殊之景述普遍之理,或其叙述方法是特殊的,这样,玄言诗才得以实现其魅力。

四、玄学进入诗体的情的失落

诗最注重的是内心生活的表现,玄言诗则是此趋势中一种独辟蹊径的努力,这就是诗人个体情感如何直接与对世界、宇宙的理性思考结合起来,这也是玄言诗在表现个人心灵方面的特点,但这一特点会不会使情失落呢?

魏晋玄学家的感情世界是十分丰富的,《世说新语》中记载了许多他们专注于亲人之情、朋友之情、人生之情、自然之情的事例。其《伤逝》篇载王戎曰:"圣人忘情,最不下及情。情之所钟,正在我辈。"②这是玄学家确切的自我评价。又,《任诞》篇载谢公称桓子野"可谓一往有深情"③,这是当日人们对玄学家内心情感的丰富与深厚的评价。但在理论上,玄学家如何对待情还是一个要考虑的问题。比如是否"忘情",《世说新语·言语》载,张玄之、顾敷俱至寺中,见佛般泥洹像,弟子有泣者,有不泣者,张玄之曰:"被亲故泣,不被亲故不泣。"顾敷曰:"不然,当由忘情故不泣,不能忘情故泣。"④时人认为能用"忘情"来解释某些现象者,是应该被夸赞的。

---

① 刘义庆著,刘孝标注,余嘉锡笺疏《世说新语笺疏》,上海古籍出版社,1993年,第256—257页。
② 同上书,第637页。
③ 同上书,第756页。
④ 同上书,第110页。

而前称"圣人忘情"云云,则认为能"忘情"是最高境界。关于有情无情及"忘情"诸问题,本是魏晋玄学讨论的重要问题之一。玄学家王弼曰:"然则圣人之情,应物而无累于物者也。今以其无累,便谓不复应物,失之多矣。"①因此,从现实的行为上看,尽管玄学家们或尽兴宣泄自己的情感,但在最高境界上,他们绝不能为情所累,使情感顺应本性、顺应自然。王弼曾说过这样的话:"以为未能以情从理者也,而今乃知自然之不可革。"②这"以情从理"也就是让情感顺应自然,这里,"理"即"自然",即人的本性。

因此,当诗歌"以情从理"时,则是对内心生活做理性的探索而归之于中和,情受容于此,也消释于此。这样一来,似乎深化了诗歌的内心化程度,同时却削弱、失落了诗歌的抒情。此时,玄言诗从现实生活方面来说是以理矫情,以"无"矫情,而归向单一的中和。在玄言诗中,主人公摆脱了情的束缚而进入理的领域翱翔,玄言诗所述之理,大都鼓吹心灵超脱,趋于平淡中和,以之消释恼人又缠人的现实生活情感,或者诗中根本不出现这恼人又缠人的现实生活情感,直接述说平淡中和、逍遥自由,在述说了对运转不息的宇宙做出的深沉思索后,便直接对迁逝如飞的人生发出逍遥自在的向往。但是,把人生各种各样的情感全以淡泊中和、逍遥自在的玄理内容来矫正,消释了人生道路上的各种各样的情感而达到淡泊中和境地的诗,如不"淡乎寡味",这才奇怪了。这大概是玄言诗在抒情方面的最大失误吧!于是,南朝人多批评玄学进入诗体而导致诗体之情的失落,如沈约《宋书·谢灵运传论》说:

> 有晋中兴,玄风独振,为学穷于柱下,博物止乎七篇,驰骋文辞,义单乎此。自建武暨乎义熙,历载将百,虽缀响联辞,波属云委,莫不寄言上德,托意玄珠,遒丽之辞,无闻焉尔。③

---

① 陈寿撰,裴松之注《三国志·魏书·钟会传》注引,中华书局,1982年,第795页。
② 同上书,第796页。
③ 沈约《宋书》,中华书局,1974年,第1778页。

刘勰《文心雕龙·时序》论述"文变染乎世情,兴废系乎时序"说:

> 自中朝贵玄,江左称盛,因谈余气,流成文体。是以世极迍邅,而辞意夷泰。诗必柱下之旨归,赋乃漆园之义疏。①

钟嵘《诗品序》曰:

> 永嘉时,贵黄、老,稍尚虚谈。于时篇什,理过其辞,淡乎寡味。爰及江表,微波尚传,孙绰、许询、桓、庾诸公诗,皆平典似《道德论》,建安风力尽矣。②

但从诗体的角度来说,中国古代文人诗歌自汉末建安以来,就逐步追求摆脱外物的束缚而趋向诗人内心,这个进程至玄言诗阶段仍未停止,而是用追求理的形式来表现,这是诗歌在深化表现内心生活方面开辟的新路,这就是玄言诗为什么在失落情的情况下仍能迅速崛起并风靡百年的原因。

第三节 玄学对赋体的影响:玄言赋

刘勰《文心雕龙·诠赋》论赋的文体特征曰:

> 赋自《诗》出,分歧异派。写物图貌,蔚似雕画。抑滞必扬,言旷无隘。风归丽则,辞剪荑稗。

大致意思是说:赋重在描写外物、刻画形貌,好比精雕细画,文辞繁富、铺张扬厉,文风绮丽而有法则。玄学对赋的影响,是以其"得意忘言""言不尽意"的思想方法来实施的,于是,赋的文体特征会发生某些变化。

---

① 刘勰撰,詹锳义证《文心雕龙义证》,上海古籍出版社,1989年,第1710页。
② 钟嵘撰,曹旭集注《诗品集注》,上海古籍出版社,1994年,第24页。

一、玄言赋之玄学哲理

两晋时,描摹山水的赋作与叙写隐逸的赋作多高唱玄言、阐发玄理,但从题材类型来说,它们应归于山水赋、隐逸赋。此处所论玄言赋,是指专咏玄言行为或玄言哲理的赋作。

我们先来看成公绥《啸赋》。"啸"只是蹙口出声的方式,但它却成为玄学人物特有的抒发情感、表达思想的方式,"啸"在玄学人物身上有特殊的意味。《世说新语·栖逸》载,阮籍与苏门山中真人相互"喟然高啸",刘孝标注引《竹林七贤论》曰:

> 籍归,遂著《大人先生传》,所言皆胸怀间本趣,大意谓先生与己不异也。观其长啸相和,亦近乎目击道存矣。①

所谓"长啸相和,亦近乎目击道存矣",就是从"啸"理解了"道"。这样看来,"啸"之所以是玄学人物特殊的癖好,是因为"啸"表达出玄学意味。音乐是一种抽象,赋中突出的是"啸"的纯粹自然,一是比起丝乐、管乐来,它毫不假物,显然也更自然;二是由归向自然的玄学人士发出。这纯粹自然的乐声与归向自然的人生追求在此处相合,是一致的。成公绥《啸赋》首先点明"啸"是"逸群公子"及其"友生""同好"抒发情感的一种方式,是其表达的对时俗的厌弃与对理想的向往,这也表明玄学人物的"啸"所抒发的是离群高蹈的情趣,是向往自然的理想。然后叙说"蹙口"而"啸"是如何产生的,突出其出于自然。古代对发声器物有"丝不如竹,竹不如肉"的说法,谓之"渐进自然",此处即叙说其"动唇有曲,发口成音,触类感物,因歌随吟";叙说登台临远、披轩骋望的"啸",乐声涤荡宇宙、感染万物:

> 若乃游崇岗,陵景山。临岩侧,望流川,坐盘石,漱清泉,藉

---

① 刘义庆著,刘孝标注,余嘉锡笺疏《世说新语笺疏》,上海古籍出版社,1993年,第647页。

> 皋兰之狝靡,荫修竹之蝉娟。乃吟咏而发散,声骆驿而响连。舒蓄思之悱愤,奋久结之缠绵。心涤荡而无累,志离俗而飘然。

这是叙说游崇岗、陵高山的"啸",这是在特殊的景物中"蹙口"而"啸",乐声净化心灵,有在美妙的自然景物中体会玄理的意味。

我们再来看庾敳的《意赋》:

> 至理归于浑一兮,荣辱固亦同贯。存亡既已均齐兮,正尽死复何叹。物咸定于无初兮,俟时至而后验。若四节之素代兮,岂当今之得远?且安有寿之与夭兮,或者情横多态。宗统竟初不别兮,大德亡其情愿。蠢动皆神之为兮,痴圣惟质所建。真人都遣秽累兮,性茫荡而无岸。纵驱于辽廓之庭兮,委体乎寂寥之馆。天地短于朝生兮,亿代促于始旦。顾瞻宇宙微细兮,眇若豪锋之半。飘飘玄旷之域兮,深漠畅而靡玩。兀与自然并体兮,融液忽而四散。

《晋书·庾敳传》载,庾敳"见王室多难,终知婴祸,乃著《意赋》以豁情,犹贾谊之《服鸟》也"①。《史记》载贾谊《服鸟赋》曰:

> 贾生为长沙王太傅三年,有鸮飞入贾生舍,止于坐隅。楚人命鸮曰"服"。贾生既以谪居长沙,长沙卑湿,自以为寿不得长,伤悼之,乃为赋以自广。②

所谓《意赋》"犹贾谊之《服鸟》也",即是作者心有伤悼,于是为赋以自广。赋的首四句总述齐死生、等祸福的所谓"至理归于浑一";"物咸"以下四句叙写万物变化,不会总是目前的状况;"且安有"以下四句说变来变去还是归于"不别"(没有区别),因此要"亡其情愿",不能按自己的想法办事;"蠢动"以下六句称万物有"神"安排,个人须丢弃人生"秽累",空虚其心而迈向"辽廓""寂寥";"天

---

① 房玄龄等《晋书》,中华书局,1974 年,第 1395 页。
② 司马迁《史记》,中华书局,1982 年,第 2496 页。

地"以下四句说深感世间的渺小;末四句称要与自然"并体",走向虚无与永恒。全赋反复讲的是人在自然界中的地位,因此"荣辱""同贯","存亡""均齐"。

再看谢尚的《谈赋》,只有残句:

> 斐斐亹亹,若有若无;理玄旨邈,辞简心虚。①

讲玄学清谈时"辞简心虚"而"理玄旨邈"的情景。

二、言意关系之"得意忘言"

时人对《意赋》的评价为"有意无意之间",《世说新语·文学》:

> 庾子嵩(敳)作《意赋》成,从子文康(庾亮)见,问曰:"若有意邪,非赋之所尽;若无意邪,复何所赋?"答曰:"正在有意无意之间。"②

这"有意无意之间"正是玄言赋的意味指向所在。言意关系是玄学的基本问题,它的理论渊源在老庄。《庄子·秋水》:

> 可以言论者,物之粗也;可以意致者,物之精也;言之所不能论,意之所不能致者,不期精粗焉。③

庄子称事物的精深微妙处是语言所不能论的。进而,庄子又从普遍意义上否定语言的表达能力,此即《庄子·天道》所谓"知者不言,言者不知"④。至玄学时代,其具体命题有了变换,即王弼提出的"得意忘言",其《周易略例·明象》称:

> 夫象者,出意者也。言者,明象者也。尽意莫若象,尽象莫若言。言生于象,故可寻言以观象;象生于意,故可寻象以观

---

① 虞世南《北堂书钞》,中国书店,1989年,第373页。
② 刘义庆著,刘孝标注,余嘉锡笺疏《世说新语笺疏》,上海古籍出版社,1993年,第256页。
③ 郭庆藩《庄子集释》,中华书局,1961年,第572页。
④ 同上书,第489页。

> 意。意以象尽,象以言著。故言者所以明象,得象而忘言;象者所以存意,得意而忘象。……是故,存言者,非得象者也;存象者,非得意者也。象生于意而存象焉,则所存者乃非其言也。然则,忘象者,乃得意者也;忘言者,乃得象者也。得意在忘象,得象在忘言。①

王弼的"得意忘言",从大的方面来说是抓住玄学的根本,于是,"得意忘言"成为指导、解决理论问题的一种方法,人们想尽办法要"辞约而旨达",如《世说新语·文学》载:

> 客问乐令"旨不至"者,乐亦不复剖析文句,直以麈尾柄确几曰:"至不?"客曰:"至!"乐因又举麈尾曰:"若至者,那得去?"于是客乃悟服。乐辞约而旨达,皆此类。

余嘉锡案:"《庄子·天下》篇载惠施之说曰'指不至,至不绝',此客盖举《庄子》以问乐令也。"余嘉锡又引陆德明《释文》引司马云:"夫指之取物,不能自至,要假物,故至也。然假物由指不绝也。一云指取火以钳,刺鼠以锥。故假于物,指是不至也。"余嘉锡又称:"夫理涉玄门,贵乎妙悟,稍参迹象,便落言诠。司马所注,诚不如乐令之超脱。今姑录之,以存古义。"②乐令解释理论问题"不复剖析文句",而是指物而问,以启发对方觉悟,收到很好的效果。

于是,能"得意忘言"者成为人们的仰慕对象,"得意忘言"成为指导理论问题的一种风度。前引《世说新语·文学》载"三语掾"事,亦在当时引发讨论:

> 卫玠嘲之曰:"一言可辟,何假于三!"宣子曰:"苟是天下人望,亦可无言而辟,复何假一!"遂相与为友。③

---

① 王弼著,楼宇烈校释《王弼集校释》,中华书局,1980年,第609页。
② 刘义庆著,刘孝标注,余嘉锡笺疏《世说新语笺疏》,上海古籍出版社,1993年,第205页。
③ 同上书,第207页。

有人以"三语"解说理论问题而被"辟之为掾",又有人称"一言"就可以,进而人称"无言"即可解决,真是"得意忘言"到了极点。《世说新语·言语》载:

> 王中郎令伏玄度、习凿齿论青、楚人物,临成,以示韩康伯。康伯都无言,王曰:"何故不言?"韩曰:"无可无不可。"①

韩康伯是以"不言""无可无不可"来对待他人的意见,以示自己以"忘言"而"得意"。《世说新语·文学》又载:

> 殷荆州曾问远公:"《易》以何为体?"答曰:"《易》以感为体。"殷曰:"铜山西崩,灵钟东应,便是《易》耶?"远公笑而不答。②

得意便可"不答"以肯定他人的回答。又有《世说新语·文学》所载,时人把"得意忘言"推广到对佛学的领悟中:

> 支道林造《即色论》,论成,示王中郎,中郎都无言。支曰:"默而识之乎?"王曰:"既无文殊,谁能见赏?"(裴注:《维摩诘经》曰:"文殊师利问维摩诘云:'何者是菩萨入不二法门?'时维摩诘默然无言。文殊师利叹曰:'是真入不二法门也。'")③

"默然无言"即"是真入不二法门",是最好的回答。

因此,"言不尽意""得意忘言"的意义在于提供了一种启发、领悟的思路,让人们在表达理论问题时给启发、领悟留下相当的空间。就《啸赋》的"得意忘言"来说,其"得意"之处在于点出啸者的玄学身份,点出"啸"是玄学家在抒发玄学情思;其"忘言"之处在于并不大肆阐述玄理,重笔之处在"啸"本身的形态描摹,以让人们得出这是玄学行为的结论。就《意赋》的"得意忘言"来说,其"得意"之处

---

① 刘义庆著,刘孝标注,余嘉锡笺疏《世说新语笺疏》,上海古籍出版社,1993年,第132—133页。
② 同上书,第240—241页。
③ 同上书,第222页。

在于点出"豁情",其"忘言"之处在于并不叙写现实生活的"见王室多难,终知婴祸",等等,重笔之处在理的论证。于是,"得意忘言"的指向有二,或得现实之"意"而"忘"理论之"言",或得理论之"意"而"忘"现实之"言",是当时的玄言文学的风度。

三、言意关系之"言不尽意"

《世说新语·文学》载东晋时玄学的基本问题:

> 旧云,王丞相过江左,止道《声无哀乐》《养生》《言尽意》,三理而已,然宛转关生,无所不入。①

所谓"言尽意"是针对"言不尽意"而来,但是,"不复剖析文句"的指物而问,"将无同"之类的"三语"或"一言"或"无言"或"不言",不见得能真正解决理论问题,玄学也要靠重重论证才能弄懂问题,如《世说新语·文学》载:

> 谢安年少时,请阮光禄道《白马论》,为论以示谢。于时谢不即解阮语,重相咨尽。阮乃叹曰:"非但能言人不可得,正索解人亦不可得!"②

玄学人物理解问题也要靠"重相咨尽"。《世说新语·文学》载,支道林论《庄子·逍遥游》"作数千言,才藻新奇,花烂映发"③,玄学人物解释问题也要靠往来反复的论辩或大量的文字叙述。《世说新语·文学》中记载玄学人物清谈尽兴、辩论往复的例子还真不少。如:

> 裴成公作《崇有论》,时人攻难之,莫能折。唯王夷甫来,如

---

① 刘义庆著,刘孝标注,余嘉锡笺疏《世说新语笺疏》,上海古籍出版社,1993年,第211页。
② 同上书,第215—216页。
③ 同上书,第223页。

小屈。时人即以王理难裴,理还复申。①

"崇有"与"崇无"是玄学中的两派。又如:

> 孙安国往殷中军许共论,往反精苦,客主无间。左右进食,冷而复暖者数四。彼我奋掷麈尾,悉脱落,满餐饭中。宾主遂至莫(暮)忘食。殷乃语孙曰:"卿莫作强口马,我当穿卿鼻!"孙曰:"卿不见决牛鼻,人当穿卿颊!"②

辩论如此激烈,但他们是为辩论而辩论,争的只是谈锋与技巧。又如:

> 支道林、殷渊源俱在相王许。相王谓二人:"可试一交言。而《才性》殆是渊源崤、函之固,君其慎焉!"支初作,改辄远之;数四交,不觉入其玄中。相王抚肩笑曰:"此自是其胜场,安可争锋!"③

纯粹是以技巧胜人,殷渊"不觉入其玄中",他连自己的理论出发点都模糊了,于是对辩论本身的欣赏成为听众关注之所在。如:

> 殷中军为庾公长史,下都,王丞相为之集,桓公、王长史、王蓝田、谢镇西并在。丞相自起解帐带麈尾,语殷曰:"身今日当与君共谈析理。"既共清言,遂达三更。丞相与殷共相往反,其余诸贤略无所关。既彼我相尽,丞相乃叹曰:"向来语,乃竟未知理源所归。至于辞喻不相负,正始之音,正当尔耳。"明旦,桓宣武语人曰:"昨夜听殷、王清言,甚佳,仁祖亦不寂寞,我亦时复造心;顾看两王掾,辄翼如生母狗馨。"④

这位王丞相辩论了一夜,最后"竟未知理源所归",而听众则欣喜

---

① 刘义庆著,刘孝标注,余嘉锡笺疏《世说新语笺疏》,上海古籍出版社,1993年,第201页。
② 同上书,第219页。
③ 同上书,第234页。
④ 同上书,第212页。

不已。

人们对辩论、清谈取审美态度,从玄学辩论、玄学清谈进入审美领域,达到审美状态,我们可以领悟到以文学来实现玄学辩论、玄学清谈时,也是如此追求的。这就是"言不尽意"在玄学辩论、玄学清谈及其文学表达时的作用,既然"言不尽意",于是追求的不是"尽意"这一结果,而是追求玄学辩论、玄学清谈或玄言赋、玄言诗的文学表达这一过程,如何使其进入审美领域、达到审美状态。玄学辩论、玄学清谈是这样做的,《啸赋》《意赋》《谈赋》也是这样做的。

四、玄言赋的"有意无意之间"

从上述所引玄学的辩论、清谈,我们又可以见出其特点双方观点对立,你来我往。从辩论、清谈的内容上说,也是一定要找出事物的两个对立面来,最显著的例子莫如《世说新语·文学》,即便是玄学的根本问题"无",玄学家也要找出其对立面"有"来论证:

> 王辅嗣弱冠诣裴徽,徽问曰:"夫无者,诚万物之所资,圣人莫肯致言,而老子申之无已,何邪?"弼曰:"圣人体无,无又不可以训,故言必及有;老、庄未免于有,恒训其所不足。"①

一方面是极简约的"三语"或"一言"或"无言"或"笑而不答"或"默然无言",另一方面则是繁复的往来反复论辩,前者应该是结果,而后者应该是过程。那么,以文学作品形式出现的玄言应该是什么样子的?这可见于时人对《意赋》"正在有意无意之间"的评价。庾亮(文康)所问的意思是:玄言赋,从"言不尽意"的角度来说,"意"的意思不是赋这种文体所能表达尽的,此即"若有意邪,非赋之所尽";而如果说用文学作品表达的不是"意",那么作赋又是为了什么现实目的?庾敳(子嵩)回答得很巧妙,他说:赋作的创作目的虽是现实

---

① 刘义庆著,刘孝标注,余嘉锡笺疏《世说新语笺疏》,上海古籍出版社,1993年,第199页。

生活的"意",但玄言赋又是表达玄言的"意",那么写出来的就不是现实生活的"意";虽说创作目的的"意"成了"无意",但这毕竟是赋的创作目的;这就是所谓《意赋》"正在有意无意之间"。

如此"正在有意无意之间"有"通彼我之怀"的意味。《世说新语·文学》载:

> 傅嘏善言虚胜,荀粲谈尚玄远,每至共语,有争而不相喻。裴冀州释二家之义,通彼我之怀,常使两情皆得,彼此俱畅。①

所谓"两情皆得,彼此俱畅",是说裴使君能使"言虚胜"与"尚玄远"双方都得到充分的表达;而"有意无意之间"也是要"有意"与"无意"双方都得到表达。在《意赋》中,作者心有伤悼,于是为赋以自广,这是现实生活的"意"。怎么对现实生活的郁闷进行"自广"?即阐述老庄齐死生、等荣辱、顺天委命的理论,而齐死生、等荣辱、顺天委命也就是赋中所称的"至理归于浑一兮",这就是庾敳《意赋》的"意"。现实生活在赋作中没有表达,即现实生活的"意"在作品中是"无意";而赋作中的"意"并非现实生活中的"见王室多难,终知婴祸",这即是"无意"。但这"有意"与"无意"又是相通的。《意赋》中的"意",其根本指向从本质上说是"无",述说的是"无"的道理;"无"的道理充斥宇宙天地而无所不在,一篇赋又怎么能说得尽?这又是"无"。进而,这个"无意"在赋中还是要用对具体事物的叙写来表达的,如赋中写到"纵驱""委体""飘飘"于"辽廓之庭""寂寥之馆""玄旷之域"的宇宙漫游,进而"与自然并体",这些具体叙写当然不是纯粹的"意"、理论的"意",但又与其有密切的联系,真可谓"有意无意之间"。因此,《意赋》的"有意无意之间",就是文体的"有意"与玄学理论的"无意"之间,就是文学形象的"有意"与玄学理论的"无意"之间,就是玄学理论探讨时进入审美状态的"有

---

① 刘义庆著,刘孝标注,余嘉锡笺疏《世说新语笺疏》,上海古籍出版社,1993年,第199—200页。

意"与玄学理论的"无意"之间,就是现实生活的"有意"与玄学理论的"无意"之间,以下诸赋亦可作如是解。

《啸赋》中,"啸"是玄学人士特有的情感抒发方式,是玄学人士表达玄思的方式,表达玄思的"无"要采用"啸"这个"有意"的行为;但所谓玄思的"无"之"意"到底是什么,《啸赋》中并未直接说出,赋的大量叙写在于再现玄学人士发出"啸"的环境,在于对"啸"声的模拟描摹,在于对"啸"声如何打动人心的叙述,在这些再现、描摹、叙述中,让人们去领悟、体会玄思的"意"。"啸"要表达玄思,这是"有意",而"啸"又不是语言,没有具体的意义指向,这是"无意";赋于是在表达方式上处于"有意无意之间"。

我们再来看《谈赋》,赋作只存"斐斐亹亹,若有若无;理玄旨邈,辞简心虚"数句,前二句讲辩论、清谈的状态;"斐斐",有文采的样子,"亹亹",勤勉不倦的样子,而"若有若无"已经说出辩论、清谈进入审美状态时对"意"的把握的情景,是语言的把握还是心灵的把握,是情感的把握还是理论的把握,这也就是"有意无意之间"。

综上所述,玄言赋的"有意无意之间"是玄言以及玄言赋把握事物、把握世界的方式。就玄言来说,是如何以宇宙万物的"有"来把握玄言的"无";就玄言赋来说,是如何以文体的"有意"、文学形象的"有意"、探讨理论时进入审美状态的"有意"来把握玄学理论的"无意";最后在文学作品中达到以玄学理论来把握现实生活,于是,玄言文学中,玄学理论成为"有",而现实生活的具体性成为"无"。赋的规则本重在描写外物、刻画形貌,且具文辞繁富、铺张扬厉的绮丽文风,到玄言赋,这种规则被改变了。

第八章　小说文体学

第一节　"说"体的各种形态

小说只是"说"体中的一种,要理解时人对小说文体的观念,必先了解"说"这一文体,除去小说,"说"这一文体至少有六种形式,此处论述之。

一、"说"为解说、论说、叙说、诸事

其一,对他人著述、观点的解说。《易》"十翼"之一《说卦》之"说"是对卦的解说。《汉书·叙传上》:

> 时上方乡学,郑宽中、张禹朝夕入说《尚书》《论语》于金华殿中。①

这种解说经典的行为就是"说",其形成的著作就是"说"的文本。检《汉书·艺文志》,其《六艺略》有"说"如下:《易》之《略说》,《书》之《欧阳说义》,《诗经》之《鲁说》《韩说》,《礼》之《〈中庸〉说》《〈明堂阴阳〉说》,《论语》之《齐说》《鲁夏侯说》《鲁安昌侯说》《鲁王骏说》《燕传说》,《孝经》之《长孙氏说》《江氏说》《翼氏说》《后氏说》《安昌侯说》《〈弟子职〉说》,等等。以上之"说",当为解说、解释之义。《汉书·艺文志》的《诸子略》之"道家",载录有《老子傅氏经说》《老子徐氏经说》、刘向《说老子》等。以上之"说",作为文体来说,都是对他人著述、观点的解说。《汉书·艺文志·六艺略》中批

---

① 班固《汉书》,中华书局,1962 年,第 4198 页。

评汉末烦琐经学：

> 后世经传既已乖离，博学者又不思多闻阙疑之义，而务碎义逃难，便辞巧说，破坏形体；说五字之文，至于二三万言。①

"便辞巧说""说五字之文"之"说"，都为解说之"说"，如构成文本，就是"说"体。

其二，"说"即"论"，论证某一问题。吴讷《文章辨体序说》论"说"：

> 按：说者，释也，述也，解释义理而以己意述之也。说之名，起自吾夫子之《说卦》，厥后汉许慎著《说文》，盖亦祖述其名而为之辞也。魏晋六朝文载《文选》，而无其体。独陆机《文赋》备论作文之义，有曰"说、炜烨而谲诳"，是岂知言者哉！至昌黎韩子，悯斯文日弊，作《师说》，抗颜为学者师。迨柳子厚及宋室诸大老出，因各即事即理而为之说，以晓当世，以开悟后学，繇是六朝陋习，一洗而无余矣。卢学士曰："说须自出己意，横说竖说，以抑扬详赡为上。"若夫解者，亦以讲释解剥为义，其与说亦无大相远焉。②

徐师曾《文体明辨序说》论"说"：

> 按《字书》："说，解也，述也，解释义理而以己意述之也。"说之名起于《说卦》，汉许慎作《说文》，亦祖其名以命篇。而魏晋以来，作者绝少，独《曹植集》中有二首，而《文选》不载，故其体阙焉。要之传于经文，而更出己见，纵横抑扬，以详赡为上而已；与论无大异也。今各取名家数篇，以备一体。③

所谓"师说"之"说"应该是"论"的意思，所谓"解释义理而以己意述之"，"因各即事即理而为之说，以晓当世，以开悟后学"，就把"论"

---

① 班固《汉书》，中华书局，1962年，第1723页。
② 吴讷、徐师曾《文章辨体序说 文体明辨序说》，中华书局，1962年，第43页。
③ 同上书，第132页。

的意思说得更明白了。古代墨家逻辑名词有"说",亦即论证,《墨子·小取》:

> 论求群言之比,以名举实,以辞抒意,以说出故。①

《荀子·正名》:

> 实不喻然后命,命不喻然后期,期不喻然后说,说不喻然后辨。②

《管子·立政》:

> 寝兵之说胜,则险阻不守;兼爱之说胜,则士族不战。③

《韩非子》一书中有《说疑》,《曹植集》中《说疫气》《藉田说》之"说",均是对某一事物的论证。

其三,"说"为叙说、阐述。如《隋书·经籍志》子部"天文"有《天仪说要》,"历数"有《历日义说》,"医方"有《西域诸仙所说药方》《陵阳子说黄金秘法》等。

其四,"说"是"广说诸事"之"诸事",所录为史料、史事或故事。《韩非子》有《说林》上下,梁启雄《韩子浅解》释题目曰:

> 《史记·韩非传》《索隐》云:"说林者,广说诸事,其多若林,故曰《说林》也。"太田方曰:"刘向著书名《说苑》,《淮南子》亦有《说林》,皆言有众说,犹林中有众木也。"④

陈奇猷《韩非子集释》释曰:

> 此盖韩非搜集之史料备著书及游说之用。⑤

《韩非子》又有内外《储说》,梁启雄《韩子浅解》释题目曰:

---

① 孙诒让《墨子间诂》,《诸子集成》第4册,中华书局,1954年,第250页。
② 王先谦《荀子集解》,中华书局,1988年,第422页。
③ 戴望《管子校正》,《诸子集成》第5册,中华书局,1954年,第338页。
④ 梁启雄《韩子浅解》,中华书局,1982年,第184页。
⑤ 陈奇猷校注《韩非子集释》,中华书局,1958年,第418页。

太田方曰:储,偫也。《前汉·扬雄传》注:"有储蓄之待所用也。"说者,篇中所云"其说在"云云之"说",谓所以然之故也。言此篇储若是之说以备人主之用也……启雄按《内外储说》的内容包括"经"和"说"两部分:(一)《经》的部分首先概括地指出所要说的事理,然后用"其说在某事、某事"的简单词句,在历史上约举历史故事以为证。(二)《说》的部分把《经》文中所约举的历史故事逐一详明地来叙说一些,有时还用"一曰"的体裁作补充叙说,或保存不同的异说。①

《说林》、内外《储说》是"说"的集合体。

二、"说"为辩说、上书

其五,辩说。其六,上书。刘勰《文心雕龙·论说》称"说"有二,其云:

> 说者,悦也。兑为口舌,故言资悦怿,过悦必伪,故舜惊谗说。说之善者,伊尹以论味隆殷,太公以辨钓兴周,及烛武行而纾郑,端木出而存鲁,亦其美也。暨战国争雄,辩士云涌;从横参谋,长短角势;转丸骋其巧辞,飞钳伏其精术。一人之辩,重于九鼎之宝;三寸之舌,强于百万之师。六印磊落以佩,五都隐赈而封。至汉定秦楚,辩士弭节。郦君既毙于齐镬,蒯子几入乎汉鼎。虽复陆贾籍甚,张释傅会,杜钦文辨,楼护唇舌,颉颃万乘之阶,抵噓公卿之席,并顺风以托势,莫能逆波而溯洄矣。

> 夫说贵抚会,弛张相随,不专缓颊,亦在刀笔。范睢之言疑事,李斯之止逐客,并烦情入机,动言中务,虽批逆鳞,而功成计合,此上书之善说也。至于邹阳之说吴梁,喻巧而理至,故虽危而无咎矣。敬通之说鲍邓,事缓而文繁;所以历骋而罕遇也。②

---

① 梁启雄《韩子浅解》,中华书局,1982年,第226页。
② 刘勰撰,詹锳义证《文心雕龙义证》,上海古籍出版社,1989年,第707—717页。

所谓"伊尹以论味隆殷,太公以辨钓兴周,及烛武行而纾郑,端木出而存鲁"与"郦君既毙于齐镬,蒯子几入乎汉鼎。虽复陆贾籍甚,张释傅会,杜钦文辨,楼护唇舌",这些以口头表达而出的对话言辞"说",其内容是与"说"的环境、"说"的对象同时出现的,以客观纪录某次辩说、游说的面目出现。而所谓"范雎之言疑事,李斯之止逐客"与"邹阳之说吴梁""敬通之说鲍邓",是以文字而出的"说",以"上书"的面目出现,本身就是单篇文字。同是"说",一是口头之说,为"辩说",一是文字之说,为"上书";如刘勰所云,一是"缓颊"之说,一是"刀笔"之说。既然是口头之说,那么就有实际发生过的言辞上的来往反复;既然是文字之说,表现在文字上就是自说自话,即便有言辞上的来往反复,也是自我设计的内部的辩难,但都有"辩"的意思。

《汉书·艺文志·诸子略》"儒家"接续《吾丘寿王》六篇有《虞丘说》一篇,或以为此标明"说",即认其为"说"之文体,如王先谦《汉书补注》称:"虞、吾字同,虞丘即吾丘也,此(吾丘)寿王所著杂说。"其实不然,此人姓名为"虞丘说",杨树达《汉书窥管》引姚振宗云:"此虞丘名说,未详其始末。《志》列吾丘寿王、庄助之间,则武帝时人。马氏(国翰)以为即吾丘寿王,以'说'为所说之书,然例以上下文殊不然也。"①此篇原注云:"难荀卿也。"提出问题以"难"荀卿并谈出自己的意见,似乎是与荀卿辩说,其实不然,"辩说"与"上书"之"说"是游说,其对象的地位应该比自己高,或握有某种主动权。又,《隋书·经籍志》"小说家"载萧贲《辩林》二十卷、席希秀《辩林》二卷,不知是否"辩说"与"上书"文字的结集。

姚鼐编《古文辞类纂》分文体为十三类,其序论"书说类"对刘勰论"说"为"缓颊"与"刀笔"二者看得很清楚:

> 书说类者,昔周公之告召公,有《君奭》之篇。春秋之世,列

---

① 见陈国翰编《汉书艺文志注释汇编》,中华书局,1983年,第112—113页。

国士大夫或面相告语,或为书相遗,其义一也。①

"为书相遗",这是文字言辞,是单方面的"说",则为《古文辞类纂》的"书";"列国士大夫或面相告语",这是对话言辞,其性质是言辞交锋的往来反复,为《古文辞类纂》的"说"。故其"说"大多录自《战国策》的"列国士大夫或面相告语",这些对话言辞当是他人记录而成。

《文选》的文体分类也区分出了"辩说"与"上书",其"上书类"录有李斯《上书秦始皇》等七篇;但《文选》不录"辩说"。日本学者清水凯夫说《文心雕龙》分"说"为两类:

> 《文选》没有采用《文心雕龙》在这里所说的"说"的分类,而是以"上书"的分类采录作品,因此完全没有选录刘勰在这里列举的陆贾、张释之、杜钦、楼护等用"缓颊"表达的"说"。可以说这表明两书的文体观基本上是不相同的。②

其实,《文选》虽然不录"辩说",但认可有"辩说"一体。不能认为《文选》与《文心雕龙》的"文体观基本上是不相同的",应该说,《文选》也认可《文心雕龙》"说"的分类,但只录"上书"而不录"辩说"。

三、"说"的文体特征

上述"说"的六种形态可分为三大类。

第一,论证之"说"与解说之"说",其特点是说理。刘勰《文心雕龙·论说》先称"述经叙理曰论",又称"释经,则与传注参体"为"论体"之"条流"之一;刘勰均视其为"论"。"论"的特点就是说理,这是"说"这个词的基本义之一,《说文·言部》:"说,说释也。"段玉裁注:"说释即悦怿……说释者,开解之意,故为喜悦。采部曰:

---

① 姚鼐纂集《古文辞类纂》,上海古籍出版社,1998年,《序目》第6页。
② 〔日〕清水凯夫《〈文心雕龙〉对〈文选〉的影响》,载俞绍初、许逸民主编《中外学者文选学论集》,中华书局,1998年,第1032页。

释,解也。"①《墨子·经上》:"说,所以明也。"②《说文·言部》桂馥义证引《鬼谷子》:"决是非曰说。"③《广雅·释诂》:"说,论也。"④

第二,辩说之"说"与上书之"说",其共同的特点即在于论证、说理,在于"辩";而且,此二者又都有"叙事"的成分,是以叙事为主的论证、说理。《文选序》所列"辩说"的四例:"仲连之却秦军,食其之下齐国,留侯之发八难,曲逆之吐六奇。"都是叙事。《文心雕龙·论说》所述先秦的"辩士"之"说",所谓"伊尹以论味隆殷,太公以辨钓兴周,及烛武行而纾郑,端木出而存鲁"云云,都是以事为"说";所述汉代"辩士"之"说",除不知"楼护唇舌"以何为说外,其他三人都是以事为说。

《文心雕龙·论说》所述上书之"说",我们从《文选》"上书类"录文七篇来看。李斯《上书秦始皇》(即《谏逐客书》),以客有功于秦之事力陈逐客之失。邹阳《上书吴王》谏吴王反,李善注曰:"为其事尚隐,恶不指斥言,故先引秦为喻,因道胡越齐赵之难,然后乃致其意。"⑤邹阳《狱中上书自明》,首一部分就以荆轲、卫先生、卞和、李斯诸人的忠心而遭怀疑之事叙己冤枉。司马长卿《上书谏猎》,以兽亦有乌获、庆忌、贲、育之类"殊能者"讲皇上不可冒险亲自打猎。枚叔《上书谏吴王》,叙舜、禹、汤、武以德立国之事讽谏吴王。枚叔《上书重谏吴王》,以秦灭六国兼并天下之事说明汉与诸侯国的关系。江淹《诣建平王上书》,以历史上遭冤入狱之人的事迹表明自己的委屈。

因此,无论是"辩说"还是"上书",都是要说服或驳倒一个具体而实在的对象,这个具体而实在的对象往往身份比自己高。

---

① 许慎撰,段玉裁《说文解字注》,上海古籍出版社,1981年,第93页。
② 孙诒让《墨子间诂》,《诸子集成》第4册,中华书局,1954年,第193页。
③ 桂馥《说文解字义证》,上海古籍出版社,1987年,第199页。
④ 张揖撰,王念孙疏证《广雅疏证》,《小学名著六种》本,中华书局,1998年,第49页。
⑤ 萧统编,李善注《文选》,中华书局,1977年,第545页。

第三,"叙说"是单纯的叙述,"诸事"为集合性的叙事。《韩非子》内外《储说》,梁启雄《韩子浅解》认为其是以"事理"连串出"历史故事",是要以历史故事为"事理"之证,简单点说就是事与理的结合;《韩非子·说林》,陈奇猷释其为"韩非搜集之史料备著书及游说之用"①,认定其为叙事并指出其叙事指向为"游说",即事理,但这些只是观念上的、以概括实现的。刘向《说苑》,分君道、臣术、建本、立节、贵德、复恩、政理、尊贤、正谏、敬慎、善说、奉使、权谋、至公、指武、谈丛、杂言、辨物、修文、反质共二十卷,除说丛、杂言外,其他的题目均为该卷所载之事的主题指向,诸卷首段大多为概括性的叙说,概括题旨,即事理。

因此,"说"这种文体,其范围游动于说理与叙事之间,既可以是说理,也可以是叙事,还可以是以叙事为说理,其叙事的最高形态是小说。而就观念上来说,作为单纯叙事的小说,应该是从说理出发,经过以叙事为说理,经过独立的叙述,最后成为独立的叙事。从说理到叙事,以叙事说理作为其变化的契机与过渡,而中介则是叙述、阐述之"说"及独立的"说"的集合。这或许就是小说形成的路线。

四、《文选》不录"说"体辨

萧统《文选序》说到为什么不录"贤人之美辞,忠臣之抗直,谋夫之话,辨士之端"之类"辩说"的理由:

> (辩说)概见坟籍,旁出子史,若斯之流,又亦繁博;虽传之简牍,而事异篇章;今之所集,亦所不取。②

但考索起来,并不那么简单。

其一,"说"常常作为整体编集出现。《说林》、内外《储说》本是

---

① 陈奇猷校注《韩非子集释》,上海人民出版社,1974年,第418页。
② 萧统编,李善注《文选》,中华书局,1977年,第2页。

《韩非子》的篇章,虽然其中的"事"从意义上看可独立,但《韩非子》是把它当整体看待的。《汉书·艺文志》的《诸子略》"小说家"著录的《鬻子说》《伊尹说》《黄帝说》《封禅方说》《虞初周说》,都是"说"的集合体。《隋书·经籍志》载录"杂家"之《俗说》《杂说》《善说》,"小说家"之《世说》《小说》《迩说》等,也是"说"的集合体。这就是说,"说"往往以集合体出现而有不可分割性。

其二,《文选序》所称说的"辩说"未构成单独篇章,王运熙说:

> 史部《战国策》《史记》《汉书》中包含了不少贤人、谋夫等的辩说,《文选序》所举数例,大抵也出自这些史书。对这类说辞,序文肯定它们"金相玉质""语流千载",显然赞美其有文采。但它们不是篇章,即原来是单篇、后来收入别集中的作品,所以也不予选录。今考《文选》所选作品的"上书"类……其性质与贤人、谋夫等的辩说相同,只因当时不但见于史籍,而且还以单篇文章流传,故遂被《文选》收录。①

这就是所谓"事异篇章"。《文选》作为一部选集,所录入的作品都应该是单篇,这从《文选序》中强调所录作品是"篇章""篇翰""篇什"可以看出。所谓"篇者,遍也,言出情铺事明而遍者也"②。有头有尾、自成段落的作品就可以称"篇"了,《论衡·书解》所谓"出口为言,著文为篇"③。《文选》中曹植《上责躬应诏诗表》"窃感相鼠之篇",吕延济注云:"篇,诗篇也。"④《文选序》"降将著'河梁'之篇"的"篇",也特指诗篇。"篇"作为单篇讲,甚或是文体的一种,《文选序》论及的文体有"篇""辞""引""序"之类。高步瀛称:"方廷珪

---

① 王运熙《〈文选〉选录作品的范围和标准》,《复旦学报》1988 年第 6 期,又载俞绍初、许逸民主编《中外学者文选学论集》,中华书局,1998 年,第 260—261 页。
② 《关雎》"关雎五章,章四句"孔颖达疏,《毛诗正义》,《十三经注疏》,上海古籍出版社,1997 年,第 274 页。
③ 王充《论衡》,上海人民出版社,1974 年,第 434 页。
④ 萧统编,李善、吕延济、刘良等注《六臣注文选》,中华书局,1987 年,第 363 页。

《文选集成》谓篇指本书乐府曹子建《美女》《白马》《名都》等篇,未知是否。"①有这个可能,唐玄宗时徐坚等人所编《初学记》也把"篇"作为文体,其"武部剑第二"所列叙写剑的文体就有诗、篇、歌、启、铭;"篇"体录唐李峤《宝剑篇》。其"武部渔第十一"所列叙写"渔"的文体就有赋、诗、篇、文;"篇"体录陈张正见《钓竿篇》、隋李巨仁《钓竿篇》。而作为独立篇章的"上书"则可以入选。

其三,"辩说"是不可"剪截"的。《文选》录文有"剪截"史籍法,《文选序》解释为什么不录经部文字云:"姬公之籍,孔父之书","岂可重以芟夷,加之剪截"。② 倒过来讲,假如要录入经部文字,那录入的方式就是"剪截"。《文选序》称有的史部文字如"赞""论""序""述"有所例外而可以录入,其录入方式即是称史书"剪截"出来。

而这些"辩说"是不可"剪截"的。当录入"上书"时,"上书"中虽有辩说,但都含在某作者独立的作品中;当以"剪截"史籍方式录入作品时,其言语来往等背景是以"序"的方式独立附在作品前面的。而"辩说"之体的文字,其辩说双方的交锋往复是交叉、纠缠在一起的,没有办法使某作者所为独立成章。

第二节　小说文体是什么

《庄子·外物》称"饰小说以干县令,其于大达亦远矣"③,指小说有别于高文典册著述的"大达"之辞,而是浅琐的言论。在《汉书·艺文志》中,小说属子部,为诸子十家之末;在《隋书·经籍志》中,小说亦属子部。但小说又可属集部的"说"体,"说"作为古代的

---

① 高步瀛《文选李注义疏》,中华书局,1985年,第21页。
② 萧统编,李善注《文选》,中华书局,1977年,第1—2页。
③ 郭庆藩《庄子集释》,中华书局,1961年,第925页。

一种文体,既可说明记叙事物,也可发表议论,小说是充分发扬了前者。魏晋南北朝把小说作为集部、子部交叉学科的文体;魏晋南北朝文论家对小说的文体学讨论,展示了彼时文体学对各种文体的关切,而非局限于集部文体。

一、小说是什么文体

"说"的独特意义为小说。从上述以"说"为"论",进而又有著书立说之"说",先秦就多有诸子之"说",《汉书·艺文志》的《诸子略》中有许多以作者姓氏命名的作品,如《伊尹》《鬻子》《文子》《庄子》之类。这些都是子书,当是自家的著书立说。诸子之说,其义应该是"学说",是"论",却大多不标明"说"。标明了"说"的诸子之说或就成了小说,是诸子之说之余论,或为附属,或为依附。

就"说"为小说之义来说,《荀子·正名》曰:

> 故知者论道而已矣,小家珍说之所愿皆衰矣。①

"小说"指不合大道的琐屑之言。《汉书·艺文志》述"小说家":

> 小说家者流,盖出于稗官,街谈巷语,道听涂说者之所造也。孔子曰:"虽小道,必有可观者焉,致远恐泥,是以君子弗为也。"然亦弗灭也,闾里小知者之所及,亦使缀而不忘。如或一言可采,此亦刍荛狂夫之议也。②

《文心雕龙·诸子》称:

> 至鬻熊知道,而文王谘询,余文遗事,录为《鬻子》。③

《汉书·艺文志》的《诸子略》"道家类"著录有《鬻子》二十二卷,《诸子略》之"小说家"著录有《鬻子说》(原注:"后世所加"),据

---

① 王先谦《荀子集解》,中华书局,1988年,第429页。
② 班固《汉书》,中华书局,1962年,第1745页。
③ 刘勰撰,詹锳义证《文心雕龙义证》,上海古籍出版社,1989年,第624页。

刘勰所云"余文遗事,录为《鬻子》",此当是"小说家"类的《鬻子说》。《诸子略》之"小说家"类还著录有《伊尹说》(原注:"其语浅薄,似依托也")、《黄帝说》(原注:"迂诞依托")、《封禅方说》(原注:"武帝时")、《虞初周说》(原注:"河南人,武帝时以方士侍郎,号黄车使者")等,①当都是"余文遗事",即某些能引起人们兴趣的东西,或者就是故事之类,即所谓"街谈巷语,道听涂说",是用来"饰小说"的。以上之"说",除《封禅方说》外都标明作者,虽然大都是依托,但从书名看是这些作者自己的"说",是自家的言论,而不是对别人言论的解说,且又是"说"的集合体。

但至《隋书·经籍志》,其子部"小说家"所载录的书名有不称为"某某说"者,如《世说》《小说》《迩说》等;而杂家所录具备"小说家"性质的《俗说》《杂说》《善说》,亦是如此。这些也是"说"的集合体。

前述"说"的意义之一是"广说诸事"之"诸事",所录为史料、史事或故事。小说为"街谈巷语,道听途说",其叙事功能自不必言。但有的小说亦有事理意味,如《世说新语》分为三十六门,各有名称,表明叙事具有什么性质的意味,如德行、言语、政事、文学以及方正、雅量、识鉴、赏誉等;尽管可以如此概括,但具体来说,小说是纯粹的叙事,与事理没有关系。

再从形态上看,《说林》、内外《储说》当是"小说家"著作的先声。《隋书·经籍志》子部儒家类有《说苑》,刘向《说苑叙录》云,《说苑》所录事"除去与《新序》复重者,其余浅薄不中义理,别集以为《百家》后"云云。《新序》与《说苑》同列入子部儒家类的刘向所序六十七篇中,《百家》则列入"小说家"类,那么,《说苑》与《百家》一样均为叙事之作,"小说家"类的《百家》为"街谈巷语,道听涂说",为"浅薄不中义理",而《说苑》则正规一些,内外《储说》亦当

---

① 班固《汉书》,中华书局,1962年,第1744页。

如此。

另外,解释经典之说也是"小说家"著作的先声,此即黄以周《儆季杂著·史说略》卷二《读〈汉书艺文志〉》所说:

> 汉儒注经,各守义例。故、训、传、说,体裁不同。读《艺文志》,犹可考见。故、训者,疏通其文义也;传、说者,征引其事实也。故、训之体,取法《尔雅》,传、说之体,取法《春秋传》。①

取法《春秋传》之"征引其事实"以解释经典,就是强调叙事意味。

再就名称来说,《隋书·经籍志》"杂家"载录之《俗说》《杂说》《善说》以及"小说家"载录之《世说》《小说》《迩说》《辩林》,当是继《说林》、内外《储说》而来,并且内容上又有相似之处。不过也有取法解释经典之"说"的意味。

虽然古代小说至魏晋南北朝时期才具规模,却有一个长期的历史发展过程,其渊源可以追溯到古代神话与历史传说。神话故事以神怪为中心,虽然也是以现实的人为根据的,但有着神异色彩。它们是魏晋南北朝志怪小说的源头。我国先秦古籍中保存神话故事最多的是《山海经》,其次是《穆天子传》,中古志怪小说《神异经》《十洲记》是模仿《山海经》,而《汉武帝故事》《汉武帝内传》则从《穆天子传》中穆天子"宾于西王母"的情节发展而来。我国先秦史书《左传》《国语》《战国策》等,都记叙人物言行,先秦子书《论语》《孟子》《庄子》等也有许多叙事成分,它们都对后世记录人物琐事的小说有所启发与影响。

魏晋南北朝时代小说的文体观念就是在此基础上演变和发展起来的。

二、小说与方士

汉魏六朝时代,小说比起其他一些文学形式来,之所以能较大幅

---

① 黄式三、黄以周《黄式三黄以周合集》第 15 册,上海古籍出版社,2014 年,第 383 页。

度地发展其悦怪于人的观赏性质,与方士有很大关系,这里主要是指志怪小说。

《西京赋》说"小说九百,本自虞初",《汉书·艺文志》著录有"《虞初周说》九百四十三篇",班固注曰,虞初,"河南人,武帝时以方士侍郎号黄车使者",明言这小说是方士所作。《汉书·艺文志》所著录的小说十五家,今已皆佚。后六家,据班固等人的注,我们知道它们大都是汉人方士讲封禅养生之作。前九家,"《伊尹说》以下九家,班固多注依托也"①,从所托的人如伊尹、黄帝等看,也大都属封禅养生一类的内容。所以我们说,小说一开始是方士之言,这是可以成立的。乃至以后的志怪小说的作者,如东方朔、张华、郭璞、干宝、王嘉、葛洪等(其中有的是被托名的),有些是神话传说色彩很浓的人,有些本来就是方士。薛综注《西京赋》时说"小说巫医厌祝之士",也指出小说与巫术有着密切关系。

方士本起自巫。巫是通于人神之间的,其职责之一,是歌舞娱神,以求降福。应劭《风俗通》"城阳景王祠"条下云:"自琅琊、青州六郡及渤海都邑,乡亭、聚落皆为(汉朱虚侯刘章)立祠,造饰五二千石车,商人次第为之,立服带绶,备置官属,烹杀讴歌,纷籍连日,转相诳曜,言有神明,其遣问祸福立应,历载弥久,莫之匡纠。"②《后汉书·刘盆子传》载,因刘盆子为城阳景王之后,故赤眉樊崇"军中常有齐巫鼓舞祠城阳景王,以求福助"③。我们注意到这两段话中的"讴歌""鼓舞"以娱神求神,这是汉代实际流行的巫风。更早一点时代的情况,《尚书·伊训》载:"恒舞于宫,酣歌于室,时谓巫风。"④王逸《楚辞章句》载:"昔楚国南郢之邑,沅、湘之间,其俗信鬼而好祠,其祠,必作歌乐鼓舞以乐诸神。"⑤这些都证明巫的职责、特

---

① 永瑢等《四库全书总目》小说类序,中华书局,1965年,第1182页。
② 应劭撰,吴树平校释《风俗通义校释》,天津人民出版社,1980年,第333页。
③ 范晔《后汉书》,中华书局,1965年,第479页。
④ 《尚书正义》,《十三经注疏》,上海古籍出版社,1997年,第163页。
⑤ 洪兴祖《楚辞补注》,中华书局,1983年,第55页。

长是用歌舞来娱神。悦怪于神是巫的特长,当巫成为方士以后,他们又会以其特长来悦怪于人。《后汉书·方术传序》云:"汉自武帝颇好方术,天下怀协道艺之士,莫不负策抵掌,顺风而届焉。后王莽矫用符命,及光武尤信谶言,士之赴趣时宜者,皆骋驰穿凿,争谈之也。……自是习为内学,尚奇闻,贵异数,不乏于时矣。"①方士蜂拥而来,人人挟书以自重,其中的一些就堪称"小说家言",当然,这些书首先是自神其教,以帝与求得到皇帝与人们的信服。而另一方面,这些书继承巫术娱神的传统,妙笔生花,述写异闻奇事,海外天上无所不至,以求悦怪十人,这也正是发挥其特长之处,正是汉魏六朝小说得以发挥其悦怪于人的观赏性质的得天独厚之处。

三、小说与玄学

玄学崇尚清谈、论辩的风气,由此崇尚热烈而又旷达、平淡的心态;而清谈、论辩对人物的关注,又与小说文体的兴起紧密相关。

志人小说的成书,本有社会流传的"口出以为言",而后"笔书以为文"地撰集传闻,纂集社会流传的众人之"言"而成书,例子很多。《文心雕龙·谐讔》称"魏文因俳说以著《笑书》"②,世传曹丕有《笑书》,是把"口出以为言"的"俳说"变为"笔书以为文"。《语林》的成书也很有典型意义,书称"语林",就是把"口出以为言"变为"笔书以为文"。《世说新语·轻诋》篇刘孝标注引《续晋阳秋》说:"河东裴启撰汉、魏以来迄于今时,言语应对之可称者,谓之《语林》。时人多好其事,文遂流行。"③"言语"为稍纵即逝者,撰而成集,自然受到社会欢迎,就是把所谓"言语对应之可称者"给"笔书"成书。《世说新语·文学》篇又说,"袁彦伯作《名士传》成,见谢公。公笑曰:

---

① 范晔《后汉书》,中华书局,1965 年,第 2705 页。
② 刘勰撰,詹锳义证《文心雕龙义证》,上海古籍出版社,1989 年,第 533 页。
③ 刘义庆著,刘孝标注,余嘉锡笺疏《世说新语笺疏》,上海古籍出版社,1993 年,第 844 页。

'我尝与诸人道江北事,特作狡狯耳,彦伯遂以箸书'"①,亦是如此成书。《世说新语·轻诋》又载其消亡的原因,就在于谢安称其虚构,称"裴郎乃可不恶,何得为复饮酒"与"目支道林如九方皋之相马,略其玄黄,取其俊逸"二语,自己并未说过,是裴郎"自为此辞耳",批评此为"裴氏学","于此《语林》遂废"。②这也正是"口出以为言"与"笔书以为文"的区别所在。当事情以"口出以为言"流行时,虚拟、荒诞等与事实不符,还都在可以接受的范围之内;而当"笔书以为文"成为物质形态时,这些东西将像《释名·释书契》所说"著之简纸,永不灭也"③,其虚拟、荒诞就是当事人所不能容忍的了。

又有《世说新语》,从书名的"说""语"就可知其纂集了世人的"口出以为言"。四库馆臣曰:

> 黄伯思《东观余论》谓《世说》之名肇于刘向,其书已亡,故义庆所集名《世说新书》。段成式《酉阳杂俎》引王敦澡豆事,尚作《世说新书》可证,不知何人改为《新语》,盖近世所传。然相沿已久,不能复正矣。所记分三十八门,上起后汉,下迄东晋,皆轶事琐语,足为谈助。④

第三节　小说的文体特点

一、小说的虚构性特点

《汉书·艺文志》录小说十五家,《伊尹说》二十七篇,班固注曰:"其语浅薄,似依托也。"《鬻子说》十九篇,班固注曰:"后世所加。"

---

① 刘义庆著,刘孝标注,余嘉锡笺疏《世说新语笺疏》,上海古籍出版社,1993年,第272页。
② 同上书,第843页。
③ 任继昉纂《释名汇校》,齐鲁书社,2006年,第332页。
④ 永瑢等《四库全书总目》,中华书局,1965年,第1182页。

《师旷》六篇,班固注曰:"其言浅薄。"《务成子》十一篇,班固注曰:"称尧问,非古语。"《天乙》三篇,班固注曰:"其言非殷时,皆依托也。"《黄帝说》四十篇,班固注曰:"迂诞依托。"①班固注明,这些小说若非作者为假托,就是内容为迂诞、假托,这就指出了小说的"虚"。

如何看待这样的"虚"?晋时车永《答陆士龙书》曰:

> 永白:即日得报,披省未竟,欢喜踊跃。辄于母前,伏诵三周。举家大小,豁然忘愁也。足下此书,足为典诰,虽《山海经》《异物志》《二京》《南都》,殆不复过也。恐有其言,能无其事耳。虽尔犹足息号泣,欢忻笑也。②

称陆士龙与《山海经》《异物志》《二京》《南都》相类的书为"恐有其言,能无其事"者,应该是神怪之类,即具有虚构性质的书,能够"息号泣,欢忻笑",这是肯定这样的书的虚构。

本来,对于充满虚构成分的作品,当时社会上普遍存在一种不相信的态度,进而排斥之。郭璞《注山海经叙》描述世人的这种态度说:"世之览《山海经》者,皆以其闳诞迂夸,多奇怪俶傥之言,莫不疑焉。"③葛洪《神仙传》自序讲,人们问他道:"先生云,仙化可得,不死可学,古之得仙者,岂有其人乎?"④这种不相信的观点对小说创作的影响,或者如同孔子解说,全面改变其神怪性质,如《尸子》载,子贡曰:"古者黄帝四面,信乎?"孔子曰:"黄帝取合己者四人,使治四方,不计而耦,不约而成,此之谓四面。"⑤又如"夔一足",哀公问于孔子曰:"吾闻夔一足,信乎?"曰:"夔,人也,何故一足?彼其无他

---

① 班固《汉书》,中华书局,1962年,第1744页。
② 严可均校辑《全上古三代秦汉三国六朝文·全晋文》卷一百九,中华书局,1958年,第2085页。
③ 同上书卷一百二十一,第2153页。
④ 葛洪《神仙传》,《丛书集成初编》本,中华书局,1991年,第1页。
⑤ 李昉等《太平御览》卷七十九,中华书局,1960年,第369页。

异,而独通于声。尧曰:'夔一而足矣。'使为乐正。"故君子曰:'夔有一足。'非一足也。"① 或是大量的删裁,如《拾遗记》载,张华"造《博物志》四百卷,奏于武帝。帝诏诘问:'卿才综万代,博识无伦,远冠羲皇,近次夫子,然记事采言,亦多浮妄,宜更删翦,无以冗长成文!昔仲尼删《诗》《书》,不及鬼神幽昧之事,以言怪力乱神;今卿《博物志》,惊所未闻,异所未见,将恐惑乱于后生,繁芜于耳目,可更芟截浮疑,分为十卷'"②,使得作品的数量大为减少。还有一种更厉害的手段,就是加以压制,努力不使之流传,这表现在轶事小说上尤为突出。现存的例子如《世说新语·轻诋》:

> 庾道季诧谢公曰:"裴郎云:'谢安谓裴郎乃可不恶,何得为复饮酒!'裴郎又云:'谢安目支道林,如九方皋之相马,略其玄黄,取其俊逸。'"谢公云:"都无此二语,裴自为此辞耳!"庾意甚不以为好,因陈东亭《经酒垆下赋》。读毕,都不下赏裁,直云:"君乃复作裴氏学!"于此《语林》遂废。今时有者,皆是先写,无复谢语。③

裴启略略用了点虚构的手法写《语林》,后因记载谢太傅(谢安)事不符实际,遭到谢太傅的讽刺、讥诮与压制,"于此《语林》遂废",如此否定虚构的理路,其结果就造成轶事小说大量散佚,或造成新创造的轶事小说尽力避免叙说当代之事,如《世说新语》就避讳记载当代的人与事。所以我们说,对虚构的不正确理解是不利于小说创作的。

《晋书·干宝传》评价其《搜神记》为"博采异同,遂混虚实",为"虚"争得地位,干宝《搜神记序》:

---

① 《韩非子·外储说左下》,陈奇猷校注《韩非子集释》,上海人民出版社,1974年,第686页。
② 王嘉撰,萧绮录,齐治平校注《拾遗记》,中华书局,1981年,第211页。
③ 刘义庆撰,刘孝标注,余嘉锡笺疏《世说新语笺疏》,上海古籍出版社,1993年,第843—844页。

虽考先志于载籍,收遗逸于当时,盖非一耳一目之所亲闻睹也,亦安敢谓无失实者哉!卫朔失国,二传互其所闻;吕望事周,子长存其两说。若此比类,往往有焉。从此观之,闻见之难一,由来尚矣。夫书赴告之定辞,据国史之方策,犹尚若兹,况仰述千载之前,记殊俗之表,缀片言于残阙,访行事于故老,将使事不二迹,言无异涂,然后为信者,固亦前史之所病。然而国家不废注记之官,学士不绝诵览之业,岂不以其所失者小,所存者大乎!今之所集,设有承于前载者,则非余之罪也。若使采访近世之事,苟有虚错,愿与先贤前儒分其讥谤。①

身为东晋元帝时佐著作郎领修国史的"良史",作为小说家又曾"撰集古今神祇灵异人物变化,名为《搜神记》,凡三十卷"②,干宝在处理虚与实的问题上的基本立足点还是"实",但他指出了"虚"的不可避免,他的有力证据之一就是正史中已出现这种情况,更何况小说呢?为此,他说"愿与先贤前儒分其讥谤"自愿承担由于虚构而引起的"讥谤",这岂不是从个人角度大声疾呼提倡虚构吗?最后,他指出虚构对于小说创作的重要性,"所失者小,所存者大",不可由此而废绝小说创作中的虚构。《晋书·干宝传》评价《搜神记》时说,"博采异同,遂混虚实",当世人都在排斥虚构原则在小说创作中的运用时,干宝的"混虚实"确是为虚构原则伸张了正理。当然,我们也要指出,"混虚实"还只是一种变通的方法,自然不及正面提出在小说创作中运用虚构原则那么有力、那么醒目,但是时代就是如此,干宝的首创之功不可磨灭。《晋书·干宝传》又载人们对干宝的一段评论,颇能说明问题,《搜神记》书成以示刘惔,刘惔曰:"卿可谓鬼之董狐。"这即是干宝的"混虚实":实者,干宝即董狐,孔子曰"董狐,古之良史也,书法不隐"③;虚者,叙幽明世界的鬼事,"鬼之董

---

① 干宝《搜神记》,中华书局,1979年,第2页。
② 房玄龄等《晋书·干宝传》,中华书局,1974年,第2150—2151页。下同。
③ 《春秋左传正义》,《十三经注疏》,上海古籍出版社,1997年,第1867页。

狐",用真实的笔调写虚构之事,这种"混虚实",实在是为"虚"争一席地位。

《汉武帝别国洞冥记》,旧题东汉人郭宪所撰,实系六朝人所作,托名郭宪,其书自序亦当为六朝人口吻,其云"或言浮诞,非政教所同。经文史官记事,故略而不取,盖偏国殊方,并不在录",明确自己不是假托古代史官来创作小说,不是抄录史书,而是自己编写故事,持敢于虚构、公开虚构的态度。又云"愚谓古曩余事,不可得而弃","今籍旧史之所不载者,聊以闻见,撰《洞冥记》四卷,成一家之书,庶明博君子,该而异焉"。① 他是极力主张自己创作小说的,而不是抄录旧史典籍,这里,自编故事,推崇虚构的意思是很明显的,与前时小说家往往假托古史官来创作作品的论调不一样了,其敢于虚构、公开虚构的态度是值得一提的。

陆机《文赋》称"说炜晔而谲诳"②,"谲诳"即有虚构之意。《文心雕龙·诸子》篇论及魏晋时代的诸子之说时写道:

> 迄至魏晋,作者间出,谰言兼存,璅语必录;类聚而求,亦充箱照轸矣。然繁辞虽积,而本体易总,述道言治,枝条五经。其纯粹者入矩,踳驳者出规。《礼记·月令》,取乎吕氏之《纪》;三年问丧,写乎荀子之书:此纯粹之类也。若乃汤之问棘,云蚊睫有雷霆之声;惠施对梁王,云蜗角有伏尸之战;《列子》有移山、跨海之谈,《淮南》有倾天、折地之说:此踳驳之类也。是以世疾诸混同虚诞。按《归藏》之经,大明迂怪,乃称羿弊十日,嫦娥奔月。《殷易》如兹,况诸子乎!③

刘勰所谓"踳驳"与"纯粹"之分,显然应该是小说与诸子之说的区别,刘勰是以经典中尚有虚构来肯定小说的虚构的。

---

① 《汉武帝别国洞冥记 甄异记 幽明录》,中华书局,1991年,第1页。
② 萧统编,李善注《文选》,中华书局,1977年,第241页。
③ 刘勰撰,詹锳义证《文心雕龙义证》,上海古籍出版社,1989年,第633—642页。

二、小说文体的观赏性

《魏略》载:

> 会临菑侯植亦求淳,太祖遣淳诣植。植初得淳甚喜,延入坐,不先与谈。时天暑热,植因呼常从取水自澡讫,傅粉。遂科头拍袒,胡舞五椎锻,跳丸击剑,诵俳优小说数千言讫,谓淳曰:"邯郸生何如邪?"①

"俳优小说"连言,可见当时人对小说具有观赏性质的认识。王嘉《拾遗记》载,张华原作《博物志》四百卷,奏于晋武帝,奉晋武帝令芟截浮疑沉冗,分为十卷,所记皆为异境奇物及古代琐闻杂事,"帝常以《博物志》十卷置于函中,暇日览焉"②,如此看重这种显然不关政务的东西,但又是"暇日"之览,正是因为这种志怪小说载各种奇闻异谈以悦怿于人,供人观赏。干宝自言:"臣前聊欲撰记古今怪异非常之事,会聚散逸,使同一贯,博访知之者,片纸残行,事事各异。"③干宝《搜神记序》云:

> 幸将来好事之士录其根体,有以游心寓目而无尤焉。④

强调小说的"游心寓目",那么小说家也就成了"好事之士"。中古关于文学娱悦性质的论述,还出现在对小说产生的论述上,《世说新语·文学》载:

> 袁彦伯作《名士传》成,见谢公。公笑曰:"我尝与诸人道江北事,特作狡狯耳!彦伯遂以箸书。"⑤

---

① 陈寿撰,裴松之注《三国志·魏书·王卫二刘傅传》注引,中华书局,1982年,第603页。
② 王嘉撰,萧绮录,齐治平校注《拾遗记》,中华书局,1981年,第211页。
③ 徐坚等《初学记》卷二十一,中华书局,1962年,第517页。
④ 干宝《搜神记》,中华书局,1979年,第2页。
⑤ 刘义庆撰,刘孝标注,余嘉锡笺疏《世说新语笺疏》,上海古籍出版社,1993年,第272页。

《续晋阳秋》载:

> 晋隆和中,河东裴启撰汉、魏以来迄于今时言语应对之可称者,谓之《语林》。时人多好其事,文遂流行。①

《语林》之类的志人小说,所记就是"言语应对之可称者"。既"游心寓目",又是"言语应对之可称者",尚奇尚异,就是追求小说的趣味性,小说家们尚奇尚异的目标之一,就是为了满足读者欣赏时尚奇尚异的心理,正是为了悦怿于人。

《周易·兑卦》,其云:"兑,亨利贞。彖曰:兑,说也,刚中而柔外,说以利贞,是以顺乎天而应乎人。说以先民,民忘其劳,说以犯难,民忘其死,说之大,民劝矣哉。"②所谓悦怿,就是使"民忘其劳",所谓解说,就是使"民忘其死"。《说文解字》:"说,说释也。"段玉裁注曰:"说释即悦怿……说释者,开解之意,故为喜悦。"③《说文解字》认为,"说"有二义,一为悦怿,即"说释"之"说",一为解说,即"说释"之"释";"说"与人的关系,一是悦怿于人,一是解说于人。刘勰《文心雕龙·论说》继续《兑卦》《说文解字》的说法,这样称小说:"说者,悦也;兑为口舌,故言资悦怿;过悦必伪,故舜惊谗说。"又举例称小说家的《伊尹说》"说之善者,伊尹以论味隆殷"。④ 这些都是说,"说"这种文体是为人们创造审美对象,供人们观赏与感受的。《文心雕龙·谐谑》:

> 谐之言皆也,辞浅会俗,皆悦笑也。……然文辞之有谐谑,譬九流之有小说。⑤

"谐谑"亦是小说,而"九流之有小说"即肯定小说存在的合理与必

---

① 《世说新语·轻诋》注引,刘义庆撰,刘孝标注,余嘉锡笺疏《世说新语笺疏》,上海古籍出版社,1993年,第844页。
② 《周易正义》,《十三经注疏》,上海古籍出版社,1997年,第69页。
③ 许慎撰,段玉裁注《说文解字注》,上海古籍出版社,1981年,第93页。
④ 刘勰撰,詹锳义证《文心雕龙义证》,上海古籍出版社,1989年,第707—708页。
⑤ 同上书,第529、556页。

然,不必因其"小"而失去其地位。认为"谐谶"这种文体是具有悦怪于人的性质的,而"谐谶"这种文体包括轶事小说的一个支流——笑话集。《隋书·经籍志》子部"小说家"类载《笑林》三卷,后汉给事中邯郸淳撰,《谐谶》篇说,"至魏文因俳说以著笑书,薛综凭宴会而发嘲调"①,姚振宗《隋书经籍志考证》引这句话时,认为《笑书》就是《笑林》,《笑林》是邯郸淳奉魏文帝诏而撰。

鲁迅先生说:

> 记人间事者已其古,列御寇韩非皆有录载,列在用以喻道,韩在储以论政。若为赏心而作,则实萌芽于魏而盛大于晋,虽不免追随俗尚,或供揣摩,然要为远实用而近娱乐矣。②

所谓"为赏心而作""远实用而近娱乐",点出了魏晋南北朝小说的观赏性质。

三、小说文体的"炜晔"

小说也须追求文采,葛洪《神仙传序》:

> 昔秦大夫阮仓,所记有数百人;刘向所撰,又有七十一人……刘向所述殊甚简要,美事不举。此传虽深妙奇异,不可尽载,犹存大体。窃谓有愈于刘向,多所遗弃也。③

称《神仙传》在思想意义上要"深妙",故事情节上要"奇异",并称《神仙传》的艺术性要超过刘向所作。这种对小说艺术性的公开追求,是以前所不曾有过的。

《拾遗记》,晋人王嘉(字子年)撰,梁人萧绮录。萧绮在《拾遗序记》中,曾批评王嘉的撰写原则,并提出自己的撰写原则,要求真正写出有丰富的艺术性的作品来。他说:

---

① 刘勰撰,詹锳义证《文心雕龙义证》,上海古籍出版社,1989年,第533页。
② 鲁迅《中国小说史略》,北京大学出版社,2009年,第40页。
③ 葛洪《神仙传》,《丛书集成初编》本,中华书局,1991年,第1页。

> 王子年乃搜撰异同,而殊怪必举,纪事存朴,爱广尚奇,宪章稽古之文,绮综编杂之部,《山海经》所不载,夏鼎未之或存,乃集而记矣。辞趣过诞,意旨迂阔,推理陈迹,恨为繁冗;多涉祯祥之书,博采神仙之事,妙万物而为言,盖绝世而弘博矣!世德陵夷,文颇缺略,绮更删其繁紊,纪其实美,搜刊幽秘,捃采残落,言匪浮诡,事弗空诬,推详往迹,则影彻经史,考验真怪,则叶附图籍。若其道业远者,则辞省朴素,世德近者,则文存靡丽,编言贯物,使宛然成章。①

首先,萧绮强调"实美"而反对"繁紊","实美"是针对"繁紊"提出,这里的"实美"应与葛洪所言"美事"相似,即真正优美的故事,而"繁紊"则鱼龙相杂,所谓"辞趣过诞"者,"意旨迂阔"者,应都在删裁之列。其次,萧绮强调"文存靡丽",不主张"纪事存朴"。他以"数运则与世推移,风政则因时回改"为论据,认为文学也是进化的,小说也是如此,是要前进的,"道业远者,则辞省朴素",先前辞语朴素的作品还可以说得过去,而"世德近者,则文存靡丽,编言贯物,使宛然成章",如今则要语言华丽,以便更好地表现故事内容。

最早论述"说"体的是录入《文选》的陆机《文赋》,其称"说炜晔而谲诳",李善注曰:"说以感物为先,故炜晔谲诳。"五臣之李周翰注曰:"说者,辩词也。辩口之词,明晓前事,诡谲虚诳,务感人心。炜晔,明晓也。"②王闿运曰:"说当回人之意,改已成之事,谲诳之使反于正,非尚诈也。"③许文雨曰:"炜晔之说,即刘勰'言资悦怿'之谓,兼远符于时利义贞之义。而谲诳之说,刘勰独持忠信以肝胆献主之义,反驳陆说,不知陆氏乃述战国纵横家游说之旨也。"④此处的"说",当是以叙事为说理,是"辩说"。明张鼎文《校刻韩非子序》称

---

① 王嘉撰,萧绮录,齐治平校注《拾遗记》,中华书局,1981年,第1页。
② 萧统编,李善、吕延济、刘良等注《六臣注文选》,中华书局,1987年,第312页。
③ 陆机撰,张少康集释《文赋集释》,上海古籍出版社,1984年,第85页。
④ 同上书,第86页。

说《说林》、内外《储说》也有"炜晔而谲诳"的特点,其曰:

> 曰《说林》,皆古人诡稽突梯所为,而(韩)非特表出之,固智术之所尚也。①

又称《内储说上篇》为"诡秘矫诈,无所不至"。

《隋书·经籍志》述"小说家"亦称为"街说巷语之说也",从其"小说家"著录作品的书名排列来看,依次是"《笑林》三卷、《笑苑》四卷、《解颐》二卷、《世说》八卷、《世说》十卷、《小说》十卷、《小说》五卷、《迩说》一卷、《辩林》二十卷、《辩林》二卷"。小说是与"笑"之类、"辩"之类排列在一起,那么,这些小说也具有"炜晔""谲诳"的性质特点。

陆机《文赋》称"说炜晔而谲诳","炜晔"即光盛的样子,此处用来形容语言的华艳秀美。"说炜晔而谲诳",即虚构、语言华美以怿悦于人,这正是魏晋南北朝人对小说这一文体的认识。

---

① 陈奇猷校注《韩非子集释》引,中华书局,1958年,第1195页。

第九章　佛教、道教文体论

佛教文体在《隋书·经籍志》中,是在"四部经传"后单独以"佛经"名义论述的。魏晋南北朝文体学不仅关注佛教文体本身的形成与发展,而且关注佛教文体与中土文体的关系,其相互的影响促进了各自的发展。

道教文体在《隋书·经籍志》中,也是在"四部经传"后单独以"道经"名义论述的。魏晋南北朝文体学对道教文体关注不够,只有葛洪从道教的教义视角对其有过阐述。但道教文体的生命力是十分强盛的,一路走来,它伴随着道教的荣衰而荣衰。

第一节　僧祐与佛教文体论

一、僧祐《弘明集》《出三藏记集》

僧祐(445—518),俗姓俞,祖居彭城下邳(今江苏邳州市),生于建康(今南京)。十四岁出家,先后入扬都建初寺、钟山定林寺,受业于法达、法颍。精通律学。曾搜校佛经,建立"经藏",著名文体学家刘勰是其弟子。

僧祐曾编撰《弘明集》。《弘明集序》云:

> 撰古今之明篇,总道俗之雅论。其有刻意剪邪,建言卫法,制无大小,莫不毕采。又前代胜士,书记文述,有益三宝,亦皆编录。类聚区分,列为十四卷。夫道以人弘,教以文明,弘道

明教,故谓之《弘明集》。①

此称《弘明集》所录者,是自东汉时佛教传入至南朝梁时的讨论佛教的文字,首录东汉末年《牟子理惑论》。所录主要是弘道者的文字撰述,所谓凡有益于三宝之事,无不加以编录成书。但也录有对立面的文字,如范缜《神灭论》等。

汉魏之世,出家沙门仅限于西域人;自东晋以后,中国人出家者渐多,塔寺的建设颇耗国费,又值战乱多事之际,为政者常将大量人力、财力奉归佛教,因此东晋时代遂有沙门还俗、礼敬王者等问题发生,成为政治上的论难。以儒家观点而论,出家剃发、沙门不敬王者等,均是违反先王礼俗、国家法度之事;又如"佛陀实在"及"因果报应"等说,亦与周孔之训不同。魏晋以来盛行神仙不死之术,崇尚老庄虚无自然等玄学思想,所以魏晋时代的佛学家每每采用老庄之语来解释佛教的义理。僧祐致力护法,所谓"弘明",是弘道明教之意,阐释佛教教义。

《弘明论后序》云:

> 夫二谛差别,道俗斯分。道法空寂,包三界以等观;俗教封滞,执一国以限心。心限一国,则耳目之外皆疑;观等三界,则神化之理常照。执疑以迷照,群生所以永沦者也。详检俗教,并宪章五经,所尊唯天,所法唯圣。然莫测天形,莫窥圣心,虽敬而信之,犹蒙蒙弗了。况乃佛尊于天,法妙于圣,化出域中,理绝系表。肩吾犹惊怖于河汉,俗士安得不疑骇于觉海哉!既骇觉海,则惊同河汉。一疑经说迂诞,大而无征。二疑人死神灭,无有三世。三疑莫见真佛,无益国治。四疑古无法教,近出汉世。五疑教在戎方,化非华俗。六疑汉魏法微,晋代始盛。以此六疑,信心不树,将溺宜拯,故较而论之。②

---

① 僧祐撰,李小荣校笺《弘明集校笺》,上海古籍出版社,2013年,第4页。
② 同上书,第795页。

此中的"六疑",即是僧祐录文所要论辩的问题。而后唐代僧侣道宣编纂《广弘明集》,显然是继此而来,《弘明集》分卷不分篇,《广弘明集》则除分卷而外,还按照所选文章的性质分为十篇:一、归正;二、辩惑;三、佛德;四、法义;五、僧行;六、慈恻;七、戒功;八、启福;九、悔罪;十、统归。每篇之前各冠以小序。《广弘明集》还用这十种范畴给僧祐《弘明集》所选的文章分类列目,而将它们收在除戒功、悔罪之外的八类中。如此给文章的性质分类,很有可能就是受到《弘明论后序》所说的"六疑"问题的启发,干脆就分类、分篇编撰文章。

僧祐于齐、梁间,凭借定林寺丰富的经藏,在道安《综理众经目录》(又称《道安录》《安录》)的基础上,"订正经译",撰成《出三藏记集》,是现存最早的佛典目录(后人又简称为《僧祐录》《祐录》)。《出三藏记集序》称其编纂缘起:

> 原夫经出西域,运流东方,提挈万里,翻转胡汉。国音各殊,故文有同异;前后重来,故题有新旧。而后之学者,鲜克研核,遂乃书写继踵,而不知经出之岁;诵说比肩,而莫测传法之人,授受之道,亦已缺矣。夫一时圣集,犹五事证经,况千载交译,宁可昧其人世哉![1]

这是说该书重点是对佛典翻译做"沿波讨源"的工作,这个工作是与对佛经文体的阐述相合在一起进行的。《出三藏记集》所录的作者,绝大多数是作为出家人的僧侣,而《弘明集》所录的作者则多非出家人。

《出三藏记集序》叙说其体例云:

> 一撰缘记,二铨名录,三总经序,四述列传。缘记撰,则原始之本克昭。名录铨,则年代之目不坠。经序总,则胜集之时足征。列传述,则伊人之风可见。[2]

---

[1] 僧祐《出三藏记集》,中华书局,1995年,第2页。
[2] 同上。

上述四项都论及佛教文体。

二、"撰缘记""铨名录"所见佛教文体

《出三藏记集》卷一为"撰缘记",记述佛典结集和翻译的起源,具有规定佛教文体"类"的意义。此卷首先引《大智度论》《十诵律》《菩萨处胎经》三种经典,叙述佛典结集的缘起、经过。其中《菩萨处胎经》云:

> 迦叶告阿难言:佛所说法,一言一字,汝勿使有缺漏。菩萨藏者集著一处,声闻藏者亦集著一处,戒律藏者亦著一处。①

"藏"者,即"类",于是奠定了佛教文体学中,经、律、论三者,不仅仅自身作为文体,而且具有文体类别的意义,即经藏、律藏、论藏的所谓"三藏"。

论藏,音译阿毗达磨藏、阿毗昙藏,意译对法藏。对佛典经义加以论议,化精简为详明,以决择诸法性相;为佛陀教说之进一步发展,而后人以殊胜之智能加以组织化、体系化的论议解释。论藏中著述,多以"论"为题名者。

律藏,音译毗奈耶藏、毗尼藏,意译调伏藏。佛所制定之律仪,能治众生之恶,调伏众生之心性。有关佛所制定教团之生活规则,皆属于律部类。律藏中著述,多以"律"为题名者。

经藏,音译素怛缆藏、修多罗藏,意译契经藏。即指佛所说之经典,上契诸佛之理,下契众生之机;有关佛陀教说之要义,皆属于经部类。经藏中著述,多以"经"为题名者。

于是可知,论藏、律藏、经藏,不单是指论、律、经这三种文体,而是论、律、经这三种文体各自的著述总和。

《出三藏记集》卷二至卷五为"铨名录",把汉至梁四百多年之间译出和撰集的一切佛典,不管有无译者姓氏,一一搜罗归纳为十

---

① 僧祐《出三藏记集》,中华书局,1995年,第12页。

五录。每录之前有小序,略述该录源流。因对其所依据的《综理众经目录》有所增订,一律称为"新集"。这十五录中,第一为"新集撰出经、律、论录",是在《综理众经目录》的基础上加以扩大和补充,以朝代为次序,按译者编排的译经目录。僧祐所称"撰出经、律、论录",即此录中不论什么名称,都是"经、律、论"三种文体范围之内的,由此可见,"经、律、论"三者,即是作为经藏、律藏、论藏而言的。于是,其中有文体异称者,是属于"经藏、律藏、论藏"下的次级文体,如:

"口解",安世高所出《阿含口解》一卷(或云《阿含口解十二因缘经》,或云《断十二因缘经》。《旧录》云,《安侯口解》。凡有四名,同一本)①。从注可知,此亦为"经",称"口解"者,即口译体。

"偈",支谦所出《佛从上所行三十偈》一卷、《惟明二十偈》一卷②,"偈"为佛教术语,意译为颂,指佛教高僧的预言,体裁和中国古代诗词类似,不问三言、四言乃至几言句,必须是四句。"偈"也是经,如《新集续撰失译杂经录》有《佛弟子化魔子颂偈经》(抄《方等大集》)、《偈经》一卷(抄《大集》)③。慧远《阿毗昙心序》对"偈"体在"经"中地位的论述:

> 又其为经,标偈以立本,述本以广义,先弘内以明外,譬由根而寻条,可谓美发于中,畅于四肢者也。④

"品",康僧会所出《吴品》五卷⑤,"品",佛经的篇章。梵语"跋渠",意译为"品"。此录又有《普超经》四卷(一名《阿阇世王品》)⑥,于是可知以"品"称,是以篇章称"经"。又有"大品"与"小

---

① 僧祐《出三藏记集》,中华书局,1995年,第26页。括号内为原注,下同。
② 同上书,第30页。
③ 同上书,第142页。
④ 同上书,第378页。
⑤ 同上书,第31页。
⑥ 同上书,第33页。

品"相对,佛经指七卷本的《小品般若波罗蜜经》与二十四卷本的《摩诃般若波罗蜜经》相对。南朝宋刘义庆《世说新语·文学》:"殷中军读《小品》,下二百签,皆是精微,世之幽滞。尝欲与支道林辩之。"刘孝标注:"释氏《辨空经》,有详者焉,有略者焉。详者为《大品》,略者为《小品》。"①所以又有《小品经》②。

"名",竺法护所出《十方佛名》《百佛名》③。

"咒",尸梨蜜所出《大孔雀王神咒》《孔雀王杂神咒》④。"咒",即梵语陀罗尼,意译为咒或真言⑤。

"戒本""戒",竺佛念所出《十诵比丘戒本》、竺佛念等所出《比丘尼大戒》⑥。"戒",梵语的意译,指防非止恶的规范。

"要解""法""秘要""法要""要用法",如鸠摩罗什所出《禅法要解》《禅法要》⑦、《禅秘要》三卷(元嘉十八年译出。或云《禅法要》。或五卷),《五门禅经要用法》一卷⑧。

"戒坛文",昙摩谶所出《菩萨戒优婆塞戒坛文》⑨。"戒坛",僧徒传戒之坛。宋人曰:"汉、魏之僧,虽剃染,而戒法未备,唯受三归。嘉平、正元中,既传戒律,立大僧羯磨法坛,盖比丘立戒坛之始也。又曰:起于南朝求那跋磨为宋国比丘于蔡州岸受戒为始,自尔南北相次为坛。"⑩卷四又有受坛文,《菩萨戒独受坛文》一卷⑪。

"方便",佛驮跋陀所出《禅经修行方便》二卷(一名《庾伽遮罗

---

① 刘义庆撰,刘孝标注,余嘉锡笺疏《世说新语笺疏》,上海古籍出版社,1993年,第228—229页。
② 僧祐《出三藏记集》,中华书局,1995年,第39页。
③ 同上书,第40、41页。
④ 同上书,第45页。
⑤ 同上书,第46页。
⑥ 同上。
⑦ 同上书,第50、51页。
⑧ 同上书,第58页。
⑨ 同上书,第53页。
⑩ 高承撰,李果订《事物纪原·道释科教部·戒坛》,中华书局,1989年,第386页。
⑪ 僧祐《出三藏记集》,中华书局,1995年,第131页。

浮迷》，译言《修行道地》，一名《不静观经》。凡有十七品)①。"方便"，谓以灵活方式因人施教，使悟佛法真义。《坛经·般若品》："欲拟化他人，自须有方便。"②

"抄"，释法显所出《萨婆多律抄》③，从某书抄出者。释慧远所出《大智论抄》二十卷(一名《要论》)，僧祐称："右一部，凡二十卷。晋安帝世，庐山沙门释慧远，以论文繁积，学者难省，故略要抄出。"④

"记"，释法显所出《佛游天竺记》⑤。

"赞"，释宝云所出《佛行所赞》五卷(一名《马鸣菩萨赞》，或云《佛本行赞》)⑥。赞，歌颂释迦牟尼及其他佛陀的文辞。

"略"，僧伽跋摩所出《分别业报略》一卷(大勇菩萨撰)⑦、释宝云所出《第一义五相略》一卷⑧。"略"，本泛指著作、图书。南朝梁任昉《天监三年策秀才文》之二："闭户自精，开卷独得，九流七略，颇常观览。"⑨又指简要的情况，汉司马相如《难蜀父老》："余之行急，其详不可得闻已，请为大夫粗陈其略。"⑩此为著述简要的内容。

"杂事"，释法颖所出《十诵律羯磨杂事》一卷⑪。

"章"，《道地经中要语章》一卷(或云《小道地经》)、《数练意章》一卷(《旧录》云，《数练经》。安公云，上二经出《生经》。祐案，今《生经》无此章字)。

又有梵文音译者，如僧伽提婆所出《阿毗昙八揵度》《阿毗昙心》

---

① 僧祐《出三藏记集》，中华书局，1995年，第54页。
② 《坛经》，中华书局，2010年，第58页。
③ 僧祐《出三藏记集》，中华书局，1995年，第55页。
④ 同上书，第64页。
⑤ 同上书，第55页。
⑥ 同上书，第56页。
⑦ 同上书，第58页。
⑧ 同上书，第60页。
⑨ 萧统编，李善注《文选》，中华书局，1977年，第513页。
⑩ 同上书，第625页。
⑪ 僧祐《出三藏记集》，中华书局，1995年，第62页。

《鞞婆沙阿毗昙》等。① 阿毗昙,全称阿毗昙摩,略称毗昙,意译对法、胜法、无比法,指佛教经、律、论三藏中的论藏,是佛教高僧大德对佛经的理解和阐释。

"羯磨",佛驮什所出《弥沙塞羯磨》一卷(与律同时出)、求那跋摩所出《昙无德羯磨》一卷(或云《杂羯磨》)②。羯磨,佛教名词,梵语 karma 的音译,意为业或办事,指佛教中处理僧团和个人事物的各种活动的戒律规定。

大乘所出《他毗利》(齐言《宿德律》)③。

有些经典在题名上是脱略了"经、律、论"字样的,典型者如僧伽提婆所出《三法度》二卷④。该书又名《三法度经论》,此处就不以文体视之。

上述构成了佛教典籍特有的文体,如口解、偈、品、咒、戒、赞、记等;尤其是梵文音译者,如"阿毗昙""羯磨"等。

第二至第十四录,或为"异出经""古异经""失译经""凉土异经""关中异经""失译杂经""抄经""疑经""伪撰""杂经"等,或为如"律分为五部""律分为十八部""汉地四部"等经的分部情况,文体的情况同第一录。第十五录在下文叙说。

三、"总经序""述列传"的佛教文体意味

《出三藏记集》卷六至卷十二为"经序总,则胜集之时足征",所谓"总经序",即是把对一部佛典或多部佛典集合体的"序"集结起来。此中辑录的佛典前序或后记,共一百一十篇,其中七十七篇未见于现存的佛典。这些前序、后记很有价值,实际上就是佛典提要,保存了许多可贵的资料,使后人知道译经的经过、内容、地点和

---

① 僧祐《出三藏记集》,中华书局,1995 年,第 49 页。
② 同上书,第 57 页。
③ 同上书,第 63 页。
④ 同上书,第 49 页。

时间。那么可以把前序与后记合称为"提要"文体。"序"本是中土固有文体,"序",同"叙",亦称"序文""序言",一般是作者陈述作品的主旨、著作的经过等,如汉司马迁《太史公自序》;他人所作的对著作的介绍评述也称序,如晋皇甫谧《三都赋序》。汉以前,序在书末,后列于书首。

此处着重讨论"记",《出三藏记集》卷七有《道行经后记》《放光经记》《须真天子经记》《普曜经记》等,或称"后记",或称"记"。中土有固有的文体"记",《国语·晋语四》:"瞽史记曰:'嗣续其祖,如谷之滋,必有晋国。'"①"记"又是公牍札子,汉袁康《越绝书·外传记吴王占梦》:"王孙骆移记曰:'今日壬午,左校司马王孙骆,受教告东掖门亭长公孙圣:吴王昼卧觉寤,而心中惆怅也如有悔。记到,车驰诣姑胥之台。'"②"记"又指典籍、著作。《庄子·天地》:"《记》曰:'通于一而万事毕,无心得而鬼神服。'"③"记",又指记述或解释典章制度的文字的专书,如《周礼·考工记》《礼记》《大戴礼记》。"记"为文体,多有叙事,如晋陶潜《桃花源记》、沈约《南齐仆射王奂枳园寺刹下石记》,徐师曾《文体明辨序说·记》称:"《文选》不列其类,刘勰不著其说,则知汉魏以前,作者尚少,其盛自唐始也。"④"记"盛行于唐代,撰写嵌在墙上的碑记即"壁记"。而"记"作为典籍的提要,则是佛教的创造,后称"跋""书后",由作者或他人撰写,在书刊的正文后面。《出三藏记集》以文章的功能为视角,把"序"与"记"当作"提要"文体。

《出三藏记集》卷六至卷十一为诸经的"序"或"记",卷十二是"杂录"之类佛教著述的"序",其总序《杂录序》曰:

---

① 左丘明著,韦昭注《国语》,上海古籍出版社,2015年,第244页。
② 《越绝书》,《丛书集成初编》本,中华书局,1985年,第51页。
③ 郭庆藩《庄子集释》,中华书局,1961年,第404页。
④ 吴讷、徐师曾《文章辨体序说 文体明辨序说》,人民文学出版社,1962年,第145页。

自尊经神运,秀出俗典,由汉届梁,世历明哲。虽复缁服素饰,并异迹同归。至于讲疏赞析,代代弥精,注述陶练,人人竞密。所以记论之富,盈阁以牣房;书序之繁,充车而被轸矣!①

"杂录"即把讨论佛教问题的论述集中在一起,其首列的《法论》"目录序"更说明这一点:"论或列篇立第、兼明终义者,今总其宗致,不复摘分。合之则体全,别之则文乱。"②其收录陆澄的《法论》、齐竟陵王萧子良的《法集》,就是这样的性质。

从《出三藏记集》所载陆澄《法论》的目录,可知《法论》中有:论、释、难、问、答、书、序、辩、集、指归、通(如颜延之《通佛影迹》《通佛顶齿爪》《通佛衣钵》《通佛二氎不燃》③)、略、铭、诫、章、法(法要)、咒、议、教、诏、义、叙、验、咨、赞等。所录者皆佛法之"论"。

齐竟陵王萧子良《法集》,其序云:

于是锐临云之思,壮谈天之文,网罗字轮,仪形法印。是以《净住》命氏,启入道之门;《华严璎珞》,标出世之术;《决定要行》,进趣乎金刚;《戒果庄严》。克成乎甘露。尔其众经注义,法塔赞颂。《僧制药记》之流,导文愿疏之属。莫不诚在言前,理出辞表,大者钩深测幽,小者驰辩感俗,森成条章,郁为卷帙。④

因此,这些"翼赞妙典,俘剪外学"者,虽然有诸种文体,如记、制(法制)、礼佛文、讲(讲记)、赞、诫、发愿、偈、题、释、启、法式等,但还有一些佛学经典的"经"。

《齐竟陵王世子抚军巴陵王法集序》称:

观其摘赋《经声》,述颂绣像,《千佛愿文》,舍身弘誓,《四

---

① 僧祐《出三藏记集》,中华书局,1995年,第428页。
② 同上。
③ 同上书,第434页。
④ 同上书,第448页。

城》《九相》之诗，《释迦》十圣之赞，并英华自凝，新声间出。故仆射范云笃赏文会，雅相嗟重，以为后进之佳才也。……于是下帷墐户，注解《百论》，拔出幽旨，妙尽纤典。乃躬算缣素，手写方等，所书大经，凡有十部。①

这部《法集》目录如下：

《造千佛愿》《绣佛颂》《舍身序并愿》《释迦赞》《十弟子赞十首》《为会稽西方寺作禅图九相咏十首》《四城门诗四首》《法咏叹德二首》《佛牙赞》《经声赋》《会稽宝林寺禅房闲居颂》。②

以上为上卷、下卷，此中多为现今称为文学文体者。

《出三藏记集》卷十二"杂录"，又有佛教杂事杂记著述的"序"。僧祐《法集总目录序》称：

遂缀其闻，诚言法宝，仰禀群经，傍采记传，事以类合，义以例分。显明觉应，故序《释迦》之谱；区辩六趣，故述《世界》之记，订正经译，故编《三藏之录》；尊崇律本，故铨《师资》之传；弥纶福源，故撰《法苑之篇》；护持正化，故集《弘明》之论。且少受律学刻意毗尼，旦夕讽持，四十许载，春秋讲说，七十余遍。既禀义先师，弗敢坠失，标括章条，为《律记》十卷。并杂碑记，撰为一帙。总其所集，凡有八部。③

《释迦谱》，把各种经传中释迦的史实或传说，从上溯佛的氏族来源起，下至佛灭后的法化流布等相止，"原始要终"地汇编而成。谱作为文体，即按照事物的类别或系统编排记录。又如《世界记》《师资记》，顾名思义就是记世界、记佛教师资。又，《法苑杂缘》序曰："是故记录旧事，以彰胜缘，条例丛杂，故谓之法苑，区以类别，凡为十

---

① 僧祐《出三藏记集》，中华书局，1995年，第454—455页。
② 同上书，第455—456页。
③ 同上书，第457—458页。

卷。"①而上述"并杂碑记,撰为一帙",有传、有记、有碑、有铭。

上述佛教典籍"序""记"诸文体,呈现出中土固有文体在佛教典籍中的意味以及是怎么被使用的。

《出三藏记集》卷十三至卷十五为述列传,叙述历代译家和义解僧人的生平事略。其中前两卷记叙外国僧人如安世高等共二十二人;后一卷记叙中国僧人如法祖等共十人(附见者尚有多人)。这是现存最早的僧传,其史料多被宝唱《名僧传》、慧皎《高僧传》所采用。慧皎以后,各代僧传的叙述方法大都因袭《出三藏记集》,只不过是略变其体例而已。

这里彰显中土传统文体"传"在佛教典籍中的特殊意义。以人为纲的佛教典籍翻译史,学习了历代纪传体史书的作法。

僧祐《弘明集序》所谓"道以人弘",是指非僧侣者的"建言卫法"的"书记文述,有益三宝"者,而这里所论是僧侣的"道以人弘"。

四、佛经注疏文体

前述"铨名录"的第十五录"新集安公注经及杂经志录",所录即"注经"情况,其首先就谈到,佛典翻译成汉文,或卷帙太多而研读不易,或意义深奥而理解甚艰,"众经皓然,难以折中",于是需要有注疏:

> 佛之著教,真人发起,大行于外国,有自来矣。延及此土,当汉之末世,晋之盛德也。然方言殊音,文质从异,译胡为晋,出非一人。或善胡而质晋,或善晋而未备胡,众经皓然,难以折中。窃不自量,敢豫僧数,既荷佐化之名,何得素餐终日乎!辄以洒扫之余暇,注众经如左。非敢自必,必值圣心,庶望考文,时有合义。愿将来善知识,不咎其默守,冀抱瓮燋火,说有

---

① 僧祐《出三藏记集》,中华书局,1995年,第477页。

微益。①

注经不自释道安始,但以其为著。据释道安讲,这就是其注经的缘由。以下载录释道安的注疏目录:

《光赞折中解》一卷。

《光赞抄解》一卷。

《般若放光品》者,分别尽漏而不证八地也。源流浩汗,厥义幽邃,非彼草次可见宗庙之义也。安为《折疑准》一卷,《折疑略》二卷,《起尽解》一卷。

《道行品》者,《般若抄》也。佛去世后,外国高明者撰也。辞句质复,首尾互隐,为《集异注》一卷。

《大、小十二门》者,禅思之奥府也。为各作《注》。《大十二门》二卷,《小十二门》一卷。(今有。)

《了本生死》者,四谛四信之玄薮也。为《注》一卷。(今有。)

《密迹金刚经》,《持心梵天经》。右二经者,护公所出也。多有隐义,为作《甄解》一卷。

《贤劫八万四千度无极》者,大乘之妙目也。为《解》一卷。

《人本欲生经》者,九止八脱之妙要也。为《注撮解》一卷。(今有。)

《安般守意》,多念之要药也。为《解》一卷。(今有。)

《阴持入》者,世高所出残经也。渊流美妙,至道直迳也。为《注》二卷。(今有。)

《大道地》者,修行抄也。外国所抄,为《注》一卷。

众经众行或有未曾共和者,安集之为《十法句义》一卷,《连杂解》共卷。

《义指》者,外国沙门于此土所传义也。云"诸部训异,欲广

---

① 僧祐《出三藏记集》,中华书局,1995年,第227页。

来学视听也"。增之为《注》一卷。

《九十八结》者,《阿毗昙》之要义,为《解》一卷,《连约通解》共卷。

又为《三十二相解》一卷。

《三界诸天混然淆杂》,安为《录》一卷。(今有。)①

此下又称"此土众经,出不一时,自孝灵光和已来,迄今晋康宁二年,近二百载。值残出残,遇全出全"的情况,称颂安公"非是一人,难卒综理"。

《道安法师传》载释道安注经:

初,经出已久,而旧译时谬,致使深义隐没未通。每至讲说,唯叙大意,转读而已。安穷览经典,钩深致远。其所注《般若》《道行》《密迹》《安般》诸经。并寻文比句,为起尽之义,及《析疑》《甄解》,凡二十二卷。序致渊富,妙尽玄旨。条贯既叙。条贯既序,文理会通,经义克明,自安始也。②

释道安也自称注经,《安般注序》:"魏初康会为之注义,义或隐而未显者,安窃不自量,敢因前人,为解其下,庶欲蚊翻以助随蓝,雾润以增巨壑也。"③《人生欲生经序》:"敢以余暇,为之撮注。其义同而文别者,无所加训焉。"④《道行经序》:"今集所见,为解句下。"⑤《道地经序》:"寻章察句,造此训传。""故作章句,申已丹赤。"⑥

《出三藏记集》"铨名录"也载录有标明经过注疏的经,如:

"序注",《道行经》一卷(安公云,《道行品经》者,《般若》抄也,外国高明者所撰。安公为之序注)⑦。

---

① 僧祐《出三藏记集》,中华书局,1995年,第227—228页。
② 同上书,第561页。
③ 同上书,第245页。
④ 同上书,第250页。
⑤ 同上书,第264页。
⑥ 同上书,第369页。
⑦ 同上书,第26页。

"释",释宝云所出《释六十二见经》一卷①。

"疏",《分别功德经》五卷(一名《增一阿含经疏》,迦叶阿难造)②。

《出三藏记集》卷十二录《齐竟陵王世子抚军巴陵王法集》目录,其中有"自写经目录并注":

> 《法华经》一部、《七卷维摩经》一部三卷、《无量寿》二部四卷、《金刚波若》三部三卷、《请观世音》一部一卷、《八吉祥》一部一卷、《波若神咒》一部一卷(右十部)。《注百论》一部。③

而《隋书·经籍志》在列佛经时,也多注明是有"疏"或"讲疏"的:

> 大乘经六百一十七部,二千七十六卷。(五百五十八部,一千六百九十七卷,经。五十九部,三百七十九卷,疏。)小乘经四百八十七部,八百五十二卷。杂经三百八十部,七百一十六卷。(杂经目残缺,其见数如此。)杂疑经一百七十二部,三百三十六卷。大乘律五十二部,九十一卷。小乘律八十部,四百七十二卷。(七十七部,四百九十卷,律。二部,二十三卷,讲疏。)杂律二十七部,四十六卷。大乘论三十五部,一百四十一卷。(三十部,九十四卷,论。十五部,四十七卷,疏。)小乘论四十一部,五百六十七卷。(二十一部,四百九十一卷,论。十部,七十六卷,讲疏。)杂论五十一部,四百三十七卷。(三十二部,二百九十九卷,论。九部,一百三十八卷,讲疏。)记二十部,四百六十四卷。④

大乘经、小乘律、大乘论、小乘论、杂论,有"疏"或"讲疏"。

《隋书·儒林传》称南北学术不同:"南北所治,章句好尚,互有

---

① 僧祐《出三藏记集》,中华书局,1995年,第60页。
② 同上书,第124页。
③ 同上书,第456—457页。
④ 魏徵、令狐德棻《隋书》,中华书局,1973年,第1094—1095页。

不同。……大抵南人约简,得其英华,北学深芜,穷其枝叶。"①这也指出了如何比较魏晋南北朝佛经注疏的前后繁简分别,大致不差,汤用彤先生《汉魏两晋南北朝佛教史》有所论述②。

五、《出三藏记集》的佛教音乐、美术文献

《出三藏记集》卷十二《法苑杂缘原始集目录》之《经呗导师集》目录:

《帝释乐人般遮琴歌呗》第一(出《中本起经》)

《佛赞比丘呗利益记》第二(出《十诵律》)

《亿耳比丘善呗易了解记》第三(出《十诵律》)

《婆提比丘响彻梵天记》第四(出《增一阿含》)

《上金铃比丘妙声记》第五(出《贤愚经》)

《音声比丘尼记》第六(出《僧祇律》)

《法桥比丘现感妙声记》第七(出《志节传》)

《陈思王感鱼山梵声制呗记》第八

《支谦制连句梵呗记》第九

《康僧会传泥洹呗记》第十

《觅历高声梵记》第十一(呗出《须赖经》)

《药练梦感梵音六言呗记》第十二(呗出《超日明经》)

《齐文皇帝制法乐梵舞记》第十三

《齐文皇帝制法乐赞》第十四

《齐文皇帝令舍人王融制法乐歌辞》第十五

---

① 魏徵、令狐德棻《隋书》,中华书局,1973年,第1705—1706页。
② 后人对释道安的注经方法有所论述,如智者《仁王疏》称:"道安别置序、正、流通。"良贲《仁王疏》称:"昔有晋朝道安法师,科判诸经,以为三分:序分,正宗,流通分。"吉藏《仁王疏》:"然诸佛说经,本无章段。始自道安法师,分此经为三段。第一序说,第二正说,第三流通说。序说者,由序义,说经之由序也。正说者,不偏义,一教之宗旨也。流通者,流者宣布义,通者不壅义,欲使法音远布无壅也。"(以上录自汤用彤《汉魏两晋南北朝佛教史》,中华书局,1983年,第398页)

《竟陵文宣撰梵礼赞》第十六

《竟陵文宣制唱萨愿赞》第十七

《旧品序元嘉以来读经道人名并铭》第十八

《竟陵文宣王第集转经记》第十九(新安寺释道兴)

《导师缘记》第二十

《安法师法集旧制三科》第二十一①

"呗",梵语"呗匿"音译之略,意为止息、赞叹,印度谓以短偈形式赞唱宗教颂歌,后泛指赞颂佛经或诵经声。南朝梁慧皎《高僧传·经师论》:"然天竺方俗,凡是歌咏法言,皆称为呗。至于此土,咏经则称为转读,歌赞则号为梵呗。昔诸天赞呗,皆以韵入弦绾。五众既与俗违。故宜以声曲为妙。"②此《经呗导师集》中,不仅有各种呗"记",如琴歌呗、善呗、连句梵呗、泥洹呗、六言呗,还有诸种制呗、法乐、歌辞、赞,以及导师、妙声、梵舞等状况,既是佛教音乐文体、文献的载录大全,又可见出佛教音乐整体情况。

《法苑杂缘原始集目录》又有《杂图像集》上下目录,全为"记",其图像种类有:《长干寺阿育王金像记》之"金像",《定林献正于龟兹造金槌鍱像记》之"金槌鍱像",《林邑国献无量寿鍮石像记》之"鍮石像",《谯过二戴造夹纻像记》之"夹纻像",《宋明帝齐文宣造行像八部鬼神记》之"行像",《晋孝武世师子国献白玉像记》之"白玉像",《河西国造织珠结珠二像记》之"织珠结珠像",《齐武皇帝造释迦瑞像记》之"瑞像",《齐文皇帝造白山丈八石像并禅岗像记》之"禅岗像",《太尉临川王成就摄山龛大石像记》之"龛大石像",《齐文皇帝造旃檀木画像记》之"旃檀木画像",《河西释慧豪造灵鹫寺山龛像记》之"山龛像",《宋明帝陈太妃造法轮寺大泥像并宣福卧像记》之"大泥像""卧像",《齐文皇帝造绣丈八像并仇池绣

---

① 僧祐《出三藏记集》,中华书局,1995年,第485—486页。
② 慧皎撰,汤用彤校注《高僧传》,中华书局,1992年,第508页。

像记》之"绣丈八像""仇池绣像",《禅林寺净秀尼造织成千佛记》之"织成千佛",《婆利国献真金像记》之"真金像",《皇帝造纯银像记》之"纯银像",《佛牙并齐文宣王造七宝台金藏记》之"七宝台金藏"。① 此处的文体为"记",而不似道教文献中有"图"。

六、佛教文体论的特点

其一,以目录学形式呈现的文体学。

佛典编纂强调以事类相分,如僧祐《法集总目录序》称:"事以类合,义以例分。"②沈约《内典序》称编次体例为"该括群流,集成兹典,事以例分,义随理合,功约悟广,莫尚于斯"③,沈约《佛记序》称其编次是"博寻经藏,搜采注说,条别流分,名以类附。日少功多,可用譬此"④,又如梁时高僧慧皎《高僧传》以佛教十科,分类记叙了自汉永平十年(67)至梁天监十八年(519)之间五百零一位高僧的生平事迹。这十科是:一曰译经,二曰义解,三曰神异,四曰习禅,五曰明律,六曰遗生,七曰诵经,八曰兴福,九曰经师,十曰唱导。佛教总集的目的就是叙说佛典具体内容,为了更好地实现目的,于是就分事类详述,而不是像《文章流别》"自诗赋下,各为条贯"、《文选》"次文之体,各以汇聚"那样按文体分类。

佛典分类的官书表述,如《隋书·经籍志》:

> 大业时,又令沙门智果,于东都内道场撰诸经目,分别条贯,以佛所说经为三部:一曰大乘,二曰小乘,三曰杂经。其余似后人假托为之者,别为一部,谓之疑经。又有菩萨及诸深解奥义、赞明佛理者,名之为论,及戒律并有大、小及中三部之别。又所学者,录其当时行事,名之为记。凡十一种。今举其大

---

① 僧祐《出三藏记集》,中华书局,1995年,第487—488页。
② 同上书,第457页。
③ 沈约撰,陈庆元校笺《沈约集校笺》,浙江古籍出版社,1995年,第177页。
④ 同上书,第180—181页。

数,列于此篇。①

此十一种为:经为四部,即大乘、小乘、杂经、疑经;论与戒律各分为三部,即"大、小及中";记一。即分事类而述。

因此,《弘明集》所录护法、弘法的文章,虽各有文体,但文体因素成为可以忽略者;或者说,以中土固有文体阐述佛理者,其文体因素并未得到充分的突出。最显著者如佛典注疏,其"注疏"的文体要素就没有在目录中有所体现,致使佛典是否有"注疏"的疑问,要靠读原书才能知晓。

其二,以文体集合体出现的文体分类。《出三藏记集》的四大部分,"撰缘记""铨名录""总经序""述列传",即按文体分类。但所述者为文体集合体。其以论、经、律而系各种文体的佛典,论、经、律不只是其本身,而是以"藏"的面目出现的,是论、经、律的综合体;因此,其属下的佛典诸文体更多地具有论、经、律的事类意义。

此时,中土固有文体的性质是有着部分的改变,如"论、经、律"的意义改变在于凸显其文体集合的性质;"总经序"的"序",多具有"提要"性质;"述列传"之"传",所谓"列传述则伊人之风可见",意在弘法。

其三,当以论、经、律而系各种文体时,佛典的特殊文体也被呈现在世人面前,如口解、偈、品、咒、戒、赞、记、呗等;尤其是梵文音译者,如阿毗昙、羯磨等,上述构成了佛教典籍特有的文体。

第二节　佛教翻译文体论

一、先秦翻译官建制

古代很早就设置了翻译官,《周礼·秋官》:

---

① 魏徵、令狐德棻《隋书》,中华书局,1973年,第1099页。

> 象胥掌蛮、夷、闽、貉、戎、狄之国使,掌傅王之言而谕说焉,以和亲之。若以时入宾,则协其礼与其辞言传之。(贾公彦疏:谓若外之众须译语者也。)①

《国语·周语中》:

> 夫戎、翟冒没轻儳,贪而不让。其血气不治,若禽兽焉。其适来班贡,不俟馨香嘉味,故坐诸门外,而使舌人体委与之。②

"舌人",即"能达异方之志,象胥之官也"。还有其他名称,《礼记·王制》:

> 五方之民,言语不通,嗜欲不同。达其志,通其欲,东方曰寄,南方曰象,西方曰狄鞮,北方曰译。(孔颖达正义:"达其志,通其欲"者,谓帝王立此传语之人,晓达五方之志,通传五方之欲,使其相领,解其通。传,东方之语官。)③

秦朝建立了统一的中央集权国家,在中央设置"典客"和"典属国"来管理外交事务,《汉书·百官公卿表》记载:"典客,秦官,掌诸归义蛮夷。"④"典属国,秦官,掌蛮夷降者……属官,九译令。"⑤秦朝主管翻译的人员称为"九译令",隶属于"典属国"。

这些翻译官是要进行培训的,《周礼·秋官》载:"七岁属象胥,谕言语,协辞命。"郑玄注:"聚于天子之宫教习之也。"⑥

先秦时就有夷夏之间的诗歌翻译,如《说苑·善说》:

> 庄辛迁延沓手而称曰:"君独不闻夫鄂君子皙之泛舟于新波之中也?乘青翰之舟,极慢芘,张翠盖,而检犀尾,班丽袿衽,会

---

① 《周礼注疏》,《十三经注疏》,上海古籍出版社,1997年,第899—900页。
② 左丘明著,韦昭注《国语》,上海古籍出版社,2015年,第42页。
③ 《礼记正义》,《十三经注疏》,上海古籍出版社,1997年,第1338页。
④ 班固《汉书》,中华书局,1962年,第730页。
⑤ 同上书,第735页。
⑥ 《周礼注疏》,《十三经注疏》,上海古籍出版社,1997年,第892页。

钟鼓之音毕,榜枻越人拥楫而歌,歌辞曰:'滥兮抃草滥予?昌枑泽予?昌州州,饡州焉乎秦胥胥,缦予乎昭澶秦逾渗,惿随河湖。'鄂君子皙曰:'吾不知越歌,子试为我楚说之。'于是乃召越译,乃楚说之曰:'今夕何夕兮?搴中洲流。今日何日兮?得与王子同舟。蒙羞被好兮,不訾诟耻。心几顽而不绝兮,知得王子。山有木兮木有枝,心说君兮君不知。'于是鄂君子皙乃揄修袂,行而拥之,举绣被而覆之。①

现场的实际情形,是先朗诵越人语辞原文,后翻译为"楚说"。

二、夷夏、南北之间的翻译

《后汉书·南蛮西南夷列传》载诗歌翻译的事例:

> 永平中,益州刺史梁国朱辅,好立功名,慷慨有大略。在州数岁,宣示汉德,威怀远夷。自汶山以西,前世所不至,正朔所未加。白狼、槃木、唐菆等百余国,户百三十余万,口六百万以上,举种奉贡,种为臣仆。辅上疏曰:"臣闻《诗》云:'彼徂者岐,有夷之行。'传曰:'岐道虽僻,而人不远。'诗人诵咏,以为符验。今白狼王唐菆等慕化归义,作诗三章。路经邛来大山零高坂,峭危峻险,百倍岐道。襁负老幼,若归慈母。远夷之语,辞意难正。草木异种,鸟兽殊类。有犍为郡掾田恭与之习狎,颇晓其言,臣辄令讯其风俗,译其辞语。今遣从事史李陵与恭护送诣阙,并上其乐诗。昔在圣帝,舞四夷之乐;今之所上,庶备其一。"帝嘉之,事下史官,录其歌焉。②

"诗三章"为《远夷乐德歌诗》《远夷慕德歌诗》《远夷怀德歌》,共三首,是经过翻译才"上其乐诗"的。此录史书所载《远夷乐德歌诗》:

---

① 刘向《新序 说苑》,上海古籍出版社,1990年,第95页。
② 范晔《后汉书》,中华书局,1965年,第2854—2855页。

大汉是治(堤官隗构),与天合意(魏冒逾糟)。吏译平端(冈驿刘脾),不从我来(旁莫支留)。闻风向化(征衣随旅),所见奇异(知唐桑艾)。多赐缯布(邪毗绲),甘美酒食(推潭仆远)。昌乐肉飞(拓拒苏便),屈申悉备(局后仍离)。蛮夷贫薄(偻让龙洞),无所报嗣(莫支度由)。愿主长寿(阳雉僧鳞),子孙昌炽(莫稚角存)。①

从此处的记载可知,当时白狼王唐菆等慕化归义所作诗三章,既有音译的原作,又有意译。李贤注:"《东观记》载其歌,并载夷人本语,并重译训诂为华言,今范史所载者是也。今录《东观》夷言,以为此注也。"②

《乐府诗集·横吹曲辞》多录北朝民歌,其题解称:

　　后魏之世,有《簸逻回歌》,其曲多可汗之辞,皆燕魏之际鲜卑歌,歌辞虏音,不可晓解,盖大角曲也。③

其中《折杨柳歌辞》曰:

　　遥看孟津河,杨柳郁婆娑。我是虏家儿,不解汉儿歌。④

由此可知"虏家儿"与"汉儿"的"歌"是有区别的,北朝一些人是听不懂汉族歌词的,当然,北朝一些民歌,汉族也听不懂。《钜鹿公主歌辞》题解曰:

　　《唐书·乐志》曰:"梁有《钜鹿公主歌》,似是姚苌时歌,其词华音,与北歌不同。"⑤

可知"北歌"不是"华音"。又《敕勒川》:

---

① 范晔《后汉书》,中华书局,1965年,第2856页。
② 同上。
③ 郭茂倩编《乐府诗集》,中华书局,1979年,第309页。
④ 同上书,第370页。
⑤ 同上书,第364页。

> 敕勒川,阴山下。天似穹庐,笼盖四野。天苍苍,野茫茫,风吹草低见牛羊。①

史载,这首歌是经过翻译的,是由鲜卑语翻译为南齐语,《乐府诗集》题解曰:

> 《乐府广题》曰:"北齐神武攻周玉壁,士卒死者十四五。神武恚愤,疾发。周王下令曰:'高欢鼠子,亲犯玉壁,剑弩一发,元凶自毙。'神武闻之,勉坐以安士众。悉引诸贵,使斛律金唱《敕勒》,神武自和之。"其歌本鲜卑语,易为齐言,故其句长短不齐。②

关于"其歌本鲜卑语",王达津认为高欢是渤海蓨人,斛律金是朔州敕勒人,他们非鲜卑族,所唱应该是敕勒语。但鲜卑语是当时的通行语,而歌名"敕勒川",所以《乐府广题》特此点出"其歌本鲜卑语"。"易为齐言,故其句长短不齐","齐言"是指南朝齐的语言。

翻译更多是用于外交上,《汉书·匈奴列传》多有"译"的记载:

> 将率既至,授单于印绶,诏令上故印绶。单于再拜受诏。译前,欲解取故印绶,单于举掖授之。……复举掖授译。③

这里的"译"是由通汉语者担当的。《册府元龟·外臣部》:

> 王莽建国元年,遣五威将军王骏等六人授单于印绶。单于左姑夕侯苏为译。④

这里的"译"是由匈奴中通汉语者担当的。

三、佛经翻译

真正形成翻译文体论的,是在佛教传入中国以后的事。佛教创

---

① 郭茂倩编《乐府诗集》,中华书局,1979 年,第 1213 页。
② 同上书,第 1212 页。
③ 班固《汉书》,中华书局,1962 年,第 3820—3821 页。
④ 王钦若等《册府元龟》,中华书局,1960 年,第 11689 页。

立于公元前6至前5世纪的古印度。到公元前3世纪,孔雀王朝阿育王大弘佛法,派遣僧徒四处传教,自此以后,西域地区一些国家先后信仰佛教,《魏书·释老志》载:

> 及开西域,遣张骞使大夏还,传其旁有身毒国,一名天竺,始闻有浮屠之教。哀帝元寿元年,博士弟子秦景宪受大月氏王使伊存口授浮屠经。中土闻之,未之信了也。后孝明帝夜梦金人,项有日光,飞行殿庭,乃访群臣,傅毅始以佛对。帝遣郎中蔡愔、博士弟子秦景等使于天竺,写浮屠遗范。愔仍与沙门摄摩腾、竺法兰东还洛阳。中国有沙门及跪拜之法,自此始也。愔又得佛经《四十二章》及释迦立像。明帝令画工图佛像,置清凉台及显节陵上,经缄于兰台石室。愔之还也,以白马负经而至,汉因立白马寺于洛城雍关西。摩腾、法兰咸卒于此寺。①

这是佛教、佛经传入中土的基本过程。

佛教的传入,史称"昔汉哀帝元寿元年,博士弟子景卢受大月氏王使伊存口受《浮屠经》"②。《牟子理惑论》称佛经是汉明帝派人"于大月支写佛经《四十二章》"而来③,汉灵帝时西域安息人安清多有译经。安清,字世高,译经多部,与其同时代的严佛调《沙弥十慧章句序》称安世高"敷宣佛法,凡厥所出数百万言,或以口解,或以文传"④。"口解"就是口授译经,"文传"则是笔书译经。从东汉末年至西晋的佛经翻译,一般程序多是由"口出"到"笔书",即先由外僧背诵某经,一人口译成汉语,叫作"传言"或"度语",所谓"梵客华僧,听言揣意"⑤,这是口语译经;另一人或数人"笔受",即以汉语笔

---

① 魏收《魏书》,中华书局,1974年,第3025—3026页。
② 陈寿撰,裴松之注《三国志·魏书·东夷传》注引《魏略·西戎传》,中华书局,1982年,第859页。
③ 僧祐撰,李小荣校笺《弘明集校笺》,上海古籍出版社,2013年,第41页。
④ 僧祐《出三藏记集》,中华书局,1995年,第369页。
⑤ 赞宁《宋高僧传》,中华书局,1987年,第53页。

录。如《高僧传·译经》:

> 时有天竺沙门竺佛朔,亦以汉灵之时,赍《道行经》,来适雒阳,即转梵为汉。译人时滞,虽有失旨,然弃文存质,深得经意。朔又以光和二年(公元一七九年),于雒阳出《般舟三昧》,谶(按,支楼迦谶,亦直云支谶)为传言,河南雒阳孟福、张莲笔受。①

此经由竺佛朔口授,支谶"传言"即翻译,孟福、张莲"笔受"即笔录口译并整理。翻译时,有依背诵进行的,或有依胡文或梵文的文本进行的,如僧肇《维摩诘经序》所谓"时手执胡文,口自宣译"②;僧叡《大品经序》所谓"法师手执胡本,口宣秦言,两释异音,交辩文旨"③。以汉语笔录是要进行修饰的,这就是由口头语而书面语的过程。

魏晋南北朝所译佛经的原书有两种,一是梵本,一是胡本。胡本有两种,一是用西域文字音译梵文的本子,二是用西域文字意译梵文的本子。而所译佛经也有两种,一是梵本的音译,二是意译。如史载,译经讽诵经文,或先"笔受为梵文""写其梵文",此即是音译,然后才是口译、"笔受"。如《出三藏记集》释道安《鞞婆沙序》:

> 会建元十九年,罽宾沙门僧伽跋澄讽诵此经,四十二处,是尸陀盘尼所撰者也。来至长安,赵郎饥虚在往,求令出焉。其国沙门昙无难提笔受为梵文,弗图罗刹译传,敏智笔受为此秦言,赵郎正义起尽。……余欣秦土忽有此经,挈海移岳,奄在兹域,载玩载咏,欲疲(罢)不能,遂佐对校。④

"昙无难提笔受为梵文"者,就是梵本的音译本,而"弗图罗刹译

---

① 慧皎撰,汤用彤校注《高僧传》,中华书局,1992年,第10页。
② 僧祐《出三藏记集》,中华书局,1995年,第310页。
③ 同上书,第292页。
④ 同上书,第382页。

传,敏智笔受为此秦言"者,则为意译本。又有"正义起尽"与"对校"。又如《出三藏记集》释道安《比丘大戒序》:

> 岁在鹑火,自襄阳至关右,见外国道人昙摩侍讽诵《阿毗昙》,于律特善,遂令凉州沙门竺佛念写其梵文,道贤为译,慧常笔受,经夏渐冬,其文乃讫。①

参与翻译者有四人:"昙摩侍讽诵","竺佛念写其梵文","道贤为译","慧常笔受"。如口授者通汉语,那么口授与"传言"即为一人,两人可完成译经工作,如南朝名僧慧恺《摄大乘论序》所说:

> (慧智)法师既妙解声论,善识方言,词有隐而必彰,义无微而不畅,席间函丈,终朝靡息,(慧)恺谨笔受,随出随书,一章一句,备尽研核,释义若竟,方乃著文。②

而当时有批评所译之经"辞质多胡音"者,就是说在最后的意译本中还多有音译。任继愈说:"比方支谦改译支谶的《首楞严三昧经》,'恐是越嫌谶所译者,辞质多胡音,所异者删而定之,其所同者述而不改'(支敏度《合首楞严经记》)。改'胡音'为汉意,也就是用意译取代音译,在支谦那里做得是比较彻底的。例如他把《摩诃般若波罗蜜经》意译为《大明度无极经》,其中象'须菩提''舍利弗'这类人名,都要意译为'善业''秋露子'。"③就是强调用意译取代音译,以适应僧众接受的需要。

四、梵汉文体有别

佛经传入中土,一为口传,二为文本,都要有翻译才能广泛流传。能不能正确翻译,就成为一个问题,晋时释道安《摩诃钵罗若波

---

① 僧祐《出三藏记集》,中华书局,1995年,第412页。
② 严可均校辑《全上古三代秦汉三国六朝文·全陈文》卷十八,中华书局,1958年,第3502页。
③ 任继愈《中国佛教史》第一卷,中国社会科学出版社,1981年,第171—172页。

罗蜜经抄序》提出翻译有"五失本":

> 译胡为秦,有五失本也:一者胡语尽倒,而使从秦,一失本也;二者胡经尚质,秦人好文,传可众心,非文不合,斯二失本也;三者胡经委悉,至于叹咏,叮咛反覆,或三或四,不嫌其烦,而今裁斥,三失本也;四者胡有义说,正似乱辞,寻说向语,文无以异,或千五百,刈而不存,四失本也;五者事已全成,将更傍及,反腾前辞,已乃后说,而悉除此,五失本也。①

所谓"五失本",都是梵汉翻译中产生的文体上的差异:"胡语尽倒"的语辞次序问题,由"胡经尚质"转换为"秦人好文"的语体问题,"胡经委悉"而译文"裁斥"问题,"胡有义说,正似乱辞"的"刈而不存"文体问题,重复问题。

释道安《摩诃钵罗若波罗蜜经抄序》还提出翻译的"三不易":

> 然《般若经》,三达之心,覆面所演,圣必因时,时俗有易,而删雅古,以适今时,一不易也。愚智天隔,圣人巨阶,乃欲以千岁之上微言,传使合百王之下末俗,二不易也。阿难出经,去佛未远,尊者大迦叶令五百六通迭察迭书。今离千年,而以近意量截。彼阿罗汉乃兢兢若此,此生死人而平平若此,岂将不知法者勇乎,斯三不易也。②

此"三不易",据梁启超分析:一谓既须求真,又须喻俗;二谓佛智悬隔,契合实难;三谓去古久远,无从询证③。

《法句经序》称"偈者结语,犹诗颂也"④,把佛经文体与传统文体做一类比。鸠摩罗什《为僧睿论西方辞体》则明确其不同:

> 天竺国俗,甚重文藻。其宫商体韵,以入弦为善。凡觐国

---

① 僧祐《出三藏记集》,中华书局,1995年,第290页。
② 同上。
③ 梁启超《翻译文学与佛典》,《佛学研究十八篇》,中华书局,1989年,第166页。
④ 僧祐《出三藏记集》,中华书局,1995年,第272页。

王,必有赞德,见佛之仪,以歌叹为尊。经中偈颂,皆其式也。①鸠摩罗什"论西方辞体",就是说中西方文体有别。一是佛经文体之类的"西方辞体"的"文藻"在于"宫商体韵,以入弦为善",这就整个文体而言,都是应该"歌叹";二是论其突出有别者又在偈、颂二体,即"凡觐国王,必有赞德,见佛之仪,以歌叹为尊。经中偈颂,皆其式也"。又称:

> 但改梵为秦,失其藻蔚,虽得大意,殊隔文体,有似嚼饭与人,非徒失味,乃令呕秽也。②

其与传统"文质"观不同之处,是把"失其藻蔚"放在"殊隔文体"的文体学观念下。

故又有对佛经文体的论述,如慧远《阿毗昙心序》对"颂"体的论述:

> 《阿毗昙心》者,三藏之要颂,咏歌之微言,管统众经,领其宗会,故作者以心为名焉。……始自《界品》,讫于《问论》,凡二百五十偈,以为要解,号之曰心。③

此称佛经的"颂"体,虽然"颂"是"咏歌之微言",却是佛经之"要",它起着"管统众经,领其宗会"的作用,即总括了众经的纲领性的精神内涵;这就是把佛经的"颂"称为"心"的原因。

《阿毗昙心序》又有对"颂"体音乐性的论述:

> 其颂声也,拟象天乐,若灵籁自发,仪形群品,触物有寄。若乃一吟一咏,状鸟步兽行也;一弄一引,类乎物情也。情与类迁,则声随九变而成歌;气与数合,则音协律吕而俱作。拊之金石,则百兽率舞;奏之管弦,则人神同感,斯乃穷音声之妙会,极

---

① 僧祐《出三藏记集》,中华书局,1995年,第534页。
② 同上。
③ 同上书,第378页。

自然之众趣,不可胜言者矣。①

此称"颂声"的"拟象天乐",一是"仪形群品"的以声状物,或"状鸟步兽行",或类似诸种物理人情,可谓"极自然之众趣"。二是"触物有寄"的情感寄托,"颂声"之情,随着乐声所拟对象的变化而变化,综合而为歌。三是"气与数合",乐气与乐数相合,宫商律吕相互配合,可谓"穷音声之妙会"。"颂声"奏之于金石管弦,百兽率舞,人神同感,达到极致。

五、佛经翻译的文体问题

佛经翻译首先要准确,释僧肇《维摩诘经序》:

> 以弘始八年,岁次鹑火,命大将军常山公、左将军安城侯,与义学沙门千二百人,于常安大寺请罗什法师重译正本。什以高世之量,冥心真境,既尽环中,又善方言,时手执胡文,口自宣译。道俗虔虔,一言三复,陶冶精求,务存圣意。其文约而诣,其旨婉而彰,微远之言,于兹显然。②

所谓"一言三复"即口语化的讲经,使之能够准确地理解佛经的意思;而"其文约而诣,其旨婉而彰"云云,则是写成文字者要能准确地表达佛经的原意。释僧睿《大品经序》:

> 以弘始五年,岁在癸卯,四月二十三日,于京城之北逍遥园中出此经。法师手执胡本,口宣秦言,两释异音,交辩文旨。秦王躬览旧经,验其得失,咨其通途,坦其宗致。与诸宿旧义业沙门释慧恭、僧䂮、僧迁、宝度、慧精、法钦、道流、僧睿、道恢、道标、道恒、道悰等五百余人,详其义旨,审其文中,然后书之。以其年十二月十五日出尽。校正检括,明年四月二十三日乃讫。

---

① 僧祐《出三藏记集》,中华书局,1995年,第378页。
② 同上书,第310页。

文虽粗定,以《释论》检之,犹多不尽。是以随出其论,随而正之。《释论》既讫,尔乃文定。①

魏晋南北朝时提出佛经文体最应该注意的问题就是如何吟诵。佛经时常是用来口诵的,胡文、梵文尤重吟诵,其语言的特点也易吟诵,如前述鸠摩罗什《为僧睿论西方辞体》称"改梵为秦"只求"大意"的翻译,失去"入弦为善"的"藻蔚",则"有似嚼饭与人,非徒失味,乃令呕秽也"。所以,佛经翻译特别注意书面翻译与口头唱诵之间的关系。释慧皎《译经》"论"就讲到佛经译文的"宫商"问题:

> 然夷夏不同,音韵殊隔,自非精括诂训,领会良难。属有支谦、聂承远、竺佛念、释宝云、竺叔兰、无罗叉等,并妙善梵汉之音,故能尽翻译之致。一言三复,词旨分明,然后更用此土宫商,饰以成制。②

所谓"一言三复"即口语化的讲经,而"更用此土宫商,饰以成制",则是"笔书以为文"时的注重宫商,以利吟诵。因此,佛经翻译的最高境界,应该是易于吟诵。当时的佛经翻译亦注重宫商,是自然而然的,南朝名僧慧恺《阿毗达磨俱舍释论序》云:

> 法师游方既久,精解此土音义,凡所翻译,不须度语。但梵音所目,于义易彰,今既改变梵音,词理难辛符会,故于一句之中,循环辩释,翻覆郑重,乃得相应。慧恺谨即领受,随定随书。③

于是我们知道,佛经的"易读诵",一是在受到原有的梵音的"宫商体韵,以入弦为善"的影响;二是合乎其本身实用的"易读诵"即所谓念经的需要,所谓"一言三复"即口语化的讲经,而"更用此土宫

---

① 僧祐《出三藏记集》,中华书局,1995年,第292—293页。
② 慧皎撰,汤用彤校注《高僧传》,中华书局,1992年,第141页。
③ 严可均校辑《全上古三代秦汉三国六朝文·全陈文》卷十八,中华书局,1958年,第3503页。

商,饰以成制",则是写成文字,亦须注意这是用来口诵的。

《异苑》载:

> 陈思王曹植字子建,尝登鱼山,临东阿,忽闻岩岫里有诵经声,清通深亮,连谷流响,肃然有灵气,不觉敛衽祇敬,便有终焉之志,即效而则之。今之梵唱,皆植依拟所造。一云:陈思王游山,忽闻空里诵经声,清远道亮,解音者则而写之,为神仙声。道士效之,作步虚声也。①

只有"易读诵","诵经"才能有上述效果。

把吟诵问题归结为文体问题,《高僧传·经师》"论"曰:

> 自大教东流,乃译文者众,而传声盖寡。良由梵音重复,汉语单奇。若用梵音以咏汉语,则声繁而偈迫;若用汉曲以咏梵文,则韵短而辞长。是故金言有译,梵响无授。始有魏陈思王曹植,深爱声律,属意经音,既通般遮之瑞响,又感鱼山之神制,于是删治《瑞应本起》,以为学者之宗。传声则三千有余,在契则四十有二。②

称曹植的吟诵经文始通声律,影响了后来者。

六、佛经翻译对文体学的影响

时人或有以传统经典的语言表达来比拟佛经翻译者,如《左传·成公十四年》载君子曰:"《春秋》之称,微而显,志而晦,婉而成章,尽而不污,惩恶而劝善。"③杜预《春秋左氏传序》称此为《春秋》"为例之情"④,僧肇《维摩诘经序》称扬罗什译经"其文约而诣,其旨婉而彰,微远之言,于兹显然"⑤,以儒家经典的"微而显""婉而成

---

① 刘敬叔《异苑》,中华书局,1996年,第48页。
② 慧皎撰,汤用彤校注《高僧传》,中华书局,1992年,第507页。
③ 《春秋左传正义》,《十三经注疏》,上海古籍出版社,1997年,第1913页。
④ 同上书,第1706页。
⑤ 僧祐《出三藏记集》,中华书局,1995年,第310页。

章"称赏其所翻译的佛经。又如以"文质"问题来看待佛经翻译的文采,僧祐《胡汉译经文字音义同异记》曰:

> 然文过则伤艳,质甚则患野,野艳为弊,同失经体。①

在如此的过程中,文论家、翻译家认识到梵音、汉语不同的关键点在于是否拼音文字,掌握了佛经文体的要点与佛经文体的应用都在于"易读诵"。于是魏晋南北朝佛经翻译文体论的要点也在于:一、准确;二、吟诵。

佛经翻译的"易读诵"对古代文体的发展有着很大的影响,如人们认为古代四声的理论与实践就来自梵文佛经的翻译,陈寅恪《四声三问》一文曰:

> 所以适定为四声,而不计为其他数之声者,以除去本易分别,自为一类之入声,复分别其余为平、上、去三声……实依据及摹拟中国当日转读佛经之三声。而中国当日转读佛经之三声又出于印度古时声明论之三声也。……于是创四声之说,并撰作声谱,借转读佛经之声调,应用于中国之美化文。②

饶宗颐先生的《文心雕龙声律篇与鸠摩罗什通韵》一文则认为:"转经唱咏之宫商,与诗律调协之宫商"殊途,"永明新变之体,以四声入韵,傍纽旁纽之音理,启发于悉昙;反音和韵之方法,取资于《通韵》,此梵音有助于诗律者也"。③ 又,南北朝时沈约提出"文章当从三易",其中"易读诵"也与佛经的读诵理论有着相当的关系。

---

① 僧祐《出三藏记集》,中华书局,1995年,第14—15页。
② 陈寅恪《金明馆丛稿初编》,上海古籍出版社,1980年,第328—329页。
③ 饶宗颐《梵学集》,上海古籍出版社,1993年,第112页。

第三节　葛洪《抱朴子内篇》与道教文体论

葛洪《抱朴子·地真》载：

> 昔黄帝东到青丘,过风山,见紫府先生,受《三皇内文》,以劾召万神;南到圆陇阴建木,观百灵之所登,采若干之华,饮丹峦之水;西见中黄子,受《九加之方》,过崆峒,从广成子受《自然之经》;北到洪隄,上具茨,见大隗君黄盖童子,受神芝图,还陟王屋,得《神丹金诀记》。①

这是说到黄帝得到的道教之书,有《三皇内文》《九加之方》《自然之经》《神丹金诀记》。道教的书又称"方书",葛洪曰:"余晚充郑君门人,请见方书,告余曰:要道不过尺素,上足以度世,不用多也。然博涉之后,远胜于不见矣。既悟人意,又可得浅近之术,以防初学未成者诸患也。乃先以道家训教戒书不要者近百卷,稍稍示余。"②或称"道书":"抱朴子曰:道书之出于黄老者,盖少许耳,率多后世之好事者,各以所知见而滋长,遂令篇卷至于山积。……虽欲博涉,然宜详择其善者,而后留意,至于不要之道书,不足寻绎也。"③

一、道教典籍"人文"类的文体

《抱朴子·遐览》篇载,有人问葛洪:"先生既穷观坟典,又兼综奇秘,不审道书,凡有几卷,愿告篇目。"葛洪自称跟随明师郑君学道:"然弟子五十余人,唯余见受金丹之经及《三皇内文》《枕中五行记》,其余人乃有不得一观此书之首题者矣。他书虽不具得,皆疏其

---

① 葛洪《抱朴子》,"诸子百家丛书"本,上海古籍出版社,1990年,第143页。
② 《抱朴子·遐览》,葛洪《抱朴子》,"诸子百家丛书"本,上海古籍出版社,1990年,第147页。
③ 同上书,第57页。

名,今将为子说之,后生好书者,可以广索也。""《遐览》者,欲令好道者知异书之名目也。"①《遐览》篇所载道教典籍分为两大类,第一大类为"人文"②,其中具有文体意味者如下:

《三皇内文》天地人三卷、《元文》上中下三卷。此文体为"文",为文体的统称。应当是道教的元典。

《混成经》二卷、《九生经》《二十四生经》等。经,为道教经典。

《玄录》。录,道教秘文。《隋书·经籍志》载:"其受道之法,初受《五千文箓》,次受《三洞箓》,次受《洞玄箓》,次受《上清箓》。箓皆素书,纪诸天曹官属佐吏之名有多少。"③

《墨子枕中五行记》五卷。记,文体名,主叙事。下文谓:"其变化之术,大者唯有《墨子五行记》,本有五卷。昔刘君安(按,即方士刘根)未仙去时,钞取其要,以为一卷。其法用药用符,乃能令人飞行上下,隐沦无方,含笑即为妇人,蹙面即为老翁,踞地即为小儿,执杖即成林木,种物即生瓜果可食,画地为河,撮壤成山,坐致行厨,兴云起火,无所不作也。"④又,《抱朴子·至理》:"按:孔安国《秘记》云:(张)良得黄石公不死之法,不但兵法而已。又云:(张)良本师四皓,角里先生、绮里季之徒,皆仙人也,(张)良悉从受其神方,虽为吕后所强饮食,寻复修行仙道,密自度世,但世人不知,故云其死耳。"⑤此《秘记》即主叙事。

《左右契》。契,合也。道教早期经典又有《周易参同契》,东汉魏伯阳著,简称《参同契》,全书托易象而论炼丹,参同"大易""黄老""炉火"三家之理而会归于一。又,《抱朴子·仙药》:"又《孝经援神契》曰:'椒姜御湿,菖蒲益聪,巨胜延年,威喜辟兵。'皆上圣之

---

① 葛洪《抱朴子》,"诸子百家丛书"本,上海古籍出版社,1990年,第146、148页。
② 同上书,第148—150页。
③ 魏徵、令狐德棻《隋书》,中华书局,1973年,第1092页。
④ 葛洪《抱朴子》,"诸子百家丛书"本,上海古籍出版社,1990年,第152页。
⑤ 同上书,第39页。

至言,方术之实录也,明文炳然,而世人终于不信,可叹息者也。"①此"契",亦合也。上述二者与作为量词的"契"不同,量词的"契"犹部或篇,南朝梁慧皎《高僧传·经师》:"(释僧辩)传《古维摩》一契、《瑞应》七言偈一契,最是命家之作。"②

《升天仪》。仪,道教仪式。

《采神药治作秘法》三卷。法,规章制度通谓之法。

《赵太白囊中要》五卷。"要",纲要,要点。《商君书·农战》:"故其治国也,察要而已矣。"③"要"本就是文体,如会计之簿书,《周礼·夏官·大司马》:"大役,与虑事,属其植,受其要,以待考而赏诛。"郑玄注:"要者,簿书也。考,谓考校其功。"④《吕氏春秋·具备》:"自今以来,亶父非寡人之有也,子之有也。有便于亶父者,子决为之矣。五岁而言其要。"高诱注:"要,约最簿书。"⑤或指月计的总账。《周礼·天官·小宰》:"月终,则以官府之叙,受群吏之要。"郑玄注:"主每月之小计。"贾公彦疏:"月计曰要。故每月月终,则使官府致其簿书之要受之。"⑥

《入温气疫病大禁》七卷。"禁",本是含有禁戒性的规条,如《商君书·开塞》:"分定而无制,不可,故立禁;禁立而莫之司,不可,故立官。"⑦或指禁咒术。《北史·隐逸·张文诩传》:"文诩常有腰疾,会医者自言善禁,文诩令禁之。"⑧《南齐书·陈显达传》:"矢中左眼,拔箭而镞不出,地黄村潘妪善禁,先以钉钉柱,妪禹步作

---

① 葛洪《抱朴子》,"诸子百家丛书"本,上海古籍出版社,1990年,第75页。
② 慧皎撰,汤用彤校注《高僧传》,中华书局,1992年,第503页。
③ 高亨注译《商君书注译》,中华书局,1974年,第36页。
④ 《周礼注疏》,《十三经注疏》,上海古籍出版社,1997年,第839页。
⑤ 吕不韦著,高诱注《吕氏春秋》,"诸子百家丛书"本,上海古籍出版社,1989年,第163页。
⑥ 《周礼注疏》,《十三经注疏》,上海古籍出版社,1997年,第655页。
⑦ 高亨注译《商君书注译》,中华书局,1974年,第73—74页。
⑧ 李延寿《北史》,中华书局,1974年,第2917页。

气,钉即时出,乃禁显达目中镞出之。"①又,《抱朴子·微旨》:"或曰:'敢问欲修长生之道,何所禁忌?'抱朴子曰:'禁忌之至急,在不伤不损而已。按《易内戒》及《赤松子经》及《河图记命符》皆云:天地有司过之神,随人所犯轻重,以夺其算,算减则人贫耗疾病,屡逢忧患,算尽则人死,诸应夺算者,有数百事,不可具论。'"②则道教文体除了"禁",还有"戒"。

《道士夺算律》三卷。律,道教有以禁止为特性的"戒律"和以指向为主导的各种"法"文,即道教信仰要求与修炼法则。

《立亡术》。术,此指医、卜、星、相等术艺。刘勰《文心雕龙·正纬》:"于是伎数之士,附以诡术,或说阴阳,或序灾异。"③

《李先生口诀肘后》二卷。口诀,道教以口头传授的道法或秘术的要语。《抱朴子·明本》:"岂况金简玉札,神仙之经,至要之言,又多不书,登坛歃血,乃传口诀。"④又,《抱朴子·微旨》:"或曰:'愿闻真人守身炼形之术。'抱朴子曰:'深哉问也。夫"始青之下月与日,两半同升合成一。出彼玉池入金室,大如弹丸黄如橘,中有嘉味甘如蜜,子能得之谨勿失。既往不追身将灭,纯白之气至微密,升于幽关三曲折,中丹煌煌独无匹,立之命门形不卒,渊乎妙矣难致诘"。此先师之口诀,知之者不畏万鬼五兵也。'"⑤此录口诀以示例。

二、道教典籍"天文"类的文体

上述"文体"是以内容而分的。第二大类为"符",道教的秘文。相对以上的"人文","符"为"天文",所谓"其次有诸符,则有《自来符》……《治百病符》十卷,《厌怪符》十卷,《壶公符》二十卷,《九台

---

① 萧子显《南齐书》,中华书局,1972 年,第 488 页。
② 葛洪《抱朴子》,"诸子百家丛书"本,上海古籍出版社,1990 年,第 44—45 页。
③ 刘勰撰,詹锳义证《文心雕龙义证》,上海古籍出版社,1989 年,第 112 页。
④ 葛洪《抱朴子》,"诸子百家丛书"本,上海古籍出版社,1990 年,第 74 页。
⑤ 同上书,第 47—48 页。

符》九卷,《六甲通灵符》十卷,《六阴行厨龙胎石室三金五木防终符合》五百卷,《军火召治符》《玉斧符》十卷,此皆大符也。其余小小,不可具记"①。"符",道教所传的秘密文书,或称符书。葛洪《神仙传·老子》称:"次存玄素守一、思神历藏、行气炼形……厌胜教戒、役使鬼魅之法,凡九百三十卷,符书七十卷。"②此是"符"的文体功能,以其役鬼神,辟病邪。《遐览》篇又载抱朴子曰:"符出于老君,皆天文也。老君能通于神明,符皆神明所授。""又譬之于书字,则符误者,不但无益,将能有害也。书字人知之,犹尚写之多误。""能读符文,知误之与否。有人试取治百病杂符及诸厌劾符,去其签题以示象,皆一一据名之。"③据此可知"符"的主体为"天文"——上天的图,即所谓道士巫师所画的一种图形或线条;又有"字"——文字说明,有"签题"等。符有召神劾鬼、镇魔降妖、治病疗疾之功效,起源于巫觋,始见于东汉,《后汉书·方术传》载:"河南有麹圣卿,善为丹书符,劾厌杀鬼神而使命之。"

《隋书·经籍志》载:"符箓十七部,一百三卷……其受道之法,初受《五千文箓》,次受《三洞箓》,次受《洞玄箓》,次受《上清箓》。箓皆素书,纪诸天曹官属佐吏之名有多少,又有诸符错在其间。"④

三、道教典籍之图

道教典籍"人文"类中有《守形图》《坐亡图》《观卧引图》之类。古时载籍为图、书二者,图为其一。《史记·萧相国世家》载,刘邦攻入咸阳时,萧何"独先入收秦丞相御史律令图书藏之。沛公为汉王,以(萧)何为丞相……汉王所以具知天下厄塞,户口多少,强弱之

---

① 葛洪《抱朴子》,"诸子百家丛书"本,上海古籍出版社,1990年,第150页。
② 李昉等《太平广记》卷一"神仙一"引,中华书局,1961年,第2页。
③ 葛洪《抱朴子》,"诸子百家丛书"本,上海古籍出版社,1990年,第150—151页。
④ 魏徵、令狐德棻《隋书》,中华书局,1973年,第1092页。

处,民所疾苦者,以(萧)何具得秦图书也"①。郑樵说,古时图、书二者,一经一纬,一植一动,"古之学者为学有要,置图于左,置书于右,所象于图,索理于书";"刘氏创意,总括群书,分为七略,只收书不收图,艺文之目,递相因袭,凡天禄兰台,三馆四库,内外之藏,但闻有书而已"。②

道教典籍"人文"类的"符",有"图"有"字"。

四、以目录而论文体

《抱朴子·勤求》:"抱朴子曰:'昔者之著道书多矣,莫不务广浮巧之言,以崇玄虚之旨,未有究论长生之阶径,箴砭为道之病痛,如吾之勤勤者也。'"③道教的书很多,葛洪只是择其要而述之。《抱朴子·祛惑》:"成都太守吴文说:五原有蔡诞者,好道而不得佳师要事,废弃家业,但昼夜诵咏《黄庭》《太清中经》《观天节详》之属,诸家不急之书,口不辍诵,谓之道尽于此。然竟不知所施用者,徒美其浮华之说而愚人。"④《黄庭》《太清经》《观天图》都入《遐览》篇,可见葛洪也列述不少"诸家不急之书"。

从葛洪《抱朴子》所录道教书目而言,这是以目录学而论文体学。以后的道教目录亦有这样的性质,如《隋书·经籍志》分"道经"书为四门:

> 经戒三百一部,九百八卷。饵服四十六部,一百六十七卷。房中十三部,三十八卷。符录十七部,一百三卷。⑤

此四门为"经戒""饵服""房中""符录",从中都可见文体学意味。而唐人孟安排《道教义枢》引《本际经》云:"总括法门,为十二事,部

---

① 司马迁《史记》,中华书局,1982年,第2014页。
② 郑樵《通志》,中华书局,1987年,第837页。
③ 葛洪《抱朴子》,"诸子百家丛书"本,上海古籍出版社,1990年,第108页。
④ 同上书,第156页。
⑤ 魏徵、令狐德棻《隋书》,中华书局,1973年,第1091页。

类分别,随根不同。"把道经书分为十二部:本文、神符、玉诀、灵图、谱录、戒律、威仪、方法、众术、记传、赞颂、章表①,这是后话。

---

① 《传世藏书·子库·道典》,海南国际新闻出版中心,1996年,第393页。

第十章 "文笔之辨""文无常体"与文体学

南北朝后期,人们越来越认识到南北文风、文体不同,而随着南北统一的进程,南北不同文风、文体的融合进程也加快了。

风格与体裁为文体学的两大部分,魏晋南北朝时期,随着文体辨析、风格辨析越来越深入,文体界限、风格界限也越来越分明,如所谓古体与今体之争。但是,各种体裁、各种风格的渐行渐远只是问题的一方面,或者说只是表面现象;问题的另一方面,文体、风格的非常态化成为常态,其表现即文体、风格的扩张或互动,有时是一种文体、风格越界去做其他文体应该做的事,或一种文体、风格由此学科向彼学科的移植性扩张,如文学文体进入哲学,形成玄言赋、玄言诗;或一种风格的某些特质向诸文体的扩张,如"宫体"由诗蔓衍到众文体;或各文体、风格扩张而互不相让并各有所得,这就成为文体互动,如南北朝时期"以诗为赋""以赋为诗"之类;等等。

因此,各种风格与各种体裁内部的互动、互相融合才是文体学的发展大势。这种发展大势,一是由"文笔之辨"的历史逻辑可以见出,其由政事身份与文章身份之争、有韵无韵之争、"公家之言"与"事外远致"之争,转变为制作技巧之争;二是由"文笔之辨"产生出新文体可以见出,南北朝后期,"文笔之辨"的对立方有所互动,诗、赋引进"笔"的用典等,"笔"则引进如四言及声律音韵、对偶等,最终形成"今文""今体"的骈文。

骈文的产生,表现出中国古代文体学的特质,即本无所谓辨析文学文体与非文学文体的差异,而是努力促进其有所沟通与互动、流动。至此,文体学的效益才被世人更深切地理解。文体学不只是跟在文体后面进行辨析工作,还通过文体辨析促进文体互动,促进新文体的产生。

第一节 "文笔之辨"与文体学

一、"文笔之辨"与文体两分

人们对"文笔之辨"有一种印象,即颜延之的话为"文笔"的最早判断,史载颜延之回答宋文帝"尝问以诸子才能"而言"竣得臣笔,测得臣文"云云;又载刘勰"召延之示以檄文,问曰:'此笔谁造?'延之曰:'(颜)竣之笔也。'又问:'何以知之?'曰:'竣笔体,臣不容不识'"①。颜延之并提出"笔之为体,言之文也;经典则言而非笔,传记则笔而非言"②,这是从"言"与"笔"的语言表达上的区分。

总括南北朝特有的"文笔之辨"的讨论,大致有以下三点对举:一指有韵无韵,范晔《狱中与诸甥侄书》说"手笔差易,文不拘韵故也"③,刘勰发表了"今之常言,有文有笔;以为无韵者笔也,有韵者文也"的意见④。进而以文体不同区分"文笔",隋人《文笔式》称"制作之道,唯笔与文","文"有诗、赋、铭、颂、箴、赞、吊、诔,"笔"有诏、策、移、檄、章、奏、书、启,"即而言之,韵者为文,非韵者为笔"。⑤二是以范晔所云"吾思乃无定方,特能济难适轻重,所禀之分,犹当未尽。但多公家之言,少于事外远致,以此为恨,亦由无意于文名故也"⑥,称"笔"为"公家之言",是实用性文字,称"事外远致"的诗、赋之类为"文",是私人化情趣性文字。三是萧绎《金楼子·立言》

---

① 李延寿《南史》,中华书局,1975年,第879、880页。
② 刘勰撰,詹锳义证《文心雕龙义证》,上海古籍出版社,1989年,第1627页。
③ 沈约《宋书》,中华书局,1974年,第1830页。
④ 刘勰撰,詹锳义证《文心雕龙义证》,上海古籍出版社,1989年,第1622页。
⑤ 〔日〕弘法大师撰,王利器校注《文镜秘府论校注》西卷引,中国社会科学出版社,1983年,第474页。据王利器考证,《文笔式》出于隋人,见该书第475页。
⑥ 沈约《宋书》,中华书局,1974年,第1830页。

的"文笔"区分:"至如不便为诗如阎纂,善为章奏如伯松,若此之流,泛谓之笔。吟咏风谣,流连哀思者,谓之文。……笔退则非谓成篇,进则不云取义,神其巧惠笔端而已。至如文者,惟须绮縠纷披,宫徵靡曼,唇吻遒会,情灵摇荡。"①这是"放弃以体裁分文笔的旧说,开始以制作的技巧,重为文笔定标准"②。

有韵还是无韵,"公家之言"还是个人情怀,以及什么样的作品技巧,前二者涉及文章体制,后者属于风格,因此,"文笔之辨"说到底,是一个文体学的问题。

二、"文笔之辨"的起始

"文笔之辨"得以成立,在于"文笔"各自在观念上的独立及"文笔"自觉的对举。"文"的地位奠立较早,《周礼·春官·大祝》载,大祝作"通上下亲疏远近"的"六辞",所谓"一曰祠,二曰命,三曰诰,四曰会,五曰祷,六曰诔";③大祝职位不低,《礼记·曲礼》称:"天子建天官,先六大:曰大宰、大宗、大史、大祝、大士、大卜,典司六典。"《诗经·鄘风·定之方中》毛传载"君子九能":"故建邦能命龟,田能施命,作器能铭,使能造命,升高能赋,师旅能誓,山川能说,丧纪能诔,祭祀能语,君子能此九者,可谓有德音,可以为大夫。"④从上述两条材料可见,先秦文辞撰作者的地位是很高的,从职能讲或称大祝,从才华讲或称君子乃至大夫。

朝廷公家实用性的文字撰作,虽是文字工作,却是吏者所为,属"政事"。《荀子·荣辱》称,"循法则、度量、刑辟、图籍"一类工作,撰作者可以"不知其义,谨守其数,慎不敢损益也",因为这是"官

---

① 萧绎撰,许逸民校笺《金楼子校笺》,中华书局,2011年,第966页。
② 逯钦立《说文笔》,《逯钦立文存》,中华书局,2010年,第555页。
③ 《周礼注疏》,《十三经注疏》,中华书局,1980年,第809页。
④ 《毛诗正义》,《十三经注疏》,上海古籍出版社,1997年,第316页。

人百吏之所以取禄秩也"。① 贾谊称"俗吏之所务,在于刀笔筐箧"②;王充则直接称"且笔用何为敏？以敏于官曹事"③,把吏的操笔撰作与"官曹事"视为一体,所以刘勰《文心雕龙·书记》称"书记"一类的朝廷公家实用性文字为"虽艺文之末品,而政事之先务也"④。当强调"笔"的"政事"性质时,"笔"就算不得"文章";"笔"算不得"文章","文笔"不在一个层面上,"文笔之辨"就谈不上。

在汉代,"笔"经历了一个从"政事"到"文章"的过程。"刀笔"是治国的日常性工作,《论衡·别通》所谓"萧何入秦,收拾文书,汉所以能制九州者,文书之力也",此即所谓"以文书御天下"。⑤ 秦时,文吏的重要性凸显,李斯呈请"若欲有学法令,以吏为师",儒生称始皇"专任狱吏,狱吏得亲幸。博士虽七十人,特备员弗用"。⑥ 但秦至汉初,这些"刀笔"之吏的地位并不高,名声不怎么样,如《史记》称,萧何"于秦时为刀笔吏,录录未有奇节";有人向御史大夫周昌推荐赵尧为"奇才",周昌笑曰:"尧年少,刀笔吏耳,何能至是乎!"李广谓自己"不能复对刀笔之吏",遂引刀自刭;虽多有以"刀笔"升迁者,如赵禹"以刀笔吏积劳,稍迁为御史",张汤"无尺寸功,起刀笔吏,陛下幸致为三公",尹齐"以刀笔稍迁至御史",但汲黯还这样骂:"天下谓刀笔吏不可以为公卿。"⑦

"刀笔吏"的成分与文化素养在汉武帝独尊儒术时有了变化。先是汉武帝"征天下举方正贤良文学材力之士,待以不次之位"⑧,于是多有儒生充任"刀笔",最终形成儒生"文吏化"与文吏"儒生

---

① 王先谦《荀子集解》,中华书局,1988年,第59页。
② 班固《汉书·贾谊传》,中华书局,1962年,第2245页。
③ 王充《论衡》,上海人民出版社,1974年,第420页。
④ 刘勰撰,詹锳义证《文心雕龙义证》,上海古籍出版社,1989年,第942页。
⑤ 王充《论衡·定贤》,上海人民出版社,1974年,第206页。
⑥ 司马迁《史记·秦始皇本纪》,中华书局,1982年,第255、258页。
⑦ 同上书,第2020、2678、2876、3136、3143、3148、3108页。
⑧ 班固《汉书·东方朔传》,中华书局,1962年,第2841页。

化","经明行修"的儒士进入政府,与文法吏并立朝廷。① 其次,儒生、文吏的专业化程度提高了,二者都要经过测试才能从业,《后汉书》载,阳嘉年间,左雄上言察举,"皆先诣公府,诸生试家法,文吏课笺奏,副之端门,练其虚实,以观异能,以美风俗";因此,后汉的情况是,如陈球"少涉儒学,善律令",王顺"敦儒学,习《尚书》,读律令,略举大义",②"刀笔吏"兼具儒术与政事才能。

儒家文化的介入使"政事"公文变得温文尔雅,公孙弘上疏云:"臣谨案诏书律令下者,明天人分际,通古今之谊,文章尔雅,训辞深厚,恩施甚美。小吏浅闻,不能究宣,亡以明布谕下。"③明确要求公家之文应该"文章尔雅,训辞深厚"。由于"刀笔吏"成分的改变与文化素养的提高,"政事"的"笔"也确实发生了变化,先是"彼刀笔之吏,岂生而察刻哉,起于几案之下,长于官曹之间,无温裕文雅以自润",而在儒家文化的滋润下,实现了"吏服训雅,儒通文法"。④ 彼时"笔"的表达追求以《诗》《书》为榜样,如《文选》所录汉武帝《贤良诏》,其中有"若涉渊水,未知所济",李善注引:"《尚书》曰:予唯小子,若涉渊水,予惟往求朕攸济。"又,"猗欤伟欤",颜如淳曰"犹《诗》曰猗欤那欤也",又有"上参尧舜,下配三王"云云⑤,都有浓郁的儒家色彩。

《文心雕龙》论述文体,多论及汉代之"笔"在撰作上的"温裕文雅以自润",如《诏策》称:"淮南有英才,武帝使相如视草;陇右多文士,光武加意于书辞:岂直取美当时,亦敬慎来叶矣。"又称"观文、景以前,诏体浮杂",而"武帝崇儒,选言弘奥。策封三王,文同训典;劝

---

① 参见阎步克《波峰与波谷》之第五章"儒·法与儒·吏",北京大学出版社,2009年,第89—106页。
② 范晔《后汉书》,中华书局,1965年,第2020、1831、2468页。
③ 班固《汉书·儒林传》,中华书局,1962年,第3594页。
④ 王粲《儒吏论》语,俞绍初辑校《建安七子集》,中华书局,2005年,第132页。
⑤ 萧统编,李善注《文选》,中华书局,1977年,第499页。

戒渊雅,垂范后代"。① 这是讲武帝、光武帝对诏策"取美当时"的注重,明确指出是儒学使"诏"体发生了变化。刘勰的说法表明,南朝对两汉"笔"因儒学的参与而使"文章尔雅"的变化是认同的,这种认同的意义在于,当时人们正是在这样的基础上论述"文笔之辨"的。

正是由于"笔"体文字在行政管理上的重要作用及本身的温文尔雅,它已经相对于诗、赋而独立,王充曾论"刀笔"之类公家实用性文字与诗、赋不是一类,其《论衡·佚文》所称"五经六艺为文,诸子传书为文,造论著说为文,上书奏记为文,文德之操为文"的"五文",就有"上书奏记"。《论衡·超奇》又论"笔"的文化地位云:"故夫能说一经者为儒生,博览古今者为通人,采掇传书以上书奏记者为文人,能精思著文连结篇章者为鸿儒。故儒生过俗人,通人胜儒生,文人逾通人,鸿儒超文人。"②四类人中"上书奏记"的"文人"排在第二。而此前,儒生是耻于"主文簿"的,《通典·职官志》载:"尚书郎初与令史皆主文簿,其职一也。郎缺,以令史久次者补之。光武始革用孝廉,孝廉耻焉。"③其《超奇》又论及这些文人、长吏"安可不贵?岂徒用其才力,游文于牒牍哉?州郡有忧,能治章上奏,解理结烦,使州郡连事,有如唐子高、谷子云之吏,出身尽思,竭笔牍之力,烦忧适有不解者哉"④。

在"以文书御天下"的政治背景与"独尊儒术"的文化影响下,"笔"的地位有了极大的提高,由"政事"走向"文章"。因此,当曹丕《典论·论文》强调文章为"经国之大业,不朽之盛事"时,就得出了"笔"之"奏议""书论"居前,而"文"之"铭诔""诗赋"居后的结论。

---

① 刘勰撰,詹锳义证《文心雕龙义证》,上海古籍出版社,1989年,第736页。
② 王充《论衡》,上海人民出版社,1974年,第313、212页。
③ 杜佑《通典》,长沙:岳麓书社,1995年,第321页。
④ 王充《论衡》,上海人民出版社,1974年,第214页。

三、政治、文化对"文笔之辨"的影响力

东汉后期兴起各种利益集团,皇权衰落,在外戚与宦官轮流专政外,又有官僚世家侵蚀皇权,这就是中古的门阀士族。皇权盛而"以文书御天下",皇权衰而士族当权,东晋时期,门阀士族与皇帝"共天下",士族自恃的是文化,这一特殊的政治形态对"文笔之辨"有着特别的影响。士庶实自天隔,《晋书》载,胡奋"家世将门,晚乃好学,有刀笔之用",其女胡芳为晋武帝贵嫔,却被武帝骂为"此固将种也"。① 这个事例是说,仅"好学"而"有刀笔之用",并不能改变自己"家世将门"的出身而成为文化士族。

士族自视清华,对"笔"类工作是十分鄙弃的,干宝称晋时门阀制度下的社会风气为"当官者以望空为高而笑勤恪"②,"勤恪"的意味之一即致力于"簿领文案",陈吏部尚书姚察曰:"魏正始及晋之中朝,时俗尚于玄虚,贵为放诞,尚书丞郎以上,簿领文案,不复经怀,皆成于令史。逮乎江左,此道弥扇。"③社会风气鄙弃"簿领文案"工作的例子很多,《晋书》载,秦秀"素轻鄙贾充,及伐吴之役,闻其为大都督,谓所亲者曰:'充文案小才,乃居伐国大任,吾将哭以送师。'"贾充"袭父爵为侯",他"拜尚书郎,典定科令,兼度支考课,辩章节度,事皆施用","有刀笔才";④因此秦秀称其为"文案小才","文案"为"小才"应该为士族社会所公认。社会鄙弃"笔"类工作,"笔"的地位则可想而知。

晋宋主流社会由士族掌控,高门华胄的文化标志之一为崇尚清谈。尚清谈者是看不上"文案"之"笔"的撰作的,《世说新语·政事》载:"王、刘与林公共看何骠骑,骠骑看文书不顾之。王谓何曰:

---

① 房玄龄等《晋书》,中华书局,1974 年,第 1557、962 页。
② 同上书,第 136 页。
③ 姚思廉《梁书》,中华书局,1973 年,第 534 页。
④ 房玄龄等《晋书》,中华书局,1974 年,第 1405、1165—1166 页。

'我今故与林公来相看,望卿摆拨常务,应对玄言,那得方低头看此邪?'何曰:'我不看此,卿等何以得存?'诸人以为佳。"①社会风气就是"摆拨常务,应对玄言",但没有"看文书"之类的俗务,政府怎么运转呢?高门华胄入仕的起步职位是号称"甲族起家之选"的著作郎、秘书郎,就是所谓"清华"的文翰之职,高门士族的第二个文化标志为诗、赋之才。在这样一个门阀士族控制的社会,要想让世人认同自己有文化,就必定要写赋、写诗。如左思门第不高,被陆机称为"伧父",但他执意要创作《三都赋》,他是要以赋证明自己,似乎只有赋成才能摆脱"伧父"身份,具有真正成为文化高门的可能。所以陆机《文赋》对"文"的撰作的说明,所谓"咏世德之骏烈,诵先人之清芬"云云②,完全是士族化的,是士族的专利。

北府兵将领刘裕以赫赫功业代晋建宋,门阀士族与皇帝"共天下"的局面结束,至"孝建、泰始,主威独运,官置百司,权不外假"③;皇权政治不可能信任有权有势的士族,皇权重振的自我强化措施之一即是让自己信任的人掌机要、掌"笔",如此情况下,寒族以撰作公文之类的"笔"登上权力高位的情况逐渐多起来。宋、齐时,黄门侍郎、散骑侍郎、秘书郎一类清贵之官,仍然为高门独占,中书通事舍人则由出身寒族而有实际行政能力的人来担任,所谓"小人""细人"寒族的兴起,甚至形成惯例并改变着士人的士庶观念及社会的阶层成分。《宋书》载,刘宋时,就多有寒族以"笔"体文字发迹,如吴喜,"出自卑寒,少被驱使,利口任诈,轻狡万端。自元嘉以来,便充刀笔小役,卖弄威恩",明其从撰作"笔"体文字起家发达。又如徐爰,"便僻善事人,能得人主微旨,颇涉书传,尤悉朝仪。元嘉初便入侍左右,预参顾问,既长于附会,又饰以典文,故为太祖所任遇。大

---

① 刘义庆撰,刘孝标注,余嘉锡笺疏《世说新语笺疏》,上海古籍出版社,1993年,第182页。
② 萧统编,李善注《文选》,中华书局,1977年,第240页。
③ 沈约《宋书·恩倖传》,中华书局,1974年,第2302页。

明世,委寄尤重,朝廷大体仪注,非爰议不行"。又如戴法兴,"家贫,父硕子,贩纻为业","废帝未亲万机,凡诏敕施为,悉决法兴之手","法兴能为文章,颇行于世"。① 甚至到南齐时,齐明帝称以寒官累迁至高位的刘系宗:"学士不堪治国,唯大读书耳。一刘系宗足持如此辈五百人。"②这句话很能说明齐明帝为什么重视他这样的"笔"体文字人才。"史臣"总结说:"自魏正始、晋中朝以来,贵臣虽有识治者,皆以文学相处,罕关庶务,朝章大典,方参议焉。文案簿领,咸委小吏,浸以成俗,迄至于陈。"③从"文案簿领"着眼,说到"小人""小吏"的大用。

汉代重"笔"是因为"笔"本身的重要以及文化品位的提升,而南北朝时,"笔"的地位的提高则是由于掌管"文案簿领"的官员社会地位的提高。"笔"体文字在朝廷中日益受到重视,朝廷要求官员撰作"笔"体文字,渐为常规。刘宋时,武帝子、文帝弟刘义康"性好吏职,锐意文案"④,且"专以政事为本,刀笔干练者多被意遇"⑤。南齐时,"明帝自在布衣,晓达吏事,君临亿兆,专务刀笔"⑥。这些权贵的"务刀笔",或为主掌"政事",或带有"性好"的意味,但没有形成风气,如宋文帝对王敬弘的不理"关署文案"甚不悦,但对他只是"虽加礼敬,亦不以时务及之"⑦。而到梁武帝提倡"笔"体,则力图使"笔"的撰作成为朝廷一种风气。第一,天监年间,梁武帝针对"自晋以后,八座及郎中多不奏事"的风气,批评"郎署备员,无取职事,糠秕文案,贵尚虚闲",要求高级官员亲自"奏事"。⑧ 第二,梁武帝又要求世家子弟也要熟悉文书簿领之类"笔"体,《梁书》载,张缅"起

---

① 沈约《宋书》,中华书局,1974年,第2116、2310、2302—2304页。
② 萧子显《南齐书》,中华书局,1972年,第976页。
③ 姚思廉《陈书》,中华书局,1972年,第120页。
④ 沈约《宋书·彭城王义康传》,中华书局,1974年,第1790页。
⑤ 李延寿《南史》,中华书局,1975年,第631页。
⑥ 萧子显《南齐书·良政传》,中华书局,1972年,第913页。
⑦ 李延寿《南史·王敬弘传》,中华书局,1975年,第650页。
⑧ 魏徵、令狐德棻《隋书·百官志》,中华书局,1973年,第721页。

家秘书郎,出为淮南太守,时年十八。高祖疑其年少未闲吏事,乃遣主书封取郡曹文案,见其断决允惬,甚称赏之"①。梁武帝要亲自测试一下看他是否"闲吏事"。而假如贵游子弟不关注"笔"体文字的撰作,梁武帝会不高兴,如张率秘书丞,但张率"虽历居职务,未尝留心簿领,及为别驾奏事,高祖览牒问之,并无对,但奉答云'事在牒中'。高祖不悦"②。于是,贵游子弟亦多有"以笔札被知"入官府的,如宗夬就是。第三,梁武帝或认为"文笔"应该分流:"是时朝廷政事多委东宫,(殷)不害与舍人庾肩吾直日奏事,梁武帝尝谓肩吾曰:'卿是文学之士,吏事非卿所长,何不使殷不害来邪?'"③"文学之士"就当作"文学之士"来对待,"吏事"就当作"吏事"来对待,二者的地位可以不分上下。

先是,就有人从政治上为"笔"体文字撰作者说话了,刘勰《文心雕龙·程器》提出"《周书》论士,方之梓材,盖贵器用而兼文采也",肯定文章的"器用";又说文士"摛文必在纬军国,负重必在任栋梁","笔"体文字不正是这样吗?刘勰是把作家的地位奠基在"达于政事"上的,所谓"安有丈夫学文,而不达于政事哉"。④

四、北朝的"文笔之辨"

北朝曾有"文""笔"之争,是由魏收与邢绍、温子昇之间谁可谓"大才士"之争引出的:

> (魏)收比温子昇、邢邵稍为后进,邵既被疏出,子昇以罪幽死,收遂大被任用,独步一时。议论更相訾毁,各有朋党。收每议陋邢邵文。邵又云:"江南任昉,文体本疏,魏收非直模拟,亦

---

① 姚思廉《梁书》,中华书局,1973年,第491页。
② 同上书,第478页。
③ 姚思廉《陈书》,中华书局,1972年,第424页。
④ 刘勰撰,詹锳义证《文心雕龙义证》,上海古籍出版社,1989年,第1867、1895、1888页。

大偷窃。"收闻乃曰:"伊常于《沈约集》中作贼,何意道我偷任昉。"任、沈俱有重名,邢、魏各有所好。武平中,黄门郎颜之推以二公意问仆射祖珽,珽答曰:"见邢、魏之臧否,即是任、沈之优劣。"收以温子昇全不作赋,邢虽有一两首,又非所长,常云:"会须作赋,始成大才士。唯以章表碑志自许,此外更同儿戏。"①

颜之推亦言:

> 邢子才、魏收俱有重名,时俗准的,以为师匠。邢赏服沈约而轻任昉,魏爱慕任昉而毁沈约,每于谈宴,辞色以之。邺下纷纭,各有朋党。祖孝征尝谓吾曰:"任、沈之是非,乃邢、魏之优劣也。"②

任昉、沈约之"优劣""是非",即所谓"沈诗任笔":

> (任)彦昇少年为诗不工,故世称"沈诗任笔",昉深恨之。晚节爱好既笃,文亦遒变。善铨事理,拓体渊雅,得国士之风,故擢居中品。但昉既博学,动辄用事,所以诗不得奇。③

任昉以表、奏、书、启诸体散文擅名,"雅善属文,尤长载笔,才思无穷,当世王公表奏,莫不请焉。昉起草即成,不加点窜。沈约一代词宗,深所推挹"④。"任彦昇甲部阙如,才长笔翰,善辑流略,遂有龙门之名,斯亦一时之盛。"⑤而《梁书·沈约传》载:"谢玄晖善为诗,任彦昇工于文章,约兼而有之,然不能过也。"⑥以"邢、魏之臧否"与"任、沈之优劣"而"各有朋党",即是以"文""笔"崇尚不同而"各有朋党",如此"朋党"的主力自然是"文"才或"笔"才构成的,

---

① 李百药《北齐书·魏收传》,中华书局,1972年,第491—492页。
② 颜之推撰,王利器集解《颜氏家训集解》,上海古籍出版社,1980年,第254页。
③ 钟嵘撰,曹旭集注《诗品集注》,上海古籍出版社,1994年,第316页。
④ 姚思廉《梁书·任昉传》,中华书局,1973年,第253页。
⑤ 萧绎撰,许逸民校笺《金楼子校笺》,中华书局,2011年,第966页。
⑥ 姚思廉《梁书》,中华书局,1973年,第242页。

可见"文笔之辨"在当时的影响。

五、"文笔"的互动

其一,用典的"文笔"互动。"笔"的撰作多要用典,刘勰《文心雕龙·事类》早有指出:"昔文王繇《易》,剖判爻位。《既济》九三,远引高宗之伐,《明夷》六五,近书箕子之贞:斯略举人事,以征义者也。至若胤征羲和,陈《政典》之训;盘庚诰民,叙迟任之言:此全引成辞以明理者也。"所以刘勰得出的结论,称文章用典的"明理引乎成辞,征义举乎人事"是"圣贤之鸿谟,经籍之通矩"。①

经典常以古论证。生活中,尤其在政治中,用古语以论证,本是一种规则,这在经典中多有记载,如《左传》中多有引古语之处,如:

《僖公二十八年》:《军志》曰:"允当则归。"(杜预注:"军志,兵书。")又曰:"知难而退。"又曰:"有德不可敌。"此三志者,晋之谓矣。②

汉韩安国所称"古之人君谋事必就祖,发政占古语,重作事也"③。发布政令或施行政治措施,必定用古语预测吉凶。

再从实际应用来说,汉初朝廷"以经义断事",清人赵翼有所论证,其称"汉初法制未备,每有大事,朝臣得援经义以折衷是非",举例如"张汤为廷尉,每决大狱,欲傅古义,乃请博士弟子治《尚书》《春秋》者,补廷尉史,亭疑奏谳";又如"倪宽为廷尉掾,以古义决疑狱,奏辄报可"等,结论即"此皆无成例可援,而引经义以断事者也"。④ "以经义断事"与先秦《孟子》《荀子》的著述引诗一脉相承;汉代也多有著述引诗,如《韩诗外传》卷一:

---

① 刘勰撰,詹锳义证《文心雕龙义证》,上海古籍出版社,1989年,第1407—1411页。
② 《春秋左传正义》,《十三经注疏》,上海古籍出版社,1997年,第1824页。
③ 班固《汉书·韩安国传》,中华书局,1962年,第2401页。
④ 赵翼著,王树民校证《廿二史札记校证》,中华书局,1984年,第43—44页。下同。

>故人之命在天，国之命在礼。君人者隆礼尊贤而王，重法爱民而霸，好利多诈而危，权谋倾覆而亡。《诗》曰："人而无礼，胡不遄死！"①

《春秋繁露·尧舜不擅移汤武不专杀》：

>且天之生民，非为王也；而天立王以为民也。故其德足以安乐民者，天予之，其恶足以贼害民者，天夺之。《诗》云："殷士肤敏，祼将于京，侯服于周，天命靡常。"言天之无常予，无常夺也。②

而当有"成例可援"，即赵翼所称"后世有一事即有一例"，朝廷就要以典故、以前例定事、定礼，所谓"事过典故"③，是说以旧制、旧例衡量当前的行事。所谓引经据典，后汉荀爽"为硕儒"，对社会上某些做法，荀爽"皆引据大义，正之经典，虽不悉变，亦颇有改"④。"龚遂字巨卿，拜尚书郎，性敏达，弥纶旧章，深识典故。每入奏事，朝廷所问，应对甚捷。桓帝嘉其才，台阁有疑事，百僚议不决，遂常拟古典，引故事，处当平决，口笔俱著。"⑤

《论衡·别通》谓"萧何入秦，收拾文书，汉所以能制九州者，文书之力也"，此即所谓"以文书御天下"，⑥所谓"政事"多体现在"文书"之类的"笔"上。"笔"的特征之一是用典，即"成例可援"。《汉书·儒林传》载，公孙弘上书，称如何把"笔"类文字写得"尔雅，训辞深厚"⑦，就是要重视文学掌故的作用，武帝从公孙弘请，命郡守与诸王相选学行并佳之士，赴太常学习，一年后经考核，通一艺以上者，补文学掌故缺。文学掌故得补郡国属吏之缺。掌故即旧制、旧

---

① 韩婴撰，许维遹校释《韩诗外传集释》，中华书局，1980年，第6—7页。
② 董仲舒《春秋繁露》，"诸子百家丛书"本，上海古籍出版社，第46—47页。
③ 范晔《后汉书·东平宪王苍传》，中华书局，1965年，第1440页。
④ 同上书《荀爽传》，第2056—2057页。
⑤ 谢承《后汉书》，虞世南《北堂书钞》卷六十引，中国书店，1989年，第207页。
⑥ 王充《论衡》，上海人民出版社，1974年，第206页。
⑦ 班固《汉书》，中华书局，1962年，第3594页。

例,懂得了掌故,处理政事有了依据,如《后汉书·左雄传》载:汉帝欲封乳母宋娥为山阳君,邑五千户,左雄就以没有先例阻止,所谓"尚书故事,无乳母爵邑之制"①。而作为处理政事的"笔",其中多有典故是肯定的。就历代"笔"体文字看,如刘琨《劝进表》、袁豹《为宋公檄蜀文》,在用典时,还提出"前事之不忘,后代之元龟也"②,提出"此皆益土前事,当今元龟也"③。刘勰《文心雕龙》的文体论多有"笔"体文字运用典故的叙说,如《檄移》篇称檄文"标蓍龟于前验,悬鼙鉴于已然",《奏启》篇称奏文"酌古御今",《议对》篇称晁错的"对""验古明今",④等等。公文撰作对用典习以为常。

钟嵘《诗品序》谈到诗歌的用典说:

> 夫属词比事,乃为通谈,若乃经国文符,应资博古,撰德驳奏;宜穷往烈。至乎吟咏情性,亦何贵于用事?⑤

他是从反对诗歌用典来谈的,此中告诉我们这样的信息:"笔"的用典理所当然,诗的用典是受其影响,但没有必要。诗歌的用典,在"笔"之大家身上体现得最为显著。《诗品》载,任昉以"笔"著称,世称"沈诗任笔",他晚节对诗歌"爱好既笃",但作诗"既博学,动辄用事"。⑥

其二,并非"文"对"笔"的某些叙写模式的单方面的接受,更有"笔"对"文"的某些叙写模式的接受,或者说"文"对"笔"的渗透。如声律,本是五言诗"五字之中,音韵悉异,两句之内,角徵不同"的运用⑦,但后来广泛运用于"笔"体文字中,如《文镜秘府论·西卷·

---

① 范晔《后汉书》,中华书局,1965年,第2021页。
② 房玄龄等《晋书》,中华书局,1974年,第147—148页。
③ 沈约《宋书》,中华书局,1974年,第1501页。
④ 刘勰撰,詹锳义证《文心雕龙义证》,上海古籍出版社,1989年,第780、862、906页。
⑤ 钟嵘撰,曹旭集注《诗品集注》,上海古籍出版社,1994年,第174页。
⑥ 同上书,第316页。
⑦ 李延寿《南史·陆厥传》,中华书局,1975年,第1195页。

文二十八种病》既讲到赋、颂、铭、诔等声病,又讲到"若诸杂笔不束以韵者,其第二句末即不得与第四句同声,俗呼为隔句上尾,必不得犯之"①。又如李谔《上隋高帝革文华书》所说:

> 以傲诞为清虚,以缘情为勋绩,指儒素为古拙,用词赋为君子。故文笔日繁,其政日乱。……开皇四年,普诏天下,公私之翰,并宜实录。其年九月,泗州刺史司马幼之文表华艳,付所司治罪。②

李谔指责"文"的风气扰乱了朝政,尤其是扰乱了"笔"的撰作,所以有对"司马幼之文表华艳"之作"治罪"的举动。

追溯"文"向"笔"渗透的原因,或与文学之才被要求从事"笔"体撰作有关,如《梁书·萧子范传》载:

> 子范字景则……除大司马南平王户曹属,从事中郎。王爱文学士,子范偏被恩遇,尝曰:"此宗室奇才也。"使制《千字文》,其辞甚美,王命记室蔡薳注释之。自是府中文笔,皆使草之。③

他是因为其"《千字文》,其辞甚美"才被委以"府中文笔,皆使草之"的重任。又有因文辞"富丽"而"专掌公家笔翰"者,《梁书·文学下·任孝恭传》载:

> 高祖闻其(任孝恭)有才学……敕遣制《建陵寺刹下铭》,又启撰高祖集《序文》,并富丽,自是专掌公家笔翰。孝恭为文敏速,受诏立成,若不留意,每奏,高祖辄称善,累赐金帛。④

任孝恭因为文采"富丽"才"专掌公家笔翰",文学之才从事"笔"体

---

① 〔日〕弘法大师撰,王利器校注《文镜秘府论校注》,中国社会科学出版社,1983年,第408页。
② 魏徵、令狐德棻《隋书》,中华书局,1973年,第1544—1545页。
③ 姚思廉《梁书》,中华书局,1973年,第510页。
④ 同上书,第726页。

撰作,自然要以"文"影响"笔"了。

"文"向"笔"的渗透,又引起南朝末期的"笔"体撰作"法古"与"今体"的竞争。裴子野"笔"体撰作"不尚丽靡之词""制作多法古",于是有"笔"体应该以古代为准则的复古思潮。北魏时苏绰的"笔"类改革:

> 自有晋之季,文章竞为浮华,遂以成俗。周文欲革其弊,因魏帝祭庙,群臣毕至,乃命绰为大诰,奏行之。……自是之后,文笔皆依此体。①

此处的"文笔",偏指应用文字。"笔"的古今之争,最终结果是陈时徐陵的"颇变旧体"而骈文盛行,史载:

> 终日恬静,唯以书记为乐,于坟籍无所不睹。每有制述,多用新奇,人所未见,咸重富博。②

这是说徐陵是文章撰作的创新型人才。

> 自有陈创业,文檄军书及禅授诏策,皆陵所制,而《九锡》尤美。为一代文宗,亦不以此矜物,未尝诋诃作者。其于后进之徒,接引无倦。世祖、高宗之世,国家有大手笔,皆陵草之。其文颇变旧体,缉裁巧密,多有新意。每一文出手,好事者已传写成诵,遂被之华夷,家藏其本。③

这是说徐陵以自己的文章撰作为自己赢得了名声,也赢得了朝廷对自己在文章撰作上的重用,而且,他对于"后进之徒"又"接引无倦",培养起一批以其文章撰作为榜样的后继者。所以有一种说法,称"徐庾的主要成就,即在将宫体诗所运用的隶事声律和缉裁丽辞的形式特点,完全巧妙地移植"④,移植的对象多有"文檄军书及禅

---

① 李延寿《北史》,中华书局,1974 年,第 2239—2242 页。
② 姚思廉《陈书·姚察传》,中华书局,1972 年,第 353 页。
③ 同上书《徐陵传》,第 335 页。
④ 王瑶《徐庾与骈体》,《中古文学史论集》,上海古籍出版社,1982 年,第 158 页。

授诏策"之类"笔"体文字。"文笔之辨"最终使"笔"体产生出一种新的面目,文体在相"辨"之中,似乎渐行渐近但界限越发明确。

第二节 南北文风、文体不同论

南北由于地域不同,其文风、学风本就有不同的崇尚,刘师培《南北文学不同论》云:

> 大抵北方之地,土厚水深,民生其间,多尚实际;南方之地水势浩洋,民生其间,多尚虚无。民尚实际,故所著之文不外记事、析理二端;民尚虚无,故所作之文或为言志、抒情之体。中国古籍以六艺为先,而《尚书》《春秋》记动记言,严谨简直;《礼》《乐》二经例严辞约,平易不诬。记事之文,此其嚆矢。《大易》一书,素远钩深,精义曲隐,析理之作,此其权舆。[①]

东晋南北朝时期,南北又是数百年的分裂。公元317年,政权南渡,为东晋元帝建武元年。自后,北方经七八十年的战争,鲜卑拓跋部的势力强大起来。公元386年,拓跋珪受诸部大人推戴,即代王位,同年,拓跋珪改国号为魏。公元397年,拓跋珪攻破后燕国都城中山,大河以北诸州郡全为魏有,魏统一了北方。398年,拓跋珪改号称皇帝,为魏道武帝。南北对立的形势基本上形成了。至公元589年,隋统一南北。南北的分裂,使南北文化的差异更为显著。南北地域的差异、文化的差异以及由此而产生的学分、文风的差异,也体现在文体学上。

一、南北学术不同与经学文体

《世说新语·文学》载东晋时人们论南北学问不同:

[①] 陈引驰编校《刘师培中古文学论集》,中国社会科学出版社,1997年,第261页。

> 褚季野语孙安国云:"北人学问,渊综广博。"孙答曰:"南人学问,清通简要。"支道林闻之曰:"圣贤固所忘言。自中人以还,北人看书,如显处视月;南人学问,如牖中窥日。"(刘孝标注云:支所言,但譬成孙、褚之理也。然则学广则难周,难周则识暗,故如显处视月;学寡则易核,易核,则智明,故如牖中窥日也。)①

《北史·儒林传序》:

> 大抵南北所为章句,好尚互有不同。江左,《周易》则王辅嗣,《尚书》则孔安国,《左传》则杜元凯。河洛,《左传》则服子慎,《尚书》《周易》则郑康成。《诗》则并主于毛公,《礼》则同遵于郑氏。南人约简,得其英华;北学深芜,穷其枝叶。考其终始,要其会归,其立身成名,殊方同致矣。②

称"北人学问,渊综广博",是说北人博而不精,称"南人学问,清通简要",是说南人精而不博。简而言之,这也就是南北经学文体的不同,北学博而不精,所谓"深芜",故"如显处视月",两厢明亮,容易混为一片;南学精而不博,所谓"约简",故"如牖中窥日",一暗一明,明处越发明亮。

二、南北好尚异同与文学文体

《隋书·文学传序》论南北"好尚""异同":

> 然彼此好尚,互有异同。江左宫商发越,贵于清绮,河朔词义贞刚,重乎气质。气质则理胜其词,清绮则文过其意,理深者便于时用,文华者宜于咏歌,此其南北词人得失之大较也。③

---

① 刘义庆著,刘孝标注,余嘉锡笺疏《世说新语笺疏》,上海古籍出版社,1993年,第216页。
② 李延寿《北史》,中华书局,1974年,第2709页。
③ 魏徵、令狐德棻《隋书》,中华书局,1973年,第1730页。

"好尚""异同"既体现在文章风格上,也体现在文章体制上。如北朝乐府的描摹女性之作,与南朝乐府民歌及南朝文人诗歌有截然不同的面貌,当南朝叙写女性生活的诗歌沉浸在委婉、缠绵、欲说还休的扭捏之中时,北朝民歌则体现出直率、干脆、大胆、直抒胸臆的特点;或述及男女相悦则直接谈婚论嫁,如《捉搦歌》吟咏"天生男女共一处,愿得两个成翁姬"①,以及《折杨柳枝歌》中"阿婆许嫁女,今年无消息"之类②;或直叙亲热动作,如《地驱歌乐辞》"枕郎左臂,随郎转侧"之类③。

又如南北朝文人叙写女性的作品也迥然不同。北朝诗人追求场面的铺排,由单个场面向多个场面发展。我们先来看卢思道的《后园宴诗》,诗云:

> 常闻昆阆有神仙,云冠羽佩得长年。秋夕风动三珠树,春朝露湿九芝田。不如邺城佳丽所,玉楼银阁与天连。太液回波千丈映,上林花树百枝然。流风续洛渚,行云在南楚。可怜白水神,可念青楼女。便妍不羞涩,妖艳工言语。池苑正芳菲,得戏不知归。媚眼临歌扇,娇香出舞衣。织腰如欲断,侧髻似能飞。南楼日已暮,长檐乌应度。竹殿遥闻凤管声,虹桥别有羊车路。携手傍花丛,徐步入房栊。欲眠衣先解,半醉脸逾红。日日相看转难厌,千娇万态不知穷。欲知妾心无剧已,明月流光满帐中。④

全诗可分为三部分:第一部分是"邺城佳丽所"的场面,以天上仙界做比,气象阔大,既华艳富盛,又恢弘高远;第二部分是描写女性的画面;最后一部分是以"明月流光满帐中"煞尾,物小而景大,慷慨而含蓄。与南朝宫体诗相比,尽管其描摹女性与叙写男女活动是一致

---

① 郭茂倩编《乐府诗集·梁鼓角横吹曲》,中华书局,1979 年,第 369 页。
② 同上书,第 370 页。
③ 同上书,第 366 页。
④ 逯钦立辑校《先秦汉魏晋南北朝诗》,中华书局,1983 年,第 2636—2637 页。

的,其特点也很明显:一是虚实相间,南朝宫体诗追求实写人物与事件,全诗线性发展,而此处是概括化地写女性群体与男女相会,全诗以场面或画面的铺排来推演;尽管个别词句的笔墨是实写的,但总体来看是似乎是虚拟。二是夸耀气象,南朝宫体诗追求表现的是细节真切的男女交往,其环境无论怎样豪华,也只是现实生活中的,而此处则有天上人间的比拟,即便是现实环境,如"南楼""长檐""竹殿""虹桥"等,诗作也在着力烘托一种可望而不可即的氛围;诗中的人物只求其艳丽而不求其真实;而且,场面或画面的交替推进也利于夸耀的运用。南朝宫体诗往往是叙写一件实实在在的男女交往的事件,而此诗是夸耀这件事的背景、氛围、人物,事件本身被淹没而不足令人关注了。再如薛道衡《昔昔盐》铺排场面,先写艳丽景色场面,再写相思,最后是大跨度的空间场面。诗作同样是虚实相间,写的不是个体而是群体,地域也是虚拟的,只有情感是真实的。薛道衡还有《豫章行》:

> 江南地远接闽瓯,山东英妙屡经游。前瞻叠障千重阻,却带惊湍万里流。枫叶朝飞向京洛,文鱼夜过历吴洲。君行远度茱萸岭,妾住长依明月楼。楼中愁思不开嚬,始复临窗望早春。鸳鸯水上萍初合,鸣鹤园中花并新。空忆常时角枕处,无复前日画眉人。照骨金环谁用许,见胆明镜自生尘。荡子从来好留滞,况复关山远迢递。当学织女嫁牵牛,莫作姮娥叛夫婿。偏讶思君无限极,欲罢欲忘还复忆。愿作王母三青鸟,飞去飞来传消息。丰城双剑昔曾离,经年累月复相随。不畏将军成久别,只恐封侯心更移。①

全诗有三大场面:一是地域远隔;二是叙述女性在怎样的环境下相思,相思是难以场面化的,而环境则可以;三是以数个典故抒情,抒情是难以场面化的,而典故则可以。比起《昔昔盐》来,更纵肆铺排、

---

① 逯钦立辑校《先秦汉魏晋南北朝诗》,中华书局,1983年,第2681—2682页。

超逸清亮。读了薛道衡的这两首诗,我们觉得似乎北朝诗人叙写男女之间,重离别而不重交往,重场面的铺排而不重事件的直叙,重气象阔大而不重温柔细语。如此追求铺排、多场面的诗作,如果从文章体制上讲,即可称为"以赋为诗"。而在南朝,却正流行着"以诗为赋",如庾信《春赋》里的这几句:

> 树下流杯客,沙头度水人。镂薄窄衫袖,穿珠帖领巾。百丈山头日欲斜,三晡未醉莫还家。池中水影悬胜镜,屋里衣香不如花。①

完全可以视作五言诗一、七言诗一。

邢劭《萧仁祖集序》:

> 昔潘、陆齐轨,不袭建安之风;颜、谢同声,遂革太原之气。自汉逮晋,情赏犹自不谐;江北江南,意制本应相诡。②

所谓"江北江南,意制本应相诡",就是包含风格与文体二者的。

北朝"尚用"的文体观,从魏收与邢邵、温子昇相争谁可谓"大才士"亦可见出。温子昇"作《侯山祠堂碑文》,常景见而善之",称"温生是大才士";③魏收则常云:"会须作赋,始成大才士。唯以章表碑志自许,此外更同儿戏。"④魏收多有公文之作,"自武定二年已后,国家大事诏命,军国文词,皆收所作。每有警急,受诏立成,或时中使催促,收笔下有同宿构,敏速之工,邢、温所不逮"⑤。公文之作属"笔",魏收以此傲视邢邵、温子昇,这是北朝文化"尚用""便于时用"的表现。史载,魏收又多作赋,如《北齐书·魏收传》载:

> 孝武尝大发士卒,狩于嵩少之南旬有六日。时天寒,朝野嗟

---

① 欧阳询《艺文类聚》卷三,上海古籍出版社,1982年,第45页。
② 严可均校辑《全上古三代秦汉三国六朝文·全北齐文》卷三,中华书局,1958年,第3842页。
③ 魏收《魏书·文苑·温子昇传》,中华书局,1974年,第1875页。
④ 李百药《北齐书·魏收传》,中华书局,1972年,第492页。
⑤ 同上。

> 怨。帝与从官及诸妃主,奇伎异饰,多非礼度。收欲言则惧,欲默不能已,乃上《南狩赋》以讽焉,时年二十七,虽富言淫丽,而终归雅正。①

这是展示了赋的讽谏功能。

> 三台成,文宣曰:"台成须有赋。"(杨)愔先以告收,(魏)收上《皇居新殿台赋》,其文甚壮丽。时所作者,自邢邵已下咸不逮焉。收上赋前数日乃告邵。邵后告人曰:"收甚恶人,不早言之。"②

这展示了魏收高于他人的才华,但这是因为他早得到消息早做准备,可谓不正当竞争,有作弊的嫌疑。

> (魏)收兼通直散骑常侍,副王昕使梁……在途作《聘游赋》,辞甚美盛。③

> 帝曾游东山,敕(魏)收作诏,宣扬威德,譬喻关西,俄顷而讫,词理宏壮。帝对百僚大嗟赏之。④

这些作品也都具有时代性的实用性质。

三、由仰望南方到南北争胜

东晋南迁后,十六国混战使黄河流域文化几乎破坏殆尽,文学尤其如此。从北魏孝文帝迁洛起,北方文学渐有复苏,但只是单纯地模仿南朝;自东、西魏分裂至隋统一北方,北方文学兴盛并显示出自己的风貌。

先是有南北方的文学交流。南北双方打打停停,打的时候要下战书,停的时候要谈判和好,这些任务都要使者来完成。《南齐书·

---

① 李百药《北齐书·魏收传》,中华书局,1972年,第484页。
② 同上书,第489—490页。
③ 同上书,第484—485页。
④ 同上书,第490页。

魏虏传》载:"宋明帝末年,始与虏和好。元徽昇明之世,虏使岁通。"①外交使者的形象、风度、才学、口辩,是直接与本朝的形象、威望联系在一起的,史载,北魏李谐是以"风流"当上外交使者并凭口辩在出使梁朝时获得声誉,"(李)谐等见,及出,梁武目送之,谓左右曰:'朕今日遇勍敌,卿辈常言北间都无人物,此等何处来?'谓异曰:'过卿所谈'","梁武亲与谈说"。②

诗人作为国家使节出访,还有一个重要任务,就是相互欣赏、交流文学作品。史载,北魏使者房景高、宋弁出访南齐,王融接待,房景高问:"在朝闻主客作《曲水诗序》。"称"此制,胜于颜延年,实愿一见",融乃示之。后日,宋弁于瑶池堂对王融曰:"昔观相如《封禅》,以知汉武之德;今览王生《诗序》,用见齐王之盛。"王融曰:"皇家盛明,岂直比踪汉武;更惭鄙制,无以远匹相如。"③又载,南朝使者张皋将北魏作家温子昇的作品抄录带到南朝,梁武帝看了称赞说:"曹植、陆机复生于北土。恨我辞人,数穷百六。"④

双方使者以诗相会,使者来必有宴会,有宴会必有赋诗,吟诗、言语交锋成为一道独特的风景线。如南北朝使者相互吟诵对方诗作,南朝梁黄门侍郎明少遐等接待北魏使者李骞,少遐咏骞赠其诗曰:"萧萧风帘举,依依然可想。"骞咏少遐诗曰:"未若'灯花寒不结'最附时事。"⑤又如:"陈使傅𬘭聘(北)齐,以(薛)道衡兼主客郎接对之。𬘭赠诗五十韵,道衡和之,南北称美。魏收曰:'傅𬘭所谓以蚓投鱼耳。'"⑥最令人称奇的是,使者的作品在对方地域引起轰动。北方诗人薛道衡聘陈时作《人日诗》:

入春才七日,离家已二年。人归落雁后,思发在花前。

---

① 萧子显《南齐书》,中华书局,1972年,第986页。
② 李延寿《北史·李谐传》,中华书局,1974年,第1604页。
③ 萧子显《南齐书·王融传》,中华书局,1972年,第821—822页。
④ 魏收《魏书·文苑·温子昇传》,中华书局,1974年,第1876页。
⑤ 段成式《酉阳杂俎·语资》,中华书局,1981年,第112页。
⑥ 李延寿《北史·薛道衡传》,中华书局,1974年,第1337页。

史载,薛道衡吟出上二句,南人嗤之曰:"是底言?谁谓此虏解作诗?"及吟出下二句,南人乃喜曰:"名下固无虚士。"①薛道衡以自己的诗作为自己赢得了名声。"江东雅好篇什,陈主尤爱雕虫,道衡每有所作,南人无不吟诵焉。"②

本来,在诗赋撰作上,北人仰慕南人,至南北朝后期,双方各有特点,已可分庭抗礼。如陈朝徐陵盛赞北周殷不害带来的北人作品,曾就此事写信给李那(按,即李昶,北周文人),称:"平生壮意,窃爱篇章,忽觏高文,载怀劳伫。此后殷仪同(即殷不害)至止,王人授馆,用阻班荆。尝在公筵,敬祈名作。获殷公所借《陪驾终南》《入重云阁》诗及《荆州大乘寺》《宜阳石像碑》四首,铿锵并奏,能惊赵鞅之魂;辉映相华,时瞬安丰之眼。"信中又重述了这几篇作品的内容,字里行间流溢出钦佩之情,信中还述说自己是如何把玩这些作品的,以及这些作品在南方引起的轰动:"省览循环,用忘饥渴。握之不置,恒如赵璧;玩之不足,同于玉枕。京师长者,好事才人,急造蓬门,情观高制。轩车满路,如看太学之碑;街巷相填,无异华阴之市。"③

外交争胜与文学、文化交流并存,是因为当时虽然地限南北,但是都认为自己是中华民族,这种认同也形成外交辞令,《魏书·自序》:

> 自南北和好,书下纸每云"想彼境内宁静,此率土安和"。萧衍后使,其书乃去"彼"字,自称犹著"此",欲示无外之意。(魏)收定报书云:"想境内清晏,今万国安和。"南人复书,依以为体。④

南北外交信函一开始彼此明确相分,"彼"如何,"此"怎样。后

---

① 刘𫗧《隋唐嘉话》卷上,中华书局,1979年,第1页。
② 李延寿《北史·薛道衡传》,中华书局,1974年,第1338页。
③ 徐陵撰,许逸民校笺《徐陵集校笺》,中华书局,2008年,第829—830页。
④ 魏收《魏书》,中华书局,1974年,第2325页。

来,南朝的信函去掉了"彼",表示南北双方没有内外、彼此之分,但还称自己怎样怎样;待魏收时,北朝的信函干脆又去掉了"此","欲示无外之意"表达得更加充分与明白。这就是对中华一家的认同,就是认为从根本上说,彼此都是一家人。南北统一已成大势所趋,无可阻挡。

第三节　"文无常体"与文体学

　　文体自有规范,但有些强势文体时或不安本分,或主动或被动越界去做其他文体应该做的事,这就是文体的扩张;倒过来讲,一些文体效仿其他文体的某些成分,这也是强势文体扩张表现下的反应。文体的扩张造成文体的互动,或成功或不成功;文体不同,立场就不同,故看法不同,但总之是呈现出"文无常体"的形态。或称此即与文体的正体、常体、惯体、定体相对的破体、谬体、讹体、变体等,但却把深刻问题简单化了,深究起来,这里涉及同一学科中诸文体的互动、不同诸学科中同一文体的互动;涉及文体性质的改变与新文体的产生;等等。中古时期,我国古代文体进入成熟期,文体的扩张及"文无常体"化,成为文体学的常态化情形。

一、张融与"文无常体"

　　张融(444—497),字思光,吴郡吴县(治今江苏苏州)人。官至司徒左长史。《南齐书》本传载,张融"形貌短丑,精神清澈",其为人"无师法,而神解过人,白黑谈论,鲜能抗拒",举止已与人不同,"风止诡越,坐常危膝,行则曳步,翘身仰首,意制甚多"。[①] 而其文章撰作也多有与人不同之处,其《门律自序》曾这样称说自己的"文

---

① 萧子显《南齐书·张融传》,中华书局,1972年,第721—730页。以下所引均出自此。

章之体":

> 吾文章之体,多为世人所惊,汝可师耳以心,不可使耳为心师也。夫文岂有常体,但以有体为常,政当使常有其体。丈夫当删《诗》《书》,制礼乐,何至因循寄人篱下!且中代之文,道体阙变,尺寸相资,弥缝旧物。吾之文章,体亦何异,何尝颠温凉而错寒暑,综哀乐而横歌哭哉?政以属辞多出,比事不羁,不阡不陌,非途非路耳。然其传音振逸,鸣节竦韵,或当未极,亦已极其所矣。汝若复别得体者,吾不拘也。

其解释"吾文章之体,多为世人所惊"的原因,先从理论上称说"文岂有常体",是说文章体制并非固定不变的;但他又称"但以有体为常,政当使常有其体",是说一个作家的文章构成其独特风貌之"体"后,就要保持它,使其成为自己的"常体",为自己的文章独创其体而"何至因循寄人篱下"张本。张融又说自己"文章之体"的独特性,"政以属辞多出,比事不羁"罢了。张融又称,虽然如此"不阡不陌,非途非路",不按文体常规来创作,但有着"传音振逸,鸣节竦韵"的效果。"或当未极,亦已极其所矣",即虽然有人说这样的做法还未达到极点,但已达到自己的极点。最后张融说,如果子弟们另有自己的"文章之体",他不仅不在意,而且还要鼓励。张融又自称为文,"吾无师无友,不文不句,颇有孤神独逸耳",临终戒其子曰:

> 吾文体英绝,变而屡奇,既不能远至汉魏,故无取嗟晋宋。岂吾天挺,盖不隤家声。

所谓"变而屡奇",正是"变"使自己的文章"奇"。钟嵘《诗品》即称其诗"缓诞放纵,有乖文体,然亦捷疾丰饶,差不局促"[1],认定其有特点。因此,"文岂有常体,但以有体为常,政当使常有其体",即说出"文无常体"成为当时人们创新文体的一个口号,这种观念进入文

---

[1] 钟嵘撰,曹旭集注《诗品集注》,上海古籍出版社,1994年,第449页。

章撰作实践,在南朝末期达到高潮。

二、文体由此学科向彼学科的扩张

文学文体进入玄学,这是一种平行的移植,相同的情况又有文学文体进入史学。自汉代起,中华学术以典籍类型分为经、史、子、集,而南朝宋时又有儒、玄、史、文四学①,萧统《文选》明言"记事之史,系年之书"不录,但又说:

> 若其赞、论之综缉辞采,序、述之错比文华,事出于沉思,义归乎翰藻,故与夫篇什,杂而集之。②

此即史书的"赞、论""序、述"被认可为文学文体,此即《文选》的史论、史述赞两类;或者说,文学的"赞、论""序、述"诸文体进入了史学。范晔《狱中与诸甥侄书》云:

> 本未关史书,政恒觉其不可解耳。既造《后汉》,转得统绪,详观古今著述及评论,殆少可意者。班氏最有高名,既任情无例,不可甲乙辨。后赞于理近无所得,唯志可推耳。博赡不可及之,整理未必愧也。吾杂传论,皆有精意深旨,既有裁味,故约其词句。至于《循吏》以下及《六夷》诸序论,笔势纵放,实天下之奇作。其中合者,往往不减《过秦》篇。尝共比方班氏所作,非但不愧之而已。③

范晔是有意识地把史书"诸序论"写成"天下之奇作"的,这就是自觉地要文学文体进入史学。

---

① 《宋书·隐逸·雷次宗传》:"元嘉十五年,征次宗至京师,开馆于鸡笼山,聚徒教授,置生百余人。会稽朱膺之、颍川庾蔚之并以儒学,监总诸生。时国子学未立,上留心艺术,使丹阳尹何尚之立玄学,太子率更令何承天立史学,司徒参军谢元立文学,凡四学并建。"(沈约《宋书》,中华书局,1974年,第2293—2294页)
② 萧统编,李善注《文选》,中华书局,1977年,第2页。
③ 沈约《宋书》,中华书局,1974年,第1830—1831页。

三、文体的某些特质向诸文体的扩张

文体都有自己特定的题材,二者相辅相成而获得巨大成功,当文学史上某些文体的某些题材盛行到一定的程度,会强大到影响其他文体,其他文体也对这特定题材一拥而上,特定题材的蔓衍又影响到时代文风。宫体从诗到各类文体的蔓延,最充分地说明了这一问题。

宫体赋的情况自不待言,如庾信的赋,倪璠《注释庾集题辞》曰:

> 若夫《三春》《七夕》之章,《荡子》《鸳鸯》之赋,《灯》前可出丽人,《镜》中惟有好面,此当时宫体之文,而非仕周之所为作也。①

而其他文体亦有如此现象。如"连珠",傅玄《叙连珠》对"连珠"体有权威性的论述,强调其"合于古诗劝兴之义",而刘孝仪《探物作艳体连珠》,标明为"艳体",一叙女性的姿丽天成,一叙女性的"芳性深情",全为宫体诗描摹女色及女性活动的本色。又如"表",刘勰《文心雕龙·章表》称之为"必雅义以扇其风,清文以驰其丽"②,多用于陈请谢贺,而江总《为陈六宫谢表》把笔力着重在描摹女性姿容、神态、心绪上,写得无比美艳,其云:

> 鹤籥晨启,雀钗晓映。恭承盛典,肃荷徽章。步动云桂,香飘雾縠。愧缠艳粉,无情拂镜;愁萦巧黛,息意临窗。妾闻汉水赠珠,人闻绝世;洛川拾翠,仙处无双。或有风流行雨,窈窕初日,声高一笑,价起两环。乃可桂殿迎春,兰房侍宠。借班姬之扇,未掩惊羞;假蔡琰之文,宁披悚戴。③

与宫体诗如出一辙。又如"书",本是特别自我化、私人化的,但南朝

---

① 庾信撰,倪璠注《庾子山集注》,中华书局,1980年,第5页。
② 刘勰撰,詹锳义证《文心雕龙义证》,上海古籍出版社,1989年,第844页。
③ 欧阳询《艺文类聚》卷十五,上海古籍出版社,1982年,第289页。

偏偏多有请人代为作书给自己的妻子者,这些文字多卖弄笔墨以呈艳情,像何逊《为衡山侯与妇书》、伏知道《为王宽与妇义安主书》、庾信《为梁上黄侯世子与妇书》之类,恐是出于他人写来可以无所顾忌地大肆描摹叙写的缘故吧! 又如"启",庾肩吾《谢东宫赉内人春衣启》称:

> 阶边细草,犹推绽叶之光;户前桃树,反讶蓝花之色。遂得裾飞合燕,领斗分鸾,试顾采薪,皆成留客。①

重在写女性春衣以引起人们遐想。又如"铭",历来是十分庄重的文体,刘勰《文心雕龙·铭箴》所谓"故铭者,名也,观器必也正名,审用贵乎盛德"②。但南朝往往选择与女性有联系的东西作"铭"。如徐陵《后堂望美人山铭》,全是美人描摹;梁简文帝《行雨山铭》,从题目就可见是吟咏男女交往,其中有"月映成水,人来当花"云云;庾信亦有《梁东宫行雨山铭》,其中写"春人无数,神女羞来。翠幔朝开,新妆旦起。树入床前,山来镜里。草色衫同,花红面似"云云③。又如"令",钱锺书称梁元帝《耕种令》"直似士女相约游春小简,官样文章而佻浮失礼"④。这就是时代风气之下的现象。宫体扩张,固然丰富了各种文体内容的表达,具有某种开拓性,且体现出社会意识对文体叙述的巨大影响;但各种文体雷同一响,虽然满足了时代的某种狂热,一时似乎抹平各种文体的差异。⑤

特定文体有特定的叙写方式,宫体从诗到各类文体的蔓延,则把描摹手法在这些文体中扩张开来。如"书"本来是言事抒情的,但南朝书信中又多有描摹,如萧纲《答新渝侯和诗书》:

---

① 欧阳询《艺文类聚》卷六十七,上海古籍出版社,1982年,第1189页。
② 刘勰撰,詹锳义证《文心雕龙义证》,上海古籍出版社,1989年,第394页。
③ 欧阳询《艺文类聚》卷七,上海古籍出版社,1982年,第128—129页。
④ 钱锺书《管锥编》,中华书局,1986年,第1397页。
⑤ 关于宫体的扩张,详见胡大雷《论"宫体"在南朝各体文字的蔓延》,《学术月刊》2010年第8期。

> 垂示三首,风云吐于行间,珠玉生于字里,跨蹑曹左,含超潘陆。双鬟向光,风流已绝,九梁插花,步摇为古,高楼怀怨,结眉表色,长门下泣,破粉成痕。复有影里细腰,令与真类,镜中好面,还将尽等。此皆性情卓绝,亲致英奇。①

信中对新渝侯萧暎所作三首诗做评论,所述女子的容饰体貌、风流意绪及叙写方式,与宫体诗并无二致,许梿《六朝文絜》评价时把它与宫体诗并列起来:

> 貌无停趣,态有遗妍,眉色粉痕,至今尚留纸上。设与美人晨妆、倡妇怨情诸什连而读之,当如荀令君坐席,三日犹香。②

又如"序"这种文体,主要是陈说著作的主题与著述经过,"序"是要把原书的事理说得头头是道。而徐陵《玉台新咏序》则全力描摹一位"丽人",许梿《六朝文絜》评语中有这样的话:

> 黛痕欲滴,脂晕微烘,如汰腻妆而出靓面。
> 态冶思柔,香浓骨艳,飘飘乎恐留仙裙捉不住矣。③

既是说文中的女性描摹,又是指文章的风格。这些文体都有绮艳靡丽、富有脂粉味的作品,说明了一种时代风气。

赋的特定写作方式是铺陈,它又向其他文体扩张,如程千帆所说:

> 两京之文,若符命、论说、哀吊以及箴、铭、颂、赞之作,凡挟铺张扬厉之气者,莫不与赋相通。④

这是赋的扩张,即以"铺张扬厉"为符命、论说、哀吊、箴、铭、颂、赞等文体。

---

① 欧阳询《艺文类聚》卷五十八,上海古籍出版社,1982年,第1042页。
② 许梿评选,黎经诰《六朝文絜笺注》卷七,上海古籍出版社,1982年,第104—105页。
③ 同上书卷八,第145、146页。
④ 程千帆《赋之隆盛与旁衍》,《闲堂文薮》,齐鲁书社,1984年,第148页。

南朝又有用典这一方法在诗歌文体中极度扩张,钟嵘《诗品序》称南朝"属辞比事"的用典成为"通谈"的热点问题,但他认为"经国文符""撰德驳奏"这类文体"应资博古""宜穷往烈","至乎吟咏情性,亦何贵于用事"。而文学史的事实则是:"故大明、泰始中,文章殆同书抄。近任昉、王元长等,词不贵奇,竞须新事,尔来作者,浸以成俗。遂乃句无虚语,语无虚字,拘挛补衲,蠹文已甚。但自然英旨,罕值其人。词既失高,则宜加事义。虽谢天才,且表学问,亦一理乎!"①

又比如声律从诗歌向诸文体扩张。《宋书·谢灵运传论》:

> 夫五色相宣,八音协畅,由乎玄黄律吕,各适物宜。欲使宫羽相变,低昂互节,若前有浮声,则后须切响。一简之内,音韵尽殊;两句之中,轻重悉异。妙达此旨,始可言文。②

从诗歌展开的声律追求影响到其他文体,虽然不是照搬,但"宫羽相变,低昂互节"却是做得到的。《文镜秘府论·西卷·文二十八种病》:

> 或曰:其赋、颂,以第一句末不得与第二句末同声。如张然明《芙蓉赋》云"潜灵根于玄泉,擢英耀于清波"是也。蔡伯喈《琴颂》云"青雀西飞,《别鹤》东翔,《饮马长城》,楚曲《明光》"是也。其铭、诔等病,亦不异此耳。……其手笔,第一句末犯第二句末,最须避之。如孔文举《与族弟书》云"同源派流,人易世疏,越在异域,情爱分隔"是也。凡诗赋之体,悉以第二句末与第四句末以为韵端。若诸杂笔不束以韵者,其第二句末即不得与第四句同声,俗呼为隔句上尾,必不得犯之。③

---

① 钟嵘撰,曹旭集注《诗品集注》,上海古籍出版社,1994年,第174—181页。
② 沈约《宋书》,中华书局,1974年,第1779页。
③ 〔日〕弘法大师撰,王利器校注《文镜秘府论校注》,中国社会科学出版社,1983年,第407—408页。

声律、丽辞、用事,早先都只是个别文体的某些特质,这些特质的扩张,直至扩张到几乎所有的应用文体,形成了骈文。

四、文体扩张与诗、骚、赋的文体互动

各文体扩张而互不相让,这就成为文体互动,即文体间相互运用了其他文体的写作方法而各有所得。有些文体自身具有的优势特点,有时会影响到其他文体,如南朝后期时出现的"以诗为赋",就是诗的扩张而使赋有所变化。我们来看萧纲《对烛赋》:

> 云母窗中合花毡,茱萸幔里铺锦筵。照夜明珠且莫取,金羊灯火不须燃。下弦三更未有月,甲夜繁星徒衣天。于是摇同心之明烛,施雕金之丽盘。眠龙傍绕,倒凤双安。菖蒲传酒坐欲阑,碧玉舞罢罗衣单。影度临长枕,烟生向果盘。回照金屏里,脉脉两相看。①

除了"于是"以下四句,几乎全是诗的七言、五言句;韵脚也是诗的形式。又如庾信《荡子赋》,只有"况复"二字显示出赋在叙事处转折连接,其他都是诗的意味。而萧悫《春赋》则全用诗句:

> 落花无限数,飞鸟排花度。禁苑至饶风,吹花春满路。岩前片石迥如楼,水里连沙聚作洲。二月莺声才欲断,三月春风已复流。分流绕小渡,暂水还相注。山头望水云,水底看山树。舞余香尚在,歌尽声犹住。麦垄一惊翚,菱潭两飞鹭。②

可以说赋已与诗体相通相融,赋与诗体相似相像而界限并不那么清晰,假如这些作品不标注赋名,那么我们将用与之相适应的文体规范来称呼它,它也可以称作诗,这就是诗的扩张。

又有"以赋为诗"的情况,这是赋对诗的影响,沈约《八咏》,载于《玉台新咏》,这从文本上确定了其诗的身份,但这些作品又是"以赋

---

① 欧阳询《艺文类聚》卷八十,上海古籍出版社,1982年,第1372页。
② 徐坚等《初学记》卷三,中华书局,1962年,第47页。

为诗"。从组织形式上看,组诗是"八个诗题合在一起,又恰好组成一首完整的五言八句诗":

> 登台望秋月,会圃临春风。岁暮愍衰草,霜来悲落桐。夕行闻夜鹤,晨征听晓鸿。解佩去朝市,被褐守山东。①

从个别情况看,其《望秋月》云:

> 望秋月,秋月光如练。照曜三爵台,徘徊九华殿。九华玳瑁梁,华榱与壁珰。以兹雕丽色,持照明月光。凝华入黼帐,清晖悬洞房。先过飞燕户,却照班姬床。桂宫裊裊落桂枝,露寒凄凄凝白露。上林晚叶飒飒鸣,雁门早鸿离离度。湛秀质兮似规,委清光兮如素。照愁轩之蓬影,映金阶之轻步。居人临此笑以歌,别客对之伤且慕。经衰圃,映寒丛,凝清夜,带秋风。随庭雪以偕素,与池荷而共红。临玉墀之皎皎,含霜霭之蒙蒙。轹天衢而徒步,轹长汉而飞空。隐岩崖而半出,隔帷幌而才通。散朱庭之奕奕,入青琐而玲珑。闲阶悲寡鹄,沙洲怨别鸿。昭姬泣胡殿,明君思汉宫。余亦何为者,淹留此山东。②

首先可以看到,作为抒情诗来说,其篇幅超出一般。我们知道,叙事作品容易写得长,赋有叙事成分,所以篇幅一般都比较长。但《八咏》是诗,整体上是描摹或抒情,没有叙事成分,其篇幅较长的原因在于描摹或抒情上展现着铺陈的特点,而这正是赋的特点;其铺陈从各方面展开,变化多端。这就是运用铺叙手法的"以赋为诗"。其语言上的特点,既有纯粹的三、五、七言,又有带虚字的五言、六言、七言,而以五言句为主导,因为五言句是以诗歌的典型句式,这显示出《八咏》还是诗歌的作法,毕竟还是以诗的句式为主。

---

① 曹道衡、沈玉成《南北朝文学史》,人民文学出版社,1991年,第174页。此类诗题可组成诗作的例子,在《玉台新咏》中还有,如卷七萧纲《同庾肩吾四咏二首》,题目分别是"莲舟买荷度""照流看落钗";卷十王台卿《同萧治中十咏二首》,题目分别是"荡妇高楼月""南浦别佳人",都极似诗句,只是因为《玉台新咏》是选录二首,不得见全貌。

② 徐陵《玉台新咏》,明小宛堂覆宋本,人民文学出版社,2010年,第121—122页。

因为是"以赋为诗",沈约《八咏》又往往被人们视作赋,唐人所编《艺文类聚》就是如此载录。总结起来,所谓"以诗为赋"或"以赋为诗",就是诗、赋之间的互动、交叉或渗透、融合,这种情况很多,如晋夏侯湛《春可乐》:

> 春可乐兮,乐东作之良时。嘉新田之启莱,悦中畴之发蓿。桑冉冉以奋条,麦遂遂以扬秀。泽苗翳渚,原卉耀阜。春可乐兮,乐崇陆之可娱。登夷冈以回眺兮,超矫驾乎山嵎。缀杂华以为盖,集繁蕤以饰裳。散风衣之馥气,纳戢怀之潜芳。鹦交交以弄音,翠翾翾以轻翔。招君子以偕乐,携淑人以微行。①

从句式上看,除两个"春可乐兮"与两个纯粹四言句,其他都是带虚字的六言"骚体"句,"骚体"可属于赋,亦可属于诗。相同情况又有晋王廙《春可乐》、晋李颙《悲四时》、晋夏侯湛《秋可哀》与《秋夕哀》、晋湛方生《秋夜》、宋谢琨《秋夜长》、宋苏彦《秋夜长》、宋何瑾《悲秋夜》、宋伏系之《秋怀》之类,《艺文类聚》都称之为赋,那就是"以诗为赋";逯钦立《先秦汉魏晋南北朝诗》都称之为诗,那就是"以赋为诗"。

五、中古时期文体扩张的意义

中古时期文体扩张的情况具有什么样的意义呢?

其一,"以能文为本"成为文体扩张的原动力②。我们看到诗、赋往往是扩张的主导者、主动者,无不是"文"的巨大力量在发挥作用。如刘勰《文心雕龙·颂赞》谈到"颂"的"雅而似赋",就称其"何弄文而失质乎",③突出了作者"弄文"的作用。又,《文选》卷四十任昉

---

① 欧阳询《艺文类聚》卷三,上海古籍出版社,1982年,第45页。
② 萧统《文选序》称子书"以立意为宗,不以能文为本",可见彼时已有"以能文为本"的作品。详见刘师培《中国中古文学史讲义》"论汉魏之际文学变迁"对"纯以骋辞为主"的论述。
③ 刘勰撰,詹锳义证《文心雕龙义证》,上海古籍出版社,1989年,第327页。

《奏弹刘整》,李善注云:

> 昭明删此文大略,故详引之,令与《弹》相应也。①

可见萧统出于《文选》为"文"的考虑,删略本是应用文的"笔",使其成为《文选》载录的"文",此处文体的扩张是由总集编纂者实施的,这是由外部"给力"实现的"文"的扩张。由"文"向"笔"的扩张,再联系骈文的形成,那么重典故、重辞采、重声律,不都是以诗、赋为代表的"文"的成功吗!文体扩张的结果,是被扩张者的表现力更丰富了,即钱锺书所谓"名家名篇,往往破体,而文体亦因以恢弘焉"②。

其二,《世说新语·文学》有这样的记载:

> 何晏注《老子》未毕,见王弼自说注《老子》旨,何意多所短,不复得作声,但应诺诺,遂不复注,因作《道德论》。③

不能"注"则为"论",这说明"注"体与"论"体之所以能有互动或交叉,是因为二者都是对原文的阐发;而玄学"注"甩脱汉代烦琐注经而崇尚简约,则为"注"体与"论"体的互动提供了文风上的保证。这些说明文体的互动、交叉或渗透、融合是有条件的,而条件又是随着时代变化的。中古时期文体扩张的例子特别多,体现了南朝文风对"新变"的追求,《文心雕龙·通变》:

> 夫设文之体有常,变文之数无方,何以明其然耶?凡诗、赋、书、记,名理相因,此有常之体也;文辞气力,通变则久,此无方之数也。④

虽然刘勰一再指出"讹体""谬体",但涉及文体发展的大方向

---

① 萧统编,李善注《文选》,中华书局,1977年,第561页。
② 钱锺书《管锥编》,中华书局,1979年,第890页。
③ 刘义庆撰,刘孝标注,余嘉锡笺疏《世说新语笺疏》,上海古籍出版社,1993年,第200页。
④ 刘勰撰,詹锳义证《文心雕龙义证》,上海古籍出版社,1989年,第1079页。

时,追求"新变""通变"的声音更加高亢。人们对文体间的互动或讥或贬,但对"兼而善之"更为推崇,如刘孝绰《昭明太子集序》云:

> 孟坚之颂,尚有似赞之讥;士衡之碑,犹闻类赋之贬。深乎文者,兼而善之。①

其三,在文论家的笔下,文体的某一功能会成为此文体的象征,如陆机《文赋》提出的"诗缘情而绮靡",所谓"铸成新语"。而"诗缘情"口号扩张、膨胀的结果有二,一是"缘情"成为诗的专利,二是认定诗只有"缘情"一途。其有利的一面,是突出了诗的本质特征;其不利的一面,是妨害了诗向叙事、说理等方面的发展,玄言诗的遭诟病,叙事诗的不发达,这也是原因之一。

其四,文体扩张的方向。《梁书·萧子显传》载萧子显云:

> 尝著《鸿序赋》,尚书令沈约见而称曰:"可谓得明道之高致,盖《幽通》之流也。"……子显尝为《自序》,其略云:"……每有制作,特寡思功,须其自来,不以力构。少来所为诗赋,则《鸿序》一作,体兼众制,文备多方,颇为好事所传,故虚声易远。"②

萧子显称其赋的"体兼众制,文备多方",或即前称"兼而善之";虽然《鸿序》一赋,今已不得其详,但汉魏六朝赋的"体兼众制,文备多方"却是可以看到的。比如说赋作所含的诗类诸体,既有"拓宇于《楚辞》"的骚,还有班固《两都赋》之"五篇之诗"、司马相如《美人赋》之"女乃歌曰"、张衡《南都赋》之"喟然相与歌曰"、张衡《南都赋》之"遂作《颂》曰"、马融《长笛赋》之"其辞曰"、张衡《思玄赋》篇末之"系曰",《文选》李善注引旧注:"系,繫也。言繫一赋之前意也。"《六臣注文选》注引旧注:"系,繫也。重繫一赋之意也。"赋融含的骚、诗、歌、颂、辞、系诸文体,其特点在赋的映衬下反而更凸显

---

① 萧统撰,俞绍初校注《昭明太子集校注》附录一,中州古籍出版社,2001年,第245页。

② 姚思廉《梁书》,中华书局,1973年,第511、512页。

了。进而,不论文体扩张的现象如何尘嚣甚上,文体还是文体,对社会的整体反映、完整表达,还是需要文体的集体努力,于是我们更多看到的是,各种文体以集合的面目出现在世人面前,组成一个更大的文体。在文体的形成期,往往是各种文体的特点综合而构成新文体,如赋是综合各种文体的特点而形成,章学诚《校雠通义》卷二《汉志诗赋第十五之二》,称赋"出入战国诸子",即所谓"假设问对,《庄》《列》寓言之遗也;恢廓声势,苏、张纵横之体也;排比谐隐,《韩非·储说》之属也;征材聚事,《吕览》类聚之义也"等,①这在汉魏六朝赋中是可以一一征实的。又如魏时卞兰有《赞述太子赋》,又有《赞述太子表》,②即赞(颂)、赋、表三种文体构成一个整体;后人又称《赞述太子赋并上赋表》。又如史传体,《文心雕龙·史传》称:

> 故本纪以述皇王,列传以总侯伯,八书以铺政体,十表以谱年爵,虽殊古式,而得事序焉。③

史传体中各种文体各自的面目更加鲜明。影响到日后史书以外的著述,如赵彦卫《云麓漫钞》述唐代情况:

> 唐之举人,先借当世显人,以姓名达之主司,然后以所业投献。逾数日又投,谓之温卷,如《幽怪录》《传奇》等皆是也。盖此等文备众体,可以见史才、诗笔、议论。④

称唐宋举子于应试前,将名片投呈当时名人显要后,再将著作送上,以求推荐,这些著作之"文",就"文备众体"。

---

① 章学诚撰,王重民通解,傅杰导读,田映曦补注《校雠通义通解》,上海古籍出版社,2009年,第117页。
② 欧阳询《艺文类聚》卷十六,上海古籍出版社,1982年,第294—295、299—300页。
③ 刘勰撰,詹锳义证《文心雕龙义证》,上海古籍出版社,1989年,第576页。
④ 赵彦卫《云麓漫钞》,古典文学出版社,1957年,第111页。

第四节　古体与今体：文体的时代风格之争

《文选序》曰：

> 式观元始，眇觌玄风，冬穴夏巢之时，茹毛饮血之世，世质民淳，斯文未作。逮乎伏羲氏之王天下也，始画八卦，造书契，以代结绳之政，由是文籍生焉。《易》曰："观乎天文，以察时变。观乎人文，以化成天下。"文之时义远矣哉！若夫椎轮为大辂之始，大辂宁有椎轮之质？增冰为积水所成，积水曾微增冰之凛，何哉盖踵其事而增华，变其本而加厉。物既有之，文亦宜然。随时变改，难可详悉。①

萧统力主"变其本而加厉"的文学进化观，称文学是"随时变改"的，这就为张扬今体奠定了理论根基。此处以《雕虫论》《宋书·谢灵运传论》《南齐书·文学传论》《与湘东王书》《颜氏家训·文章》等为考察对象。

一、"雕虫论"与古体、今体

裴子野（469—530），字几原，祖籍河东闻喜（今山西闻喜县）。南朝著名史学家、文学家。裴松之的曾孙，裴骃的孙子，裴昭明之子，与曾祖、祖父合称"史学三裴"。裴子野"博极群书"，"时吴平侯萧劢、范阳张缵，每讨论坟籍，咸折中于子野焉"，曾受诏为《喻魏文》，众人叹服，梁武帝"目子野而言曰：'其形虽弱，其文甚壮'"。当时"凡诸符檄，皆令草创"。又，裴子野"为文典而速，不尚丽靡之词。其制作多法古，与今文体异，当时或有诋诃者，及其末皆翕然重

---

① 萧统编，李善注《文选》，中华书局，1977年，第1页。

之"。① 其"深相赏好"者,有沛国刘显、南阳刘之遴、陈郡殷芸、陈留阮孝绪、吴郡顾协、京兆韦棱等。

裴子野曾将沈约《宋书》删撰为《宋略》二十卷,其中曰:

> 宋明帝博好文章,才思朗捷,常读书奏,号称七行俱下。每有祯祥,及幸宴集,辄陈诗展义,且以命朝臣。其戎士武夫,则托请不暇,困于课限,或买以应诏焉。于是天下向风,人自藻饰,雕虫之艺,盛于时矣。梁鸿胪卿裴子野论曰。

其所论就是裴子野《雕虫论》,其曰:

> 古者四始六艺,总而为诗,既形四方之风,且彰君子之志,劝美惩恶,王化本焉。后之作者,思存枝叶,繁华蕴藻,用以自通。若悱恻芳芬,楚骚为之祖,靡漫容与,相如扣其音。由是随声逐影之俦,弃指归而无执,赋、诗、歌、颂,百帙五车,蔡邕等之俳优,杨雄悔为童子,圣人不作,雅郑谁分。其五言为家,则苏、李自出,曹、刘伟其风力,潘、陆固其枝叶。爰及江左,称彼颜、谢,箴绣鞶帨,无取庙堂。宋初迄于元嘉,多为经史。大明之代,实好斯文,高才逸韵,颇谢前哲,波流相尚,滋有笃焉。
>
> 自是闾阎年少,贵游总角,罔不摈落六艺,吟咏情性,学者以博依为急务,谓章句为专鲁,淫文破典,斐尔为功。无被于管弦,非止乎礼义,深心主卉木,远致极风云,其兴浮,其志弱,巧而不要,隐而不深,讨其宗途,亦有宋之风也,若季子聆音,则非兴国,鲤也趋室,必有不敢。荀卿有言:"乱代之征,文章匿而采。"斯岂近之乎。②

力赞古体的"既形四方之风,且彰君子之志,劝美惩恶,王化本焉",而批评今体的"思存枝叶,繁华蕴藻,用以自通"等。

---

① 姚思廉《梁书·裴子野传》,中华书局,1973年,第441—443页。
② 严可均校辑《全上古三代秦汉三国六朝文·全梁文》卷五十三,中华书局,1958年,第3262页。

二、音韵之争与古体、今体

自诗歌音律论盛,诗人与诗歌理论家认为,诗仅有自然韵律是不够的,诗应该有自己的韵律。其一是陆机《文赋》在理论上提出了诗的韵律的规则设想,所谓"暨音声之迭代,若五色之相宣"①,其韵律建构的路径是:诗的韵律是由各种("若五色")"音声"组成的,非单一化的;其韵律是"迭代"即循环往复的。其二,佛教的影响。在魏晋时多有吟诵美妙韵律的故事,如《异苑》载曹植听到佛教诵经声即效而则之;又如《世说新语·言语》载"道壹道人好整饰音辞"②;以及《高僧传·释僧辩传》所载萧子良因为梦中的梵音吟咏,便召集沙门审音定声。陈寅恪《四声三问》则认为平、上、去"实依据及摹拟中国当日转读佛经之三声"归纳得来。其三,有一批对声音有特殊感觉的先知先觉者,如范晔就自称是"性别宫商,识清浊,斯自然也","言之皆有实证";③还有"幼有文辩"的"贵公子孙",④如王元长创其首,谢朓、沈约等。其四,学术讨论的影响。古代音韵之学,孙炎《尔雅音义》创立反切;李登《声类》以宫、商、角、徵、羽分韵,为日后"永明体"诗的四声运用与律诗奠立了基础。《文心雕龙·声律》也有讨论:

> 凡声有飞沉,响有双叠。双声隔字而每舛,叠韵杂句而必睽;沉则响发而断,飞则声扬不还,并辘轳交往,逆鳞相比,迕其际会,则往蹇来连,其为疾病,亦文家之吃也。⑤

沈约《宋书·谢灵运传论》明确提出规则:

---

① 萧统编,李善注《文选》,中华书局,1977年,第241页。
② 刘义庆著,刘孝标注,余嘉锡笺疏《世说新语笺疏》,上海古籍出版社,1993年,第146页。
③ 《狱中与诸甥侄书》,沈约《宋书》,中华书局,1974年,第1830页。
④ 钟嵘撰,曹旭集注《诗品集注》,上海古籍出版社,1994年,第340页。
⑤ 刘勰撰,詹锳义证《文心雕龙义证》,上海古籍出版社,1989年,第1218页。

> 夫五色相宣,八音协畅,由乎玄黄律吕,各适物宜。欲使宫羽相变,低昂互节,若前有浮声,则后须切响。一简之内,音韵尽殊;两句之中,轻重悉异。妙达此旨,始可言文。至于先士茂制,讽高历赏,子建函京之作,仲宣霸岸之篇,子荆零雨之章,正长朔风之句,并直举胸情,非傍诗史,正以音律调韵,取高前式。自《骚》人以来,而此秘未睹。(此二句《文选》作:"自灵均以来,多历年代,虽文体稍精,而此秘未睹。")至于高言妙句,音韵天成,皆暗与理合,匪由思至。张、蔡、曹、王,曾无先觉,潘、陆、谢、颜,去之弥远。世之知音者,有以得之,知此言之非谬。如曰不然,请待来哲。①

这就是今体中的"永明体":

> 永明末,盛为文章。吴兴沈约、陈郡谢朓、琅邪王融以气类相推毂。汝南周颙善识声韵。约等文皆用宫商,以平、上、去、入为四声,以此制韵,不可增减,世呼为"永明体"。②

沈约提倡声律,他官居显贵,是文坛实际的核心人物,他每每奖掖诗人,这既是作为文坛领袖为推进文坛繁荣所应尽的职责,又是他有意识地推行"永明体"的机会。日本弘法大师《文镜秘府论序》称:"沈侯、刘善之后,王、皎、崔、元之前,盛谈四声,争吐病犯,黄卷溢箧,缃帙满车。"③至唐代,《新唐书·文艺传》载:

> 魏建安后迄江左,诗律屡变,至沈约、庾信,以音韵相婉附,属对精密。及之问、沈佺期,又加靡丽,回忌声病,约句准篇,如锦绣成文,学者宗之,号为"沈、宋"。④

---

① 沈约《宋书》,中华书局,1974年,第1779页。
② 萧子显《南齐书》,中华书局,1972年,第898页。
③ 〔日〕弘法大师撰,王利器校注《文镜秘府论校注》,中国社会科学出版社,1983年,第9—10页。
④ 欧阳修、宋祁《新唐书》,中华书局,1975年,第5751页。

这就是律诗。

三、"新变"口号下的古体、今体

萧子显(487—537),字景阳,梁南兰陵(今江苏常州)人,齐高帝萧道成孙。历任太子中舍人、国子祭酒、侍中、吏部尚书等职。后迁吴兴太守。博学能文,撰有多种史书,今存仅《南齐书》。

《南齐书·文学传论》①先称历代有些作品:

> 属文之道,事出神思,感召无象,变化不穷。俱五声之音响,而出言异句;等万物之情状,而下笔殊形。吟咏规范,本之雅什,流分条散,各以言区。若陈思《代马》群章,王粲《飞鸾》诸制,四言之美,前超后绝。少卿离辞,五言才骨,难与争鹜。桂林湘水,平子之华篇,飞馆玉池,魏文之丽篆,七言之作,非此谁先?卿、云巨丽,升堂冠冕,张、左恢廓,登高不继,赋贵披陈,未或加矣。显宗之述傅毅,简文之摛彦伯,分言制句,多得颂体。裴颜内侍,元规凤池,子章以来,章表之选。孙绰之碑,嗣伯喈之后;谢庄之诔,起安仁之尘。颜延《杨瓒》,自比《马督》,以多称贵,归庄为允。王褒《僮约》,束皙《发蒙》,滑稽之流,亦可奇玮。五言之制,独秀众品。

接着就说"习玩为理,事久则渎,在乎文章,弥患凡旧。若无新变,不能代雄",所谓"朱蓝共妍,不相祖述",这是萧子显鼓吹今体的理论基础。他提倡"今体"云:

> 今之文章,作者虽众,总而为论,略有三体。一则启心闲绎,托辞华旷,虽存巧绮,终致迂回。宜登公宴,本非准的。而疏慢阐缓,膏肓之病,典正可采,酷不入情。此体之源,出灵运而成也。次则缉事比类,非对不发,博物可嘉,职成拘制。或全

---

① 萧子显《南齐书》,中华书局,1972年,第907—909页。

借古语,用申今情,崎岖牵引,直为偶说。唯睹事例,顿失精采。此则傅咸五经,应璩指事,虽不全似,可以类从。次则发唱惊挺,操调险急,雕藻淫艳,倾炫心魂。亦犹五色之有红紫,八音之有郑、卫。斯鲍照之遗烈也。

萧子显是宫体诗大家,今存诗作不足二十首,多数被《玉台新咏》所录,他既多写男女之情又不满意鲍照,而鲍照则是晋、宋之间叙写男女之情的开创者①,显然他只是不满意鲍照那样的表达男女之情的写法,萧子显自有其诗歌创造准则:

> 三体之外,请试妄谈。若夫委自天机,参之史传,应思悱来,勿先构聚。言尚易了,文憎过意,吐石含金,滋润婉切。杂以风谣,轻唇利吻,不雅不俗,独中胸怀。轮扁斫轮,言之未尽,文人谈士,罕或兼工。非唯识有不周,道实相妨。谈家所习,理胜其辞,就此求文,终然翳夺。故兼之者鲜矣。

"言尚易了,文憎过意",是针对谢灵运、应璩二体而言,"杂以风谣"云云,是指学习民歌风谣,又要超出民歌风谣而独成一格,既要叙写男女之情,又要超出民歌风谣所叙写的男女之情。"吐石含金,滋润婉切",即指继承永明体讲究音律的特点。总的来说,就是在永明体的基础上与民歌结合,加强抒情。如此看来,《南齐书·文学传论》不啻有点宫体诗宣言的意味了。

四、萧纲提出的今文、古文

萧纲(503—551),字世缵,小字六通,武帝第三子,曾被封为晋安王,公元531年被立为太子,侯景饿死武帝后,萧纲被立为帝,在位两年,谥号为简文帝。萧纲在蕃及做太子时期,写作了大量宫体诗,形成宫体诗流派。

---

① 刘师培称"淫艳哀音,被于江左","亦始于晋、宋之间,后有鲍照,前则惠休"(陈引驰编校《刘师培中古文学论集》,中国社会科学出版社,1997年,第90页)。

萧纲被立为太子,进京后写下《与湘东王书》批评"京师文体":

> 比见京师文体,儒钝殊常,竞学浮疏,争为阐缓。玄冬修夜,思所不得,既殊比兴,正背《风》《骚》。若夫六典三礼,所施则有地;吉凶嘉宾,用之则有所。未闻吟咏情性,反拟《内则》之篇;操笔写志,更摹《酒诰》之作;迟迟春日,翻学《归藏》;湛湛江水,遂同《大传》。①

这是说"吟咏情性"的诗文不应该"儒钝""浮疏""阐缓",即不应该像经学文章那样循规蹈矩。于是他提出"今体""古文"之争:

> 若以今文为是,则古文为非;若昔贤可称,则今体宜弃。俱为盍各,则未之敢许。

以下又具体批判道:

> 又时有效谢康乐、裴鸿胪文者,亦颇有惑焉。何者?谢客吐言天拔,出于自然,时有不拘,是其糟粕;裴氏乃是良史之才,了无篇什之美。是为学谢则不届其精华,但得其冗长;师裴则蔑绝其所长,惟得其所短。谢故巧不可阶,裴亦质不宜慕。……诗既若此,笔又如之。徒以烟墨不言,受其驱染;纸札无情,任其摇襞。甚矣哉,文之横流,一至于此!

谢灵运是山水诗的开创者,《南史·颜延之传》载,鲍照称其五言诗"如初发芙蓉,自然可爱"②,但钟嵘批评他"逸荡过之,颇以繁芜为累"③。裴子野多作史书及应用公文,长于古质文风。萧纲批评当代诗人学习不择对象,使"吟咏情性"的文字"了无篇什之美"。在上述批判的基础上,萧纲提出了正面的赞赏:

> 至如近世谢朓、沈约之诗,任昉、陆倕之笔,斯实文章之冠

---

① 姚思廉《梁书》,中华书局,1973年,第690页。下同。
② 李延寿《南史》,中华书局,1975年,第881页。
③ 钟嵘撰,曹旭集注《诗品集注》,上海古籍出版社,1994年,第160页。

冕,述作之楷模。

谢朓是继承谢灵运的优点又克服其缺点的诗人,时人多以其为榜样,《南史·谢朓传》载,沈约称誉他"二百年来无此诗也"①。从萧子显、萧纲的言论,可以看出趋新派的论争,批判他人多于肯定自己。

于是萧纲在《与湘东王书》中表示渴望与萧绎一起提倡今文:

> 文章未坠,必有英绝,领袖之者,非弟而谁?每欲论之,无可与语。思吾于建,一共商榷。辨兹清浊,使如泾渭,论兹月旦,类彼汝南。朱丹既定,雌黄有别,使夫怀鼠知惭,滥竽自耻。譬斯袁绍,畏见子将;同彼盗牛,遥羞王烈。

言谈之中充溢着提倡今文的自觉意识以及从事文学批评事业的自豪。

五、颜之推提出"古之制裁"与"今之辞调"

颜之推(531—595?),字介,琅邪临沂(今山东临沂)人。被梁湘东王赏识,十九岁就被任为国左常侍。西魏破江陵,颜之推被俘,后投奔北齐,历二十年,官至黄门侍郎。公元577年,北齐为北周所灭,他被征为御史上士。公元581年,隋代北周,他又于隋文帝开皇年间被召为学士。颜之推著有《颜氏家训》,在家庭教育发展史上有重要的影响。

颜之推《颜氏家训·文章》篇:

> 古人之文,宏材逸气,体度风格,去今实远;但缉缀疏朴,未为密致耳。今世音律谐靡,章句偶对,讳避精详,贤于往昔多矣。宜以古之制裁为本,今之辞调为末,并须两存,不可偏弃也。②

---

① 李延寿《南史》,中华书局,1975年,第533页。
② 颜之推撰,王利器集解《颜氏家训集解》,上海古籍出版社,1980年,第250页。

"古之制裁"即作品端庄大气质朴的儒家品格,"今之辞调"即典故、声韵、对仗等的运用,他认为"今世"之作与"古人之文"都有长处,主张"并须两存,不可偏弃",这种看法是比较公允的。

于是,颜之推站在当今的立场上,一是认为"时俗"多有可改革之处,其云:

> 文章当以理致为心肾,气调为筋骨,事义为皮肤,华丽为冠冕。今世相承,趋本弃末(按,当作"趋末弃本"),率多浮艳。辞与理竞,辞胜而理伏;事与才争,事繁而才损。放逸者流宕而忘归,穿凿者补缀而不足。时俗如此,安能独违?但务去泰去甚耳。必有盛才重誉,改革体裁者,实吾所希。①

所谓"改革体裁"云云。又如对宫体倾向"郑、卫之辞"的批评:

> 近代文士,颇作《三妇诗》,乃为匹嫡并耦己之群妻之意,又加郑、卫之辞,大雅君子,何其谬乎?②

> 吾家世文章,甚为典正,不从流俗,梁孝元在蕃邸时,撰《西府新文》,讫无一篇见录者,亦以不偶于世,无郑、卫之音故也。③

以"家世文章""无郑、卫之音"自诩,而南朝是以宫体为尚的。于是,当其云:

> 凡为文章,犹人乘骐骥,虽有逸气,当以衔勒制之,勿使流乱轨躅,放意填坑岸也。④

也就可以视为对任情放纵的"今之辞调"的约束了。二是颜之推认为今文的特点多有可发扬之处,如:

> 沈隐侯曰:"文章当从三易:易见事,一也;易识字,二也;易

---

① 颜之推撰,王利器集解《颜氏家训集解》,上海古籍出版社,1980年,第249页。
② 同上书,第432页。
③ 同上书,第251页。
④ 同上书,第248页。

读诵,三也。"邢子才常曰:"沈侯文章,用事不使人觉,若胸忆语也。"深以此服之。祖孝征亦尝谓吾曰:"沈诗云:'崖倾护石髓。'此岂似用事邪?"①

"文章当从三易"成为今文的发展方向。

六、北朝的文体复古运动

今文与古体之争,在北朝亦掀起波澜。《北史·柳虬传》:

> 时人论文体者,有今古之异。虬又以为时有古今,非文有古今,乃为文质论。文多不载。②

"时有古今,非文有古今"意思是说,古代的文体今天仍然可用,无所谓古今。这已含复古的意味。

《北史·柳庆传》:

> 大统十年,(柳庆)除尚书都兵郎中,并领记室。时北雍州献白鹿,群臣欲贺。尚书苏绰谓庆曰:"近代已来,文章华靡,逮于江左,弥复轻薄。洛阳后进,祖述未已。相公(宇文泰)柄人轨物,君职典文房,宜制此表,以革前弊。"庆操笔立成,辞兼文质。绰读而笑曰:"枳橘犹自可移,况才子也!"③

在崇仰"文"的时代提出"辞兼文质",重心显然是偏向"质"的。

《北史·苏绰传》载:

> 自有晋之季,文章竞为浮华,遂以成俗。周文欲革其弊,因魏帝祭庙,群臣毕至,乃命绰为大诰,奏行之。其词曰:
> "惟中兴十有一年仲夏,庶邦百辟,咸会于王庭。柱国泰洎群公列将罔不来朝。时乃大稽百宪,敷于庶邦,用绥我王度。皇

---

① 颜之推撰,王利器集解《颜氏家训集解》,上海古籍出版社,1980年,第253页。
② 李延寿《北史》,中华书局,1974年,第2279页。
③ 同上书,第2283页。

> 帝若曰:'或尧命羲和,允厘百工。舜命九官,庶绩咸熙。武丁命说,克号高宗。时惟休哉,朕其钦若。格尔有位,胥暨我太祖之庭,朕将丕命女以厥官。'"①

所谓"自是之后,文笔皆依此体"②,苏绰掀起复古热潮,并以行政命令的方式推广。但是,苏绰的主张在新的时代中并没有持续力,《周书·王褒庾信传论》即称:

> 然绰建言务存质朴,遂糠秕魏、晋,宪章虞、夏。虽属词有师古之美,矫枉非适时之用,故莫能常行焉。③

"非适时之用"是复古主张失败的最重要的原因。《史通·杂说》评价说:

> 寻宇文初习华风,事由苏绰。至于军国词令,皆准《尚书》。太祖敕朝廷他文,悉准于此。盖史臣所记,皆禀其规。柳虬之徒,从风而靡。案绰文虽去彼淫丽(如南朝、北梁诸书),存兹典实(谓规仿《尚书》之体)。而陷于矫枉过正之失,乖夫适俗随时之义。④

也强调其"乖夫适俗随时之义"。

第五节　风格论与文体论的互动

南北朝称之为"今文""今体"者,《梁书·裴子野传》所谓"子野为文典而速,不尚丽靡之词。其制作多法古,与今文体异"⑤,萧纲

---

① 李延寿《北史》,中华书局,1974年,第2239页。
② 同上书,第2242页。
③ 令狐德棻等《周书》,中华书局,1971年,第744页。
④ 刘知几著,浦起龙通释《史通通释》,上海古籍出版社,2009年,第468页。
⑤ 姚思廉《梁书》,中华书局,1973年,第443页。

《与湘东王书》所称"若以今文为是,则古文为非;若昔贤可称,则今体宜弃"①,这是一种除诗以外的"笔",具有与"古文"相对立的文章体制。这种文体在徐陵、庾信时基本定型,全篇以偶句为主,讲究对仗和声律、辞藻,一直延续到清末,唐代称其为"骈四俪六""四六",宋明沿用,清代称其为骈文。这种文体是在风格"新变"的文体学氛围中产生并定型的,又是在对赋体的崇尚中,以其为媒介而成长壮大起来的。"今文""今体"的产生,打破了历来"诗""笔"两分的文体格局,至此天下文体三分。

一、赋在《文心雕龙》中的再发现

汉时,赋以叙写文字的学问化与文采之丽著称,晋时,赋又兴起叙写内容的学问化,如左思《三都赋序》提出作赋崇尚学问,所谓"其山川城邑,则稽之地图;其鸟兽草木,则验之方志。风谣歌舞,各附其俗,魁梧长者,莫非其旧"②。南北朝时赋有一场被再发现的经历。先是赋注兴起,徐爰在潘岳《射雉赋》注中自述"尝览兹赋,昧而莫晓",于是"聊记所闻,以备遗忘"。③《梁书·文学·周兴嗣传》载"左卫率周舍奉敕注高祖所制历代赋,启兴嗣助焉"④。《梁书·文学·刘杳传》载,"昭明太子薨,新宫建,旧人例无停者,敕特留(刘)杳焉",原因就是让他"仍注太子《徂归赋》"。⑤《周书·蔡大宝传》载梁元帝向蔡大宝"示所制《玄览赋》,令注解焉"⑥。在世人对赋有着较大关注的同时,文论家又从文体学的角度分析、总结赋的特点,刘勰撰作指导创作的《文心雕龙》,其总结创作手法时多以赋的特点为例,使赋在世人面前俨然成为某一集合文体的代表或佼

---

① 姚思廉《梁书·文学传》,中华书局,1973年,第690—691页。
② 萧统编,李善注《文选》,中华书局,1977年,第74页。
③ 同上书,第139页。
④ 姚思廉《梁书》,中华书局,1973年,第698页。
⑤ 同上书,第717页。
⑥ 令狐德棻等《周书》,中华书局,1971年,第868页。

佼者。而刘勰总结出的赋的特点，又多是此前论赋者没有关注到的。

其一，论赋的句式与用韵。《文心雕龙·章句》：

> 至于《诗·颂》大体，以四言为正，唯《祈父》《肇禋》，以二言为句。寻二言肇于黄世，《竹弹》之谣是也；三言兴于虞时，《元首》之诗是也；四言广于夏年，《洛汭之歌》是也；五言见于周代，《行露》之章是也。六言七言，杂出《诗》《骚》；两体之篇，成于两汉。情数运周，随时代用矣。

> 若乃改韵从调，所以节文辞气。贾谊、枚乘，两韵辄易；刘歆、桓谭，百句不迁：亦各有其志也。昔魏武论赋，嫌于积韵，而善于贸代。陆云亦称"四言转句，以四句为佳"。观彼制韵，志同枚、贾。然两韵辄易，则声韵微躁；百句不迁，则唇吻告劳。妙才激扬，虽触思利贞，曷若折之中和，庶保无咎。①

"至于《诗·颂》大体，以四言为正"云云是论诗，接着列举诗的句式二、三、四、五、六、七言的来历。以下"情数运周，随时代用"引出赋，所谓章句之美具体化的"改韵从调""节文辞气"，所论以赋的用韵为主，论及贾谊、枚乘、刘歆、桓谭、魏武、陆云②，都是指其赋作或其论赋的言语，其中涉及赋的句式。

其二，论赋的对偶。《文心雕龙·丽辞》以作家而论：

> 自扬、马、张、蔡，崇盛丽辞，如宋画吴冶，刻形镂法，丽句与深采并流，偶意共逸韵俱发。

扬雄、司马相如、张衡、蔡邕都是赋家。《丽辞》又论文章中的对偶句例：

> 长卿《上林赋》云："修容乎礼园，翱翔乎书圃。"此言对之类

---

① 刘勰撰，詹锳义证《文心雕龙义证》，上海古籍出版社，1989年，第1270、1276页。
② 范文澜称陆云的"四言转句，以四句为佳"云："详士龙此文，所论者乃赋也。"（刘勰著，范文澜注《文心雕龙注》，人民文学出版社，1958年，第585页）

也。宋玉《神女赋》云:"毛嫱鄣袂,不足程式;西施掩面,比之无色。"此事对之类也。仲宣《登楼赋》云:"钟仪幽而楚奏,庄舄显而越吟。"此反对之类也。孟阳《七哀》云:"汉祖想枌榆,光武思白水。"此正对之类也。①

刘勰所举四例,一例为诗,三例为赋。

其三,赋的用典。《文心雕龙》在好几篇中说到赋的运用典故与征引。如《比兴》篇就说"马融《长笛》云'繁缛络绎,范、蔡之说也',此以响比辩者也"②;《事类》篇多有文字论汉赋的征引与用典:

> 唯贾谊《鵩赋》,始用鹖冠之说;相如《上林》,撮引李斯之书,此万分之一会也。……刘劭《赵都赋》云:"公子之客,叱劲楚令歃盟;管库隶臣,呵强秦使鼓缶。"用事如斯,可称理得而义要矣。③

如此多的阐述,表明赋要用典与征引已经形成风气。

这些表明,在文体学家眼中,赋的这些特点引起世人的兴趣。值得注意的是,刘勰并非在《诠赋》篇中再发掘出赋的这些特点,而是在总体论述文章写作特点的《章句》《丽辞》《比兴》《事类》诸篇中做出上述判断的。刘勰撰作《文心雕龙》就是"弥纶群言"式地总结以往的创作经验,以指导写作;那么,刘勰总结出的赋的特点的意义指向,就不仅仅是就赋而言。所以,其《章句》先说"章句无常,而字有条数,四字密而不促,六字格而非缓,或变之以三五,盖应机之权节也"④,这显然不是论诗,但也不是论赋,而是一种通论。其《丽辞》论"造化赋形,支体必双,神理为用,事不孤立。夫心生文辞,运裁百

---

① 刘勰撰,詹锳义证《文心雕龙义证》,上海古籍出版社,1989年,第1309—1310页。
② 同上书,第1365页。
③ 同上书,第1413、1427页。
④ 同上书,第1265页。

虑,高下相须,自然成对"①,其论对偶也是一种通论。那么,他以赋为典范,意在指向什么样的文体集合呢？如此的总结给世人一种什么样的憧憬呢？

二、"今文""今体"以赋为媒介

刘勰以赋为典范,意在指向他所处时代的"今文""今体"的文章体制建构。我们考察南北朝"今文""今体"的体制,大都具有向其他文体引进而又结合自身特点的意味,从中可以看出赋的媒介、表率作用是十分明显的。

其一,就声律音韵来说,诗歌产生于民间时,那是一种自然声韵；而有意识地用于诗歌以外的文体,以人工实施调节,却是从赋开始的,司马相如即言"赋之迹"的"一宫一商"。《世说新语·文学》则有盛赞赋作的音律之美的记载：

> 孙兴公作《天台赋》成,以示范荣期,云:"卿试掷地,要作金石声。"范曰:"恐子之金石,非宫商中声。"然每至佳句,辄云:"应是我辈语。"②

永明时期讲究四声,《南史·陆厥传》：

> 时盛为文章,吴兴沈约、陈郡谢朓、琅邪王融以气类相推毂,汝南周颙善识声韵。(沈)约等文皆用宫商,将平上去入四声,以此制韵,有平头、上尾、蜂腰、鹤膝。五字之中,音韵悉异,两句之内,角徵不同,不可增减。世呼为"永明体"。③

赋的声律音韵也是须人工有意识调节的,《梁书·王筠传》载：

> 约制《郊居赋》,构思积时,犹未都毕,乃要筠示其草,筠读

---

① 刘勰撰,詹锳义证《文心雕龙义证》,上海古籍出版社,1989 年,第 1294 页。
② 刘义庆撰,刘孝标注,余嘉锡笺疏《世说新语笺疏》,上海古籍出版社,1993 年,第 267 页。
③ 李延寿《南史》,中华书局,1975 年,第 1195 页。

至"雌霓(五激反)连蜷",约抚掌欣抃曰:"仆尝恐人呼为霓(五鸡反)。"①

沈约恐怕读者把入声的"霓"读为平声。"笔"学习声律,赋应该是最好的中介,因为诗为"五字之中,音韵悉异,两句之内,角徵不同"的五字句式的声律,而"今文""今体"的句式则如《郊居赋》"雌霓连蜷"的四字句,有相同相近之处,其声律面向四言、六言。所以后人论"今文""今体"的声律,往往把赋当作中间状态,如郭绍虞《文笔与诗笔》称《文镜秘府论》所述:

> 今案日人遍照金刚《文镜秘府论》中之论诸病,每先举五言诗为例,次论赋颂,又次及诸手笔,而诸手笔所举之例,正是全属俪语。②

从《文镜秘府论》论声病的递进次序,即可见出赋是处于中间状态的。

其二,就对偶而言,司马相如称"赋之迹"有所谓"一经一纬",即是称说赋的对偶。而从司马相如的赋作看,且不说《上林赋》"撞千石之钟,立万石之虡,建翠华之旗,树灵鼍之鼓,奏陶唐氏之舞,听葛天氏之歌,千人唱,万人和,山陵为之震动,川谷为之荡波"③之类对偶,刘勰叙说已详;如《子虚赋》描摹云梦,铺陈方位,有上则有下,有东则有西,有南则有北,就告知世人一种概念,从整体上说赋的叙写就应该是这样对偶的。赋的对偶运用既是成独立段落的,又是全篇整体的。

其三,赋也是最早就用典的文体,司马相如所说"赋家之心,苞括宇宙,总览人物",就是对古事的运用。从"笔"引进用典,赋比诗要更早。把用典推广开来,赋具有标杆作用。

---

① 姚思廉《梁书》,中华书局,1973年,第485页。
② 郭绍虞《照隅室古典文学论集(上编)》,上海古籍出版社,1983年,第167页。
③ 萧统编、李善注《文选》,中华书局,1977年,第128页。

之所以要以赋为媒介建构"今文""今体",原因有二:一是因为时代崇尚文采,二是赋本为历代作品中最富文采者。

刘勰《文心雕龙·情采》对文采的追求是这样说的:

> 圣贤书辞,总称文章,非采而何?夫水性虚而沦漪结,木体实而花萼振,文附质也。虎豹无文,则鞟同犬羊;犀兕有皮,而色资丹漆:质待文也。若乃综述性灵,敷写器象,镂心鸟迹之中,织辞鱼网之上,其为彪炳缛采名矣。故立文之道,其理有三:一曰形文,五色是也;二曰声文,五音是也;三曰情文,五性是也。五色杂而成黼黻,五音比而成《韶》《夏》,五情发而为辞章,神理之数也。①

萧统对世上文章都有文采追求说得最清楚,其《文选序》曰:

> 文之时义远矣哉!若夫椎轮为大辂之始,大辂宁有椎轮之质?增冰为积水所成,积水曾微增冰之凛,何哉?盖踵其事而增华,变其本而加厉。物既有之,文亦宜然。②

刘勰、萧统的论述表明,南北朝文学崇尚的是文采。而我们知道,赋本来就是历代文学中最富文采者,《汉书·艺文志》称宋玉到扬雄之类的赋家"竞为侈丽闳衍之词"③;《汉书·扬雄传》载,扬雄认为赋"必推类而言,极丽靡之辞,闳侈巨衍,竞于使人不能加也",班固评价司马相如"作赋甚弘丽温雅";④扬雄《法言·吾子》称之为"诗人之赋丽以则,辞人之赋丽以淫"⑤,一言以蔽之曰"丽"。《西京杂记》卷二载司马相如自称作赋:

> 合纂组以成文,列锦绣而为质。一经一纬,一宫一商,此赋

---

① 刘勰撰,詹锳义证《文心雕龙义证》,上海古籍出版社,1989年,第1147—1151页。
② 萧统编,李善注《文选》,中华书局,1977年,第1页。
③ 班固《汉书》,中华书局,1962年,第1756页。
④ 同上书,第3575、3515页。
⑤ 扬雄著,李轨注《扬子法言》,上海古籍出版社,1989年,第6页。

之迹也。赋家之心,苞括宇宙,总览人物,斯乃得之于内,不可得而传。①

赋家自己陈说运用各种艺术手段来作赋的情况,或者说,赋是由各种各样的文采交织而成的,所谓"控引天地,错综古今"。当"诗笔"有着文采追求这一共同的目标时,从观念上讲,文采就是要以赋作为榜样;从写作实践上讲,汉时就多有文体以赋作为表率,程千帆称:"两京之文,若符命、论说、哀吊以及箴、铭、颂、赞之作,凡挟铺张扬厉之气者,莫不与赋相通。"②即实例之一。南北朝时,文体在追求文采的"丽"的号召下,刘勰所论的赋的那几个特点,也应该有以其为所有文体的榜样的意味。

因此,当"今文""今体"要以声律、音韵与四六、对偶、用典作为规则,赋作为媒介、榜样是最为合适的。返回来说,刘勰重新发掘与再发现的赋的特点,以对赋具有某种共识的方式,在全社会把赋推广为具有普遍意义的创作方法,使赋作为"今文""今体"产生的媒介成为现实。

这在南北朝时对赋的崇尚中得到证明。《梁书·萧子显传》载萧子显"体兼众制,文备多方"③的说法令人深思。这又可以在北齐"笔"之大家魏收身上得到印证。魏收在"笔"的撰作上是有大成就的,《北齐书·魏收传》载:"自武定二年已后,国家大事诏命,军国文词,皆(魏)收所作。每有警急,受诏立成,或时中使催促,收笔下有同宿构,敏速之工,邢、温所不逮,其参议典礼,与邢相埒。"魏收文章撰作的成就与其对赋的崇尚是分不开的,《魏收传》又载:

(魏)收以温子昇全不作赋,邢虽有一两首,又非所长,常云:"会须作赋,始成大才士。唯以章表碑志自许,此外更同

---

① 葛洪撰,周天游校注《西京杂记》,三秦出版社,2006年,第93页。
② 程千帆《赋之隆盛与旁衍》,《闲堂文薮》,齐鲁书社,1984年,第148页。
③ 姚思廉《梁书》,中华书局,1973年,第511、512页。

儿戏。"①

从魏收"会须作赋,始成大才士"的说法,可知魏收"笔"的成就与名声,是以赋为基础的。

三、从"诗笔之辨"到文体三分

颜延之《庭诰》把作品分为"咏歌之书"与"褒贬之书"两大谱系,梁时继承了这个文体谱系相分的传统,有"诗笔"对举,刘孝绰常曰的"三笔六诗",即刘孝仪之"笔"、刘孝威之诗②,有"沈诗任笔"③、"谢玄晖善为诗,任彦昇工于笔"④等说法。"诗笔"对举亦为南北朝文体学之通论,梁萧纲《与湘东王书》批评时人撰作称"诗既若此,笔又如之"⑤;文集所录也点明是"又撰时人诗笔为《文海》四十卷"⑥。所谓"笔",颜之推《颜氏家训·慕贤》:"君王比赐书翰,及写诗笔,殊为佳手。"⑦即相对于诗的单篇文章,陆游称:"南朝词人谓'文'为'笔'。"⑧"诗笔"对举为文体的两分法,除诗以外即为"笔"为"文"。

而"今文""今体"的出现及成熟,意味着诗以外的"笔""文"之类又一分为二。从南北朝"今文""今体"的创作实践来看,徐陵、庾信是成就最大者。徐陵的"笔"有所谓"颇变旧体"之称,《陈书·徐陵传》称:

> 自有陈创业,文檄军书及禅授诏策,皆陵所制,而《九锡》尤美。为一代文宗,亦不以此矜物,未尝诋诃作者。其于后进之

---

① 李百药《北齐书》,中华书局,1972年,第492页。
② 姚思廉《梁书·刘潜传》,中华书局,1973年,第594页。
③ 钟嵘撰,曹旭集注《诗品集注》,上海古籍出版社,1994年,第316页。
④ 李延寿《南史·沈约传》,中华书局,1975年,第1413页。
⑤ 姚思廉《梁书》,中华书局,1973年,第691页。
⑥ 令狐德棻等《周书·萧圆肃传》,中华书局,1971年,第756页。
⑦ 颜之推撰,王利器集解《颜氏家训集解》,上海古籍出版社,1980年,第133页。
⑧ 陆游撰,杨立英校注《老学庵笔记》,三秦出版社,2003年,第311页。

徒,接引无倦。世祖、高宗之世,国家有大手笔,皆陵草之。其文颇变旧体,缉裁巧密,多有新意。每一文出手,好事者已传写成诵;遂被之华夷,家藏其本。①

文中所谓"国家有大手笔,皆陵草之",盛赞徐陵的"文檄军书及禅授诏策","而《九锡》尤美";"其于后进之徒,接引无倦",使这种文体被广泛接受并传播。庾信名盛一代,《周书·王褒庾信传》史臣盛赞庾信的文辞为"备器用于庙堂者众矣"②。于是可见,骈文兴起的最大受益者是"公家之言"官家文书;后来的继承者唐人李商隐《樊南甲集序》称自己"始通今体"的四六之作,是与"咽噱于任、范、徐、庾之间"③分不开的,那也就是说,与"公家之言"分不开,"公家之言"是骈体的最主要的组成部分。

但是,相对于"今文""今体"的散行古文并没有退出文坛,裴子野就"制作多法古,与今文体异"④,而萧纲《与湘东王书》就称"裴氏乃是良史之才,了无篇什之美","裴亦质不宜慕";但世间仍多"师裴"者。⑤《周书·柳虬传》亦称"时人论文体者有古今之异"⑥。当"今文""今体"盛行,又有针对"今文""今体"而提倡其对立的文体——古体、古文者,如苏绰所为,史载:

> 自有晋之季,文章竞为浮华,遂成风俗。太祖欲革其弊,因魏帝祭庙,群臣毕至,乃命绰为大诰,奏行之。其词曰(略)。自是之后,文笔皆依此体。⑦

苏绰的努力最终没有成功,史家总结原因曰:

---

① 姚思廉《陈书》,中华书局,1972年,第335页。
② 令狐德棻等《周书》,中华书局,1971年,第744页。
③ 刘学锴、余恕诚《李商隐文编年校注》,中华书局,2002年,第1713页。
④ 姚思廉《梁书》,中华书局,1973年,第443页。
⑤ 同上书《文学传》,第690—691页。
⑥ 令狐德棻等《周书》,中华书局,1971年,第681页。
⑦ 同上书《苏绰传》,第391—394页。

（苏绰）建言务存质朴，遂糠秕魏、晋，宪章虞、夏。虽属词有师古之美，矫枉非适时之用，故莫能常行焉。①

但苏绰的行动显示出与"今文""今体"对立的文体也在强势成长。文章追求规则，当骈文的规则确定之时，已经为骈文的对立面——古文——奠定了独立的地位，至唐代古文运动，韩愈追求的就是为古文定规则，所谓"气盛"，"惟陈言之务去"，"文从字顺"等，而古文决定性的特点就是相对于骈文之"骈"的散句单行。除"今文""今体"、骈体从"笔"独立出来之外，在唐代，相对于骈体的古文也取得独立，各有鲜明而突出的文体特点，各有规则。

因此，从语言形态来给文体分类，骈体的产生促发其对立面散体的独立，诗以外的"笔"已一分为二，至此，文体诗、散、骈三分的局面已经形成，改变了南北朝"文笔之辨"或"诗笔之辨"的文体两分的局面。文体三分是从语言形态来说的，或是以诗的格式、形态为代表的句式，或散文，或骈文；如此文体三分一直延续下来，此后虽然多有新的文体产生，如词、曲等，属于诗体；小说有骈体，也有散体；即便是表演艺术如戏剧，从一个个独立的局部看，其唱腔即为诗体，其道白或散或骈；又如对联，也有"诗对""散对""骈对"之分。直至如今的白话文，才显示出在语言上抹平或诗、或散、或骈的区分而以散为主，但是，诗仍是诗的语言形态，骈则多以对的形态存在于散中。这就是清人王棻所云："文章之体三：散文也，骈文也，有韵文也。"②

四、赋的归类与文体

诗、散、骈文体三分，其表面上的因素之一是格式、形态中的语言形式，如诗的四言、五言、七言及骈文的四六句、对仗等，这些语言

---

① 令狐德棻等《周书》，中华书局，1971年，第744页。
② 王棻《柔桥文钞》卷三，见舒芜等《中国近代文论选》上册，人民文学出版社，1959年，第327页。

形式在成篇作品中的集中化、纯粹化,才是诗、散、骈构成的必要条件,通篇是诗的语言就是诗,通篇是骈体的语言就是骈文。而在此之前,诗、散、骈诸种语言形式早已散见于作品之中,如骈体的语言形式,但如果不是通篇统一,不曾显示出纯粹化、纯洁化,所以不能称之为骈文。这也就是有些人举出先秦作品的骈句而称之为骈文却得不到人们认可的原因。

赋"或以抒下情而通讽谕,或以宣上德而尽忠孝,雍容揄扬,著于后嗣,抑亦雅颂之亚也"①,在文体三分中,虽然其中的一体是以赋为媒介构成,但赋在文体三分中却没有名分,赋在哪里?

一是赋入诗,赋称"古诗之流"②,诗赋本为一体,文学史上诗赋统称、通称例子很多,汉王褒《四子讲德论》"何必歌咏诗赋"③,《汉书·艺文志》之《诗赋略》,《汉书·礼乐志》"以李延年为协律都尉,多举司马相如等数十人造为诗赋"④,曹丕《典论·论文》"诗赋欲丽"⑤,《文心雕龙·才略》:"仲宣溢才,捷而能密,文多兼善,辞少瑕累,摘其诗赋,则七子之冠冕乎!"⑥《文镜秘府论·西卷·文二十八种病》称"凡诗赋之体"⑦。萧纲《与湘东王书》称近世的"谢朓、沈约之诗,任昉、陆倕之笔,斯实文章之冠冕,述作之楷模。张士简之赋,周升逸之辩,亦成佳手,难可复遇"⑧,赋、辩对举即诗、笔的第二层次对举。

二是文体三分中赋入骈文。赋也从新兴的骈文汲取营养,当它严格遵守骈文规则,通篇基本对仗,两句成联,炼词熔典,讲究一定

---

① 萧统编,李善注《文选》,中华书局,1977年,第21页。
② 班固《两都赋序》,同上书,第21页。
③ 同上书,第713页。
④ 班固《汉书》,中华书局,1962年,第1045页。
⑤ 萧统编,李善注《文选》,中华书局,1977年,第720页。
⑥ 刘勰撰,詹锳义证《文心雕龙义证》,上海古籍出版社,1989年,第1801页。
⑦ 〔日〕弘法大师撰,王利器校注《文镜秘府论校注》,中国社会科学出版社,1983年,第408页。
⑧ 姚思廉《梁书》,中华书局,1973年,第691页。

声律,即世称"骈赋"。赋或入骈文,或与诗为一体,在文体三分中居无定所,岂不尴尬?但这恰恰是赋在文体学上的独特地位所致。郭绍虞《赋在中国文学史上的位置》:

> 中国文学上的分类,一向分为诗、文二体,而赋的体裁则界于诗、文二者之间,既不能归入于文,又不能列之于诗。可是,同时另有一种相反情形,赋既为文,又可称之为诗,成为文学上属于两栖的一类。①

而"文"又有骈、散。赋"两栖"甚或"三栖",恰恰是它最难能可贵之处,它沟通起诗、骈文、散文,如清人何焯评西晋孙楚《为石仲容与孙皓书》曰:"自是大才,不减孔璋,其源出于辞赋,故雅丽过之。"②程千帆说:"赋既兼具骈、散、韵文之形态,而为此三者之中间体制。"③所谓文体三分,在文体格式、形态上,既界别清楚,却又都有文采追求而相互沟通;其媒介、中间体就是赋。即便是赋,也有或诗——南朝末以诗为赋及唐代的律赋,或骈——骈赋,或散——苏轼诸人的文赋,赋自身就是媒介而沟通诗、散、骈。中国古代文体学中,诸文体既界别清楚,又追求互动、沟通,这是通例。

---

① 郭绍虞《照隅室古典文学论集(上编)》,上海古籍出版社,1983年,第80页。
② 何焯《义门读书记》卷四十九,中华书局,1987年,第958页。
③ 程千帆《赋之隆盛与旁衍》,《闲堂文薮》,齐鲁书社,1984年,第146页。

结语　魏晋南北朝文体学的几个问题

魏晋南北朝文体学有如下几大发展趋势。

第一,从具体的文体论述到文体学意识的强化。魏晋南北朝的文体论,是应文学批评与文学创作的需要而发生,与当时的文学批评与文学创作紧密相关,甚至是在当时的文学批评与文学创作意义上产生的。在这样的意义上,魏晋南北朝的文体论发达的原动力有二。一是某种文体发达了,对这种文体的论述也就发达起来;如汉代赋发达,赋文体学也随之发达;而数种新文体如"七"体、"连珠"、"对问"等的发达,伴随而来的也是对这些文体的论述,曹植《七启序》、傅玄《七谟序》《叙连珠》都是对汉代以来"七"体、"连珠"的总结性论述。而要使这种文体更加发达,对这种文体的论述也就发达起来,而西晋时对赋的某些问题如"征实"问题的讨论,伴随的是赋的再一次发达;"七"体、"连珠"亦是如此。二是文学批评的需要。如曹丕《典论·论文》认为"文人相轻,自古而然"的原因,在于"夫人善于自见,而文非一体,鲜能备善,是以各以所长,相轻所短",既然诸人是依自己"所长"的文体来"相轻所短",那么,自然应该是分文体来进行文学批评,于是,曹丕提出了文体论:"奏议宜雅,书论宜理,铭诔尚实,诗赋欲丽。"[①]诸种文体是各有规范的,因此,不能因为"文本同"就笼统地不分文体地进行作家批评,作家各有擅长,于是只能就文体来评论作家。因此,曹丕《典论·论文》文体论的提出,其重心并不在于提出文体规范,因为文体应该是怎么样的,前人已多有论述,且比曹丕的论述详而具体;曹丕《典论·论文》文体论

---

① 萧统编,李善注《文选》,中华书局,1977年,第720页。

的提出,重心在综合性地论述多种文体,展示出文体学的意味。又如陆机《文赋》论述写作过程以及写作的种种要求,在讨论揭示写作奥妙、写作指导中提出,作家的情性喜好是各种各样的,如"夸目者尚奢,惬心者贵当,言穷者无隘,论达者唯旷";而文体及其要求也是各种各样的,如"诗缘情而绮靡,赋体物而浏亮,碑披文以相质,诔缠绵而凄怆,铭博约而温润,箴顿挫而清壮,颂优游以彬蔚,论精微而朗畅,奏平彻以闲雅,说炜晔而谲诳"。① 因此,陆机并非就文体而论文体,而是就写作上总的要求提出依照文体规范,"禁邪而制放",做到"辞达而理举";于是,其论述并非对单个文体的论述而具有文体学意义,是纳入其文学批评的框架中的。

文体论应文学评论与文章写作的需要而产生的,因此,曹丕、陆机二氏的文体论本具有强烈的实用性质。但曹丕、陆机二氏的文体论又本是其文学批评系统中的一个组成部分,因此,其系统性也体现在文体论上,自汉代以来零星的、个别的文体论述,至此成为文体系统了,这就是文体学。魏晋南北朝时期的文体学意识,正是如此一个逐渐明确的过程,文体学的行为也是逐渐自觉的。

第二,建立谱系的热情。正因为曹丕、陆机二氏并非为文体论而论文体,所以,虽然还有举例性质的文体论述,但展示出整体地、系统地叙说文体的趋向、愿望;于是,建立成系统的文体谱系,成为其后文论家的共同愿望。

魏晋南北朝的文体谱系,先是应文章总集的编纂而发生的,起自《文章流别》,到《文选》最终完成。《文选序》所说"自姬、汉以来,眇焉悠邈,时更七代,数逾千祀。词人才子,则名溢于缥囊。飞文染翰,则卷盈乎缃帙"②,当萧统说到历代作品之多时,他自然要考虑"略其芜秽,集其清英"的编纂原则怎样实现。按照"以能文为本"的原则,《文选》不录经、子、史、语,其文体谱系限制在篇章、篇翰、篇

---

① 萧统编,李善注《文选》,中华书局,1977年,第241页。
② 同上书,第2页。

什的范围内,这就是《文选》文体的类分三十七(或称三十八、三十九)种。以《文选》为代表的总集编纂的文体分类,对后世影响很大;后世总集的文体分类,又往往有文体解说,此种形态的文体谱系,也是后世文体谱系的主要形态。

在时代已经具有文体谱系的基础上,文学理论家建立文体谱系的目标有二:一是为建立文体谱系而建立文体谱系,即建立文体谱系成为文学理论家的自觉;二是建立更加精细的、更具有独立意义的文体谱系,这就是任昉的《文章缘起》,这是追溯源头的簿录式文体谱系,其所探讨的是"自秦汉以来,圣君贤士沿著为文章名之始。故因暇录之,凡八十四题",也就是说,他要建立自秦汉开始的、脱离于"经"的集部文体的独立文体谱系。

进而有建立文章谱系的愿望,如刘勰是要建立笼括一切、包揽所有文字撰作的文章谱系。

魏晋南北朝的文体,以诗、赋二者地位最为显赫,其现实运用也以诗、赋二者最为发达,于是,又有建立起诗、赋二者本文体内部谱系的努力。谱系的建立,本以文体内部分类为起始,如《汉书·艺文志·诗赋略》,分赋为四类,领起者分别为屈原赋、陆贾赋、孙卿赋、客主赋。至《文选》分赋为十五类,所谓"诗、赋体既不一,又以类分。类分之中,各以时代相次"①。

魏晋南北朝尤以诗的谱系的建立为热点,但论者目的各不相同。或有《文章流别》的依文体分类的谱系,如三、四、五、六、七、八、九、杂言等。或有《文选》的诗分二十三类,依题材类别相分。或有江淹《杂体诗三十首》,依诗人风格即诗人诗作的个体特征相分。或有钟嵘《诗品》,依《国风》《小雅》《楚辞》为源流给诗人诗作分类。

第三,"文体"之二义的互动。"文体",或为文章体裁,或为文章风格体制。刘勰之所以提出文章出于五经,也基于体裁与风格体制

---

① 萧统编,李善注《文选》,中华书局,1977年,第2页。

交融、互动这样的理由,而基于的原则与愿望则是:"若禀经以制式,酌《雅》以富言,是即山而铸铜,煮海而为盐也。故文能宗经,体有六义:一则情深而不诡,二则风清而不杂,三则事信而不诞,四则义贞而不回,五则体约而不芜,六则文丽而不淫。"①把文章体裁与"经"结合在一起,那么,文章风格体制也自然与"经"结合在一起了,就更能做到"宗经"了。

"文体"之二义的互动,突出表现在"文笔之辨"上。"文笔之辨"为南北朝特有的文体讨论,也是"文体"之二义的互动。总括而言,"文笔"大致有以下三点对举:一指有韵与无韵,二是"公家之言"与"事外远致",三则是强调作品技巧与否。前二者涉及文章体制,后者属于风格。

"文笔"之间又有互动。如用典,"笔"的撰作多要用典,刘勰《文心雕龙·事类》称文章用典"明理引乎成辞,征义举乎人事"是"圣贤之鸿谟,经籍之通矩",②汉初朝廷"以经义断事"之"笔"自不待言;但用典向诗歌蔓延,钟嵘《诗品序》谈到诗歌的用典说:"经国文符,应资博古,撰德驳奏;宜穷往烈。至乎吟咏情性,亦何贵于用事?"③他告诉我们这样的信息:"笔"的用典理所当然,诗的用典是受其影响,但没有必要。可是,诗歌用典已成趋势,延续至今。诗歌用典,"笔"功不可没。

并非"文"对"笔"的某些叙写模式单方面地接受,更有"笔"对"文"的某些叙写模式的接受,或者说"文"对"笔"的渗透。如声律,本是五言诗"五字之中,音韵悉异,两句之内,角徵不同"的运用④,但后来广泛运用于"笔"体文字中,如《文镜秘府论·西卷·文二十八种病》既讲到赋、颂、铭、诔等声病,又讲到"若诸杂笔不束以

---

① 刘勰撰,詹锳义证《文心雕龙义证》,上海古籍出版社,1989年,第83—84页。
② 同上书,第1411页。
③ 钟嵘撰,曹旭集注《诗品集注》,上海古籍出版社,1994年,第174页。
④ 李延寿《南史·陆厥传》,中华书局,1975年,第1195页。

韵者,其第二句末即不得与第四句同声,俗呼为隔句上尾,必不得犯之"①等。

追溯"文"向"笔"渗透的原因,或与文学之才被要求从事"笔"体撰作有关,如《梁书·萧子范传》载,萧子范是因为其"《千字文》,其辞甚美"才被委以"府中文笔,皆使草之"的重任。② 又有任孝恭因文辞"富丽"而"专掌公家笔翰"。③ "文"向"笔"的渗透,又引起南朝末期的"笔"体撰作"法古"与"今体"的竞争。裴子野"笔"体撰作"不尚丽靡之词""制作多法古",于是有"笔"体应该以古代为准则的复古思潮;而"今体"则以陈时徐陵"颇变旧体"而盛行骈文,所以有一种说法,称"徐庾的主要成就,即在将宫体诗所运用的隶事声律和缉裁丽辞的形式特点,完全巧妙地移植"④,移植的对象多有"文檄军书及禅授诏策"之类"笔"体文字;理论上则有颜之推提出"古之制裁""今之辞调"的"并须两存,不可偏弃也"⑤的结合。

所以,"文笔之辨"说到底,是一个文体学问题,这个文体学问题通过"文笔"互动,通过古体、今体之争,把文章的体裁与风格体制纠合在一起了,最终由风格体制走向体裁变更,这就是骈体的出现,理论回到了实践。

魏晋南北朝文体学的兴盛又反哺文学事业的兴旺发达,且不说文体学的发达本身就标志着文学事业发达的某一高度,具体来说,或是对文体的论述促进了该文体的创作,或是解决了文学批评本来难以解决的问题,或是通过文体论述使读者能够更好地鉴赏、批评该文体的作品,或是通过论述使各种文体的界限明确,促使各

---

① 〔日〕弘法大师撰,王利器校注《文镜秘府论校注》,中国社会科学出版社,1983年,第408页。
② 姚思廉《梁书》,中华书局,1973年,第510页。
③ 同上书,第726页。
④ 王瑶《徐庾与骈体》,《中古文学史论集》,上海古籍出版社,1982年,第158页。隶事应该是诗对"笔"的反哺。
⑤ 颜之推撰,王利器集解《颜氏家训集解》,上海古籍出版社,1980年,第250页。

种文体百花齐放、展开竞争,或是各种风格百家争鸣,或是促使各种文体相互交融,或促进新文体如骈文的发生,等等。

当称刘勰《文心雕龙》是一部指导创作的书时,我们还应看到,古代文体学的完整体系建立起来,有文章谱系及次一级的文体谱系;有文体论,即所谓的"乃论文叙笔,则囿别区分"下的"原始以表末,释名以章义,选文以定篇,敷理以举统";有以作品为单位的各文体风格论;又有以作家为单位的各文体风格论等。魏晋南北朝时,中国古代文体学已经成熟,已经有了自己的体系、自己的谱系。